非洲丛林风云

林捷生 著

海峡文艺出版社

海峡出版发行集团

图书在版编目(CIP)数据

非洲丛林风云/林捷生著. —福州:海峡文艺出版社,2015.9

ISBN 978-7-5550-0590-2

Ⅰ.①非… Ⅱ.①林… Ⅲ.①长篇小说—中国—当代 Ⅳ.①I247.5

中国版本图书馆 CIP 数据核字(2015)第 181843 号

非洲丛林风云

林捷生　著

责任编辑　何　欣

助理编辑　蓝铃松

出版发行　海峡出版发行集团

海峡文艺出版社

经　　销　福建新华发行(集团)有限责任公司

社　　址　福州市东水路 76 号 14 层　**邮编**　350001

发 行 部　0591—87536797

印　　刷　福州万紫千红印刷有限公司　**邮编**　350013

地　　址　福州市北环东路 15 号红星工业区 12 栋

开　　本　787 毫米×1092 毫米　1/16

字　　数　500 千字

印　　张　32.75

版　　次　2015 年 9 月第 1 版

印　　次　2015 年 9 月第 1 次印刷

书　　号　ISBN 978-7-5550-0590-2

定　　价　58.00 元

目 录

上 部

下　部

上　部

引　子

凌林是天生的劳碌命！

他是在国内中等城市、中级医院，有中级职称的普通内科医生。医院的工作紧张、繁忙，他却不觉得充实。他费尽心机得到一个援非医疗队的名额。医疗队任务结束回国，凌林却留在非洲南部，在布塔里部落当酋长的御医。同时，他还在附近开了一家私人诊所。他费尽心机，把部落闹得天翻地覆，使部落最终按民众意愿开始自治。当部落民众安居乐业、富裕美满时，他却辞去部落酋长御医之职，回到自己的诊所。好不容易从部落的纷争中挣脱，他头脑里紧绷的弦突然松弛下来，一时却有些不适应了。

回到私人诊所，凌林感到无所事事。这是由他一手创建的私人王国，所有的工作人员都由他精心挑选，高薪聘用，而且个个都忠于职守，一切工作真无可挑剔。面对他这个老板，雇员们谁都不敢怠慢，事无巨细都一一向他汇报。他却感觉自己像是局外人，在旁听一组枯燥无味的故事，有些昏昏欲睡。可是作为老板，他又不得不打起精神倾听，对一些事提出一点点不痛不痒的意见，再倾听一些雇员们对自己的赞美。当然，这并不是他所喜欢的。无论如何，他银行账户倒实实在在增值了不少。这不就够啦！有钱，时间也有，何不乘机开始向往已久的探险之旅！神奇的东非大裂谷在向他招手，壮丽的维多利亚大瀑布让他神往，神秘津巴古国遗址带给他无穷的联想……

当凌林正在紧锣密鼓地筹备探险之时，当地报纸的一条消息却又把他的心搅乱了。

他想不通为什么“辜家灭门惨案”这新闻，会给他带来如此巨大的震撼！

其实，凌林和辜梁仅仅一面之缘，却在脑海里留下不可磨灭的记忆。他找出一张照片：一位英俊潇洒的男主人手抱活泼可爱的小孩，一位貌美如花的妇人紧紧地拥着他们。看到这些，他不由地感慨万千，这一切就这样随着这一方块白纸黑字化为泡影。为什么？

他紧紧地追踪相关报道，几乎阅遍报上所有有关的文章，却远远未能满足心中的愿望。有几个问号一直在他脑海中盘旋：首先，据报上说，劫匪可能是来自国外的黑人。看不出这些人跟辜家会有什么深仇大恨，既已劫去大量的钱财，为什么还要杀人？其次，报上反复强调“灭门”，大肆渲染辜梁夫妇的惨状，为什么始终未提到孩子？最后，据他所知，还有一位忠实的雇员，一直跟辜家住在一起。这个人叫倪信风，还是凌林的好友。凌林跟辜家认识还是由倪信风介绍的。他很关心这位好朋友的情况，却无处得知。他突然想起在部落时的好友鲍比警官。这位昔日的布塔里小镇的小小警官已经高升，现就在辜家所在的小城当局长。他想，或许鲍比局长能为他提供所希望的消息。

正要跟鲍比局长打电话时，他的佣人吉姆进来笑着说：“医生，有客来访，您猜是谁？”

他知道，吉姆很了解自己的心思。根据吉姆脸上的表情他不难猜出：“吉姆，让鲍比局长在大厅稍等，我换件衣服就来。”

吉姆微微一愣，叫喊：“这可真神啦！医生！您怎么知道是鲍比局长来访？”

凌林开玩笑说：“吉姆，没什么好奇怪！你早就知道我能掐会算。我猜老朋友鲍比一定又有什么事需要我帮忙。”

第一章　灭门惨案

·1·

才数个月不见，鲍比警官变化不小，已不像当年那部落小镇的小警官。他挺着刚开始发福的大肚子，威严十足地站在大厅中央，完全是一副长官的模样。一位年轻的警长提着公文包毕恭毕敬地站在他身后！

凌林笑着打招呼：“鲍比警官，你好！几日不见，你变了，越来越像一位大官，架子十足！”

鲍比局长撅着那厚厚的嘴唇说：“凌医生，别开玩笑！我还是以前的鲍比警官。我这小部落出来的丑小鸭，再变嘴巴不还是扁的。就算当再大的官，我也不敢在您面前摆架子。”

凌林依然开玩笑说：“你现在是局长大人，已经脱胎换骨，就是摆点架子也是应该的！”

看看鲍比警官神情有些紧张，凌林又笑了：“好，不开玩笑啦！无事不登三宝殿，鲍比局长，你百忙中光临寒舍，有何指教？”

鲍比谦逊地说：“好久不见，我真的很想您这位老师。当然，也确实有件事需要您帮忙，不知您能不能……”

凌林爽快地说：“我们是老朋友！有什么话就请直说！”

鲍比问：“凌医生，您听说过辜家灭门惨案？”

一下子就进入主题，这正是凌林所希望的。他承认说：“这些日子我也一直在关注这案件，可惜报上相关报道很有限。”

鲍比说：“是的！为了有利于破案，有的线索，我们不得不对新闻界封锁。凌医生，您知道，在我市也曾发生过好几起抢劫案件，大都只是劫财，很少伤人，而像这样灭门还是第一次。我刚刚上任不久，就遇上如此恶性案件，许多双眼都盯着我，我真希望能破这案，给当地人有所交代。可是，这案件实在太棘手。目前，我们有些束手无策。”

凌林表示理解：“是啊！像这样无头案，确实不好破。有什么重要线索？”

鲍比忧愁地说：“现在这个警局规模比我们以前的镇局要大得多，可是人才却很有限。他们在现场搜索一整天，也没有什么有价值的发现。”

凌林点点头，却没有吭声。他听见鲍比又叹息说：“唉！现场真是惨不忍睹。辜老板被绑在椅子上，头部中弹，一枪毙命。看样子是在近距离开枪，伤口附近的头发被烧焦一片，还沾有许多火药粉末。辜太太扑在先生身上，后背中弹，一直穿过心脏！按法医推测，辜太太死在辜先生之前。看来，匪徒似乎本不想伤辜太太。辜太太为掩护辜老板而死。”

凌林不由地怒火从心中升腾起来：“这匪徒实在也太狠！”

鲍比接着说：“是啊！桌子、衣橱甚至连十分隐蔽的保险柜通通都被打开，所有的现金、金银珠宝、钻石都被洗劫一空。我急忙调动所有的警力封锁周围的道路，匪徒却早已远走高飞。有路人看见这伙人乘一辆破皮卡走简易公路向南逃窜。我们一路追寻，在靠近三国边界，找到这部车。那是一部失窃的车辆。边境的铁丝网也被拉开一大洞，留下大量脚印……”

凌林焦急地说：“看来，这些人很可能是国外来的匪徒，已经逃走，这案子更难破！”

鲍比说：“是啊！可是，从国外来的匪徒大都只为图财，偶尔遇到反抗，也曾伤过人。可是，他们已经得到所要的一切，为什么还要这样灭门？所以，我们怀疑有人雇凶杀人。我们要找出幕后指使人。”

凌林说：“要雇人干如此大案，必须要有强烈的动机。”

鲍比肯定说：“是啊！而且，我们已经抓到疑凶！”

凌林疑惑地问：“疑凶，什么人？怎么抓到的？”

鲍比局长说：“是中国人，他自己送上门来的。”

凌林继续问：“他怎么送上门？”

鲍比接着说：“案发后第二天中午，他主动到警局来要单独见我本人。他告诉我，他是现场目击证人，向我叙述当时目击经过。可是，他说的英语实在太难听，我怎么也听不清楚。后来，我请一个中国人来当翻译，可他一句也不肯说了。我感觉很可疑，就把他拘押了。这人实在太重要，我要求严守秘密，不许向记者透露。”

凌林不由自主地想到老朋友倪信风，急切地问：“疑凶，是不是大个子的中国人?”

鲍比紧接着说：“是！他个子比您还高大，英语很差，而且还有些结巴。就是他到警局报案，讲的话值班警官一点也听不懂。他连比带画说了老半天，警官才隐隐感到问题严重，把我叫来。我亲自审问他，越问越可疑，就把他拘押……”

看样子，这人很可能真是倪信风。凌林点点头问：“能不能告诉我这个人的名字?”

鲍比有些不好意思地说：“你们中国人的名字实在不好念，我写在纸上。”

果然是他，倪信风！凌林不但认识，甚至可以说是好朋友。跟辜家认识，还是通过倪信风介绍。他没有吭声。

鲍比摇摇头，叹息说：“唉，我真不明白，他到非洲做生意也有相当时间，英语怎么会那么差!”

凌林不由地又想起首次见到倪信风时的情景，忍不住笑了说：“我认识他。他的英语确实不怎么样。”

鲍比气恼地说：“后来，我们请来了中国人翻译，他干脆什么都不说了!”

凌林很了解倪信风。他无论如何也很难相信，倪信风会是疑凶！他不动声色，不想给鲍比局长有任何压力。他微微一笑说：“我相信，这几天，你一定对疑凶作了很多调查，是吗?”

鲍比说：“对！我们越调查，疑点也越多！从各方面情况看，这伙匪徒似乎早有预谋，而且计划周全，说不定还有内奸里应外合。这个人可能性最大。从现场看，到处都有被匪徒搜查过的痕迹，他为什么却能躲过这一劫？一逃脱，他为什么不立即来报案？为什么十二小时后才来找警局?”

凌林表示理解地点点头，又问：“这确实是重大疑点。你发现他有什么犯罪动机?”

鲍比说：“有！案发后，我们通过调查发现，这辜夫妇还有一小孩，没有发现其他任何直系亲属。还有一件怪事，辜夫妇似乎早就担心他们俩会同时出事。他们还在律师事务所立一遗嘱，如果他们出现意外，所有财产都留给才五岁的儿子，而这疑凶就是监护人。现在，这小孩在他手上，他实际上已掌控着辜家全部财产。为了辜先生家这么大一笔财产而雇凶灭门，这完全可能！我们问讯过这小孩的下落，他无论如何也不肯说。这难道不让人觉得可疑？”

疑点确实不少，但凌林还很难相信，倪信风会是灭门的幕后真凶。当然，他不能这么说。他想，一定要弄清楚这些。他问：“我能跟倪信风谈谈吗？”

鲍比笑了说：“当然！这正是我所希望的！我相信，他身上一定有许多秘密，只是他什么都不肯说。所以，我想请您出面！我还希望您帮助我们的工作。”

凌林说：“我同意帮忙。怎么说，我跟辜先生有一面之缘！我也不能让他死得这么不明不白！”

鲍比局长笑了说：“我就想您也不会袖手旁观。”

说完，鲍比局长朝门外招一招手，进来一位年轻的警官。鲍比局长介绍说：“凌医生，这位是我现在最得力的手下，犹占里警长！”

那警长年近三十，像所有黑人一样，卷曲的头发，黑色的皮肤，而且还是特别黑的那种。除此之外，从五官和身材来看可以说他是相当英俊！他从公文包里取出一张纸，递给凌林说：“凌医生，我早已听说许多有关您的事迹。现在，鲍比局长已上报，上级也批准聘您为警局特别顾问，这是任命书！”

鲍比局长介绍说：“凌医生，这位犹占里警长，别看他年纪轻轻，在局里可是除我之外的第二号人物。我让他帮您，希望您工作更顺利！”

凌林伸出右手说：“犹占里警长，很高兴见到你，祝我们合作愉快！”

·2·

那么美好的家庭被毁灭，多么残忍的暴行！为钱财而雇凶杀人，如此邪恶的罪行，难道真的会是倪信风所为？凌林很难相信，但又无法完全否认，毕竟人心难测！

回想倪信风留给自己的首次印象，那么纯真、敦厚，甚至可以说傻得可爱。如此深刻的记忆，以至于每当他回想起，往事又历历在眼前，尽管那已是好几年前的事。那时候，他还是布塔里部落的御医，离这地方数千里之遥，中间还隔着一片荒无人烟的加拉哈里沙漠。

那一天，他闲极无聊，布塔里镇一位警察匆匆找上门来说："凌医生，你能不能去看看。一位中国商人居然到这里来捣乱！"

这里实在太偏僻，凌林在布塔里部落好几年，还从没在小镇上见到过中国人。他自然很乐意去看看。后来见到的情景实在太滑稽，现在想起来他还忍俊不禁。

这里是小镇的中心，虽然说不上繁华，却也是小镇最中心地带，镇政府机构和主要的大店铺都集中在这里。还有一个小小的广场，是镇里人聚会的地方。平时这里十分安静，仅有些人在散步。那一天，这里却热闹非凡。一大群当地人围成一圈，像看耍猴戏似的双眼紧盯着中央，不时地响起阵阵笑声。凌林好不容易才挤进去一看：一部破旧的小皮卡孤零零地停在那里，旁边地上摆一摊子货物，铺在地上的布边沿已卷起，一位身材高大的中国小伙子赖在上面，嘴上不停叫嚷："No……No……不……不要抢！这是老板的东西！"

一位警察用英语劝说，那中国人毫不理睬，还是不停地嚷嚷。一位调皮的黑人青年还故意装着要向前，那小伙子疯狂地飞舞双手，声嘶力竭地叫："No……No……"

又是一阵哄堂大笑！作为中国人，凌林感到脸红。他又气又好笑，走向前打招呼："小伙子，你好！你别这样，让人看笑话！"

听到这话，仿佛久旱逢甘露，那小伙子兴奋地叫道："谢……谢天谢地，总……总算遇到一位会说人话的！"

凌林带着责备的口气说："你出国多久，怎么连英语都听不懂！"

倪信风不以为然地说："那算什么英语，这么怪！"

凌林笑了说："在国内有东北人、广东人讲的普通话，你不能说那不是普通话。那警察虽带当地口音，应该说英语还算比较准。还有，广场上警示，不能在这里摆摊，你也看不懂。算啦，没关系！你先站起来，有什么话好好说，我替你翻译！"

那人还是不肯起来，紧张地说："不……不行！你……你不知道这……黑鬼多……多可恶！他……他们一……一定会抢！我……我一放松，这货就全完啦！我……我以前吃过这亏！”

凌林只好笑着安慰说：“放心吧，我保证，他们不会动你一丝一毫！”

那人固执地说：“不！我……我不相信……求……求你……你让他们离开！”

在来的路上，听了警察的叙述，凌林基本上已了解这里的情况。原来，布塔里镇是这小国家最偏僻的边陲小镇，向来是中国商人的禁地。倪信风是第一个到这里做买卖的中国人。他看不懂警示牌上的英语，居然把车开到禁地，在中心广场摆地摊。警察向前劝阻，他一句也听不懂。其实，警察并没刁难，只是告诉他离开这里，到规定地点摆摊。他并没有听明白，却取出两块仿制“西铁城”的手表递给两位警察。眼看警察脸色突然大变，他慌了手脚。他本来就笨嘴拙舌，此时更加不知所措，卷起货物，赖在上面不肯动。小镇向来文明执法，对没有犯什么大罪的人不会采取过分行动。双方又无法沟通，就这样僵持着。没办法，警察只好求助凌林。

凌林对警察小声说了几句，警察驱散了人群。那小伙子才松一口气，站立起来，收拾好货物说：“谢……谢！先……先生，贵……贵姓？”

凌林笑着客气地说：“不用谢！我名叫凌林，在这里当医生。你也别太紧张，那些当地人只是在开你的玩笑，根本没想抢你！”

那小伙子也不好意思地笑了：“别……别见怪！我……我名叫倪信风，以前，曾……曾在南非摆地摊。那……那里的黑鬼真坏……经常乘乱抢劫。我……我被抢怕了！”

凌林安慰说：“你放心吧！这里的黑人跟南非不一样。他们比较敦厚老实，不会抢东西！”

倪信风急忙坐上车说：“我该走……走啦，谢谢！”

凌林阻止说：“不，小倪，你不能这样离开。我向警察保证，我会带你到警局去办手续！”

倪信风焦急地说：“对……对不起！我……这是老板的货……不……不能让他们没收！”

凌林恳切地说：“不！那些警察本来就没有想没收你的货。只是你违反规定，要罚款！”

倪信风差不多快哭了说：“不……不行！看……看那黑警察的脸色，

他……他们一定会狠……狠敲我一把！”

凌林说：“那警察确实生你的气！听说，你还想用两块手表贿赂他们，是吗？”

倪信风说：“以……以前，在南非，我……我也遇到这情况，两……两块手表就解决了。谁……谁知……”

凌林解释说：“这里的警察跟南非不同！在这里，你无论如何不能这样干。贿赂是犯罪，你懂吗？这里的警察最恨贿赂！他们说，你语言不通误入禁区摆摊，这尚可原谅，而贿赂，则非罚不可！”

倪信风焦急地说：“可……可是，他们并……没说清楚！”

凌林说：“他们说了，可是你怎么也听不懂！”

倪信风那棕色的脸涨得通红，结结巴巴地说：“惭……惭愧！我……我本来中文都……都不咋样……何况这英……英语，他……他们的英语……怪怪的！”

凌林同情说：“这也难怪！这里警察大都是来自小部落，英语带着浓浓的地方腔调！你听不懂，这不奇怪。无论如何，你也不能贿赂，这款一定要罚！”

倪信风焦急不安地说：“可……可是，我……身无分文！”

凌林肯定说：“这也没关系！你只要跟我一起到警局签字，同意罚款并纳税，然后就可以去摆摊，卖完货后再去补交钱。”

看倪信风还在犹豫，凌林又耐心解释说：“放心吧！小倪，我们都是中国人，我会帮你。我保证不会让你吃亏！就罚二十普（当地的货币单位），这也不算过分嘛！”

倪信惊讶地问：“真的只要二十？”

凌林诚恳地说：“千真万确，我难道还会骗自己人！”

倪信风终于接受凌林的建议。从警局出来，凌林又帮他选好位置摆摊。凌林很快发现，倪信风虽然语言能力不怎样，却很有经济头脑。刚到小镇没多久，他却早已对这里的行情了如指掌。他胸有成竹，对每一货物作适当的定价。而小镇的居民很熟悉凌林。凌林亲自出面帮忙，货物自然很快就一扫而空。

眼看收获比预先想象的要多得多，倪信风心里乐了。他一次又一次对凌林表示谢意。他说："凌……凌医生，对……对不起！本……本来，我应请客表示感谢！可……可是，我只是受雇于辜老板。这些钱通……通要上交……"

凌林笑了："没关系！能在这里相遇，也算是缘分。走！到我家去，让我的佣人吉姆做几碗中国菜。"

在凌林宽敞的大厅，面对这丰盛的菜肴，倪信风兴奋异常。他本并不善于言辞，在当地美酒催化下，话也开始多了。他说，这是他出国以来吃过最好的中国菜，没想到竟然出自一位非洲土人之手。

凌林说："别看这吉姆是土人，手特别巧，无论学什么，一学就会。"

倪信风说："听……听说，这里土族部落人非常野蛮，还……还会吃人肉，中国商人都不敢到这里来！我……我开夜路，迷……迷……路，才误入这里！我……我真幸运，会遇上你……"

凌林笑了说："其实，那都是中国人误传。在非洲确有食人族，但不是在这个地方。这部落的人你也见过了。他们虽然落后，却很善良。"

凌林也简单地叙述了自己的经历，让倪信风敬佩不已。他也断断续续叙述自己的遭遇……

·3·

往事的回忆使凌林心情兴奋起来！他更加不相信倪信风是幕后真凶，迫不及待地要见到倪信风。他让犹占里警长把倪信风带到辜家大院，来现场叙述目击情况！

汽车一出市区，他不由自主地加大油门，仅数公里荒无人烟的丛林地带一闪而过，辜家那高宅大院已赫然在前。

回想起三年前春节，他曾经来这里做客时的热闹场面，现在却仿佛看到了另外一个世界。还是那么高的墙，上面的铁丝网已垂下来。贴着白纸的大门敞开着，空旷的院落一片狼藉，处处是果皮纸屑、空瓶子和碎玻璃。楼里家具横七竖八，不见一个人影，没有一点生气。

在大厅里，倪信风呆呆地坐在那里，犹占里警长和一位警员分别站两旁。看到凌林，他不由地泪如雨下，泣不成声。他伤心成这样子，凌林心里很想安慰他。可他现在毕竟还是疑犯，有犹占里在旁边，凌林也不好有什么表示。

凌林只能绷着脸，用英语说："倪先生，只有密切配合警方，才有机会为老板报仇！"

倪信风抽泣着说："凌……凌医生，你……你不明白。失……失去他们，对我意味着什么。我……我失去了亲人，失……失去了家，失……失去一切！"

凌林心里十分感动，但没有表露出来。看看倪信风一直哭个不停，他心里感觉有些不舒服。他不喜欢男子汉这样痛哭。他继续用英语严肃地说："倪先生，犹占里警长把你带到这里，就是希望你能对当时的情况想起更多！"

倪信风依然哭哭啼啼，用中国话结结巴巴地说："是……是！凌……凌医生，辜……辜老板生前最……最敬佩你。请……请你一……一定要为他报仇！"

凌林想，倪信风显然还不明白他自己本身就是警方怀疑的对象。他很想帮倪信风洗脱嫌疑。他很清楚，这结论只能由警方自己来下，他不能过多地插手。他用英语继续说："倪，犹占里警长问话，你一定要如实回答！"

凌林对犹占里说："犹占里警长，你可以开始问，如有什么语言障碍，我当翻译。"

犹占里警长问："倪先生，你是现场唯一的目击证人。请你告诉我，为什么不立即报案？"

倪信风回答："我当时就立即报案，通过电话……"

犹占里接着问："你本人为什么不立即亲自来报案，却拖了十几个小时？"

倪信风望着凌林用中文说："凌……因为有更多更重要的事要办……"

凌林急忙用英语打断倪信风的话："你必须毫无保留地把一切原原本本告诉犹占里警长。"

倪信风用英语对犹占里警长说："警长，我英语说不好，就说中文，凌先生翻译，好吗？"

看犹占里点点头，倪信风用中文结结巴巴地说："其……其实，辜……辜老板，早……早就担心自己和妻子会同时出意外。他……他对我说，如果这……这样，一……一定要保证辜小梁的安全……事……事情发生，我……我首先把辜小梁安排好，才去警局……"

听凌林翻译后，犹占里接着问："当时，你和辜小梁都在现场，是吗？"

倪信风说："是！"

犹占里紧接着说："请你详细说说经过！"

倪信风结结巴巴地回答说："长……长期以来，他……他们一直处在恐惧之中。近来，生意越……越做越大，恐惧也与日俱增。院……院围墙越加越高，安装了高……高压电网和报……报警系统，还……还饲养了两只高大凶悍的德国牧羊犬……结……结果还是出事……"

听凌林翻译后，犹占里心想，如此戒备森严，还是出事，岂不更加说明有内应的可能？他坦率地发问："倪先生，这次劫匪行动计划周密。我们警方怀疑可能有内应，你说有这种可能吗？"

倪信风说："我……我不知道……"

凌林用英语插嘴说："倪，请你叙述目击经过，越详细越好！"

倪信风断断续续地叙述全过程，凌林翻译成英语：

那一天是周末，辜老板和辜太太把儿子辜小梁交给我看管。夫妇两人一大早就到南非赌城"太阳城"去玩。

辜老板夫妇两人都很好赌。俗话说：赌场失意，情场得意！其实也不尽然。辜老板和太太在赌场同样也很旺。他们间的情意就是在那里不断加深。辜老板本来运气就不错。他胆大，有魄力。辜太太冷静，心思缜密。他们俩双剑合璧，所向披靡，向来赢多输少！后来，听在南非赌场目睹者说，那一天，他们更是成果辉煌，赢了很多。谁知却是绝唱！

我估计，不过晚上十二点，他们不会回来！我和小梁在家里无所事事。小梁很听话，晚上六点多我就让他到佣人房上床休息。睡觉前，我没有忘记在四周检查一遍，确定围墙电网和安全系统都正常，再把两只德国牧羊犬放在大院里……

小梁睡在佣人房里，我在小小的厅里休息。深夜，主人的奔驰汽车声把我从梦中唤醒。我急忙出去，还没到门口，却发现他们夫妇被人用枪押着走进来。

我被吓坏了，头脑却没有完全糊涂，急忙绕到主楼背后。我知道隐蔽处还有一个紧急呼救按铃，可是无论我怎么摁都没有反应。后来，我才知道，院内所有的电源已被切断。再看看，那两只猛犬已经中毒，直挺挺地躺在那里。我知道情况不妙。我本应冲过去救辜老板和太太。可是，一想到辜老板的吩咐，我急忙到房内抱着小梁，捂住他的嘴，悄悄地躲藏在院落的树丛深处，才逃过这一劫。

我记得辜老板说过，如果遇到劫匪，什么都不要做，只有把所有的钱通通给他们，为了保住自己。我知道，这国家绝大部分的劫匪只求财，一般不伤人。谁知……

说到这里，倪信风伤心得再也说不下去……

凌林本来就不相信倪信风是幕后真凶。他没有表态。他知道，这结论必须由犹占里自己来下。倪信风能否尽快恢复自由，就看犹占里的态度。他静静地望着犹占里。

犹占里密切注视着倪信风的一举一动，看出他性格单纯，天生富有同情心。倪信风的态度让他很感动，但终究未能解除心中的疑惑。他默默地等待倪信风情绪稍稍平静下来，才安慰说："倪先生，请节哀！你先休息一会儿，再回答问题！"

一听说回答问题，倪信风头脑清醒了许多。他说："警长，还有什么问题，你就问吧！"

犹占里小心翼翼地问："倪先生，我们已经仔细勘查过现场。从各方面迹象看，匪徒把周围都搜遍了。你，还有小梁躲在什么地方？"

倪信风带着犹占里警长和凌林绕过辜家大院主楼，来到背后，再绕过佣人房，后面是一片一望无际的丛林，大大小小灌木紧紧相靠，密不透风。他说："犹占里警长，你试着钻进去。"

犹占里从各角落作了许多尝试，终就无法钻入密林中。他疑惑地问："倪先生，出事当天你们真的躲在这林中？"

倪信风点点头。他手牵着犹占里和凌林到一片密林前，把脚尖伸进密林，重重地一踩，地面开始转动。三人都被转到密林中。前面有一条窄窄的小道。他首先走进小道，犹占里和凌林也尾随其后。那片密林又自动转回来。他们向前走了三十来米，就可看到一块小小的空地，地上一对大人和一对小孩的脚印依然清晰可见。

犹占里是工作多年的老侦探。他仔细观察周围环境，对凌林说："看来，当时倪先生和小孩在这里躲过一劫，这是可信的！"

这正是自己所希望看到的结果，凌林赞同说："犹占里警长，我同意！"

倪信风心情沉重地说："辜老板和太太生前一直有不祥的预感，秘密准备了这一切，就是为了保护辜小梁。没想到果真用上了……"

犹占里对倪信风说："最后，我们还想知道一件事。"

倪信风问："什么事？"

犹占里问："据我们了解，辜先生生前已立下遗嘱，如果他们夫妇俩都不在，全部遗产留给小孩。你是监护人，是吗？"

倪信风又哭泣着说："是……是的！有……有一天，他们……让我……我陪他们一起去律师事务所——去……去找他们的律师——印度人肖嘛律师。肖……肖嘛律师帮忙立了遗嘱。他……他们还……还告诉我，万一他……他们一起出事，无论如何都要……想法保住他们儿子，把小孩子送到国外安全的地方，还要帮助儿子管理好财产。他……他们让我……我发誓……我发了誓！我还发誓，我一定要保住财产，培养小梁成年后，全部毫无保留如数奉还！"

犹占里说："我们想见一见那小孩！"

倪信风坚决地说："这绝对不行！现在，我按……按老板生前嘱咐，把……把小梁安排在邻国。只……只有我和肖嘛律师知道那里！为了小孩的安全，辜老板生前……还要求我发誓……对小孩的住处一定要绝对保密！除非……"

犹占里问："除非什么？"

倪信风说："辜老板生前最崇拜凌林医生。他说，除了凌林医生，其他任何外人都不准带去见小孩！"

犹占里笑了说："凌医生，您是我们警局的顾问。我现在把倪先生交给你，让他带你去见那小孩。我先回去向局长汇报！"

凌林客气地说："犹占里警长，谢谢你对我的信任！"

·4·

犹占里一离开，倪信风又激动起来。他又开始痛哭流涕，断断续续地说："我……我很后悔，我……我太软弱。辜……辜老板那……那么相信我，让……

让我住佣人房，还给我一把小手枪，希……希望我能保护他们。你……你知道，我……我胆小，看到枪就害怕，就偷……偷偷地把它藏起来。唉！当……当时我如……如果没那么胆小，带……带上它……他……他们或许还不会……”

看倪信风痛苦得说不下去，凌林安慰说：“小倪，你不必自责，这不怪你！以前从未经历过这种情况，事出突然，没有思想准备，你不可能做出这种反应！”

倪信风双眼射出凶光，咬牙切齿地说：“现……现在，我……我要报……报仇！”

凌林制止说：“不，小倪！你要想报仇，不能靠这个，关键还是要配合警方找到凶手。小倪，你在这国家时间也不短，你也听说过，好几次抢劫，大都只劫财。而辜老板把所有值钱的都已交出，匪徒为什么还要杀人？”

倪信风摇摇头说：“我……我想……想不通！”

凌林坦诚地说：“老实说，警方怀疑，可能有人雇凶杀人。你看呢？”

倪信风反应比较慢，可思维能力并不差。听凌林的启发，他思索了好长时间才说：“有……有道理！只……只是这人跟辜老板，一……一定要有深仇大恨！”

凌林继续追问：“你想想，有没有什么可疑对象？”

倪信风思索着说：“对……对！只有成……成鑫！”

凌林疑惑地说：“成鑫？”

倪信风接着又摇摇头：“不……不过，成……成鑫大哥也……也不可能这……这么干！”

看倪信风似乎有些语无伦次，凌林疑惑地问：“小倪，你说的是什么意思？”

倪信风接着又摇摇头：“在……在镇上，只有成……成鑫大哥跟辜老板才有如此深仇大恨。可……可是，这……这真……真凶似……似乎又不……不可能是成……成鑫大哥！”

凌林问：“为什么这么说？”

倪信风说：“成……成鑫早就想对辜老板下毒手，只……只是不想伤害辜太太！”

凌林解释说：“从现场看，匪徒似乎本无意伤害辜太太。辜老板被绑在椅子上，辜太太身子却没有被绑。她伏在辜老板身上，背后中枪！她很可能是为了保护辜老板而死!”

倪信风恍然大悟:“这……这么说,一……一定是成……成鑫大哥……”

凌林问:“为什么又这么说?”

倪信风说:“成……成鑫大哥,跟……跟辜老板有刻骨仇恨!”

凌林问:“刻骨仇恨?”

倪信风沉思着:“你……你知道,认识辜老板前,辜……辜太太是成……成大哥最喜欢的情人……成大哥经常对人说,辜太太是他的福星……”

倪信风断断续续地叙述了成鑫大哥和辜太太的往事……

辜太太名叫米岚。她不但人长得漂亮,而且还很有智慧。可惜,她命运不济,自幼父母双亡,流落在地下舞厅当“三陪”。那时候,成鑫是国内中等城市一个小帮派的大哥!第一眼看到米岚,成鑫就被她的美貌与机灵深深地吸引住。他把她带在身边。后来发生的事很快证明了他的眼光。她长时间在道上混,对市里各帮派情况了如指掌。她对他提出几条建议,使他的小帮派不但渡过难关,还发展壮大。很快,她和米小庄成为他的左膀右臂,是帮派内的左右军师。

在国内“严打”即将开展之际,米岚和米小庄共同看到帮派可悲的未来。米小庄是“易经”高手。他先为成鑫算一卦。他算准成鑫命里属火,应该到更南的地方,越南越好!他建议成鑫大哥到国外去。米岚建议成鑫到非洲去,特别是南部非洲。在地球大陆上,很少有地方比南部非洲更南。而且,当时南非还没有跟中国建交,可以预防未来“秋后算账”。

在南部非洲的简易公路上,成鑫亲自驾车缓缓前行。米岚坐在副驾驶位上,边看地图,边看窗外的景观,正好看到一条滔滔的河流在这里分为两支。米小庄坐在后座,双眼盯着手上的罗盘,看到不停颤动的指针突然平稳下来。几乎异口同声,米岚和米小庄叫了起来:“成大哥,就是这里!”

这里原有一个怪怪的名字:磨初地。当时这里还只是B国边境一个小村庄,南临南非,北靠津巴布韦,三国交界之交通要地。成鑫就开出第一间中国店。

因为没人竞争,成鑫的店生意十分兴旺发达。他把赚到的钱大部分都用来结交当地的官员以及地下的黑势力,和这些人称兄道弟。时间很快证明米岚和米小庄的眼光。随着一条贯穿非洲南北的主干道从这里经过，这小村庄渐渐发展成边境重镇。成鑫昔日的黑人兄弟也大都成了镇政府各部门的要员或地下的黑老大。他又利用国内当“蛇头”的手下把自己往日的小弟们一一弄到这里来，成为一支强大的骨干力量。后来，到这里的中国人越来越多，渐渐在这里成为商业的主流，所以人们都习惯把这里称为“中国镇”。而他是这里中国人当然的老大。

米小庄天生淡泊名利，喜欢独自居住在丛林深处。只有米岚紧跟在成鑫大哥身边。成大哥怎么也离不开她！辜梁的出现使他们之间的关系发生根本的变化。

米岚和辜梁在南非赌城“太阳城”认识。也真该那一天有事发生！平时，成鑫和米岚几乎总是形影不离。偏偏在那天，成鑫大哥手下一位搞外交的头目朱兵，介绍一位南非当地黑帮老大与成大哥认识，会见的地方不适合女人去。米岚只好带米小庄和几位手下到赌城去玩！

都说情场得意，赌场失意。这话并不完全正确。米岚和辜梁就是在轮盘赌大厅认识。当时，辜梁赌运正盛，爱神偏偏也在这时候降临在他身上。

这是非洲最大的赌城。成百上千台的老虎机在大厅里轰鸣，热闹非凡。米岚最喜欢轮盘赌，押三十六格中之一，三十二倍的回报率……

轮盘赌在三楼，数百平方米的厅里，许多盘同时在转动，每一盘外面都围着一大堆人。有一位年轻人鹤立鸡群，显得很突出，特别引起米岚的注意。他就是辜梁。他不但高大英俊，而且气度非凡。他气定神闲地站在中央一盘，面前摆着一大沓筹码。他目光如炬，紧紧盯着操盘手，一动也不动。看了好几盘，他才信心十足地出手。那操盘手一甩手，他就把手上的筹码分成几叠，在一个区域押成梅花瓣状……

一个人连续两盘中奖，这实在太不寻常！米岚被这种气势紧紧地吸引住。她不由自主地靠近辜梁耳语，并把自己的筹码跟辜梁压到一起。他们俩双剑合璧，赢了不少，弄得赌场老板很不安，不得不换操盘手。他们也见好便收一起到酒吧去谈天！

谈话中，米岚才知道，当时辜梁实际上已经走投无路。他得罪了南非黑社会老大，被追杀，无藏身之处。后来，米岚求米小庄想办法，让成大哥收留辜梁。米小庄对辜梁并没有好印象，还暗中为米岚和辜梁的关系卜一卦，是凶卦。他担心辜梁会连累米岚，当然不愿帮忙。他又让米岚自己去抽一签，结果是：穆桂英兵困天门阵。他告诉她，辜梁会害了她，一定要远离辜梁。没想到，就在这短短的时间里，辜梁已经占据在她的心中，无论如何也驱不走。她苦苦哀求米小庄一定要帮这忙。

米小庄向来对米岚百依百顺，怎能经得住米岚这样恳求。他只好说服成大哥收下辜梁。他还设计尽量少让辜梁和米岚相见，但低估了辜梁对米岚的影响力。他没有想到，他们秘密发展地下情，而且进展迅速。后来，他们双双脱离成大哥独立门户！

这件事，让成大哥气得差点吐血！他咬牙切齿地要命人去做掉辜梁，被米小庄阻止了。米小庄对成大哥说："米岚向来崇拜你，尊敬你。临行时，她还发誓，永远像对自己亲兄长似的敬你。如果你干掉辜梁，你会永远成为她的仇敌！"

听了米小庄的话，成大哥才停止对辜梁的追杀！

……

听了倪信风这么说，凌林又发问："这都是好几年前的事。成大哥当时都愿意放辜梁一马，为什么现在还会雇凶？"

倪信风说："后……后来，辜……辜老板不断发……发展壮大，跟成大哥实力相当。他们矛盾越……越来越大，最后势成水火，势不两立！"

凌林继续问："怎么会发展成这样？"

倪信风反问："凌，你还记得那一年的春节？"

凌林感叹说："那可真是令人难忘的春节！"

倪信风叹息说："唉！就是从那一次春节开始，辜老板和成大哥的矛盾激化！"

第二章　不祥之兆

·1·

这里是南部非洲某小国东南边陲重镇，人口数万。这里有众多的中国店，货物琳琅满目。这么说吧，凡在国内城乡能买到的东西，这里差不多都有。正因为这里可以买到价廉物美的中国货而远近闻名，当地人习惯称它为“中国镇”。

2000年春节，凌林跟随着倪信风第一次来到“中国镇”。在布塔里部落，与当地人泡在一起的日子，他几乎快忘记这中国最盛大的节日了。而今，眼望这大街小巷张灯结彩的店面，倾听此起彼落的鞭炮声，他仿佛有回到故乡的感觉。

倪信风的车停了。凌林不由地抬头看，眼前这间店比刚才看到的所有的都要壮观，节日的气氛也更浓。那醒目的商标“CHINA NO.1”下面，是四只特大号灯笼，写着“欢度春节”四个大字。宽敞大门旁边的对联也比别的店更气派。两侧大橱窗里各有一尊财神。一尊捧着大元宝，另一尊举着“恭喜发财”的红布条，相对而立。再加上鲜红丝线结的中国心和图案各异的剪纸，令人眼花缭乱。

不等倪信风通报，老板就从店里冲出来热情地说：“凌医生，春节好！”

看那浓眉大眼和健美的身材，不难猜出这就是辜梁。凌林急忙双手抱拳说：“辜老板，恭喜发财！”

辜梁眉开眼笑说：“谢谢！凌医生，久闻你的大名，今日大驾光临，令小店蓬荜生辉！”

凌林笑着说："辜老板，早就听小倪说你的店很多，今日一见，可真是大开眼界！"

辜老板谦逊地说："和你的事业相比，我们这些小买卖实在算不了什么！一来到这小国，我就曾耳闻你的事迹，真的很敬佩。我还好几次梦见自己跟你一起在部落里冒险。"

凌林开玩笑地说："倘若真的如此，这个中国城可就少了一位中国大富翁。"

辜梁也开心地笑了："我算得了什么富翁，只是稍有成就罢了！"

凌林指着大灯笼赞叹说："一路上，我们见过许多店，还没有哪一家能和你这店相媲美。特别这大灯笼，更是与众不同！"

显然，这已说到心坎里，辜老板脸上现出得意的笑容，自豪地说："凌医生，你真有眼力。这大灯笼，别说在这小镇，就是整个南部非洲，你也不会找到第二对。我这人就有这怪脾气，无论做什么都要力争第一，对灯笼要求也一样！这里所有的灯笼都来自南非同一家中国店。我让小倪预先定做，不管花多少钱，要求一定要超过其他的！"

凌林听得津津有味。辜梁越说越兴奋，指着斜对面一家大店说："你看那一家店。"

顺着辜梁手指的方向，看到一家规模不小的大店。凌林点头说："这家中国店规模也不小。"

辜梁感叹说："是啊，那是成鑫大哥的店，曾经是这里唯一的中国店，随着城市的变化，几经扩展才发展成这样规模。成鑫一直是这里中国人的大哥大。许多到这小镇的中国人都曾在他手下干过。我也曾在那里打过工。与别人不同，当年我边为成大哥打工，心里却边想，有朝一日，我一定要开一间比他更大的店。"

辜梁又指着自己的店说："当时，我刚摆脱成大哥帮派，和我太太一起自立门户，身无分文，却看中这间全镇最大的店。当然，要得到这间店也不容易！这里原是印度商人的地盘。他们之间攻守同盟，约定无论如何不能让中国人插足。可是，随着中国人的店越开越多，中国货像潮水般涌向这里，印度人的地盘受到严重威胁。而我的身上也开始有了积蓄。有一天，我得知这家印度老板有意出售店面，只是绝不肯让给中国人。我知道，我的机会来了。我让我的律师，一位印度朋友肖嘛暗中去找那老板谈，用数百万元把店盘下来。然后，肖嘛又偷偷转到我的名下。而这些花费了我和我老婆所有的积蓄还远远不够，我们还向老乡借高利贷。许多老乡都为我们捏了一把汗，当然也有的人还等着看我们的笑话。我毫不畏惧，而且还给这店起了一个响当当的名字：CHINA NO. 1。”

凌林不由自主地喝彩：“这名字起得好!”

辜梁接着叹息说：“可是，后来一段日子可真不好过！尽管我非常努力，赚到的钱还不够还高利贷的利息。没有办法，我只好拼命，继续借高利贷，批发比其他人多得多的货物。然后，就是让利促销，跳楼，跳水……我还派人把广告单发到全市每一个角落，甚至到边境去。当然，还是我运气好，正巧遇上邻国发生经济危机，市场货物紧缺，大量人员跨过边境到这里来采购。这镇里所有的中国货都被抢购一空。我赚得比谁都多，不仅还清所有债务，还开了几家分店，并在镇郊盖了一座豪宅……”

此时，倪信风突然从外面急匆匆进来打断了辜梁的话。他将一张纸递给辜梁说：“老板，你……你看!”

辜梁接过纸看了看，又交给倪信风，并且意味深长地使了个眼色说：“对，就在成大哥店附近发放!”

倪信风会意地点点头走了。辜梁回头对凌林解释说：“在这国家，通常圣诞节过后，生意要冷清许多，只有我们这‘中国镇’例外。远近地区的当地人都知道在这里还可买到更便宜的中国货，特别在中国春节期间。许多想捡便宜的人从四面八方涌到这里。而对这里的中国商人而言，这将又是一场残酷的竞争。当地人很乖巧，他们四处看看，哪家最便宜就买哪家货。中国商人只好纷纷把价格压得越来越低!”

凌林担忧地问：“这岂不是恶性竞争?”

辜梁笑了说：“是啊！可是管不了那么多啦！谁不想把库存积压的通通卖掉，变成现金，再采购新产品？谁还顾得上这些规矩……对了，我现在要去库房清点货物。凌医生，你愿意跟我一起去吗?”

凌林说：“当然，我也正想参观参观!”

这仓库可真不小。上百平方米，堆满形形色色的货，整整齐齐叠着，都快到天花板了。几个当地人正在清点。辜梁自豪地说：“经过圣诞节，库存早就空了。这些货全都是各批发商残留的，我用很低的价格盘进来。现在，只要能再把这里清空，就是大胜！”

当辜梁正忙着检查货物时，倪信风又急急忙忙进来，又递上一张纸说：“老……老板，果然不……不出你所料。一……一看到我们广告单，他……他又……又大降价。你看！”

辜梁得意地笑了：“好！”

他又从地上一叠广告单中取出一张，用笔填上新的价格交给倪信风说：“估计，外地的顾客快到了。你赶快带上几个店员把这堆单子，按这样填上，到城外发放！”

眼看倪信风那大个子从门口消失，辜梁从冰箱里取出一盘三明治，在微波炉转后，又泡杯茶对凌林说：“凌医生，中午恐怕没有空请你吃饭，你就将就吃这些吧。”

凌林知道，圣诞节过后，这国家所有的店都处于淡季。再看着这店里零零星星的顾客，他心里难免对辜梁的话有些怀疑。可是没过多长时间，奇迹终于出现了。店里涌进大量顾客，收费处很快就排起长队。辜梁对凌林说：“凌医生，我要亲自收钱去，不能再陪你！”

凌林笑着说：“老板，你忙去吧。我四处看看，也好体验体验商人的生活。”

长久以来，凌林一直很想体验商人的感觉，今天总算如愿以偿。他也像普通店员一样跟着忙碌起来：帮顾客挑选，从库房往外搬货……数小时下来，累得腰都快挺不直，真正体验到商人的艰辛……

库房终于渐渐搬空了。当最后一位顾客离开商店，辜梁对凌林表示歉意说：“凌医生，对不起，你难得来这里做客，连午饭都没吃，却像这样忙得全身是汗。”

凌林笑着说：“没关系！看到你们生意这么好，我也替你们高兴。”

辜梁兴奋地说：“好，你现在跟我到家里去。我妻子早已准备好丰盛的晚宴。今天，全镇大部分的中国人都会聚集我家。我们这些商人就是这样，尽管在商场上争得你死我活，回家后又一起聚在酒桌上，一举起酒杯，不再说生意经，只管吃喝，只谈友谊。通常，总是由几位大户人家轮流做东，今天轮到我。我还请来全镇最好的中国厨师，我要办一场空前绝后的盛宴，保证让你感到不虚此行！”

·2·

离开小镇十公里，再穿越一片荒无人烟的丛林区域。辜家大院孤零零地耸立在绿树丛中。宽敞的大门，高耸的围墙，还有一片相当足球场大小的空地，大大小小停了二三十辆车，正中还摆了十来张圆桌，但周围依然显得十分空旷。一座西式洋楼，却带着中国古典式建筑的屋顶，十分气派，旁边附加一佣人房、汽车房，还有一座规模不小的库房，后面是望不到边的灌木丛。

一群小孩在楼房前嬉耍，年轻人在大厅里唱卡拉OK，还有一些人在小房间里打麻将。几副骨牌声，此起彼伏，和外面的音乐声和小孩欢笑声交集在一起，一副节日的景象。

辜梁指着那大楼自豪地说："这楼是我亲自设计的，请在这国家的中国建筑队盖的。有的原料还是从国内跟着货物集装箱一起运出来的，在附近可是独一无二。"

此时，几位中年男人围过来，纷纷向辜梁致春节祝福。辜梁急忙回应："弟兄们，春节好！欢迎大家光临！"

辜梁又一一为凌林介绍后，说："这些兄弟们跟我一样，都是两手空空到这中国镇来，现在也都干出一番事业。"

一个小个子商人紧接着讨好说："我们哪能跟你这辜大老板比。我跟你差不多时间来到这里。事业上，跟你相比，简直是一个在天上，一个在地下。"

辜梁的脸上出现得意的表情，却故作谦逊地说："高老板，你也不要太贬低自己。近来，你已经大有起色，再加上一把劲，一定前途无量。"

高老板深深地叹一口气，苦笑着把话说一半又停住："唉，辜大哥，真是一言难尽！跟大哥你相比，我实在惭愧。今天，你的店里人山人海，却没有什么人光顾我那间小小的店。现在，我的麻烦大啦……"

辜梁豪爽地说："别发愁，老兄！你如果真有什么困难，小弟岂能坐视不理！"

高老板忧愁地说："圣诞后，我不自量力也跟着进了一大批便宜货，现都压在库房中。希望……"

在国外经商的人都知道，库存积压，资金周转不灵，新款式货进不来，这可是商场大忌。辜梁笑了说："这岂不是小事一桩。你如果卖不了，就通通让给我好啦！"

高老板笑了："谢谢辜大哥，您真伟大！"

其他几个人半带开玩笑地跟着嚷嚷：

"辜大哥就是肝胆！"

"辜大哥是我们学习的典范！"

"向辜大哥学习！"

"向辜大哥致敬！"

……

此时，一位年轻靓丽的少妇带着一位天真活泼的小孩突然出现。她笑着插话说："你们大家可别这样夸他。再夸，他可要找不着北！中国镇只有一个大哥，那就是成鑫大哥！没有成大哥，哪有我们大家的今天！"

有一个商人笑着说："当然，成大哥是我们的老前辈，辜大哥可是青出于蓝而胜于蓝。"

另一商人又紧接着说："嫂子也别太谦虚。目前，成大哥确实是我们中国镇第一。可是你家辜大哥进步比他快，发展下去，不要多久就会超过……"

辜夫人说："千万别这么说。在中国镇，永远不会有人超过成大哥！"

小个子高老板忧心忡忡说："成大哥的实力确实无人可比！然而，他哪能像辜大哥这样肝胆，哪能像辜大哥这样真心为我们华商着想！"

辜夫人急忙打断高老板的话说："高老板，千万别这么说！"

辜梁似乎也并不服气，刚要张口，看到夫人投来严厉的目光，急忙又把话吞回去。

此时，一位厨师打扮的人过来说："辜老板，一切都准备好，请大家入席，就可以上菜！"

辜梁刚要开口，却被夫人拦住："成鑫大哥还没到，请大家再等等！"

辜夫人又笑着对厨师说："张师傅，谢谢，您辛苦啦！过一会儿，我让小倪去通知您开席。"

辜太太又说："大家先进去各就各位坐好，我和辜梁到门口去等成大哥！"

眼看商人们都离开，辜梁对太太小声嘀咕："岚，都这么迟啦，成大哥还没到，他会不会根本就不想来？我不能让这么多人一直等他一人！"

幸夫人看一看手表说："梁，你应该了解成大哥，他这人总要比别人迟一个小时。现在，他也该到啦！走，我们到门口迎接去。"

眼看幸梁还不肯动，幸太太忧心忡忡地说："梁，你这种态度真让人担心！记得当年，我建议，我们远走高飞，到别国去发展，你就是不听！既然留在这里，我们就千万要小心谨慎，不要去惹成大哥。你想想看，在这镇里，哪一个挑战成大哥的人会有好下场！"

幸梁不服气地说："我跟那些人不同！过去羽翼未丰，我都不怕他。现在，他奈我何！"

幸太太脸色一沉说："我跟成大哥时间比你长得多，我比你更了解他。他要比你想象的可怕得多！你要是真这样一意孤行，我只好独自带小梁远走高飞。"

眼看太太真的生气了。幸梁赔笑恳求："千万别这样，我的好太太，失去了你们，我的奋斗就变得毫无价值！"

幸太太娇嗔地说："那你要保证一切都听我的！"

幸梁说："我保证一切听你的！"

幸太太在幸梁脸颊深情一吻说："其实，我舍不得离开你！"

幸梁温柔地拥住夫人，深情地说："其实，有这个好老婆，我早已心满意足。夫复何求！"

那位还未满五岁的小孩挤在父母之间天真地说："还有我呢！"

幸梁脸上现出幸福的笑容，单手将小儿抱在手中说："对，还有我亲爱的小梁。你才是爸爸妈妈真正的宝贝！"

幸太太张开双手拥抱这父子俩！

凌林一直默默地站在旁边倾听着，他深深地为这一幸福之家而感动，不由自主地掏出相机，拍下这激动人心的一幕。

如今，这幸福美满的家庭就永远定格在这张照片上！

·3·

在国外，凌林也曾参加过各种各样的中国人的宴会，但从没有见过如此充满火药味，也从来没有像这次这样，在他的脑海里留下如此深刻的记忆！

随着惨案的发生，回忆变得加倍强烈。

辜梁被夫人牵着向门口走去，其他商人也跟着，凌林也尾随其后。刚到门口，就看一辆“大奔”后面还跟着一辆面包车，在离大门数米处停下。从车上跳下一位中年人，看上去应该有五十来岁，个子不高却相当健壮，头上推着大平头，圆圆的脸红光满面，虽然带着微笑，依然让人望而生畏。他手牵着一位黑人。这黑人无论是年纪还是个子都跟他十分相像，只是皮肤特别黑，头上的短发自然卷曲，也一样是圆圆的脸，只是看起来没有像他那样严厉，似乎更老谋深算。十几位壮汉簇拥着这两人缓缓而来。凌林疑惑不解地低声问身边的倪信风：“华人聚会，怎么还请黑人？”

倪信风在凌林耳边小声解释说：“这……这是穆……穆瓦先生。他可……可是大哥的肝胆兄弟……辜……辜老板在成大哥手下时，曾……曾被大哥派去帮穆瓦的忙，还当过他的贴身保镖，很受穆瓦先生赏识……”

凌林恍然大悟地说：“原来如此，宴请穆瓦就不足为奇！”

倪信风接着说：“别……别小看这位穆瓦先生，表面上，他……他只是商人，实……实际上，可……可是镇里，甚至在这国家，最……最有势力的人！”

辜梁夫妇急忙向前问好：“成大哥，穆瓦先生，你们好！”

成大哥看都不看辜老板一眼，向前牵着辜太太的手，大声说：“妹子，大哥想死你啦！”

辜太太笑着说：“成大哥，小妹也很想你！还有你，穆瓦先生，很高兴见到你！”

成鑫一手牵着穆瓦，另一手拖着辜太太向院子里走。辜梁脸色一沉，要走向前，看到辜太太投来严厉的目光，又停止脚步。成鑫走到主桌，他让穆瓦坐到正中的位置，自己在旁边坐下，并牵着辜太太的手说：“妹子，你就坐在哥的身边。”

辜太太顺从地坐下，过了片刻又站立起来，娇媚地一笑说：“大哥，你可真要原谅小妹。小妹今天是主人，还有很多事要做，不能陪大哥您！”

还没等成鑫反应过来，辜太太已挣脱成鑫的手，来到辜梁身边。他们共同招待客人。所有人都各就各位，辜梁自己就坐在主人的位置上，辜夫人就坐在他右边。他拉着凌林坐在自己左边。倪信风忠诚地站在他身后，并指挥着酒菜上桌。

各桌都已摆得差不多，谁都没有先动手。宰梁手握装满红葡萄酒的杯子刚要举起，却感到宰太太拖着自己的衣袖，只好又把杯放下。此时，成鑫已经站立起来，手举满满一杯“洋河”白酒，用洪亮的声音说：“今年是吉祥的岁月，大哥我祝在座的各位弟弟妹妹们在新世纪发大财！大家吃好、喝好！”

可能有外国贵宾在场，场面还有些拘束，人们都还彬彬有礼。菜刚出几盘，穆瓦就站起来说，有事先走了。贵宾一离开，全场顿时热闹起来。一群人轮流向成鑫敬酒。大声高呼：“成大哥，我们大家一起敬你！”

紧接，另有一批人举着酒杯围着宰梁，也称呼宰大哥。全场形成泾渭分明的两派，双方呼声越来越高，似乎哪一边都不服输！宰梁兴奋得满面红光，站立起来频频举杯应答。成鑫的声音更加震耳欲聋！眼看宰梁这边场面也有些失控，宰太太想要制止，显然不可能。她只能坐在旁边，眉头紧锁，脸上现出无可奈何的表情。

在国外，凌林第一次参加如此充满火药味的酒宴，桌上的菜肴虽然丰盛精美，他却品尝不出什么味。他只是默默地坐在那里，冷静地观察着。随着传统南方大菜“太平宴”上桌，场上响起一阵鞭炮声。宰太太拖着宰梁说：“走，我们一起去敬成大哥！”

宰梁举着满满的一杯南非的红葡萄酒走向成鑫，宰太太紧跟在身后。他对成鑫举杯说：“大哥，我敬你一杯！”

成鑫已经喝得有些高，舌头开始发硬，言语也没那么清晰，声音却依然洪亮。他依然坐着不动，手指桌上的酒瓶说：“小宰，你总算还没忘掉我这个大哥，我很高兴！你知道，大哥只喝这种国内的‘洋河’。这是货柜专门为我带来的，你就陪大哥我喝几杯！”

宰梁本来酒量就不小，现在自然更不可能服软。他爽快地把手上的葡萄酒喝了，又倒满“洋河”说：“好，小弟今天舍命陪大哥！”

成鑫依然坐着不动，脸色一沉说：“小宰，你果然翅膀硬啦，胆敢挑战大哥！”

站在旁边的小个子高老板插话说：“成大哥，宰老板一直很尊敬你！”

成鑫突然站立起来，把杯里的酒泼到小个子高脸上，说：“大哥我跟小宰说话，哪有你插嘴的份！”

看看小个子高似乎还想开口，成鑫紧接着又是一拳。他平时天天锻炼，这一下打得相当重，那小个子高一下子倒在地上。他跨步向前，又添一脚。辜老板刚要开口劝阻，却被辜太太严厉的目光制止。顿时有几个大个子，站到辜梁身后。而成大哥这边也有十几位大汉站起，双方剑拔弩张。眼前这情景进一步激怒成大哥，他又对小个子高补上几脚呵斥说："你忘了大哥我平时如何教训你，怎么能这样没大没小！"

辜梁很想向前，被太太紧紧地拖住，只好无可奈何地站在旁边观察。辜太太带着深情的目光望着成鑫，恳求说："成大哥，你是大哥大，何必跟这小弟计较！"

成鑫才停住动作，依然怒气冲冲地对身边的人说："走，我们走！带上小个子高！"

近半数的桌子顿时空了。剩下的人无心多停留，也陆陆续续向辜老板告辞。辜家夫妇故作镇定，面带勉强的笑容与客人一一道别。看来，对这样的场面，这对夫妇一定早有心理准备，显然不需要什么安慰的话语。看看人都走得差不多，凌林也向辜老板告辞。

倪信风送凌林出去。凌林问："像这样的宴会，以前经常发生吗？"

倪信风回答："当……当然不是！以……以前，谁……谁敢对成……成大哥说不！现……现在，出……出辜……辜老板另外一颗太阳，那……那些心怀不满的人才敢站出来！成……成大哥很气恼。他……他打小个子高，实……实际是针对辜老板！"

回想往事，凌林心里感慨万端，真是令人难忘的宴会！望着这空荡荡的大院，凌林仿佛又看到那一桌桌丰盛的美味佳肴，一个个举杯相庆的来宾，一阵阵的欢呼声，还有凶神恶煞的成鑫，以及躺在地上的小个子高……

凌林不由地叹一口气："唉！最可怜的还是小个子高！"

倪信风恶狠狠地说："可……可怜之人，亦……亦有可恨之处……辜……辜老板真正的噩梦就是从他开始！"

·4·

倪信风讲起了那次宴会之后的事。

小个子高跟随成大哥的时间不短，理应了解成大哥的脾气，真不该在那种场合多嘴。后来，在成大哥的拳脚调教后，他成了成大哥的忠实走卒，死心塌地为成大哥冲锋陷阵。成大哥的大阴谋就是从小个子高开始。

辜老板很富有同情心，按他的个性，绝对无法忍受眼睁睁看着成大哥的人把小个子高带走。他想要向前阻拦，却被辜太太死死地拦住。辜太太把辜老板拖到一边小声说："梁，你要清楚，大哥的目标是你。他教训小个子高，就是专门做给你看。你如果出头，小个子高只会吃更多的苦！"

辜太太的话使辜老板的头脑清醒了许多，但还是很不甘心："岚，你说得有道理！但我还是很不甘心！"

辜太太担忧地说："梁，我已经让穆瓦先生出面。按理，小个子高不会有大问题。你还是关心你自己吧！我太了解成大哥，这只是开始，还会有更大的麻烦在等着你。"

辜老板无所谓说："兵来将挡！我有什么可害怕！"

辜太太生气地说："我担心的就是你这态度。梁，你今天表现很糟糕。你完全忘了对我的承诺！"

辜老板低声下气赔不是说："对不起，太太！我今天多喝了几杯，有些得意忘形！我现在想办法补救！我派小倪去了解对方的动态！"

按辜老板的吩咐，倪信风通过各种渠道，甚至询问辜太太以前的侍女米小云，通过成大哥的军师米小庄，都没能得到任何有关小个子高的消息！

失踪了好多天之后，小个子高又一次出现在辜老板的店里。他仿佛突然衰老了许多，那张本就瘦小的脸皱成一团，一双没有精神的眼睛，看到辜老板，居然还涌出泪水，带着哭声招呼说："辜大哥，您好！"

辜老板本来就很富有同情心，看到小个子高那副病恹恹的样子，再想想人家可是为了自己才受苦，而在危难时刻自己却没及时伸出援手，心中更是充满内疚。他关切地问："高老板，你好吗？"

小个子高有气无力地说："不行啦！我感觉全身骨架似乎快散架，这头整天昏昏沉沉的。”

辜老板安慰说：“高老板，你先安心养病。有什么困难尽管对我说。”

小个子高深深地叹一口气说：“唉！看来，这老板，我是当不了啦！只是小店里那一堆货，不好办！没有处理掉，我寝食不安。记得辜大哥您曾答应……”

辜老板爽快地答应：“没问题！这些货我包了。”

小个子高千恩万谢地说：“太感谢您，辜大哥。您可真是我的救命恩人。”

辜老板说：“自家兄弟有困难，我岂能袖手旁观。千万别说‘谢’字！”

小个子高又恳求说：“辜大哥，您知道，我背着一大堆债，一部分很快就要到期限，求您现在……”

辜老板毫不犹豫地说：“好，我现在就和小倪带人跟你一起去！”

小个子高还真不是当老板的料。他把店开在城郊外，一个偏壁的小村庄里。店面破破烂烂，上面一块脏兮兮的木板上，居然只用中文写着“高家铺子”。这是他亲手书写的，字写得还不错，可是对当地人而言，这只是天书，恐怕没有什么人会欣赏。周围冷冷清清的，唯一的黑人店员靠着虚掩的门上打瞌睡。这样的店如果能兴旺发达，那可真是奇迹！

推开大门，顺着那位黑人手指的方向往里一看，辜老板不由地倒吸口冷气。这仅数十平方米的地方，堆满了货，而且大都是老掉牙的款式。他想不通，这小个子高怎么会有如此多的陈货。无可奈何，他只好咬着牙带领倪信风跟进去。为了知己知彼，辜老板平时曾暗中对镇中所有的中国店作过一番调查。他很清楚，小个子高店的总资产绝不超过三十万。可是，眼前这些货清点下来竟然超过一百三十多万。他还看到，其中不少是他还在成大哥手下时就压在库房里的货。他隐隐约约感到有些不对劲，脸上却依然不动声色地笑着说：“高老板，这样好吗？我按我的承诺把你库存积压的货盘走。而你留下一部分继续在你店里出卖，实在有困难，你以后再告诉我一声，好吗？”

听到这些，小个子高惊慌失措地叫：“不，不！辜大哥，求你无论如何要拉兄弟一把。这店我开不下去啦！求你一定要把这些货通通清走，一点不剩……”

边说，小个子高边取出纸笔，开始书写。他虽然生意头脑不怎么样，而文化水平却不低，而且还能写一手好字。他匆促写就一张“欠条”，却写得很工整。他把纸递给辜老板，接着说："我要求您先付给我零头，就是三十多万现金，让我还清急的债务。其余整数壹百万元，就在这张欠条上签上字，一年后再给我，行吗？"

当时，辜老板无论如何想不到小个子高已被成大哥收买。他本来就心软，哪里经得住小个子高如此苦苦哀求。他无可奈何地开出三十五万元的支票，又接过这张"欠条"。

欠　条

兹中国商人辜梁先生欠高新先生壹百万元（中非货币），以"中国镇"中心街1号 CHINA NO.1 店面抵押，壹年内还清。特立此据！

立据人：高新

欠款人：

证人1：

证人2：

公元2001年12月4日

辜梁把欠条反反复复看了几遍。当时，他无论如何也发现不了在"壹年内还清"这"壹"字前的空格偏大，更没有想到，就这小小间隙会给自己带来巨大的麻烦！他想不出不签字的理由，只好在"欠款人"的后面签上自己的名字，又让倪信风把名字签在"证人1"后面，然后又把"欠条"交还小个子高。小个子高叫来自己的店员。他手指着"证人2"后面，让那个当地黑人在上面签字。完成这一切，他就把欠条往身上一揣，毕恭毕敬地说："辜大哥，谢谢您！这里的一切就交给您，走时把门锁上就行。"

看到小个子高面带着笑容扬长而去，辜老板越想越不对头。他像在自言自语，实际上却问倪信风："小倪，你说，我们是不是上当了？"

倪信风的头脑反应比较慢，自然想不明白这些。他正忙着指挥黑人雇员装车，听老板这么问，随口回答："老……老板，我……我不知道！"

当时，他们谁都想到这张小小的欠条会带给他们那么大的麻烦！而辜太太不同，她身上有一种特别的预感能力！

·5·

辜家大院那颇具规模的库房一下子被堆满了。眼看这一大堆陈货、烂货、便宜货，连向来十分冷静的辜太太也心急如焚。她本来就贤惠，尽管心中很恼火，对辜老板说话的口气依然很温柔："梁，你上当了。这些似乎大都是成大哥压仓库的垃圾！"

辜老板无可奈何地说："我知道。可是，我不能不践行对小个子高的承诺。我想，你也不会希望你的丈夫是言而无信的小人吧！"

辜太太声音稍稍抬高一点问："可是，你不会想想，小个高怎么可能有这么多的陈货。这分明就是圈套！"

辜老板肯定说："我怎么会不明白！我甚至还在其中看到成大哥数年前就卖不出的东西。"

辜太太的口气变得更严厉一些："那你还收下来！"

辜老板叹息说："唉！没办法！你没有看到，当时小个子高如何苦苦哀求。我怎么狠得下心来。况且，想想当他危难之时，我没能及时伸出援手，心中实在有愧！这就算我还他一个人情债罢了！"

辜太太也跟着唉声叹气地说："唉！你这人就是心太软。现在该怎么办？"

辜老板笑了说："我已经想好啦！小倪在北部边境发现几个偏僻的村庄，那里民风淳朴，人民生活还算富裕。我派他带几位得力的雇员到那里开分店。那里人没见过中国货，再旧的款式，也都是新的。"

辜太太轻轻地松了一口气说："好！你怎么不早说，让我白白担忧！"

辜老板在太太脸颊上深情地一吻说："对不起，太太！"

辜太太也笑了，却笑得有些勉强。她心里突然产生一种不好的预感。当在陈货中发现大量成鑫大哥压仓库的货时，她就相信这一定又是成大哥的阴谋。她了解成大哥，所有的阴谋都是连环相套，恐怕绝不是这么简单！她曾亲眼看到成大哥怎样对付那些不听话的商人，他鬼点子层出不穷，不把人逼到死路，绝不罢手……

晚上，她在床上翻来覆去，到半夜才迷糊过去，还做了个噩梦。在梦中，她看到自己和辜梁辛辛苦苦建立的楼房、店面都化为灰烬。她和辜梁全身是血，正在四处寻找辜小梁……

她大叫一声，从梦中惊醒。身边的辜梁也被她的声音惊醒。看到她满头是汗，一脸惊恐的神色，他关切地问：“岚，你怎么啦?”

辜太太焦急地说：“梁，快，我们看看小梁去!”

尽管并不知道怎么回事，小梁毕竟是他们俩共同的宝贝！辜梁迷迷糊糊地跟太太一起匆匆到佣人房去。在佣人房的小客厅里，倪信风向来睡得很警醒。听到外面有动静，他急忙翻身起来。知道老板要看看小梁，他轻轻地推开小房门，又小心翼翼地打开小电灯。看到小梁睡得正香，发出均匀的呼吸声，他们才轻轻地松一口气，蹑手蹑脚退出佣人房。在大院内，听太太讲述噩梦，辜老板笑了。他向来不信邪，轻轻地抚摸太太的肩膀，安慰说：“岚，你不要担心！你忧虑太多，才会做这样的梦!”

辜太太还是焦急不安地说：“不，我还是很害怕!”

倪信风接着说：“老……老板，我……我想，是不是再会……会一会米小庄，请……请他算……算一算!”

辜梁说：“好吧！明天，你陪太太一起去！岚，我不能陪你去！国内集装箱将到，我还有很多准备工作要做!”

在成鑫的许多亲信中，米小庄的地位十分特殊。他相貌丑陋，平时很少抛头露面，却是成大哥最信得过的智囊。他也是成鑫儿时的玩伴，从小就在一起。他迷上易经八卦、风水地理，能掐会算。当成鑫还是街头帮派的大哥时，他就是军师！他对成大哥也向来忠贞不贰，只有在面对辜太太时才出现例外。第一眼见到辜太太，他就完全被她的美貌和风度征服。那时候她还不是辜太太，名叫米岚，因为是成大哥的人，他连看都不敢多看一眼，更不会主动跟她打招呼。

成大哥身边的人大都想不通，像他这样其貌不扬的人，怎么会如此得宠，都很鄙视他。唯有米岚很了解他的价值，对他特别尊敬。单凭这一点，就是为她而死，他也心甘情愿。在辜梁夫妇独立门户时，他暗中帮了大忙，当然这一切都做得十分巧妙、秘密！

会见的地点十分隐蔽。为了打猎的需要，辜梁在密密的丛林中盖了这间小木屋。轻车熟路，没花多少时间，倪信风就把辜太太带到这里，比约定时间还早五分钟。而米小庄早已在房内，坐在一张小小的圆桌后面。桌面上画着八卦图，五根点燃的红蜡烛摆放在五行方位。他那张脸本就丑陋的脸在红光照耀下，显得有些怪异。在那两侧向下斜的眉毛下方，一对小眼珠反射出敏锐光芒直指桌正中的阴阳，上面写着辜梁的生辰八字。他嘴里念念有词，如痴如醉……

辜太太已经不是第一次见到米小庄这样。她还知道像这样以八卦测算过去、预测未来，泄露天机，要折寿。她心存感激。她看到他停下来，松一口气，感激地说："米先生，谢谢你！你这样一次又一次冒险帮我们，让我们夫妇俩如何报答？"

米小庄摇摇头说："不，我不需要报答。只要你平安，我就心满意足！我想，你如此紧急约见我，一定遇到什么大麻烦，是吗？"

辜太太沉思片刻，接着说："说不上什么大麻烦，我只是做了个噩梦，想听听你的意见。"

听了辜太太对噩梦的叙述，米小庄的眉毛、小眼睛和大鼻子挤成一团。他心里想，这显然是不祥征兆！他心乱如麻，又匆匆算一卦，又是凶卦。看来，辜梁这最后一劫恐怕不好过！害怕吓坏了辜太太，他没有把问题说得那么严重，只是沉思着说：

"记得，我曾跟你说过，辜梁一生中会遇到三大劫难。前面两次，都是过去的事。他本都可以躲过，可是他都没有避开，吃尽苦头。第一次是在国内三年牢狱之灾。他当时不到十六岁，已是国内小混混的小头目。他是独生子。他父母都是中层干部，老年得子，虽然十分宠爱他，却也不缺管教。父母一次又一次劝说，甚至以死威胁，他不但没有听从，反而真的把父母双双气得病死。后来，一场严打把他送进少管所。由于表现出色，还救过人，他被提早释放。他出国到南非，投靠到'福建帮'老大手下。他天生不甘于人下，拉拢一批对老大心怀不满的人企图抢班。老大发现后，本要对他处极刑，因为念他在抢夺'上海帮'地盘上战功显赫，又爱惜他这人才，决定放他一马，派他到邻国去开辟新天地。谁知他并不领老大的情，居然带几位亲信要暗算老大，结果事情败露，被南非老大追杀。所幸又遇到你，躲过这第二次大劫……

"我算定，他下一个大劫难就在今年。今年是蛇年，他属狗，命里犯太岁。这一劫比过去都要凶险得多，弄不好还会殃及你跟小梁。成鑫属虎，是他命里的克星。请你无论如何要看住他，不让他跟成鑫正面冲突。实在躲不开，也千万也别求胜心切。退一步，海阔天高。贪功冒进，大祸将至矣！切记，切记！”

辜太太严肃地说：“我会这么做！”

米小庄继续说：“记得，我以前就跟辜梁算过命，他属木，北面是你们辜家兴旺发达之地。他没有听我的话，坚持在这小镇待下去，还发了大财。对你们表面上是好事，实际上威胁辜梁的命里运程，这很糟！你不妨劝说他向北转移。”

辜太太意味深长地望了身后的倪信风一眼，毕恭毕敬地说：“米先生，我明白了。再次感谢您！”

·6·

不幸被辜太太料中了，成大哥的大阴谋终于露出狰狞面目。法院警察把CHINA NO.1查封，原因是小个子高把辜梁给告了。

看到法院传票，辜梁心中愤愤不平。他依然信心满满地誓言：“这场官司无论如何必须赢！我相信也一定会赢！”

辜太太又请米小庄算一卦，是凶卦！她的嘴皮都快磨破了，辜梁才勉强同意提出庭外和解，并增加了还款数额。可是，在成鑫幕后指使下，小个子高变得很疯狂，坚持非要抵押物“CHINA NO.1”不可！当然，私下里，成鑫让人传递另外一个信息，只要辜梁保证听话，重新加入帮中，就可以撤诉。辜梁当然不会做这样的保证。没有别的出路，只好对簿公堂！

辜梁的好友肖嘛律师坐在正对面。他年近五十，头顶部开始有些秃，所剩无几的头发却梳得很整齐；一副典型的印度人脸型，圆圆的脸，前额较宽，大眼睛眼眶凹陷，大鼻子，大嘴巴。他身材偏矮，有些发福，但依然很健壮。可以看出，他就是经常坚持锻炼的那一种。网球是他最喜欢的运动。也就是在网球场上，他认识了辜梁。那时候，辜梁还在成大哥手下打工。辜梁天生一副好运动员的材料，而在网球场还是新手。可是，辜梁天性好强，不肯认输。面对肖嘛这样的强手，辜梁屡败屡战，越战越勇。辜梁很善于模仿动作，再加上异于常人的体力，很快就能跟他势均力敌，成为他最喜欢的搭档。他和辜梁配合默契，也成为最佳双打拍档，在镇里所向无敌。辜梁那种敢打敢拼的精神给肖嘛留下很深的印象，成为他的密友。他自愿当辜梁的律师，在辜梁的事业中，帮了很大的忙。

听了辜梁这样说，肖嘛摇摇头，用带浓浓印度腔的英语说："辜，你要知道，打官司向来有赢，也会有输，所有官司都一样！对眼前这官司，我仔细研究过，没有那么乐观。当然，我不是对你没信心，只是对这里的法庭有些失望！你以前从没有在这里打过官司，或许还不太了解。它绝不像表面上冠冕堂皇，实际上受各种势力影响！你应该不会不明白成鑫在镇里的势力有多大。这场官司不好打。"

辜老板说："我明白！可是，我没有退路，我一定要打败他们！"

不由自主地又一次想起那不祥的梦，再想想米小庄的话，辜太太心情很忧郁。绞尽脑汁，她还没有想出劝辜梁打退堂鼓的办法，只好强作笑容安慰说："梁，不要太担心。相信肖嘛先生，还有我。你还是按原定计划回国内去组织集装箱。这里就交给我们。"

辜老板固执地说："不！岚，其他什么事我都听你的，这次不行！你知道，这间店对我意味着什么，无论如何不能失去！官司没有赢，我别的什么事都没心思干！这次集装箱，还是你回国干吧！"

想到那梦，还有米小庄所算的卦，辜太太坚决说："不，我也不回国！梁，别忘了，除了这 CHINA NO. 1，我们还有许多分店，而且北部还有地方等我们去开拓！"

辜梁说："岚，正因为这，你应当回国。你信不过我，难道还信不过我们的朋友肖嘛律师？"

辜太太对肖嘛恳切地说："肖嘛先生，我的朋友，官司输赢并不重要。请你无论如何要帮我看住辜梁，千万别让他冒险！"

肖嘛点点头说："辜太太，你放心吧！"

辜太太心里还是非常担忧，当着肖嘛的面，她不能说太多。辜梁接着说："放心吧，太太！我不会有事！而这官司我们也一定会赢！"

这些都是用英语对话。在辜老板家里工作的这些日子里，倪信风的英语听力可算突飞猛进，对这些话已能听得大概。他突然用中文结结巴巴插话说："我……我作证，这欠……欠条确……确确实实被篡改。如……如果打不赢，太……太没有公理！”

倪信风那神态把大家都惹笑了，气氛顿时轻松了许多。肖嘛律师是中国通，对倪信风的话连听带猜知道大概，笑着用英语说：“法庭上不讲公理，只相信证据！”

倪信风的话让辜梁突然灵机一动，开口问：“肖嘛律师，这场官司关键的证物就是那张欠条，是吗！”

肖嘛律师说：“当然！”

辜梁手指那张欠条的复印件说：“肖嘛律师，在欠条里这个汉字是后来加上去的，难道就没办法请笔迹专家鉴定？”

肖嘛律师沉思着说：“OK！我想，我有办法，虽不能保证一定能赢，至少可以让他焦头烂额！”

辜梁也笑了对肖嘛说：“OK，我的朋友！我们合作，在法庭上给他们演一场好戏！”

镇法庭不大，但麻雀虽小，五脏俱全，依然显得十分庄严。因为涉及全镇最大商店的命运，这场官司在镇里引起不小的轰动。仅数十张座位的旁听席位，早已座无虚席，周围还站着许多记者，门外还有许多人听实况转播。

法官庄严地高高在上。

小个子高站在原告位上。他本来个子就小，此时看上去显得更加渺小。

各方面程序都过后，轮到被告律师向原告提问。面对小个子高，肖嘛律师一开始就毫不留情地提出一连串问题。

“高新先生，你只有经营‘高家铺子’唯一一间店，是吗？”

答：“是！”

问：“据了解，自开店以来，你店里总营业额从未超过三十万，是吗？”

答：“是！”

肖嘛律师紧接着说：“请你告诉法庭，2001 年 12 月 4 日那天，辜梁先生到你店内清点时，怎么会出现一百三十多万货物？”

小个子高本来英语就不错，再加上预先有充分的思想准备，他回答得十分从容：“是的！今年，我希望扩大生意，向成鑫先生借一百多万，多进一些货！可惜，我运气不佳，全都压在货轮里。辜梁先生自愿接收这些货，并预先付三十万元，剩下一百万元……”

肖嘛律师打断小个子高的话，发问：“据我的当事人辜梁先生说，而且第一证人倪信风先生也证实，你当时亲口答应，剩下一百万元在一年内还清，是吗?”

小个子高坚决否定：“不！是2001年内还清，并以‘CHINA NO.1’店作抵押……”

肖嘛律师脸色一沉，又一次打断小个子高的话说：“高新先生，我不得不提醒你，他曾经手按着《圣经》向法庭宣过誓！你应该明白，在法庭上说谎话会有怎样的后果！当日是2001年12月4日，离2001年结束还不到一个月，你写01年还清，为什么不写1个月内还清?”

小个子高微微有些惊慌失措，却依然一口咬定说：“辜梁当时确实承诺2001年内一定还清，并以‘CHINA NO.1’店面抵押，有欠条为证!”

肖嘛律师走向幻灯机一动按钮，洁白的墙上出现图1：

欠　条

兹中国商人辜梁先生欠高新先生壹百万元（中非货币），以“中国镇”中心街1号CHINA NO.1店面抵押，零壹年内还清。特立此据！

立据人：高新

欠款人：辜梁

证人1：倪信风

证人2：马兰里·把爪史

公元2001年12月4日

肖嘛问：“高先生，请你看清楚，是不是这一张?”

小个子高说：“是!”

肖嘛律师继续问：“高先生，这张欠条是由你自己亲手书写的，是吗?”

小个子高回答：“是!”

肖嘛接着说：“法官先生，我想先问被告辜先生几个问题。”

法官同意了。

原告律师就坐在小个子身边。他是当地人，名叫查理·莫伐特。他是穆瓦的首席法律顾问，据说是全镇最资深的律师。看来他早已过退休年纪，那卷曲的短发早已白透了。他无精打采地坐在那里，仿佛要打瞌睡。听说肖嘛要向辜老板发问，他突然睁大眼睛，放射出警觉的目光。成鑫就坐在莫伐特身边，问："莫伐特先生，你猜，他们想干什么？"

莫伐特小声地说："成先生，你别担心！无论他们怎么玩，总归逃不过失败的命运！"

肖嘛走向辜老板前面发问："辜先生，你是被告，你告诉法庭，你是否在这张欠条上签名。"

辜老板毫不犹豫地回答："No!"

辜老板的声音十分洪亮，在法庭上引起一场小小轰动。小个子高急了，不由地站起来，手指辜老板辩解说："你撒谎，辜梁先生！你明明亲手在上面签字。还有证人倪信风先生和马兰里·把爪史先生。而且，法庭上还有证据……"

肖嘛看法官一眼，打断小个子高说："原告，你应该明白法庭规矩，此时不应该是你说话的时候！"

法官急忙地说："原告，马上闭嘴，否则要告你蔑视法庭！"

看看小个子高似乎还不甘愿住嘴，原告律师莫伐特牵着小个子高的衣袖说："高先生，坐下！我们是原告，说话的机会多得是！"

肖嘛律师又面向证人席。倪信风和一位当地黑人一起站在那里。他先向倪信风发问："倪先生，告诉法庭，你当时是不是在这张欠条上签字。"

倪信风毫不犹豫地回答："No!"

肖嘛律师又打开另一台幻灯机，洁白的墙上出现图 2：

欠　条

兹中国商人辜梁先生欠高新先生壹百万元（中非货币），以"中国镇"中心街 1 号 CHINA NO. 1 店面抵押，壹年内还清。特立此据！

立据人：高新

欠款人：辜梁

证人 1：倪信风

证人2：马兰里·把爪史

公元2001年12月4日

肖嘛问："倪先生，你是在这一张欠条上签名吗?"

倪信风回答："是!"

肖嘛又走到被告席前面，开始发问："辜梁先生，墙上有两张欠条。告诉法庭，你是在哪一张上签名。"

辜梁立即回答："图2。"

肖嘛继续发问："辜梁先生，在我们这些不懂得中文的人看来，这两张图似乎差别不大。请你告诉法庭，它们之间有什么不同。"

辜梁手指图2说："大家知道，中国文字是象形文字，很像图画。应该说，高新先生中文书法很不错。大家看看，这一张像不像一幅美丽的图画?"

辜梁又指着图1上那个"零"字说："再看看这一张，是不是有些别扭。和图2相比，这张仅在这里出现细微的不同，多了这个'零'字，而图画整体的和谐被破坏了……"

肖嘛也指着图1上的"零"字，插话说："我们虽然看不懂内容，可单单以图画角度比较。高新先生当时书写时，由于时间匆促，字迹显得有些潦草，却很自然，字与字之间距离也很均匀。相比之下，这'零'字虽出于同一人，同一把笔，字迹则显得很僵硬。大家想想看，这'零'字像不像硬挤上去的?"

全场一阵笑声。

辜梁又接着说："中国语言真奇妙！就多了这'壹'字，非但整个图案的和谐被破坏，而且意思也变了。'壹年'内还清，变成'零壹年'内还清。原告有意这样做，就是要造成我违约的假象。"

肖嘛转身问小个子高："原告高先生，对被告辜先生的说法，你有什么解释?"

小个子高指着图1，一口咬定说："被告辜梁先生撒谎！证人倪先生是他的雇员，当然袒护他的老板。我发誓，他们确实是在这张欠条上签字！我还有另外一个证人马兰里·把爪史先生。"

肖嘛又对倪信风身边的黑人问："证人马兰里·把爪史先生，你也曾在欠条上签字是吗?"

那黑人说："是!"

肖嘛同时关掉两台幻灯机，又将幻灯卡当面反复调动几次后，又突然打开两台幻灯机，问："把爪史先生，墙上有两份欠条，你看清楚，你在哪一张欠条上签名。记住，不要指错了。如果指错了，就是在法庭上作伪证，可是要坐牢的!"

那黑人吓得愣住了。他摇摇头说："我不知道!"

全场一阵笑声。肖嘛也笑着说："当然，你不认得中文，本就没资格当证人。"

肖嘛走到被告席前面，右手食指和中指形成"O"字手势。以前，他跟辜梁一起双打时，经常使用这手势。辜梁回应出同样手势。肖嘛和辜梁真是一对最佳拍档，他们的精彩表演博得全场一片赞扬声。原告律师查理·莫伐特依然无精打采地坐在那里，仿佛要打瞌睡。他身边的成鑫大哥十分焦急，好几次提醒说："莫伐特先生，你为什么不提出反对?"

莫伐特笑了笑没有回答。他听肖嘛继续说下去："全镇人都知道，凭辜先生之实力，区区百万元实在算不了什么，犯不着去违约。在庭外和解中，辜梁愿意多加了很多，都不能被接受。我有理由相信，原告有计划、有预谋篡改证物，其目标就是抵押物——这间全镇最大的店'CHINA NO. 1'……"

听到这地方，莫伐特才仿佛梦中初醒，站起来说："反对！被告律师单靠主观推测，毫无根据。"

法官严厉地接着说："被告律师，请注意你的用语！要讲证据!"

肖嘛律师又出示一张纸，笑了说："我当然有证据！请看，这是南非笔迹专家鉴定证书！证明，这欠条被篡改过。这个中国字'零'是后来加上的。现在请南非著名的笔迹鉴定专家阿巴里·马拉维先生出庭作证!"

莫伐特先生急忙站立起来大声喊："反对！被告律师临时增加证物和证人，没有预先通知我们。而且，南非的专家也不能在我们法庭作证。我建议暂时休庭!"

法官紧接着宣布："法庭需要时间研究新的证物。现在暂时休庭，下次开庭时间，另行通知!"

断断续续、结结巴巴地说了这么久，倪信风越说越兴奋。凌林一直聚精会神地听着。可能确实有些累，凌林不由自主地打哈欠。倪信风不好意思地笑笑说："凌……凌医生，我……我是……是不是一……一下子说……说得太多！"

凌林越来越喜欢这小伙子。他关掉收录机，很亲切地说："不，小倪，你说得很好！就这样继续说下去，越详细越好。告诉我，第二次法庭什么时候开庭的。"

倪信风结结巴巴地说："其……其实，第二次开……开庭……没……没什么好说。时……时间，太……太短……"

下面是根据倪信风的话整理：

第二庭一开始，庭长只花不到五分钟时间宣布，由于被告没有通过法庭批准，擅自提供新的证物，而且，南非专家也不能在当地法庭作证，法庭判定这鉴定无效……

这无疑是一个沉重的打击，肖嘛律师顿时愣住，似乎有些手足失措。辜梁很不服气，气愤地对肖嘛律师小声地说："作鉴定的可是笔迹专家，凭什么就这么宣布无效！我们要提抗议！"

肖嘛律师小声解释说："不！这可是法庭的决定。在我们这地方，想打赢官司，无论在什么情况下，都不能对法庭提抗议！等莫伐特律师发言时，我们再反驳不迟！"

庭长一说完，莫伐特律师就从公文包里取出一张纸，紧接着发言："这是根据法庭的批准，我们请中国大使馆公证，证明这张'欠条'真实可靠，完全具有法律效应。现在请原告的另外一个证人，大使馆二等秘书刘华先生出庭作证……"

肖嘛律师急忙站起来，打断莫伐特律师的话："反对！原告方律师突然增加新的证物和证人……"

莫伐特笑着打断肖嘛律师的话。他拿着那份已被篡改的欠条和译文问："肖嘛律师，我在法院的人陪同下一起去鉴定的！你是否对中国大使馆的权威性翻译表示怀疑？"

肖嘛律师笑着回答："不！我们并不怀疑中国大使馆！但是，你们提出新的证物和证人，同样也必须给我们时间研究。否则，对我的当事人不公平！我建议暂时休庭！"

法官无可奈何地宣布休庭。

走出法庭，辜老板心情很沉重，一声不吭。倪信风首先用英语向肖嘛发问："肖嘛先生，下一步我们该怎么办？"

肖嘛律师声音低沉地说："我现在还没想出来！看来，成鑫先生的势力比我想象的还要大！"

辜老板勉强一笑说："肖嘛先生，我亲爱的朋友。我知道，你已经尽力了。你先回去休息吧！"

望着肖嘛的背影，辜老板垂头丧气地思索着。看老板这样子，倪信风心情也很沉重。他自言自语："大……大使馆，怎……怎么会做……这样的公证……"

辜梁说："这不奇怪！成大哥向来就是大使馆座上贵宾，刘二秘更是他的密友！"

沉思片刻，倪信风又安慰说："老……老板，这……这官司，未……未必会输！一……一重新开庭，我……我们还可……可以反击！"

辜梁深深地叹一口气说："唉！没用！肖嘛律师说得对，在这小镇打官司，凭得是势力。成大哥的势力比我们想象的要大得多！"

倪信风继续说："在这里，成……成大哥跟……跟我们一样，也……也是外国人。在……在当地，他……他不……不可能一手遮天……"

倪信风的话让辜梁眼睛一亮。他打断倪信风的话："对了，穆瓦才是真正有势力的人！"

倪信风疑惑地问："穆……穆瓦会帮……帮我们？"

辜梁说："我在他手下干过一段时间。我了解，他很富有同情心！况且，我帮过他的大忙。他还欠我一个大人情。走，我们见穆瓦去……"

·7·

听到这里，凌林问："小倪，辜梁先生什么时候在穆瓦先生手下干过？"

倪信风说："好几年前，当时，辜老板还在成大哥手下打工。穆瓦先生向成大哥借一可靠的人帮忙，最后选定了辜老板！"

凌林继续问："辜老板帮穆瓦什么忙？"

倪信风结结巴巴地说："老……老板把我当……当自己的亲人，什……什么事都愿……愿意告……告诉我，除……除了这件事！他……他还警告我，不……不许再……再提这件事！"

既然如此，凌林也没有再继续追问。他说："小倪，你告诉我辜老板去见穆瓦的情景……"

这无疑是全镇最大的私人别墅。穆瓦无可非议是全镇最有权力的人。他不是黑道人物，可是所有的帮派都愿意听他调遣。他也是南部非洲最大的商人，在许多大公司中都有他的股份。他没有在政府中任职，可所有的官员都不敢违背他的意愿。他是这国家老资格国会议员，新镇长也是靠着他的支持才上台。

在距别墅的大门还有几十米的地方，辜梁的车就被武装警卫拦住，数个摄像头从左右两侧哨所，以各种角度对着他和倪信风。他对着倪信风大发牢骚说："穆瓦这黑鬼搞什么名堂，把我们拦在这里，到底要等多久！"

倪信风知道穆瓦和成鑫的关系，他隐约感觉气氛有些不对头，担忧地说："老……老板，我……我们先回去？"

辜老板很理解倪信风的心情，也知道此时穆瓦正在看着他们，并且听着。他抬高嗓门用英语说："小倪，别担心！我相信，穆瓦先生应该不会忘记我！"

或许正是这话起作用，没过多长时间，穆瓦就乘着庄园的电动车远远而来。还差一米远的距离，他就跳下车，亲切地用生硬的中国话说："辜老板，让你久等，对不起！"

不等辜老板回答，穆瓦牵着他的手往里走。倪信风正要往前跟，却被辜老板拦住："小倪，你就在这里等我！"

以后发生的事，让凌林深感疑惑，就像一篇长篇小说，快接近高潮时突然宣布结束。听倪信风说，后来，没有再开庭，只收到法庭的通知，小个子高撤诉，辜老板交完百万欠款，一切都结束了。他疑惑不解地问："为什么会这样？是不是穆瓦先生起的作用？"

倪信风说："不……不知道！"

凌林继续问："你有没有向老板打听，他跟穆瓦谈话的内容？"

倪信风机械地说："问……问了，老……老板警……警告我，不许再问，特别不许让太太知……知道……老板要……要求我永……永远忘了这件事。我对老板的话，向……向来唯……唯命是从！我……我真傻！"

倪信风并不傻，只是内心深处的潜力还没有被激发。辜老板夫妇遇害后，倪信风仿佛感到世界末日降临，活着没有什么意义，一心就是要替辜老板报仇，却不知道该怎么办。这几天，跟凌林在一起回忆往事，他感觉自己似乎突然变得聪明了许多。他焦急地说："是……是不是，了解老板跟穆瓦的谈话很重要……"

凌林肯定地说："当然！小倪，看来我们要找穆瓦先生谈谈！"

倪信风说："穆……穆瓦架……架子很大，他……他未必肯见我们……"

凌林微微一笑说："小倪，你不知道，那个犹占里警长是穆瓦的亲侄子。我们可以让他去预约！"

穆瓦的架子确实不小。在国会议员办公室，他像大人物一样接见凌林。他庄严地对凌林点点头："凌先生，犹占里向我介绍了有关你的情况。我代表国会，感谢你为我国警方服务。"

凌林很有礼貌地说："镇警局给我机会，参加侦破辜家灭门惨案是我的荣幸！"

穆瓦的英语虽然带着斯支瓦腔，声音却十分洪亮有力："这可是一桩恶性案件，虽然死的只是一家华人，但性质十分恶劣！我希望警方一定要尽早破案！"

凌林说："我一定会尽力帮助警局！"

穆瓦说："再次对你表示感谢！"

凌林说："穆瓦先生，今天我求见，是想问您一件事！"

穆瓦坦率地说："不管什么事，你就大胆问吧！只要有利于你们破案，我义不容辞！"

凌林客客气气地问："听说，辜先生被害前一个月，曾经找过您。您能不能提供当时的谈话内容？"

穆瓦说："这事我记得！当时，辜先生正在跟高先生打官司！数年前，我在津国跟当地华人做生意，请辜先生帮过忙。虽短短数个月，他帮了我不少忙！我也很喜欢这小伙子。他求我摆平那场官司。我个人心里也希望中国人在我们这里和睦相处，专心做生意，为我们的繁荣做贡献！当时，我立即派人把高先生请来，让他们当面谈判。看到我，高先生很害怕，很快就答应撤诉……”

听凌林转述穆瓦的话后，倪信风脸色变得很难看，愤愤不平地自言自语：“穆……穆瓦先生出……出面，要……要小个子高撤诉不难！可……可是我太了解成大哥，他……他是幕……幕后策划者，他……他目标是‘CHINA NO. 1’，不达目的，绝不会罢休！看……看来，惨案幕后真凶或许真是他……”

凌林安慰说：“小倪，放松些，我们需要去找证据！”

倪信风问：“凌……凌，下一步……”

凌林说：“小倪，你带我去见肖嘛律师，然后再去见辜小梁！”

·8·

在印度人肖嘛的律师事务所。

看到倪信风，肖嘛律师用带印度腔的英语说：“倪先生，我正想找你。有一个重要补充文件需要你签字。”

倪信风的英语虽然还摆脱不了中国腔，却没有结巴：“肖嘛先生，让我介绍，这是凌林医生。”

肖嘛律师笑着对凌林说：“很高兴见到你！凌医生，辜老板向我说过你，他跟你虽仅一面之缘，却对你印象不错。听说，你为警方服务，是吗?”

凌林说：“是！我想向你了解一些有关辜梁先生的事。”

肖嘛问：“凌医生，按理，我们当律师的要为客户保守秘密。不过，你不同。你也是辜先生最信任的人。你想知道什么?”

不等凌林开口，倪信风抢先说：“肖嘛先生，是我让凌林医生一起来见你。还有一件事，我要当他的面，为我自己立一份遗嘱。”

肖嘛律师说：“OK!”

倪信风毫不迟疑地说：“如果我也发生意外，死了，我要将辜老板的财产由凌林医生管理。凌医生还将接替我，当辜小梁的监护人。”

肖嘛律师笑对凌林："OK！我知道了！凌医生，你承认自己是辜梁先生忠实可靠的朋友吗？"

凌林肯定说："当然！"

肖嘛又问："凌医生，你能保证，你无论如何都会坚决维护辜梁先生的后代，即辜小梁的利益吗？"

凌林说："我保证！"

肖嘛说："OK！现在，大家都是自己人，我要宣布辜梁先生的补充遗嘱。辜梁先生在美国银行还有一百万美元存款，为将来辜小梁在美国读书的费用。倪先生，辜先生要求你做出承诺，保证这笔钱完全用在辜小梁身上！"

倪信风郑重地说："我已经当你的面向辜老板保证，我会把辜老板的财产全数留给辜小梁，当然也包括这笔钱！如果我发生意外，这些将完全由凌医生管理！"

肖嘛又问凌林："凌医生，你也愿意做出同样的承诺吗？"

凌林紧接着说："我保证！"

肖嘛律师的助手准备好相关文件交给倪信风。倪信风边看，边听肖嘛律师讲解，最后才签上自己的名字。肖嘛律师接过这些文件说："你们还有什么问题？请说！"

凌林说："肖嘛先生，你知道，我是辜梁先生的好朋友，现在为警局服务，希望能找出杀害辜先生夫妇的幕后指使人。我希望你能为我们指供一些线索。"

肖嘛律师犹豫不决地说："恐怕我帮不了这忙。可是，有这么一个情况，我一直犹豫要不要告诉警方。"

凌林说："希望你能告诉我！"

倪信风接着说："我也希望知道！"

肖嘛律师无可奈何地说："OK！那我就告诉你们吧！倪先生，你还记得那场争夺'CHINA NO. 1'店的官司吗？"

倪信风说："我记得！"

肖嘛律师庄重地述说下去：

"我记得，那一天，辜梁先生来律师事务所找我。当时，我心里正在为那官司而气恼。中国大使馆居然为被篡改的欠条公证，而南非笔迹专家的鉴定却被排除在外。看来，这场官司输定了。

“辜梁先生兴冲冲地对我说：‘我的朋友，别发愁！这场官司结束了！’

“当时，我真的很佩服他。在这种情况下，他居然还有心情开玩笑。我说：‘算啦，辜，别开玩笑！我希望你要现实些！’

“辜老板笑着问：‘你相信这世界上会有奇迹吗？’

“我说：‘我更相信现实！’

“偏偏就在这时候，法庭送来对方撤诉的通知书。我疑惑不解地问：‘辜先生，这怎么可能？’

“他很自信地说：‘我说过这世界上会有奇迹！’

“我兴奋地说：‘辜先生，祝贺你！’

“他又深深地叹一口气：‘唉，没什么值得祝贺！我赢了这场官司，实际上也让自己置身于危险之中。我更担心，或许还会牵连我太太！’

“我知道，辜梁向来无所畏惧。可是，一想到太太，他的心就乱了。我看着他忧心忡忡地离开，心里也很不好受。没想到过了两天，他又来了。他告诉我，他的车受到武装人员袭击。平时太太常坐的副驾驶座位上中了好几枪。幸好，没有打中人。他说，或许我真该再立下一份遗嘱，如果他和太太都出意外，就由倪信风当辜小梁的监护人。他还让我反复叮咛倪信风先生，万一他们出事，什么都不要管，只要保护好辜小梁就行，千万不要为他们报仇！”

凌林问：“肖嘛先生，辜梁先生对你说，赢了官司却让他全家陷入危险境地，是吗？”

肖嘛回答说：“是！”

凌林追问：“他为什么这样说？”

肖嘛律师说：“我也很想知道为什么。我问过好几次，开始他什么都不肯说。后来，在我一再追问下，他才说，他得罪了当地中国人的帮派。这些人绝不会放过他……”

回到辜家大院，一走进门，倪信风就气冲冲地说：“这……这很清楚，辜……辜老板赢了小个子高的官司，就……就是让成大哥丢脸。他……他相信成大哥不会放过自己！这……这岂不更加证明，成……成鑫就是幕后真凶！无……无论如何，我……我决不放过他！”

凌林安慰说："你的心情，我可以理解！这一切还只是推理，我们还需要去寻找证据！"

倪信风恶狠狠地说："我……我要为老……老板复仇！我……我会找到证据……"

凌林接着说："小倪，别忘记辜老板的遗言！辜老板让你千万不要为他报仇！一定要保住他的后代小梁……"

倪信风打断凌林的话说："凌……凌，如……如果我有什么事，希……望你……你一定要保……保护小梁……"

第三章　线　人

·1·

一整晚，倪信风的话一直在凌林的脑海里回旋。他心里很不安，因为倪信风这人实在太鲁莽……一觉醒来，他就急忙去敲倪信风的房门，却早已人去房空。到处都没有发现这人踪迹，他的心里突然产生一种不祥预感。他不是鲁莽的人，并没有到处乱找。他让犹占里警长带几个警察暗中查访，也一无所获，看来情况有些不妙，这人一定单独冒险调查去了！他后悔昨天晚上没有给倪信风足够的警告！独自坐在辜梁那空荡荡的房内，他思考着该怎样采取行动……

此时，犹占里警长带着一位陌生的中国姑娘进来，打断了他的思路。她二十五岁左右，从五官来看，说不上特别美，身上却暗藏一种与生俱来的贵气。她一张脸偏圆，鼻梁也不够高，却很精致，嘴唇稍厚些，有些性感，加上一双会说话的大眼睛，整体却很和谐、很动人。

凌林用中文问："小姐，你是？"

可能看犹占里在旁边，那姑娘用英语回答。她的英语发音十分纯正，而且音色很圆润。她说："凌医生，我曾是辜太太的贴身侍女，一直在成大哥身边。你不知道我，我却见过你，那是在辜老那次春节宴会上。现在是小倪让我来找你。"

终于有倪信风的消息，凌林心中一阵惊喜。突然想起以前听倪信风经常提起她，他也用英语说："我想，你是小云小姐，是吗？"

姑娘点点头说："是！"

显然，犹占里警长已经被小云深深吸引着。他插话赞赏说：“小云小姐，你英语讲得真棒，声音很美，人更美！”

小云对犹占里微微一笑说：“谢谢！”

凌林心里替倪信风担忧，着急地问：“倪信风怎么样？”

小云心情沉重地说：“是的！小倪被成大哥抓走了。他说，只有你才能救他。”

凌林安慰说：“小云，别紧张，请详细叙述经过。”

小云声音低沉地叙说事情经过。

“成家大院很大，住着很多人，而且戒备森严。高高的围墙，上面安装着高压电网和报警器，到处都有监视探头，还有武装卫士巡逻，带着各种凶猛的德国牧羊犬。当然，这么大的院子总会有死角。在我居住的佣人房区域旁边有一道小门，平常都是紧锁着，只有我和几个佣人能从那里出入。太太还没有结婚前，也曾从这里出去和辜老板私会。太太过世后，这门就一直没有再打开过。

“前天晚上，鸟叫声把我从梦中唤醒。这是当地常见的野鸽子的声音。我知道，这里附近并没有野鸽子。以前，出现这声音，就意味着辜先生派小倪来传口信要跟辜太太约会。辜太太跟辜老板私奔后，小倪还经常来，目的是要为辜老板从我这里得到有关帮会内的消息。可是，夫妇俩都已离开人世，小倪也没有机会再来。此时，再次听到这声音，我感到毛骨悚然。可是，这声音还是顽强地钻入我的耳内。我不由回想起跟辜太太相处的日子。太太待我不薄，她把我当作亲妹妹一样。正因为如此，我非但没有按成大哥的指示监视她，而且还暗中帮忙。我相信，就是辜老板辜太太的冤魂到来，也不会加害于我！我要出去看个究竟。

“果然是小倪！我知道这呆子发了，居然成为辜老板的接班人，接下那么大一笔财富。我责问：‘小倪，你这呆子！你想找死吗？你还冒险到这里来干什么？’

“交谈中，才知道他对成大哥早就恨之入骨，想要复仇。他咬牙切齿地说：‘小……小云，我……我要替老板和太太报仇，请……请你帮我！’

“我骂他：‘你这呆子昏了头。成大哥一根小指头就可以把你掐死，怎么报仇！’

“他不肯走，而是耐着性子跟我解释。他提到你。他说，你正在帮警方追查雇凶杀害辜老板夫妇的幕后指使者。成大哥嫌疑最大，现在特别需要证据！他还说，他刚从南非买来窃听装置，只要把窃听器放在成大哥的办公室，把主机放在我的房内，就会录下他们讲话内容，总会找到线索。我被他的侠肝义胆打动，决定帮他。然而，他在大院内走动，实在太危险，我要求他等候在我的房内。我独自到成大哥的办公室去。办公室很大，把这像火柴盒大小的东西放在什么地方，既不容易被人发现，又能收到讲话声？当我还在思考时，外面传来脚步声。声音很清脆，估计巡逻队离办公室门口很近。被阻在那里，要不知不觉地离开，似乎不可能，我吓出一身冷汗。自从辜太太离开后，我被贬到厨房里打杂，不允许在这地方出现，若被逮个正着，真不知会受怎样惩罚。我正在发愁时，外面传来喧哗声，卫队又渐渐远去。我把窃听器往装干花的花瓶一扔，乘机溜出去。”

……

深深地吸了一口气，小云又十分着急地说下去：“到外面，我才知道。原来，这呆子并没有按我的吩咐待在房内，而是暗中跟踪我。看到我有危险，他不顾一切地把卫士们引开。结果，我算是逃脱了，他自己却被擒。小倪曾说，万一他发生什么意外，让我去找你。凌医生，求你去营救小倪，一定要快！”

凌林说：“小云，别这么紧张！告诉我，你有没有监听到什么？”

小云说：“我把一盘录音带取下来了。”

放进带子，收录机里首先出现成大哥的声音。成大哥威严地呵斥：“小倪，你怎么进这院子里来？”

倪信风结结巴巴地说：“我……我从……从大……大门走……走进来。”

下面是小个子高那尖嗓门。自从那场官司后，他成为成大哥的亲信：“胡说！门卫怎么会放你进来！”

倪信风说：“我……我说，有……有一重要东西，我……我要亲手交……交给大哥！”

成大哥问：“什么东西？”

倪信风说：“昨……昨晚，我……我做了一场梦，……梦见辜太太……”

小个子高阴阳怪气地打断倪信风的话：“大哥问，你带来什么东西要交给他。你这蠢货，瞎扯什么？”

成大哥阻止说："小个子高，别多嘴！让小倪说下去！"

倪信风说："梦……梦中，太……太太让我把这小玉佛交……交给大哥您！太……太太说，佛……佛会保佑大哥！"

听到这里，凌林笑着说："想不到，小倪也会装神弄鬼！"

收录机又传出大哥的声音："小倪，你既然来了，就别急着离开。小个子高会照顾你。"

停顿片刻，倪信风又问："高……高老板，太……太太还想问你。太……太太说，她知道你很想要那 CHINA NO. 1，为……为什么后来又撤……撤诉！"

又是小个子高那尖嗓门："这有什么奇怪！大嫂无情，大哥却不能无义。他可怜大嫂，不想让她伤心，就命令我撤诉……"

成大哥喝阻说："别说啦！"

录音带就此结束了。

小云说："我要赶快回去，免得他们生疑。"

凌林说："不，你还是不要回去。这太危险！他们可能很快就会查到你身上。"

小云坚决地说："不，小倪还在他们手上，我要回去探听消息。"

犹占里警长终于插话说："小云，你不必回去，我会带人去救倪先生！"

小云说："不，我不回去不行！录音机主机还在我房内，或许还录下什么。"

凌林笑了说："小倪都会玩高科技，我代表警方当然不能落后！小云，你实在坚持要回去，我送你一件东西。"

凌林取出一根项链交给小云说："这本是鲍比局长给我的。现在，你戴上它。你压一压这坠子试试。"

按凌林说的，小云用力在坠子上重重一压。突然，一位警察冲进来问："凌先生，你有什么事？"

犹占里警长指着小云对那位警察说："先生，这位小姐是我们警方保护的重要证人。你带几位警察暗中护送她回去，并在附近观察。她如果按警示器求救，你就立即向我汇报。"

那警察立正说："是！"

临走前，小云又一次恳求："凌医生，犹占里警长，求你们快些去救小倪。"

犹占里警长沉思片刻说："还是我亲自护送你回去吧！"

·2·

小云走后，凌林心里一直担忧着。没多久，他就得到消息，她也出事了。凌林心里很清楚，要想从成鑫手里救出倪信风和小云，绝非易事；而且动作一定要快，如果被转移走，情况就很不妙。幸好，他早有思想准备。他让犹占里警长多带人去，守住四周要道！现在，他要第一次和成鑫这位江湖大哥交手。

当凌林到达成家大院前，犹占里警长已完成跟成鑫第一回合交锋。一看到凌林，他就焦急不安地说："凌，他们不肯让我们见小云小姐！"

原来，犹占里警长性子急，而且向来很自信。一听到小云发出求救信号，他就急忙到大门口去找小云。

小个子高带几个手下出来接待。他不认得犹占里警长，一听对方说出来意，就立即推辞说："对不起警官，小云小姐现在不在家。"

犹占里警长平时在警局里可是一人之下的角色，几时碰过这样的钉子！他很生气地说："我知道小云小姐在什么地方！我自己进去找。"

成鑫的律师从后面走到前面来。他认得犹占里警长，态度十分恭敬地说："犹占里警长，对不起，高先生不认得你，刚才态度生硬，请原谅！小云小姐确实刚外出。我知道您在警局的地位！可是，您应该很熟悉这个国家的法律，这里可是私人住宅，再有权力的人，没有经过允许也不能硬闯！这样吧！您先回去，待小云小姐回来，我亲自送她到警局，接受你们问讯！"

犹占里警长当然了解法律，一时哑口无言！

……

听了犹占里警长的汇报，凌林安慰说："犹占里警长，你别太着急！"

犹占里警长问："那我们该怎么办？"

凌林笑着问："犹占里警长，我们在找这两位警方重要的证人。你能不能弄到一张'搜查证'？"

犹占里警长拍拍自己的脑袋瓜子，笑了说："对，我怎么没想到这个。我马上就去办！”

成家大院早已严阵以待。成鑫带一批手下在门口欢迎。远远看到这架势，凌林急忙迎向前。成鑫那矮胖的身子已到眼前，并伸出胖乎乎的右手。老二余冠、老三占武林、小个子高还有那个黑人老律师紧随其后。幸好，凌林也练过几手，当右手被成大哥像铁钳似的紧紧地握住，脸上依然能不动声色。他微笑着招呼：“大哥，您好！其实我们早已认识，今天才有机会交谈，我很荣幸！”

成鑫本人也是位大力士，除了辜梁和老三占武林外，就没遇见过对手。他没想到像凌林这样的白面书生居然也是个硬角，不由地发出如铜钟一般的笑声：“哈哈！凌医生，欢迎，欢迎！上一次春节在小辜家里，虽有一面之缘，却没有机会交谈。想不到有一天，你会代表警方到访。我是个生意人，向来与警方关系不错。大家又都是老乡，就更加难得！走，今天我要尽地主之谊，好好地招待你。”

凌林站在门口不动，只是很客气地说：“成大哥，很高兴再次见您！您知道，我公务在身，只想站在这里看看！”

一再邀请，凌林就是不肯移动身子，成鑫脸色阴沉下来。老二余冠带威胁的口吻说：“凌林，你难道连我大哥的面子也不肯给！不想跟大哥为友，就是我们的敌人。别人怕，我们大哥可不怕什么警察！”

凌林笑着说：“不不！我决不想跟大哥为敌。自从上次在辜梁家初次相见，我心里就已经把大哥当自己的朋友。”

小个子高还是那样阴阳怪气地插话：“凌林，你跟辜梁那小子还真够朋友！据我所知，你跟他也仅有一面之缘，却苦苦要为他复仇！”

凌林摇摇头：“不！我并非要报什么仇，只是受警方所托，要找出真相。”

余冠冷冷地说：“什么真相！通常寻找真相的人命都不长！”

凌林有些不高兴地说：“余二哥或许还不了解我这个人。我向来就不介意自己命有多长！”

看看余冠和小个子高似乎还想出言不逊，成大哥急忙制止：“余冠、小个子高，不得对凌医生无理！凌医生，又岂是你们能相比！”

成大哥又微笑着对凌林说：“凌医生，我早就听说你的事迹，有机会跟你交个朋友，我很高兴！”

凌林谦卑地说："能跟大哥你交朋友是我的荣幸。不过，眼前有一项任务我必须首先完成。警局命令我寻找两位重要证人，请求成大哥无论如何要帮我这个忙。"

成大哥问："什么人？"

凌林说："一位是贵府上的小云。"

成大哥冷冷地说："我想你警方一定是搞错了。小云只是在我们府里厨房打杂，向来不和外人接触，怎么会是警方的证人？"

凌林说："成大哥，你应该知道，小云跟辜太太关系非同一般。警方想向小云了解有关受害者的情况。我希望大哥能把小云交给我们警方！"

成大哥对占武林使个眼色说："老三，你去把小云带来！"

老三占武林一直直挺挺地站大哥身后，一声不吭。听到大哥的话，他点点头，同样一声不响地跑了。成大哥又继续对凌林说："凌医生，你的朋友鲍比局长刚到这城市来不久，或许还不清楚，问问警局的老干警就知道，我们向来都十分支持警方工作。当然，警方对我们也都是照顾有加……"

成大哥滔滔不绝地说个不停，直到占武林回来。占武林硬邦邦地说："大哥，小云不在家，我已派人去找……"

这在凌林的意料之中，他们当然不可能如此轻易地交出小云。他接着说："还有一个倪信风，他一直是警方保护的证人，昨天突然失踪……"

成大哥笑着打断凌林的话："这更不可能！倪信风是小辜的雇员，跟我们一直没有什么关系，怎么可能会到我们这里来？"

凌林肯定地说："据报，有人看见倪信风走进这个大院。"

成大哥问余冠那些人："最近，你们谁见过小倪？"

看那些人一个个都在摇头，成大哥又对凌林说："当然，这院子这么大，有上百号人，倪信风待在某个角落，也说不定。我让他们去查查。你先跟我一起去喝几杯。找到后，他们一定会告诉你。"

凌林恭恭敬敬地说："谢谢大哥！"

看看凌林依然没有移动脚步，余冠催促说："凌医生，大哥如此看得起你，真应该感到荣幸！你还不赶快跟大哥去里面坐一会儿！我们会帮你找小倪和小云。"

凌林很清楚，成家大院结构十分复杂，而且还有地下室，就是拿到"搜查证”要找到这两人，也绝非易事！临靠近大院前，凌林早已让几个警察凭信号追踪小云的位置，估计现在该有所发现。他转身向门外看去。果然，看到犹占里警长向他挥手，右手做出“O”字手势。他笑着说：“好，大哥，那就恭敬不如从命！我就跟你进去喝几杯！”

凌林边往里进，边挥一挥手，犹占里警长带一队警察迎上来，并将一张纸递给他。他接过来看一眼，又转交给成大哥说：“大哥，对不起！你看看，这是法院批准的‘搜查证’。当然，我们的目的绝不是为了搜查你的大院。只要找到警方的证人，我们立即就走！”

成大哥接过那张纸，上面的英文他还没完全看明白。他刚把“搜查证”交给身后的律师，犹占里警长带着警察已经直接扑向大院西北角的一座大房子。大哥的手下虽然凶悍，但第一次面对这么多当地警察难免也有些心虚。没有大哥的命令，谁也不敢阻拦，只是紧紧地尾随着。根据小云身上追踪器发出的信号，警察很快就找到倪信风和米小云。

原来，小云一回到自己的佣人房，就开始打听倪信风的下落。她长期住在大院内，对这里情况很熟悉，又有几个卫士跟她的关系不错，要达到这目的并不困难。当知道倪信风被软禁在这大房子内，她有意做几碗菜冒险去探视，结果也被关在一起。她急忙发警报求救。

……

自从第一眼开始，不知不觉间小云就在犹占里警长心里占了重要位置。接到小云求救信号，他一直忧心忡忡。终于看到小云，他激动不已，忍不住把小云紧紧地抱住：“我的上帝，总算找到你啦！”

成大哥的手下站在四周，脸一直绷得紧紧的，此时忍不住都哈哈大笑。只有倪信风却绷紧着脸！小云涨红着脸轻轻地把犹占里警长推开，笑着说：“对不起，我们中国人不习惯这样！”

看犹占里一脸尴尬，小云又甜甜地一笑说：犹占里警长，我和小倪都十分感谢您的帮忙！

倪信风满脸不高兴，一声不响跟着犹占里和米小云到凌林面前。犹占里笑着对凌林说：“凌，我现在完璧归赵，把这两人毫发无损交给你！我去跟鲍比局长汇报去！”

等犹占里警长离开后，凌林故作气恼地拖着倪信风的手到成大哥前面说：

“小倪，你这人真不像话，怎么一声不响就走了。而且，还来麻烦大哥。”

看到倪信风一脸不高兴，小云不由地从心里乐了。她紧接着凌林的话说：“你这呆子，发什么呆！还不赶快向大哥赔罪！”

倪信风恭恭敬敬地说：“大……大哥，对……对不起！”

几时吃过这么大的亏？成鑫十分恼怒。可是，一时间他也发作不起来，一言不发，甩一甩手转身往里面走。一群手下簇拥着他。余冠恶狠狠地对凌林说：“姓凌的，你已经得罪了我们大哥，以后给我小心点！”

·3·

米小云出身国内贫困山区，自幼父母双亡，野生野长，连姓名也没有，别人都“傻妹”“傻妹”这样叫着。其实，她一点也不傻，而且可以说十分机灵，未满十六岁，就独自到城市里闯荡。她曾在一家地下赌场打杂，被辜太太看中，带在身边。辜太太把她当自己亲妹妹一样，还给她起个好听的名字：米小云。她从辜太太那里学到很多本领。几年下来，她不但学识大有长进，而且连气质也变了许多。辜老板和辜太太私奔，为了能探听到成鑫帮派的动态，她自愿留在成家大院。成鑫大哥就把对辜梁的气都撒在她身上，她的处境越来越险恶，平时只能深藏不露，一味地装傻。现在总算脱离虎口，她心情突然轻松了许多。

在辜家大院，小云边整理房子边唠叨：“小倪，瞧你，这么好的大院被你搞得像猪圈似的。”

看看倪信风呆呆地站在那里，她故作气恼地说：“你这呆子，怎么一声不吭。你难道忘了，你还欠我一句话。”

倪信风问：“什……什么话？”

小云反问：“‘谢谢’两个字你会不会说？没有我，你能这么平安地坐在这里？你或许还不清楚，大哥那些人有多狠，居然自动上门去送死！”

倪信风结结巴巴地说：“我……我不……不希望你来救我，如……如果把你也搭进去，那才糟糕透了。现……现在那……那些窃……窃听设备全完啦！你……你知道，我花……花了多少钱？”

当时，辜老板带辜太太离开以后，还一直注意着帮派的动态，消息主要来自小云。倪信风负责联络。那时候，小云跟倪信风接触很多。没想到，这傻乎乎，连话都讲不清楚的呆小子，后来居然继承了辜家夫妇的一切，小云心中难免有些酸酸的。她挖苦地说：“你现在可金贵啦！有什么比你的命更重要！那些设备算什么！”

一直沉默不语的凌林插话说：“小云话说得不好听，道理是对的！无论如何，保存自己才是最重要的。他们那些人要是真的把你偷偷除掉，我们也没有办法！你以后可不要再冒险！你不知道，当你身陷险地，小云有多么着急！”

小云冷冷地说：“我才不是替他着急。我是替辜老板辜太太感到伤心。他们居然把后事托嘱给一个这么不负责任的人！”

小云说的是实话。自从辜太太死后，她一直很伤心，只好把悲伤藏在内心深处。现在，她获得自由，话也多了。倪信风本来就笨嘴拙舌，哪经得住小云这连珠炮，只能哑口无言。凌林笑着说：“你也不要小看小倪。独闯成家大院，可以说鲁莽至极。而在危急关头，居然想出送玉佛这借口，还真出乎我意料。要是没有请出这玉佛，后果还真不堪设想！”

凌林的话又勾起倪信风的心事。他结结巴巴地说：“不……不！不……不是借口……”

小云插嘴说：“这件事我知道。以前，辜太太虽然不齿于成大哥的所作所为，可心中对大哥还是很有感情。她把他当作自己亲生的大哥似的！有一次，去南非‘南华寺’，她暗中买了这玉佛，还请长老开了光。原准备等成大哥生日时，送给大哥。谁知，后来再没有机会了！”

倪信风接着说：“可……可是，大……大哥还狠……狠心雇凶杀……杀了太……太太……”

小云恍然大悟说：“你们怀疑辜家灭门是由大哥所为，才放这窃听器？其实，大哥这人十分谨慎，从来不在密室以外谈论大事。而这密室，我也不知道在哪里，当然也无法放这窃听器，这机器自然无用武之地。你们要知道什么，还不如问我。”

凌林问：“小云，你认为成大哥跟辜老板夫妇之死有没有关系？”

小云沉思着说：“如果说大哥会杀辜太太，这绝对不可能！如果说大哥要杀辜梁，我相信！几乎所有组织内的人都知道，大哥早就想杀辜梁，就是为了辜太太，他才没有动手。”

凌林问：“为什么？”

小云说：“成大哥担心，杀了辜梁，会招来辜太太仇恨！”

倪信风问：“所……所以，他才雇……雇凶？”

小云犹豫不决地说：“听说……”

凌林追问：“听……听说什么？”

小云欲言又止：“那都是些帮派中下人的传闻，不足为凭……”

看看小云还犹豫着不肯说，凌林鼓励说：“小云，你大胆说吧！这些议论可以当作参考。”

小云说：“听说，辜老板眼看要输掉官司，就要失去 CHINA NO.1 店，很不甘心，就去威胁大哥。他说，他掌握一重要秘密，如果失去这间店，就要公开。当然除了辜老板和大哥本人，没有人知道这是什么秘密。传说，这秘密是大哥的痛处，如果公布于众，可能会身败名裂。大哥只好让步了。不过……”

倪信风插话说：“原……原来如此！”

小云接着说：“不过，我并不相信这传闻。你们知道，大哥这人最恨别人威胁。而且，他向来为所欲为，无法无天，我想不出会有什么秘密能使他让步！如果真得如此，辜梁恐怕当时就回不来了。”

凌林说：“我们不妨先作这样的假设，是大哥雇凶。据我们所知，这些凶手很可能来自南非当地的黑社会杀手！小云，大哥以前有没有跟这些南非黑帮有过来往？”

小云说：“大哥本人跟南非几乎所有的华人帮派都有交情，也只是生意上的往来。至于跟南非当地黑社会，我真的想不起有过什么关系。只有……”

倪信风问：“只……只有什……什么？”

小云想了好一会儿，说：“只有老二余冠手下的朱兵！他身手一般，人却很机灵，而且精通英语，是帮派的外交家。他跟南非许多当地黑帮有联系。记得，辜家惨案发生前几天……”

倪信风着急着问：“什……什么事？”

小云回忆说：“记得，那一天，有人告诉我，朱兵刚从南非回来，大哥要为他接风洗尘，让我送几碗菜到大哥房间去。在大哥房门口，我先听到老二的声音。老二抱怨说，他妈的，南非的黑鬼比这里的要狠得多，居然狮子大开口。大哥干脆地说，没有关系，我们可以给，只要他们把事情干得干净利落！朱兵说，这一点他们可以保证！大哥又吩咐说千万不要伤了……在大哥的房门口，二十四小时都有人守卫。我害怕引起守卫怀疑，不敢在门口多停留，只好走进去。听到脚步声，大哥急忙停止说话……

我当时并不在意，现在回想起来，这很可能跟惨案有关！”

倪信风接着说：“肯……肯定是！凌……派……派警察去把朱兵带来审问便知。”

凌林说：“小倪，不要性急！单凭这几句话说明不了什么。你想想，朱兵怎么可能老实承认！而且动静太大，容易打草惊蛇！”

倪信风问：“该怎……怎么办？”

凌林问：“小云，你对朱兵有了解多少？”

小云说：“朱兵是二哥余冠带出来的，绝对忠诚于余冠。他性格却十分固执，要从他身上了解什么也不容易！不过……”

凌林问：“不过什么？”

小云继续说：“不过，他也有一个致命的弱点，喜欢赌钱，而且手气很差，向来输多赢少。他也算是帮派中高级人员，工资相当高，却大都扔到赌场里，至今负债累累。由于他秉性耿直，说到做到，人们都还乐意借钱给他。”

凌林笑了：“看来，我也要到赌场玩玩！”

小云兴奋地说：“好！我们也跟你一起去！”

凌林严厉地说：“不，你和倪信风现在是警方保护的证人，无论如何不能离开这里。况且，他们太熟悉你们。你们出现只能坏了我们的大事！”

倪信风反驳说：“可……可是，他……他也认得你！”

凌林笑了：“我可以让他们不认得我！”

小云笑了：“凌，那我们就看你的！”

·4·

赌场向来是中国镇这小城中最热闹的地方。全城最大的一家赌场就在

“中国饭店”内。当年，成鑫大哥盖这饭店时，有意在第一层往后突出数千平方米，就是要建赌场。当地法律不允许外国人涉及赌业，他走尽了所有的门道，始终未能突破这禁令。没办法，他只好去请穆瓦帮助，还暗中给穆瓦许多股份，并参与管理，所以场内的工作人员大都是当地人，成大哥只是在暗中操控。

这里可以说是成大哥的地盘，要神不知鬼不觉地把朱兵从这地方带走，绝非易事。凌林特地将自己做一番打扮，头发吹成大包头，再用发蜡抹得油光发亮，金边眼镜，钻石金表再加上名牌花格衬衣，俨然一副大老板的架势。尽管如此，他依然没有轻易出面，只派吉姆和便衣警察暗中注意朱兵的一举一动，寻找机会。他自己悠闲地坐在贵宾室里，边抽古巴雪茄烟，边和两个便衣警察谈天。吉姆回来了。他也是一身西装领结，动作优雅地来到凌林身边，小声地说：“医生，朱兵还在轮盘赌。开始，也像以前一样，他输得很惨。后来，得到一位贵妇人赞助，手气突然旺起来。”

凌林微微一愣：“贵妇？吉姆，这些日子，你一直在这里转悠，有没有见过这个妇人？”

吉姆摇摇头说：“没有，肯定没有！”

凌林笑着对便衣警察说：“走，我们看看去！”

远远地看到紧靠朱兵身边的“贵妇”，凌林不由地在心中暗暗发笑。小云还真不简单！此时，把小云带到任何认识她的人面前，说她是成鑫的厨娘小云，谁也不会相信。看来，小云已经取得朱兵的信任，成功的机会很大，他如果此时现身，反而可能坏事。他命令便衣警察继续秘密监视，自己又回到贵宾室。

人们当然不知道，当米岚还没有成为辜太太以前，就经常把小云化装成这样。她俩扮姐妹秘密外出。小云那黑漆漆的长发在头上盘成当地贵妇人中常见的发式。据说在当地，要梳这样发式要花好几千元。她的眉毛修得细细弯弯长长的，人工睫毛使那双本就大的眼睛显得更动人。当然最精彩是肤色涂抹得洁白、细腻，适当的明暗变化使她本来偏低的鼻子笔挺起来，淡淡的口红又让嘴巴小了许多。钻石耳环、珍珠项链再加上色彩艳丽的名牌衣服，使她变得身价倍增。她的举止变得十分优雅，仪态庄重大方，完全是一副贵妇人模样。再看看她身后站着的那位黑人保镖，连凌林也赞叹不已。显然，那又是小云的杰作！居然把倪信风打扮成这样。他的皮肤本来就偏黑，现在涂得油黑发亮。他的头上戴着梳着许多小辫子的发套，再加上络腮胡子，看上去和当地的黑人没什么不同。他双手叉腰，一动不动地站在小云身后。小云早已从辜太太那学到精湛的赌技，对轮盘赌特别有研究。开始，她也像以前那样神闲气定地站在赌桌旁边观察。从庄家的表情、眼神、手势、力度以及指针的落点，她看得很仔细。好几盘下来，她感到已经有几分把握。

此时，朱兵又已经输得差不多，原来厚厚的一大沓的筹码只剩下一点点。他重新将剩下的筹码分为三沓，准备通通押上去，最后一搏。她终于开口了。

小云的声音变得跟平时完全不同，音调低沉充满吸引力，让人无论如何不忍拒绝："先生，请相信我，让我替你押这一注，好吗？"

当小云一进场时，就吸引了全场男士的眼球，朱兵也不例外。只是这贵妇人太耀眼，他连看也不敢多看她一眼。没想到她居然主动靠近自己，他自然求之不得。他本来就比较豪爽，向来不太计较输赢。他毫不犹豫地把所有的筹码通通放在小云手上，恭恭敬敬地说："谢谢！"

小云把筹码分成五份，在左下角压成梅花瓣状。朱兵心中暗暗吃惊。他是老赌徒，观察力自然不差。这么多盘下来，还从来没有哪一次指针在这方位落脚。他依然不动声色地看着。奇迹终于出现了，他的一沓筹码中了，总数一下子翻了好几倍。小云收下庄家赔偿的筹码放到朱兵的面前，说："先生，怎么样，我说得不错吧，我向来运气不错。你自己再试试！"

朱兵取出三分之一分成三份，重新押上，结果又全数被没收。他叹一口气对小云说："唉，看来我总是不走运！小姐，您愿意再帮帮我吗？"

小云笑了，笑得十分优雅高贵："先生，能得到你的信任，我很高兴。"

小云又把所有的筹码分成五份，在右上角押成梅花瓣状，又一次中了。接着，她又按同样的方法押几次注，大都有收获。看到眼前的筹码已经超过本钱许多，朱兵忍不住兴奋地叫道："小姐，真不简单！这样下去，赌场岂不要关门！"

小云轻轻地拍拍朱兵的肩膀一笑说："好啦，别太贪心！已经换了操盘手，我们也该收手。"

朱兵当然不敢违背贵人的意旨，把所有的筹码换成现金，跟着小云走进休息室。倪信风早已在那里包一小单间，并准备好两杯红葡萄酒。小云举杯说："先生，祝贺你，满载而归，干！"

朱兵举杯一饮而尽后说："谢谢！小姐，你不知道，我这人向来赌运不佳。你真是我的幸运之星！"

小云对倪信风做手势让他再给朱兵满上。她又一次举杯说："先生，我第一眼看到你，就觉得很投缘，为了这个，再干上三杯！"

朱兵举杯说："好，为你这贵人，我干！"

朱兵连喝三杯，脸色已经开始发红："小姐，我是这里的常客，以前从未见过你。能告诉我，你是什么人，从什么地方来？"

小云说："我是菲律宾华人，在津巴布韦经商。我想到南非发展，先去探路，经过这里。"

朱兵笑着说："南非的确是好地方，不过那里社会很复杂，没有熟人，在那里很难发展。我姓朱，叫朱兵，也算是商人。我认识不少南非华商，如果需要，我可以介绍一些人给你认识！"

小云微微一笑，笑得很迷人："朱先生，我第一眼就觉得你是个热心人。谢谢你！来，再干三杯！"

朱兵兴奋地说："能为小姐服务是我的荣幸！"

"朱先生，说实话，我自己也认识一些南非华商。我也知道南非治安不好，所以久久未敢贸然到那里去。我真希望能认识南非当地有势力的黑人社团。不知……"小云欲言又止。

又三杯一干而尽，朱兵已开始有些醉意："小姐，你这个忙我可以帮。我认识一些很有势力的南非黑社会，可以介绍给你。只要给钱，他们什么忙都会帮！"

小云又一次举杯高兴地说："这太好啦！来，再干三杯！"

朱兵终于烂醉如泥，小云示意倪信风扶他出去，坐进预先准备好的豪华"奔驰"轿车，高速向郊区开去。车刚刚开出城市，突然有两辆车从背后追来，鸣枪警告，让他们停车！小云对开车的"黑人"司机说："不要管他们，加快前进！"

·5·

那身材高大的“黑人”司机，就是倪信风。他把“奔驰”开到时速近两百公里，依然未能摆脱后面的人，幸好突然出现警察的巡逻车，“尾巴”才自动消失了。此时，凌林的警车也匆匆跟到。

凌林让便衣警察把朱兵关押在丛林中的小屋。他带小云和倪信风到一警局秘密小房间。他略带责备的口气对小云说：“小云，你看看，多险啦！如果警车晚到一步，你们可就出大事啦！”

惊魂未定的倪信风一下子大结巴起来：“真……真是，太……太险……”

小云得意地打断倪信风说：“险什么险！你这呆子，你难道没注意凌林他们一直在我们附近！”

倪信风恍然大悟地说：“怪……怪不得，你……你当时那么镇定！我……我可真被吓坏啦！”

小云冷冷一笑说：“你这人还真没用！你想想，凌林难道会袖手旁观？”

凌林摇摇头接着说：“袖手旁观，当然不会！来不及救，却有可能。你想想，你们开的是‘奔驰’，他们用的是‘宝马’，凭这些‘丰田’警车怎么追得上。幸好，犹占里警长发现你们前面正巧有一巡逻队，用对讲机让他们上前阻截，否则可就危险了！以后，可不准冒这样的险！”

小云毕恭毕敬地说：“是，凌医生！这险没白冒。我们总算把朱兵带来了！”

犹占里警长脸熟，不方便出面，就在外面指挥！现在，他进来对小云说：“小云小姐，这回我不赞美你都不行！你的表演实在太出色！”

看倪信风脸色阴沉下来，小云暗暗好笑。明知道犹占里对自己有好感，可她心里没有感觉。她瞟倪信风一眼，故意靠近犹占里亲热地用英语说：“谢谢，犹占里警长……”

倪信风有些受不了，想打断小云的话，故意用中文对凌林说：“凌……凌，朱……朱兵弄来了，下……下一步怎……怎么走？”

在这段时间里，凌林暗中让警局查过朱兵的底细，发现这人果然是重要人物。他头脑中产生一套计划。他带开玩笑的口气用英语发问：“小云，为这一身贵妇人打扮，又把小倪变成黑人，你一定费了不少心机，是吗？”

小云指着倪信风，用英语说："是，要让这呆子听话，真不容易！"

凌林笑着说："要你们这么快就卸装，岂不太可惜！你看看，小倪似乎还没表演过呢。怎么样？你们想不想在朱兵面前再演一场好戏？"

倪信风不好意思地傻笑，小云笑着问："我倒很想看看，这呆子会怎么表演！可是该怎么演？"

凌林笑了说："我想好啦！小云，这次你当配角。小倪当主角！"

小云怀疑说："他当主角？他行吗？"

倪信风有些不服气地说："为……为什么不行！"

凌林拍拍倪信风的肩膀说："好，只要有信心就一定会演好！我会帮你！"

小云撅着嘴说："为什么让我当配角？"

凌林说："小云，你不知道，我导演的这场戏关键可在你这配角。你虽然出场时间很短，却是成败的关键。你要紧紧地抓住朱兵的心，让他为你卖命！"

听完凌林的"剧情"介绍，小云娇媚地一笑："好，那你就看我们的！"

凌林说："好，我现在就是导演。你们按我说的排练……"

犹占里警长笑了："我是国外警校毕业，还真没见过哪个警察像你们这样破案！"

凌林笑着说："我们本来就不是警察嘛！而你们警察办案，从来就不应有固定模式！"

犹占里警长赞赏地说："说得好！我以前的老师也曾说过类似的话。难怪鲍比局长那么崇拜你！"

凌林赶紧说："千万别用'崇拜'这词！我以前跟鲍比局长合作办案，合作得很愉快！我希望，我们也继续合作愉快！"

……

倪信风最后信心满满地说："好，现在看我的！"

朱兵从梦中醒来，酒劲也退了。他觉得昨天发生的事就像一场梦，可是，这梦实在太真切！他记得，在贵人帮助下，赢了好多钱。他摸一摸口袋，钱还在，这应该不是梦。当时，他太兴奋，多喝了几杯，醉得不行，在迷迷糊糊中被人扶到车上。车开了，开得很快。他感觉，有车追来。他相信，那是他的兄弟们在后面。他知道，余二哥控制着赌场，当然不会让人这样把他带走。只是，他们没想到，对方的行动会这么迅速，那贵妇人的车会跑得这么快，余二哥的“宝马”全速追赶，直到郊外才接近。他想对身边的贵妇人说，不要再跑啦，后面追的是自己人，可是就是发不出声音。后来，听见几声枪声，他就什么都不知道了。

一醒来，他就发现自己被关在这阴暗的小房间，他思念的贵妇人早已不见踪影。房内设备十分简陋，除这张铺着草的小床外，什么家具也没有。四周是木板钉成，钉得很粗糙，很稀，一丝丝光亮从板间透进来。没有窗，只有一扇小门。他真想知道，自己身在何处。他身上钱物具在，显然不是打劫。那又是为了什么？他站起来，推开门一看，不由地倒吸一口凉气。四周是一片密密的森林，看不到边。

一位彪悍的黑人举着一杆粗糙的火枪，拦在他前面。朱兵英语不错，发问：“为什么把我关在这里？这里是什么地方？”

那黑人没有理他，只是用枪托推他回房。房门又被关上。这次关得很紧，再也推不开。独自一人关在房内，他感到惶恐不安，声嘶力竭地叫喊。可是，任凭他喊破喉咙，也没人理睬！喊累了，肚子也饿了，他软弱无力地瘫在草铺上。

门终于开了，打扮成黑人的倪信风大摇大摆往里走，后面跟着两位真正的黑人大汉。看到有人进来，朱兵又来劲了。他用英语大声嚷嚷：“你们是什么人？为什么把我关在这地方？”

经过反复排练，倪信风已经很有信心。他说英语一点也不口吃。他神气十足地用英语大喝一声：“闭上你的嘴！”

朱兵当然没那么轻易服软。他也用英语重复嚷一遍：“你们是什么人，为什么把我关在这里？”

倪信风的右耳塞一个小小的耳机，那里传来凌林提示的声音。他把听到的话重复一遍：“你别管我们是谁。现在你是我们的阶下囚，只有老老实实照我说的办！”

朱兵气焰嚣张地问：“你们好大胆！你们知道我是什么人吗？”

倪信风冷冷一笑说：“你不就是余老二手下，在成鑫帮派内号称‘外交家’的朱兵嘛！我们要抓的就是你。你们帮派就是靠着你到南非活动，到那里请来匪徒，来清除这里的异己，是吗？”

朱兵的头脑紧张地思索着，回想往事。想当年，有两大当地黑帮跟成大哥作对。这些人是地头蛇，实力不小，成大哥拿他们也没有办法！最后，他们去请南非黑帮来偷袭，才把这些人通通赶出这国家。莫非这些人是其中某一帮，现在又要卷土重来？他依然顽固地说：“你也应该明白，跟我们的人作对，不会有好结果！”

倪信风说：“如果我是你，就不会再提你们的人啦！”

朱兵问：“为什么？”

倪信风从身边的一位黑人手上取过一张报纸递给朱兵说：“你在这里面，还没看今天当地的报纸。这里有一篇文章写得真精彩！”

这确确实实是当地当天的报纸，只是经过技术处理，把正中一则新闻换掉了。倪信风让朱兵看的就是这一条。上面说：本市最大的华人帮派组织受不明武装组织袭击，损失惨重，二死五伤。警方怀疑是黑帮间火并。据传，这华人组织中可能出现内奸。一位姓朱的先生，也是组织骨干，却和匪徒内外勾结，里应外合，把同伙引到郊外的伏击圈内。预先埋伏好的匪徒突然发起攻击，才会造成如此大损失。华人组织领导者成鑫先生誓言，一定要为死难的兄弟报仇……

朱兵把报纸扔到地上，气恼地说：“这简直是胡说八道！”

倪信风说：“你说，这报道写得怎么样？虽然未必十分准确。可是，有一点你很清楚，以你们的头成鑫先生的脾气，发生这样的事，如果你回去，他不可能给你解释的机会……”

倪信风的话打中了要害，朱兵愣住了。倪信风接着说：“你现在唯一的出路就是跟我们合作。”

朱兵不会忘记，是那位贵妇人把他捧到天上，现在又让他跌入谷底！他咬牙切齿地说：“我跟你没话说，让你的主人来见我。”

倪信风故作疑惑地问：“我的主人？”

朱兵说：“就是昨晚陪我赌钱的那位菲律宾妇女！”

倪信风哈哈大笑说：“你指的是吴夫人。她可不是什么主人！她只是为我们服务。她本来表现不错，可以立功。可是，在关键时刻她却背叛我们，企图把你放走，现在她自身难保……”

朱兵虽然极力回忆，可怎么也想不清楚。他记不起来，当时吴夫人是否打开车门，让自己走。他疑惑地问："她放我走？"

倪信风说："是啊，幸亏你当时烂醉如泥走不动，否则我们的计划可能要功亏一篑！"

朱兵说："我要见吴夫人！"

倪信风断然拒绝说："这不可能！她正在接受应有的惩罚！"

朱兵固执地说："我不管！我一定要见到吴夫人。没有见到她，你什么事都别想让我干！"

在耳机里，凌林对倪信风说："小倪，你做得很好！可以出来了！"

临走前，倪信风又补充一句："朱先生，我们还可以再给点时间让你考虑。你可要想清楚！"

·6·

经这场表演之后，倪信风自信心倍增，感觉自己像换了一个人似的。回到办公室，他得意扬扬。因为犹占里警长在场，他用英语流利地对小云说："怎么样，小云，我表演还不错吧！"

小云讥讽地说："瞧你这得意劲！小倪，你当黑人的确比当中国人强，以后你就永远当黑人算啦！"

跟小云在一起，倪信风的头脑灵活了许多，说话也风趣起来："当然，只要你愿意嫁给黑人，我就乐意永远当黑人！"

犹占里警长笑着插嘴说："说不定，云小姐将来还真会嫁给一位真正的黑人！"

犹占里一开口，倪信风心里就不舒服，冷冷地用中文说："小……小云，那……那你……你岂不成了黑鬼婆！"

小云红着脸娇嗔地对倪信风用中文说："呸，小倪，你什么时候学得油嘴滑舌！"

凌林用英语开玩笑说："小云，你也别怪小倪。小倪本来老实巴交的，只是跟你在一起才变成这样。"

犹占里警长又插话说："云小姐真是个好演员，好老师！"

倪信风跟着说："是啊，还真要谢谢小云老师。"

小云冷冷地说："小倪，你别得意！你虽然表现不错，实际上，你并没得到我们想要的消息。"

因为犹占里就在旁边，凌林用英语对小云说："是啊！所以我说，关键时候还要看你的。"

犹占里警长接着兴奋地说："我对小云小姐有信心，她一定表演得更精彩！"

一听犹占里警长赞美小云，倪信风心里就很不高兴，冷冷地用英语说："我真想看看有多精彩！"

小云得意地说："好，看我的！"

……

倪信风走后，这小房内又只剩朱兵一个人。一天之内，他被捧到天上，却又跌入谷底，这一切都是拜这个所谓吴夫人所赐。现在，吴夫人的形象已经深深地印在他脑海里。他决定，没有见到吴夫人，什么话也不说。决心已定，他心情反而平静了许多。黑人送来的当地人常吃的食物——玉米粉团，还有饮料，他连碰也不碰，只静静地坐在床上闭目养神。门开了。满脸络腮胡子的倪信风又一次出现在眼前，朱兵咬牙切齿地用英语说："别啰唆！没有见到吴夫人，我什么都不会说！"

倪信风用英语问："朱先生，或许我们会让你见吴夫人一面。不过，你必须先保证按我们要求做事！"

朱兵犹豫着说："不，我不能保证，要看什么事，我能不能做得到，可不可以做！"

从耳机里听了凌林说的话，倪信风在心里暗暗发笑。他跟着用英语复述，口齿清晰了许多："你不保证，就永远别想见到吴夫人！当然，请放心，我们不会太为难你，不会让你做办不到的事！我知道，盗亦有道，我们不会让你做不仁不义的事！"

朱兵沉思片刻说："你们要先让我见到吴夫人，我会尽量满足你们的要求！"

倪信风用英语威胁说："好，就让你见吴夫人。请记住你自己说的话，你如果再不听话，你和吴夫人都一定不会有好结果！"

倪信风出去了。过了一会儿，他又跟两个黑女人一起押着小云进来。他用英语警告小云说："吴夫人，警告你，如果你再一次背叛，我保证你绝不像上次这么幸运！”

小云甜甜地一笑用英语说：“放心吧，嘛鲁姆先生！你能不能出去一下，让我跟朱先生单独待一会儿。我们不会让你失望！”

倪信风带着黑女人出去后，小房内只剩下朱兵和小云两人。小云的演技可真是炉火纯青。她又哭又笑大声用中文嚷嚷：“哎呀，谢天谢地，朱，你总算平安无事！”

看着小云，朱兵心情激动地说：“吴夫人，能再次见到你，我很高兴！”

小云十分惭愧地说：“对不起，朱！我完全是被逼才这样做！”

朱兵说：“我知道！老实告诉我，你是什么人？”

小云在编故事，却说得很生动：“我没有骗你。我确是菲律宾籍华人！我的先生在津国布市做生意，破产病故，还欠下一大笔债。这个当地最大的黑帮就是我们的债主。为了还债，我不得不为他们服务。”

朱兵又问：“他们是些什么人，到底想干什么？”

小云装出委屈的样子说：“老实说，开始我也不知道嘛鲁姆先生到底想干什么。以前，我的任务只是帮他们笼络目标，诈骗钱财。这次，他们的目标就是你。开始，我以为也只是像以前一样从你身上诈骗些钱财。后来，才知道他们要绑架你。可是，在你身上我看到一种所希望的豪气，我真不想让他们把你抓走，偷偷地想放你。可没想到你会醉得那么厉害，走不动了。”

朱兵红着脸动动情地说：“还是我不好，我不该喝得这么醉！我平时也不是那么容易醉，只是当时我实在太兴奋！老实说，我长这么大还没有哪一位女人让我这样……”

小云也故作动情地说：“我何尝不是！我先生去世后，一直生活在男人堆里。可是，那些人对我总是心怀叵测，想从我身上得到他们所需要的。遇到你，我感觉自己才真正像个女人。可现在，我们都陷入困境，我真不愿看到你出事……”

看看小云心情激动得说不下去，朱兵激动地发问：“我绝不会让你受伤害！他们是什么人？”

小云说：“据我所知，他们这帮会的老大原来也是在你们这城市里，后来被你们赶到津国布市。在那里，他重建这组织，而且不断地壮大，终于成为津国布市最大最有势力的帮派。”

朱兵恍然大悟："果真是这些人！他们这次回来，目的是什么？是不是要卷土重来，找我们报仇？"

小云说："那倒不是！这次只是嘛鲁姆先生带自己亲信秘密到这里来。他是后来才加入这帮派，晋升得很快，现在已经坐第二把交椅！他野心很大，想要暗中干掉老大。现在，我们知道嘛鲁姆的秘密。他随时都可能杀人灭口……"

小朱发誓说："你别害怕，我会保护你！"

小云说："那你就必须按他们的要求做！"

小朱问："他想要我干什么？"

小云说："他知道，当年就是你去联系南非黑帮把老大从这里赶走，所以也想请你出面！"

朱兵问："这么说，他们想让我帮忙联络南非黑帮，是吗？"

小云说："是的！"

朱兵说："如果只是要做这事，倒也不难！"

小云问："问题是要做得秘密，干净，利落！嘛鲁姆听说辜家灭门惨案，他很欣赏这行动！他们相信，一定是你到南非请来的人干了这一票，是吗？"

看朱兵点点头，小云接着说："他很想用高价钱聘这几个人……"

小云没有再说下去，默默地看着朱兵，等待回答。看看朱兵似乎不想开口，她继续追问："其实，他们一直注意这里。他已经了解到，辜家发生惨案前，你们帮派曾派你去南非活动，是吗？"

朱兵老实承认说："是！那时候，成大哥的确让我联系南非约堡最有势力的帮派。可我不能肯定，是不是跟辜案有关。我只是按成大哥的指示，负责跟南非帮派的代表联络，并安排时间地点让成大哥单独跟代表会面，谈判任务和价格。会谈内容十分保密，连二哥也不知道。"

小云继续说："他们点名一定要请到这一帮派。首先，我们要确认，辜家命案是那一帮派干的，再安排这帮派代表与嘛鲁姆先生会面，他们就可以放我们自由。"

朱兵笑了说："这很简单！这黑帮的代表叫拉姆，我也是在南非约堡赌场跟他认识，而且成了好朋友。我可以先去见他！"

小云点点头说："这就好！"

凌林和倪信风在外面倾听着。看看已经差不多，凌林对倪信风使个眼色。倪信风会意地点点头，带着两位黑女进去，故意凶神恶煞地用英语说："好，会面时间到了。吴夫人，走吧！你的命运就看朱先生的表现！"

·7·

大家都叫他拉姆，很少人知道他真实的姓名，更没有人知道他干什么工作。他长相十分普通，身材矮胖，圆形的脸上总是挂着笑容，无论在什么地方，都很讨人喜欢。只是在他的小眼睛里偶尔流露出狡黠的目光。他没有亲戚朋友，也没有什么特别嗜好，除了赌。他相信，人生就是一场赌局。有赌不完的钱，就是人生最大的幸福，这成为他奋斗的目标。

拉姆可以全权代表某帮派跟雇主谈判，为这些人服务，从中收取丰厚的手续费。但他本人并非帮派成员。因为他头脑精明，办事谨慎，而且口风特别紧，不该说的话绝不会从他嘴里流出，所以帮派的人都对他非常信任！有一次，在一起大案中，受某帮派牵连，他被南非约堡某区的警察带去讯问。为了要从他嘴里得到信息，警方用尽一切手段，甚至动用催眠术也没能从他嘴里套出什么。结果警察还被他的律师投诉，挨了严厉处分。从此再没有警察敢轻易碰他！

在约堡的各大赌场常常可以看到他的身影，最常见的还是在这"太阳城"。他跟朱兵就是在这里认识。他的运气比朱兵好，赌技更强得多，常常赢多输少。他喜欢朱兵豪爽。输了好几万，朱兵连眉头都不皱一皱！就是这一点，朱兵让他刮目相看，他们成了好朋友。

南非"太阳城"是全非洲最大的赌城。在"失落的宫殿"的大厅里，成百上千"老虎机"在轰鸣，热闹非凡。相比之下，二楼轮盘赌的厅里要安静得多。数十台轮盘在转动，却没有发出多少声音。周围的人群也都在静静地压上自己的筹码。朱兵指着一位身材矮胖的黑人对小云耳语："那个人就是拉姆。他在赌钱时不喜欢别人打扰。我们先静静地过去跟他一起赌。"

像以前一样，小云在旁边静静地观察着。这里的操盘手跟小城大不相同，手法变化多端。一时找不到规律，她不敢轻易下注。朱兵却押得很潇洒，没有多长时间，为数不多的筹码就通通被庄家收了。拉姆对朱兵笑了笑打招呼，继续轻轻松松押注，结果却完全不同。有几次押中，他面前的筹码顿时增加了不少。小云知道，这回可真是遇上高手，是难对付的角色。她看到拉姆的目光在“8”附近停了好长时间。“8”是她的幸运号码，而且在感觉上，她也觉得这一次指针停在这区域的可能性比较大。不等拉姆动手，她抢先将面前的筹码分成五份就在这区域押成梅花瓣状。拉姆不由地暗暗吃惊，望她一眼。她还是那种贵妇人打扮，又加上一副名牌眼镜，特别抢眼。拉姆也在这区域押上三点，其中有一点跟她的重叠。偏偏就是这一点押中了。她和拉姆一起赢，当然拉姆的收获比她更多。

拉姆脸上出现得意的笑容，收好所有的筹码，对朱兵点了点头。朱兵笑着说：“拉姆先生，你好！我们到贵宾间坐坐。”

在雅座里，招待员按朱兵的要求摆上法国红葡萄后就很有礼貌地退出去。朱兵指着从外面走进来的小云说：“拉姆先生，我介绍一位我的好朋友跟你认识。这位就是吴夫人。”

拉姆说：“很高兴见到你，吴夫人。”

吴夫人举起斟满红葡萄的酒杯说：“很高兴认识你，拉姆先生。你的赌技真是一流的！干杯！”

拉姆礼貌性地将酒杯在嘴唇上碰一碰。他是个很谨慎小心的人，向来不轻易喝来历不明的东西。他笑着说：“谢谢！可以看出，吴夫人也一定是轮盘赌高手。”

小云娇媚地一笑说：“我只是碰运气押中一次。拉姆先生，你才真正是高手。像你这样连中三次，在轮盘赌中还真不多见！”

听到自己最爱听的话，拉姆脸上显现出得意的笑容。他问：“吴夫人，从你观察操盘手的眼神里可以感觉出，你在努力寻找其中的规律，是吗?”

小云说：“是！”

拉姆点点头说：“对，这就是高手！不过，这里的操盘手全都经过严格的训练，手法变化多端。或许，正因为这缘故，我特别喜欢这里。我喜欢挑战！”

小云感叹说：“是啊！与强手对决，这正是赌徒一生中最大的乐趣。”

朱兵插话说：“说得好！看你们俩这么投缘，都是我在赌场上认识的好朋友，也都是罕见的高手，不知你们有没有兴趣，对赌一场！”

朱兵的话已经激起自己内心的兴趣，拉姆感觉手痒痒，紧接着说：“我很乐意奉陪！”

小云说：“我也是！”

朱兵说：“好！你们想赌什么？”

小云紧接着说：“拉姆先生，就由您来定！”

赌“苏哈”是拉姆的强项，于是说：“吴夫人，我们就玩几把‘苏哈’，好吗？”

小云爽快地说：“好！”

拉姆清点自己手上的筹码，刚好二十万，便说：“吴夫人，我这里有二十万。你也准备同样数额，谁先输完就算输，好吗？”

小云同样点出二十万，说：“好！”

朱兵向招待要了五副新牌交经拉姆说：“拉姆先生，你看看！”

拉姆验了验牌，从中挑选三副，又推向小云说：“吴夫人，你看看！”

小云模仿拉姆的手法验牌，却暗中在几张牌上做了记号，只有像她这样戴着特殊眼镜才能发现。然后，她又把牌推向拉姆。拉姆对朱兵点点头说：“可以！”

朱兵很熟练地洗牌。这在来之前，他跟着小云反复练习过。这样，小云就已经掌握住几张牌的走向。一开始，她的心情微微有些紧张。这一场赌局，她不但要赢，还要赢得漂亮。要让对方输得口服心服，还要输得心情舒畅，这绝非易事。她赌得小心翼翼。对方一对 A 说话，看看手上的牌实在太差，她就自愿放弃。这样连续两次，她输了两万元。下一盘，她牌面两张 8 和一张 9，底牌也是 8。而拉姆手上是两张 9 和一张 8，底牌是 3。他首先押上一万。她估计对方拿到 9 的概率不大，跟一万，又追加两万。拉姆笑了笑说：“我不跟！这一盘我输。吴夫人，愿意让我知道你手上的底牌吗？”

小云很爽快地翻开底牌，果然也是 8。拉姆很有礼貌地说：“谢谢！”

渐渐地，小云越赌越顺手，心情放松了许多。双方你来我往，赌得很轻松，也赌得很尽兴。时而，拉姆面前的筹码增加了许多，没过多久却又有许多转到小云手上。

拉姆对输赢本来就没有看得那么重，笑着说：“吴夫人，跟你赌，简直就是一种享受。”

小云甜甜地一笑说：“我也是！”

这正是自己所希望看到的情况。看看对方只剩不到九万筹码，小云感觉到大决战的机会到来。这一次，她的牌面是红心 3、4、5，底牌是红心 2。还差一张红心 A，或者红心 6，就是同花顺。而红心 A 正是自己暗中做过记号，而且一直跟踪的牌，到手上的概率很大，当然她相信拉姆绝不会想到这些。拉姆手上有三张 K，他不相信对方会有这么好运气，会拿到同花顺。倘若真是如此，他输得口服心服。他把手上九万通通押上说："时间差不多啦，这样吧，我们就一盘定胜负，好吗?"

小云很清楚，关键时刻到了。她对拉姆点点头，跟九万，接着又把剩下所有的筹码都加上。

拉姆皱着眉说："对不起，我筹码不够了。"

小云轻松地说："我知道，不过不要紧！你从身上随便拿一件什么东西押上意思意思就行。"

拉姆说："不行，我身上可没有这么值钱的东西!"

小云笑了说："不要紧！赌钱不就是为了开心，不要那么认真!"

拉姆犹豫着："不，我还是觉得不合适!"

朱兵乘机插话说："要不这样吧！如果你输了，你就给吴夫人一条承诺，帮她一次忙，这样好吗?"

拉姆立即警觉起来，故作忧愁地说："我能帮什么忙？除了赌，我可什么都不会，而你的赌技又不在我之下。"

朱兵接着说："放心吧，拉姆先生。吴夫人可是知情达理的人，她可不会勉强你做不愿做或不能做的事。"

小云细声细语说："是啊！如果你输了，我只希望你回答我一道问题。我提出后，你如果认为不合适，完全不必勉强回答，可以要求另一道。只要你认为合适时，回答就可以了！况且，还有一张牌未发，胜负难料!"

拉姆再次看小云牌面，红心 2、3、4，估计再拿到红心 A、5 还有 6 的概率实在太小，就拼一拼运气。他咬一咬牙说："好，就这样!"

拉姆想不到小云的运气这么好，真的是同花顺。他输了。他感觉似乎有什么地方不对，可是愿赌服输，沉思片刻，对朱兵说："朱先生，我知道你们要问的问题非同一般。这里不是说话的地方。明天早上七点，在我家见，你知道我住在什么地方!"

第四章 拉姆的古堡

·1·

在南非国约堡市北郊有一座小小的古堡，周围环绕着深深的河沟。可以看出，河外周原是一片丛林，现大都被砍伐，唯一留下一小片。一条简易公路穿过这丛林一直到吊桥的尽端。一辆豪华汽车沿着公路来到河沟边。朱兵从副驾驶位上跳下来，很有礼貌地到后面打开车门请小云下车。化装成黑人的倪信风把车停到空地，从后面往前追。

此时，正好上午七点整，吊桥自动落下。朱兵带着小云缓缓走过桥，向古堡走去，倪信风紧随在后面。

拉姆从古堡里面走出来，笑容满面地对小云说："吴夫人，欢迎到古堡来！"

小云很有礼貌地微笑着跟拉姆走进古堡大厅，朱兵和倪信风紧紧地跟在身后。

厅很大，只有中央一张圆桌和几张椅子，四周显得空荡荡的。为数不多的灯光都集中在正中，墙上挂着一幅巨大半身的画像，笔画简单，却很传神，特别那双眼闪闪放着绿光。画像前面是供桌，上面排三块黄色小木牌。四周黑漆漆，显得有些阴森可怕。

小云对活跃在南部非洲丛林的斯支瓦民族很有研究，也很感兴趣，特别对斯支瓦的巫术。认识犹占里后，她知道，他是斯支瓦大人物穆瓦的侄子。她求他介绍自己认识斯支瓦巫师。对她的愿望，他有求必应！他特地请叔父帮忙，介绍她认识斯支瓦大巫师。她的机智很受大巫师的赏识，破例收为关门弟子！

在这里见到这神像，小云心中暗暗惊讶。这是斯支瓦神像，而且是较高级的一种。看来拉姆跟斯支瓦部落很有渊源。她也知道，这斯支瓦人在南部非洲的影响。这拉姆比她想象的一定更复杂得多，也更难对付。她脸上不动声色，完全像贵妇人似的，很潇洒地按拉姆指定的位置坐下。倪信风直挺挺地站在她身后。朱兵坐在她的对面。

拉姆坐到主人位上，举一举手，一位身材高大的黑人拿着一瓶葡萄酒出来。拉姆接过酒展示说："这是我珍存中最好的一瓶酒。吴夫人，你是稀客，我才会打开它。我这里常常有各种各样的客人，全都是男性。我还是第一次接待像你这样漂亮而且聪明的夫人。"

小云举起酒杯轻轻地在嘴唇一碰，赞赏说："果然是好酒，比在'太阳城'里喝的要强得多。"

拉姆笑着说："当然！这是1957年的南非红葡萄。那一年，非洲干旱，葡萄歉收，酿出的好酒不多，能保留至今更少。我买这古堡时，前主人赠送的。"

小云感叹说："拉姆先生，这古堡真大！你一个人住在这里，是吗？"

拉姆说："是的！看我住这么大的古堡，你们一定以为我很有钱，是吗？其实不是！当年南非政权更迭，黑人即将掌权之时，古堡前主人是荷兰白人，他急着要逃离南非回欧洲去，就很便宜卖出。我从B国丛林到这里来，就希望能找到与世隔绝的住地。我天生喜欢孤独，从小就梦想要独自一人住这样一座房子，就把它买下。现在有人出比原先高好几倍价，我也不出让！我喜欢一个人住在这里，当然还有一个佣人。他曾是无期徒刑犯人。我很了解他的过去，欣赏他的忠诚，精明强干，就想办法把他从狱中弄出。他当然无条件按我的想法行事……"

看看拉姆东扯西扯，一直无意要进入正题，小云瞟了朱兵一眼。朱兵客气地问："拉姆先生，你知道吴夫人的来意，不知你是否愿意现在就回答问题！"

拉姆脸上还是带着微笑，不过表情似乎没有像刚才那么轻松。他说："当然！作为赌徒，我愿赌服输！无论你们问什么，只要我知道的，一定如实回答！可是，我不得不提醒你们，秘密知道得越多就越危险！"

小云坚决地说："拉姆先生，你知道，我们也不是胆小怕事的人！"

拉姆无可奈何地说："既然如此，你们就问吧！"

小云转身对倪信风点点头，倪信风就开始发问。通过这些日子的努力，他英语虽带一点点中国口音，口齿还算清楚："这问题非常简单。拉姆先生，你可知道，今年我镇发生辜家灭门惨案？"

看拉姆点点头。倪信风紧接着问："惨案发生前，朱兵先生安排你和成鑫先生会见，秘密会谈！成鑫先生显然是请南非帮派来对付辜老板，这在我们镇早已是公开的秘密。吴夫人只想从你嘴里确认：是，或者，不是。"

拉姆冷冷一笑说："其实我猜到你们会问这一类问题。好吧，我践行我的承诺，给回答，当然不是简单说'是'或'不是'！成鑫先确实请南非帮派去帮忙，至于干什么事，按惯例，我不插手！"

倪信风似乎还要追问，却被拉姆打断："我输的一道问题，已经回答了，你们不能再问别的！"

倪信风还想反驳，却被小云打断。她知道，对拉姆这样的人，逼太紧反而会有反作用。她客气地说："谢谢！"

拉姆叹一口气说："唉！你先别谢我！不过，你知道这问题当然是绝密的，绝不能让人知道的。你们既然知道了这些，恐怕就不妙了！"

小云心情有些紧张，脸上却不动声色。站在身后的倪信风不由地怒火从心中升腾起来，忍耐不住，生气地责问："拉姆先生，您这是什么意思？"

拉姆没有理倪信风和米小云，面对朱兵说："朱先生，昨天赌后，我感觉有些不对头，就给你的老板打电话，才知道你已被绑架。老板知道你在这里，非常高兴，就派余老二带人连夜赶来，就在这里……"

一听说余老二带人来，倪信风大吃一惊。他正想带着小云往外走，可是已经来不及了。拉姆的话音刚落，余冠就从佣人房内出来，身后还站着好几个人。情况突变，小云依然很镇定。眼看倪信风似乎想发作，她急忙用目光制止。她知道，此时最重要的就是要镇定，无论如何要保住倪信风。她将自己的身体挡在倪信风前面。余冠并没有理睬小云和倪信风，兴奋地冲向朱兵，热情地说："小朱，总算找到你，我真高兴！你知道，你被绑架，成大哥和兄弟们多么焦急！"

朱兵心存愧疚地对余冠说："对不起，二哥！其实，我并没有被绑架，我只是……"

朱兵望小云一眼紧接着说："我只是碰上赌博高手，想跟她多学点东西。你知道，我是帮派的外交家，也只是想多交些朋友，才跟他们出来玩玩……"

余冠摇摇头笑了说："小朱，你真让我失望！在我手下中，你是最聪明的一位。这次怎么啦？你真的以为只是玩玩这么简单吗？你为什么不想想，如果只是玩玩，她为什么会提出这样的问题呢？"

朱兵指着小云对余冠说："不关这位吴夫人的事。她并非有意要提出这问题！二哥，求你放过他们吧！我们可以让她发毒誓：保证不把今天听到的传出去！吴夫人，你对天发誓。"

余二哥哈哈大笑说："小朱，你这人真是聪明一世，糊涂一时，竟然被一位厨娘骗了这么长时间，丢不丢人！"

朱兵吃惊地问："厨娘？"

小云刚要开口，被余冠打断了。他转身对小云大喝一声说："小云，别装啦！这场闹剧该收场了。"

朱兵目瞪口呆说："小云？"

余二哥接着说："不过，这也不奇怪，这小厨娘还真不简单，化装成这样子，几乎所有的人都被瞒骗过去。只有成大哥有智慧，通过监控录像，想到她！"

朱兵问小云："你真的是小云？"

小云抱歉地说："对不起，朱哥！"

余冠声色俱厉地对小云说："小云，你到底想干什么？你在组织的时间也不短，应该明白，背叛会有什么样的结果！"

小云对余冠甜甜地一笑说："余二哥，想不到在这里见到你。你也知道，我只是小小的厨娘，能干什么？也不存在什么背叛！"

朱兵气愤地责问："小云，你为什么要这样对我？"

小云对朱兵迷人地一笑。她手指身后的倪信风说："对不起，朱哥！请你无论如何要原谅我！其实，我也没完全骗你。除我的身份以外，我所说的其他的话都是真的！我现在投靠他，当然要为他服务……"

余二哥打断小云的话，气恼地问："他是什么人？"

倪信风心情一紧张，又要准备反抗，却被小云制止住。她还是挡在倪信风前面。从余冠表情看，她估计倪信风的身份还没有暴露。她要尽力保护他。

她带着恳求的目光望着朱兵说："朱哥，你也知道，他们是什么人。他们只是津国布市当地的帮派，只是想请拉姆先生帮帮忙。他们跟我们的帮派没有什么利害关系，对我们也没有恶意，问这种问题纯属偶然！"

她又牵着倪信风的手对余冠说："余二哥，他名叫托马斯·吗鲁姆。吗鲁姆先生，这位是余冠先生，是我们镇响当当的人物。我希望你们会成为朋友！"

朱兵跟着劝说："二哥，吗鲁姆是津国布市的帮派，他只想请南非帮派对付自己的对手，对我们帮派确实没什么恶意！"

幸老板被灭门，倪信风一开始就怀疑是成鑫大哥所为，一直苦于找不到证据。听到拉姆的回答，他心中的疑问得到了答案，而胸中复仇的火焰又增加好几倍。情况突变，他想发作，却被小云用目光制止。他知道，小云是对的，此时火拼，他和小云一定会吃亏。他极力使自己平静下来。小云身份被揭穿，他一定要保住自己的身份。他本并不傻，很快就知道自己该怎么做。他还要继续扮演津国布市黑帮这角色。他尽力模仿当地英语说："余冠先生，我很高兴认识你！"

看到这黑大个，余冠无论如何想不到，这就是倪信风。从倪信风眼里看到杀气，他也感觉这黑人不好对付。他勉强地说："吗鲁姆先生，很高兴见到你！"

小云又带着恳求的目光望拉姆先生。余冠和朱兵以及小云大都讲中文，拉姆当然听不懂。可他天生头脑灵，能猜出好几分。他也不希望把事情闹大。他笑眯眯对余冠说："余先生，你跟朱先生是我的好朋友。云小姐和吗鲁姆先生是我的贵客。我不希望你们在我古堡里发生不愉快的事。"

余冠瞟了倪信风一眼，微笑着用英语对拉姆说："拉姆先生，别担心！我知道怎么做！只要他们老老实实，我也不想太为难他们……"

古堡外传来的叫声打断了余冠的话！

·2·

进入古堡之前，在距古堡不远的一间当地警察的秘密住所，米小云向凌林和犹占里警长叙述跟拉姆赌博的经过。她讲得很详细，也十分生动。犹占里警长听得十分入迷！听到赢拉姆一道问题时，犹占里警长不由地拍案叫绝。

她在他脑里留下的印象越来越深，所以当她说到要和倪信风一起到古堡赴约时，他真不愿让她去冒险。他想开口反对，但看到凌林投来制止的目光，动了动嘴唇却把要说的话咽回去！

米小云一离开，犹占里就开口发问："凌，你相信，拉姆会那么轻易上当？"

凌林肯定地说："当然不会！"

犹占里警长焦急地问："凌，那你为什么同意他们行动？"

凌林反问："犹占里警长，你信不信，拉姆会如实回答小云的问题？"

犹占里摇摇头说："这不可能！"

凌林又问："能说说理由吗？"

犹占里："因为我太了解拉姆……还是在十几年前我就认识拉姆。那时候，我还只是见习警察，就分配在约堡警局。在远郊的小镇发生一起惨案。现在看起来，还真有些像我们正在查的这个案子。死的也是外国商人，也是怀疑当地有人雇凶杀人。

"当然，南非的警察比我们要强，在现场附近抓到一个凶手。这只是个跑腿的小角色。他供出拉姆曾跟他帮派的头秘密会谈过。而且，他还供出有一真凶是拉姆的老乡，躲在古堡里。

"由于案件重大，镇上报请上级派人去帮忙。我的老师莫阿巴里警官带我和其他几个见习警官去接这个案。

"莫阿巴里警官一接手，首先就申请搜查证。他带领我们和当地警察一起去，把古堡里里外外搜了个底朝天，却毫无发现。然后，他又把拉姆抓到警所去审问。

"当时，我见习已有些日子，也曾参加过好多次审讯，还真没见过像拉姆这么合作的疑犯。他对我们总是笑眯眯，对莫阿巴里警官所提的问题，有问必答，可没有提供丝毫有用的线索。无可奈何，莫阿巴里只好把手上现有的资料抛出，指出拉姆曾牵线，让某帮派头头会谈。一点到这事，拉姆立即滔滔不绝地说下去，说得十分详细，几月几日、几点几分，在什么地方会面，会谈的内容，但只是正常商业来往。

"拉姆完全像一位出色的演员，熟练地背诵台词。莫阿巴里警官明知他在撒谎，却无可奈何！因为那帮派头头已经在逃，根本无法证实这些内容。

"莫阿巴里警官在约堡附近很有名气。他不仅是著名的警官，还是犯罪心理学方面的专家。他当然绝不甘心受拉姆的骗。他暗中将拉姆催眠。他目光像两把利剑，紧紧地逼视拉姆，嘴上轻轻地数：‘一、二、三……’

“拉姆笑了说：‘算啦，警官！我对我说的每一句话负责！你想催眠就光明正大地催吧，何必这样偷偷摸摸！’

“莫阿巴里警官有些火了，挑衅地发问：‘拉姆先生，你敢接受测谎仪试验吗？’拉姆轻轻地点点头。

“事后，莫阿巴里警官告诉我们，像拉姆这么好的心理素质，一万人中才有几位。他说谎话，心跳也不加快，连大脑中的脑电波也没有特殊变化。测谎仪试验失败了。各方面调查证明，都没有发现拉姆任何犯罪证据！莫阿巴里警官只好把他放了。

“可拉姆并没有就此罢休。他委托全南非最好的律师向上级投诉莫阿巴里警官。他的记忆超常，能把莫阿巴里警官所问的每一句话，一字不漏地背出来，由律师从中找出逼供的证据。他还说，莫阿巴里警官不经同意对他动用测谎仪。虽然他明明又在撒谎，却也拿他没办法，莫阿巴里警官当时太性急，没有等到他口头答应就动用测谎仪。”

犾占里警长心情沉重地说：“为了这个，莫阿巴里警官付出了沉重的代价，被降职！对了，现在他就在这南非小镇当局长。听说我们要对付拉姆，他保证全力支持！”

凌林说：“这就好！有当地警方支持，我们就更有把握！”

犾占里警长犹豫着说：“尽管如此，我还不希望小云小姐……因为没那必要，我很难想象，她会从拉姆那里有什么收获！”

凌林笑着问道：“犾占里警长，你赌过钱吗？”

尽管不明白凌林为什么提这问题，犾占里还是肯定地回答：“没有，从来没有！我出身小镇的大家族，我的父亲是穆瓦的哥哥，我母亲是英国人。父母双亡后，就是靠穆瓦抚养成长。穆瓦对我要求非常严格，决不允许我踏入那种地方。”

凌林笑着说：“所以说，你不懂得赌徒的心理。拉姆是真正的赌徒，愿赌服输是他的原则！”

犾占里心里依然很怀疑，可嘴上不好直说。他沉思着说：“您说的或许有道理，可是……”

凌林接着说："我们中国有一句成语：不入虎穴，焉得虎子。"

凌林解释成语后，接着说："米小云肯定非冒这险不可，我们阻止不了！她只有上门，才能得到她需要的信息！"

犹占里警长忧愁地说："我明白了！那我们该干什么？"

凌林又笑着说："你不是已经派南非警察暗中保护她了吗？这样做很好！"

犹占里警长不好意思地说："你都知道了！"

凌林肯定地说："你做得很好！我想，我们还可以再带些人预先在古堡附近埋伏！"

犹占里站直身子说："是，长官！"

凌林又说："对了，还有一件事。我让你找有关那古堡的详细资料，找到了没有？"

犹占里疑惑地说："我找到了，只是我不明白这有什么用。"

凌林笑着说："到时候你就会明白！"

在古堡前面密密的丛林中，凌林带着佣人吉姆、犹占里警长、莫阿巴里局长和一些南非警察就埋伏在那里。眼看着米小云这一行人跟随拉姆走进去，过了一个小时，没有任何动静。犹占里警长心里关心小云，着急地对莫阿巴里小声说："莫阿巴里局长，我们是不是去叫门？"

莫阿巴里局长笑着低声回答："小犹占里，你都工作这么多年了，怎么还改不了这急性子。你看人家凌医生，这才是真正警察所必需有的素质。他如果在警界发展，前途不可估量！"

凌林笑了说："莫阿巴里局长，您过奖了！我只是想多给小云点时间，让她能得到所需要的消息！现在是时候了！您能派人去叫门吗？"

一位小警察发出叫声后不久，拉姆从古堡里出来。他笑眯眯地对着莫阿巴里局长说，口气中带几分讥讽："莫阿巴里局长，很高兴又一次在这里见到您！"

莫阿巴里冷冷一笑地对拉姆说："拉姆先生，你如果知道我的来意，或许就笑不出来了！"

拉姆哈哈大笑问："我的局长先生，有何贵干？"

莫阿巴里局长指着犹占里警长问："拉姆先生，你还记得这位警官吗？当年，他还只是见习警官，现在是B国的警长。"

莫阿巴里局长又指着凌林介绍说："这位是凌林先生，是他们警局的顾问。他们警局有三位重要证人走进你的古堡中，请你让他们出来。"

拉姆又是哈哈大笑："犹占里警长，我想，你们一定弄错了。我和你们B国毫无关系，你们的证人怎么可能到我这里来？"

莫阿巴里局长严厉地说："拉姆先生，我领教过你撒谎的本事。我想，恐怕这次你没那么容易过关！他们亲自送这证人到古堡来，还亲眼看着你把这三人接进古堡，两男一女……"

拉姆急忙改口说："你们莫非指吴夫人那些人？我实在不知道，原来他们是证人。对不起，他们确实来过，可现在已经走了。"

莫阿巴里局长带威胁的口气说："这不可能！我们一直守在外面，并没有看到他们出来。拉姆先生，你可不要逼我们再次动用搜查证。"

拉姆笑了："何必要搜查证。其实，我这古堡并不太大，要藏三人也不容易。莫阿巴里局长，你以前也曾搜查过。如果你们想，现在还可以进来看看！"

莫阿巴里局长吃过拉姆的亏，心存不甘。他手上并没有搜查证，要申请也不是容易的事！他巴不得拉姆这样说。他笑着说："拉姆先生，那我们可就不客气啦！请记住，这可是你自己请我们进去的！"

拉姆对佣人说："嘛噜噜，你带这位警官和他的手下到处走走，把所有的地方都打开，让他看清楚，这古堡本没有什么秘密。"

凌林对自己的佣人吉姆使一个眼色。吉姆会意地点点头，就混在南非警察中走进古堡。

只剩凌林跟拉姆在大厅里。凌林笑着说："拉姆先生，我对搜查毫无兴趣，你愿意陪我在大厅坐坐吗？"

拉姆说："我很高兴！"

拉姆请凌林坐在自己的对面，又倒上两杯法国红葡萄酒，举杯说："凌林先生，我很高兴认识你，干杯！"

凌林举杯在嘴唇边轻轻地一碰，赞赏说："谢谢，这真是好酒！"

拉姆微笑着说："当然，这可是1957年的法国葡萄酒！"

凌林的目光把四周横扫一遍。他发现在拉姆身边有一木橱，里面安放形形色色的赌具，从扑克牌，到中国的麻将、牌九，以及赌场里的轮转盘，样样俱全。他笑着说："拉姆先生，听说，你是赌中高手！"

这正是拉姆最爱听的话，所以他的脸上出现了得意的笑容。但联想到与吴夫人对赌那一局，他很快又收敛笑容，故作谦逊地说："其实，我真算不上什么高手。"

凌林说："我也经常在赌场走走，还从没见过，像你那么好运，能在'太阳城'轮盘赌上连中三次。这可真不多见！我还听说，你后来跟吴夫人对赌。拉姆先生，你知道，你为什么会输？"

拉姆感兴趣地问："为什么？"

凌林笑着说："你选错了赌具。"

拉姆疑惑地问："我不明白？"

凌林解释说："是啊！你不该选扑克牌。或许你还不知道，这扑克牌虽然是西方人创造发明的，但华人中一些人对牌的研究却远远超过他们。我也略知一二。你如果喜欢，我可以把你们对赌'苏哈'的最后一局重新演示一遍！"

拉姆很感兴趣，从橱子里取出一副牌交给凌林说："请！"

凌林曾向魔术师学过一些小技巧，现在为了制服拉姆，他要露一手。他很潇洒地反复洗牌，并暗中将一张红心A藏到袖中。他边洗牌边说："拉姆先生，最后一局，你手上有三张K，还有一张A。而吴夫人手上有红心2、3、4、5，是吗？"

拉姆说："是！"

凌林把剩下的牌交给拉姆说："还有一张底牌没有发，就由你来发，好吗？"

拉姆从凌林手中接过牌说："好！"

拉姆接过剩下的牌，又重新洗了几遍，然后给凌林和自己各发一张。凌林说："我叫一、二、三，我们同时揭开底牌。我保证这一局我胜，你信不信？"

拉姆是赌中高手。在发牌时，他很清楚这样的概率实在太低。他摇摇头说："我不信！"

凌林叫："好！一、二、三！"

凌林一伸手，袖中那张红心A就跟到手指下面，并同时把原来那张底牌弹入袖中。速度异常迅速，拉姆只顾翻自己的底牌，根本无法觉察这些。凌林居然是同花顺，拉姆目瞪口呆说："这真不可思议！"

此时，吉姆已蹑手蹑脚到拉姆身后。他的脚步像猫一样轻，拉姆当然不可能觉察。他是B国“丛林人”，因为凌林救过他的命，所以就死心塌地跟随凌林。像所有“丛林人”一样，他有着异于常人的嗅觉。从小云身上特殊的香水味道，他已经找到那些人所在的位置。他用手指着凌林左侧的佣人房。凌林点点头笑着说：“拉姆先生，你或许还不知道，有的华人可是十分神奇，会做出许多让你意想不到的事。你信不信，我能掐会算，而且从来没算错过。举例说，我知道你输吴夫人一道问题。虽然没有在场，我也知道，吴夫人问你什么问题。我还知道你的回答！你既不说‘是’，也不说‘不是’，对不对？”

拉姆面无表情，呆呆地坐在那里，没有吭声。他心里佩服凌林。此时，莫阿巴里局长带着犹占里警长和其他警察已经跟随拉姆的佣人到楼上去了。凌林继续说道：“我还算定，搜查根本不可能有收获，所以我不想跟他们一起搜。”

拉姆终于从震惊中缓过神来，问：“为什么？”

凌林笑着说：“因为到来之前，我已经独自对这古堡作了一番研究。我知道，这古堡建于一百多年前，由一位荷兰人建造的。后来发生英荷战争，荷兰人失败了。附近的荷兰人都走了。唯有这一家人舍不得离开。外敌数次入侵这古堡，这一家人完全靠地下密室躲过灾难。我说的是不是？”

拉姆机械地问：“密室？”

凌林指着左侧的佣人房说：“我还找到这古堡的结构图，我知道这密室就在这一间佣人房中。莫阿巴里局长虽然已经搜查过，因为他不知道有密室存在，所以一无所获！如果我亲自动手，结果就完全不一样，你信不信？”

拉姆那黑黑的脸色变青，没有回答！凌林继续说：“我估计，打开密室不但能解救我们的人，还一定会有其他的收获。我还想莫阿巴里局长，一定很想看到这些！当然，我并不想这样做，我只想要我们的人。只要你让他们自己出来，我保证不追究，也不告诉莫阿巴里局长。我给你三分钟时间考虑。现在开始，时间一过，我就叫莫阿巴里局长下来！”

三分钟到，凌林刚要开口叫，就被拉姆打断了。拉姆问：“如果我把他们三人请出来，你能不能保证，决不把这秘密告诉莫阿巴里局长？”

凌林严肃地说：“如果他们三人自动出来，你就没有罪！我的目的已经达到，也没必要对莫阿巴里局长说什么。我保证，决不把我所知的古堡秘密告诉南非警方。”

拉姆说：“好！你在这里等着，我自己去请他们三人出来。”

·3·

走出古堡，凌林带着倪信风、小云还有朱兵匆匆回到B国中国镇警局。

辜老板被灭门后，倪信风的生活目标就是复仇。为辜老板讨回公道，他就是赔上自己性命也在所不惜！他这条命本就是辜老板夫妇救出来的。他心里早就锁定成鑫这目标。从拉姆的口证实自己的想法后，他心中仇恨之火越烧越旺。他真希望能马上就把成鑫抓起来。眼看警方迟迟不肯行动，他心里焦急万分。他向来很崇拜凌林。可此时，他已经被怒火冲昏了头脑，终于忍不住怒气冲冲地对凌林说：“凌……凌，警……警方是……是干什么吃的，为什么不去找成……成鑫？”

看倪信风对凌林出言不逊，小云责备说：“你这呆子发什么疯……”

凌林用目光制止小云继续说下去。他很理解倪信风的心情。他知道，要想立即让倪信风冷静下来，几乎不可能！他只能因势利导。他启发式地发问：“小倪，你想想，现在拘留成鑫，能不能保证把他送上审判台？”

看倪信风没有吭声，小云接着说：“是啊，证据不足，我们还要继续努力！”

倪信风反问：“那……那我……我们还坐在这里干什么？”

凌林笑着说：“我在等成鑫自动找上门来。我们还要听听成大哥自己怎么说。”

倪信风疑惑地问：“成……成鑫会自……自动上门？”

小云冰雪聪明，她笑着说：“朱兵在我们手上，他们能不找上门？不过，成大哥亲自来也没用，我保证朱兵不会跟他走！”

凌林笑着说：“这就好！你还是回到朱兵身边，看紧他！我估计成鑫很快就到！”

小云走后，倪信风又一次带着怀疑的口吻发问：“凌……凌，你……你说，成……成鑫几……几时会……会找上门？”

凌林看了看手表回答：“如果我没有估计错，他马上就到！”

凌林的话音刚落，一位警察从门外进来报告说：“成鑫来了，还带着十几位手下，阵势不小。”

凌林对那位警察说：“你多调些警察看住，不要让这些人闹事。只许成鑫、老二余冠和律师三人到大厅来！”

凌林和倪信风刚刚站立起来，成鑫就从外面大摇大摆走了进来。他看也不看凌林和倪信风一眼，大大咧咧地在正中的位置上坐下。律师和余冠分别坐在他两侧。仇人相见，分外眼红。倪信风正要发作，却被凌林用目光阻拦住。余冠首先开口，他单刀直入发问：“凌先生，据我们所知，朱兵就在这里，是吗？”

凌林知道警察中有成鑫的眼线。他有意暴露朱兵的位置，目的就是要让这些人自动找上门！尽管如此，他还是故作惊讶地说：“余二哥，你们的消息真灵！”

余二哥得意地笑了笑，说：“当然，我们帮会能稳稳地扎根在这里这么长时间，可不是徒有虚名。你可不要说，朱兵不在这里！”

凌林回答得很干脆：“是，朱兵就在这里！”

余冠追问：“他有什么罪？你们警方有没有对他进一步提出起诉？”

凌林摇摇头：“没有！”

律师指着手表继续说：“凌先生，你应该很熟悉这里的法律，警方拘留不能超过四十八小时。现在已经许多天了，我们来接他回去。”

凌林笑了：“余二哥，对不起！朱兵恐怕不能跟你们走！”

余冠愤怒地问：“你什么意思？”

凌林平静地说：“我们从来就没有拘捕朱兵。是他自愿同意当证人，并要求警方保护。根据证人保护条例，我们有义务对他进行保护。”

听了这些，成大哥恼羞成怒，刚要发作，余冠急忙抢先说：“这不可能！你们能让我们见他一面吗？”

凌林冷冷地问：“看来，要是没有见朱兵一面，你们决不肯离开，是吗？”

余冠坚决地说：“当然！”

凌林说：“好，就让你们见他一面！”

凌林挥一挥手，小云从里面带着朱兵出来。看到朱兵，余冠感动地叫道：“小朱，我想死你了。你不在我身边，我心痛！怎么样，他们有没有虐待你？

你别害怕，有律师在，他们警察也不能把你怎么样。快，跟我走！”

朱兵羞愧地说：“余二哥，谢谢你！我很好！”

余冠企图向前拖朱兵的手，却被警察拦住。朱兵声音低沉地说：“余二哥，我不能跟你回去！”

余冠怀疑地问：“为什么？是不是他们威胁你，你才这样做？大哥带着律师来了，我们会为你做主！”

朱兵说：“对不起，余二哥！”

余冠恍然大悟说：“小朱，我明白，你害怕受惩罚才不敢跟我们走，是吗？”看朱兵没有吭声，余冠继续说：“你是我的亲信，是我的左膀右臂，我怎么舍得对你下手！”

一直沉默的成鑫终于开口了。他的声音洪亮地说：“我是大哥！我向来说话算数！无论你过去做了什么，只要你现在跟我们走，我保证既往不咎！”

余冠动感情地说：“小朱，大哥都这样说，你还不跟我走！”

朱兵似乎有些动心，向前跨了一步。小云急忙在他的耳边小声警告说：“朱兵，你可要想清楚！此时为了骗你回去，他们当然可以作这样的保证。到时候他们才不会认账！你又不是没见过这样的例子！”

看看朱兵停止脚步，余冠大声嚷嚷：“朱兵是我们的人，我一定要带他走！”

余冠的声音就是信号，在大门外的手下要往里冲，却被大批警察拦住。凌林对小云挥挥手。小云会意地点点头，带着朱兵离开。凌林冷笑着对余冠说：“余二哥，你忘了，这里可是民主法制社会，每个人都是自由的，决不属于什么人。朱兵有权决定自己的行动！”

凌林又用英语对律师说：“律师，你有义务让你的委托人明白，袭警、妨碍公务，会是怎样的结果！”

律师这黑人老头可是中国通。刚才那些中国人对话，他虽没能完全听懂，倒也能猜出八九分。他对成鑫耳语一番。成鑫对门外大喝一声：“你们吵什么！”

看手下纷纷往外走，成鑫又对余冠说：“老二，我们走！”

倪信风着急地站起来，却又被凌林强压下去！凌林对成鑫说：“成鑫先生，等等！”

听到凌林的叫声，成鑫停住脚步，但没有转身！余冠心里暗暗着急。他心里一直担心，成大哥会在这里多停留！

记得，在南非古堡的密室里时，拉姆进来说，要放走朱兵和米小云等三人。开始，余冠坚决不同意。可拉姆警告说，南非警察就在外面，晚一点送出去，全体都可能被捕！他才勉强点头。眼睁睁看着警察把朱兵和米小云带走，他心急如焚，却无可奈何！

朱兵本就是他的亲信，私自跟小云走后，他就已经被成大哥骂得狗血喷头。一接到拉姆的电告下落，他就自告奋勇带人去接朱兵。现在，没有把朱兵带回来，谁知成大哥还会怎样惩罚自己。幸好他早有思想准备，这次带去的都是自己的亲信。他灵机一动，就和手下还有拉姆结成同盟，统一口径。回来后，他告诉成大哥说，他们去晚了一步，朱兵已经和小云提早离开。他没有忘记替拉姆说几句好话。他说，拉姆已经尽力挽留，可惜没有留住。

听了这话，成大哥火冒三丈。成大哥生性多疑，自然不会那么轻易相信余冠的话，暗中派亲信去查，也询问了拉姆，结果都一样，所以也没对余冠过多责备。可余冠却依然忧心忡忡。他担心警察很快会找上门。他紧紧地跟着成大哥，观察动静。两天多过去了，还没有见到警察，他的心才稍稍放宽了些，可偏偏在警局的内线传出消息，朱兵被藏在辜家大院。成大哥坚持要亲自找上门去要人。他拦阻不住，只好跟去，以便随机应变。

朱兵不肯回来，成大哥非常恼火。作为帮派大哥，他可从来就没有吃过这么大的亏。他怒气冲冲地往外走。听凌林叫唤自己，他不由自主地停住脚步。他生性傲慢，没有理睬！此时，余冠紧张得心都快从胸膛跳出来，但他这人天生善于掩饰自己，脸上依然不动声色。余冠转身微笑着问：“凌医生，你有什么事?”

凌林态度和蔼地说：“噢，也没什么。还有一件事，我们早就想拜访成大哥。既然大哥亲自上门，是不是我们再多谈谈！”

成大哥余怒未消，没有吭声。余冠心里希望成大哥赶快走。看看成大哥迟迟没迈出脚步，他抢先开口说：“成大哥跟你没什么好说!”

凌林微笑着说：“当然，我们要谈些大哥感兴趣的内容。”

余冠真不希望凌林跟大哥多说。他冷冷地对凌林说：“凌医生，我知道，你在帮忙警察办案，想把我们当怀疑对象。我们没什么好谈!”

凌林还没开口，一直站在身后的倪信风终于忍不住插嘴说：“你……你们犯……犯了罪想一走了之，没……那么便宜!”

余冠哈哈大笑说："你这大舌头鬼，你算什么东西，这里哪有你说话的份！"

倪信风坚定说："我……我是辜……辜老板的代表，我……我要为他们讨回公道！"

余冠冷笑说："那就看你有没有本事……"

倪信风逼问成鑫："成……成大哥，你……你信不信天……天网恢恢……"

余冠气愤地说："你这大舌头鬼胡说什么！"

倪信风问："你们认识一位名……名叫拉姆的南非人吗？"

余冠冷冷地反问："认识，他是我们的生意伙伴。那又怎么样？"

倪信风又问："辜……辜案发前，你……你们有……有没有跟他见面？"

余冠冷冷地说："你管得着吗？"

倪信风对成鑫说："据……据我们所知，辜……辜老板出事前，你……你跟拉姆会谈过……"

这是余冠最不愿听的内容，他冲着倪信风大声吼："你算什么东西，敢这样跟大哥说话！"

倪信风冷冷地打断余冠的话，继续对成鑫说："成……成鑫先生，我……我知道你……你通过拉姆雇用南非杀手……"

余冠急忙打断倪信风说："大舌头鬼，你可不要胡说八道！"

一直沉默不语的成鑫终于发怒大吼一声说："我是大哥！我向来敢作敢当！我说，我没有雇凶杀辜夫妇，就是没有！"

凌林原只是找成鑫谈谈，从中找到一些有用的细节。倪信风这样鲁莽地插进来，他很不高兴，可又不能当着对手的面让小倪下不了台。结果，倪信风和余冠两人越演越烈，凌林心里很着急，却无可奈何！直至成鑫发怒，他才出面制止倪信风。他对倪信风说："小倪，我们走开！让犹占里警长代表警方跟他们说。"

凌林挥挥手，犹占里警长从外面进来，对成鑫说："成鑫先生，我是犹占里警长！我们在调查辜家灭门案，有必要向你调查。我现在要当着律师的面问你问题。"

此时，那位成大哥的黑人律师从外面进来说："我是成先生代表律师，你有什么问题可以问我！"

犹占里问："有一位南非人拉姆先生证实，在辜梁先生被害前不久，成鑫先生是通过他去请南非帮派的！”

那律师回答说：“成先生确实通过拉姆先生请南非人，目的只是为了解决生意上的矛盾。也是后来，我们才知道，那些人原来是帮派的。我们没有做任何违法的事，不信你们可以调查，也可以请拉姆来跟我们面对面对话！”

见犹占里无话可说，那律师便带着成鑫一帮人从容离开！

·4·

到此为止，倪信风心中已经完全认定成鑫是杀害宰老板的幕后凶手。眼见成大哥大摇大摆离开，他心中怒火燃烧。他对警察也彻底失望了。他心急如焚，脑海里自然产生出一个复仇计划。他相信，虽然简单，一定有效！他就下定决心，无论如何要亲手实施。他将这一切默默地隐藏在内心深处！

凌林成了这计划的最大障碍。从凌林那敏锐的目光里，倪信风总感到自己的心事仿佛要被看穿似的。他极力装出一副若无其事的样子。被凌林看得紧，他无法动弹。但决心已定，他决不退让，只好耐心等待着。

终于有一天，机会来了。凌林跟犹占里警长到南非出差去，就把倪信风交给小云看管。小云看得更严，可终究无法像凌林那样跟他睡一房间。晚上，小云只好把他交给朱兵监视。

这些日子，朱兵天天跟小云在一起。听小云叙述往事，他心里更加佩服得五体投地。他再也不想离开小云，哪怕跟在小云旁边当奴仆，他也心甘情愿。对小云分配的任务，他丝毫不敢麻痹大意。可他天生好赌，就叫几位黑人警察到房间来赌着玩，闹得很疯。下半夜，他一躺下去就睡得像死猪似的。

上半夜，不管别人怎么吵，倪信风还是躺在床上舒舒服服地睡一觉。当朱兵睡得死死时，他从床上轻轻起来，来到关公神像前。这关公神曾是宰老板的保护神。现在，他把神像请到自己房里来，也像宰老板一样，每当遇到重大决策前，都要向神像祈祷。现在，他心里默默地祈求着：“关公神，求你保佑我为宰老板复仇成功！”

仿佛看到神像莫名地摇晃了一下，他心里猛地一惊。犹豫片刻，他终于毅然踏上复仇的路程！

这是个阴云密布的夜晚，四周黑漆漆的，唯有成家大院门口依然灯火通明。这些日子，他对成家大院及周围已经反反复复进行研究过。连成大哥住哪一座楼、有多少岗哨、什么地方有监视探头，甚至四周有几棵特别高大的树，他都了如指掌。那曾经进出过的小门已经完全被堵死。曾经是小云的佣人房，现在住着两人陌生的厨娘。这一切在意料之中，他的计划并没有受到丝毫的影响。他早已经做了很充分的准备：一支带瞄准镜的长枪、一副高倍军用望远镜，还有一些干粮和水。

辜老板死后，倪信风早已变成另一个人。往日那个胆小怕事的倪信风不存在了。他心里只想复仇，他在大院后面的灌木丛中勤学苦练，进步很大，打树上的鸟，差不多百发百中。他还对成鑫大院周围的地形仔细观察过，特别看中了这棵树。它比周围的密林高出一大截，而且枝繁叶茂，隐蔽性相当好。对于像他这样农村出来的身强力壮的小伙子，爬上去并不困难。他坐在树枝上，身靠树干，把枪固定在适当的位置，用望远镜观察成鑫住房。目侧距离有两百多米，正在步枪有效射程内。他心里又一次默默地祈求关公神："关公爷，求您保佑我为辜老板、辜太太复仇成功！"

他原来只是老实巴交的农民，从没想过有一天自己会动手杀人。他更想不到，原来这一切居然这么简单，凭他现在的射击能力，只要手指头轻轻一扣，就会有一个活生生的生命从这世界消失。不，他不能滥杀无辜！他只能把瞄准镜对准滥杀无辜的成鑫。苦苦寻找了几个小时，还没有看到成鑫的影子。已经天光大亮，他有些着急。他不断地告诫自己："要耐心！"

他靠在树干上，边啃干粮，边继续用望远镜观察着。以前，在他心里总感到成家大院戒备森严。经仔细观察，他还是发现许多防卫漏洞。四周有好几道小门，虽已被阻死，要撬开并不难。再绕过岗哨就可以到达成大哥的房间，只要一把小小的手枪就够了！当然，他独自一人，成功概率并不大。他想，如果是职业杀手可就轻而易举。他的身体离地面十几二十米，他的头脑却变得活跃了许多。他想得很多、很多……

倪信风赶紧把思绪收回。他想，当然还是像现在这样更简单得多……

突然间，他想起临行前向关公老爷祈求时，关公神像无缘无故摇晃了一下。他记得，当辜老板下决心跟小个子高和成鑫打官司前，也曾去祈求关公老爷。当时，他就站在旁边，也看到神像摇晃了一下。他当时焦急地说："老板，我……我看……看神像摇……摇晃……"

辜老板无可奈何地说："我也看到了。可是，我别无选择！我无论如何不能失去 CHINA NO.1。"

或许，辜老板真不该打这场官司！可他别无选择！现在的倪信风也一样！他也别无选择！他一定要为辜老板报仇！

他想到当年，当他走投无路、想要结束自己的生命时，辜老板如何收留了自己。辜老板对自己可真像亲兄弟一样。记得，他有一次从南非运货回来，路上碰上劫匪，连车带货都被抢得精光，他心疼得要命。回到家里，辜老板没有半句怨言，反而安慰说："别心疼那些货！人安全无恙才最重要。"他当时感动得说不出话……

现在，辜老板辜太太死得那么惨，他岂能无动于衷！想到这些，他更坚定复仇之志！

现在，他只要耐心等待，一定会有机会！别看他平时性子急，这时候却表现出罕见的耐性……

终于看到成大哥那圆圆的头颅从房里露出来，倪信风紧张得心都差点要从胸腔里跳出来。他警告自己："要镇定！"他很清楚自己只有一次机会，一定要一击即中。他屏住呼吸，开始瞄准成鑫。成鑫那粗犷的胸口缓缓地进入瞄准镜正中。他正要扣动扳机，突然另一个瘦小身影挡在成鑫前面。他大吃一惊，急忙松开食指！

差点杀了一个无辜者，他不由地吓出一身冷汗。如果说在成鑫帮派中有一个最不该杀的，就是这个人——米小庄！米小庄可是辜老板夫妇的恩人！如果死在自己手上，就是到地下，他又如何向辜老板、辜太太交代！或许，这正是关公神像摇晃的缘故，幸好没有造成恶果……

他努力使自己的心情平静下来，耐心等待米小庄离开成鑫身边。他又重新开始瞄准！突然，大树激烈晃动起来，他大吃一惊，往下看。发现两个警察招手示意让他下去。看来，他别无选择！他害怕惊动成家大院，轻轻地从树上滑了下去。他不甘心，有意把枪留在树上，希望以后还有机会从头再来！

根本不容他辩解，警察就把他带走。他身上所有的东西都被搜走。

·5·

这是警局里的特别审讯室，完全与外界隔绝！没有一丝光线，也听不到一点声音。他想得很多。正当他复仇计划眼看就要成功之时，警察怎么偏偏就在这时突然出现？那么偏僻的地方，怎么可能会有警察？他又一次想起关公神像那莫名其妙的摇晃：莫非是神提示自己，根本不该复仇？可是，他这条命是辜老板、辜太太给的。他们夫妇俩死得如此惨，不能为他们讨回公道，他生还有何意义……

再想起小云曾经说过的话。辜老板和辜太太把偌大的家业和最心疼的辜小梁托付给自己，如果有什么闪失，他怎么对得起辜老板？渐渐地，他开始后悔了。他仿佛又一次看到那关公神像在眼前摇晃。或许，他真不该亲自动手！辜老板留给自己那么多钱，成鑫可以雇凶杀害辜老板，我为什么不能？经这一次观察，他发现成家大院远不像想象的那样戒备森严！他完全可以指示凶手……

就这么几个问题在脑里翻来覆去来来回回好几次，他渐渐麻木了。听不到一丝声响，他的心情开始紧张起来，对声音变得特别敏感，甚至可以清清楚楚地听到自己的心跳。他稍稍动一动，手轻轻碰到墙壁上。就这一点声响却让他感到心惊肉跳。这一种感觉似乎比死更可怕。这房间就是隔音室！据说，人与外界完全隔绝音声，就会产生这样的效果。特别审讯室就是根据这一原理设计的。他一刻也不想再待下去。他大叫大喊，没有人理他……

不知过了多长时间，他感觉自己快发疯了，门终于被打开。小云进来了。看到小云，倪信风焦急地说："小……小云，你……你怎么才来啊？"

小云气恼地反问："怎么，你等急了，是吗？"

倪信风点头说："是……是……"

小云冷冷地说："你算是够走运啦！本来，警察怎么也不肯放你。后来听说，在你身上只发现一副望远镜，我才灵机一动解释说，你是警方的证人，只是想多收集犯罪嫌疑人的证据才在那里，他们才肯放你出来！"

倪信风说："原……原来如此！"

小云威胁说："当然！他们如果在你身上发现其他东西，如凶器一类，你恐怕要到牢里待一辈子。你应该知道，跟黑鬼罪犯在一起，多么可怕！”

倪信风的心情又渐渐平静下来。他疑惑不解地自言自语：“警……警察怎……怎么会在那种地方出现？”

小云打断他的话说：“别多想啦！要吸取教训，以后再别这样蛮干！”

当然，倪信风的头脑并不傻。回到自己的房间，看到那支本还绑在树上的步枪却已平躺在枪架上，他恍然大悟问：“小……小云，是……是你带警察抓我？”

小云笑着承认：“没错！看你那么努力练枪法，再看你每次看这棵树的表情，我早就猜到你的动机，所以带警察去抓你。也是我让警察把你关在那密室里的，让你好好地反思反思！”

倪信风勃然大怒：“可……可是，你……你知道不，只……只要迟一点点，辜……辜老板的仇就报了！”

小云冷冷地说：“那样，你就成了杀人犯，现在一定在狱中！”

倪信风说：“我偷偷地溜走，他们……他们未必能发现我！”

小云说：“这一点我想过。你这把枪本来就登记在你名下。警方只要找到子弹头，做弹道试验，就会轻而易举追踪到你……”

倪信风顽固地说：“即……即使如此，我……我也心甘情愿！只……只要能为辜老板报仇，我……我就是死，又……又有什么关系？”

小云责问：“如果真是这样，辜老板留下来的生意怎么办？辜小梁怎么生活？”

倪信风结结巴巴地回答：“我……我已……立……立下遗嘱，交……交给凌……”

小云打断倪信风的话：“你也知道，你立下遗嘱，你死后，才能把一切交给凌。可是，这个国家没有死刑，你可能被判终身监禁。这样，生意就可能破产，辜小梁就可能去要饭！我真替辜老板、辜太太伤心，他们居然把身后事托付给一个如此不负责任的人！”

倪信风无言以对。小云继续说：“小倪，辜太太把我当作妹妹一样，我能不想为她讨回公道？还是凌医生说得对，我们一定要通过法律的手段！”

倪信风失望地说：“这……这怎能可能？”

小云说：“为什么不可能？关键在证据！凌医生说，如果这次成大哥承认雇凶，我们就可以对他起诉！”

倪信风说：“成……成怎么可能会认罪？”

小云说：“不，你不了解成大哥！他十分狂妄，如果真是他干的，在铁的证据面前，他理应不会拒绝承认。凌医生担心，可能还另有隐情。就是为了这个，他才到南非去的！”

倪信风问：“他……他为……为了什么？”

小云说：“据说南非警方已经捣毁那一派黑帮，犹占里警长跟凌医生一起去，希望能抓到参与辜家灭门的匪徒。凌医生说，只要匪徒证实供认确实受成鑫指使，对辜老板下手，我们就能起诉！”

倪信风问：“为……为什么，我……我不知道这些？”

小云敲倪信风的头说：“这些日子，你魂不守舍，凌医生说什么你也听不进去。”

倪信风沉思了片刻问：“那……那我们怎么办？”

小云沉思着说：“从南非刚刚来电话说，那一派黑帮已经被捣毁，可却偏偏让那三个人逃脱了。现还在通缉抓捕中。只要找到这三个凶手，幕后真凶自然就逃不掉了。”

听了这些，倪信风头脑里突然想起自己新的计划：对啊，他成大哥可以这么做，他为什么不能也到南非雇凶对付成大哥……

看到倪信风在发呆，小云骂说：“你这呆子，怎么又犯傻了！”

倪信风问：“云，下一步，我们该怎么干？”

想想在古堡被拉姆算计，被关到密室，小云还很不甘心。她沉思着说：“我们再到南非去！我还想再找拉姆算账！”

正符合自己的心意，倪信风兴奋地说：“对，我们一起再上南非！”

担心倪信风不听话，制造麻烦，小云严厉地说：“你必须保证一切听我的，否则我决不让你去！”

倪信风肯定说：“我保证！”

一直沉默的朱兵插话说：“我也很想跟你们一起再去找拉姆！我记得，拉姆曾说过，那三个人跟他是老乡，都是斯支瓦人。我相信，以我跟拉姆的交情，我可以说服他提供这三个人的情况！”

小云微微一愣说：“小朱，你说得有道理！可是，你不能跟我们一起走。”

朱兵问："为什么？"

小云耐心解释说："小朱，你应该知道成大哥的为人。他不会放过你。只要一走出这房子，没有警察保护，你随时都可能有危险。而且，我们这次避开警方独自行动，本身也很危险！"

朱兵固执地说："我不怕死！而且我完全有能力保护自己！"

小云坚决地说："不，我们不能让你去送死！"

这些日子以来，朱兵已被小云紧紧地吸引住。他一刻也不愿离开她。他恳求说："云姐，你要知道，你们都走了，把我一个人留在这里，简直比死更可怕！求你……"

小云心里也担忧这些日子自己跟朱兵走得太近，怕引起误会。这次南非之行也是她摆脱他的极好机会。她当然绝不会让步。她打断朱兵的话，态度坚决地说："不行！人命关天，这没什么好商量的！你在这里等，我很快就会回来！"

朱兵的态度也十分坚决。他依然苦苦哀求说："云姐，求你，无论如何一定要带我走！"

眼看双方僵持不下，倪信风担心误了南非行程。他本对朱兵没有什么好感，但现在觉得朱兵用得着！他只好替朱兵讲情说："小……小云，朱……朱兵态度那么坚决，就……就让他跟去吧！只……只要小心些，未必会出事！"

小云万万没想到倪信风会帮助朱兵说话，她说话的口气已没有那么坚决："小倪，你要知道，我们不能让小朱冒这么大的险！"

一旦做出决定，倪信风也不容改变主张。他依然坚持地说："我……我们可以重新化装，而朱兵……为什么不可以？而且，我们……还可以出钱雇武装保安！"

倪信风的话说到这地步，小云想不出更多的理由反对。她无可奈何地对倪信风说："好吧！我们就一起再去找拉姆！这一次，大家都变成黑人，我们就一起当斯支瓦人，就在古堡外面等他！"

· 6 ·

下午，阳光已经开始渐渐弱下去。在古堡西北面的丛林中，米小云带领一班人潜伏在那里，从深夜一直到现在。

米小云虽出身贫寒，却生性好强，跟辜太太学一身本事后，她的脾气自然更加渐长。在拉姆那里吃了这么大的亏，她怎么咽得下这口气。这次，她一定要打败拉姆，而且不要依靠凌林和警方。她知道拉姆实在太狡猾，要逼这种人出来为辜案作证，就必须付出十倍努力。倪信风和朱兵自然就成了她的助手。倪信风还到保安公司雇了几位身手不错的雇员，另外还有一位开锁专家。

朱兵倒很听话，这次也打扮成黑人伏在米小云身边一动也不动！那几个雇员都经过严格训练，一声不响。只有倪信风有些不耐烦。他是像上次那样黑人打扮，坐立不安。米小云小声说："小倪，你安静些好吗？一旦被发现可要前功尽弃！"

倪信风不以为然地说："这……这么密的树林，他们怎么可能看到。"

朱兵插话说："还是小心点好！拉姆的那个佣人不但功夫好，而且警惕性也很高。"

倪信风向来很讨厌朱兵，真想驳他几句，可再想到自己可能需要他帮忙，只好压抑心中的不愉快，说："你……你说得有道理！"

米小云笑着说："拉姆在古堡前留下这一片密林，真是天大的错误！"

朱兵说："听说，当年拉姆买下这古堡，本来包括周围这一片土地，这里都是树林。为了安全，他把树林通通砍伐，唯留下这一片。小云姐，你知道为什么吗？"

在来之前，米小云可是下过工夫的。她向犹占里警长要了大量有关拉姆和古堡的材料。她笑着说："听说，一位斯支瓦族的巫师告诉他，这一片丛林是他运气的根，不能动！"

朱兵佩服得无体投地，说："小云姐，你连这也知道，真不简单。"

倪信风讪讽说："我……我不信！在……在非洲这么久，没……没听说黑人也懂风水。"

朱兵说："你知道，我是帮派的外交家，我跟当地人接触多了。我发现黑人通常比我们更迷信。他们既相信鬼神，也相信天空风云变幻、地上山山水水对自己命运的影响！"

倪信风不以为然说："黑……黑人头脑有那么复杂吗？"

小云说："小倪，小朱说的话是真的。你还记得我们曾经待过的密室吧，你有没有发现里面的秘密……"

说着，说着，天渐渐黑了下来。随着沉重的铁索声音，吊桥下来，拉姆从古堡里优哉游哉地走过来，走向小"宝马"。这"宝马"在昨天晚上已经被倪信风做过手脚，自然发动不起来。倪信风带两个黑人猫着身子过去，并用枪对着拉姆的头用英语说："拉姆先生，请你按我说的做！"

显然像这样的场面经历多了，拉姆毫不慌张，笑着问："我为什么要这么做？"

倪信风威胁："你信不信，你如果不老实，我会崩了你！"

拉姆笑眯眯地回答："这样做对你们有什么好处？而且，你要是真的这样干了，南非警察不会放过你们的！"

倪信风说："那我们可以离开南非。"

拉姆依然微笑着问："你以为你们过得了南非海关吗？"

倪信风笑着说："不通过海关，难道我们就走不了了？"

为了方便离开南非，米小云决定走边境黄色通道偷渡。倪信风这么说，无疑把底透给拉姆。米小云恶狠狠地瞪了倪信风一眼，制止他继续说话。她冷冷地对拉姆说："拉姆先生，你知道，我们之间没有过节，我们并不想伤害你。但你别无选择，必须按我说的办！"

拉姆不慌不忙地问："你们想让我干什么？"

米小云说："你把你的佣人叫过来。"

拉姆叫了几声之后，那身材魁梧的佣人便过来了，但很快就被倪信风等人制服了。原来，米小云早担忧拉姆佣人的强悍，所以才这么做。现在，局势已完全在自己掌控之下，她笑着说："拉姆先生，这样多好，大家不伤和气。"

拉姆脑里迷迷糊糊的，实在想不通这些是什么人，可脸上依然露出笑容。米小云对朱兵使了个眼色，朱兵撕下脸上的胡子说："拉姆先生，你怎么不认得我？我是朱兵。"

看见老熟人，拉姆恍然大悟说："朱先生，原来又是你们！"

朱兵在拉姆耳边小声说："没错，是他们又回来找你算账！现在，你落在他们手中，可要小心些！"

拉姆哈哈大笑问："你们想干什么？"

朱兵指着小云问："你看看，你还认得这位吗？"

看拉姆摇摇头，朱兵笑了笑，接着说："这可是你的熟人，她就是吴夫人。怎么还认不出来？你忘了，你还曾输给她一道问题！"

望着已变成黑妞的小云，拉姆吃惊地瞪大眼，感叹说："你们中国人的化装术真不简单！可你们到底想干什么？"

小云问："拉姆先生，你还记得你输给我的那一道问题吗？愿赌服输，这可是赌徒起码的要求！你可不是合格的赌徒！"

拉姆最不喜欢别人质疑自己不是赌徒，他坦然说："我记得，我已经回答了你的问题。"

朱兵心急，迫不及待地严厉地问："你给的答案是否正确？"

看拉姆没有吭声，朱兵接着说："拉姆先生，你还记得吗，当时我这样说：今年初，我安排你和我们的老大成鑫先生会见，秘密会谈！几乎所有的人都相信会谈的内容，一定是请南非帮派对辜梁先生一家动手。吴夫人只想确实地知道：是，或者，不是。"

拉姆说："我记得，当时我回答了。"

朱兵责备说："可是，你对南非警方可不是这样说的！"

拉姆又是一场大笑说："你知道，像我们这样的人，从来不会对警察讲真话。你们知道，警察为什么一直拿我没有办法？除了因为我向来办事谨慎小心外，还有一条最重要的原因，就是犯法的事，我决不会干！我只介绍人跟人认识，从不介入他们任何行动，包括会谈。所以，你们问的问题，我根本没办法回答。愿赌服输，我又不能不回答！"

听了这些，倪信风气得真想一枪把他给毙了。他气愤地责问："这么说，你一直在骗我们？你不是一位合格的赌徒！"

拉姆急忙摇摇头说："不不不！我没有讲假话！我只是牵牵线，确确实实并没有参加跟雇主会谈。但是，朱先生也知道，那几个行动参加者是我的老乡，都是斯支瓦人，行动前他们暗中告诉我，他们确实要对辜先生动手！所以我并没说假话！"

倪信风继续追击："拉姆先生，你保证，你说的是实话？"

拉姆一本正经说："我保证！"

倪信风紧接着说："能告诉我们，那些人的姓名吗？"

拉姆说了那几人的姓名，正是从南非黑帮逃脱的人。倪信风不由地松一口气。他态度缓和了许多说："拉姆先生，希望你能帮我们！"

拉姆摇摇头说："我没有义务再帮你们！"

倪信风突然恳切地说："我是辜先生的好兄弟。吴夫人名叫小云，她是辜太太的好姐妹。我们的目的，只是要为辜先生、辜太太讨回公道。我们跟你没有恩怨，只求你帮忙。"

拉姆平静地说："我还能帮你们什么忙？"

倪信风说："很简单！把你刚才说的在我们的警局再说一遍！"

拉姆冷冷地说："想让我跟警方合作，你倒不如一枪崩了我！"

看到倪信风又火了，眼里放出凶光，米小云急忙挡在前面对拉姆笑着说："拉姆先生，你很聪明，你相信我们不会真的向你开枪！其实，你已经帮了我们。你刚才所说的那些话，我们已经录音了。"

拉姆还是笑着说："你要知道，录音是不能做呈堂证供的！"

米小云紧接着说："所以，我们才要求你到我们警局作证。不管你同意不同意，你都必须去！"

拉姆笑着说："你可以绑架我去，可你无法逼我作证……"

米小云笑着打断拉姆的话："我们暂时不说这些。自从上次在密室待了后，我一直难以忘怀。走，我现在就去重温重温！"

·7·

拉姆虽不心甘情愿，却别无选择！他被倪信风等人逼着来到古堡大厅。他从心里不得不佩服米小云。他记得很清楚，当日他明明避开所有人打开密室。他怎么也想不到，小云怎么也会如此轻易再打开。下面发生的事更让他吃惊不浅！

这是一间近二十平方米大小的房间，墙面上全部粉刷成丛林中常见的黄土色，没有任何家具，只有一张供桌，上面供着一张照片。小云知道这是斯支瓦族祖先的画像，也是斯支瓦人心中的神。她向倪信风伸出手。倪信风从包里掏出三根像麻将大小的木头，斯支瓦人称之为神木。他轻轻地把它们放在她手上。她边用斯支瓦语唠唠叨叨，边将这油光发亮的黄木，在神像下面排成等边三角形。面对神像，小云低着头。她通过眼睛的余光看到拉姆的脸微微有些变色。她知道，第一步目的已经达到，继续用斯支瓦语大声朗诵咒语。念到一半，她突然大喝一声："姆拉里·拉姆，你不应该亵渎神灵，在神圣的地方放置不该放的东西！"

小云话音刚落，那三角形顶端那一块木块便突然翻身过来。来之前，她曾向斯支瓦大巫师学这最厉害的咒语，据说这能把神的精灵唤出来。这黄木翻转，意味着神灵在发怒，拉姆脸色大变，瞪大双眼，带惊恐的目光望着神像。上一次在密室里，她已经偷偷地移动神像，发现有一秘密保险箱。为了证实自己的想法，安排下这一幕。现在已经达到预想结果，她心中暗暗欢喜，朝倪信风挥挥手。倪信风很理解她的意图，让预先雇佣的开锁专家走向前。

保险箱打开了，里面就一本硬皮的小本本。不出所料，小云翻一翻，果然是自己想要的记事本。她笑了笑又交给倪信风保管。

拉姆这人心思严谨，平常把自己的活动记录下来，放在这箱子里。现在这重要证据被翻出来，他惊恐万分。

小云安慰说："拉姆先生，你别害怕。对你在南非的行动，我们不感兴趣。我们也没有义务一定要帮南非警察的忙！我们的目的就是要找出辜家灭门惨案幕后真凶。你已经为我们提供很宝贵的信息。我希望你能进一步告诉向你透露信息的那些人。"

拉姆战战兢兢地承认："他名叫把瓜史，也是我们斯支瓦人。"

小云把本子递给倪信风，又笑着对拉姆说："很好！我很满意你这种态度。你这本子，我们暂时替你保管，而且保证替你保密。只要你按我们说的做，等案子一结，保证完璧归赵！你现在跟我们走吧！"

刚才那一幕实在太可怕，拉姆才控制不了自己的情绪。但他毕竟是老狐狸，很快又恢复平静说："看来，我别无选择！能让我跟佣人交代一句话吗？"

看米小云点点头，拉姆用南非祖鲁土语对佣人说了一句。看这佣人不动声色地点点头，米小云心里突然感到有些不对头。拉姆还没说完，她打断他的话问："拉姆先生，你跟佣人说了什么？"

拉姆说："噢，没什么。我告诉他，好好看好这古堡！我跟朋友外出，很快就会回来！"

小云想想再没什么可说，就下命令："走，带着拉姆！"

这是一部有十三个座位的中巴。一位当地黑人雇员开车，小云坐在副驾驶位上，朱兵靠在她身后。拉姆坐在后座，由倪信风紧紧地看着。拉姆仔细打量倪信风。凭老江湖经验，他觉得这个大个子比那女人要好对付得多。现在就他们两人坐在后面，真是天赐良机。他小声说："好兄弟，你身上有没有兰特（南非货币单位）？"

倪信风冷冷地问："有一点，干什么？"

拉姆说："我们赌一百兰特，我写一个字，保证你看了会笑！"

看倪信风点点头，拉姆在纸条上飞速写下一组词，递向前说："好兄弟，这是把瓜史的全名，嘛鲁呢·把瓜史！"

倪信风笑了，他递给拉姆一百兰特说："拉姆先生，你这书法还真不错！"

拉姆说："我们再赌一百兰特，你翻开手上的小本子看看，我保证你会大吃一惊！"

倪信风仔细看看那小本子，又看看刚写的小纸条，惊讶地说："这似乎不是出于同一人的手！"

拉姆笑着说："这本子里的字确实不是我写的。"

倪信风不以为然说："你可以用左手写！"

拉姆还是笑着说："你不知道，所有用左手写的字都有固定模式，那本子当然不是左手写的。"

倪信风反驳说："那也可以口授佣人写。"

拉姆说："或许你说对啦！不过，谁都知道我的佣人没文化，不识字，而且他死也不会承认自己会写字！所以，即使把这本子交给南非警察，同样动不了我！"

倪信风讥讽地说："那你刚才为什么那么惊慌？"

拉姆老实承认说："的确，我这辈子还从未像这样惊慌过，那是因为吴夫人念的那咒语。你们外人当然不会明白那咒语，有多可怕。现在想想，她不是巫婆，甚至连斯支瓦人都不是，怎么可能会念这咒语，看来只是模仿吓人罢了。我上当了。"

倪信风眼放凶光说："这么说，你又要改口，不想帮我们忙！"

拉姆笑着问："那倒不是！我这人在道上会混得这么好，会受到各方人信任，你知道为什么？"

倪信风反问："为什么？"

拉姆自豪地说："那是因为我这人讲信用，我这人说到做到，我答应别人的事，就一定要办到，这在我们黑人中可不多见。我只是不喜欢南非的警察，至于在B国，或许另当别论。"

倪信风说："拉姆先生，你知道，我们中国最喜欢讲信用的人。但愿你真的会说到做到！"

拉姆肯定地说："当然！你如果能多给我些适当的报酬，说不定我还会给你指出把瓜史的去向。"

倪信风心里想，即使是找到把瓜史又怎么样？他很难相信警局真的会替辜老板报仇。他更相信自己。想起心中的计划，他突然态度变得很和蔼可亲，他用开玩笑的口气说："如果我给你足够的钱，你是否能帮我请到适当的人解决某人？"

拉姆笑着说："只要有足够的钱，没有什么不可能！"

倪信风说："如果解决像成鑫先生这样的人……"

拉姆说："解决成鑫先生，那价格可不低！"

倪信风说："钱不是问题！"

拉姆笑着肯定："只要有足够的钱，这一点也不难！"

倪信风说："好！我现在就可以给你定金！"

拉姆说："老办法，我只替你牵线，你们自己会谈！多少钱，干什么，你们自己定。我只收手续费！"

倪信风给拉姆一叠钱说："好，我们就一言为定！这些是定金。"

拉姆接过钱，眉开眼笑。看看车外，已经进入黄土通道，他说："倪先生，你真是爽快的人！跟你这种人谈生意简直是一种享受！现在我们是朋友了。对，你能不能让我再翻一翻那本子，反正在你监视下，我也不敢怎样！"

倪信风从背后伸手把本子交给拉姆。他还想说什么，被突然从前面传来的米小云的声音打断："小倪，小朱，大家提起十二分精神，请注意！"

第五章　帮派之争

·1·

中巴正沿着一条僻静的小道向约堡方向飞驰。望着两侧密密的树木，一种不祥的预感在米小云的心中产生，她不由地提高警觉。隐隐约约听到从远处传来奔驰车声，她大声叫喊：“小倪、小朱，你们俩要打起十二分精神，请注意！”

小云的叫声打断了倪信风和拉姆的交谈。倪信风急忙把身子往前靠，不以为然问：“难……难道在……在这里会……会遇上他们？”

小云严肃地说：“小倪，你千万别麻痹大意，什么意外都可能发生！”

朱兵接着说：“对啊，小心驶得万年船！”

小云说很有道理，倪信风本已无话可说。听见朱兵开口，他心中又来气，赌气说：“我……我不信，他……他会想到，我……们走这种地方。除……除非，有人通风报信。”

想起拉姆跟佣人说的那句南非土语，一路上小云的心里总是很不踏实，可她一时又想不出自己在担忧什么。此时，倪信风的话使她惊醒。余冠的奔驰车声已隐约可闻，后面似乎还跟着好几辆车。她恍然大悟，然后果断地命令司机紧急停车，并对拉姆说：“拉姆先生，是你让佣人向成鑫帮派通风报信，是吗？”

拉姆笑着说：“小姐，你学我们族的咒语吓唬我。我让佣人通风报信，一报还一报，这很公平！”

小云没时间跟拉姆多费口舌，她命令司机加快速度后退。可是，中巴终

究跑不过小车。小车越来越靠近，

倪信风从一位保安手中取过步枪，开了一枪，子弹打在奔驰车的挡风玻璃上，但子弹弹开了。他朝前方大声叫：“你……你们，停……停车！”

朱兵把身子挡在米小云前面，边看边制止说：“倪先生，别开枪！余二哥的‘大奔’，装备有防弹玻璃。我计算过，他们加起来起码有二十来支枪，而且枪法都不错。我们的保安根本没斗志。一旦开火，我们一定要吃大亏！”

小云紧接着说：“小朱说得对！小倪，你别鲁莽行事！”

随着倪信风的枪响，前面的车速度自然缓慢下来。紧接着，便回应起一阵密集的枪声。

拉姆对米小云说：“小姐，你放我和朱先生走，我保证让你们安全离开。”

米小云把拉姆往前推，冷冷地说：“我凭什么相信你的话？要死，你先死！”

拉姆对米小云和倪信风说：“小姐、先生，你们一定要相信我！”

说完，拉姆又对前面叫喊：“余先生，我是拉姆先生，我旁边是朱先生，你们别开枪，给我们五分钟时间谈判！我保证让他们放我和朱先生！”

枪声停了，那奔驰也没有再向前。传来余二哥的喊话声：“小云，你们跑不掉啦！我向你们保证，只要留下小朱和拉姆先生，我们保证不伤及无辜，让你和其他人自由离开！”

米小云紧接着大声叫：“二哥，我们可以把拉姆先生交给你。朱兵不行！他自己不愿跟你们走，我们也没办法！”

前面又传来二哥的叫声：“小云，因为你只是当佣人，没有参与组织活动，大哥放过你。小朱则不同！他是组织的骨干，他理应遵守帮规！”

想到朱兵回帮派，肯定不会有好结果，小云态度强硬地回答：“小朱已经脱离帮会，他是自由人。他有权决定自己的行动。他选择跟我们在一起，我们就有义务要保护他。你们如果一定要用武力，我们也只好奉陪！”

朱兵动情地说：“小云姐，谢谢你！跟你在一起的这些日子，是我一生中最快乐的时光。你让我像个真正的男人。我永远都不会忘记你！还是让我跟他们走吧！不能让我一个人连累大家。”

小云毫不动摇地说：“不！我不会让你去送死！”

朱兵刚要开口，却被二哥的喊声打断：“小朱，你是我最亲密的兄弟，请相信我的话。我们不会对你不利。你是我的好兄弟，又是我最得力的助手！

我需要你！我跟大哥已经商量好，只要你继续为我们工作，对你的过去，我们可以既往不咎！”

小云说：“小朱，你不要相信他们的话！”

朱兵说：“不，二哥不会骗我！”

老实说，倪信风对朱兵并没有太多的好感。可是，一想到要让朱兵去送死，他又有些于心不忍。他大声说：“小……小朱，你……你放心吧！我……我和保镖们已做好准备，火拼起来，他……他们未必占得了便宜！”

倪信风的话音刚落，前面又响起一声警告性枪声。情况危急，朱兵有些急了，冲着小云大声嚷嚷：“我要回去，你们不能阻止我！”

看小云无话可说，朱兵对前面大声叫：“二哥，请你们暂停片刻，我会带着拉姆先生下车去见你。”

朱兵又深情地对小云小声说：“小云姐，谢谢你。你让我享受到做自由人的快乐。天下没有不散的筵席，我们该分手啦！我不属于你们这圈子。我和拉姆前去，拖延时间。你们快速往后退，过百把米就是‘迷宫’，只要一进去，他们要找到你们，没那么容易！保安会认得路。不要再管我，我会照顾好自己。请相信，我再不是以前的朱兵。有机会，我还会帮你们！”

说完，朱兵带着拉姆跳下车去。

米小云小声提醒拉姆：“拉姆，别忘了你那小本子。我们还会再找你！”

拉姆边往前跑，边回过头来朝米小云笑了笑。他把手中的小本子晃一晃，又加快脚步往前跑！

米小云气恼地瞪倪信风一眼，倪信风顿时脸涨得通红。米小云知道此时还没空跟倪信风计较。她命令司机快速往后退。前面的车辆没有立即跟上来。很快，中巴进入如迷宫似的丛林小路，估计已经到安全地方，小云恶狠狠地责问：“小倪，本子怎么回到拉姆手上？”

倪信风没有解释，只是把一张小纸条递给米小云说：“小云，你……你看看，这是拉姆刚写下的杀害辜老板凶手的全名。”

米小云气恼地问：“只剩下这纸条有什么用？”

倪信风说：“你……你看过本子，那……那字迹差……差太多！”

小云说：“这有什么奇怪，他可以用左手写。”

倪信风反驳说：“小……小云，左……左手写的字有固定模式，可……可本子上不是！”

小云说：“他可以叫佣人写！”

倪信风说：“他……他确实这么说。他……他还说，人们都知道他佣人不会写字，那……那人死不承认，南……南非警方有……有什么办法！”

米小云本来已十分恼火，看倪信风还在辩解，暴跳如雷：“你这呆子，还真是傻到家了。管他用什么样笔迹书写，反正上面记录着他的活动。拿着它，就等于揪住了他的尾巴。我千辛万苦才弄到手，你却拱手交出。我真怀疑，你是不是变成拉姆的奸细……”

看米小云大发雷霆，倪信风却表现出一种出人意料的平静。看米小云发作得差不多，他忍不住扑哧一声笑了：“小……小云，你……你也太小看我了！”

小云问：“你什么意思？”

倪信风：“我……我把关键几页，撕下来了。”

小云从倪信风手上接过这些纸一看，这确实是最重要的几页。她还听见倪信风得意地说：“我……我手靠背后撕，却能撕得这么整齐，不……不简单吧？”

米小云在倪信风胸部重重一擂，说：“你这呆子，我还真有些小看你了。”

·2·

小云经过精心乔装打扮，再使出浑身解数迷惑朱兵，仅仅只是为了破案的需要。其实，她以前也认识朱兵，心里对他并没有好感。她虽然也身在帮会，而且地位低下，却心比天高，向来不耻帮中一些人所作所为，更加瞧不起像朱兵这样靠卖弄嘴皮，到处招摇撞骗的人。然而，这些日子相处下来，他却在她心里留下了完全另外一种印象！她没有想到，像他这样的老江湖，居然也有忠肝义胆的一面。甚至，看到他被自己迷得神魂颠倒、死心塌地，有时还有些内疚！当完全恢复本来身份后，他对自己更加依赖，她还一直担心不容易摆脱。然而最后这一幕，为了保全自己，他视死如归的表现，更着着实实地感动了她！

平时，表面上，她对他总是笑容满面，内心深处总感觉有些烦！没想到，当朱兵真正离开，她心中不由地感到十分牵挂！

在黄色边境线上的丛林中，无数条深沟，纵横交错如迷宫一样。中巴在上面盘旋，险象环生，车上的人一个个提心吊胆。唯有小云对眼前的险境熟视无睹，却反复不停地自言自语："真不知朱兵现在怎样啦！"

坐在旁边的倪信风有些不高兴地说："既……既然这么舍不得，当……当时就别让他走。"

小云冷冷地说："你这人怎么这么无情无义？这些日子来，他总算也跟我们一起出生入死，而且又是为了我们赴汤蹈火，你怎么一点也不关心他？"

倪信风酸溜溜地说："小……小云，从……从没看到你这样！如……如果是我遇险，你会不会也……"

小云脸色一沉，在倪信风胸脯上重重一擂说："你这呆子，真没良心！你知道，当你出现危险时，人家怎样担忧！"

看到小云似乎真的生气，倪信风急忙赔不是："对……对不起！"

小云动感情地责备说："小倪，别忘了，他可是为了我们大家，我们怎能不为他担忧？"

倪信风不以为然说："没……没那么严重吧！他……他可是回到自己的帮会……余……余老二又那么器重他……"

小云的脸色变得更阴沉，打断倪信风的话说："小倪，你没有见过成大哥如何处置叛徒，当然不懂得害怕。我曾见过一位刚从国内出来的兄弟，就因为没有听成大哥的话，结果被打得死去活来，后来还失踪了。对外宣布说，遣送回国，大家心里很怀疑，那个人到底还在不在人世。小朱的情况比那兄弟要严重得多……"

小云伤心得说不下去。倪信风安慰说："小……小云，别……别这样。一到家，我们就请凌……凌带警察一起去要人……"

小云点点头说："看来，也只能如此！"

车继续往回走，再没有人吭声，车厢内静悄悄的。望着窗外，一堆堆黄土坡一闪而过，她疲惫不堪地往座椅上一靠，不知不觉地迷糊过去……

睡梦中，她看到自己来到一堆黄土坡前。那里围满人群，却没有一丝的声响。她认识这个地方，那是在成家大院的深处。传说，帮会过去死去的人都埋在这里，所以平时很少有人到这里来。今天，这里为什么聚集了这么多人？这些人似乎都很面熟，却又十分陌生！而跪在坡顶上的倒的的确确是非常熟悉的身影！尽管那人头低低的，看不到面孔，她确信那就是小朱！他的脖子上还挂着纸牌，上面写着：叛徒的下场！

透过耸动的人头，她还看到一个熟悉的影子，矮矮胖胖的，像是成大哥。他似乎在振臂高呼，其他人也跟着举手呼应，可是她却听不见这些人的喊声。突然，砰的一声巨响，她从梦中惊醒……

这是中巴的刹车声，已经到了辜家大院。犹占里和凌林早坐在大厅里等候着。看到小云，犹占里警长轻轻地松一口气："感谢上帝，云小姐，你总算平安无事！"

凌林问："你们到哪里去了？带着这么多的保安，中巴车轮胎上还带着黄色通道特有的黄土。"

倪信风说："我……我们确实通过黄色通道去南非！"

犹占里警长埋怨米小云说："云小姐，你们怎么能这样干？走这条路可是违法的。而且，路上十分危险……"

小云急忙打断犹占里警长说："先别管什么违不违法！"

简单地介绍经过后，小云焦急地说："凌、犹占里警长，我们赶快找余二哥去要人，要快！"

凌林说："好，犹占里警长，我们叫几位警察一起去！"

结果早就在小云意料之中。余二哥当面撒谎，完全否认自己去过南非。他们也是走黄色边境通关，当然没有出入境记录。没有任何证据，犹占里警长也没什么办法。

离开成家大院，小云的心情更加恐慌。犹占里警长安慰说："云小姐，别担心，我到警局去，会有办法打听到朱先生的消息的！"

回到辜家大院，小云、凌林还有倪信风一起坐在大厅里，谁都没有开口，气氛显得特别凝重。过了好长时间，米小云才首先开口对凌林发问："凌，你相信一个人的梦会预示未来吗？"

倪信风抢先回答："我……我不信！白……白天想太多，晚……晚上就会做梦！"

凌林一生中经历过许许多多奇异的事，对梦的预感并不感到奇怪！他肯定地说："我相信，有的人在潜意识里有第六感觉，他的梦或许能预见未来！"

小云一本正经地说："对，我想，我就能！你们不知道。我这人平时睡得很香，很少做梦。但我的梦很灵验！"

经凌林鼓励，小云继续说下去："记得，辜家惨案前，我曾做过一场噩梦，梦见辜老板夫妇死于非命……"

倪信风插话说："对……对，辜……辜太太也做过梦……"

小云心情沉重地接着说："当时，我赶紧去找辜太太，想提醒她和辜老板小心。后来才知道，辜太太自己竟然也做同样的梦。后来，梦却变成可怕的现实……"

一提这段往事，倪信风不由地怒火又从心中升腾起来。他问："小云，我不明白，为什么此时提起这事？"

小云解释，她在路上居然又做一噩梦。说完梦的内容后，她心情沉重地说："我担心，朱兵凶多吉少！"

倪信风接着说："是……是，以前遇到这事，辜太太总会去……去找米小庄，他最内行！"

米小云说："对，我也很想去找米小庄。或许，他会帮我们解开一些谜团！"

凌林点点头说："好，我们找米小庄去！"

·3·

还是那一片丛林，没有了往日那些灯光效果，也少了神秘感。曾经阻拦在道路中的那些道具大树不在，路也变得好走，那精心布局的八卦阵也显得平淡无奇。

倪信风惊讶地说："这……这里变了。怎……怎么……"

小云忧心忡忡地说："恐怕，我们要白跑一趟了！"

凌林心里跟小云一样感到担忧。他依然不动声色地说："走，我们到小茅屋去。"

路上已经没有往日的变幻，没费多大工夫，他们就来到米小庄房内，而那里早就人去楼空。还是那一间房，看起来似乎比当时要宽大得多。房内除了那一张八仙桌和椅子外，周围空荡荡的，没有昔日的烛光，显得很昏暗。

看到这些，倪信风心中一阵发麻："米……米……会……会不会出什么事?”

小云否定说:“不像!从这儿的情况看来,主人显然有计划撤走。你看那些曾经布置在树上的灯光、电线都拆得很小心,没有任何人为破坏痕迹。”

倪信风念念叨叨:“对……对!可是,费……费多年工夫布置,怎……怎么舍得撤……”

小云沉思着说:“是啊!这实在有些令人费解。米小庄似乎再不想回来。可是,为什么?”

凌林没有吭声。他坐在椅子上,打开手电仔细研究那八仙桌。桌面面积不大,做工也比较粗糙,木料却很珍贵,是用产于当地的铁木特制,木质相当硬,表面不容易磨得光滑,保持着本色,八卦图案就雕刻在上面。小云走到他身边问:“凌,你在桌面上有什么发现?”

凌林说:“米小庄可能猜到我们要来,留给我们一张纸条。上面只有一个日期和时辰,好像是人的生辰八字。”

小云接过纸条痛苦地说:“我知道这是朱兵的生辰八字。以前,我为他算命,说他最近会有血光之灾。当时这只是句戏言。现在看来,他或许真的凶多吉少。”

凌林还在研究桌上的八卦图,对倪信风说:“小倪,你看看这图!”

看来看去实在看不出异常,倪信风问:“以……以前我见过,本就是这样。没……没什么不同啊!”

凌林手指桌面,笑着说:“小倪,你仔细看看这地方,这一横用油漆描过。因为,油漆颜色跟桌子本色很接近,而且又描得很淡,不注意就无法发现。你再用手指碰一下,可以发现漆还没干透,显然描的时间并不长。”

倪信风紧皱着眉头问:“他……他为什么这么做?”

凌林说:“米小庄这人向来深不可测。他这样做,自有深意。”

小云点点头说:“对!我们要弄明白他的提示!”

凌林说:“你们看这图。”

凌林取出一张白纸边画边解释说:“我们不妨把这图当一张地图来看。你们再看看,这是我把附近描成的地图:中心部分,这阴阳图就是指这屋,周围丛林就是按这图中形态分布。被描的这一横就在‘坎水’位最外面,在北方偏东。这一片可组成卦象:习坎,危险重重。我想,我们一直向北走,应该会有所发现。”北面，偏东面的树林比以前更茂密，仅数百米走了三十来分钟，而且穿越得很吃力。

小云紧跟在凌林的身边问：“凌，我们要找什么东西？”

凌林回答说：“现在，我还说不清楚。总之，我们要特别注意任何异常的情况。”

倪信风说：“以……以前我跟辜……辜老板打猎，曾……曾路过这地方，没……没什么变化……”

凌林看看手中的图，手指向右侧那一片树林说：“这一片就是被描过的那一横。”

倪信风说：“这……这么密，无……无路可走……”

小云没有吭声，仔细地观察着。她的目光被一棵大树紧紧地吸引。她走向前，用手在树皮轻轻敲打，发出“扑扑”声。小云疑惑不解地说：“这里面好像是空的。”

倪信风走向前，手在树皮表面上触摸着，感觉到一结节，不由自主地用力一压。原来，这树皮结构是一道门，这结节是开关，一按门就开了。他兴奋地叫道：“这……这里有小道！”

说完，倪信风就往前走，小云也跟着进去。看他们俩往前走，凌林却站在原地，看着手上的地图。没有过多久，倪信风再也走不动。他看见一棵树上贴着一张纸条，上面写着：“你亲眼看到的也未必是事实！”

米小云往回走，对凌林发问：“凌，你是否知道我们会碰壁？”

凌林看着手上的图，手指向右前方说：“图上所标的位置应当是那里。”

小云忧愁地说：“可是这地方的树木密不透风！”

顺着凌林手指的方向，倪信风走向前，把手臂伸进两棵小树，往两侧一拨说：“这……这里勉强还能挤进去。”

凌林说：“那你就挤进去看看有什么发现！”

倪信风往里挤了两三米就退回来说：“前……前面也被一棵大树挡住了，走不动了。这……这树是真的，没……没什么特别！”

凌林不相信，大声叫道：“小倪，你先出来，让我进去看看！”

凌林从树缝隙钻进去，很快来到这棵大树前面。他用手指在树皮上仔细地触摸，感觉到一条刻痕，指尖轻轻一勾，挖出一块长10厘米、宽5厘米的树皮。树皮后面有一小洞，里面躺着一封信函。函上面写着："凌先生亲启"。

凌林钻出来，把信递给小云说："小云，我想，这就是我们要找的东西。"

看到信函封面，小云吃惊地睁大眼睛，问凌林："米小庄怎么知道你会再来找他？"

凌林笑了。可能受到辜老板影响，倪信风内心也向来不太相信米小庄那一套。此时，他心里又不得不佩服："这……这人真神。打开看看内容！"

小云把信递给凌林。凌林说："我想，实际上，他是写给我们大家的。小云，你就打开吧！"

小云打开信函。信中内容：

凌兄：

能发现此函，足见尔之智慧！余十分钦佩。帮内即将风云突变，余身在其位，不能不为帮派谋划。余只能把希望寄托在尔身上。吾信尔系勇于探索真相的智者，拜托请帮忙！余将不胜感激！

米字

看完信，小云对凌林发问："显然这封信刚写不久。米小庄说的风云突变是指什么？"

凌林说："我也不知道。我们现在回去，或许，有什么突发的消息！"

小云说："凌，你先回去！我想办法找帮派中我的好友……"

倪信风说："我陪你去！"

·4·

在离成家大院不远处，有一家设备简陋的小酒吧。凌林、小云还有倪信风都打扮成黑人坐在角落里，一边静静地品酒，一边观察路边的行人。倪信风性急，他问："小云，你要等什么人？怎么久久不出现？"

小云笑着说："小倪，你这急性子怎么就是改不了。"

看到一位三十出头的矮个子提着菜向成家大院方向走去。小云指着前面说："小倪，你看那个矮子，是帮会的厨师，也是著名的酒鬼。我以前很多消息都是从他那里得来的！你过去跟他说，有人请他喝酒！"

跟着倪信风来到小云前面，矮个子疑惑不解地用浓浓口音的英语问："小姐，我们什么地方见过?”

小云笑了，给张师傅倒上一杯说：“张师傅，这可是你最喜欢的黑色商标威士忌酒!”

张师傅微微一愣，恍然大悟地说：“原来是你，小云！你打扮成这样子，我还真认不出来。不过，这酒我可不敢喝！我知道，你想知道什么。你也应该知道，如果再告诉你帮里的事，我又将会有什么下场!”

小云还是笑着说：“张师傅，请你记住，我名叫娜娜。现在，是娜娜请你喝威士忌酒！你并没有遇见小云。”

凌林紧接着说：“张师傅，你放心大胆喝吧！我们到酒吧就是为了喝酒，你可以什么话都不用说!”

小云明白凌林的意思。她热情地为张师傅倒酒，没有吭声。眼看张师傅几杯酒下肚，渐渐放松了警惕，她脸上出现亲切的笑容说：“张师傅，你只管喝酒，什么都不要说。当然，你可以听我们的问题，如果同意就点点头，不同意就摇头!”

小云接着发问：“张师傅，你已经见到朱兵回到帮派，是吗?”

看张师傅微微地点点头，倪信风抢着发问：“我……我知道，朱……朱兵是余老二的亲信，又是帮内不可缺少的外交家，成大哥会对他高抬贵手，是吗?”

张师傅摇摇头，又轻轻地叹一口气。倪信风性急，忍不住脱口而出问：“这……这么说，他……他已按帮规被处决?”

可能是这问题实在太敏感，张师傅吓得脸都绿了。他苦苦哀求说：“我求求你们，千万别让人知道我们见过面。我可不想也那样不得好死。我该走了。”

望着那小个子的背影，小云气恼地瞪倪信风一眼说：“小倪，你为什么不在脑里想好，再发问?”

看倪信风羞红着脸，凌林不想让倪信风太难堪，急忙打圆场说：“小云，我们已经知道想要的消息，赶快回辜家大院，可能会有突发消息!”

他们急匆匆回去……

在辜家大院已经等了好长时间，虽然有些难受，犹占里警长却一直坚持着。他天生急性子，为了小云，却表现出极大的耐心。在警局，他可是一人之下角色，也深受下级的拥戴。可在这辜家大院，他却心甘情愿当跑腿的，当然一切都是为了小云。

一看到米小云回来，而且脸色很难看，他急忙迎接并关切地问道："云小姐，听说你们找米小庄先生去了，结果怎么样？"

小云默默地摇摇头。一看到犹占里，倪信风心里有些不舒服，抢先反问："对啦，警长清晨大驾光临，一定有重大消息，是吗？"

犹占里警长点点头说："是啊！一大早，警局就收到这匿名信，我就匆匆到来，可你们已经出发了。"

Policeman：

Zu Bi already gun shoot die by Boss Cheng . Lam may prove .

这是一封匿名的英文信，语法和拼读漏洞百出。凌林边看边思索："从笔迹和内容来看，估计应该是中国人写的。估计，肯定出于成鑫帮派成员之手，而且还一定是骨干分子。"当然，他并不会轻易将想法说出来。他不动声色地看完这封信，又把它递给小云。

只看了一眼，小云脸色就刷地变得更难看。她强忍着才没有哭出来，又把它摔给倪信风。倪信风仔细地阅读信上的内容。由于勤学苦练，倪信风的英语水平早已今非昔比。看到这中国式的英文信，他忍不住哈哈大笑，问："警长大人，您看得懂吗？"

犹占里警长勉强跟着笑了笑说："我们几个人经过反复研究，总算猜出大概意思！于是，我派一警官带人去成家大院寻找朱兵。其实，他的住处，前两天我已经找借口搜查过，没有什么发现。这次，我特地让他们带上猎犬。他们已回来报告说……"

小云心情紧张地问："怎么样？"

犹占里警长说："那警官说了经过。猎犬闻了闻朱兵的衣服后就往里跑，一直走到深处。在一堆小土堆前面，它停住了脚步。这只狗是我在南非学习时带回来的，很有灵性。它用爪子在土堆上抓几下，又回头看那警官，仿佛在告诉大家，你们要找的人就在下面。那警官低着身子看，上面的土还是湿的，显然新堆上不久。就命令人挖开，在里面终于发现朱兵的尸体……"

听到这些，小云再也忍不住，用英语说声“对不起”，就哭着跑进自己的房内。凌林很了解小云的心情。他给倪信风使一眼色，让他跟去照顾她。

犹占里警长望着小云的背影，疑惑不解地问：“凌，她怎么啦？”

凌林不想对犹占里警长说太多，更不想告诉他有关小云的梦。他平静地解释说：“没什么！她只是对朱兵的死感到太伤心。你继续说！”

犹占里警长接着说下去：“朱兵似乎死得很平静，脸上没有恐怖的表情。他的衣服穿得很整齐，双膝弯曲着。全身上下仅发现头部一处枪伤伤口。伤口附近还粘有火药粉末，显然是在近距离射击，一枪毙命。法医正在做尸解，报告很快就出来。”

凌林的手上还拿着那封匿名信，沉思着，估计法医也不会有太多有价值的发现。他问：“对了，犹占里警长，你们认为信上说的‘Boss Cheng’可能是谁？”

犹占里警长深深地叹了一口气说：“唉，是的！当时我们也猜到可能是指成鑫先生。我们立即要求见成鑫先生。可是，他的住房已经人去楼空。房内收拾得很干净，他走得很从容。成鑫手下说，成鑫先生在我们搜查前离开。估计，警局内部有人跟他通风报信。”

凌林问：“还有其他证据没有？找到凶器没有？”

犹占里警长说：“警员搜查始终未发现枪支！不过，从死者身上找到弹头，鉴证报告证实是由一把合法登记的枪支发出的。这枪就登记在成鑫的名下。鲍比局长已经去准备通缉令！”

凌林沉思说：“我想，朱兵被杀一定还有目击证人。”

犹占里警长摇摇头说：“当然，我们也这么想，对成鑫先生身边的人，我们也盘问了不少，可是他们的回答都千篇一律，都一个样，坚决否定。”

凌林继续问：“你有没有找到写匿名信的人？”

犹占里警长摇摇头说：“没有！看来，只能靠你来查！”

凌林问：“我想，这封信中还提到一个人，Lam，应该就是指那位南非人拉姆！”

犹占里警长又深深地叹一口气说：“唉，别提这人啦！”

凌林吃惊地问：“怎么，他也跑啦？”

犹占里警长摇摇头说：“凌，你知道，南非人天性狡猾，而拉姆可算是狐狸中的狐狸精灵！他不但没有跑，而且一直在附近看热闹。当我们找他问话时，他从头到尾就一句话：‘我只是到这里来做客，什么也不知道，什么也没看见！’我们拿他一点办法也没有！”

凌林客气地说：“犹占里警长，我也想找拉姆谈一谈，可以吗？”

犹占里警长不好意思地笑笑说：“凌，干吗这么客气？鲍比局长说，这案与辜家惨案有关联，还是由你负责！你想怎么做，就怎么做，我完全听你的！”

凌林说：“我一定会尽力！那你回警局，继续收集相关的证据！”

犹占里警长说：“OK！”

·5·

还是那间密不透风的特别审讯室，也是一间隔音室。对于疑犯，这就是一个令人生畏的牢笼！只要在里面待一些时间，很少有人会不紧张。坐在被审椅上，拉姆依然像平时那样从容不迫，那厚厚的嘴唇往上翘，完全是一副无所谓的表情。

犹占里警长是急性子，虽然在这行干这么久，却一直改不了。面对拉姆，询问一开始，他亮出底牌。他提起那封匿名信后说：“拉姆先生，摆在你面前的只有两条路，要么当我们警方证人，要么将以协同谋杀被起诉！”

拉姆果然是老狐狸。他笑着表示自己仅仅是客人，什么也没看见，什么也听不懂！之后，无论犹占里怎么追问，他什么话也不再说。犹占里警长火了，才动用这他认为是最厉害的武器。犹占里相信，他没那么快屈服，先把他扔在隔音室，让手下监视，自己匆匆找凌林去！

现在，三个多小时过去，拉姆还是那么平静，犹占里警长不得不从心里佩服。他指着监视屏对凌林说：“这家伙还真不简单，都快三个小时了，还那么平静！”

倪信风心有余悸说：“是啊！我也在里面待过。不到一小时，我的心都快跳出来了。”

小云微微一笑说：“你哪能跟拉姆比。你知道，南非警局动用了测谎仪，都拿他没有办法！”

倪信风不服气说："我不信，让我跟拉姆面对面，我未必……"

小云狠狠瞪倪信风一眼，让他不要太多嘴。倪信风话说一半又咽下去。犹占里警长接着说："现在关键还是在拉姆！只要他开口，我们就可以通缉成鑫！"

小云继续盯着监视屏，对犹占里警长说："犹占里警长，我有些怀疑，这特别审讯室对拉姆是不是有效！"

犹占里警长平时为人低调，本不特别好胜！此时，面对小云，他非让拉姆开口不可。他说："这特别审讯室是前任局长盖的。他在美国学习时，他的老师是审讯专家、教授。老师一次又一次向他展示这特别审讯室的威力，让他羡慕不已。当年，这小镇发展很快，人口越来越复杂，当地黑帮林立，各种恶性案件，屡屡发生。为了对付这些，老局长才筹建这间特别审讯室的！"

小云问："当时，我已在成鑫帮派里，对这事也略有所闻。据我所知，他们跟当地黑帮拼得你死我活。"

犹占里警长肯定说："是！而老局长早已被成鑫收买。实际上，在帮助成鑫清除当地黑派中，这特别审讯室起了不小作用！自它建立以来，还没哪一个疑犯能经得住它的考验！我当然不喜欢这种酷刑，从来就没有用过。只是这拉姆实在太顽固，我才不得已这么干。我不信，这拉姆是特殊材料制成的！"

倪信风指着监视屏，插话说："又过了一小时，可拉姆还是这么平静！"

犹占里冷冷一笑说："别着急！厉害的还没开始！"

犹占里警长手指一按钮，解释说："你们知道，通常情况下，人体重要器官振动发出一种波，频率在可听见声波以下，叫次声波。我只要把这按钮一按，密室就会发出差不多频率的次声波，在人体内发生共振作用。此时人会感觉比坐电椅更难过十倍。只要多压一会儿，人就会丧命。"

说完这话，犹占里警长就压下按钮。从监视屏里看到，拉姆身子微微一振，又很快平静下来，双手紧握靠近胸前。看到拉姆似乎还不服软，犹占里警长火了，手指紧紧压住按钮，不肯放松！

犹占里警长虽然性子急，向来办事还算沉着、镇静，可是此时他一心要在小云面前表现一番，有些失去理智。眼看拉姆双手紧握，伸出两食指指向自己的胸前，脸上毫无屈服的表情，他心里十分恼火，不由自主地紧紧地压住按钮，一直不肯放松。

小云心情有些紧张，急忙提醒说："犹占里警长，你刚才说按久，他会有生命危险，是吗？"

犹占里警长急忙松开按钮，依然一脸不服的表情。小云安慰说："这也不奇怪！再强的仪器也未必适合所有的人！"

犹占里警长固执地说："现在说无效还为时尚早。我再进去看看！"

一进入密室，犹占里警长就对拉姆说："拉姆先生，现在你该说了吧！"

眼看拉姆还是一动不动、一声不吭，犹占里警长火了，大喝一声："拉姆先生！"

拉姆仿佛什么也没听见，一点反应也没有。又连续叫了好几声，拉姆还是那样坐在那里像个木头人似的，犹占里警长心情才开始紧张起来。他急忙走出来对凌林说："凌医生，你快进去看看，他会不会出事？"

凌林笑着说："犹占里警长，你忘啦！这特别审讯室能监护他心跳、脉搏和呼吸。真奇怪！他在里面这么久，心跳、脉搏一点变化也没有！"

犹占里警长轻轻地叹了一口气说："唉，或许拉姆真是特殊材料构成的！"

眼看拉姆还是呆呆地坐在那里一动也不动，小云问："犹占里警长，你注意到拉姆的手势没有？"

犹占里警长恍然大悟说："对，他双手紧握，靠近胸前，仿佛在祈祷！"

小云又问："你也是斯支瓦人，你难道不知道这是斯支瓦人在祈求他们的神？"

犹占里警长不好意思地笑笑说："我从小在国外念书，后来信仰天主教，当然不知道这些！不过，小云，我差点忘了，我曾请斯支瓦大巫师教过你！"

小云接着问："犹占里警长，你说得对！那个巫师可帮了我不少忙！可你知不知道，拉姆以前也是巫师？"

犹占里警长惊讶地说："拉姆是巫师？"

小云说："据我所知，拉姆还是顶尖的巫师。听说，在一次巫术大比拼中，他连胜数场，最后遇上我的师傅才结束了连胜的纪录！我师傅用斯支瓦最高咒语才把他吓倒！"

倪信风不由地插话："难怪！上一次在古堡密室，听你念斯支瓦咒语，拉姆会吓成那副样子！"

小云接着对犹占里警长说：“犹占里警长，我和倪先生跟拉姆交过好几次手。我想，我们知道怎么对付他。让我们俩再试一试，好吗？”

犹占里警长带着询问的目光望着凌林说：“这好像不符合规矩！你们又不是警察！”

凌林点点头对小云说：“好，你们可以试一试！不过，不能在警局。”

犹占里警长恍然大悟说：“对，警局在密林深处有一秘密拘留室。我派警察护送拉姆到那里。以后的事，就看你们啦！”

·6·

在密密的丛林中，一座小小的木房子。按犹占里警长的命令，两位警察押送拉姆到了这里。准确地说，拉姆是被抬过来的。经历过特别审讯室，他仿佛变成化石。无论别人如何呼唤，他总是一动也不动。

在外面，犹占里警长心情不安地问凌林：“凌医生，他不会有问题吧？”

凌林笑着说：“放心吧！我已替他全面体检，身体功能一切正常！”

倪信风说：“我想，小云会有办法！”

小云说：“犹占里警长，你让警察都离开，我跟小倪进去！对付特殊材料就是要用特殊方法！”

一进去，小云让倪信风扶好拉姆，就开始念动斯支瓦咒语。开始，拉姆还是那样坐着一动不动，紧闭双眼，渐渐地手脚开始动弹，脸色也放松下来，突然睁开双眼，望着小云。这一天，小云并没有化装，完全是本来面目。看到这位美丽的中国姑娘，他又开始紧张起来，眼里露出震惊的目光。过了片刻，他恍然大悟地笑着说：“云小姐，你这中国妞，从什么地方偷学来一点点皮毛，在这里装神弄鬼吓人？”

小云笑了，出示一面小铁木牌说：“我是中国人，也是正统的斯支瓦大巫师的徒弟。对啦，拉姆先生，你好像还没有谢我！”

拉姆问：“我为什么要谢你？”

小云说：“你忘啦，你用巫术对抗特别审讯室，走火入魔，是我救了你！”

拉姆不好意思地说：“谢谢！”

小云笑着说：“拉姆先生，我们不说这些。你不要紧张！我们不是警察。

我们只是证人，跟警方关系很友好，他们会听我们的。”

小云转身对倪信风说：“小倪，拉姆先生可能已经饿了，把美食摆上！”

桌面上摆了几碗拉姆平时最爱的饭菜，还有一瓶上好的南非红葡萄酒。倪信风边打开酒瓶，边说：“这里条件简陋，当然无法跟你的豪华古堡相比。不过，这瓶酒你应该也认得，在南非可也有点名气。来，先为我们三人再次相聚干一杯！”

开始，拉姆举起酒杯，却没有往嘴里送。小云和倪信风按中国人习惯，一干而尽，把酒杯倒过来，表示滴酒不剩。挡不住酒香的诱惑，拉姆喝了一大口。在酒精作用下，他才渐渐放松下来，脸上出现平时常有的笑容然后问道：“云小姐、倪先生，你们为什么来找我？”

倪信风脸紧绷绷地说：“拉姆先生，你还看不出来，我们可是在帮你！老实告诉你，要是没有云小姐，犹占里警长根本就无须动用特别审讯室。”

拉姆笑眯眯地说：“我不懂，南非警察都对我无可奈何，这个小国家小地方的警察又能把我怎么样？”

小云笑着说道：“我知道，南非警察对你无可奈何，因为他们没有可靠的证据，也因为他们的法律太宽松。可你现在身陷这小国家小地方，这里的律法比南非可要严厉得多。你想想，如果把这些照片交到他们手上，又会有什么结果？”

拉姆依然笑着说：“你们或许还不知道，我从小就是被吓唬着长大的！”

倪信风有些火了。他取出一沓照片，恶狠狠地甩在拉姆面前说：“像你这样顽固不化，不给些东西让你看看，你还不懂得怎么死！你看看照片上标的时间，就在朱兵先生死亡前不久。”

照片上显示一部小车，两侧各站一个人用枪指着朱兵。朱兵正在向前走，拉姆紧跟在身后。看后，拉姆耸一耸肩膀说：“那又怎么样？你们知道当时情况，我和朱先生都是被逼着一起走向他们。”

倪信风狡黠地一笑说：“我知道！可是，我可以给警察另外一种解释。你看看这张照片，你手臂弯曲，像不像持着手枪押着朱兵先生向前走？警方手上已经有一张举报信，另还有目击证人看到你就站在朱兵被杀现场！你说，这样警察够不够证据起诉你协同谋杀？”

拉姆大发雷霆问：“你们有意诬陷我？”

倪信风耍赖说："我就诬陷你，如果你真的不想跟我们合作。"

眼看拉姆发怒了，这正是自己想要看到的效果，小云笑笑说："拉姆先生，别生气！我可以阻止倪先生这么做！我相信，你是我们的朋友，会帮助我们！"

拉姆怀疑地问："云小姐，你们到底想干什么？你应该了解我，我决不会因为威胁而做我不愿干的事。"

小云甜甜地说："拉姆先生，请你放松些！我们不说这些不愉快的事。你有没有兴趣，我们再赌一把！"

拉姆是真正的赌徒，一听说赌，果然放松了很多，心里痒痒地问："赌什么？"

倪信风从身上掏出两只骰子。小云接着问："拉姆先生，你会玩这个吗？"

一赌钱，拉姆就来精神。他接过骰子，在手里摇了几下，然后熟练地一撒，都是五点、六点。他又试了几次，还是那样，得意地笑着说："对你们中国这玩意儿，我玩得还不错吧？"

小云笑着问："拉姆先生，怎么样，我们来一把，好吗？"

拉姆早已领教小云的手段，自然不敢轻易地答应。可是，作为赌徒，他也不能示弱！他问："你要怎样赌？"

小云说："你当庄家，我来押大小，好吗？"

在中国城赌场看中国人赌骰子，拉姆就特别感兴趣。他天生在赌方面很有天分，经过勤学苦练，虽然还不能做到想几点就摔几点，倒也八九不离十。他捡起骰子又试了几次，还挺顺手。本来，他对小云还有一些恐惧感，而现在自己做庄赌大小，显然胜券在握。他爽快地对小云说："云小姐既然有兴趣，我就舍命陪君子！"

倪信风拍手叫好："好啊！有机会看到你们这两大高手再次交锋，真幸运！"

倪信风清理好桌面，又用粉笔画两圈，一个写大，一个写小。小云从身上取出一百兰特说："我先押大。拉姆先生你摔骰子吧！"

拉姆轻轻松松摔出"小"，收到一百兰特，心情特别舒畅："云小姐，怎么样，还赌吗？"

小云笑了，笑得很迷人。她又取出两百兰特押在"小"上："当然，今天不赌尽兴不罢休！"

拉姆摔出“大”，又得了两百兰特，他更得意了。小云继续押，拉姆接着摔骰子，这样反反复复许多次。虽然也偶尔被米小云押中一两次，终究拉姆赢多输少。他原先只有三千多兰特，现在差不多有一万现金，越玩越兴奋。小云看看手表，从包里取出一叠一万兰特押在“大”上问：“快乐不觉时间快，快玩三个小时了。你面前差不多一万，我们就来一次决战好吗？”

拉姆爽快地说：“好，我奉陪！”

看看拉姆还在晃动手上的骰子，小云又取出一万加上说：“我再加上一万！”

拉姆没有摔出骰子，急忙说：“我身上没有这么多的钱！”

小云说：“不要紧！如果你输，我也不为难你！我也不要你这些钱。你和朱兵一起到成先生帮派，直至朱兵死，你只要把所看到的一切如实告诉我们就行！”

看拉姆还在犹豫不决，小云紧接着问：“这样吧，我连押三次，只要有一次没有押中就算我输，好吗？”

心里想，凭自己的本事，小云三次都押中，这概率实在太低，拉姆咬咬牙说：“好吧！”

小云三次都押“大”，可自己居然三次也都摔出“大”，拉姆吃惊地瞪大眼。这怎么可能！他取起骰子一摔还是“大”，不由自主地笑了说：“云小姐，我想，你一定从中做了什么手脚，可我怎么也想不通！”

小云笑了说：“只要你找不出原因，你就不能说我出老千！”

拉姆又一次取起骰子，又摔出一个“大”。他无可奈何地问：“云小姐，愿赌服输！我有一个小小请求，你能告诉我，这是为什么吗？”

小云笑了。她手指着桌面那一只六点的骰子说：“拉姆先生，你拿起这个骰子再摔几次看看！”

拉姆连摔几次都是六点，吃惊地问：“云小姐，你什么时候把这一粒换上的？”

小云笑着，用右手接过这粒骰子，左手拿那一万兰特盖在右手上，缓缓推向“大”字。她右手食指将骰子弹出，准确地把另一粒骰子弹到桌下。

看到这些，拉姆哈哈大笑：“云小姐，我输得心服口服，也很开心。好，我可以说你们想知道的。只是……”

眼看拉姆还有些犹豫，小云耐心说服：“拉姆先生，请相信我们。我们对你个人绝无敌意。你说，我们会为你保密！”

拉姆说：“好吧！我说！”

·7·

拉姆面带狡黠的笑容说：“我是真正的赌徒，愿赌服输！我可以按你们要求，详详细细说出我所看到的一切。但是，你们明白，我完完全全只是旁观者，而且语言不通，其中掺杂许多推想，不能当作警方证据！

“我跟朱兵在南非赌场认识，由于志趣相投，我们十分投缘。由于朱兵介绍，我跟成大哥以及他的帮派认识，已经很多年了。我帮了他们好几个大忙，完全得到他们信任，关系非同一般。他们从来不把我当外人。

“记得那一天，你们气势汹汹到古堡来，我见势不妙，就暗中命令仆人通知成鑫。我估计，你们从黄色通道过来，也一定会从那里回去。我让成鑫派人去拦截。成鑫先生就命令余冠先生带武装人员在黄色通道，救了朱兵先生和我。这些情况你们都已经知道，无须我多说。以下，我详细介绍跟你们分手后的情景！

“我很了解这帮派，心里很清楚余冠先生的为人。当我跟朱兵安全后，余冠绝不会轻易放过你们。担心发生枪战，一跳下车，我就向着余冠先生方向飞奔。而朱兵却拖拖拉拉地跟在我背后，很快就拉下一段距离。

“我听到余冠在召唤朱兵。他说的是中国话，我听不懂。我猜，他在召唤朱兵赶快上车，而且伸开双手，显然是在热烈欢迎朱兵归队。余冠的大奔驰也缓缓迎向我们，在我前面停下来。我急忙跳上车。我转身往后一看，朱兵却站在车前。余冠先生大声命令朱兵快上车！

“朱兵没有上车，却伸开双手拦在车前面。他大声说中国话，我虽然也听不懂，我猜他在恳求让余冠别追你们！

“余冠先生脸色一沉，催促朱兵快上车。朱兵很固执，坚持不肯动。余冠火了。他命令手下下去把朱兵押上车。那奔驰开始加速前进。你们在倒车，速度不快，和奔驰的距离渐渐缩短。老实说，我也不希望你们有事。我提醒余冠以及那位开车的司机，说：‘余先生，请你注意，他们一共有七支枪，其中有两位神枪手，使用的是威力巨大的长枪。靠得太近，再加上车速，我担

心前面这防弹玻璃是否挡得住。’

“玻璃右上方一深深的弹痕显然就是警告。那司机神情不安地往右上方一瞥，急忙减速。很快，你们的车已经拐进迷宫。余冠还不甘心，依然命令司机跟进去。可是你们的车早不见踪迹，他把司机臭骂一通，才命令回去。

“一路上，余冠虽然当着朱兵的面还是笑眯眯的，可一背过身子，脸色就很阴沉。

“我很了解帮派这几个头头。表面上，成老大最凶狠。其实真正最厉害的还是数余冠。他很有心计！听说，在中国国内，成鑫、余冠、占武林还有云召是结拜兄弟。成鑫先出国来，其他几人都是成鑫弄出来的，可实际上都成了成鑫的雇员。整个帮派只有成鑫一人才真正是老板。余冠野心很大，他显然并不满足这样的现状。他暗中在培植自己的实力。朱兵是他最得意的亲信。现在，朱兵的表现让他大失所望！一路上，他虽然没有再吭声。但我相信，朱兵一定凶多吉少！

“当我们回到成家大院，成鑫、占武林、云召还有米小庄先生早已等候在大厅里。成鑫先生命令高先生上来把朱兵带走严加看管。他们几人开会研究。我知道，这几人在讨论处理朱兵。

“我和成家帮派关系十分特殊，他们从没有把我当外人。几乎我所遇到的高级会议，他们都允许我旁听。我天生喜欢观察人的表情。我很清楚自己只是客人，从不参与意见。我有意跟他们拉开一点距离，在旁边静静地观察着。但我能从他们表情中猜测他们的意图！他们争论很激烈。

“占武林、云召和成大哥都主张严厉处理朱兵。米小庄先生似乎有不同的意见。表面上，余冠也是为朱兵据理力争。实际上，他却有意在激怒成大哥。我不知余冠说了句什么把成大哥惹火了，成大哥声色俱厉地大喝一声，其他人谁也不敢再出声了。

“我相信，此时朱兵的悲剧命运已经决定了。

“其实，他们一直在用中国话争论，我根本一点也听不懂，只能从表情上猜测大意。从感觉上我认为，余冠先生表面上在极力保护自己的亲信朱兵先生，实际上并非如此。朱兵先生死后，表面他悲痛欲绝，我相信他内心世界绝非如此！他是一个表里不一的人！

“在成鑫所有手下中，占武林先生最忠诚。他性格暴躁、冲动。据说，他刚出国不久，有一次跟当地人比武，打死人，成鑫动用所有社会关系，还花了不少钱才让他免于坐牢。从此，他认为自己这条命是属于成鑫先生的。他最恨不忠的人。他首先开口，气势汹汹。我还知道，他最看不起像朱兵这样专靠卖弄口舌的家伙。可以想象，他一定在坚决要求按帮规对朱兵严惩。云召本没有什么主见，无论占武林说什么，他都会附和。

“我听说，他们的帮规是要对背叛者处以极刑。辜先生叛离后，本来也要受这样的处置。当时，为了辜太太，成鑫先生下不了手。后来，这条帮规就名存实亡了。

“在帮内，从来没有人怀疑米小庄对成鑫的忠诚。可是，他天生性格比较温和，富有同情心，而且办事稳重。他显然反对这种做法。在我的印象中，米小庄先生可不是那种喜欢跟人争辩不休的人。这一天，他表现很反常，出人意料地坚持自己的意见，而且丝毫不退让。当然，占武林本就不是轻易认输的人。于是，他们两人就展开激烈的辩论。占武林表现得很激动！我想，可能是米小庄的话很有说服力，激动不已的占武林渐渐平静下来，声音也小了许多。

“偏在这时候，余冠先生又冷冷地说了一句话。我真的猜不透，他到底说些什么。我看到本已冷静下来的占武林突然又大发作了。这样，占武林跟米小庄又开始争论。同样，米小庄又一次让占武林安静下来。偏又在这时候，余冠又开口，又一次点燃占武林这火药桶。这样来来往往反反复复了好几次……

“像往常一样，成鑫先生一直威严地坐在那里，紧绷着脸，倾听着自己手下发表意见，决不轻易表态。他一旦开口，手下谁也不敢再吭声。结果就这样定了。

“眼见成鑫迟迟没有开口，不知余冠又说了句什么，成鑫先生突然脸色大变，大吼一声，朱兵的命运就这样决定了。

“成鑫命令手下把朱兵押上来。他当着朱兵的面宣布判决。朱兵脸色唰地变得毫无血色。尽管如此，朱兵显然早有思想准备，表现还算平静！当成鑫问他还有什么话要说时，他只摇摇头，没有吭声！

“占武林和云召押着朱兵先生向大院深处走去。他们几乎是推着朱兵往前走。成鑫紧随其后。或许不喜欢看到这场面，米小庄有意跟他们拉开一段距离。因为我只是旁观者，自然只能远远地站在后面。一直到土堆前，他们才停住脚步。按规定，其他帮派成员也只准远远地观看！

“你们或许还不知道，尽管经常和匪徒打交道，而且我本人也很讨厌血腥场面。我本就不愿靠得太近！可是前面发生的事，我还是看得很清楚！我看到，朱兵自己跪到地上，自始至终，表现都很平静，没有吭一声。

“成鑫往前走一步，跟占武林并排站在朱兵身后。他从身上拔出手枪，却并没有立即把枪口对准朱兵。他似乎还有些犹豫不决。或许，他并不像传说中那么凶残。或许，他想起朱兵曾为帮派所立下的汗马功劳。也或许，他要把枪交给占武林。本来，像这样的事，并不需要他这头领亲自动手！

“此时，余冠先生向前跨一步，到成鑫身边。他在成鑫先生耳边说了一句话。我听不懂他说什么。我想象，他表面上似乎还在为朱兵求情，结果却彻底惹怒了成鑫。他话音刚落，紧接着一声枪声，朱兵就倒在了地上。”

·8·

犹占里警长和凌林在小房外旁听。犹占里听得入迷。他对小云的敬佩发展到近于崇拜的程度。他出生在小镇。他父亲是斯支瓦人，他母亲是英国人。父母恩爱，过得很幸福，一直到死。他希望自己也能像父亲一样，找一个能陪伴自己一生的伴侣。他在国外学习多年，也曾遇到过许多好女孩子，有黑妞，也有白人姑娘，却没有哪一个像小云这样让他真正动心。

从犹占里那深情的目光里，凌林似乎看到了他不喜欢看到的东西。他并不希望这些，倒不是因为种族关系。他知道，小云心里只有倪信风。可倪信风偏偏被仇恨蒙住了双眼，一直感觉不到这些。他希望促成这段美好姻缘，可现在出现危机。他想以后一定好好引导倪信风。他相信，这两人才真正是天生的一对。他不想让犹占里警长插在他们中间。

为了不让犹占里警长说得太多，当小云一出来，凌林就紧接着说：“犹占里警长，看来，该我们出马了。我们可以代表警方找拉姆正式谈一谈！”

倪信风和小云离开后不久，凌林就和犹占里警长一起进入秘密拘留所。拉姆还坐在那里。看到他们，拉姆笑着说：“两位警官，我知道你们的来意。我奉劝你们不要浪费时间。你们应该知道，面对警察，我什么都不会做，什么都不会说!”

犹占里警长笑着说：“这一次恐怕由不得你!”

拉姆还是笑眯眯：“我不明白!”

犹占里警长接着说：“拉姆先生，你这么聪明，你不会不知道，这个秘密拘留所有录音。”

拉姆依然面不改色：“我还了解你们国家的法律，我知道，证人的谈话录音是不能作为呈堂证供的。”

犹占里警长笑着说：“所以，我们现在才来正式跟你取供!”

拉姆笑着说：“我不明白，我为什么要违背自己意愿，帮助你们。”

犹占里警长说：“我如果没有记错，录音中提到，他们两人手上有一组照片，可以帮助起诉你协助谋杀……”

拉姆打断犹占里的话说：“我相信他们的承诺。他们保证不把这些交给你们警方。”

犹占里警长说：“如果我们强迫他们交出来，他们敢不交吗?”

拉姆脸色一沉，沉默了。一直默默无语的凌林补充说：“其实，我们也不是非这么干不可，关键是看你的表现!”

拉姆沉思着说：“我曾发过誓绝不为警察作证。凌先生，犹占里先生，你们如果也像云小姐那样，把我当朋友，向我做保密的承诺，或许我可以给你们提供些有用的线索!”

凌林恳切地说：“拉姆先生，我们从没有把你当疑凶。而且如果你不愿意，我们也不会强迫你在法庭上作证。我向来很想把你当朋友。我想，犹占里警长也是这么想的。犹占里警长，你说是吗?”

犹占里警长说：“是的！我心里早就把你当朋友！你知道，跟你一样，我也是斯支瓦人！我真的很希望你能提供有用的信息！

拉姆说：“我提供的信息向来不是无偿的!”

凌林笑了说：“钱不是问题！要看你提供的东西对我们是否有用。”

拉姆说：“我保证，一定物有所值!”

拉姆看看凌林，再看看犹占里警长。从犹占里警长的眼里，看到不信任的目光，他没有再吭声。凌林急忙用目光制止犹占里警长开口。凌林笑着开口问：“拉姆先生，我的朋友，你会向我提供什么消息?”

拉姆笑着说："或许，你们还不知道，我还是消息灵通人士。在南非、津国还有这B国中所有的大人物背景及所发生的重大消息、小道新闻没有我不知道的。你们对什么感兴趣，我就可以给什么。"

犹占里警长表示怀疑说："你真的知道我们想要什么？比如说……"

拉姆笑着说："比如说，我能知道那封匿名信的作者，你们感不感兴趣？"

犹占里警长兴奋地说："对这消息我有兴趣。"

拉姆说："我可以告诉你们。不过……"

凌林和蔼地问："不过什么？"

拉姆说："你们首先必须让我信任你们，相信你们能说到做到。"

凌林反问："拉姆先生，你说你消息灵通，那你对我们俩了解多少？你说，像我们这样的人，值不值得你信任？"

拉姆得意地一笑说："据我所知，你原是中国的医生，曾跟随中国医疗队在博国国家医院工作三年。你抢救过布塔里部落女酋长的命，深受酋长的信任。医疗队任务结束后，你因私被聘为酋长的御医。在此期间，你曾帮助部落破获几件奇案。当时，鲍比局长还只是普通的警官，曾经是你的助手。你现在开一家凌林诊所。这次应鲍比局长请求，帮助他侦破辜家灭门惨案！我说的对吗？"

凌林说："对！像我这样的人，你能信得过吗？你知道，我们中国人最讲诚信！"

拉姆问："听说，你最近已受洗成为基督徒，是吗？"

看凌林点点头，拉姆指着犹占里警长说："还有你，你名叫犹占里·穆瓦，跟我同样都是斯支瓦人，你父亲是你们镇最有权势的穆瓦先生的哥哥，你母亲是英国人。他们俩十分恩爱。可惜，在你很小时，他们就双亡。你是靠穆瓦先生抚养长大的。你从小就在南非念书。由于兴趣，你后来自己选择了警校。你的学习成绩平平，曾在南非某小警所工作，表现也很一般。你又回到小镇工作！在国外，你也已改信天主教。是吗？"

看犹占里警长也跟着点头，拉姆说："好！对像你们这样虔诚的教徒，我能信得过！我希望你们能对着你们的神做出保证，保证为我提供的消息保密！"

凌林和犹占里警长异口同声说："我保证！"

拉姆笑着说："好！你们能把我当朋友，向我保证，我很高兴。我现在告诉你们，那匿名信是余冠先生写的。"

犹占里警长说："为了找出这个人，我们曾对小镇的中国人写的英文作过笔迹比对，只有余冠先生例外。他虽会讲英语，却一个字也不会写！你真的能肯定是他写的？"

拉姆哈哈大笑："那要靠你自己去求证。不过，请记住千万别透露是我说的！"

凌林说："我们会说到做到！"

犹占里警长不由自主地脱口而出问："我想不明白余冠先生为什么要这样做？"

拉姆笑了说："道理很简单。不过，我不能说！你们很快就会明白！"

凌林也跟着笑着说："没问题，我们会查明白的。拉姆先生，我希望你现在以我们的朋友的名义在这里多留些时间。这样对你、对大家都有好处。你同意吗？"

拉姆说："在这里，我感觉还不错，多待一会儿，没问题！"

犹占里警长跟着凌林往外走。他问："凌，下一步？"

凌林说："我们可以同时传唤成鑫、余冠、占武林、云召和米小庄先生等五人。"

犹占里警长说："好，我让人准备五间房间，分别讯问他们。"

凌林灵机一动说："分别谈话前，先把他们集中一起，每人各写一组由我设计的'识别码'。"

犹占里警长说："我不明白！"

凌林笑着说："到时候你就知道了。"

·9·

成鑫还不知所踪，米小庄也暂时离开了成家大院。只有余冠、占武林和云召三人坐在警局办公室。余冠表面很镇定，不声不响地坐在那里。云召有些坐立不安，却也没说什么。占武林很暴躁，用英语大声嚷嚷："我不明白，你们为什么把我叫到这里，我要找我的律师！"

不等犹占里警长开口说话，凌林从后面出来，态度和蔼地用中文说：“你们好，警方请你们只是想让你们协助调查，你们当然可以什么都不说，暂时还不需要律师！”

占武林气势汹汹地责问：“调查什么？”

凌林说：“你们应该知道，警方在调查朱兵被杀案！”

余冠插话说：“朱兵做了亏心事，自杀。没什么好调查！”

凌林从一位警员手里接过三张纸。他微笑着说：“你们先别着急说，说得太匆忙容易出错！”

倪信风将纸张分别分给这三人。余冠疑惑不解地问：“这是什么东西？”

凌林解释说：“你们手上一组‘识别码’，为了验证你们说话的精神状态，请你们先在下面写上你们看到的字母。”

凌林从余冠手里接过纸，笑着说：“谢谢，你跟警员到小办公室，稍等一会儿回答问话！”

看着那三人离开，凌林取出那匿名信，跟余冠写的字母反复比较。犹占里警长伸头看了看，笑了：“我真傻，我怎么没想到这点！”

凌林说：“把这些送到笔迹鉴定专家那里。等专家出结论后，我们再找余冠问话。”

犹占里警长问：“估计专家的结论也差不多，为什么我们不先跟余冠谈谈？”

凌林说：“犹占里警长，不急！再等一会儿。跟余冠先生谈，以你为主，我帮你。我希望，我们能留给他一个假象，那就是他的同伙似乎有人已经开口，转为证人。”

犹占里笑着说：“我明白了。”

独自被晾在房内，余冠虽然心里很着急，表现上却依然很平静。看到犹占里警长和凌林进来，他冷冷地说：“警官，我以为你们把我给忘了！”

犹占里警长说：“对不起！”

凌林笑着说：“犹占里警长当然不会忘记你。他只是想多给你一点时间，让你想清楚该怎么说。”

余冠刚要开口，却被犹占里警长打断。犹占里警长严肃地说：“余冠先生，我们现在正式向你问话。你可以不说，你所说的一切将成为呈堂证供。我还希望你会明白，假证供，罪同样也很大！”

余冠疑惑不解地问："我不知道你们到底想让我干什么？"

犹占里警长接着说："我的意思很明白。我们已经查明白，朱兵绝非像你刚才所说的那样是自杀。他是被你们合谋后杀害。成鑫是主谋，其他几个人也可能以协同谋杀起诉。当然，谁如果愿意转当证人，自然可以例外！你们中有人已经愿意这么做，现在就看你的态度。"

凌林接着说："当然，我相信余冠先生是聪明人，能够当证人，谁愿当犯人！"

余冠突然用中文嘟囔："当帮派叛徒，以后怎么在道上混！我绝对不能这么干！"

凌林笑了。他在犹占里警长耳边说了一句。犹占里警长点点头将那张匿名信拿到余冠面前问："余冠先生，我们警方之所以会这么快发现朱兵的尸体，全靠这张匿名信。你知道，这封信是谁写的？"

余冠摇摇头说："我不知道！我要见我的律师！"

凌林笑着说："余冠先生，先别着急！你不妨耐心听犹占里警长说完。到时候，你或许会改变主意，根本不想见律师！"

犹占里警长紧接着说："我们推测，一定是小镇的中国人写的。我们对这里所有的中国人的英文书写作了比对……"

余冠打断犹占里警长的话，问："反正我从来就不会写英文，这跟我有什么关系？"

犹占里笑了说："可是，我已经将你刚才写的'识别码'字母交给笔迹专家鉴定，这是鉴定结果，你看！"

凌林接着说："我想你不会希望让律师看到这些吧！本来，一看到这结果，犹占里警长就要向鲍比局长汇报，被我阻止了。余冠先生，你知道我为什么要替你保密吗？"

余冠愣住了。凌林接着说："因为我知道，你们帮派在警局有内线。如果我们没有严格保密，这结果很快就会在你帮派传开。我想，你一定也不希望看到这样，是吗？"

余冠问："你们到底要我干什么？"

犹占里警长说："很简单！到底想当污点证人，还是想当犯人，你必须立即做一抉择。"

看余冠无可奈何地点点头，犹占里警长说："好，你现在将你所看到的，朱兵被杀的全过程，详详细细地说出来！"

余冠沉默着。凌林也不打断他的沉思。凌林心里很清楚，他思想内的围墙已经开始动摇。犹豫时间越长，他招供的可能就会越大。过了好长时间，他才自言自语道："在警方压力下，说真话，应该不算掉脸……"

凌林在旁边接过话茬说："而如果告密信传出去，你要再想在白道、黑道立足，可就难啦！"

余冠大声问："警官，你们真的能保证不把我当作疑犯，而且对匿名信保密吗？"

凌林笑着说："那就看你的表现了。"

刚才讲的是中文，凌林一一翻译给犹占里警长听。犹占里警长紧接着说："这个我们绝对可以保证！"

余冠又沉思片刻，咬一咬牙说："好，我说！"

显然，早有思想准备，余冠滔滔不绝地说下去。

"记得那一天，接到拉姆先生佣人的电话，得知你们可能带着拉姆和朱兵走黄色通道回镇。我一刻也不敢停留，立即就去向成大哥报告。

"你们或许不知道，表面上，我是公司副总，是帮派二哥，看起来很风光，实际上什么也不是。这个公司只有一个老板，其他人都是雇员。我也不例外。当然，还有一个隐形老板，那就是穆瓦先生。这公司只有成大哥和穆瓦先生有股份，其他人一份也没有。

"帮派情况也一样！帮内只有一个头领，其他人差不多都是跑腿的。没有打成大哥的旗号，我一个人也调不动，连一件事也决定不了。当然，大哥以前还算信任我，我手上或许还有点权力。可是，因为朱兵是我的亲信，他跟你们走后，我被大哥骂得狗血喷头。别说是权力，能平平安安保住这条命，我就该烧香拜佛啦！

"我真不想在这里干，想回到国内去。当然这绝对不允许……"

因为英语水平低，犹占里警长同意余冠仍然用中文叙述。害怕扯远了，凌林提醒问："成鑫听到消息后怎么样？"

余冠不好意思地笑了笑，接着说下去。

"一听到这消息，成大哥就对我下死命令：老二，你立即带人把朱兵和拉姆这两人都弄回来，一个也不许少！

“大哥那严厉的口气让我恐惧。我知道，这次任务如果失败，我恐怕要到山区看店去了！

“我丝毫不敢怠慢，迅速带着保安到黄色通道去拦截。结果你们也知道了，不必我多啰唆！这次我运气不错，总算把拉姆先生和朱兵带到成大哥面前。拉姆先生是我们帮派的好朋友，跟成大哥私交不错。看到拉姆先生，成大哥很高兴！当然，大哥更关心朱兵。一看到朱兵，成大哥就召集我们几位兄弟还有军师米小庄一起开会研究处理意见。

“老三、老四心狠，他们主张对朱兵处极刑。朱兵是我的亲信，又是好友，我自然要极力保他。我们争得面红耳赤。其实，我们这些争论意义不大，关键就是成大哥一句话。大哥在警局耳目众多，知道朱兵已经说出不该说的话。我相信，凭大哥的个性，朱兵这次凶多吉少。我还是要拼着命救朱兵。可是，无论我如何努力都白费劲。

“大哥终于开口，按帮规处理！朱兵可就命悬一线。

“按常规，我们几人一起押着朱兵到大院深处。大哥和占武林走在最前面。眼看大哥拔出手枪，想到枪声一响，朱兵就从此在世上消失，我心不甘。我又冲向前企图做最后努力，可是来不及了。

“枪响了……”

余冠可真是出色的演员。他心情激动得说不下去，泪流满面……

待余冠平静下来，犹占里警长将英文记录稿递给他，说：“余冠先生，你看清楚。如果没有异议，就在这里签名。”

从余冠手里接过已经签上名的供词，犹占里警长说：“余冠先生，到时候，你还可能要上庭作证。”

余冠无可奈何地叹口气：“唉，好吧！”

因为不是警察，米小云和倪信风只能躲在后面旁听。余冠走后，他们才出来。知道余冠愿意指证成鑫，小云感到有些宽慰，总算能为朱兵讨回公道。倪信风更兴奋，不由自主地大声嚷嚷：“好，总算能把成鑫绳之以法了！”

犹占里警长说：“对，我去办通缉令，正式通缉成鑫！”

·10·

通缉令发出后，倪信风特别兴奋。虽然还有遗憾，总算可以把成鑫这个大仇人绳之以法，他心里有一点点满足。他像发了疯似的跟着警察几乎把小镇都翻过去。好几天过去，还是不见成鑫的踪影，他心急如焚。

小云紧紧跟着倪信风。她也想为朱兵讨回公道，她更想看紧倪信风，她真担心他会做什么傻事。看到他快疯了，她安慰说："小倪，别着急！"

倪信风不由地破口大骂："他妈的，这批警察，笨得像猪！"

小云火了，责备说："你才是笨猪！你这样像疯狗似的乱吠，会有什么结果吗？"

只要小云发火，倪信风就不敢吭声了。小云态度又缓和下来，笑着说："你可以安心待在你的店里。我向你保证，不会太久，成鑫躲不了多久！"

凌林从外面进来说："小云说得对，我估计，成鑫很快就会现身！"

倪信风问："为……为什么这么说？"

凌林说："这几天，犹占里警长正通过帮派中的线人监视动态。他得到消息，帮派发生大动荡！我相信，成鑫肯定坐不住了。"

凌林话音刚落，电话铃声响了。凌林放下电话，说："小云，小倪，走，我们到警局去。成鑫已经在那里！"

凌林带小云和倪信风走进小房间，通过监视屏看里面。犹占里警长带一位警官做笔录，对面坐着三个人，成鑫、占武林还有那位帮派的老律师。老律师先开口："犹占里警长，我们陪占武林来自首。"

占武林将一块用布包着的手枪递给犹占里警长说："对，我来投案自首，朱兵是我枪杀的！这就是凶器！我相信，上面一定有我的指纹！"

犹占里警长说："我们会查！占武林先生，你能说说动机吗？"

占武林说："很简单！谁都知道，我这人疾恶如仇，怎么能容忍像朱兵这样的叛徒！而且，在帮内，像这样的事本来就应该由我来干，怎么可能让大哥亲自动手！"

犹占里警长隔着布看了看手枪编号，说："据我所知，这把手枪登记在成鑫名下！"

占武林说："没有错！是我主动从大哥手上拿过来对朱兵开枪的！"

犹占里警长无话可说。老律师接着说："犹占里警长，现在真凶已自动投案，是否应该撤销对成鑫先生的通缉令……"

看犹占里警长说不出话，一直默默无语的成鑫傲慢地说："怎么样，我可以走了吧？老实说，我真不喜欢这个地方……"

听到这里，倪信风忍不住跳起来："怎……怎么会这样？"

倪信风正要往外冲，被小云拖住："你这呆子，想干什么？"

倪信风大声嚷嚷："我……我决不能让成鑫离开！"

凌林说："小倪，你这样出去，不符合规矩，只能坏事。"

小云安慰说："小倪，你放心！我会有办法揪出真凶！"

……

老四占武林为什么在这时候出面顶罪？还必须从老二余冠的表现开始说起：

把匿名信寄出后，余冠心里很清楚，这种事保密不了太久，迟早总会曝光。他本来就野心勃勃，长期处心积虑培养自己的势力。现在到了生死关头，与其落得像朱兵那样的下场，倒不如放手一搏。成鑫逃离成家大院，确实是大好机会，可最大的障碍就是占武林。

在几个兄弟中，占武林最凶悍。成大哥派他到离小镇近百公里外一村庄建立基地，靠自己的双手，打出一片天地。现在，他已拥有帮内最大的分支，坐拥三十多家分店，经济实力雄厚，还建立一支强大的护卫队。

大哥潜逃，余冠暂代大哥，掌管大权。可那些大哥的铁杆分子因不满余老二的所作所为，纷纷投靠占武林，又使他的实力壮大了许多。他本人长时间在黑道上冲锋陷阵，勇猛无比，而且警惕性很高，要打倒他，绝非易事！

因为没有必胜的把握，余老二迟迟不敢动手。他早就派人暗中渗透到占武林帮派内部，秘密收买一些亲信。占武林本来就头脑简单，四肢发达，哪里会想到这些，这给余老二有可乘之机。为了抗衡占武林，他还用高薪聘用印度的大力士弗尼亚，再加上有人里应外合，在夜间对占武林发起突然袭击。

那一晚，占武林还在做老大的梦。他向来不把余老二这胆小鬼放在眼里。大哥出走，对他而言或者不是坏事。他可以乘机扩大地盘，建立起独立王国。

他自己就可以当老大了。梦中，他看到一群手下冲他欢呼……

没想到，会有一群人突然冲进他的卧室。由于长期坚持锻炼，占武林早就养成一种习惯，即使在睡梦中也保持几分清醒，而且反应特别快。还没完全明白过来是怎么一回事，一遭到袭击，他立即奋起反抗。他拼死搏斗，连弗尼亚也无法挡住。虽被打得遍体鳞伤，他总算还是逃脱了。

这是一片荒无人烟的丛林，除了占武林，很少有人到过这里。他相信，那些人无论如何也找不到这里来，总算可以喘一口气。静下来想想眼前的处境，他心情很沉重！他万万没有想到，向来引以为豪的队伍，顷刻就这么土崩瓦解了。现在，他身无分文，连护照也没有带，又饿又累，无路可走。当然，他可不是那种会自寻短见的人。只要一息尚存，他就会拼搏到底。躺在地上休息片刻起来，体力已渐渐恢复。他又站起来，准备走出丛林。他要再和余老二拼命。

突然有一位黑人出现在前面，占武林大吃一惊。来人却用中文说："老四，这时候你不能出去！"

仔细一看，占武林才发现原来是军师米小庄，化装后还真像当地的人。以前，由于成大哥的信任，表面上，占武林不得不尊敬这位军师，可在内心深处，他根本看不起这个手无缚鸡之力、只靠卖嘴皮的人。此时，米小庄出现，对他来说无疑就是救星！他欣喜若狂地叫道："军师，你怎么会到这里来？"

米小庄神秘地说："你知道，我能掐会算。我算到你会在这里。我化装成黑人，避开他们，来找你！"

占武林深深地叹一口气："唉，现在我辛辛苦苦创建的队伍已经土崩瓦解，还会有什么用？"

米小庄微笑着说："我算好了。只有在现在这种情况下，你才能成为帮派救星。"

占武林苦笑说："救星？军师，到这种地步，你还开我的玩笑！"

米小庄笑着说："不，我没有开玩笑！我算定，以前，你还一直在做老大的梦，是吗？"

占武林微微一愣，接着又愧疚地说："是！"

米小庄严肃地说："老四，你想过没有，当老大要靠天命！你不行，老二余冠更不行！"

看看占武林没有吭声，米小庄突然恳求说："老四，现在帮派正处在生死存亡的关头，只有你才能力挽狂澜！希望你义不容辞！"

占武林疑惑不解地问："我？"

米小庄说："你知道，一个帮派，只能有一个大哥。只有大哥回来，帮派才有希望。"

占武林说："可是大哥现在正被警方通缉！"

米小庄说："是啊，因为大哥谋杀朱兵被通缉。可是，如果凶手另有其人，大哥就能平安无事回来！"

占武林说："我还是不明白！"

米小庄解释说："在杀朱兵时，你紧靠大哥站着，希望你能站出来顶罪！"

占武林反对说："当时有很多人在场，亲眼看到成大哥拔出手枪，二哥冲向前撞到大哥手臂，枪开火……"

米小庄继续说："当然，律师就建议，以枪意外走火为大哥辩护。大哥坚决不同意。他说，他无论如何不能当被告。只好请你顶罪。当时，你就站在大哥身边。你可以解释说，你伸手拿了大哥的枪，开火。而别人跟你们都有一段距离，而且背光，光线不好，都可能看错，也不奇怪！在法庭上，这样完全讲得通。"

看看占武林无言以对，米小庄用一块布垫着，从包里掏出一把手枪递向前，说："这就是那把凶器，我已把大哥留在上面的指纹擦去了，将你的指纹印上去，把它交给警方。有这重要物证，由不得他们不信！"

占武林没有伸手去接那把手枪。想到自己下半辈子将要在黑人的牢房里度过，他犹豫不决。米小庄继续说服说："反正你现在已经走投无路了。相比之下，牢房可算是一条出路。只要大哥安全，你在里面，不会让你吃什么苦，也不会待太长时间。这样，你就是帮派的救星。出来后，你就是一人之下、万人之上！你好好想想吧！"

沉思了好长一会儿，占武林无可奈何地点点头，把手枪收好。米小庄又递上几块面包说："老四，你现在先填饱肚子，天一黑，我们就摸出丛林，律师和大哥在小镇里等我们！"

·11·

知道成鑫出现，倪信风激动得心都快从胸腔里跳出来。他这人平时头脑不怎么样，一旦兴奋起来头脑却灵了许多。刚到隔壁旁观时，他一下子就想出好几条建议。他要帮助警方，逼成鑫招出对辜老板所犯的罪。正在想入非非之时，看到占武林出面顶罪，他仿佛突然从天上摔到地上。眼看就要让成鑫从鼻子底下溜走，倪信风心里十分着急。他想无论如何不能让成鑫溜掉！

眼看倪信风脸色不对，那股疯劲似乎又要上来，小云心里很清楚，成鑫逃过这一劫对他的打击有多大，她担心他又要干出什么傻事。她狠狠地瞪他一眼问："小倪，你想干什么？"

跟小云接触多了，他知道小云各方面都比自己强很多，心里就是怕她，当然不敢跟她顶嘴。像他这样直性子，心中也有狡黠的一面。他虽然心存不甘，满肚子火，却现出不在乎的表情，冷冷地说："不……不能就……就这样让……让成鑫溜走。不……不过，我……我想通了，恶……恶有恶报！"

这一次小云确实被骗了过去。见倪信风脸色确实平静了许多，她也放松了警惕："是啊！焦急也没有用。只要继续努力，总会查出真相。"

小云又转身问凌林："凌，明知占武林替成鑫顶罪，难道我们就毫无办法吗？"

凌林摇摇头说："不是毫无办法！只是这朱兵案毕竟不是我们的重点目标，不宜投入过多精力和时间！我们……"

乘这两人说话间，倪信风说一声上卫生间，就溜了出去。过了一会儿，还没见倪信风回来，小云脑子里突然产生一种不祥的预感。她焦急不安地问凌林："凌，小倪去这么久还不回来，会不会出什么事？"

没等凌林回话，犹占里警长从外面进来插话说："云姑娘，凌，对不起！我们没办法，只好让成鑫先生离开！"

小云问："犹占里警长，成鑫已经离开？"

犹占里警长说："是，刚刚走。"

小云焦急地说："凌，犹占里警长，快，我们到门口去！"

小云的预感终于成为事实。倪信风果然在门口拦住成鑫。他大喝一声：

“成……成鑫，别……别走！”

成鑫毫不理睬，拐向左侧，企图继续往前。倪信风也靠向左侧，依然拦在前面说：“你……你杀了人，还……还想溜？”

成鑫一脸不屑，威严地大喝一声：“滚！”

倪信风挑衅说：“你……你算什么东西？别……别人怕你，我……我才不怕！”

成鑫当了这么多年大哥，那些手下在他面前连一口大气都不敢喘，更别说大声说话！现在，一位手下的佣人竟敢如此无理，他可怎么受得了。然而，他还没有失去理智。毕竟尚未离开是非之地，他强忍着没有立即发作。眼看已初步达到希望的效果，倪信风还要火上加油。他朝着成鑫伸出中指。他个子比成鑫高得多，指尖几乎要碰到成鑫的鼻子。成鑫最气手下做这种下流动作。这次居然指向自己，他终于忍不住紧握双拳。在当地的中国人都知道，成鑫天天练沙包，这一拳如果打出去，能轻而易举打断人的下颌骨。倪信风当然也知道这些，这正是他所希望的。只有这样才能把成鑫留在拘留所，或许还有机会让成鑫招供。他有意把下巴迎向前。

成鑫终于忍不住了。他挥出右拳……

成鑫挥出右直拳，刚靠近倪信风的下巴，听到莫伐特律师的声音，又硬生生把拳头缩了回去。莫伐特律师冷冷地说：“倪先生，你别费心！成鑫先生才不会上你的当！”

成鑫强压住怒火，企图拐一大弯子，往外走。可倪信风依然紧紧地阻挡在前面。莫伐特律师警告说：“倪先生，请让开！否则我们不客气！”

倪信风毫不退让，还死死地拦在前面，大声用英语说：“我就是这样，决不允许他离开！”

莫伐特律师脸色一沉说：“好！这话是你说的。我到警局去，告你骚扰证人，妨碍司法公正！”

莫伐特律师正往警局走，迎面碰上犹占里警长等人。

原来，眼看情况不妙，小云心里替倪信风担忧。小云焦急地说：“小倪，如果出什么麻烦，以后可什么忙也帮不上了！”

犹占里警长安慰说：“云小姐，你放心！我在这里，倪先生不会有事。”

看到犹占里警长，莫伐特律师指着倪信风说：“犹占里警长，你来得正好！成鑫先生要告这人骚扰证人，妨碍司法公证！”

犹占里警长笑了笑说：“可以！走，一起进去！”

莫伐特律师说：“好，我是成鑫先生的律师，我跟你进去！”

犹占里警长：“不行！要告倪先生，成鑫先生是当事人，当然也要进去！”

成鑫愤怒地大叫一声：“No！”

莫伐特律师说：“我完全可以代表成鑫先生！”

犹占里警长说：“那也不行！成鑫先生和倪信风先生都是当事人，当然要一起进去！而且，我们对成鑫先生的通缉令还没有正式撤销，我还想进一步了解情况！”

成鑫态度坚决地说：“我决不再进警局！”

莫伐特律师小声对成鑫嘀咕。看成鑫一直在摇头，莫伐律师无可奈何地说：“好！我们可以不告倪信风先生。但是，他必须保证不再骚扰我的当事人。”

犹占里警长说：“倪信风先生也是我们警方保护的证人，我们以后一定会好好看住他！”

成鑫离开后，小云劈头盖脸把倪信风痛骂一顿：“你这呆子，你怎么这么不听话！告诉你别惹是生非，你就是不听！如果你被以妨碍司法公正起诉，以后可什么事都干不了了……”

犹占里警长讨好说：“云小姐，你放心吧！我说过，有我在，他们不敢对倪先生怎么样。”

倪信风被小云骂得狗血喷头，一声都不敢吭，憋一肚子火。在犹占里警长身上，他总算找到了发泄的对象。他指着犹占里警长的鼻子说：“怪只怪你们这些警察无能！你们怎么能容忍让凶手大摇大摆进来，又大摇大摆离开。”

小云感到刚才对倪信风有些过火。现在，她不由自主地要帮他几句：“成鑫态度那么蛮横，无疑是在向我们警方示威。”

有小云支持，倪信风更来劲：“是啊！他无疑在嘲笑你们警察无能！我出去要帮你们留住成鑫，可惜又被你们破坏……”

犹占里警长被呛得哑口无言。眼看倪信风顽劣不听话，凌林心中也很担忧。相信小云完全能镇得住，他一直在旁边默不作声。现在，眼看倪信风把气出在犹占里警长身上，小云反而在帮腔，他不得不开口：“小倪，你别这样说犹占里警长！你忘啦，我们在参与调查。要说无能，我们自己也有责任！”

看倪信风无话可说，凌林接着说：“你说，根据警方手上现有的证据够不够起诉成鑫？”

看倪信风摇摇头，凌林态度和蔼地又发问：“记得，你曾说过，你以前跟辜老板打过猎。你说，猎物未进入伏击圈，过早出击，结果会如何？”

倪信风声音低沉说：“猎……猎物跑了……”

凌林笑了。小云突然插话问犹占里警长说：“犹占里警长，拉姆还在林中小屋，是吗？”

看犹占里警长点点头，小云接着说：“我想，再去跟他谈谈！”

犹占里警长讨好地说：“好，我陪你去！”

小云否定说：“我只想以朋友的名义，跟他谈谈，不希望警方介入！小倪跟我去就行！”

看犹占里警长似乎还想说什么，凌林阻止说：“犹占里警长，还是让他们去吧！”

倪信风头脑里突然灵光一闪，说：“好，我跟小云一起去！”

·12·

拉姆被临时拘押在密林小屋中，由两个小警员看守。犹占里警长吩咐警员要好好招待，一定要让拉姆乐而忘归。他们千方百计巴结拉姆。拉姆就抓他们赌大小。原来，上一次跟小云赌大小惨败后，拉姆向小云要了几颗特制的骰子。其中，一种怎么摔都是一点，一种是三点，一种是五点，还有一种是六点等等，全装在特制的小布袋里。经过反复训练，他可以运用自如地取出各种不同点的骰子。那两位警员自然输得很惨。

看到小云从外面进来，拉姆微微一愣，紧接着笑着对那两位警员说：“我们只是闹着玩玩，消磨时间！这些钱全部还给你们！”

拉姆带着恳求的目光望着小云。小云笑了，没有吭声，拉姆的眼里露出感激的目光，也跟着笑着：“我是不是可以走啦？”

小云说：“拉姆先生，请耐心再等一会儿！过不了多久，犹占里警长就会到，办个简单手续，你就可以走！”

小云又对两位警员说："警官先生，能不能让我们再单独跟拉姆先生谈谈？"

警员们当然知道小云的地位，都很听她的话，毫无迟疑地就往外走。一听小云说又要找自己谈谈，拉姆心里就有些发毛，脸上却依然挂着笑容问："云小姐，我实在记不起是否还欠你什么？"

小云一招手，倪信风从外面进来，笑眯眯地说："拉姆先生，别紧张！你没有欠我们什么，倒是我欠你一件东西！"

拉姆疑惑地问："你欠我什么？"

倪信风问："拉姆先生，你还记得那本记事本吗？"

拉姆笑着说："是啊，倪先生。提起这个，我应该再次感谢你，把它还给我！"

倪信风把预先想好的台词背了出来："对不起，拉姆！你知道，把它还给你之前，由于好奇心，我曾从头到尾翻阅了一遍！"

拉姆笑着说："这也不奇怪，人都有好奇之心嘛！"

倪信风继续说："其中几页我特别感兴趣，所以就不由自主地把它们撕了下来。对不起！你相信我，我会遵守诺言，保守秘密。除云小姐外，再没有其他人知道这事。请你放心，我已把这些纸藏在十分安全的地方……"

拉姆的手不由地伸入口袋，摸一摸那小本子，终于感觉出确实有几页被撕，而且撕得很小心。当时拿回本子，太兴奋，他没能及时发现。他脸色阴沉下来，听小云接着说："正巧，我们南非监狱有熟人，又正巧你的佣人在那里待过。我又偶然在那里看到你佣人的签名。对比之下，我们发现那字迹实在太像……"

拉姆打断小云的话，有气无力地说："可谁都知道，我的佣人不会写字。"

小云笑着说："拉姆先生，你的书法那么棒。在你精心调教下，你的佣人要学会写点东西并不难。我们请教过笔迹专家。开始，我想不明白，你为什么要当着许多人的面制造你的佣人不会写字的印象。现在，我想通了……"

拉姆无可奈何地问："好啦！你们说，我要怎么做，才能收回这些纸？"

倪信风笑着说："拉姆先生是明白人。你记不记得，你曾答应过我，只要出足够的钱……"

拉姆犹豫着说："我记得！这本不是问题！可是现在不行！"

倪信风问："为什么？"

拉姆说："你知道，这南非本地帮派无论做什么事都必须有绝对的把握，绝不冒险！你想对付的是成鑫先生。现在，成鑫先生已经是警方嫌疑的目标，不会有人愿意找这麻烦……"

知道倪信风心里没有放弃这种行为，小云很生气。看倪信风还想恳求拉姆,她狠狠瞪了他一眼，不让他再开口。她对拉姆说："拉姆先生，算啦！这件事就别勉强。你再想想，还能帮我们什么？"

拉姆沉思着说："你们知道，我是消息灵通人士，我想，我可以提供你们希望的消息。"

小云："那你必须保证是我们需要的。"

拉姆故弄玄虚问："你们说，我知道那三个杀辜老板的逃犯动向，你感不感兴趣？"

倪信风问："你是不是指从南非黑帮逃走的那三个人？"

拉姆笑着说："当然，除了那三个人，还会有谁会让你们更感兴趣！"

这确是自己希望的信息，小云心里很兴奋，脸上却不动声色说："如果你提供的线索真能帮我们找到这三个匪徒，我保证，那些纸会完璧归赵！"

倪信风插话说："而且，我还会给你适当的报酬！"

拉姆犹豫着说："我只能提供我所了解的动向。能不能找到他们，靠你们自己。这事说来话长……"

听到外面传来脚步声，拉姆停顿片刻，接着说："我相信，犹占里警长和凌医生已经到了外面。请他们进来，我相信他们一定也很想听听这情报！"

脚步声在靠近小楼就停下来了。小云让倪信风出去请凌林和犹占里警长进来。看着他们进来，拉姆指着犹占里警长笑着说："好，你们都到齐了，我可以再向你们提供一些消息！你们知道，我从不向警察提供消息！犹占里警长，你例外。你是我的朋友！"

犹占里警长说："谢谢！"

拉姆笑了："先别谢我。你们知道，我的消息绝非无偿！"

倪信风接着说："拉姆先生，别担心！绝不会少你报酬！"

拉姆又对犹占里警长说："而且有些事，还是由你自己先介绍后，我再透露这消息！"

犹占里警长问："你要我介绍什么？"

拉姆问："犹占里警长，你也是B国当地人。你应该记得这个当地黑帮，有一个很狂的名字叫'狂狮帮'吧？"

犹占里警长沉思说："当然！这'狂狮帮'曾经是B国最大的黑帮，首领名叫雄。"

小云问："看来，当年雄也一定是响当当的大人物，是吗？"

犹占里警长满脸不屑地说："他算什么人物！只不过是'山中无老虎，猴子当大王'罢了。他原来也只是一个普通的小混混。因为他身材高大，有几分气力，其他的小混混们都服他，推他为首领，就组织了这'狂狮帮'。当地真正有势力的人物应该算是我叔叔穆瓦。穆瓦也正希望当地有人出面管理这些小混混，找不到更合适的人选，只好支持他。从此，小镇里地下黑势力通通由他管理。他变得越来越狂妄，自以为老子天下第一。"

倪信风问："他跟成鑫比，谁更强？"

犹占里警长冷冷一笑说："根本没法比！当成鑫刚来时，雄根本就没把这中国人放在眼里。那时候，成鑫只是从南非带来一些货物，在镇中心摆地摊。像对付其他外来人一样，他只派几个小混混到摊上捣乱，企图把成鑫赶走。他没有想到，派去的这些人不但没有完成任务，而且很快被成鑫收服。那些人还不断夸成鑫多么厉害，把他讲得心里直痒痒！"

小云插话说："此时，雄如果集中自己的力量把成鑫赶走，可算是轻而易举！"

犹占里警长对小云笑着说："云小姐说得真对！可惜，他并没这么干！在'狂狮帮'中，最有头脑的要算副头领好布托。好布托已经看清楚成鑫对帮派的威胁，建议雄立即组织人马驱赶成鑫。雄听不进这话。他自信，自己的个子比成鑫高大得多，靠拳头一定能打倒成鑫，还会给自己树立起更高的威信。他派出好布托去向成鑫下战书！"

倪信风说："如果我是成鑫，一定不会接受这挑战，恐怕很难做到公平。"

小云笑着说："小倪，你还是不了解成鑫。他决不会当缩头乌龟！"

倪信风说："可是，凭当时的形势，成鑫就是赢了，也不会有好结果！"

小云说："成鑫会有办法！"

犹占里警长又一次赞扬说："云小姐真聪明！成鑫比我们想象得都要聪明！对好布托的到来，他似乎早有准备。他亲自接见好布托，米小庄在旁边陪着。一听完好布托说明来意，他就欣然接受挑战！他提出条件，只能单打独斗，双方只允许另外各派一个人，作为证人。米小庄补充说，成鑫先生还可以保证，如果他输了，就立即离开，从此决不踏入小镇半步。这正是雄所希望的，好布托当然接受这个条件。成鑫接着说，好布托先生，雄和你在这地方也算是有头有脸的人物，我相信你们一定会遵守合约。米小庄补充说，当然，如果违约，他们还怎么能在道上立足？好布托无话可说。于是，一场赤手空拳的决斗在小镇郊外、在丛林边的空地上展开。尽管有约在先，雄的手下还是在远处观望！”

小云说：“看来，这场搏斗一定很精彩！”

犹占里警长冷冷地说：“开始大家也这么以为。后来才知道，根本不是那么回事！一开始，雄气势汹汹，怒目圆睁，仿佛要一口把成鑫吞下去。他首先用全身的力气打出第一拳。成鑫没有躲闪，同时正面出拳。他要拼拼看，看看谁的拳头硬、谁力气大。雄跟成鑫显然不在同一等次！他倒退好几步。成鑫并没有让他有喘息的机会，立即冲向前紧接着一拳就把他打倒在地。后来才知道，雄的下颌骨被打成骨折。”

倪信风惊讶地说：“我不信，雄手下有那么多人，就这样让成鑫走？”

犹占里警长说：“那些人根本没见过大场面，他们被成鑫的气势吓住了，都愣住了。后来，当这些人很快清醒过来要追向前时，却被好布托拦住。好布托说，雄要求大家不要插手！米小庄乘机拖着成鑫迅速扬长而去。”

小云说：“如果此时，雄立即组织人马找成鑫算账，还有机会！”

犹占里警长并不擅长讲故事，说得也并不生动，由于事情本身的吸引力，旁边的人都听得有些入迷。听小云这么说，他不由地大吃一惊，这姑娘真是料事如神。他没有再说下去！

小云沉思着问：“我相信，雄当时一定很想集中人马，把成鑫赶出小镇，是吗？”

犹占里警长回答说：“是的！如果真的如此，这小镇的历史可就要改写了。”

小云又接着说：“可他没有这样的魄力！”

犹占里警长叹了一口气说：“云姑娘说得对！雄这人天生不是办大事的人。他优柔寡断，遇大事总下不了决心。他更希望能得到有势力的人物支持。

他就找穆瓦。当时，穆瓦就已经是全镇最有势力的人。没有穆瓦的支持，他什么也不敢干！”

小云又插嘴说：“穆瓦不可能支持雄！”

犹占里警长接着说下去：“对！成鑫比雄想象得要聪明得多。成鑫一到小镇不久，就千方百计拉拢穆瓦。成鑫成功了。成鑫已经和穆瓦建立起亲密的关系！穆瓦不但不支持雄，反而严厉警告他不要闹事。这样，他就更不敢乱动了。

“后来，越来越多的中国人到小镇来，全都投入成鑫手下，而且还开出越来越多的中国店，使雄的生意受到严重威胁。雄再也忍不住。他决定即使没有穆瓦的支持，也要采取行动。”

小云又插嘴说：“可惜为时已晚了！”

犹占里警长笑着说：“小云小姐，你不但长得漂亮，而且智慧也非同寻常！”

小云又瞟了倪信风一眼，故意对犹占里警长撒娇说：“警长，你过奖了。”

见倪信风依然无动于衷，小云心里很不高兴，却没有表露出来。她静静地听犹占里警长继续说下去：“可以说，这场行动，是雄这一生中最大的败笔，结果也毁了他自己。那天是阴天，雄企图趁月黑风高，搞突然袭击。这是雄喜欢的手笔。那一晚乌云密布，伸手不见五指。他带领一批亲信，趁黑摸到成鑫的住地。当他撞开大门，发现大院内空无一人。”

小云插话说：“此时他们如果能撤走，或许还来得及！”

犹占里警长说：“是啊！当时好布托也提醒雄说，头，我们上当了，赶快走吧！可是，雄不听这劝告。他反而下令手下把成鑫家里和库房洗劫一空。他们哪里知道，行动还没开始，成鑫就已经得到消息，早有准备，还通知了警方。警方暗中把这房子包围了。当这些人正在抢劫时，被警察抓个现行。他和手下通通被抓，现在还在牢中。”

倪信风一心还在想如何利用当地黑帮为辜老板报仇。听到这时，他失望地问：“这些通通都被抓了？”

小云说：“当然不是全部！”

犹占里警长说：“小云说得对！趁那些人在抢东西，好布托带几个人先溜走了……”

拉姆接过话说：“以后的事就由我接着说！很巧，跟好布托一起离开的，都是斯支瓦人。好布托带几个人逃到津国布市，在那里另起炉灶，而且不断发展壮大，现已成为当地最大的帮派……”

听得一头雾水，倪信风焦急地打断拉姆的话问：“拉姆，你认为这些就是我们需要的信息吗?”

小云小声对倪信风说：“小倪，你别焦急，听拉姆继续说下去!”

深深吸了一口气，拉姆对小云发问说：“云小姐，我再问一句，我真的能完全相信你们吗?”

小云笑着说：“当然！拉姆先生，你是我的朋友，我们也不希望你有什么麻烦!”

拉姆说：“好，我可以告诉你们需要的消息！那三人跟好布托原都是B国以前的帮派人物。那帮派解散后，好布托逃到津国去，另组新的帮派。另外还有三个人却逃到南非，投靠南非帮派！这三人就是你们要找的。最近，我得到消息，当南非那帮派被你们警方捣毁之后，他们从南非逃到津国，又投靠好布托去了。我只能告诉你们这些，剩下的，可要靠你们自己去查了。”

……

犹占里警长让那两位警员送拉姆离开。剩下的四人，暂时谁都没先开口，四周一片静悄悄的。没过多久，鲍比局长也来了。

犹占里警长简单地向局长汇报了情况。鲍比局长肯定地说：“你们做得很好。”

倪信风先提出疑问：“你们说，拉姆的话有多大可信度?”

凌林肯定说：“南非警方捣毁那个黑帮。偏偏，我们要找的那三个匪徒逃走了。南非和我们的警方查遍两国全境，毫无踪迹，这三人可能去了津国。拉姆从侧面证实了这点。看来，我们要北上走一趟……”

第六章　津国布市之谜

·1·

总算又找到新的线索，倪信风心中很兴奋。小云说的对，为辜老板报仇，完全可以通过正当的法律手段。小云真有智慧！记得，当年他走投无路投靠辜老板。那时候，辜老板和辜太太还处在地下情，他和小云是交通员。其中，他们也遇到不少麻烦，都是靠着小云的机警才一次次转危为安。他从心里依恋她，一切行动都听她的。凌林和犹占里警长到警局去，只剩下他和她两人单独相处，他心里特别激动！

一回到辜家大院，倪信风兴奋地说："云，云，我……我想，我……我们赶快到津……津国布……布市去……"

小云问："小倪，你对津国布市了解多少？"

倪信风说："我……我去过几……几次……"

小云说："那里的形势比我们想象的要复杂得多！单靠我们两人，能查到什么？"

倪信风焦急地说："那……那，如……如何是好？"

小云埋怨说："你这冒失鬼，为什么总是这么性急！"

看倪信风那么焦急不安，小云安慰说："小倪，你放心吧！我相信，凌林回来一定会带给我们好消息！"

如小云所料，凌林一回来就宣布："警局批准我北上布市的计划。还是犹占里警长代表警方跟我们一起走！"

凌林又转身对犹占里警长说："我们的目标锁定布市的好布托。这在布市可是很有势力的帮派。犹占里警长，你先过去，跟当地警方打招呼，请他们帮忙监视好布托帮派。”

犹占里警长问：“凌医生，要不要先通过线人找几个好布托的手下探一探口风？”

凌林沉思着说：“千万别打草惊蛇！好布托曾经是雄的智囊，恐怕不容易对付。我们还是先找到相关的证据再说。”

看犹占里警长点点头，凌林接着说：“我在布市也有些好朋友，我想再去找他们谈谈。”

倪信风不由地用中文小声问：“凌……我……我干什么？”

凌林用英语笑着说：“你不是警察，不能直接参与查案。你还是陪小云去逛街吧！”

倪信风疑惑地用英语问：“逛街？”

凌林说：“我知道，你陪小云跑遍约堡所有的地摊，没有收获！可你们不知道，布市的跳蚤市场的规模虽无法跟约堡相比，却也有些特别的东西。在那里，或许会找到你们想要的。”

倪信风问：“凌，你到底要我们找什么东西？”

凌林笑笑没有回答。小云笑笑对倪信风说：“小倪，你啰唆这么多干什么，跟我走就是了！”

听小云这么说，倪信风没有再开口！

津国布市可真算是花园城市，到处是花园式的小楼！在城市中心区，还有一些规模不大却依然很幽静的公园。

这一天，小云要求倪信风全身名牌，穿得像华人大老板。以前，她带着他走遍南非约堡跳蚤市场，他不知道她想找什么。他好几次问她，她有意什么都不说，只想让他自己动脑子。可他想破大脑，就是想不出到底要找什么！现在，他也不想多动脑子，反正跟小云走就是了。以前，他们也曾多次来到布市，大多进行服装生意，从来没有来到过这个地方。他没有想到在中心街道附近居然有一个这样幽静的地方。在一片绿树丛中有一片如此广阔的空地，上面摆满形形色色的石雕、木雕，都是当地的土特产，有一米多高的长颈鹿，还有形态各异的非洲动物石雕。他向来喜欢这些艺术品，只是由于生意忙碌一直没心思光顾这种地方。难得像今天如此空闲，他心情突然轻松了许多，看到这些自己喜欢的东西，他忍不住这个看看、那个摸摸。小云催促说："小倪，我们没有时间在这里多停留，走，快些跟我来。"

倪信风问："我……我们要干什么？"

小云笑着说："到时候，你自然就知道了。"

小云带着倪信风拐进一条僻静的小巷，在一幢古老的石屋前，她说："你可不要小看这不起眼的小屋，这里有全市最贵的珠宝。当然这里只做熟人的生意。通过别人介绍，辜太太和辜先生曾在这里买过两枚价格昂贵的钻戒，上面还打着特别标记。"

看看倪信风一脸的莫名其妙，小云笑着进一步解释说："这里的老板是印度人弗码，还是全市最权威的钻石鉴定专家，好的钻石最后都要通过他的鉴定才会卖出好价格。以前，我们只顾在南非找寻，居然把他给忘了。拉姆提到那几个劫匪跑到布市，我才想起他。前不久，我对他说，辜老板和辜太太死后，所有的东西都被他们的亲人拍卖了。我很希望能留一枚钻戒做纪念，可惜当时我手上没钱。现在我认识一位大老板，已经有足够的经济实力高价收买。可惜，这些纪念品却不知所踪，我请弗码帮忙。这个大老板就是你。小倪，弗码这里规矩多，你一定要记住我刚才的吩咐！"

倪信风恍然大悟说："我……我明白了。"

小云站到铁门的猫眼前，举手按门铃。门上开一洞，钻出一个人头，说："云小姐，你好！"

小云指着倪信风笑着说："先生，你好！这位倪先生是我的丈夫。你告诉老板，我想带丈夫去见他，行吗？"

过了不久，一位持枪警卫打开铁门，紧接着又是第二层、第三层，层层都有金属探测仪和武装保安。最里的小房内，坐着一位矮胖的年近五十的印度人。小云走向前："弗码先生，你好！介绍一下，这位倪先生是我的丈夫。在B国，他也算是大富翁。"

弗码微笑着说："小云小姐，你好！你来得正好。我发现了辜太太戴过的那枚钻戒。"

倪信风心里兴奋不已，迫不及待地用英语问："真的是辜太太的？"

看弗码有些不高兴，小云急忙说："弗码先生说是，就一定是！"

弗码接着说："本来，货主已经出手，我用高价把它留了下来。云小姐，希望你能实践自己的承诺，出高价……"

倪信风兴奋地打断弗码的话说："钱绝对不是问题！如果能让我们知道货的来源，我会出更高的价格！"

弗码脸色一沉，摆出一副送客的姿势。小云狠狠瞪了倪信风一眼，又笑着对弗码说："弗码先生，你先别生气。倪先生知道你这里的规矩：所有的交易以美元计价，而且不能向别人透露这地点，不能追问货物的来源……"

弗码生气地打断小云的话说："那他还问这样的问题？他已经破坏了我这里的规矩。从此以后他和他的朋友在这里都不受欢迎。你也不例外！"

倪信风知道自己惹祸了，再不敢吭声。小云瞟了倪信风一眼，接着说："他不是这意思！他这人英语不好，没有把意思表达对！"

倪信风灵机一动，终于明白自己该怎么说："我的意思是说，如果能得到另一枚辜先生戴过的钻戒，我将出比这枚高出一倍的价钱。至于现在的货主是谁，我并不感兴趣！"

巨大的利益驱使弗码脸色又缓和了许多。他指着墙上的条文说："我既能找到辜太太这枚，再找辜先生那枚也不是不可能。只是，无论如何绝不能违反这些条文。"

倪信风仔细阅读了这些条文，举起右手起誓："我发誓，绝不违反这规矩！"

弗码说："OK！"

小云紧接着说："问题是，倪先生在津国只有两三天时间。"

弗码说："我可以尽力找另外一枚！"

小云向倪信风使了一个眼色。倪信风开出支票结账，取走辜太太的钻戒，跟随小云走出房门。倪信风轻轻地舒了一口气："小云，我……我差点坏了大事。"

小云娇嗔地说："以后要吸取教训！"

倪信风说："是……是！可……可是，我们还是不知道这钻戒的来历。"

小云笑着说："现在我们赶快找凌林去，让他找当地的警局。让当地的警察派人跟踪这珠宝店的所有的职员以及他的户头，相信会有收获！"

倪信风恍然大悟说："现在，我明白了！"

·2·

在僻静的角落，凌林带着小云和倪信风来到一部大巴车前面。犹占里警长和另外几位当地的便衣警察早已在上面。这车的门比普通的大巴要高出许多。一看到小云，犹占里警长献殷勤地笑笑，并向她伸出手，她却自己一下子就跳到车上。犹占里警长不由自主地赞扬说："小云小姐，好矫健的身手！"

凌林也紧接着上去。而倪信风却迟迟没有上车。他在下面四处张望，看到的只是一堵堵高高的围墙。在小云反复催促下，他才勉强跳上车。他就用英语发牢骚："我们要干什么？在这里可什么也看不到。"

小云在倪信风身边责备说："小倪，你这人，为什么总是这么沉不住气！他们在这里，总有他们的道理。"

凌林没有吭声，只是朝着犹占里警长笑了笑。犹占里警长指着前面说："小云小姐，倪先生，你们来看看这里。"

此时倪信风才发现原来在车内还摆着许多荧光屏。犹占里指着屏幕解释说："你看看，这就是好布托别墅的大门！门外还站着两个带枪的小混混。这里是大厅……"

倪信风转忧为喜，笑着夸赞说："原来用这东西在监视呢，真不错！"

小云在倪信风坚实的胸部重重一擂说："告诉你，不了解情况，不要乱说话！"

倪信风没有再吭声，只站在那里傻笑。犹占里警长笑着解释说："在我们B国和南非，只有情报部门才有这些东西。可是在这津国就不同，几个主要警局都秘密配备它，用来监视反对派首领的一举一动。执政党能长期执政，主要靠它。"

犹占里警长转身对凌林点点头，又继续解释说："凌医生通过私人关系才借到这东西。他费了好大一番口舌，这里的局长才点头，只答应借给我们两天。我们还保证一切绝对保密。而且这里所得到的一切都要及时送进保密室，将来也不能作为呈堂证供！他们警局派人化装成电工，花一整天时间才安装好这些。其实，警局对好布托这些人也没有好感，也很想对这些人采取措施。可是，好布托这些人有很硬的后台，没有可靠的证据，也无可奈何！我们如果能除去好布托，对他们警局未尝不是好事……”

观察大半天，毫无所获，倪信风有些灰心失望地叹一口气说：“唉，好布托这人也真够沉得住气。这样一直躲下去，恐怕两天内也不会有什么收获！”

小云批评说：“小倪，你怎么又来了？”

犹占里警长支持小云说：“小云小姐说得对，我们要有耐心，不到最后一分钟都不要灰心。”

倪信风似乎还想说什么，却被犹占里警长打断了。犹占里警长的目光一动不动地注视着好布托的大门，不由自主地叫：“奇怪，弗码先生怎么会到这个地方来？好布托专门销售贼赃，遇到贵重的东西总会找弗码鉴定。当然，好布托都是亲自登门上访的！不过，何必让弗码先生亲自出马？”

小云解释说：“这不奇怪！弗码向来不信任自己的雇员，重大的事都要亲自出马！”

听到犹占里警长和小云的对话后，凌林和倪信风也急忙往视屏靠拢，可以清楚地看见弗码和好布托两人。喇叭里还传出好布托的声音。他说得很客气：“弗码先生，你怎么又亲自跑来？有什么事，只要吩咐一声，我会派人登门拜访的。”

弗码一脸严肃说：“凭我跟你之间的关系，我不希望有第三者知道。”

好布托点点头说：“那当然，您放心吧！有的事我亲自办！”

弗码开出一张支票说：“这就好！这是那枚钻戒的钱。我没说错吧！让我处理价格要高得多！”

好布托眉开眼笑说：“谢谢，弗码先生！”

弗码说：“对了，还有一枚钻戒和这枚成双成对。你如果能在这两天内弄到，我将出双倍的价钱。”

好布托犹豫着说：“这……我会尽力而为的！”

……

证实辜太太的钻戒来自好布托，倪信风不由自主兴奋地叫了起来：“好！这下子，好布托这老狐狸可跑不掉啦！”

小云对犹占里警长发问：“犹占里警长，是不是可以逮捕好布托？”

犹占里警长指着荧光屏说：“不可以！我刚才说了，好布托在这里的背景深厚，这里的警局一直不敢碰他。而我们没有足够的人手！眼前这些东西不能成为证据。没有证据，我们也无法申请到逮捕证，只能实施秘密抓捕。”

凌林接着说：“况且，好布托的家里戒备森严，要想进去抓，太难！我们要把他引出来。”

倪信风疑惑不解地问：“怎么引出来？”

犹占里警长笑着说：“我自有办法！在南非和我们B国，法律不允许我们这么干，而在这国家却可以！”

小云问：“怎么干？”

犹占里警长讨好地一笑说：“云小姐，你看我的！”

犹占里警长拿起车上电话，拨了个号码，抬高几度嗓门叫了起来：“头，多年不见，您还好吗？”

电话里传来好布托的声音：“姆尼，你这鬼东西，这些日子，你死到哪里去了？”

犹占里警长说：“对不起，头！我在马拉维市的一位亲戚过世，我到那里接受一笔遗产……”

好布托生气地说：“你这小子，在我最困难的时刻，却不告而别……”

犹占里警长说：“头，后来我知道您在这里，真的很想来向您赔罪！对了，最近，我得到一件好东西，首先就想到您！我知道，您一直很希望得到这东西。我不方便登门拜访，又不想让您那些亲信认出我来。我们是否找个地方单独见面？时间地点由您来定！”

沉思片刻，好布托说：“好，今天下午三点，在‘丛林酒吧’见。”

放下电话，发现四周的人都用惊讶的目光望着自己，犹占里警长急忙解释说：“这姆尼曾经是好布托最信任的亲信，却也曾经是我的线人。在那些人垮台时，他带着钱逃得无影无踪。正巧，他说话的语调跟我非常相像。我以前也经常模仿他说话，学得很像，一般人也很难分别。多少年过去，我还没忘记！我相信好布托不可能识破。现在，我们回警局，准备下午的行动！”

·3·

“丛林酒吧”显然是在好布托的势力范围，距离好布托大院不到五十米的地方。凌林和犹占里丝毫不敢麻痹大意。在百米外，一座高楼的顶层，他们通过望远镜反复仔细地观察这神秘的酒吧和周围的一切。这是一座独立的单层小楼，四周环绕着小小的花园。正是最冷清的时间，没有一位客人，酒吧内外冷冷清清。凌林仔细看了好几遍，没有什么异常发现。

将近三点，好布托独自一人从大院走出来。他先四处张望，然后才走进酒吧，坐在吧台前。身材矮小的酒保急忙调一杯酒放在好布托前面！

倪信风不由地用英语说："凌，这真是好机会。凭我们现有几个便衣警察，冲过去应该不难抓到好布托！"

凌林用英语对倪信风大声说话，当然也要说给周围的便衣警察听："不行！我们能在这里观察，他们当然也会在大院里监视。如果便衣警察一暴露，好布托的手下肯定会冲出来！他们距酒吧比我们更近，自然也会赶在我们前面到达！"

这一天，犹占里警长完全是一副当地马仔打扮，身穿牛仔裤和夹克衫。他笑着说："看来，我这假的姆尼可以出场了！"

小云紧接着说："我跟你一起去！"

凌林正要反对，却被犹占里警长抢先开口。犹占里兴奋地牵着小云的手说："这太好啦！有美女在旁边，装扮成我的夫人，好布托更不容易起疑心！"

小云毕竟不是警察，凌林本不希望把她放在第一线。犹占里警长已经这样说，他也不好再反对。他虽然名义上是负责人，毕竟犹占里警长才是真正代表警方。况且，他看到小云决心已定！她早已经做好充分准备，装扮成当地黑妞，还穿一件跟犹占里警长身上相匹配的情侣装。他有些无奈地朝小云点点头吩咐说："好，小云，你自己千万要小心！"

看着犹占里警长和小云离开，不知为什么，凌林头脑中莫名其妙地产生不祥的感觉，心情有些不愉快。眼前的一切来得太快，倪信风根本来不及反对。他呆呆地望着小云的背影，发问："凌……凌，怎……怎么能……能让小云冒险？"

凌林带开玩笑的口吻埋怨说："这还不都怪你自己，为什么不看紧小云。"

倪信风疑惑地反问："我……我为什么要看紧小云？"

凌林笑着问："那要问你内心深处。眼看小云跟犹占里警长离开，你心里是不是有失落感？"

倪信风没有吭声，陷入沉思之中。凌林打断他的沉思说："小倪，现在不是想这些事的时候。走，我们也去看看。”

凌林又对当地便衣警察发布命令：“各位朋友，按原定计划秘密包围酒吧！注意，行动一定要隐蔽，不要惊动对方。”

下午三点，“丛林酒吧”没有其他客人，唯有好布托独自一人坐在吧台前。台内也只有一位酒保在为他调酒。

乔装打扮的犹占里警长带着化装成黑妞的小云一起走进门，并缓缓向吧台靠近。不等好布托开口，他先客客气气发问：“您好，您是好布托先生吗？”

好布托疑惑地问：“你们是？”

犹占里警长心平气和地解释说：“我们受姆尼先生委托来跟您谈一笔生意！”

好布托本来就是老狐狸，警觉性特别高。迟疑片刻，他马上就从这有些熟悉的声音中嗅到危险性。他立即站起来转身往吧台方向跑。小云的行动更迅速，很快就封住了他的退路。他从身上掏出手枪。他的意图也很明显，就想要劫持小云。他知道，这是他唯一的出路。可是，他没想到，小云早有准备，以迅雷不及掩耳之势用左手托住好布托的右手腕，右手顺势握枪一掰，手枪已经在手。以前，小云跟辜太太经常在一起学习武术、擒拿术。白手夺枪这一动作，她跟辜太太一起不知反复练习了多少次，没想到多年后终于用上了……

小云这动作实在太快，好布托根本来不及反应。他虽然见多识广，却从来就没有见过这么有本事的女人，不由地有些惊慌失措。他暗自伸手对酒保打一暗语……

犹占里警长向来很欣赏小云的智慧，没想到她的身手也这么出神入化。现在，他简直佩服得五体投地。他正要拍手叫好，眨眼间意外的事发生了。吧台前那酒保突然从身上掏出手枪，枪口对着小云的背部。犹占里警长的身手也很敏捷，急忙扑向小云。枪响了，子弹打在他身上。同时，便衣警察很快就从四面八方围过来……

眼看情况突变，凌林急忙冲进酒吧。像这样的场面，以前在部落工作时，他没有少遇到，所以依然很沉着镇定。当他到达现场，便衣警察早已把好布托和那位酒保押上车。犹占里警长却躺在地上，大腿伤口血流如注，已经昏死过去。小云跪在旁边，痛哭流涕。快速体检后，凌林仅在大腿部发现一处伤口。会流出这么多血，显然已伤到动脉。他迅速撕开外裤，找到伤口，血从那里喷出来。他用手指压迫股动脉位置，血止了。看看小云还在旁边哭泣，他有些生气地责备：“小云，你向来很沉着镇定，今天却怎么啦？犹占里警长身穿防弹背心，子弹并没伤及内脏，只是血出太多，休克过去。如不及时止血，也可能会死去！”

小云停止哭泣问：“我……我能干什么？”

凌林生气地说：“你应该及时压迫止血！”

小云有些不好意思地说：“凌，你知道，他是因为我受伤。我一时昏了头……”

凌林说：“我知道！但是，你也不要过度伤心。他是警察，保护你是他的职责！”

倪信风帮腔说：“是……是，你……你也不必这样子。”

小云本来就一肚子火，现在就全数发在倪信风身上：“你这呆子，懂什么！要是没有他，我恐怕早就死了，而你却在干什么？”

倪信风被呛得说不出话：“我……我……”

凌林懊悔说：“是我的错！我当时真不应该同意让你跑在前面。”

小云自责说：“不，是我大意！”

凌林还想说什么，救护人员已经到了。他简单向医生介绍病情，让他立即给犹占里警长输袋血浆，上好止血带，抬上救护车……

小云对凌林说：“凌，我跟救护车去！”

凌林耐心解释说：“犹占里警长需要紧急手术！你现在跟去了也干不了什么。倒不如，你跟我一起先去审问好布托，过后再去探视他。”

小云固执地说：“不，我不放心！”

凌林无可奈何地说：“好，那你去吧！”

倪信风呆呆地望着小云登上救护车！

凌林说：“小倪，别再看了，车已走远了。走，我们审问好布托去！”

·4·

在市警察医院的一间特别病房里，犹占里躺在病床上，一动也不动。小云坐在旁边，静静地望着。

这张脸很黑，却非常英俊，特别这鼻子有些像欧洲人。记得初到非洲，和许多中国女人一样，在她的眼里，几乎所有的黑人都一样丑、一样可怕。每每遇到黑人小伙子，她都还有些心惊胆战的感觉。时间久了，她才渐渐习惯了。她发现，黑人有的丑，也有的长得还很不错。而眼前这位的相貌可以说相当英俊，很吸引人。她冰雪聪明，当然不会不知道犹占里警长对自己的心意。可她的心里早就被倪信风占领，再也容不下其他人。

记得，第一次见到倪信风，他刚刚投靠辜老板。他对老板的忠诚留给小云难以忘却的记忆。他们俩交往好多年了。她多次挑逗他、暗示他，可他总是这样不冷不热。她对他有些失望。她常常问自己，这个人有什么好？人长得也不俊，而且还傻乎乎的。可她怎么也想不通，他为什么会如此牢牢地占领她整个心灵，没有给其他人留下一点点空间。

这一次，犹占里警长表现太突出，小云再也无法把他从脑海里清除。她出身贫寒，自幼父母双亡，流浪街头，辜太太收留了她。私下里，辜太太把她当作好妹妹。公开场合，她的地位却很低。特别，当辜老板和太太死后，她只剩下倪信风这唯一的好朋友。可倪信风一心只想复仇，冷落了她，让她很气恼。在帮派里面，她的日子更是难过，成鑫大哥更是在她身上出气，把她打到最底层，在厨房帮工，被人瞧不起！现在，居然有人肯为自己而死，她能不感动？

不知不觉间，她还把眼前这位和倪信风相比较。她心仪倪信风很久了。她多么希望替自己挡子弹的人是倪信风，可惜不是！她常常问，倪信风到底有什么好？眼前的这位，除皮肤更黑些，其他各方面都比倪信风强得多，又肯为自己舍生忘死，在她脑子里虽还不能完全替代倪信风，但已再不能排除……

麻药渐渐退去，犹占里警长睁大眼睛。看到眼前的小云，他笑了，笑得很灿烂。他用微弱的声音说："虽然昏迷，可我头脑里的意识却始终没有消失。蒙昽中，我想得很多，最希望的是，当我醒来后看到的第一个人是你。现在，自己的愿望实现，我真的高兴！"

小云撒娇说："我差点被你吓死，你还笑！"

犹占里警长愧疚地说："对不起，让你担惊受怕！"

小云不好意思地说："应该我说对不起……"

犹占里警长急忙打断小云的话说："不不，是我不对！我真没料到会发生这种意外！"

小云的眼眶湿润了，动感情地说："要是没有你，我可能已不在人世了！我欠你一条命……"

犹占里警长急忙打断小云的话说："你千万别这么想！没那么严重，你没有欠我什么。是我的错！我本就不该让你到第一线。保护你，就是我的责任！而且，我还穿着防弹衣！"

小云说："可你还是差点失去自己的生命。"

犹占里警长笑着说："如果真能为你这么美丽的小姐死，是我的荣幸！"

小云心情沉重地说不下去："而且，听医生说……"

犹占里的手术结束后，小云以家属的名义留下来守护。她问询病情。医生告诉她，犹占里右脚股骨粉碎性骨折，痊愈后，可能要短一点。她很清楚，这意味着犹占里要成了瘸子。她那本就十分沉重的心里又加上一码！刚才，由于心情太激动，她差点要对犹占里说了出来。现在，她后悔了。她真害怕犹占里一时接受不了。

犹占里问："云，医生说什么？"

小云急忙改口说："没什么，医生说……医生说你要好好休息……"

看小云说得吞吞吐吐，犹占里笑了笑，说："没关系！我已听见医生说了什么！"

小云惊讶地问："真的？"

犹占里回答说："真的！刚才虽然迷迷糊糊，医生说的话还能听得见。他说，我这一条腿粉碎性骨折，痊愈后，可能还会短一点，是吗？"

小云没有吭声，犹占里接着说："我恐怕以后再也不能当警察了。这没关系！"

小云着急说："是啊，那你还笑得出来？"

犹占里警长笑着说："我知道，我瘸了，恐怕不能再当警察。"

小云问："那你一点也不难过？"

犹占里说："我是穆瓦的侄子。他没有子女，想让我当他的接班人。可我更喜欢当警察，不觉地在警界混了十几年，没有什么成绩。我终于明白，我天生不是当警察的料，在警界也没有多大前程，换个工作，也没什么可惜！"

小云没有再说什么。犹占里警长突然问："对啦！小云，我叔叔知道我受伤吗？"

小云回答："当然！穆瓦先生在鲍比局长和凌医生陪同下来探视你，知道你已无生命危险他们才离开。你叔叔和鲍比局长已经回国了。对啦，你叔叔说，让你一醒来就给他去电话。我出去走走……"

小云相信叔侄之间的电话一定不喜欢外人知道，她正要往外走，却被犹占里叫住。犹占里警长带着深情的目光望着小云说："云，我就是跟叔报平安，你不是外人，你不要走！"

小云口气坚决地说："不！我还是到医生办公室去坐坐。需要我们，你就压一压这传呼按钮！"

犹占里警长无可奈何地笑笑说："好吧！"

没有过几分钟，传呼灯就亮了，小云就来到犹占里警长床边："你跟穆瓦先生通过电话啦？"

犹占里警长深情地说："是！叔叔知道有你在身边，他很放心。他还让我代他好好谢你！"

小云不好意思地说："不，我应该谢你！"

犹占里接着说："对了，叔叔还很关心好布托的审问情况！"

小云对凌林很有信心，说："放心吧！我相信，凌林医生出面审，应该会有好消息！"

犹占里警长摇摇头，欲说又止："恐怕……"

小云知道犹占里警长一定还有什么话没说出来。她问："犹占里警长，你还有什么要吩咐？"

犹占里警长沉思着说："我估计，他们审问不会顺利。"

小云问："为什么？"

犹占里警长说："很久以前，我就跟好布托打过交道，我太了解他，他这人没那么容易对付。"

小云问："这么说，你有办法对付好布托，是吗？"

犹占里警长沉思着说："是！你知道，我从小就很喜欢当警察。上警校前，我就求叔叔在警局谋差事。我办事低调，向人们保密我家庭背景。在局里，我只是最年轻的警员。他是当地最大黑帮的第二把手。有一次，他犯案，被我抓个现行。他根本就不把我这新来的小警员放在眼里。那时候，我年轻气盛，怎么肯放过他，就对他动粗逼供。他几时吃过这么大亏，气坏了，就发誓，不让我受到处分决不罢休！可我是穆瓦的侄子，他终究奈何不了我。以后，我们又交过几次手，他一看到我就害怕。时间过了这么久，他或许早把我给忘了。再见面，我会让他想起过去……”

小云说：“好，我去看看什么情况！”

犹占里警长说：“你告诉凌医生，如果需要，我愿意亲自出面！”

·5·

津市警局局长也是凌林的好友。当凌林刚认识他时，他还只是津国小小警员。凌林曾帮过他的大忙，现在他当然全力支持。他向来办事谨慎小心，或许正是这缘故，提升很快，一步步走到现在这位置。他告诉凌林，津国形势比南非和B国都复杂得多。好布托跟这里黑道白道上层关系盘根错节，如果不想惹麻烦，一切都要秘密进行。他自己也不能出面，只可暗中动用自己的资源相助。他把警方掌握的有关好布托帮派的所有资料通通出示给凌林。他还从边远地方调来陌生的警察，听凌林调遣。一得手，凌林就立即把好布托和酒保分别关押在靠B国边境的秘密地方。

犹占里警长负重伤，凌林不敢怠慢，赶紧电告鲍比局长知道。鲍比局长紧急派查理警长来替代犹占里警长。查理警长级别没有犹占里警长高，也不像犹占里那样英俊，却是地地道道的当地人。他长相很普通，只是在前凸的额下的一双小眼睛里闪出严厉的目光。他带着几个警员匆匆赶来，一到达就立即派人接管好布托。他还当着凌林的面宣布，没有他的许可，谁也不准接近好布托。言下之意，自然也包括凌林。

查理警长对凌林说：“凌先生，据我所知，好布托在津国树大根深，我们要防着他的手下。这里离B国仅数公里，我们还是赶快把他们送回小镇警局，这样才安全！”

凌林在警局地位特殊，特别受人尊敬，从未有人这样无理待他。他天生心胸宽广，虽微微有些不舒服，倒也不太计较。只是在原则上，他决不退步：“不！查理警长，我们在这里所有的行动，都符合津国的法律。但是，在B

国却不允许这样干！所以，在离开津国之前，我们一定要想法在这里先取到他们的供词！回到B国，条条框框多，再让他们开口可就不容易了！”

查理警长说：“对好布托的情况，我也略有所闻。要让他招供，恐怕没那么容易！”

凌林说：“我知道！好布托的确实不好对付！可对付那酒保，我自信还有点办法。”

查理警长说：“可是，据我所知，这个人可不是普通的酒保。他早年就加入帮派，是帮内骨干分子，是好布托最信任的贴身保镖。他对好布托忠贞不贰。”

凌林笑着说：“可我了解得更多！我还知道这人为什么会忠于好布托。”

查理警长问：“为什么？”

凌林说：“那人跟好布托本不是一路货。他头脑简单、四肢发达，为人还算正直。因为错手杀了人，走投无路才投靠好布托。靠着好布托的保护，他才能平平安安生活至今。他当然会死忠于好布托！当然，我还掌握了他的弱点……”

查理警长第一次跟凌林合作。听凌林的话，他心里不由地暗暗吃惊，在这么短时间里，居然能了解这么多事！他疑惑地问：“什么弱点？”

凌林说：“我知道，他家里还有老婆和一位才几个月大的孩子。中年得子，他十分宠爱妻儿……”

看到警察带着一位当地妇女，手上还抱着几个月大的小孩，凌林说：“查理警长，我们现在可以去审那酒保了！”

那酒保被关押在这林中的小屋已好几个小时，一声不吭。他也不是傻瓜，心里很明白，自己伤了B国警察，惹下滔天大罪。现在已经落在这些人手中，他抱着必死的决心。主意已定，他的心情也平静了许多。他什么也不想，只是默默地等待着。看凌林带一位警官进来，他冷冷地说：“你们别浪费时间。想怎么做，随你们的便！”

凌林出示B国小镇警局的证件说：“先生，我是B国小镇警局的顾问。这位是查理警长。被你打伤的也是我们警局的警长，他名叫犹占里·穆瓦。B国的穆瓦这名字，你一定有所耳闻吧？”

那酒保问：“你指的是B国大富翁穆瓦先生？”

凌林说："是！你把他侄子打成重伤，而且生死未卜。你想想，押到B国后，你将会是怎样的下场？"

那酒保无可奈何地说："随你们的便！"

凌林接着说："当然，我知道，你是受人指使。你如果能改做我们警方的证人，结果就完全不同了。"

那酒保坚决地说："这绝对办不到！"

凌林笑了："你先别把话说死！我知道，你为人本不坏，只因误杀过人，才投靠好布托，靠着他的保护，你才平安无事。现在，好布托已经自身难保。就是在津国，你的日子也不会好过！再到B国，会有什么样的结果，你自己心里应该有数！"

酒保没有吭声，脸上依然现出很顽固的表情。凌林说："而且，你和好布托关在这里。我已经让人传言，你已经招供了。所以，你即使什么都不说，那些好布托的手下也已经认为你出卖了好布托。所以，即使我们警方不动手，那些人也不会放过你……"

终于从酒保的眼里看到一丝恐惧的目光。凌林停顿片刻说："你不要恐慌，请看看隔壁房内的人！"

看到了自己的老婆孩子，酒保气愤地责问："他们又没有犯法，你们为什么把他们抓到这里来？"

凌林笑了笑说："你应该明白，我们在保护他们。当然，我们的保护可是有条件的！"

酒保的心理防线已经被突破了。他问："你们想让我干什么？"

一直默默无声的查理警长插嘴说："现在，请你老实回答几个问题！"

看那人点点头，凌林发问："我们知道，你是好布托的贴身保镖，本不在那酒吧干活。那一天，你为什么要在那里当酒保？"

那酒保说："我想，你们也知道，那家酒吧本就属于好布托。好布托对这次会见不放心，他支走所有招待员，让我当酒保，当然要暗中保护他！"

凌林接着问："我们还知道，你在好布托身边好多年，忠心耿耿。可你跟他们毕竟不同。你为人正直，从没有无辜伤过人。而这一次为什么……"

凌林看那酒保还在犹豫不决，没有立即回答，紧接着说："我们已经拿到监控录像。从你们的一举一动中，我们不难发现些什么。不过，我更希望由你自己招供!"

酒保咬一咬牙说:"是的!好布托跟我预先约定，他以各种不同的动作对我发出命令。那一天，他的动作分明是在命令我开枪……"

听完那酒保仔细讲解好布托什么样的动作代表什么样的指令之后，查理警长点点头说:"你做得很好!"

那酒保恳求说:"希望你们一定要替我保密。否则，好布托的手下绝对不会放过我和我的家人!"

凌林安慰说:"你还必须上堂作证，保密已不可能!不过，你完全可以放心!我们B国警方可以保证你们的安全。"

查理警长对凌林说:"凌医生，这人已经全招了，我们走吧!"

凌林说:"不，我还要问几个重要问题!"

酒保紧接着说:"该说的，我可都说了!"

凌林出示辜太太的钻戒问:"你见过这钻戒吗?"

酒保沉思着，没有立即回答。从眼神中，凌林可以猜出他一定想起来了。凌林追问:"请你想仔细，老实告诉我们，你什么时候见过这钻戒?"

那酒保说:"那是近一年前的事了。记得那一天，有两位南非来的老朋友来找好布托。他们在一起商量什么，我不知道。事后，好布托告诉我，他要跟老朋友一起去B国。他让我送他们到边境，在秘密通道等他。到第二天清晨，他从B国回来时，我看他手上多了这一枚钻戒。他显然特别喜欢这钻戒，当时还特地在我面前炫耀一番，所以我印象比较深。"

凌林问:"那你再想想日期!"

又沉思片刻，那酒保说出时间，正是辜老板遇害的时间。凌林问:"你再想清楚，有没有记错?"

那酒保肯定地说:"没记错!那一天正巧是我妻子的生日。那天晚上我本要在家替她庆祝，可是，接到好布托的命令，我只好推迟了。"

凌林又问:"你最近有没有见到那两位从南非来的客人?"

酒保想了想说:"对了，前不久，这两位南非老朋友又来找好布托。好布托单独接见他们，没有任何人在场!后来听说，他给他们一些钱，把他们打发到国外去了!此后，他突然决定把这枚钻戒出售……"

·6·

倪信风在隔壁旁听。眼看酒保招供，案件取得重大突破，他心里兴奋异常！而凌林似乎并没有像预想得那样高兴，也无意趁热打铁去审问好布托，倪信风心里很着急，忙问：“凌，为什么不趁热打铁?”

因为查理警长在场，倪信风说的是英语。

凌林沉思着说：“审讯好布托是关键，必须做周密的准备!”

倪信风接着说：“有酒保的供词，好布托不认罪也不行!”

查理硬邦邦地说：“好布托跟酒保不同，他可是我们警局的重要疑犯，不允许随便审他!”

倪信风性子急，他紧接着说：“正因为重要，所以更要抓紧机会审问!”

查理警长突然脸色一沉说：“对了，倪信风先生，你怎么在这里? 你只是个普通的证人，这里可不是你待的地方！审不审好布托，跟你更没有关系……”

倪信风很恼火。他打断查理警长的话说：“我帮忙查案是经过……”

凌林用严厉的目光制止倪信风继续说下去。让倪信风和小云暗中帮助查案确实是由鲍比局长口头批准的，但终究不符合规矩。他不太了解查理警长，也不知道鲍比局长为什么要派查理警长来帮他。从查理警长的表情中，他隐约感到有些不对头。他用中文小声对倪信风说：“小倪，你知道，查案是警察的事。查理警长代表警方，他不允许外人插手。不要说你，就是我，不该知道的，也不会随便打听。”

倪信风担忧地问：“那……那辜……辜案……”

凌林安慰说：“你放心！我一定会查清。你先回去，待在房间里什么事都不准做。你如果出什么麻烦，会影响查案!”

看倪信风似乎还想争辩，凌林急忙用英语说：“倪信风，你快走！这里的事一结束，我就去看你!”

倪信风走后没多久，查理警长就站起来说：“凌医生，我要去看好布托! 在这关键的时刻，我真不希望他出事!”

倪信风和查理警长都离开了。独自一人坐在房内，凌林沉思着。他向来办事谨慎小心。现在又遇上这个令人捉摸不透的搭档，跟查理警长这样的人共事，他真不想做没有把握的事。好布托决不像那个酒保，就是在铁证面前也不见得会低头。当然，他绝不轻言放弃！他无论如何要让好布托开口！他很自信，相信自己的运气，总会有办法……

小云的声音把凌林从沉思中唤醒！小云笑着说："能让鼎鼎大名的凌医生忧愁，看来问题真的很棘手！"

凌林老实承认说："看到你，我很高兴！确实有些小麻烦！"

凌林介绍经过，从查理警长到来、审问酒保，又到倪信风离开……凌林说得很仔细。听完后，小云又意味深长地一笑说："这种小问题又怎能难倒你！"

凌林也跟着笑了笑，问："我从来不认为自己有多大本事。不过，我总相信自己运气好，总会有贵人相助。我想，云小姐你一定想到了审问好布托的办法了，是吗？"

小云说："你运气确实不错！我没有办法，犹占里警长说，他有办法！"

听小云传达犹占里警长的话后，凌林说："看来，犹占里警长真是审问好布托的最佳人选！可是，他的腿？"

小云说："这没问题！来之前我已经跟医生商量过！他们有办法送犹占里来！"

凌林说："好！那我先去请示查理警长！"

凌林一提到查理警长，小云不由地又想起被赶走的倪信风。她心中很气恼。她说："凌，你这人什么都好，就是有时太谨小慎微。好布托是我们抓的，你才是负责人，凭什么向查理警长请示？"

看凌林点点头，小云接着说："犹占里警长只是受伤，又没有被解职。他本来职别就比查理警长高，我不信查理警长敢反对！"

当凌林和小云推着躺在病床上的犹占里到达时，查理警长正从关押好布托的房间里出来。一看到犹占里警长，他似乎完全换了一个人，脸上立即现出毕恭毕敬的笑容。他面对病床行礼说："犹占里警长，你好！我刚刚看过疑犯好布托，一切正常！"

犹占里警长说："查理警长，你好！我要亲自审问好布托！"

查理警长说："没问题！我陪你进去！"

犹占里警长说："我想凌医生和云小姐跟我一起进去！你带人在外面警戒！"

查理警长顺从地说："好，我保证你们安全！"

凌林和小云推着犹占里警长走进房里时，好布托正坐在那里一动不动。凌林内心里微微有些惊讶。此时的好布托，与刚抓来时似乎判若两人。他完全不像刚来时那样一副无所畏惧的神态，而是满脸愁云密布。或许这正是审讯的好机会！

看到犹占里警长躺在床上进来，好布托不耐烦地说："警官，你这样子干什么还来找我？你可不是我打伤的！"

犹占里警长冷冷地问："真的跟你毫无关系？"

好布托反问："能有什么关系？"

犹占里解释说："那间酒吧已经被查封。我们已经拿到监控录像。从中我们看到，你对着那酒保同时伸出大拇指和食指，食指还做了个勾扳机的动作，之后那酒保就开枪了。"

好布托平静地问："那又能说明什么？"

犹占里说："据我所知，以前你命令部下开枪的动作……"

好布托傲慢地说："这只是你的猜想，法官可不会相信这些！"

犹占里警长继续追问："如果加上你贴身保镖的供词，法官会不会相信？"

好布托固执地说："凶手为了推脱罪责，瞎说！这不可信！"

犹占里警长笑了："你这人就是这样子，不见棺材不落泪。十年前，你就是这样！"

好布托惊讶地望着犹占里警长，疑惑地问："十年前？你是谁？"

犹占里警长笑着说："我就不相信，你真的想不起来我是谁！"

好布托疑惑地说："你是……"

犹占里警长毫不客气地打断好布托的话说："别装啦！"

盯着犹占里警长片刻，好布托终于脸色大变。犹占里警长点点头笑了："我想你想起来了。对，我是犹占里·穆瓦。你才有意命令手下向我开枪。我们很快就要把你押到B国去。你应该明白，在那里，枪杀穆瓦家族成员将是什么后果！"

看好布托默默不吭声，犹占里警长接着说："好布托先生，老实告诉你，来之前，我跟穆瓦先生通了电话！他让我转告你，他相信，你是受人指使。我向你保证，只要你说出幕后的人，我一定为你向法官求情，减刑！"

好布托声音低沉地问："长官，我认罪！你真的会为我求情？"

犹占里警长说："我保证！"

好布托说："你说得对，我确实是受人指使！"

犹占里警长问："谁？"

好布托回答："就是那中国大老板成鑫先生！成鑫先生原只请两位南非人干辜先生这一票。"

犹占里警长接着问："据我们所知，成鑫可是你们的死对头，你怎么可能接受他雇佣？"

好布托说："其实，我以前在你们镇，成鑫先生跟我过去的头明争暗斗，我早已暗中帮他。后来，我过去的帮派解体，我的头被抓，我带一帮人到津国重建帮派。有两位弟兄到南非去！多年后，成鑫先带重金来请这两位兄弟出山干辜先生这一票。这两人虽然当过劫匪，可从没有伤过人。他们感到害怕，就请我出面帮忙……"

仔细叙述经过后，好布托接着说："前几天，这几人还来投靠我。我给了他们一些钱，让他们逃得远远的……"

犹占里警长又问："你说这些，有没有什么证据？"

好布托说："有！我身上还保存着成鑫先生给我们的支票的存根！"

犹占里警长问："为什么对我开枪？"

好布托说："我得到消息，凌林先生带云小姐在查我们，而且很快要查到我。我以为你是凌医生，我让酒保开枪……"

·7·

自从密林回来，倪信风的心中愤愤不平。他当然在生查理警长的气。跟随凌林后，还从没有遇上这么不讲理的警长。这到底是什么人？正沉思着，凌林就来了。听凌林叙述好布托的招供，他心情又兴奋起来。又听说小云已经跟随犹占里警长先走，没来看他一眼，他的心又沉下去了。

倪信风跟随凌林一起回到辜家大院。一路到此，他一直默默无声。到家后第一件事，他就在关公神像前长跪不起。总算找到杀害辜老板的幕后策划者，他要谢神！他不停地祷告，不停地拜。突然，神像晃了一晃，倪信风愣住了。

这一次，凌林也看得真切的，神像确实晃动了。事前，凌林已检查过神像的双脚底，平整得很。为什么会晃动？当然，他不可能相信神灵显灵。他推想，或许是由于倪信风拜时扇出的风吹动了神像。眼看倪信风对神那么虔诚，自己这么解释，恐怕也未必能相信。他灵机一动说：“小倪，我相信神在告诉你，辜老板在天之灵并不希望你这样整天只想着为他报仇。他更希望……”

倪信风紧接着凌林的话说：“我知道！从现在起，我将一心一意管理好店！”

说到这里，倪信风突然住口，脸色变得很阴沉，又深深地叹一口气。凌林不想打断倪信风的沉思。等待了片刻，他又听见倪信风低声自言自语：“过去，我……我一心一意只想报仇，现……现在快成功了。可……可不知为什么，我……我怎么也高兴不起来……”

凌林很了解倪信风的心情，也知道此时说什么也没有用。他还是安慰说：“辜老板、辜太太在天之灵应感到宽慰了！”

倪信风心情激动地说：“凌，此时我……我真的特别想念辜老板、辜太太！”

凌林说：“我知道！那你更要尽一切努力把他们的后代辜小梁培养成人，还要管理好他们的遗产……”

倪信风说：“凌，你……你说得对！”

凌林说：“现在，这里的事已经结束，我也该回到我的诊所去了。”

倪信风犹豫着说：“凌，凌，我……我还想请你帮个忙。当……当然是我私人的事。”

凌林已经猜出倪信风想说什么，却故意装着不明白，带开玩笑的口气说：“小倪，我想不出你会有什么私事需要我帮忙。”

当大功即将告成之时，倪信风最想见小云。他犹豫着说：“凌，你……你能不能陪我去找小云？”

凌林说：“这不是问题，回诊所前，我也想去见见犹占里和小云，向他们告别。你跟我一起去吧。”

倪信风突然又结巴起来：“不！我……我不……不……不想跟小云告别！”

凌林问：“你到底想干什么？”

倪信风说：“凌……你知道，小……小云是辜……辜太太的好姐妹。她也有义务……帮忙我料理辜老板的……产业和照顾小梁！而……而且我……

我……我……我真的很需要她……她!”

凌林笑着问:“是你的生意需要小云,还是你自己需要她?”

倪信风不好意思回答:“这……”

凌林接着说:“如果说生意上需要,这不难办,你可以想办法找更精明的助手。如果你自己需要她,这恐怕为时已晚!”

倪信风固执地说:“我……我真的很想她!我……我无论如何要……”

凌林埋怨说:“早知今日,何必当初!想当初,小云对你的心意已表露无遗,而你对人家却不理不睬,一点也不懂得珍惜。现在……”

倪信风无话可说,又深深地叹了一口气!他深深地陷入沉思之中。他回想起与小云相处的日子,特别是初次相见的情景又历历在眼前。过了片刻,他才悔恨地自言自语:“过……过去,我……我一心只想报仇,其……其他的一切都被抛到脑后。现……现在失去了,我才感到珍贵!”

凌林没有插嘴,只是静静地听倪信风回忆往事……

“我又想起与小云第一次相见的情景。

“当时,辜老板还在成大哥手下打工,而辜太太表面上还是成大哥的情人,却秘密与辜老板热恋。他们偷偷到开普敦出游,救了正要自寻短路的我。那时候,我身上除了一本过期的护照外,一无所有,也是地地道道的‘黑人’。要神不知鬼不觉地把我弄到B国,再补办一份身份证明,谈何容易!而辜老板正忙着成大哥的业务,辜太太要陪成大哥。他们就把这难题交给了小云。

“小云把我安排在她房间里。她当时是辜太太的贴身侍女。凭辜太太的地位,帮里所有人都让她三分,都愿意听她使唤。她向成大哥的手下要了一辆破车,带着我走上黄色通道。

“说是通道,其实那里根本没有路,只有走私犯的车在黄土地上压出来的印迹。要穿过如迷宫般的丛林,还要翻越险象环生的高山峻岭,随时都可能有警察巡逻队出现,而且还要时常提防劫匪……

“听了这些,我心情有些紧张,脸上不由地露出紧张的神色。小云那双明亮的目光显然已看穿了我的心。她笑了,笑得很甜。这笑容在我脑海里留下永远难忘的印象,以至于至今一想起又历历在眼前!她安慰我说:‘你别害怕,只要一切听我的,不会有事!’

“我为自己在美女面前失态感到不好意思。我原想，自己连死都不怕，还有什么可恐惧。事实并非如此！为了预防万一，小云递给我一把手枪。我出身农村，几时见过这可怕的东西。当手接触到这冰冷冷的家伙，我还是不由地打了个寒战，却不敢接下。她并没有因此看不起我，而是像大姐姐一样，把枪塞进我口袋，安慰我：‘小倪，你别害怕，带上这个只是为了预防万一。’

“她安排我坐在副驾驶位上，还亲自替我拉上安全带。为了不让我难受，她车开得很小心。一路上，她不停地说话，使我的心情平静了许多。

“靠近丛林，突然见到远处有车拦阻。我的心猛地一紧，不由自主地把手放在口袋摸到那手枪。小云笑了笑，说：‘小倪，别紧张！你看清楚，前面可是警车，用不着这！我们只能躲开它。你坐稳了。’

“小云车开得真棒！她快速倒车，很快又转入密林中。树林疏疏密密，她总能找缝隙穿过去。从我的眼里看到惊讶的目光，她笑了笑说：‘小倪，你感到奇怪，我为什么会那么熟悉这里的路，是吗？’

“看我点点头，她指一指自己的脑袋说：‘你看看这些树，表面上看几乎都差不多。实际上，每棵树都不一样。每一次通过这里时，我把关键的位置都牢牢地记在了这里。’

“终于绕过警车，穿过边境，以后的道路更加陡峭，又遇上好几次险境，每一次，她都从容不迫地开了过去。到了小镇，她替我办了居住证，安排了住处。我们一起秘密为辜老板独立门户做准备。我们在一起渡过了一道又一道难关。有她在我身边，再大的困难我都无所畏惧！如果说是辜老板辜太太给了我第二次生命，而我有今日，小云功不可没！她已经在我脑海留下了根本无法磨灭的印象。其实，我早就暗恋着她。后来，辜老板和辜太太遇害，这种感情又被愤怒和复仇所掩盖！现在我发现，没有她，我真的不行……”

凌林肯定地说：“晚啦！小倪，你想想，犹占里警长冒着生命危险救了小云，现在正躺在床上。如果此时就离开犹占里警长，还是你所喜欢的小云吗？”

倪信风问：“话虽如此，可我该怎么办？”

凌林说：“等待！我相信缘分。你们俩如果真的有缘，将来或许会有机会。”

倪信风没有再吭声。凌林沉思着说：“我心里有一种预感，总觉得这辜老板一案，是不会这么容易结束的。你和小云之间，未来似乎还会有很长的故事……”

· 8 ·

案件总算告一段落，虽然还有一些疑点，只能由查理警长继续调查。查理警长什么事都不肯说，凌林看没有什么事要自己干，就回了诊所。佣人吉姆畏畏缩缩来到门口，却没有开口。这个“丛林土人”本来就身材矮小，站在那里像个小孩。他很了解吉姆，相信一定是遇上了什么不好开口的事。他问：“吉姆，什么事这么不好说？”

吉姆小心翼翼地说：“医生，那位中国人又来找你！”

凌林当然猜出吉姆指的是谁，笑着说：“好啊！我正闲极无聊，请他进来吧！”

吉姆有些支支吾吾：“可是，我已经把他支走了。”

凌林惊讶地问：“为什么？”

吉姆说：“我看那个人怪怪的，十分可怕。那么多中国人来找你，可从没见过像他这样子的。”

凌林问：“什么样子？”

吉姆吞吞吐吐说：“我……我说，他……他有些像我们部族的巫师！”

凌林明知故问：“为什么这么说？”

吉姆说：“我看他那双眼里射出怪异的光。还有，他手上还提着一只怪鸟。我知道，这种鸟在我们这里很罕见。据说，如果谁遇上它准会倒霉。我担心，他会对你不利，所以……”

凌林笑着问：“他说，他姓米，是吗？”

看吉姆点点头，凌林接着说：“难怪你会感到害怕。在中国，他确实相当于你们部族里的巫师。不过，他不会对我们有什么不利。我也正想见见他！”

吉姆紧张地说：“那我赶紧去把他追回来！”

凌林说：“那倒不必！我相信，他一定还在门口！走，我们看看去！”

果不出凌林所料，米小庄还等候在门外。看到凌林，他双手作揖说：“凌医生，多日不见，你越来越风采！我就猜你一定在家，而且一定会主动出来见我！”

凌林笑着还礼说："彼此彼此！米先生，你好！我也猜到，你远道而来，不会那么容易离开！有何指教？"

米小庄笑着说："最近，我在这非洲发现这只神鸟，很听话，用它来卜卦更灵！我知道你特别喜欢奇闻怪事，特地带来跟你分享。"

凌林确实很感兴趣，他笑着说："好，请进！"

米小庄刚坐好，吉姆就殷勤地泡好上等的"铁观音"。他要弥补刚才的失礼。米小庄对吉姆宽宏地笑了笑，表示谅解。米小庄取出一大沓卦纸，一张张折好摊在桌面对凌林说："凌医生，我很想当你的面替成鑫大哥卜一鸟卦，好吗？"

看凌林点点头，米小庄又取出一张纸，在上面写下成大哥的生辰八字，又撒上几粒小米在纸上，递进笼中。眼看那小鸟啄光小米，他就打开小门，把小鸟放出。小鸟在桌上，啄起一张卦纸。他取走这张纸，又把小鸟关进笼中。他摊开纸出示给凌林。凌林看上面画着许多线条：两短、再两短、一长、再两短、再一长、再两短……

米小庄轻轻地叹了一口气："唉！命该如此！"

凌林对各种奇人异事都特别感兴趣，对易经八卦也略有所知，但并不精通。他虽然也看得懂卦面，但面对这易经方面的专家，他当然不会轻易开口！他看着米小庄沉默片刻，才开口说："这是震上、坎下，雷水解。"

凌林问："什么意思？"

米小庄反问："这说明，成大哥现在虽然极度凶险，九死一生，但仍有所解，能逢凶化吉。凌医生，你相信吗？"

凌林没有吭声。米小庄这点小把戏怎么能骗得过他。他分明在这张卦纸上看到一个小黄点，这就是这小鸟会啄这卦的原因。他并不想揭穿，只是不置可否地说："或许吧！在法庭正式宣判之前，什么事都可能发生。"

米小庄接着说："其实，来之前我已为成大哥到庙里抽了一签。签上说：败也萧何，成也萧何。凌医生，你能解这签吗？"

凌林笑笑问："依你意思，签里的萧何指谁？"

米小庄说："关于韩信的故事，这句话原意是：成也萧何，败也萧何。是萧何推荐他，后来也是萧何设计擒拿他。现在，这签将前后两句对调。我想，你应该就是他的萧何。把他抓住的是你，能解救他的也应该是你。"

凌林冷冷一笑问："我有什么理由要这么做？"

米小庄说："凌医生，我相信你。你是不得到真相决不罢休的人！现在，我告诉你两件你们还未掌握的事实！"

凌林问："什么事实？"

米小庄说："起诉成鑫大哥最有力的证人是好布托，是吗？"

凌林说："是。"

米小庄脸色一沉说："我现在可以郑重地告诉你，成大哥绝没有雇好布托去杀害辜老板。"

凌林冷冷一笑说："可是好布托手上有重要证据。"

米小庄笑着说："我知道，好布托手上有成大哥给他支票的存根。我可以告诉你，成大哥确实给过他这笔钱，但绝对跟辜老板无关。"

凌林问："成鑫出那么多钱，到底要好布托干什么？"

米小庄说："这一点，你只要深入调查，并不难知道。"

凌林说："现在我的任务已经结束，重启调查，谈何容易！我不明白有没有必要这么干！况且，成鑫先生的为人，我确实很不欣赏！"

米小庄说："我承认，成大哥有些做法确实霸道！然而，你既然负责调查辜老板一案，总要弄清真相！成大哥确实曾通过拉姆到南非帮派请人对付辜老板。他原意只是想给辜老板一个沉痛的教训，更不想灭门。而且，后来连这行动也取消了。"

凌林问："你肯定这行动真的取消了？"

米小庄说："是的，我保证！成大哥干这一类事绝对保密，本不可能让人知道。可他还有一习惯，遇上像这一类大行动之前，他总暗中让我算卦。我为他卜一卦，卦象是：过涉之凶，不可，咎也。

"我对他说，这行动无论如何不能成行，会引火烧身！你知道，他这人很迷信，听到这话后，他就亲自带着我一起到路上拦住南非来的人，宣布取消行动。这事发生在辜家灭门案前一天。跟辜案没有关系，更扯不上好布托！我相信，你如果继续审好布托和那两位南非匪徒一定会得出正确的结论！"

凌林笑着说："如果真是如此，那真是老天有眼！"

米小庄疑惑地问："什么意思？"

凌林解释说："我指的是朱兵那一案！你应该不会否认，朱兵确为成鑫所杀吧！他却让人顶罪逃过，最终却在劫难逃……”

米小庄说：“不管你信不信，我都要告诉你。朱兵那一案确实是意外！事实上，成大哥决不像你想象的那么残忍。其实，帮派到国外以来，也曾处理过几个叛徒。处决只是做声势，杀一儆百，枪杀只是做样子给普通成员看。成鑫大哥可从没真正杀过人。枪只是打在叛逆身边吓唬一下。事后，他秘密让我把这人送回国。这些事只有我们几个头才知道！我可以提供那几个叛徒的姓名地址，你可以电话到国内核实！”

凌林没有再吭声，静静地听米小庄继续说下去：“至于朱兵，那的的确确是意外！”

凌林问：“为什么这么说？”

米小庄接着说：“那一天，我们开会研究，成大哥说，像朱兵这样的叛徒，如果不给予严重警告，帮派还怎么混下去。我们决定，按惯例对朱兵执行公开‘枪决’，事后再由我安排，秘密送他回国。开始一切都是按原定计划一步步按部就班。成大哥和二哥、三哥等押着朱兵走向土堆。其他帮派成员只能远远在后面观看。成大哥拔出手枪，准备执行假枪决。意外就在这时候发生了。”

凌林疑惑地问：“什么意外？”

米小庄回答：“当成大哥拔出手枪，余冠有意向前靠近成大哥，撞击成大哥右肘部，枪走火了。本来，成大哥枪口对准朱兵头向左偏离数厘米。被余冠这么一撞，子弹正巧击中朱兵的头部……”

凌林问：“你这样说，可靠吗？”

米小庄取出一张机票说：“当然！我就在旁边，看得清清楚楚。而且，我预先准备送朱兵回国，替他买好机票。这是机票……”

凌林说：“如果这一切都像你说的那样，你可以告诉成鑫的辩护律师，在法庭上还有一搏。而我实在没有什么事能做了。”

米小庄说：“我对这里的法庭没有信心！我相信，你是不得到真相决不罢休的人。我希望你能继续调查！”

凌林说：“好吧，我可以试一试！”

·9·

送走米小庄，凌林心里就开始有些后悔。他如此轻易答应米小庄，会不会太轻率？重新再问讯好布托，这本来只是小事。现在，好布托由查理警长看押。要自己去求查理警长，他心里一百个不愿意。他只能直接去找鲍比局长。

米小庄的结论如果成立，以前的工作成果就会完全被推翻，这并非凌林心中所愿。这些日子来，他费尽心机调查幕后黑手，转来转去目标除了成鑫还是成鑫。成鑫一旦脱罪，一切工作都要从头开始。当然，凭他跟鲍比局长的关系，无论他提出什么要求，都不会被否决。可是，他该如何向鲍比局长解释这一切？总要提出相对比较合理的理由。可他想了很长时间，始终没有想出办法。没有时间啦！他只能硬着头皮去见鲍比局长。

看到凌林，鲍比局长吃惊地瞪大眼，说："凌，我正要派人去找你，你怎么这么快就来啦？"

凌林疑惑不解地问："您找我有什么事？"

鲍比局长说："我也是刚刚得到消息，好布托在狱中畏罪自杀了。"

凌林感到震惊，发问："查理警长不是看守得紧紧的，怎么会发生这样的事？好布托真的自杀了？"

鲍比将一张纸递给凌林说："听查理警长说，好布托应该是自杀。对啦，查理警长在尸体旁边还发现一份遗书！"

凌林从鲍比局长手中接过这张纸一看，字迹虽然十分潦草，内容却能看得清清楚楚，只有简单的一句话："我犯下如此重罪，罪该万死！"

鲍比局长继续说："比较好布托的供词，这确实是他的笔迹。"

凌林沉思着说："作为遗书，这也太简单了！它似乎更像是认罪书的开篇……"

鲍比局长吸了一口气说："是啊！我也觉得奇怪……"

凌林问："他如何自杀？"

鲍比回答说："他用餐具割腕自尽！"

凌林又发出疑问："好布托在狱中死去，难道狱中其他犯人或狱卒一点也觉察不到?”

鲍比局长说：“我也感到奇怪！听查理警长说，他觉得好布托是重要犯人，就命令狱长单独关押，除狱长外，谁都不准接近罪犯!”

凌林说：“既然如此，那赶紧派人去叫那狱长来!”

鲍比回答说：“我也这么想，已经派人去叫，那狱长已经人去楼空！这一切都实在太可疑！我正想打电话去告诉你这些，你倒来了。”

凌林将米小庄到访的情况告诉鲍比局长。鲍比局长问：“你说，米小庄说的话可靠吗?”

凌林说：“这就是为什么来找你。我请求你让我继续调查下去!”

鲍比局长说：“这也是我所希望的！这样看来，好布托的自杀更是疑点重重。凌，求你无论如何要帮我揭开真相!”

凌林回答说：“好吧！那我先去看看现场。或许，好布托的尸体会告诉我们更多!”

小镇警局没有专业的法医，由镇医院病理科嘛鲁姆医生兼职。他是凌林的老朋友，还在忙碌地检查尸体之时，看到凌林，他高兴地说：“凌医生，看到你真高兴!”

凌林说：“你好，嘛鲁姆医生！有没有什么特别的发现?”

嘛鲁姆说：“确实有些发现，正想找人商量。”

凌林说：“说说你的发现。”

嘛鲁姆说：“从表面上看，这似乎是自杀。这个好布托是左撇子，他右手腕被割开，切断动脉，失血过多而死。这就是死因，没有疑问。凶器是装菜的盘子，由特别薄的不锈钢制成，上面沾满血迹以及指纹。查过确认，这血和指纹都是他本人的。这些看起来都像自杀，只是还有几个疑点!”

凌林问：“什么疑点?”

嘛鲁姆医生指着尸体右手腕伤口上方：“你看看这里，有这么多皮下瘀血，显然是由某人紧握造成。这正是第一个疑点。”

凌林问：“如果有问题，理应绝不止这样一个疑点。除此之外，你还有什么发现?”

嘛鲁姆医生回答：“全身上下皮肤没有发现其他伤痕，解剖在心、肺、脑、肝、肾等主要器官都没有特别异常。只是在胃里发现少量安眠药。这是第二个疑点!”

凌林问:“什么安眠药?”

嘛鲁姆说:“是水合氯醛。我也问过狱医。他由于失眠,前两天狱医曾开给他少量这种药。”

凌林沉思着问:“据我所知,这药在人体内很快就会被吸收。”

嘛鲁姆点点头说:“你说得对!如果仅狱医开的那一点剂量,胃里应该不可能还会留那么多水合氯醛。”

凌林沉思片刻说:“这确实是大疑点!或许好布托的尸体还会告诉我们更多。”

凌林从身上掏出放大镜开始仔细观察尸体,从右手开始到双脚,又到躯干、头部,最后停留在左手。他仔细观察左手中指指甲,问:“嘛鲁姆医生,你注意到这里没有,这指甲缝里留有皮肤表皮屑组织?”

嘛鲁姆接着说:“对,我也发现了这些。而且,好布托自己身上并没有其他伤口。这组织应该不是他自己的。这正是我发现的第三个疑点!我也正想取出少许送到首都去,测验 DNA。只是,我不知道将跟谁比对。”

凌林紧接着说:“我已经了解到,好布托被单独关在小房间,只允许博鲁亚狱长一人接触他。平时,连饭菜都是由博鲁亚狱长亲自送进去的。现在,博鲁亚狱长已经突然失踪。我们可以到博鲁亚住房内找头发一类组织比对!”

嘛鲁姆医生兴奋地说:“好,我们一起去。”

很快,凌林就收到从首都来的报告。果然,好布托指甲内的组织是属于博鲁亚狱长的。狱长成了杀人疑凶!据了解,博鲁亚狱长以前跟好布托素不相识,找不到杀人动机。莫非,又是受人指使?那么,谁是幕后指使者?是成鑫吗?

可是,好布托的死对成鑫毫无益处。好布托的供词早已成立,即使没有好布托这证人,照样可以起诉。而成鑫反而失去了与好布托面对面对辩的机会。

如果幕后人不是成鑫,又是其他什么人?整个辜家灭门惨案恐怕又要重新开始调查,转了一圈,一切又回到原点!凌林感到似乎老天有意跟自己作对。他可不是遇难而退的人。他咬着牙自言自语道:“好,我接受这挑战!”

·10·

好布托虽死，却留下了证词。他承认是辜案的凶手，有辜太太的钻戒这一物证。他还指认是受成鑫指使，成鑫给他支票的存根是物证，还有那位酒保作证……就凭这些已足以将成鑫判刑。

这都在凌林的预料之中。这些日子辛苦努力的目的已经达到，可他心里怎么也高兴不起来。这一切实在来得太快。他手上还有那么多疑点，却被迫停止调查。然后，从起诉成鑫到最后判决仅仅两天时间，快得简直令人难以置信！成鑫的辩护律师根本没有足够的时间去多了解起诉书的内容，法庭就开庭了。没有经过激烈交锋，法官就判决了。

对这判决，凌林心中不服。他天生不弄清真相决不罢休。他不把手上的疑点搞清楚，决不甘心！

鲍比局长早就听过凌林的汇报，他很清楚凌林的心情。今天，他特地到辜家大院辩解。他充满歉意说："对不起，凌！我知道你心中还有很多疑惑，可是我无能为力！要求停止一切调查，这可是国家最上层的指示。上级已经下了死命令，决不允许任何人继续调查辜家灭门一案……"

鲍比局长说的这些，凌林也早有耳闻。他紧接着说："鲍比局长，我们是多年的好友，无须太多解释！我知道你的难处！"

鲍比局长恳切地说："凌，感谢你的理解！只要你愿意，你还是我的顾问。"

凌林说："这就好！"

鲍比局长说："我还需要你的帮助。"

凌林紧接着问："鲍比局长，上级仅命令停止对辜案的调查，是吗？"

鲍比局长说："是！"

凌林问："这么说，上级并没有命令对好布托之死停止调查，是吗？"

鲍比说："是！但是，我今天来还要告诉你另一件事。上级已经把好布托之死作为自杀定案！"

凌林有些不高兴地问："鲍比局长，我不是告诉你，好布托之死还有很多疑点，暂时不要定案吗？"

鲍比局长叹一口气说："唉，查理警长没有通过我就把案直接往上报了！

我也是刚刚才接到上级通知！”

凌林口气坚决地说：“就算定案也可以推翻！”

鲍比局长说：“话是这么说，只是那需要铁的证据！”

凌林说：“我想，再给我点时间，我会搜集到足够的证据。首先，我要把博鲁亚狱长找出来。”

鲍比局长说：“凌，你知道，无论你想做什么、怎么做，我都会坚决支持。只是，我希望你能秘密进行，不要惊动上级，行吗？”

凌林说：“好。我们一言为定！”

按计划，凌林开始秘密寻找博鲁亚。通过在海关的熟人，他发现博鲁亚已经出国到欧洲去，这原在意料之中。他乔装打扮成富商，正在秘密接触所有跟博鲁亚狱长有过接触的人。几天下来，他尚无找到线索。这一天，在小镇大饭店的大套间，凌林独自坐在卧房里沉思着。佣人吉姆从外面进来打断了他的沉思。吉姆战战兢兢地说：“医生，那位巫师又……又来……找你。我跟他说你不在这里，可他却不信……”

凌林不由地心中暗暗吃惊。他自以为做得很秘密，可米小庄怎么会找到这里来？他脸上依然不动声色，笑着说：“吉姆，你别害怕。这个米先生虽然是巫师，却从不会害我们。他的到来，或许又会带给我们什么消息。走，我们见他去。”

米小庄坐在会客厅里，一只鸟笼摆在桌前。还是那只怪鸟，看起来可比上一次见到的更大些，身上羽毛更黑更亮，那一双小眼睛，盯住主人一动不动，发出怪异的光。

凌林笑着问：“米先生，好久不见。你真不简单，居然会找到这里来。我想，该不会突然想起要替我算命吧？”

米小庄犹豫着说：“不，不是替你！我只是想再次当着你的面再为成大哥算一卦！”

凌林笑着问：“算卦就免了吧！我相信，你这么远到这里来，决非只是为了算命，是吗？”

米小庄讨好似的说：“果然什么都瞒不过你。我知道，你最近在调查好布托的之死，是吗？”

凌林心中更加吃惊。调查好布托之死完全是在秘密进行，米小庄怎么会知道？他只微微一笑，没有肯定，也不否定："最近，我确实有些事要做。"

米小庄跟着笑了。他心存歉意说："对不起，凌医生！老实告诉你，我最近加盟一家'通通侦探社'。我让侦探社老板琼斯先生亲自跟踪你！"

凌林恍然大悟，米小庄这人还真会办事。他想知道米小庄这些人到底还知道多少，问："这么说，你们也知道这些日子我在干什么？"

米小庄反问："凌医生，你一直在寻找小镇监狱博鲁亚狱长，是吗？"

人家既已知道，也不必隐瞒，凌林坦诚相告说："是！"

米小庄的脸上出现神秘的笑容，继续问："凌医生，你对'通通侦探社'了解多少？"

凌林老实承认："略有耳闻，并不十分清楚。"

米小庄说："这些日子，我跟琼斯先生一起。他比我想象得要强得多。我保证，他调查到的一定比你希望的更多！我们先别谈这些！我还是希望当着你的面再替成鑫大哥算一卦！"

看凌林不吭声，米小庄接着说："我知道，你还不相信我这只鸟。我记得，上一次也是当着你的面替大哥算卦。你双眼紧盯着卦纸，你一定在怀疑我在卦纸上做手脚。现在，所有的卦纸完全由你亲手制作。让这怪鸟再啄一卦，好吗？"

看看凌林没有吭声，米小庄恳求说："凌医生，求求你！"

经不住米小庄苦苦哀求，凌林只好取出一叠白纸，每张画一卦，总共六十四张，叠得整整齐齐后在鸟笼前平平摊开。像以前一样，米小庄撒几粒小米在笼中小杯里。那怪鸟先啄光食物，然后跳到笼外，啄出一张卦纸摔给米小庄，又回到笼中。米小庄打开卦纸说："你看，还是震上、坎下，雷水解。凌医生，说出来你或许不信，我用各种方法替成大哥算命，结果都一样。"

凌林问："什么意思？"

米小庄说："我还是坚持，成大哥不会长久在狱中，他一定会遇见贵人。"

凌林感叹说："成鑫有你这位忠诚的军师，也算是福分。"

米小庄继续问："这卦象还有另外一层意思：遇木而生。这贵人难道不是你？"

凌林说："我不知道自己还能做什么。"

米小庄问："我知道，你在追查杀害好布托的疑凶博鲁亚狱长。只要真相水落石水，成鑫大哥就可能翻案。你说，对吗？”

凌林点点头说：“对！”

米小庄接着问：“凌医生，你已经知道，他已出国到欧洲去了，是吗？”

凌林说：“你说得对！”

米小庄说：“可是，琼斯先生还有更大的发现。他发现，博鲁亚狱长虽然买了去欧洲的机票，却在南非约翰内斯堡市转机时，偷偷地走特殊通道离开机场……”

这一次更让凌林吃惊。他们果然比自己了解得更多！他问：“米先生，你还知道什么？”

米小庄接着说：“琼斯先生还了解到，博鲁亚进入南非后，又走黄色通道，回到小镇……”

凌林问：“我也想，按理博鲁亚不会这么轻易离开小镇，可是却找不到他的踪迹！”

米小庄说：“而我们已经找到他的下落。”

凌林惊讶地问：“真的？”

米小庄说：“是啊！原来这狱长有双重国籍、双重身份，好几个名字。现在，他是津国驻小镇某跨国公司的经理。这公司在津国政府有很深的背景。要知道，他们侦探社有一个原则，决不涉及到任何政治，所以再也干不下去了。我只好再次求你帮忙。”

看凌林还没吭声，米小庄继续说：“老实说，来这里之前，我已先见过你那两位得力助手，米小云和倪信风。我已跟他们交底，他们也很支持我！”

凌林皱一皱眉说：“即使要查，也必须绝对保密！”

米小庄说：“我知道！凌医生，希望你一定要相信我。而他们两人你本来就信得过。我们会保密！”

凌林沉思片刻说：“好吧！我就看看这双重人。”

第七章　追查到底

·1·

凌林决定先去辜家店，找倪信风谈谈。

重访辜家店，让凌林心中感慨万千。第一次来访时的情景还历历在目。可这当年英姿焕发的辜老板已经不在了。或许，他正在天上某一角落保佑着这间店吧！这里比当时更兴旺发达。随着成鑫银铛入狱，显赫一时的成家帮分崩离析。老二拉走大部分成员另立门户。剩下的由新任掌门人老三云召接管，由于理财不善，渐渐走上下坡路。现在，辜家大店已经成为全镇最旺的中国店。

这一天是周末，店里店外，人流不绝，收款台前排成长长的队。店里唯一的中国人雇员老张头忙着收钱，收得手都发软了，可他依然一丝不苟地坚持着。此时，这个辜老板指定的接班人——倪信风俨然像一位大老板，挺着刚有些发福的肚子，在店里，这里走走，那里看看。

穿过黑人顾客，挤到倪信风前面，凌林叫了声："小倪!"

看到凌林，倪信风兴奋地叫道："凌，凌，我，我真的很想你，你真……真像从天上掉下来的！你还要继续查……"

凌林竖起食指在自己嘴唇前制止倪信风继续说下去。倪信风把凌林请进总店的办公室，关上门问："凌，凌，米……米小庄先生说，你……你在秘密调查好布托之死，是吗?"

凌林没有立即回答。他凝视着倪信风。倪信风正大大咧咧地靠在老板椅上，一脸春风得意的样子。才隔不久没见，他似乎又变化不小，又自信了许多，连说话也没那么结巴了。凌林靠在椅子上，笑着说："小倪，你越来越像大老板了！"

倪信风不好意思地笑笑说："凌……凌，我……我现在有一间总店，还有六间分店，只……只能这样这里看看、那里瞧瞧！"

凌林说："看来，你这老板当得很得意。"

倪信风轻轻地叹了一口气："唉，我……我刚从布市回来时，可不是这样子。当时，店里一片混乱。几个黑人雇员攻守同盟，监守自盗，而替我管理店的老张头向来办事谨小慎微，不敢大胆管，睁一眼闭一眼，到处一片混乱。我无可奈何，就去求小云，希望她能回来帮我。可她在镇里工作忙，不肯出山。她帮我分析说，老张头这人本质还不错，工作能力也还可以，只是胆子小了些，没有主见，在大事上不敢独立作主。其实，他如果真的有野心，早就该自己当老板，怎么可能替人看店？当年辜老板会重用老张头，就是因为他忠诚，这是最重要的！能力不足，还可以培养！她认为，只要对他提出更严格的要求，他一定会协助你整顿好店。我接受了小云的建议。"

凌林赞扬说："小倪，能在这么短时间内出现这样的局面，你也真不简单。辜老板没有看错人！"

倪信风说："小云也这么说！其实是我运气好，遇上贵人……"

凌林疑惑地问："贵人？"

此时，一位黑人姑娘进来。倪信风向前亲热地拍拍那黑妞的肩膀，又牵着她的手用英语介绍说："丽娜，过来！我跟你介绍，这位就是我经常跟你提起的凌林医生。"

丽娜很大方地向凌林伸出手："凌医生，很高兴见到你，倪先生经常跟我提到你。我名叫布塔里・丽娜。"

从倪信风和丽娜的表情上，凌林可以猜出，这两人的关系似乎远远超过雇主和雇员的关系。他想，倪信风所说的贵人或许就是指这姑娘！再看看丽娜，他心里很惊讶。她衣着虽然跟其他雇员一样穿着辜家店的特制的工衣，可在她那模特身材身上显得特别合身，很美观。表面上，丽娜长相也很普通，典型斯支瓦美女，前额微前，鼻子略低平，厚厚诱人的嘴唇，还有这双灵活的大眼里透出几分高贵的气质。尤其，她头上精致的发式，非别的姑娘所能比拟。长期生活在非洲，凌林很清楚，发式是当地姑娘身份的象征。像丽娜这样的，必须从幼年开始，用特殊器械将卷曲的头发拉直，梳成许多小辫子。经过一定时日，再掺上许多金黄色真发结合成。经过多年努力才形成这样的造型，就凭在这店里的打工收入，再干多少年也未必足够扮这一头！

凌林边握着丽娜的手，边笑着说："丽娜，很高兴见到你。我真惊奇，倪信风怎么能请到像你这样的小姐。"

丽娜笑着没有回答。倪信风接着说下去。凌林发现倪信风的英语口语发生了微妙变化，无论是语音或语调都有些像丽娜。倪信风有些不好意思地笑笑说："那一天，店里正在招工，来应聘的姑娘很多。老张头正在一个个小心翼翼地询问。而我一眼就看中躲在人群后面的她。"

丽娜忍不住握紧小拳头，在倪信风结实的胸口轻轻一擂，哈哈大笑说："老板，你还好意思说！其实，我只是在后面看热闹，被你叫出来，开始我还真吓一大跳！"

倪信风自豪地说："这岂不正证明了我的眼光。"

丽娜对凌林低声笑着说："想想当时情景，也真好笑！他手指着我叫，女孩子，你，过来！当时，我还真有些不知所措！"

凌林笑着问："那你后来怎么就同意留了下来？"

丽娜沉思着对凌林小声说："说起来，你或许很难相信。老板那低沉充满磁性的声音，那带命令式的语气，有一种说不出的吸引力……"

凌林带开玩笑口气说："丽娜，还是你不简单！我们跟他接触这么久，对倪信风的优点，还没有你了解得多！"

丽娜接着说下去："后来，我想，自己刚从英国大学毕业回来，又是学财经的，或许在这里体验生活，也蛮有趣！果然，后来这一干，我就有些不舍得离开了。"

倪信风用英语说："丽娜刚来不久，店里就发生一件大事。有一天，有一位黑妞带着一位警察还陪着一位劳工局官员找上门来。原来，这黑妞名叫杰西，原是店里的员工，因盗窃被开除。现在，她又到警局把我给告了。她说我诬告她偷窃。警局要求我为她恢复名誉。劳工局还要求我，因不合理开除员工，要赔偿损失。身穿制服的黑人警察凶神恶煞，那官员态度更是恶劣，他威胁说，如果处理不好，他们可能通知移民局把我驱逐出境。听了这些，我十分愤怒，一时控制不住自己，不顾一切地就跟他们大吵一架。老张头在旁边，十分恐惧，却束手无策。他劝不住我，只好去求丽娜。他相信，我会听从丽娜的劝阻。果然，丽娜一出现，我心情就平复了许多。”

丽娜接着说：“我知道，这些官员来执行公务，跟这些人争吵不会有好结果。我对倪信风说，老板，你不要再说什么。请相信我，把这事全权交给我处理。我又对那些官员说，请他们给我们一周时间。我们会给他们一个满意的回答。”

倪信风说：“幸好有丽娜帮忙，我才渡过这难关。”

凌林感兴趣地问：“丽娜，你是如何解决这难题的？”

丽娜接着说：“开始，我也感到奇怪。杰西在店里偷窃，被当场抓获，后来怎么还敢翻供。经调查，我发现原来这警察和官员都是杰西的熟人。就是在这警察压力下，曾经的证人也推翻口供。这位证人现在还是店里员工。进一步调查，我发现这员工手脚也不干净。不过这人做得很巧妙，总是在店里死角作案。我暗地在这些地方装摄像头，终于抓住证据。我威胁说，店里正在大整顿，你这时候顶风作案，一定从严处理，要送去法办。她非常害怕。我还告诉她，除非她愿意重新出面作证指控杰西，我们可免于对你的指控。我还告诉那姑娘，不要再害怕那警察。我已经到警局把他告了，说他徇私枉法。那姑娘终于同意站出来。”

倪信风笑着说：“没想到如此难题，就这样被她轻易解决了。从此，我更信任她，把六间分店全交给她管理。店越来越兴旺！”

丽娜笑着说：“其实，我也只是帮老板想办法、出点子，具体工作还是由张先生来干！”

凌林说：“好！”

倪信风小声用中文说：“凌……凌，米……米小庄已经跟我打招呼，你们要重新调查好布托被杀一案。我……我很想跟你一起去！”

凌林也用中文低声说：“我来就是告诉你这事。这事一定要绝对保密！你还是管好辜老板留下的店，不要参与！”

倪信风固执地说：“这么重要的事，我怎么能袖手旁观？”

凌林和倪信风说中文，丽娜当然听不懂。可是她非常机灵，能从人说话的口气中猜出几分。不等倪信风说话，她抢先开口笑着用英语说：“凌医生，我知道，我在报纸上也看到许多有关好布托之死的新闻。你们在商量追查这事，是吗？”

凌林生气地瞪倪信风一眼。倪信风不好意思地说：“对不起，凌！米小庄来找我谈话时，刚好被丽娜碰上。而且，我绝对信任她！”

丽娜接着说：“凌医生，请相信我！我不会给你们添麻烦，或许对你们还会有帮助！”

凌林说：“丽娜小姐，我绝非不信任你！我刚才就是吩咐倪先生一定要好好管理这店。希望你全力帮他！”

丽娜笑着说：“我是学金融的，我常常告诉倪先生，真正会管理的人，不需要太累。只要雇用一个得力的总经理就行！张先生可真是我们这行业中的宝贝！他的优点就是忠诚、可靠，而且能忠实地执行上级指示。他的缺点就是缺乏主见。只要适当的时候给予适当的指示，一切他都办得妥当！”

此时，老张头也从外面进来。丽娜笑着说：“张先生，我跟老板有要事需要外出，这几间店就暂时交给你管理，可以吗？”

老张头肯定说：“可以！不过，你们必须留下电话，有事我需要请示！”

倪信风紧接着说：“当然！有什么事只要给家里打电话！”

·2·

沉寂了一些日子，辜家大院再次灯火通明。凌林和鲍比局长坐在厅的正中。一位年轻的警官直挺挺地站在鲍比局长身后。正前方摆着一张八仙桌，桌上插着五根蜡烛，火光闪烁。米小庄站在桌后，面向凌林和鲍比局长。他摆弄着卦纸。他先将手中两枚古币摔到桌面，再慢吞吞地从一叠纸中抽出一张摊开，深深地叹一口气，用中文说：“唉，还是这样的卦象！”

鲍比局长小声问凌林：“凌，他在干什么？”

凌林解释说：“米先生是占卜师，无论干什么之前，都要先占卜！他手上是一张危象，提示成鑫先生这牢已坐定了。”

倪信风站在米小庄身后，丽娜紧靠着他。她虽听不懂米小庄说什么，但从米小庄的脸色她看出了异样。她对倪信风耳语：“老板，这位米先生怎么啦？”

倪信风对米小庄的卜卦所知甚少。他对丽娜摇摇头，又用中文问米小庄：“米先生，怎么啦？”

米小庄心情不安地说："我一下子也说不清。虽然前途曲折，我相信，只有靠你们，或许能让成鑫大哥摆脱困境！"

倪信风对成鑫当然没有好感。他冷冷一笑说："我想不出有什么理由这么干！"

米小庄镇定地说："我相信你们的为人，你们决不愿意冤枉……"

院外传来的汽车声打断了米小庄的话。吉姆匆匆进来问："医生，有客到，你能猜到是谁吗？"

凌林笑着说："吉姆，请小云进来！"

吉姆叫道："医生，神啦！怎么想到是小云？"

凌林笑了："说出来就太简单啦。我认得小云那辆袖珍菲亚特的车声。而且，她已经接到米小庄的通知，知道我们在这里开会研究案情。她当然不会错过这次机会。"

远远传来小云的声音："凌，你说得好！能猜出我来。你一定也会知道我为什么要来。"

凌林带开玩笑的口气说："小云，你可是镇政府的大忙人，我怎么好意思请你？"

小云笑着说："凌，这里这么热闹，怎么可能没有我！"

凌林说："你希望参加调查，心情可以理解，只是……"

倪信风急忙迎向前，埋怨说："小云，这不公平！我千请万请，你就是不肯回来！凌医生没请，你倒自己来啦！"

小云斜视丽娜一眼，冷笑着对倪信风说："你已经有美人相陪，何必要请我！"

小云在讲中文，丽娜虽然听不懂这些话，但能从表情中猜出大概。从老板的嘴里，她经常听说有关小云的事，今天才有机会相见。她很大方地向小云伸出手："云小姐，我叫布塔里·丽娜，很高兴认识你。你才真是美女，难怪老板对你念念不忘。"

小云骄傲地点点头，没有吭声，在旁边坐好。凌林用英语对米小庄说："米先生，你想请我们出来重新调查辜家灭门惨案。现在，鲍比局长也在这里，你能跟我们说说为什么吗？"

米小庄重新将卦纸叠好，又摔一次古币，又抽出一张卦纸，脸色比刚才缓和了许多。他面对鲍比局长恭恭敬敬用英语叙说："鲍比局长，您说，宰家灭门惨案定案，成鑫先生获罪，关键靠好布托的证词，是吗?"

鲍比局长回答说："是!"

米小庄接着说："鲍比局长，我经过进一步了解，发现好布托的证词中有很多疑点。"

鲍比局长开口说："我明白了。不过，好布托已死无对证，宰家灭门惨案已经最后定案，不准再上诉！我也接到上级通知，停止对宰案的调查!"

米小庄继续问："鲍比局长，现在很多证据证明，好布托是被人杀人灭口，疑凶是博鲁亚狱长，是吗?"

鲍比局长说："是!"

米小庄紧接着说："我想，只要找出博鲁亚狱长，一定有助于查清宰案真相……"

倪信风性急，用英语打断米小庄的话："这些我们都知道了。凌医生曾带人追查，还没有结果……"

米小庄又翻出一张卦纸，微笑说："卦这东西奇怪无比，刚才明明险象环生，此时却出现一线生机。我已经查出博鲁亚的下落!"

倪信风疑惑不解地说："这不可能！你凭什么本事查……"

小云有些不高兴地打断倪信风的话："小倪，你别这么性急，耐心听米先生解释。"

米小庄说："我当然没有这本事！为了查案，最近我加盟本镇的'通通侦探社'。这侦探社可真神通广大，在政府、移民局、警局，以及所有的白道、黑道都有他们的朋友……他们终于查出，那狱长博鲁亚去南非后又返回小镇，只是完全换了一个名字，变成另一种身份，在一家境外注册的'三国劳务公司'。他现在名叫鲁亚，是分公司的经理。可是，对于侦探社，他们的任务只是找人。人已找到，以后他们再不能干什么。他们还知道这公司有很深的官方背景。他们有自己的原则，决不要查过界限，涉及任何政治，会给自己带来麻烦，于是就停止继续调查。我就想到你们!"

凌林在鲍比局长耳边嘀咕几句。鲍比局长开口说："好，我明白了。不过，宰家灭门惨案已经定案，上级不允许我们继续查！当然，好布托之死，可以继续查，还是由警局顾问凌医生负责。我希望你们一定秘密进行，不要有太大的动静。在座所有的人都要一一发誓保密!”

米小庄:“我们都可以发誓保密!”

鲍比局长指着身边的年轻警官介绍说:“我介绍,这位是那姆警长,他代表警方留下来帮助调查。你们需要的一切,他都会尽量满足!我有事先走!”

说完这些,鲍比局长就离开了。其他人继续研究案情。凌林继续用英语问米小庄:“米先生,你说说,侦探社如何发现博鲁亚狱长?”

米小庄说:“侦探社通过知情者查出博鲁亚,原名叫鲁亚,出生在三国交界小村庄,名叫‘没触底村’。那村庄坐落在十分隐蔽的丛林中,从不允许任何外人进入。侦探社通过村庄内知情者了解到鲁亚的过去。二十年前,鲁亚还只是那村里的小混混。他头脑机灵,办事利落,被‘三国劳务公司’总经理看中,收在身边。后来,总经理又带着他到B国C镇建立分公司。他成为分公司经理,一直到现在……”

倪信风性急地问:“米先生,可你还没有说到博鲁亚狱长?”

米小庄深深地叹了一口气:“唉!查到这里,线索就断了。我暗中又替博鲁亚狱长算了一卦,卦象上说明我们追踪的方向没有错。”

小云问:“然而,这鲁亚经理和博鲁亚狱长之间到底有什么关系?”

米小庄说:“据知情者提供,博鲁亚和鲁亚可能就是同一个人。侦探社派人去拜访鲁亚经理,偷偷取了他的指纹,通过内部的人和档案中博鲁亚的指纹对比,竟然是同一人。”

凌林问:“米先生,据你说,鲁亚是津国人?”

米小庄回答:“和绝大部分‘没触底村’一样,鲁亚有三国国籍,而且有多种名字!”

凌林继续问:“鲁亚怎么可能是狱长?”

米小庄说:“是啊!开始,我和侦探社的人也都感到很奇怪!进一步调查我们才发现,这劳务公司主要就是为斯支瓦人开办,目的就是要为斯支瓦失业者,特别是那些刑满出狱者提供工作机会。为了方便工作,他们通过上层关系,把鲁亚以另外一个身份调入狱中当狱长。我们还发现,这‘三国劳务公司’背景很不简单,跟这三国上层人物有密切关系。为了不给自己的侦探社带来麻烦,他们不愿再查下去!”

小云接着说:“他说得也有道理,以后就轮到我们出马了!”

米小庄犹豫着说："他……他还希望我们也不要再查下去。他警告说，再查下去，可能会有大麻烦！"

倪信风说："我们才不怕什么麻烦！"

米小庄说："侦探社老板琼斯先生是个谨小慎微的人。他害怕侦探社涉入任何政治。看我坚持要继续查，他还宣布跟我脱离一切关系。他还希望我们以后，无论遇到什么问题，都不要牵连他们侦探社！"

凌林问："米先生，你了解得真不少。你认为我们要从哪里入手调查？"

米小庄说："据我们了解，'三国劳务公司'在小镇的据点设在'斯支瓦俱乐部'。鲁亚还是俱乐部的经理。"

凌林说："好，我们就从这俱乐部开始！"

·3·

一走进辜家大院，小云就看到丽娜紧靠着倪信风站着，她心里感到有些不是滋味，而且非常惊讶，却没有吭声。她记得，当米小庄找自己时，反复吩咐保密。她一向办事谨慎小心，保密更不是问题。她心里很不悦，倪信风怎么能让店里的黑妞参加。她找机会靠近凌林，用中文耳语："凌，如此秘密，怎么能让店里的黑妞参与？"

凌林没有吭声。他本也不同意让丽娜参加讨论。倪信风一再请求，他才不得不让步。况且，对小云和倪信风两人之间的关系，他也不便多说。

自从小云到镇政府去，倪信风难得见她一面。可是，每每看到她，他心中总不由地扑扑直跳。他竖起耳听，前面的对话一一听得清楚楚。他急忙靠近小云讨好说："小云，你……你放心！我了解丽娜这人，她很可靠！而且，她要求很坚决，我实在不好拒绝。而……而且我……我要求她对神发誓保密！"

小云问："小倪，可你知不知道她到底信不信神，发誓有什么用？"

倪信风说："我当然了解她！她是斯支瓦人，原来信斯支瓦部落之神。在国外念书时，她改信基督教。回国后，鉴于环境的压力，她至今还没公开基督教信仰。但她从心里确确实实是虔诚的基督徒，每天都在家里祈祷！"

听倪信风这么说，小云脸色一沉问："小倪，这些都是她自己说的，是吗？"

倪信风承认说："是！"

小云气恼地说："她这么说，你就完全信了！你为什么如此轻易相信人。我担心，有一天你被人卖了，还会帮人点钱。"

倪信风无言以对。小云靠米小庄耳边小声说："米先生，你能不能替这黑妞算一算命，看她是敌是友？"

米小庄为难说："没有她的生辰八字，不好算。"

小云说："你不是很善于看相，能不能先替她看一看。"

米小庄笑着说："小云，你也算是相面方面的高手，何不自己看看！"

小云说："老实说，我在心里早已暗暗替她相过面。只是，我一开始就对她先入为主，成见较深，这是相术禁忌，恐怕算得不准！米先生，我更想听你的！"

米小庄瞟了凌林一眼。看凌林点点头，他对小云说："我也说老实话，应凌林的要求，我早为她相过面。不过，怎么看她也不像坏人！"

小云无话可说！

丽娜当然听不懂这些中国话。她头脑机灵，自然能猜出肯定跟自己有关。她问倪信风："老板，你们在谈论我，是吗？"

倪信风没有直接回答丽娜的问题。他拍拍丽娜的肩膀，亲热地说："丽娜，店里的工作还全靠你。你现在先到店里去，把今天的账目好好看一看！"

丽娜自信比老板更加了解店里情况，此时没有什么账需要看，老板这么说显然要打发自己离开。她心里很不高兴。只是当着这么多人的面，不能丢老板的面子。她有意把话说得很客气："放心吧，老板！有关今天的账，我早就吩咐张先生做好了！等一会儿，我再看也不迟！"

看丽娜还迟迟不肯离去，倪信风故作生气地说："丽娜，你怎么不听我的话？"

丽娜笑着问："老板，你先别着急！听我说，你们不是想接触鲁亚经理，是吗？"

看倪信风点点头，丽娜转身问凌林和小云："凌医生、云小姐，你们对鲁亚经理和他的'三国劳务公司'了解多少？"

看凌林和小云没有回答，丽娜又面对米小庄发问："我想，米先生应该知道一些。这'三国劳务公司'只面对这三国边境小镇的原住民，是吗？"

米小庄证实说："丽娜小姐说得对！侦探社也是靠唯一原住民出身的朋友，才有机会接触到鲁亚经理！"

丽娜笑着继续问："能接触到鲁亚经理，真不简单！看来，你们这位朋友也一定是斯支瓦的美女，是吗？"

米小庄有些不好意思地说："大家都这么说她。可在我眼里，所有的黑妞都长得差不多，说不清楚美不美。"

丽娜调皮地对米小庄笑笑，笑得特别甜。她又调皮地问："米先生，你该不会认为我这美女也跟其他女孩子也一样吧？"

看米小庄脸涨得通红，没有回话，丽娜继续发问："你知道，'三国劳务公司'所属有一个'斯支瓦俱乐部'。可你知道为什么名叫'斯支瓦俱乐部'吗？"

米小庄还没开口，小云抢先回答说："原先，生活在这三国边境的原住民是斯支瓦部落人。后来部落被三国瓜分了。大量的外国人从四面八方来到这里，和部落原住民混居一起。他们之间唯一不同的只是语言。当地人说斯支瓦语。"

丽娜对小云说："你说得很好！可你知不知道，在俱乐部里只许讲斯支瓦语。你们谁会斯支瓦语？"

小云用斯支瓦语问："嘟嘛啦，丽娜小姐，吗啦呱娜！"（斯支瓦语：丽娜小姐，请指教！）

丽娜点点头说："小云小姐，你斯支瓦语的确模仿得不错！"

小云解释说："我在这里生活多年，也认识不少斯支瓦人，对斯支瓦语也很感兴趣，零零星星学了一些。最近，跟犹占里在一起后，又进步了不少。据我所知，这语言并不复杂，想要应付简单会话并不难！"

丽娜笑着说："可是，你又不是黑人，恐怕连俱乐部的门都进不去！"

小云笑着说："这难不倒我！你等等，我去去就来！"

倪信风对丽娜说："丽娜，我把所有的店都交到你手上，我还是希望你能专心管理好！你肩上的担子可不轻！"

丽娜说："放心吧，老板！店里工作我早都安排好了，有老张头在，你完全可以放心！"

倪信风没有吭声，带着询问的目光望着凌林。凌林小声用中国话问："小倪，她说得对吗？如果她不在，店里会不会有问题？”

倪信风肯定地说：“不会有什么问题！”

凌林沉思着说：“或许，丽娜说得有道理。接触鲁亚经理，还真的需要她！”

丽娜可以猜出凌林和倪信风的对话内容。她接着说：“我相信，你们没有人比我更了解鲁亚经理。”

凌林说：“请说说！”

丽娜说：“鲁亚经理平时办事十分谨慎小心，轻易不出来见人。普通俱乐部成员也不容易见到他。”

倪信风性急地问：“那，要怎样才能见到他？”

丽娜笑着说：“别着急！他有一个致命弱点，那就是喜欢我们这些当地的美女。我刚从国外回来时，还没有找到工作，自然也会到俱乐部走走。我第一天到俱乐部，他就特地接见我。他对我特别热情，还送我一张俱乐部的贵宾卡。”

倪信风从丽娜手中接过卡一看，兴奋地说：“有了这卡，就好啦！”

丽娜骄傲地说：“这卡只能由我本人使用！据我所知，在俱乐部成员中，仅少数人拥有，大都是像我这样的当地的美女。毕竟，在我们当地人中，能称上美女的并不多！”

小云进来，走向丽娜，用斯支瓦语问：“丽娜小姐，我能不能算一位？”

看到小云，丽娜微微一愣。看到小云头上戴着当地女孩子常见的有许多辫子的假发，脸上皮肤擦得像黑妞一样黑，连嘴唇也涂着当地黑妞喜欢的紫红色的口红，丽娜忍不住哈哈大笑，亲切友好地拥抱小云说：“亲爱的，对其他人称你是我的姐姐，没有人会怀疑！”

小云用英语对凌林说：“凌，由我和丽娜共同出马，一定不会让你失望！”

凌林问一直站在身边的警官：“那姆警长，你会不会斯支瓦语？”

那姆毕恭毕敬地回答道：“长官，我也是当地人！”

凌林接着说：“好，那姆警长，你从警局再调几位当地人出身的警察，穿便衣混进俱乐部，暗中保护她们！”

·4·

俱乐部坐落在小镇的东北郊，是近邻南非和津国边境的一座独立的大院。小云站在大院门口，往里面一看，微微一愣。在非洲这么长时间，她很少见过如此混乱的场面。这哪像什么俱乐部！

院子的面积相当大，上百位男男女女零零落落散在各角落，清一色的黑人，清一色讲斯支瓦语。有的围绕着简陋的酒吧，手握着啤酒吵吵闹闹；有的在强烈的音乐节奏下，狂奔乱舞……

看到小云犹豫不前，丽娜在小云耳边笑着说："云姐，你别怕！这里只是些低级的会员。我们不要理睬这些人，一直往里面走！"

丽娜带着小云穿过院子，推开一座大楼的房门。果然，这里是另一种景象。大厅很大，装修也很豪华，四周墙上，一直到房顶上都画着带非洲特色的风景图，地上还摆放着各种各样的动物标本，在水晶吊灯的照耀下，栩栩如生，显得更加别致。同样是黑人，这里的每个人都斯斯文文地举着葡萄酒，三五成群交谈。二三十人集中在一起，却没有多大的声响。然而，每个人的脸色都很凝重，氛围似乎比外面显得更紧张。小云的斯支瓦语只能应付日常会话。对眼前这些对话，尽管她尽最大努力，依然无法完全明白其中的内容。她小声用斯支瓦语问丽娜："他们在说什么，我怎么听不懂？"

丽娜用英语小声回答："可以说，这些人都是我们当地斯支瓦人的精英，他们在为当地人的命运担忧。"

小云天生聪慧，经这么一解释，渐渐越听越多。有一个四十来岁的男人特别吸引她的注意。这个人说斯支瓦语时夹带一些英语，她能听懂大部分。他说得有些激动："这三国三镇本就是我们斯支瓦人的地方。可是，我们这些大部分斯支瓦人却要忍受外来人压迫……"

听众中也有那姆警长。那姆警长这一天一身西装革履。他只是静静地听着，一声不响，目光却在四处张望。发现小云，他使了个眼色。小云正要往前走，却被丽娜拦住："不，这里还不是我们的目的地！"

丽娜带着小云向大厅内侧一间门走去。那里，有两个彪形大汉守在门外面。丽娜出示贵宾卡，一位彪形大汉反复核对卡上照片和丽娜本人后，才放她们进去！在房间前面，小云又是一愣。这里光线昏暗，与外面成为强烈的反差。整个房内仅在正中央神龛周围有一圈带黄色的灯光，围绕着一张画像。三个打扮很性感的黑妞站在那里祷告。丽娜指着神龛在小云耳边小声说："这画像是斯支瓦部落祖宗，我们也要过去参拜。"看到那三个黑妞离开后，丽娜带着小云走向前用当地语祈祷。结束后，她又带小云在角落坐下。

一位相貌英俊的小伙子走到面前用斯支瓦语打招呼："丽娜小姐，你还是要我们当地产的甜酒，是吗?"

丽娜说："是的，请来两杯，谢谢！我们想见鲁亚经理。"

那小伙子客客气气地回答说："对不起，丽娜小姐，你知道，鲁亚经理平时不来这里。有什么事，你可以对我们的副经理说!"

听那小伙子这么说，小云心想，见鲁亚恐怕没那么容易。她心里有些焦急，脸上却依然不动声色。她正要提醒丽娜说，无论如何要想办法见到鲁亚经理。看到丽娜镇静自若的表情，她把到嘴边的话又收了回去。

没有等太长时间，从神龛旁边的小门走出一位五十多岁的黑人老头。这老头到丽娜身边很有礼貌地问："丽娜小姐，有什么需要我为您服务的?"

丽娜说："谢谢！我带我姐来，只想见鲁亚经理一面，请你通报一声。"

这老头为难地说："对不起，丽娜小姐，这个忙，我恐怕帮不了。"

丽娜笑着说："不要紧！我们可以等。"

眼看副经理和招待员都离开，小云心里有些失望，对丽娜小声发问："怎么办?"

丽娜胸有成竹地说："云姐，你放心吧！只要耐心等待，鲁亚就会出来!"

小云默默地跟丽娜对饮。不觉地，一瓶当地产的甜酒快见底了。一位身材魁梧的中年黑人从小门进来，全场的人都不由自主地站立起来用斯支瓦语欢呼："鲁亚，鲁亚!"

小云跟随着丽娜站立，仔细观察来人。她不由地暗自吃惊。在这之前，她心中曾对鲁亚作了许多联想，而眼前的与她脑中想象的相差甚远。在非洲这么久，她也见过各种各样丑陋的黑人，可从来没有见过像眼前这样丑的。那光秃秃的头尖尖的，前额向前凸，两侧却凹进去，一双眼睛向外鼓出来，眼球分得很开。鼻子扁平，却很宽，似乎是从外面贴上去的。再加上厚厚的嘴，使她不由地联想到科幻电影中的外星人。她不由自主地又望了神龛上的画像一眼，觉得和眼前的鲁亚似乎有几分相像。她似乎有些明白，鲁亚这个人为什么会从一个普通的小混混变成重要人物。她看到鲁亚挥一挥手，每个人都安静下来，各就各位。鲁亚微笑着向丽娜走去，可并没有注意旁边的她。这正是她所希望的。她正需要更进一步近距离观察这怪人。可能有些适应了，她渐渐感到这个人似乎已不像刚见面时那么恐怖。

鲁亚直接走近丽娜亲热地说："丽娜小姐，好久不见，你最近好吗？"

丽娜笑着说："很好，谢谢鲁亚先生！"

鲁亚微笑着说："我一直等待着你的到来，你却让我失望了。"

丽娜道歉说："对不起，鲁亚经理！"

鲁亚微笑着说："我在公司里为你安排一个适合你的工作，就等着你来报到。"

丽娜再次道歉说："对不起，我已经找到新的工作了。"

鲁亚笑着问："你可是我们斯支瓦人的美女、才女。我想不出，这小镇什么地方有适合你的工作？"

丽娜反问："你还记得，震惊我们小镇的辜家灭门惨案吗？"

鲁亚惊讶地说："你该不会去为那中国人老板服务吧？"

丽娜肯定地说："是的！"

鲁亚脸色一沉说："这不行！你是我们斯支瓦人的骄傲。你没有理由去为外国人服务！你必须立即辞去这工作！"

丽娜说："现在的倪老板对我很好，我不能这样一走了之！"

鲁亚坚持说："丽娜，我还是希望你能改变主意！"

看看丽娜没有回心转意的意思，鲁亚气恼地站起来准备离开。丽娜指着小云说："鲁亚先生，让我介绍这位姐姐，娜娜小姐想跟你认识。"

小云知道，该是自己表现的时候了。她的脸上露出迷人的笑，娇滴滴地用斯支瓦语说："鲁亚先生，你好！我名叫娜娜，是丽娜小姐的堂姐！听堂妹对你赞不绝口，引起了我的兴趣，特别想见你！"

此时鲁亚才注意到小云，他一脸阴云顿时烟消云散，双眼发光，兴奋地说："娜娜小姐，很高兴见到你！"

丽娜继续介绍说："娜娜小姐也是在这本地出生，到美国学习。现在，她回到自己的祖国，很想为本族人民服务！"

鲁亚问："娜娜小姐，你在美国学习什么专业?"

小云说："跟我堂妹一样，也是学金融专业!"

鲁亚笑着说："好，我最喜欢有经济头脑的美女。我身边需要一位私人秘书，这位置本来是为丽娜小姐留着的。可惜丽娜小姐已经有工作了。你有没有兴趣?"

丽娜不由地瞥了小云一眼，提醒小云不要轻易回答。小云故意没有注意这些，笑着回答："我喜欢这工作!"

鲁亚问："你现在能不能就上班?"

小云回答："没问题!"

不顾丽娜的反对，小云跟随鲁亚从神龛旁边的小门离开了。

·5·

凌林等几人就在距俱乐部不远处的一部停在隐蔽处的中巴上。丽娜急匆匆来到车上。一上车，她就急忙介绍情况。没等说完，倪信风就打断她的话问："丽娜，怎么能让小云独自一人跟随鲁亚离开?"

丽娜解释说："老板，我已尽力阻拦，可是她不听……"

倪信风焦急不安地追问："丽娜，她这样跟鲁亚走，一定很危险，是吗?"

丽娜回答说："是!"

倪信风气恼地说："那你还让小云去冒险?"

丽娜感到很受委屈："我已经对她提出严重警告，可她一意孤行，我有什么办法!"

米小庄放下手中的牌对凌林说："我替小云算了一卦，是凶卦！凌医生，我们还是赶快采取措施吧!"

不等凌林开口，倪信风抢先说："凌，我带警察去要人!"

丽娜接着说："不行！老板，你不了解这国家的法律。没有正当的理由，就是警察也不能擅闯民居，保安不会让你进入俱乐部的。我们要赶快找鲍比局长，请求搜查证。"

倪信风焦急不安地说："那，岂不太晚!"

米小庄摇摇头："况且，没有足够证据，也未必能得到搜查证。"

丽娜又转身问凌林："凌医生，小云的男朋友犹占里先生是当地很有势力的人物，为什么不去找他?"

倪信风说："这同样'远水解不了近渴'。"

一直默默不语的凌林双眼凝视着车外，神情同样也很凝重。看到那姆警长出现在门口，他才舒了一口气，自言自语说："应该还不会太晚!"

倪信风焦急地说："凌，我们赶快采取行动，再迟恐怕要来不及了……"

凌林说："小倪，你也别太紧张！你应该比我更了解小云，她不会干那种没有把握的事的。她知道，我让吉姆在外面跟踪、监视着。有什么危险，她会跟吉姆发信号!"

此时，那姆警长打开车门对凌林说："长官，吉姆发出信号，我们可以采取行动了!"

凌林对丽娜说："丽娜小姐，你不适合再在俱乐部露面。你就和米先生一起在车上。我们要行动啦!"

那姆警长穿好警服带着好几位警察跟随凌林和倪信风走进俱乐部，吉姆也混在其中。在贵宾房门外被保安拦住，那姆警长出示证件警告说："警察办案，谁妨碍执行公务，就逮捕谁。"趁保安还没反应过来，他们已冲进贵客室。打开神龛旁边的小门，里面是长长的通道，弯弯曲曲，还有许多分岔，吉姆凭'丛林人'特有的嗅觉跟踪小云。他指着一间房门对凌林说："医生，小云小姐就在里面!"

原来，鲁亚带着小云跨进小门，里面是窄窄的通道。小道弯弯曲曲，而且有不少分岔，只有零零落落的灯光，忽明忽暗。鲁亚牵着小云的手健步如飞，很快就进入这间小房间。

鲁亚意味深长地瞟了小云一眼，面带笑容，用浓浓的带有当地口音的英语说："娜娜小姐，你从小在国外长大，当地语说得可不怎么样，我们还是说英语吧！从现在开始，你就为我工作，是我的私人生活秘书，主要任务就是要照顾我的生活起居。这里是我的住房……"

小云冷冷一笑，还是用当地语说："鲁亚先生，你错了！我可以为你工作，但绝不是什么生活秘书。"

鲁亚哈哈大笑说："娜娜小姐，你现在后悔岂不太迟了？不过，别害怕，我也会让你很舒服……"

说着，鲁亚就向小云伸出粗壮的双臂。小云艺高胆大，只冷冷一笑，不慌不忙地挥动小小双拳，瞄准鲁亚双肘部穴位处重重一击。鲁亚双手发麻，急忙往回缩，吃惊地睁大双眼问："你是什么人？"

小云用英语说："我是什么人，这并不重要。重要的是你要告诉我，你到底是什么样的人？"

鲁亚没有再吭声，用手在墙上拍了三声。一位身材更高大的保镖从门外进来扑向小云。小云身体很灵活地闪过保镖，转到鲁亚身后。她迅速掏出一把袖珍手枪顶在鲁亚的背上，说："我这枪是完全用来自卫的，你可不要逼得枪走火！"

鲁亚先向保镖挥挥手，让他离远点，又恼羞成怒地发问："姑娘，你到底想干什么？"

小云郑重地说："你只要回答我一个问题，你有没有在镇监狱当过狱长？"

鲁亚一愣，紧接着又反问："你为什么这么问？"

小云用手枪在鲁亚背上重重一戳，大喝一声："你不要管为什么，请老实回答！"

鲁亚不以为然地说："我是当过，那又怎么样……"

鲁亚的话音刚落，凌林就带着几个警察从门外进来了。看到警察，鲁亚指着小云叫道："警官，你们来得正好。这个女人持枪威胁人，赶快把她抓起来。"

小云指着鲁亚和那位保镖辩解说："他们把我诱骗到这里，企图非礼。我拔枪完全是出于自卫。"

凌林指着小云对鲁亚说："这位小姐是在正当防卫，而且又没伤人，你能告她什么？"

鲁亚问："那你们到这里来干什么？"

凌林将一张逮捕证递给鲁亚，说："请你在上面签上名，跟我走！"

鲁亚看着逮捕证，问："这是给布塔里·博鲁亚的逮捕证，关我什么事？"

凌林笑着说："你刚才也承认在监狱当过狱长。这是给布塔里·博鲁亚狱长的逮捕证！你名叫布塔里·鲁亚。我们有理由证明布塔里·博鲁亚和布塔里·鲁亚是同一个人。"

鲁亚笑着说："你们错了！"

凌林取出一张照片说："你看看，这照片上面的人是不是你？"

鲁亚断然否定说："当然不是我。这是博鲁亚的照片！"

凌林问："你难道不觉得你们的长得太相像了？"

鲁亚辩解说："博鲁亚是我的孪生兄弟，当然跟我长得很像。你只要仔细看，还是有些不同。我的鼻子可没有照片上的大。"

凌林没有多反驳，又从公文包里取出一张指纹复印件说："请你当场验一验，这是不是你的指纹？"

鲁亚仔细一看说："不要验。这确实是我的指纹。"

凌林又取出一张档案复印件递向前，他指着档案上的指纹说："这是博鲁亚档案上留下的指纹。我们已经请专家鉴定，是同一个人。"

鲁亚疑惑不解地自言自语："这怎么可能？"

鲁亚又反复看了几遍，终于恍然大悟说："噢，我明白啦！五年前，我当过狱长，这指纹是当时留下的。那时候，我还不是公司经理。后来，我当上这公司经理，就辞去这职务，由我弟弟博鲁亚接任我的工作。至于，他怎么还延用我的指纹，这我就搞不懂了。"

凌林问："你弟弟博鲁亚现在何处？"

鲁亚摇摇头说："我一无所知！"

凌林笑了笑，说："你这样解释，不觉得太令人匪夷所思吗？你还是跟我们到警局走一趟，如果真如你所说，事情搞清楚后，自然会让你回来！"

鲁亚说："没问题，我可以跟你们去。"

·6·

凌林和鲁亚坐一辆中巴后排，穿过镇中心街道，缓缓向镇警局驶去。听车后传来吵嚷声，凌林转身往后窗一看，不由地倒吸一口冷气。车后密密麻麻跟着一群人，显然都是从俱乐部里走出来支持鲁亚的。当然，他可不是没有见过大场面的人。他很清楚此时自己应该怎么做。他看看身边的鲁亚。鲁亚靠在后座上一动不动，脸上毫无表情。

凌林笑容可掬地说："鲁亚先生，一路上，我一直在想你说的话。我似乎有些相信你说的，你应该不是博鲁亚。这样，到警局我的办公室谈谈，我希望你能提出更多有力的证据!”

看看鲁亚毫无反应，凌林又对副驾驶位上的那姆警官耳语，让警官尽快把这里的情况向鲍比局长汇报！车一停住，那姆警官就下车离开。凌林亲自为鲁亚打开车门，亲切地牵着他的手，向警局走去。此时，外面的群众高喊：“鲁亚，鲁亚!”

鲁亚往车后一看，眉头紧皱。显然这也不是他喜欢看到的场面。他对靠近身边的保镖招招手说：“你去告诉他们，我只是跟朋友一起到警局谈话，没什么事，让他们赶快离开这里!”

在一间宽敞的办公室，凌林首先开口说：“鲁亚先生，我希望，我们能像朋友一样谈谈。”

鲁亚冷冷地问：“凌先生，你想要我说什么?”

凌林说：“我想你也知道，警局对博鲁亚的通缉令已经发出有些时间，一直没找到他的下落。最近有人揭发说，你可能就是博鲁亚。我们又暗地把你的指纹跟博鲁亚的比对，证实了这点，我们才对你采取这行动。现在，我也很乐意相信，这只是误会，你确实不是博鲁亚。我希望你能提供更有力的证据证明。”

鲁亚绷着脸说：“我还是有些不太明白！我根本就不是博鲁亚，还要什么证据?”

凌林对倪信风使眼色，又挥挥手，让他带其他人一起离开房间。他十分客气地说：“鲁亚先生，现在，这房内就我们两人。我们既不记录，也不用录音。你愿意说什么，就放心说!”

鲁亚脸色稍稍放松些说：“你要我谈什么?”

凌林笑着说：“这样吧，你就谈谈一些有关你自己，以及博鲁亚的事，说什么都行。我想，你说得越清楚，就越能证明你跟博鲁亚是两个不同的人。”

鲁亚沉思了片刻问：“我相信，关于我的简历，你们早已做过调查，是吗?”

凌林点点头说：“是的！不过，我更希望你能亲自说明。”

鲁亚说：“关于我的简历，也没什么好保密！我和博鲁亚是孪生兄弟，我是哥哥，就大几个小时。我们出生在G国边境名叫‘没触底’的小村庄。我们自幼父母双亡，就留下我们兄弟俩相依为命。靠父母留下的不多的财产，我们勉强过日子。我们天生大个子，不到十六岁，身材就比普通人高大了许多。而我的头脑比我弟弟灵活，为人肝胆，自然就成为当地混混的首领。有一天，‘三国劳务公司’老经理偶然路过我老家，他看中我，把我带到公司去。而博鲁亚则还留在老家当小混混。”

凌林脸上不动声色地倾听着，双眼却在仔细观察鲁亚每一个动作表情。他心想，此人如果真的在编谎话，那演技实在也太高明了，他怎么也看不出半点破绽！当然，他不会这么轻易相信人。他态度温和地问：“鲁亚先生，你能告诉我，你是怎么当上狱长的，后来又为什么辞职了?”

鲁亚说：“你知道，我们公司跟这里监狱的关系特殊。那里关押的犯人大部分都是来自三国边境小镇的原住民。这些人出狱后，也大都找我们公司帮忙安排工作。为了进一步了解这些人的情况，公司派我去应招监狱的狱警。凭我的表现和工作能力很快就升任狱长。没有干多久，俱乐部经理逝世。临终前，他把这重任交给我，我就辞去了狱长之职!”

凌林继续追问：“鲁亚先生，我更希望知道，后来博鲁亚先生怎么也当上了狱长?”

鲁亚接着说：“在狱中，我们俱乐部有很多工作要干。我们既要了解原住民犯人情况，还要教育他们改邪归正，争取提早释放。出狱后，我们也尽力为他们找合适的工作。我离开监狱，当然还需要有人在狱中接替我的工作。我就想到我那孪生兄弟博鲁亚。他还在没触底村。那是个与世隔绝的地方。除了村里的人，没有人知道他的存在。他跟我长得一模一样，就是那些跟我们一起流浪的人，也分不清我跟他谁是谁。于是，我就回到村里把他带到小镇来，让他去冒充我当狱长。因为他长得太像我，狱中人从没有人产生怀疑!在他的档案中，当然是我的指纹……”

看鲁亚停住口，凌林又问：“鲁亚先生，你记得，你最后一次见到博鲁亚是什么时候吗?”

鲁亚回答说：“那是几年前的事了，具体时间，我也记不得了。由于我不太满意博鲁亚所作所为，我们之间的关系早已变得很疏远。”

从鲁亚的脸上可以感觉出，鲁亚似乎不想再说太多，凌林也不想逼得太紧。此时，那姆警长从外面进来在凌林的耳边耳语。凌林点点头问：“鲁亚先生，你还有什么想补充的?”

看鲁亚摇摇头，凌林客气地说：“您可以回去了。”

看了看鲁亚的背影，倪信风到凌林面前说："凌，就这样把他放走了？"

凌林解释说："他说，他不是博鲁亚，我们没有确切证据推翻，只好暂时先放人。"

倪信风对从外面进来的小云和米小庄说："我们的努力又白费了。"

凌林笑笑说："那倒不见得。鲁亚给我们提供了许多信息，只要我们核对清楚，应该会有收获！"

凌林对米小庄说："米先生，你可以再去找侦探社，告诉他们，他们的任务还没完成。给他们新的线索，让他们继续核查鲁亚和博鲁亚的情况。"

倪信风接着说："他们如果要多加钱，都没问题！"

米小庄说："好吧，我去！"

·7·

一回到辜家大院，凌林就习惯性地坐在大厅正中的座椅上。小云在他的旁边坐下。倪信风坐到小云身边。丽娜站在倪信风身后，身子紧贴到倪信风的背上！他们全都注视着正在给侦探社老板打电话的米小庄。

米小庄的英语水平本并不太差，由于心情着急，变得有些结巴，而且还不知不觉地加些中文："Sr... I have do for you 算过一卦，no... no problem!"

反反复复说了许多，终究无法说服侦探社老板，米小庄深深地叹了一口气，放下耳机说："唉！没有办法！这个老板琼斯先生胆子小。他说，他们只负责抓奸、找人等，绝不涉及政治。他还说，当时因为不知道博鲁亚是通缉犯，背景这么复杂，才会接这案。现在，他无论如何也不愿干！"

倪信风说："重……重赏之下，必有勇夫。米先生，你再告诉琼斯先生，我们可以多给钱！"

米小庄说："不行！我早已这么说了。他说，这关系到侦探社生死存亡，多少钱他们都不干！"

小云说："没关系！我们可以自己去调查！"

倪信风附和说："对，看来，我们只好要跑一趟没触底村！"

事关重大，小云不想当着外人丽娜的面谈论。她靠近倪信风耳边小声说："小倪，关于这个，我们另外再抽时间研究！"

他们讲的都是中文，丽娜当然不可能听得懂。不过，她天生特别灵，可以猜出几分。她用英语问倪信风："老板，你们想去没触底村，是吗？"

倪信风点头用英语回答说："是！"

丽娜得意地说："你们要去那里，没有我参加可绝对不行！"

小云有些不以为然地插嘴说："我看不见得！"

丽娜问："云小姐，你们对没触底村有多少了解？"

小云说："我现在了解不多。不过，要了解也不难！请相信我，不要多久，我就会了解一切我们想知道的。"

丽娜笑着说："这我相信！对你的能力，我毫不怀疑！我可以告诉你们，那里不属于任何国家，是唯一的完全由斯支瓦人管辖的集居地，不允许任何外地人进入。你们中国人更别想啦！"

小云跟着笑着说："丽娜，你也见识过，我们如何化装成当地黑人！"

丽娜说："不错！可是你们毕竟不是当地人，你一开口就会露馅！"

倪信风对小云小声恳求："小云，丽娜说得有道理。过去的经历早已证明她这人很可靠，你说呢？"

丽娜知道老板在为自己说话，兴奋异常地说："老板！有我这真正的斯支瓦人相伴，对你们一定大有好处！"

小云心里还是不想让步。不过倪信风这么说，她又不好意思当面驳他的面子。她带着询问的目光瞟了凌林一眼。凌林沉思着说："对没触底村的情况，我也略有耳闻。那里民风彪悍，地处三国交界，三国警方都管辖不到。许多斯支瓦人罪犯都躲在那里。看来，此行凶险异常……"

其实，当他们三人还在谈论时，凌林就已听到从后方传来的轻轻的脚步声。他微微侧身，看到犹占里正缓缓走来。犹占里用目光求凌林不要吭声。前面所说的那些话，犹占里都听得清清楚楚。此时，听凌林这么说，他终于忍不住开口插话说："小云，凌医生说得对！没触底村那地方实在太危险，你们去不得！"

小云大吃一惊，看着犹占里亲切地说："占里，你怎么来啦？"

犹占里伤心地说："小云，你瞒着我到'斯支瓦俱乐部'去冒险，这让我很伤心！现在，我不能再让你去没触底村！"

小云冷冷地说："犹占里先生，你似乎忘了，我当初答应跟你交朋友，双方可是有约定的。我们绝不干涉对方的行动自由!”

犹占里说:“小云,我不是要干涉你的自由。我是在求你!作为男朋友,我不能眼见你往火坑里跳而无动于衷!告诉你,没触底村可比俱乐部更凶险!有很多当地人的罪犯躲藏在那里,连三国的警察也拿他们没办法!”

小云骄傲地说:“占里,我早已了解这一切!你也应该了解我。我什么时候害怕过危险!我一旦做出决定,决不会改变!”

犹占里感到无可奈何,向凌林投去求援的目光。凌林很了解小云。他知道,要让小云退却,根本不可能!他反过来却安慰犹占里说:“犹占里先生,你放心吧!你应该相信小云,她完全有能力应对一切麻烦。我会派那姆警长带几名当地出身的警察跟随去保护!”

见犹占里没有再吭声,凌林又对小云说:“小云,我不能跟你们一起走!此行就由你亲自带队。能不能进村,并不重要,千万别冒险。我们还会有很多别的机会。我相信你,一定会安全地把他们带回来,是吗?”

小云笑着说:“凌,我办事,你放心!”

倪信风附和说:“凌,我们一定会小心谨慎!”

丽娜对倪信风耳语道:“老板,带我一起去吧!我保证对你们一定有帮助!”

在小云面前,倪信风向来不敢多说。他只好带恳求地望着凌林。凌林对小云说:“小云,我想,有丽娜这个真正的当地人,或许会更方便行事!”

对凌林的话,小云向来很少反对。她对丽娜点点头说:“好吧!丽娜,我答应带你去,但路上一切要听我的!”

丽娜高兴地说:“云姐,我保证,路上一切听你的!”

沉思片刻,犹占里无可奈何地对小云说:“小云,既然你坚持要去,我又阻止不了。你们稍等,我去取‘护身符’给你!”

小云笑着说:“我不相信这世上有什么‘护身符’。”

犹占里坚决地说:“不,请相信我,这‘护身符’非同一般。你一定要带上!”

小云亲切地拍拍犹占里的肩膀说:“占里,好吧,你快去快回!”

·8·

中巴穿越数十公里荒无人烟地带，走了将近一小时，总算看到前面有一个村庄。小云命令司机：“把车开到村里去，找个理想的位置停好！”

倪信风手拿着地图坐在小云旁边。他疑惑不解地用英语问：“这里离没触底村还有数十公里，为什么停在这里？”

站在身后的丽娜指着倪信风手上的地图紧接着说：“老板，你怎么没有注意到，所有的道路到这里都终止了。要进没触底村只能靠驴车，而且还必须是认识路的驴，以后的路完全只能靠这种牲畜。”

丽娜的话说出了自己心里的想法，小云不由地在心中暗暗称奇！她以前也曾见过不少当地的黑妞，大都是头脑简单、四肢发达。像丽娜这样的，可以说是珍稀品种。她心里不由地产生一丝嫉妒。然而，由于丽娜正管理着自己前主人辜太太的店，她又不能不对这黑妞客气些。况且，现在面对着许多不可预测的危险，更需要同舟共济，也更需要这黑妞的智慧。她赞扬说：“丽娜小姐，说得好！走，我们一起找驴车去。”

拉姆警长身穿便衣坐在后面。他插话：“像这样的小事，何必麻烦两位。我带来的警察中，有一位就是驴车行家，就让他去吧！”

没过多长时间，这便衣警察带着两辆驴车到来，说：“那姆警长，这两辆都曾多次往返这里和没触底村之间，驴好、车好，驴夫更好，就是价钱贵了些！”

倪信风急忙插话说：“钱不是问题！”

小云看中一位年纪稍大、样子相对老实的驴夫，说：“我坐这一辆！”

小云一上车，倪信风跟着，紧接着就是丽娜。小云就对车下的那姆说：“那姆警长，你们三位就坐另外一辆。”

那姆反对说：“小云小姐，这不行！临行时，犹占里先生指示我要贴身保护你！”

小云笑着说：“我这辆走在前面，你们紧跟着，可以仔细观察我们身后的情况，岂不是能更好地保护我们？”

那姆警长着急地说：“不，不行，小云小姐，那可不是贴身保护了。让犹占里先生知道，我这身警服不保！你知道，犹占里先生可是我们上级的上级。”

小云笑着说：“那姆警长，放心吧！你们就在后面紧跟着。将来，犹占里问起，你就说这是我的命令！”

驴车穿进密密的丛林，后面一辆车没有立即跟上来，没走多长时间就消失得无影无踪。小云用斯支瓦语对驴夫说：“朋友，我们等一等，后面一辆跟上来后，再走。”

驴夫笑了笑，用英语说：“小姐，你显然不是斯支瓦人。你对这丛林还不了解。没有人能认识这纵横交错的驴道。这时候，只能靠驴自己认路。可每一头驴，走的路都不同。不过不要紧，这头跟后面那一头是老相好，快进村时，它们自然会相会！”

丽娜调皮地用纯粹的斯支瓦语问：“朋友，你说我是不是斯支瓦人？”

驴夫摇摇头还是用英语说：“姑娘，你斯支瓦语讲得不错，但还一定不是！”

丽娜说了句地地道道的斯支瓦语：“你真的这么肯定？”

驴夫说：“我太了解斯支瓦人了！在斯支瓦姑娘中，还没有看到像两位如此漂亮的。顶多，你们只能算是混血儿。你们了解没触底村吗？到那里去有什么事？”

小云从身上取出两张照片出示给驴夫说：“我们是来寻找朋友。你看看这两张照片。”

那驴夫将两张照片反复看了几遍，眼里闪出疑惑的目光。他两眼昏花，怎么也看不出这两张照片有什么不同。小云显然了解这老人家的想法。她指着照片解释说：“这是两个孪生兄弟。这一个是哥哥鲁亚，这是弟弟博鲁亚。我们希望找到他们。如果你帮我们忙……”

驴夫摇摇头打断小云的话说：“这恐怕不行！你知道，通常我们这些人，只允许停留到村口的驴客店，不准进村！”

倪信风取出一叠B国纸币，用英语说：“朋友，只要找到这两人中任何一人都行。如果实在找不到，能了解到他们的情况也行！如果能帮我们达到目的，又没有引来麻烦，这些钱就是你的。”

望着黑人打扮的倪信风，那驴夫笑着问：“先生，你的英语中没有一点当地人的口音，显然也不是斯支瓦人，是吗？”

倪信风开始有些后悔自己多嘴。他知道此时否认已没有意义，只好点头承认说：“是！”

那驴夫摇摇头说：“看来，你们这一群人进村，一定会有大麻烦！你们难道不知道，没触底村可不允许外人入内！”

丽娜有些不高兴地用斯支瓦语插嘴说：“老人家，你太小看我们！老实告诉你，我是地地道道土生土长的斯支瓦人。他们俩如果不开口，自然也不会被当成外人！”

那驴夫冷冷地说：“姑娘，这村恐怕比你们想象得要凶险得多！”

倪信风又将那叠纸币在驴夫眼前晃了晃说：“是啊，这就是为什么我要出这么大价钱！”

这一叠钱让那驴夫双眼发光。他沉思着用英语说：“其实，你们要了解这两人的情况，不一定要进村！”

小云说：“老人家，你说说看。”

那驴夫说：“我可以带你去见一个人。他对村里一切情况都了如指掌，当然也包括这两人！”

丽娜问：“他是什么人？”

那驴夫说：“我认识这村已退休的老村长。老人因不满现在年轻人所作所为，隐居在一个地方。”

丽娜说：“老人家，你说说在什么地方？”

驴夫回答说：“我曾经为老村长送食品。那地方十分隐蔽。”

倪信风对小云说：“小云，先去找老村长，或许这真是不错的办法！”

小云犹豫着。不知为什么，她心里突然产生一种不祥的预感。她想说“不”字，可始终没有想出合适的理由。她问：“老人家，你能不能确定见老村长就不会有什么麻烦？”

驴夫说：“那里荒无人烟，离没触底村还有相当一段距离。我想不出会有什么麻烦！”

小云有些无可奈何地说：“好吧！那我们就先去会一会这老村长！”

驴夫举起驴鞭在左侧抽两鞭，驴车拐进左侧密林，来到一片空地。一座小小的山丘前，有一座圆形土房屋，上面盖着茅草，前面没有门窗，只有几个小小的通气口。推开虚掩的小矮门，房内不到二十平方米面积，一片狼藉，桌椅、床铺都被砸烂！

驴夫大叫一声："糟糕！"

倪信风抽出手枪对驴夫大喝一声："你是不是有意把我们骗到这里？"

驴夫并不理会倪信风的威胁，惊恐万状地叫了起来："危险，我们赶快离开这里！"

驴夫话音刚落，前面的密林里便传来了斯支瓦语的呐喊声：

"抓住他们！"

"别让他们跑啦！"

……

·9·

丽娜何曾见过这种场面！看到那些愤怒的人群黑压压向这里冲过来，她紧张地靠在倪信风的身上，用颤抖的声音问："老板，怎么办？"

倪信风本来还算镇定，受到丽娜影响，再看看外面情况，也微微有些惊慌失措！他只好向小云投去问询的目光。小云却很沉着镇静。经观察后，小云从身上掏出小手枪，冷静地说："小倪，不要太紧张！我看这些人只是些乌合之众，手上也没有武器。不过，人数众多，不能让他们靠近。我们先用枪声把他们吓退再说。"

小云朝天连开数枪。倪信风很快冷静下来，也跟着朝天开枪，形成密集的枪声。那群人果然惊慌失措四散奔逃，退回林中。倪信风这才轻轻地松了一口气说："这些人总算退了。"

丽娜此时也恢复平时的冷静，敬佩地对小云说："小云姐，看来，还是你行！"

听到前方林中又响起令人惊心的呐喊声，倪信风焦急不安地问小云："看来，他们不会轻易离开。小云，下一步我们该怎么办？"

小云笑了说："小倪，你忘啦，临行前，犹占里留给我一个'护身符'。"

丽娜问："云姐，什么'护身符'？"

小云解释说："犹占里让他叔叔给这村的现任村长写的一封信。丽娜，你用斯支瓦语向他们喊话，让他们派两个代表来取。"

丽娜用斯支瓦语大声喊："朋友们，我们是你们的朋友。我们到这里来的目的是为了探访朋友。这里有一封穆瓦先生给你们村长的信，请你们派代表来取。"

丽娜的声音十分洪亮，把吵吵嚷嚷声压了下去，周围突然安静下来。过了片刻，从林中走出一老一少两个人。老的看上去有五十岁左右，身材高大，头上卷曲的短发都已白透了，大眼睛、大鼻子、大嘴巴，有几分像鲁亚，脸色很威严，严厉地用英语问："我是村长代表，告诉我，穆瓦先生的信在哪里?"

看到老人身后的年轻人毕恭毕敬的表情，小云估计这人很可能就是现任的村长，但并不想点破。她只是笑容满面地把穆瓦的信递向前："朋友，请看，这是穆瓦先生的亲笔信。"

老人边看信，边自言自语说："果然是这大富翁的亲笔。他总算还没有忘记我们这些穷老乡！他曾帮了我们很多，我当然不能不买他的账！"

老人的话证实了自己的想法。小云亲切地说："村长，穆瓦先生特地吩咐我一定要代他向您问好！"

听说穆瓦向自己问好，老人脸上现出得意的笑容。他看了看手上的纸。信是用斯支瓦语写成的，内容很简单，只是说明，云小姐和她的随行人员都是我们斯支瓦人的朋友，到没触底村附近，只是要访亲探友，望一路上给予照顾！看完这些，村长的眼里闪出警惕的目光，问："云小姐，你们访亲探友，怎么会跑到这个地方来？你跟住在这里的人是什么关系?"

听老村长这样发问，小云没有立即回答。她朝倪信风使一眼色。倪信风会意地点点头，把手中的那一叠B国钞票偷偷地塞给驴夫，又小声用英语吩咐几句。接过钱，那驴夫乐得合不拢嘴，边听倪信风说话，边不停地点头！

看小云没有回答，村长继续追问："云小姐，你们和这房屋的主人有什么关系?"

小云对村长亲切地一笑。她指着驴夫回答："村长，我的朋友，我们根本不明白这是什么地方，更不会认识这土屋的主人！是这位朋友驾驴车把我们带到这里来的！"

倪信风用肘部轻轻地碰了驴夫一下。驴夫急忙插话："他们怎么可能知道这地方？是我的驴自作主张跑到这里来的！"

村长不高兴地问："怎么到这地方来?"

驴夫手指着村长身后的年轻人说："你们村里很多人都认识我，包括你身后的那位年轻人。我只是普普通通的驴夫。以前，我这驴车经常给你们村送货，也曾送食品到这里来过！轻车熟路，今天这牲畜不知怎么地就把我们带到这里来了！没想到会在这里遇上你们。"

看到身后的年轻人点点头，村长心中的疑惑虽然解除，可脸色依然很难看。他对驴夫说："以后可不准再到这里来！"

驴夫唯唯诺诺："是，是！我立即给这蠢驴除去这条路的记忆，再不会到这里来。"

小云脸上现出迷人的笑容，用斯支瓦语对村长说："放心吧，村长，以后，就是给他金山、银山，他也不敢再到这里来了。"

丽娜会意地点点头，也跟着甜甜地一笑，调皮地在村长肩膀上一拍，用地道的斯支瓦语对小云说："小云姐，你别看村长脸上这么凶，他的心肠可善良得很！"

小云故作生气，对丽娜脸色一沉说："丽娜，不得对村长无理！"

丽娜没有理睬，故意亲热地往村长身上一靠，哈哈大笑说："小云姐，你太不了解老朋友。面对我们这样的美女，他怎么会不高兴！他一切都为我们好！你们看，这里这样乱糟糟，有什么好看！"

像许多斯支瓦男人一样，村长也对美黑妞有天生的爱好。这两位前所未见的绝色美女你一言、我一语把老人弄得晕头转向。他应声说："是，是，我可是为你们好！"

小云接着嗲声嗲气地发问："村长，能不能告诉我们，这里发生了什么事？怎么变成这样？"

老人犹豫片刻，口气却温和了许多："这里住着危险人物，你们还是不知道更好！记住，以后千万别再到这里来！对了，你们到我们村来，有什么事吗？"

小云向村长出示鲁亚和博鲁亚的照片，微笑着说："我们来寻找这两位朋友。"

村长望着照片问："你们找博鲁亚还是鲁亚？"

丽娜用很地道的斯支瓦语说："博鲁亚先生和鲁亚先生都曾帮助过我们，都是我们的好朋友。我们就是来找他们俩的，找到谁都一样。"

跟两位美女谈话，村长心情舒畅了许多，话渐渐多了起来："这哥俩很久以前就相继离开了村庄。"

小云说："我们希望能见到他们俩，哪一个都行！我最近得到消息，这兄弟俩可能来到这附近了！"

村长肯定地说："你们不能进村，也没必要！"

丽娜问："为什么？"

村长耐心地说："我不让你们进村，可完全是为你们好。最近，村里又回来了一批从监狱里出来的人，治安很不好，特别针对像你们这样外来的人，实在很危险！"

丽娜微笑着说："村长，那你就跟我们详细谈谈有关他们俩过去的情况吧。"

村长说："关于这，你们算问对人了。村里没有人比我更清楚他们！我亲眼看着这兄弟俩长大。他们从小就失去父母，在近邻的帮助下长大。他们一样都很调皮、活泼可爱，都很讨邻居们欢心。后来，哥哥鲁亚被'三国劳务公司'老经理接走。博鲁亚留在村里，数年后也被他哥接走。"

小云问："他们之间有什么不同之处？"

村长说："长大后，在思想品质方面，他们却相差甚远。哥哥鲁亚很富有爱心，喜欢照顾别人。他手上有什么好东西，总是先分给人家。非但是弟弟，就连附近的小孩都成为他照顾的对象，自然也成了这些孩子的孩子王。现在，他是大经理，可以算是一位大人物，从没忘记我们，还经常派人回来，带来一些捐款。博鲁亚则完全相反，长大后也变得越来越自私，还爱拿别人的东西，所有的邻居都瞧不起他。他被哥哥带走后，一直很少回来！你消息不错，博鲁亚最近确实回过村，不过已经走了。"

小云问："村长，如果我们想找到博鲁亚，什么地方能找到他？"

村长想了想说："据我所知，他十分迷恋一位叫好布鲁娜的美女。听说，前不久有人在好布鲁娜家里看到过他。"

小云问："能告诉我好布鲁娜家在哪里吗？"

村长说："在离这里近百里地的一个名叫匹愧的村庄……"

小云看着驴夫。驴夫插话说："我知道那地方，也见过好布鲁娜，那可真是美女，不过跟你们俩相比还差一点……"

村长接着说："是时候了，你们也该走了，你们也不能再待在这里。你们走吧！我不能送你们了。”

小云无可奈何，只好令驴夫驾车离开。可是，刚走不久就停了下来。小云问：“老人家，怎么啦？”

那驴夫说：“我不能送你们去匹愧村。”

丽娜问：“为什么？”

驴夫说：“我的驴从来没有去过匹愧村。”

小云问：“那你知道，谁的驴去过那里吗？”

驴夫说：“据我所知，附近没有谁的驴车去过那里。”

丽娜焦急地说：“这可怎么办？”

林中传来凌林的声音：“别急！我可以送你们去匹愧村！”

·10·

一听到凌林的声音，倪信风兴奋地迎向前，丽娜紧随其后。看到凌林带着失散的那姆警长等人从丛林中走出来，那驴夫吃惊地瞪大双眼。小云笑着问凌林：“凌，你……”

凌林也笑着说：“当然！你们去冒险，我又岂能袖手旁观！”

那驴夫简直无法相信自己的眼睛，摇摇头说：“这怎么可能？”

倪信风指着凌林身边的吉姆说：“有这位吉姆先生，没有什么不可能！”

丽娜手拿地图接着问：“从地图上看，匹愧村和没触底村，仅隔数十公里，吉姆先生一定能带我们去那里，是吗？”

吉姆没有吭声。凌林指着地图说：“不！吉姆已经探清，这是一片密不透风的丛林，而且中间还横着一道深不见底的深渊。”

倪信风焦急地说：“这该如何是好？”

小云也迎上来笑着说：“小倪，你怎么这么傻！你又不是没去过匹愧镇，而且匹愧村就在镇子附近，去那里何必要走这丛林！”

倪信风也跟着傻笑，拍拍自己的大脑袋瓜说：“对啊，我怎么一时糊涂了。”

小云接着说：“好，我们大家现在先回家，休息一晚，明天再行动。”

第二天，按计划，倪信风和小云还是黑人打扮，和丽娜一起先行。

和没触底村一样，匹愧镇也是在三国交界地带，一条贯穿非洲南北的主干道，正从镇中央穿过。走这条路，从“中国镇”到来不到一小时。匹愧村在镇北郊不到一公里的地方。好布鲁娜是著名的交际花，她的别墅是全村最醒目的地方，倪信风一行自然轻而易举就找到了。

别墅的周围还有一圈供佣人和保安住的小房。前面还有一座楼房，客厅就是一间大酒吧。在那里喝酒聊天的男人，都是在等待好布鲁娜接见的。耐心等了几个小时才轮到倪信风这些人。他们被带到后面一间宽敞的接待室里。好布鲁娜坐在钢琴后面。小云走在最前面，丽娜紧随其后，倪信风走在最后。

确实如没触底村村长所说，好布鲁娜的脸蛋没有小云那么美，跟丽娜差不多，可她的身材却比这两人都好，近一米八的身高，偏瘦却不失丰满，性感而又不风骚，完全像一位模特。从外表上看，很难看出她的实际年龄。可能是由于职业关系，她似乎也比她们更懂得讨男人喜欢。看到他们，她脸上现出迷人的笑容。她站起来，看也不看小云和丽娜一眼，直接穿过其他人，迎向倪信风，热情地问：“欢迎，欢迎！先生，贵姓?”

对好布鲁娜的过度热情，倪信风感到有些尴尬，说：“好布鲁娜小姐，我名叫倪信风。我们有事到访!”

好布鲁娜哈哈大笑，笑得有些造作，却也更迷人：“像你这样的大帅哥，无论为什么而来，都会受到热烈欢迎！你说，你有什么事?”

丽娜脸上出现不屑的表情，刚要开口，却被小云用目光制止住。丽娜很理解小云的意图。此时，让倪信风出面是最佳选择。她只好跟小云一起，气恼地躲到一边，没有吭声。

小云将博鲁亚的照片偷偷塞给倪信风。倪信风会意地点点头，就向好布鲁娜出示照片说：“我们都是博鲁亚的朋友，很想见到他。我们去了博鲁亚的老家没触底村，没找到人。村长说，有人在这里看到博鲁亚，是吗?”

听到博鲁亚这名字，再看看照片，好布鲁娜的脸色微微一变，却又很快平静下来。她没有正面回答倪信风的问题，只是感叹说：“唉，我从没触底村出来后，就没有再回去，不知不觉已过了好多年。老村长还好吗?”

从小云手里接过照片时，倪信风感到沉甸甸的。以前，每次跟小云一起行动，他大都是当配角，给人以一种可有可无的感觉。这一次，他被推到前台，面对的又是特别难缠的交际花。开始，他有些不知所措，但很快就进入了角色。或许连他自己也不知道，在他身上却存在着很大的潜力，只是一直没有机会发挥罢了。现在，他调动全副精力，突然感到头脑也灵活了许多。好布鲁娜脸上细微的变化并没有逃过他的眼睛。他还感觉出博鲁亚在她心中的地位。他要努力从这女人嘴里套出博鲁亚的行踪。他知道这绝非易事。一时间，还想不出什么好办法，他只好先顺着好布鲁娜的话题说："老村长很好！他说，他也很想念你。"

好布鲁娜叹息说："我也很想念他们。我自小在这村里长大。那里的人都对我很好，真是令人难忘的岁月！"

倪信风也跟着感叹说："那可真是令人难忘的地方！虽然第一次到访，却在我的脑海里留下深刻的印象！"

好布鲁娜赞叹说："我记得，那个村可不像这里。这里，各种人都可以自由进出，甚至还有不少外国人。那里可不行，向来不欢迎外来人。而你们不但进去了，还见到村长，真不简单！"

倪信风笑着说："我们自然有我们的办法！"

好布鲁娜问："从英语口音看来，你绝非本地人！能告诉我，你是什么人，干什么的？"

倪信风内心中的潜力一旦爆发，就越发不可收拾。他口若悬河，现编现说："我个是商人，是从B国'中国镇'来，主要做那些中国人的生意。"

好布鲁娜又甜甜地一笑说："做生意的好！我就喜欢接待商人！"

倪信风并没有忘记自己的使命。见好布鲁娜已经放松了警惕，他感到时机成熟了。他要再次把话题引向博鲁亚："做生意也不容易啊！记得有一次，我仅仅因为暂时资金周转不灵，延误了上税的时间，吃了官司，被关进大牢。博鲁亚是狱长。他很同情我的遭遇，替我上诉，帮我脱离牢狱之苦。我心里万分感激。现在，我发了。我没有忘记他的恩情，如果没有他，哪会有我的今天！我真想找到他，再次向他说一声谢谢……"

好布鲁娜脸色一沉，打断倪信风的话说："我警告过你，不要再提到博鲁亚这人！是的，他是我的老乡，也曾是这里的客人。可现在他是通缉犯，在我这里从来不会欢迎通缉犯。"

倪信风愣住了，他不知该再说什么。看到倪信风现在这个样子，好布鲁娜的脸又放松下来，很快恢复迷人的神态，亲切地拍着倪信风的肩膀撒娇说："亲爱的，你知道，到我这里来的可都是有头有脸的人。如果让他们知道我跟通缉犯有来往，人家可怎么做人。来到我这里的男人，可都是为了放松自己的，何必要说这不愉快的事！我们谈谈轻松的话题，好吗？”

·11·

倪信风本就不善于交际。眼看好布鲁娜脸色一沉，他有些不知所措！看来，要从好布鲁娜嘴里套出博鲁亚，几乎不可能了。他垂头丧气说：“你这么一生气，我真不知还有什么可说！”

看倪信风这样态度，好布鲁娜脸色又缓和下来。她的工作就是陪客人散心，自然很清楚该说什么。她微笑着讨好说：“你就跟我谈谈‘中国镇’的事。我一直没有机会去，可那里在我心里却留下很深的印象。这里有很多客人都来自‘中国镇’。他们跟我说了很多事，我都很喜欢听！对了，你们‘中国镇’里的头面人物穆瓦先生也曾经是我这里的常客。”

这场戏由倪信风唱独角戏，丽娜很不放心，好几次要插嘴帮忙，都被小云制止了。小云很了解倪信风。她相信倪信风身上的潜力是逼出来。她还希望能多给他机会单独历练。她跟丽娜坐在旁边，静静地倾听着。听好布鲁娜提到穆瓦时，她忍不住对丽娜微微一笑。丽娜不由地在眼里流露出佩服的目光。

原来，临离开没触底村前，小云的脑中突然灵光一闪，觉得村长手中的那张“护身符”，或许还有别的用处。她偷偷地让丽娜帮忙，一起努力从村长手上要回那张穆瓦写的纸条。当然，这表面上似乎又是不可能办到的事。她和丽娜相互合作，使出浑身解数，一展魅力，把村长弄得晕头转向，趁机取回了那张纸条。丽娜一直想不通，事后一直埋怨，这纸条有什么用。此时此刻，丽娜不得不从心里佩服小云的远见。

小云靠向前，悄悄地把那纸条塞到倪信风手中。倪信风精神一振，口齿又利索了许多。他赞不绝口：“好布鲁娜，你真不简单！连穆瓦这样的大人物也是这里的常客！在我们镇，他可真是无与伦比的大人物，连镇长也要听从他的。他也是我的好朋友。知道我们要去没触底村，他还特地帮我们写封信给村长。”

看好布鲁娜眼里还流露出怀疑的目光，倪信风把那纸条递向前说：“对了，这张纸条还在这里！”

看着这纸条，好布鲁娜的心情又放松了许多。她点点头说：“这果然是穆瓦的亲笔信！这么说，你真是穆瓦的朋友！”

倪信风挖空心思地编故事说：“当然！穆瓦是大人物，我们经常在一起。我们的关系可以说亲密无间，还常在一起喝酒。记得，有一次我们还一起去参加中国商人举办的派对。那可是中国人最重要的节日。那晚宴可真丰富，我平生第一次经历，给我留下深刻难忘的印象……”

好布鲁娜也听穆瓦提过这次派对，她很感兴趣地说：“倪先生，请你详细说说这派对！我喜欢听！”

那一次的辜家春节派对本来就是由倪信风一手操办的，由他的口叙述，当然要生动得多。好布鲁娜听得有些入迷，渐渐地放松了警惕。倪信风当然时刻都没有忘记自己的使命，一直在等待着这机会。他趁机说：“穆瓦先生说，那一天，他本也想请博鲁亚一起去，可惜博鲁亚有公事。”

好布鲁娜不由自主地脱口而出：“那真是太遗憾了！博鲁亚从小跟我一起长大，他跟我一样，对这样的事很感兴趣！”

倪信风编排得越来越顺口：“穆瓦也知道这些，他许诺下一次再有机会无论如何要让博鲁亚一起去见见世面。可惜，博鲁亚出事了。”

好布鲁娜说：“我也没想到博鲁亚会出这种事。”

倪信风指着身边的小云和丽娜说：“我们这些人都相信博鲁亚一定是被冤枉的。我们希望你如果有机会，请转告他，我们都支持他。”

好布鲁娜顺口说：“好。”

听好布鲁娜这么说，倪信风心中一阵惊喜，不由地也表露在脸上。他接着说：“好鲁布娜小姐，能不能想办法让我见他一面……”

好布鲁娜本来很警觉，刚才只是一时麻痹大意。现在，倪信风脸上得意的表情让她猛醒。她突然收敛了笑容，脸色一沉打断倪信风的话说：“真遗憾！一开始我就提醒你不要再提到这个人。倪先生，你一再违反，让我很失望！我不得不宣布，你是这里不受欢迎的人！现在请你立即离开！”

倪信风后悔自己表演过头，还想着弥补，可终究来不及了。好布鲁娜下逐客令，并让保镖带他和小云、丽娜一起从后门离开。那里是一片僻静的森林，从地图上看，从这里一直连到没触底村。沿着小道绕向前门，突然从林中窜出几人，用枪指着他们。其中一人用带斯支瓦腔的英语大喝一声：“举起手!”

猝不及防地面对这些持枪蒙面匪徒，小云只好举起双手。她用余光把四周扫了一遍，寻找适当的机会摆脱困境。她了解南非匪徒，通常只是为财，并不伤人，关键是不要轻易反抗。倪信风头脑里还在为在好布鲁娜面前的表现后悔，还没完全明白怎么回事，也稀里糊涂地跟着举手。他很快就反应过来，企图反抗，却被小云用目光制止住。丽娜也举着手，用当地语祷告……

有一个身材魁梧的蒙面人举枪向小云靠近。倪信风急迎向前，并把身子挡在小云前面问：“你们想要什么，尽管对我说。”

这位蒙面人气势汹汹地问，那英语中的斯支瓦口音更浓：“老实说，你们是什么人?”

倪信风面带微笑说：“我们都是生意人。我们可以给你们足够的钱，交个朋友吧!”

那人大喝一声：“胡说！你不说老实话，当心你们的脑袋!”

……

有倪信风挡在前面，这是绝好的机会，小云可以拔枪反抗。当然，她知道这必须要有绝对的把握！她向来谨慎小心！她的目光再一次仔细巡察四周。发现在林中看到有影子晃动，她不敢轻举妄动!

就从这方向，传来几声枪响。她看到，蒙面人手上的枪支纷纷落地。从林中，有人分别用当地语和英语叫道：“我们是南非警察，命令你们放下武器投降!”

那些蒙面人急忙向林中逃窜。小云拔出枪正要往前追，凌林走出森林大声喊道：“小云，穷寇勿追!”

小云停住脚步，从地上捡起蒙面人的手枪，心存怀疑说：“新式美国造的，什么样的匪徒会有如此先进的武器？而且还带斯支瓦口音，这些人到底是什么人?”

凌林笑了说：“这些人当然不是普通匪徒，而是好布鲁娜的保镖。”

倪信风吃惊地叫道：“好布鲁娜的保镖?”

·12·

知道小云此行凶险异常，凌林怎么可能坐视不理。他带着他的佣人吉姆跟在后面。这吉姆可是“丛林人”，他有特异功能，当小云一行在没触底村被围困时，吉姆已经替他们找到一条逃生的通道。后来，小云自己凭“护身符”化险为夷，而且还找到新线索！

凌林接着对小云说：“当时，你们做得很不错。后来，我们又跟着你们到好布鲁娜家，一直在外面监视着。看来，你们这次行动似乎不尽人意。你们一离开，好布鲁娜就派保镖蒙着脸跟踪……”

小云指着倪信风埋怨说：“都怪这人太性急！”

听倪信风介绍经过后，凌林安慰说：“小倪，别后悔！你第一次当主角，应该说表现还算不错了。”

丽娜也跟着附和说：“我就觉得，我的老板表演得还算精彩！”

凌林又问小云：“小云，你们如此匆忙去找好布鲁娜，是不是有些冒险？”

小云疑惑地问：“冒险？”

凌林笑着说：“小云，你向来很理智，今天怎么啦？”

看小云不好意思地低着头，凌林继续说：“如果，你们去找好布鲁娜之前，能预先对她的背景做一番了解，结果或许会更好些。”

小云不以为然说：“好布鲁娜不过就是一位高级娼妓，会有什么背景？”

凌林摇摇头说：“小云，你怎么变得这么主观？当你们在等待的时候，我联系南非警察，已经了解了有关好布鲁娜的情况。原来，她在三国边界原住民中，可是响当当的人物，跟白道、黑道、上层人物以及底层平民关系都很密切。G国那几个直接参与辜老板灭门惨案的匪徒的头领跟她关系就非同一般。那帮匪徒解散后，有部分成员就投靠她，成为她的保镖。因为没抓到现行犯罪证据，也畏惧她的势力，南非警察也不敢随便动她！”

小云后悔说：“看来，还是我考虑不周！”

凌林说：“无论如何，这次行动，收获还是不少。”

倪信风兴奋地问：“有什么收获？”

凌林说：“我想，或许我们已发现博鲁亚行踪。我怀疑，他很可能藏在里面!”

小云问：“凭什么这么说?”

凌林解释说：“首先，凭你们刚才所说的经过，好布鲁娜的种种异常表现；其次，凭博鲁亚和好布鲁娜非同寻常的关系，这里是他最理想的住处。另外，凭好布鲁娜的实力，凭她的胆识，以及她在这里的势力，她也敢这么做。”

倪信风恍然大悟说：“对，在跟她说话中，我似乎也有这种感觉。”

凌林笑着说：“小倪，经过这次锻炼，你进步不小。是的，从她的讲话中可以看出，似乎不久前她还跟博鲁亚会过面。另外，吉姆潜入宅内，在东南角还发现一密室，那可真是藏人的好地方。”

小云问：“下一步我们该怎么办?”

凌林没有立即回答。他带开玩笑的口气问倪信风：“小倪，你当了一回大主角。你能不能替我描述这好布鲁娜有多美?”

倪信风红着脸，老实承认说：“我看，这个女人也不怎么样，比我们这两位美女可差远了。可不知怎么，她就是有一种特别迷惑人的力量!”

丽娜在倪风信的背上重重一捶说：“所以说，她是狐狸精！你给我小心些!”

小云心里很清楚，凌林从来不跟他们开这类玩笑。或许，他的话另有深意。她也带开玩笑的口气问：“凌，你自己也想去见识、见识?”

凌林意味深长地说：“对，听你们说这些，我心里也痒痒的，也真想亲自去会会她!”

小云会意地说：“你去吧！我们会把四周看得紧紧的!”

说完这些话，凌林并没有离开。他跟大家一起静静地等待在林中，一动也不动。倪信风首先忍不住发问：“凌，你不是要去会一会好布鲁娜，还在等什么?”

凌林笑着说：“小倪，别着急，你很快就会知道了。”

原来，那些蒙面匪徒逃窜，凌林就让吉姆继续跟踪。没过多久，吉姆回来报告说，那些人从后面进入了好布鲁娜大院。听完这些，凌林说：“好，我们可以行动了。我跟小倪，还有这两位南非警察一起去见好布鲁娜。小云，你带领其他人监视大院。听吉姆指引，找机会抓捕博鲁亚。”

凌林又对吉姆说：“吉姆，你先跟大家介绍好布鲁娜大院的内部分布，以及那密室的位置。”

听吉姆介绍完毕，凌林又说：“吉姆，你帮助云小姐。如果抓获博鲁亚，你就发一声长啸。”

丽娜紧靠着倪信风，对凌林说：“凌医生，我也跟着倪老板一起去。”

凌林对小倪点头说：“好！你们俩走在前面。小倪，你应该知道怎么做！”

倪信风点点头，就和丽娜重返布鲁娜大院。凌林远远地跟在后面，一路上对那两位南非警察低声吩咐着，告诉他们，目的是要想办法惊动暗藏在密室里的人……

倪信风并没有再去接待室，而是直接去闯好布鲁娜的大楼，被保安拦住。倪信风大声嚷嚷：“进去告诉好布鲁娜小姐，我马上就要再见她。”

倪信风有意把嗓门放得很大，使好布鲁娜在里面也能听见。她走出来，很气恼地问：“倪先生，你又回来干什么？”

倪信风说：“好布鲁娜小姐，在回去的路上，我们遇上蒙面匪徒。”

好布鲁娜明知故问：“那你应该到警局去报案，来这里干什么？”

此时，凌林和南非警察从后面走到倪信风身边。倪信风指着警察说：“幸好遇上南非警察，我们总算转危为安！”

好布鲁娜冷冷地说：“那我恭喜你！你们该走啦！”

倪信风当然不会离开，可一时不知该说什么。丽娜生气地插嘴：“走就走，谁稀罕这乱七八糟的地方！”

那两位警察走到好布鲁娜前面，出示证件。凌林接着说：“好布鲁娜小姐，这两位是南非本地的警察。他们亲眼看见匪徒逃进您的大院。为了您的人身安全，我希望您能让警察四处走走，把他们揪出来。我保证，他们决不会影响你们大院的正常活动！”

凌林这个中国人出现，很快就引起了好布鲁娜的好奇。在她这里有各种各样的人，就是没有过中国人。（倪信风当时是黑人打扮。）她的脸上又出现平时常见的笑容，虽有些做作，却很迷人。她问：“先生，我能知道你的名字吗？”

凌林递上自己的名片说：“我这次到南非出差，刚巧碰上这事。”

看完名片，好布鲁娜走向前，上下打量凌林一番问：“你是不是那位曾经为布塔里部落服务过的中国医生？”

凌林点点头说："是！我曾经是布塔里部落酋长的御医，那是很久前的事了！"

好布鲁娜表现出平时罕见的热情说："凌医生，久仰大名，今天才有幸相见。你今天算我这里最重要的贵客。走，到我的客厅里坐坐！"

对好布鲁娜的热情，凌林亲切地笑了笑表示回应。他指着倪信风和那两位南非警察说："我可以跟您进去。不过，我心里不能不替您担忧，说不定那蒙面匪徒还在大院某个角落。您不如派个保镖带他们到四处转转！"

好布鲁娜不以为然地说："凌医生，你别担心！我这里可以说是戒备森严，哪个匪徒敢来这里捣乱！"

凌林坚持说："不！跟这两位警察一样，刚才我也亲眼看见蒙面匪徒从后面闯进这个大院。我以为您还是小心为妙！"

好布鲁娜手指一位保镖说："你就带他们四处转转！"

说完，好布鲁娜就亲热地牵着凌林的手往里走。好布鲁娜让凌林坐在正中的沙发上，自己从酒柜深处掏出一瓶酒瓶结构奇特、外形有些像大炮的酒，倒了两杯说："凌医生，我知道，你在非洲多年，你认得这酒吗？"

凌林笑了："我在布塔里待了那么多年，当然知道这个。这是用丛林中一种稀有的果子酿成的，名叫'阿玛鲁'。"

好布鲁娜说："对！在这国家，它比法国的XO还珍贵。这是我这里的唯一一瓶，一直还没打开过。"

见好布鲁娜举杯，凌林也跟着举杯说："我感到太荣幸了。"

好布鲁娜动感情地说："我早听了许多有关你在布塔里部落的事迹，很受感动！"

凌林谦逊地说："我只是碰巧有些奇遇。我本人可没有做什么！"

好布鲁娜说："你的事迹引起我许多联想。我常想，我们部落在没有被瓜分之前，如果能遇上你该多好！"

凌林心里挂念着外面的行动。他竖起耳倾听着，脸上却不动声色地笑着应付说："据我所知，你们部落被瓜分，那是很久以前的事了。那时候，我还不知在哪里。"

好布鲁娜深深地叹了一口气说："唉，是啊！我们部落已被瓜分了好几十年！"

凌林还是侧耳听外面的声音，随口说："我想，被瓜分未必是坏事，而独立也不见得一定是好事！"

好布鲁娜紧靠凌林身边说："我们这些人就是想独立，再不要受人欺侮！"

凌林可是见过世面的人，他并没有有意退缩。他边应酬，边继续倾听着外面的声音。

终于，从外面传来吉姆的长啸声。

·13·

听到吉姆的长啸声，凌林心中一阵兴奋，脸上却依然不动声色地说："好布鲁娜小姐，对不起，我有急事要先走！"

好布鲁娜把头靠在凌林胸前说："凌先生，哪能就这样走了。我还有一个更有趣的地方。跟我走，我保证不会让你失望！"

凌林故意流露出失望的表情说："真的很遗憾！这一次不行。如你所知，我此次南非之行，还有很重要的任务。我一定要走！"

好布鲁娜依依不舍地问："你什么时候还会再来！"

凌林笑着说："这个地方，不是我能经常来的！不过，只要有缘，以后一定还会有机会相见。"

好布鲁娜还想留凌林，一位保镖惊慌失措地进来，在她耳边耳语一句。她脸色大变，咬牙切齿地对凌林说："凌医生，你太让我失望了！你们滚吧！"

没有心思理睬好布鲁娜，凌林急匆匆地往外走。他眼尖，发现那保镖还在远远地跟踪自己。

一切都在凌林的预料之中，博鲁亚果然被抓了。想到好布鲁娜临别时那恶狠狠的眼神，凌林一刻也不想在这是非之地多停留。他请南非警察派两辆警车，一辆在前面开道，另一辆跟在后面。他亲自押着博鲁亚坐上一辆中巴紧随其后，要连夜回"中国镇"。

一路上，凌林一边警惕地注视道路两侧，一边倾听丽娜叙述驱赶出博鲁亚的过程。丽娜英语水平相当高，讲得也很生动。她说得眉飞色舞："……虽然我自己也是黑人，可我不得不承认，我们这些黑人的头脑就是不如你们中国人灵活……"

倪信风打断丽娜的话说:“你绝对是例外!”

丽娜得意地笑了,继续说:“当然!而那两位南非警察可以说是笨到家了。事前,他们还偷偷地对我们说,我们的目的是要把躲在密室的人赶出来,可却一直在那座怀疑有地下密室的小楼前不肯离开。他们坚持要进去搜查,那保镖不同意。他们没有办法,只是没完没了地跟保镖争论。他们也不想想,他们站在那里,那躲藏在密室里的人,怎么敢溜出来?还是我们老板聪明。老板故意大声嚷嚷,先生,你刚才不是已派人去申请搜查证,现在也快来了。走,我们快过去拿搜查证去!我们一离开,博鲁亚就再也待不住,偷偷地溜了出来,被逮个正着……”

说完,丽娜和倪信风一起哈哈大笑。小云也不由自主地跟着笑了,却又很快收敛了笑容,用中文提醒倪信风说:“不要太得意忘形,你需要学的东西还多着呢。”

倪信风一向最听小云的话。他急忙谦虚地说:“小……小云,你……你说得对!”

看这两人突然用中文嘀嘀咕咕,丽娜心里有些不高兴。她对倪信风撒娇说:“老板,以后在我面前不准讲中文!”

小云有意气丽娜说:“有的话,我们就不想让你知道。”

倪信风讨好丽娜说:“好,以后我加紧教你中文!”

丽娜脸上乐开了花说:“我会努力学……”

小云心里很不高兴,又用中文挖苦倪信风说:“小倪,自从认识这黑妞后,你变化不小,越来懂得讨女人欢心!”

倪信风被呛得一声也不敢吭!

……

他们三人就这样一路上争争吵吵。凌林并不特别注意听他们讲话。从汽车的后视镜中,他发现好布鲁娜手下的车在远远地跟踪着。要如何摆脱这些强悍的保镖?他头脑里在紧张思索着,一定要把他关到秘密而又安全的地方……

镇警局的林中“秘密拘留所”是最理想的地方!如何摆脱尾巴,神不知鬼不觉地把博鲁亚关到那里?他一时拿不定主意。看看后座的博鲁亚以及他身边那位穿制服的警察,在体形上几乎一模一样,他不由地心中微微一动。

再看看倪信风，他计上心头，用中文说："小倪，你真的今非昔比！看来，这次行动，注定由你开始，也由你来收官。成败就看你啦！"

倪信风疑惑地问："凌，什么意思？"

小云冰雪聪明。她也早已发现了这个尾巴。从凌林的表情上，她猜到凌林心中的想法。她也感到靠倪信风单独行动，或许是最佳选择。她带开玩笑的口气对倪信风说："小倪，这可真是由你演独角戏最佳机会！"

从小云的表情上，倪信风更加莫名其妙。他问："云，我还是不明白！我们现在不是坐在一起，怎么说让我单独完成任务？"

小云启发说："小倪，你朝后视镜里看看！"

倪信风当然并不傻，终于也发现跟踪者，恍然大悟说："我怎么一直没有发现我们后面还有尾巴。莫非又是好布鲁娜的人？"

小云说："除了这些人还会有谁？"

倪信风不以为然说："云，我就不信！莫非，他们这些人还敢在光天化日之下劫囚不成！"

小云说："公开劫囚他们倒不敢！可我们也别小看了这些人。如果让他们知道博鲁亚关押的地点，恐怕以后还真有麻烦！"

倪信风担忧地问："那该如何是好？"

小云笑着说："小倪，你别着急！我想凌心中已经有主意了。"

当小云和倪信风在谈话之际，凌林已经把整个计划想完整了。他从小箱里取出一瓶药递给倪信风说："小倪，这是安眠药，让博鲁亚喝了，可以让他睡好几个小时。"

倪信风问："以后该怎么做？"

凌林指着博鲁亚身边的警察说："抓到博鲁亚时，我已经给我们'中国镇'的警局去电话，让他们派警车到边境接我们。到时候，让这位警察穿着博鲁亚的衣服由我们押送回去。跟踪者一定会和我们一起到'中国镇'去。你和熟睡的博鲁亚留在车上，先跟南非警察一起回去，然后寻机会从小路将博鲁亚押送到丛林中警局的'秘密拘留所'。"

倪信风神色慌张地说："就由我一人押送如此重要的犯人，这怎么行！"

听这些人又讲起中文，丽娜心中很不高兴。她天生机灵，从这三人表情中能猜出，这些人一定在商量大事，只好勉强容忍着。看到倪信风的紧张表情，终于忍不住了，她靠近老板耳边关切地问："老板，你怎么啦？"

倪信风小声用英语回答说："我们在商量……"

小云知道，此时博鲁亚一定在拉长耳朵听大家讲话。担心会泄露机密，她急忙打断倪信风的话。她把丽娜拖到身边，然后用手指着博鲁亚小声说："丽娜，我们说中文，绝不是想瞒着你，只是不希望让他听到秘密！"

丽娜小声问："你们到底在说什么？为什么老板脸上会出现紧张的表情？"

小云暗暗抬高一点点音量。相信博鲁亚一定会听清楚自己的话，她有意一脸严肃并带威胁的口气说："抓到博鲁亚后，我们已给镇警局去电话。上级指示，博鲁亚是要犯，无论如何不能再让他跑了。路上一旦出现状况，他如果不老实，企图逃跑，可以当场击毙！听了这些，你老板能不紧张吗？"

博鲁亚显然听清了这话，脸上露出恐惧的表情。他老老实实地服从倪信风的命令，接过那瓶药一饮而尽，没过多久，就沉沉入睡！

靠近边境，倪信风又不安地问："凌，真的让我单独行动？"

凌林笑着说："小倪，你别担心！我已让吉姆开车接你。有他在，你别担心会有人跟踪！"

· 14 ·

一路上，听倪信风和小云都在说说笑笑，凌林感到自己有些老了。一整天奔波下来，他觉得有些累了。回到辜家大院，他还牵挂着倪信风这场独角戏的结果。有吉姆暗中帮忙，理应不会出什么意外，可毕竟事关重大，他难免还是有些担忧。他靠在沙发上，等待吉姆回来，不知不觉地睡过去。

他做了个梦，梦见自己还是坐在好布鲁娜的客厅里。跟好布鲁娜谈天说地真的很愉快。她很懂得如何讨男人欢喜。她的笑容让人感到一种很难抵制的诱惑。他不记得自己说了句什么话得罪了她。她突然变脸，变得十分恐怖。他猛地惊醒过来，发现她确确实实站在面前。他终于明白，这不是梦！

此时，好布鲁娜完全是另外一副嘴脸。她怒目圆睁，一脸杀气腾腾，手上还握着把带消音器的手枪，枪口正对准自己的胸口。他吃惊地问："好布鲁娜，你怎么在这里，手里干吗拿着这东西？"

好布鲁娜冷冷地说："凌医生，你还真健忘！你在我眼皮下抓走我的人，难道我会轻易放过你吗?"

凌林故作恍然大悟:"原来是为了博鲁亚的事!"

好布鲁娜叹一口气说:"唉!凌医生，你太让我失望。我那么尊敬你，热情接待你，而你却欺骗了我，诱捕了我的情人!"

凌林也跟着叹息说:"唉!好布鲁娜小姐，你不知道，我也是不得已而为之啊!"

好布鲁娜不以为然说:"我不信，你会有什么不得已的理由!"

凌林不是第一次遇到这种情况，并没有惊慌失措。他平静地说:"好布鲁娜，我想，像你这样消息灵通的人，不会不知道，我目前的临时身份吧!"

好布鲁娜说:"我后来才知道，原来你是'中国镇'警局的顾问!我真想不到，像你这样的人，居然甘当政府的鹰犬!"

凌林说:"我当镇警局的顾问，自有我的理由。我这次去南非的任务就是抓博鲁亚。职责所在，请你谅解!"

好布鲁娜气愤地说:"不，我不会原谅你!"

凌林坚定地说:"博鲁亚作为重大疑犯，理应到案接受审判。你实在不肯谅解，我也没办法!"

好布鲁娜用带威胁的口气说:"凌医生，或许你还不知道吧，我以前也曾在南非当过土匪!"

凌林已经从南非警察那里听说过有关好布鲁娜的历史。他还知道，当时没触底村里发生一起命案，把她牵扯其中，她被逼上梁山，加盟南非的黑帮。后来，警局出面替她平反，撤销对她的逮捕。她终于改邪归正，又走上正道。他见多识广，相信她不会轻易开枪。他微微一笑，开玩笑般地说:"我知道，你当时是被逼才参加南非黑帮。可你怎么看都不像土匪啊!我相信，你不会毫无道理地随便杀人!"

话刚出口，凌林开始有些后悔。他看到好布鲁娜双眼射出凶光。她打开手枪的保险，声色俱厉地问:"凌医生，你难道以为我不敢杀你?"

看到好布鲁娜脸色大变，凌林沉默了。他知道，此时每说一句话都要特别小心。沉思片刻，他才开口说:"好布鲁娜小姐，我相信你的胆略，更相信你的智慧!"

好布鲁娜问:"什么意思?"

凌林说："你想想，我以前从不识认博鲁亚，更不会跟他有任何私人恩怨。你也知道我的为人，我向来公正无私。现在只有我可以保证博鲁亚会得到公平的待遇。"

好布鲁娜动感情地说："凌医生，你如果了解我跟博鲁亚之间关系，就知道我不可能原谅你！我跟博鲁亚是青梅竹马。长大后，虽然各走各的路，各有各的异性朋友，可在我们的心中都把对方摆在第一位。他落难了，本也不想躲在我那里，是我向他保证……"

看她伤心得说不下去。她说得很动人，凌林被感动了。他真有些同情她，恳切地说："好布鲁娜，真的很抱歉！"

她口气坚决地说："不！我不接受你的道歉。你必须帮我，否则你必须死！"

他问："你要我怎么帮你？"

她恳求说："我求你，请你告诉我，博鲁亚关押在什么地方！"

这当然不能说，凌林只好推辞说："我奉命把他送到警局。以后的事，我不知道！"

她咬牙切齿说："你真的这么绝情！"

他看到她的脸色变得越来越难看。他知道，此时她不能被激怒！在他的一生中，何止一次面对这样的困境，每一次都能从容地渡过难关，这一次也不例外。他动情地说："好布鲁娜，你的经历很感人，我非常同情。真的，我现在也很想帮你。可是我确实不知道博鲁亚关在哪里。但是，我是个顾问，我可以用我的影响力，向他们施压，保证博鲁亚的安全！"

见好布鲁娜没有再吭声，脸色也缓和了许多，凌林说服说："好布鲁娜，据我所知，博鲁亚只是受人指使而犯罪。他的罪也只是滥用狱长的权力，把杀手派放进重犯的牢房内。他既不是主谋，也不是直接凶手。只要他交代一切，我会为他向法官求情轻判！"

好布鲁娜摇摇头伤心地说："你不了解他。他不可能这样做！"

凌林说："你可以写封信劝他！"

好布鲁娜苦苦哀求说："他也不会允许我这么做！凌医生，我相信，你一定会有办法帮我！我求你！只要能救出他，你要我干什么，我都愿意……"

门外传来的脚步声打断了好布鲁娜的话。吉姆敲门叫道："医生，医生！"

来之前，好布鲁娜早已准备好退路，预先开了房内一扇窗子。听到敲门声，她纵身跳出窗外，消失在夜幕中。

凌林打开门，吉姆手持武器问："医生，我听到好布鲁娜的声音，要不要把她追回来?"

凌林笑着说："吉姆，随她去吧！我刚才只是做了一场梦，梦见我们不想见的人!"

吉姆侧耳听了片刻，说："医生，你梦中的人已经走远了。"

凌林问："吉姆，你辛苦啦！博鲁亚已经关到秘密拘留所了，是吗?"

吉姆说："是的！由那姆和约翰警长看押。倪先生和我一起回来了。"

·15·

好布鲁娜突然到访又匆匆离去，让凌林再也无法入眠。他心里突然产生一种不祥的预感，为博鲁亚的安全担忧。因为其他拘留所里肯定有博鲁亚的人，不太安全，他才想到这秘密地点。当时，他以为万无一失，可现在不知怎么的，心中总感到有些不安。好不容易熬到天微亮，他让吉姆开车送倪信风和自己一去看看。

只有鲍比局长和少数的几个亲信知道这个地方。鲍比警官刚当局长时，为了关押当地的黑帮头目，特地在这密林丛中建了这个秘密拘留所。不认得路的人，在这如迷宫似的密林中很容易迷路。当然，对吉姆这"丛林人"而言，这自然算不了什么。轻车熟路，没过多久，他们就到达了目的地。看到早已停着好几辆警车，凌林不由地心里一紧。看来，真的出大事了!

那姆警长带着约翰警长匆匆迎上来。那姆警长带着颤抖的声音说："长官，对不起!"

凌林紧张地问："博鲁亚怎么啦?"

那姆警长结结巴巴地说："他……他自杀身亡了!"

凌林问："确实死啦?"

约翰警长垂头丧气地接着说："死了。没救了!"

凌林继续追问："他真的是自杀?"

那姆肯定地回答："是的!"

凌林心中有些奇怪，那姆为什么说得那么肯定。他脸上依然不动声色，说："那姆警长，约翰警长，请你们说说经过，尽量说得仔细些！"

那姆警长心情稍稍平静了些，说："一接到鲍比局长的秘密指示，我就立即带着约翰警长到这里来。没过多久，倪先生和吉姆先生押送沉睡着的博鲁亚就到了。我对疑犯全身检查一遍，没有发现什么不正常情况，就把他关在小房间内。我和约翰警长就一直守在外面。"

凌林又问："当时，你们有没有发现四周有什么异常情况？"

约翰警长回答说："没有！送倪先生和吉姆先生离开前，我还特地和他们一起对四周进行了巡察，没有任何异常发现！之后，我就和那姆警长一直守在外面！"

那姆警长接着说："我们两人一起守在外面，一刻也没有离开！突然，从房内传来一声枪响，我看手表，是零点十分。我带着约翰警长进去，看到博鲁亚就躺在床上，头部中枪，手上还拿着小手枪！我急忙打电话通知警局……"

凌林问："小手枪？他怎么会有小手枪？"

那姆警长痛心疾首说："那是我的错！我替博鲁亚搜身，漏搜了他的靴子。看来，枪是藏在那里带进去的。"

据凌林所知，那姆警长在警界服务时间不短，是相当有经验的刑警，怎么会发生如此低级错误？他没有说出来。他知道此时说这些也于事无补。况且，这两天那姆警长的忠诚给他留下很深的印象。在抓捕博鲁亚的过程中，那姆警长更是功不可没，使他更不好意思多批评。他听见那姆警长说："凌医生，你来得正好！局里来的刑警正在里面侦察现场，正等待着你到来。"

凌林对倪信风说："走，我们进去看看！"

房间很小，仅数平方米，除一套桌椅和一张小床外没有别的家具。唯一的一扇窗，安有铁栏杆，窗门紧闭着，还布满灰尘，估计好久没有打开过。死者高大的身躯就躺在床上，头部中枪，伤口上的血还没有完全凝固。伤口四周头发被烧焦，显然是近距离开火。死者右手还握一支小手枪……

看到凌林，一位刑警汇报说："房内除死者本人外，只有那姆警长和约翰警长的脚印、指纹。死者近距开枪，子弹直接进入脑内，当即就死亡。从弹道走向来看，应该像自杀。从血块凝固情况判断，死亡时间应该不超过三小时。进一步情况，还要送到局里再进一步检验……"

看完这一切后，那刑警问："凌医生，你有什么新的发现?"

凌林赞同说："你是这方面专家，做得很好！其他情况，我们回警局后再进一步研究!"

此时，凌林发现在桌上摆着录音机。他知道那是为审讯而准备的。他惊讶地发现机内带子已经用了大半。趁刑警们不注意，他取出带子，跟大家一起从房内出来。他听见倪信风用中文低声嘀咕："糟糕！这下线索又断了，早知……"

倪信风说得对！此时，凌林自己何尝不是肠子都悔青了。他真应该先在南非审问博鲁亚后再回来。尽管，他相信像博鲁亚这种人的心理防线不是那么容易被攻破，不会轻易供出所需要的情况，但至少可以从博鲁亚的态度做出些有益的判断。现在，博鲁亚死了，完全失去一切机会。当然，他头脑不会停留在后悔上，他想得更多!

回到宰家大院，凌林问倪信风："小倪，你对博鲁亚的死有什么看法?"

倪信风深深地叹了一口气说："唉！博鲁亚可是重要的证人，就这样自杀死去，真的太可惜!"

凌林继续问："你真的认为博鲁亚是自杀的?"

倪信风摇摇头说："他……他毫……毫无疑问是自杀!"

凌林摇摇头说："恐怕没那么简单!"

倪信风问："凌，可你当时并没反对刑警的意见!"

凌林说："情况太复杂，又没有把握，我当然要尽量少说为妙!"

倪信风问："为什么?"

凌林反问："小倪，你想想，博鲁亚有什么自杀的动机?"

倪信风说："当……当然是畏罪自杀!"

凌林问："他畏什么罪?"

倪信风说："他……他放一位假狱警进牢行凶，杀死了好布托!"

凌林问："可是，我们没有抓到这狱警，有什么证据证明这狱警是他派进去的?"

看倪信风摇摇头，凌林继续说："所以，他只要咬紧牙什么都不说，我们就根本无法定他的罪。顶多只能算是当狱长工作失职而已，何必要畏罪自杀?"

倪信风说："可……可是从现场看，完全像自杀！"

凌林说："确实！但也不是一点疑点都没有。不知你有没有发现什么？"

看倪信风一直摇头，凌林又问："你注意到那枪口没有，似乎太干净了点！如此近距离开火，枪口居然没有沾上一点血迹或火药，这难道不奇怪？"

倪信风恍然大悟说："对……对，我……我也看到那枪口确实特别干净。我还发现那支枪口似乎可以安装消音器。那枪口附近的螺纹似乎还清晰可见！显然在开枪后，又取走消音器……"

凌林笑了："小倪，你的观察能力确实进步了不少！可是，你注意到没有，当时伤口还有少量血流出？"

倪信风问："这说明什么？"

凌林说："你想想，按那姆警长的说法，博鲁亚零点就死去，按理当我们到达时，血早已凝固。可是，为什么伤口还会流血？"

倪信风摇摇头说："我不明白，这能说明什么？"

凌林："我怀疑，有人在伤口处撒了抗凝剂。目的只是让我们无法推断准确死亡时间。我已暗中让人证实这点！"

倪信风问："凌，你……你为什么不向探察现场的刑警提出来这些？"

凌林问："小倪，如果怀疑博鲁亚他杀，你想想谁嫌疑最大？"

倪信风沉思着说："从现场来看，只有那姆警长或约翰警长嫌疑最大！"

凌林说："对！这两人都是鲍比局长的亲信。在没有可靠的证据情况下，让大家去怀疑鲍比局长的亲信，这显然并非明智之举！所以，我们这怀疑，除你我两人外，再不要让第三者知道。我们自己暗中再收集证据！"

倪信风说："那……那，我们要怎么办？"

凌林启发说："小倪，你仔细想想，那姆警长和约翰警长相比，谁可疑更大？"

倪信风绞尽脑汁也想不出来，只好摇摇头说："我想不出来！"

看倪信风焦急的神态，凌林安慰说："小倪，好啦！想不出来，你暂时就别想，到时候自然会明白。你先去取一部收录机来。"

凌林从身上取出带子放入收录机，先倒到头，再开始放音。他说："这是从那密室里取来的带子。"

过了好长一会儿，机内还一点声音也没有。倪信风心急地说："看来，这显然只是空带。"

凌林问："小倪，你把沉睡的博鲁亚交给那姆警长，是几点钟？"

倪信风回答："十点整！"

凌林说："看来，我们还要听两个小时。"

两小时后，机内传来一声清脆的枪声。倪信风恍然大悟说："那姆警长零点听到的应该就是这声音！这带子开始时，约翰警长正跟我一起在四周检查！"

凌林点点头，笑着说："看来，我们要秘密约见约翰警长！"

·16·

清晨，鸟儿还没醒来，密林中一片寂静。凌林和倪信风早早就在那间小木屋等待约翰警长。这里曾经是辜老板打猎时临时休息的地方，现在是他们的秘密聚会点。倪信风靠在椅子上打盹。周围静悄悄的，凌林头脑里将这些日子的活动简单地回顾了一遍。

辜案调查开始，经历了错综复杂的过程，好不容易才落实到好布托身上。好布托供出成鑫犯罪过程，并提供了有力的证据。按理，案件到这里就可以结案。可是，好布托却突然被灭口，使案件又出现重重疑雾。

好布托虽死，却留下有力的供词。成鑫最后被定罪。上级命令停止调查。带着重大疑点结束工作，这绝非他所愿。可是，他又不能违抗命令，只好继续追查好布托之死因，最终查到博鲁亚。现在，博鲁亚也被灭口。表面上，似乎线索又完全断了。实际上，博鲁亚的死，本身就是重要线索！果然如他所料，在博鲁亚伤口处发现抗凝剂，加上其他事实证明，那姆警长有重大嫌疑。他知道约翰警长是好友，又一起看守博鲁亚，或许会提供更多有益的线索！

还是在布塔里部落时，凌林就很了解约翰警长。这个人不但忠诚老实，而且精明。或许正因为这缘故，鲍比从布塔里镇调到"中国镇"当局长，才只带约翰警长一人。

看着吉姆带约翰警长进来，倪信风不由地问："吉姆，有没有什么人发现你们到这里来？"

吉姆撅着嘴，没有回答。凌林很了解自己的佣人吉姆，他笑着对倪信风说："小倪，你应该知道，让吉姆办事，我们完全可以放心。"

约翰警长笑着对倪信风解释说："倪老板，你知道，吉姆先生有特异功能，只要方圆百米内有人跟踪，都会感觉出来。还是在布塔里部落时，我们就已认识。当我独自一人在熟睡时，他把我叫醒，秘密带到这里来！"

凌林问约翰警长："约翰警长，你好！你知道我为什么这样秘密跟你相见？"

约翰警长笑着说："早在布塔里部落，我就对你的办事作风佩服不已。我当然知道，你们办事很保密。我保证不会让任何人知道我们这次会面！"

凌林点点头说："谢谢你的理解，约翰警长！请你讲讲目击博鲁亚死亡的前后经过。"

还是在布塔里镇时，倪信风和约翰警长也算是老相识，讲话自然也随便些。他提醒说："约翰警长，说得越详细越好！"

约翰警长对倪信风说："倪老板，从你手上接管疑犯博鲁亚之后，我跟那姆警长共同看守在门外，丝毫不敢放松！在零点，房内传来一枪声，那姆警长大惊失色，急忙去打开房门。博鲁亚已卧在床上，右侧头部中枪，血还在往外流。他双脚弯曲，右手还握着枪。那姆警长向前摸一摸博鲁亚的脉搏，大声叫道：'糕糟！博鲁亚自杀死了。'"

倪信风又问："约翰警长，你是否真的相信，博鲁亚是死于自杀？"

约翰警长说："除此以外，别无其他解释。倪老板，你应该记得，你和吉姆先生离开前，曾跟我一起检查过四周丛林，没有任何异常情况。博鲁亚死后，我又一次检查，确实没有人来过的迹象。这是全密封的小房间，唯一通气口的铁窗也紧闭着，布满尘土，没有打开的痕迹……"

倪信风又问："可是，博鲁亚怎么会有手枪？"

约翰警长说："关于这点，那姆警长解释了。当我们在检查密林时，他曾搜查博鲁亚全身，偏偏漏了靴子。后来到来的刑警也证实，博鲁亚的靴子完全藏得下这支枪，而且不易被发现！"

倪信风似乎还想问什么，却被凌林的目光制止。

见倪信风没有再发问，约翰警长深深地陷入沉思之中。他精明过人。从倪信风的问话中，他感到自己也受到怀疑，心中微微有些不快。出于对凌林的尊敬，他依然很客气地发问："凌，你们到底在怀疑什么？"

凌林当然比倪信风精明得多。从约翰警长的眼神中，他看到了误会。他知道，要取得约翰警长的支持，最重要的就是要以诚相待。他恳切地说："约翰警长，我们是老相识。对你，我绝对信任。正因为如此，我才约你到这里来谈天大的秘密！"

约翰警长疑惑不解地问："什么秘密？"

凌林肯定地说："现在，我可以肯定地告诉你，博鲁亚并非死于自杀！"

约翰警长依然怀疑地问："这怎么可能？"

凌林把所发现的疑点毫无保留地和盘托出，并出示许多现场的照片，以及在博鲁亚伤口处发现抗凝剂的报告。他还当场放了那录音带，说："这是我在那小房间的录音机里取下的带子。估计，当你和倪信风先生在丛林中搜查时，那姆警长把它放进秘密拘留室的录音机内。因为你跟在旁边，他来不及取走。现在，我们再放一遍……"

凌林没有再说什么。他有意让约翰警长独立思考。小房间内寂静无声，过了两个小时，机内发出枪声。看了看手表，凌林说："两个小时过五分钟！你在丛林中搜查时，是十点五分，过两小时零五分，刚好是零点十分。"

约翰警长问："这说明什么？"

凌林反问："约翰警长，你和那姆警长守在秘密拘留室外，零点听到的枪声，你想想，是不是这样的枪声？"

约翰警长点点头说："是，跟当时听到的一模一样。可我还是不明白！"

凌林继续解释说："这样看来，当你在外面丛林搜索时，那姆已经用带消音器的枪杀了博鲁亚，并取走消音器，再把枪塞到博鲁亚手上……"

约翰警长疑惑不解地问："可是，那姆警长为什么要杀害博鲁亚？"

凌林说："这正是问题的关键！依你所见，这是为什么？"

约翰警长摇摇头说："那姆警长可是鲍比局长最信任的人，也是我在局里最好的朋友。我很了解，他对鲍比局长十分忠诚。况且，他向来跟博鲁亚没有任何瓜葛。我实在想不出，他有什么理由会做这样的事！"

凌林态度坚决地说："约翰警长，我们是老朋友，我了解你的为人。我知道，鲍比局长从布塔里镇到这里来，谁都不带，就带你一人，就因为你不但忠诚，而且精明。我对你很有信心。我相信，你一定会帮我！"

约翰警长问："凌，你要我做什么？"

凌林说："你刚才说得对！那姆跟博鲁亚没有任何瓜葛。看来，他是受人指使。而且你跟他一起看守博鲁亚，这是绝密任务。你仔细回想，接到任务后，那姆有什么可疑行为？"

约翰警长犹犹豫豫地说："我们大部分时间都是在一起的，只有在通往秘密拘留所的路上……有一次，那姆警长到林中方便……"

从约翰警长的表情中，凌林猜出一定还有别的发现。他问："约翰警长，据你所知，他到林中实际上并非去方便，是吗？"

约翰警长断断续续说："是，是……我隐约看到……林中有黑影对他做手势后，他才离开……"

凌林追问："而且，他还认识这黑影，是吗？"

约翰警长说："当时天太黑，我不敢肯定，不好说。我只是感觉，那个人好像在什么地方见过……"

凌林鼓励说："约翰警长，你知道，之所以约你在这里谈话，就是对你所说的一切，会绝对为你保密！"

又沉思片刻，约翰警长才下决心："首先，我必须声明，我从来就没有怀疑那姆警长，更没有想偷听他们的话。只是在一次很偶然的情况下，看到他跟一位斯支瓦人会面。从谈话中，我感觉到他们似乎在谈斯支瓦人内部的秘密。因为是秘密，我不敢多听就离开。这一次，在林中的那人好像就是这斯支瓦人……"

听到这里，凌林心中一震，脸上却依然不动声色。他听见，约翰警长还在不停地叨叨："当时，天很黑，或许，我看花眼了……或许，当时林中根本就没人……"

凌林打断约翰警长的话："约翰警长，谢谢！对这次会面，你不要对任何人说。我也保证对你所说的保密！"

约翰警长离开后，凌林问倪信风："小倪，如果你是那姆，此时，你最想干什么？"

倪信风说："我想，他一定要向那幕后指使者汇报。"

倪信风话音刚落，吉姆就进来报告："医生，那姆先生在离这里不远的密林中与人相会！"

凌林对倪信风笑笑说："小倪，走，我们，还有小云一起看看去！"

·17·

沿着林中的小路，吉姆在前带路，凌林、倪信风还有小云跟随着。没走多少路程，就来到三岔路口。旁边停着一辆警车。倪信风指着前面说：“这是那姆警长的警车。这两条路我认识：这一条通向秘密拘留所，而这一条可以通到穆瓦先生的大院。”

吉姆急忙回头。他指着通向穆瓦先生的路小声说：“倪老板，别说话！前面不到五十米有武装卫士！”

说完，吉姆又潜身前行。凌林用手势让倪信风潜伏林中，小云也找一个隐蔽处藏身。过了好长一会儿，吉姆回来说：“医生，所有的人都已离开，仅留那姆先生一人……”

倪信风紧接着小声说：“凌，我们上前逮捕那姆，不要让他跑了。”

凌林还没有开口，小云抢先呛声：“小倪，你傻啦！那姆警长车在这里，还会跑到哪里去？”

倪信风不好意思地傻笑。眼见那姆在小道的远处，边东张西望，边缓缓向这里移动。凌林用带询问的目光望着小云。小云在吉姆耳边小声说：“吉姆先生，你悄悄地溜到他身后，让他感到你已经熟知他的一切秘密。”

除了凌林以外，吉姆最听小云的话。他二话没说，又消失在林中。凌林笑了，赞赏说：“还是小云聪明！小倪，你要好好向她学习！”

倪信风酸酸地说：“当……当然，人……人家可是政府的官员啊！”

听倪信风阴阳怪气，小云有些恼火。她指着倪信风的鼻子讥讽说：“你这呆子，就算当上总统，还不照样是猪脑一个！”

倪信风被小云呛住，没有再吭声。眼看那姆越来越近，凌林小声说：“小云、小倪，走，我们一起坐到警车上等候这位老朋友。”

如小云所料，看到吉姆突然在身后出现，那姆警长惊恐万分。他很了解吉姆的特异功能，以为自己秘密约会的内容已完全曝光了。他惊慌失措地靠近警车，刚要从身上掏出钥匙，车门却自动开了。当他被一只粗壮的手拖到车内，他几乎完全瘫软在后座上。凌林趁机用手铐铐住他的双手。

那姆警长很快就镇定下来，举起镣铐问凌林：“长官，你这是什么意思？”

凌林笑了，把厚厚的照片递给那姆，意味深长地说："那姆警长，你看看这些！"

这是在现场拍下的照片，包括死者博鲁亚的伤口、手枪等等。看完这些，那姆用一脸无辜的表情说："我还是不明白！"

凌林又出示一份报告说："这是我私下对博鲁亚伤口的血化验，发现其中含有相当数量的抗凝剂。那姆警长，你是很有经验的刑警，依据这些，你应该能想到，博鲁亚是死于他杀，是吗？"

那姆警长还想抵赖。看到凌林取出那盒录音带，他脸色吓白。当在秘密拘留室外听到枪声，他立即冲进去。他很想取走这盒录音带，可是约翰警长跟得太紧，后来局里来了刑警，一直没有机会。现在，带子落在凌林手上，他知道再也瞒不住了。他无可奈何地说："长官，我了解你的能力。我相信，总会有这一天，你会了解真相。只是没想到这一天来得这么快！看来，你比我想象得还要厉害！我早已做好准备，我现在正式向你自首。"

既已认罪，那姆警长的心情反而平静了许多，脸上显出一副视死如归的表情，一双黑眼珠无所畏惧地盯住凌林。凌林当然并不想让那姆受审判。他要把那姆收为己用。他仔细观察那姆警长的表情，要努力寻找心理防线的薄弱环节。他听见倪信风带威胁的口气说："那姆警长，你可想清楚，作为警察，知法犯法，杀人罪很大！"

那姆警长无可奈何地说："我犯了罪，理应受到法律制裁！"

小云态度和蔼地问："那姆警长，你能告诉我们，你为什么要杀博鲁亚吗？"

那姆警长心情平静地说："这只是我跟他之间的私人恩怨！云小姐，你知道，其实博鲁亚这人并非好人，该杀！"

凌林沉思着，那姆警长为什么如此镇定自若，似乎早有思想准备。他又想起约翰警长所提供的信息。看来，那姆警长一定是受有势力的斯支瓦人指使，有坚强的靠山，当然有恃无恐。可是，他就不信那姆警长就毫无弱点。他突然想起好布鲁娜。想到她那愤怒的眼神，他至今还不寒而栗。他知道，那姆警长也是斯支瓦人，不会不知道好布鲁娜的厉害。他故作唉声叹气地说："唉！那姆警长，你知道，逮捕博鲁亚后，好布鲁娜曾找上门，对我提出严厉的警告。她警告说，如果博鲁亚有什么意外，决不会善罢甘休！现在发生了这样的事，我真不知要如何向她交代。"

果不出所料，一听到好布鲁娜，那姆警长脸上立即现出恐惧的表情。偏偏在此时，倪信风又插话："凌，当然只有如实禀告好布鲁娜！"

小云很机灵。从凌林的话中，她知道，凌林想收服那姆警长。她用带夸张的口吻说："如果真得这样做，那姆警长可要倒大霉了。好布鲁娜这个女人可不好惹！"

看到那姆警长已经吓得面无血色，小云又接着说："不，我们不能这么做！那姆警长是我们的好朋友。他还好几次救过我！凌，我求你帮帮他！"

凌林动感情地说："那姆警长，我们合作这么长时间，很欣赏你的为人。你是好警察，为人正派。而且博鲁亚的确不是好人，他本就是真正的凶手，死有余辜！我对他的死不感兴趣，管他是他杀还是自杀。而且，除了我们这些人，绝不会有其他人知道博鲁亚是他杀。我会考虑把这些证据保密，关键还要看你的表现！"

倪信风问："凌，你这样做，岂不违背作为警察的准则吗？"

凌林笑着说："我不是警察，我只是来警局帮忙而已。我有我自己的工作方式……"

听了这些话，那姆警长心情又平静了许多。他疑惑地问："长官，你真的想帮我？"

凌林说："我想你也是了解我的为人。我这人向来说到做到。你如果真正把我们当你的朋友，就告诉我们你所知道的一切。"

那姆警长说："不，有许多是我们斯支瓦人的内部秘密，我绝对不能说！"

小云态度友好地说："那姆警长，你知道，我们不但是你的朋友，也是斯支瓦人的朋友！我们决不会做对斯支瓦人不利的事！而且，即使你不说，许多事，我们也早已知道了。"

由于犹占里的关系，那姆警长本就对小云特别敬重，对小云的话当然深信不疑！他说："云小姐，对你，我当然完全信任！我可以告诉你，我所知道的一切！可是，你要知道，有些机密一旦泄露，所有斯支瓦人都不会放过我。"

小云说："那姆警长，你放心，我们一定会对你所说的一切保密！"

凌林紧接着说："我们可以发誓！"

那姆咬一咬牙说："好，我听你们的！"

· 18 ·

经不住凌林和小云的左右夹击，那姆警长心理的防线被突破了。他服了，却并不彻底。他沉思着。小云是犹占里先生的女朋友，他理应信得过。对凌林,他向来敬仰有加，可还了解不够。对倪信风，他更无法相信。他思索着该如何回答。凌林也并不着急发问，愿意留更多时间让那姆警长思考。小云很了解凌林的心思，也沉默不语。她也知道，要让那姆心服口服为己所用，必须要有耐性。倒是倪信风憋不住首先开口。

倪信风经过反复思考，才想出从这问题开始。他严肃地说：“那姆警长，你说说杀死博鲁亚的真实动机吧。你可不要再说什么私人恩怨了。”

这一类问题在那姆脑里早已经想了千百遍。他最后下定决心还是如实回答：“我是受人指使!”

倪信风追问：“受什么人指使?”

被追问，那姆警长又有些惊慌失措，急忙纠正说：“不，不，其实也不是受什么人指使!”

看那姆警长又出尔反尔，倪信风生气地问：“那姆警长，这是什么意思?”

那姆警长十分勉强地结结巴巴地说：“我……我接受……组……组织的命令……”

倪信风还要追问，却被小云的目光制止。她知道，那姆警长还在犹豫，不想逼得太紧。又是一阵沉默，那姆警长又面对小云说：“云姑娘，你是犹占里先生的女朋友，你一定很清楚我们斯支瓦人内部的秘密组织。我只是普通成员，一切行动都要遵从组织的决定。”

小云说：“我当然知道!”

那姆警长犹豫不决地说：“云小姐，你应该也知道，组织内部的事可是我们斯支瓦人的机密，绝不允许向外人泄露!”

看小云没有再吭声，那姆警长急忙补充说：“云小姐，你是穆瓦先生的亲信，当然不是外人!”

小云说：“那你就告诉我们你所知道的一切吧!”

那姆看了看凌林和倪信风一眼，接着说：“云小姐，你应该也知道，泄露组织内部机密会有什么下场?”

倪信风用带威胁的口气说:“那姆警长,恐怕你别无选择!我特别提醒你,别忘了自己的诺言。我还希望你明白,我们都发过誓一定会保密。而我们这些人,向来说到做到。”

小云用带着赞赏的目光望了倪信风一眼,紧接着说:“那姆警长,我向你保证,只要你按我们说的做,绝不会受到任何惩罚!”

那姆警长恳切地说:“云小姐,你知道,对你,我绝对信任!其实,我也并非完全害怕受惩罚。在加入组织的第一天,我早已把生死置之度外。我生是组织的人,死是组织的鬼。我作为组织成员,斯支瓦人的利益可比我的性命更重要。我就是死,也不能做有损于斯支瓦人的事。希望你们理解!”

一直沉默的凌林终于开口了。他发问:“那姆警长,对云小姐你完全信得过。可对我的过去,你知道多少?”

那姆警长老实承认:“长官,你以前在布塔里部落的事迹,早就在我们斯支瓦人中传开了。我们都很崇拜你。我们也像布塔里部落那样希望走向自治。我们都盼望着,有人也能像你帮布塔里部落那样帮我们……”

这些话让凌林又回想起好布鲁娜所说的。他没想到自己在斯支瓦人中会有这么大的影响。他喜欢低调,不爱说大话。现在,为了彻底解除那姆警长的顾虑,他只好吹一吹大道理。他问:“以前,为了布塔里部落的事业,我不畏艰险努力奋斗!那姆警长,你知道,这是为什么吗?”

看那姆警长摇摇头,凌林恳切地说:“我自小就接受天下为公、助人为乐的教育,无论走到哪里,都是以当地人民的利益为重!一个偶然的机会,我来到布塔里部落。那里人民的遭遇使我深感同情,我当然要竭尽全力帮他们。现在,我也很希望能更多地了解斯支瓦。只要我认为确实值得,我同样也会竭尽全力帮助!”

那姆警长本来就很尊敬凌林,听了这些话,他对凌林又有了更进一步的了解。他瞥了倪信风一眼,又接着说:“长官,你知道,我对你向来十分敬仰。”

凌林指着倪信风说:“这位倪先生是我的学生。我们志同道合!”

小云附和说:“倪先生也是斯支瓦人忠诚可靠的朋友。那姆警长,希望你像对我一样信任他!”

那姆警长问倪信风:“倪先生,你还想知道些什么?”

凌林和小云都没有再开口说话。他们都不约而同地瞥了倪信风一眼。倪信风心里很清楚，他们有意把这机会留下，看着自己的表演。反复思量，他终于想通了，紧绷着的脸放松下来。他和蔼可亲地问道："那姆警长，你是我们的好朋友！我们可以完全像朋友一样随便谈谈。你知道，我们也认识不少斯支瓦人，像穆瓦生生、犹占里先生，还有好布鲁娜小姐等等。我们也早就听说过斯支瓦人中有一秘密组织。你如果愿意，就说说这组织。这斯支瓦人和秘密组织之间有什么关系？"

那姆警长的心情也放松了许多，说："这秘密组织成员都是由斯支瓦人的精英组成。成员都是以斯支瓦人的最高利益为奋斗目标。在我们B国、津国，还有南非国的上层中，都有我们组织的成员，甚至连黑道的帮派体系中也有我们的人。我们之间都是以单线联系，下级必须绝对服从上级指示！"

倪信风恍然大悟，继续问："这么说，好布托和博鲁亚也是你们组织内的人，是吗？"

那姆警长犹犹豫豫地说："是……是的！"

倪信风追问："组织为什么要追杀博鲁亚？"

沉思片刻，那姆警长回答："博鲁亚和我一样，都曾执行秘密任务。"

倪信风又问："博鲁亚的任务就是秘密处决好布托，是吗？"

那姆警长声音低沉说："是！他的任务是杀死好布托，又要造成自杀的假象。按我们组织原则，必须绝对保守机密，一旦暴露，就必须自裁。后来他的行动被你们侦破，按理他必须自尽，以示忠于组织！可他却选择逃跑。我的任务就是追杀他……"

那姆警长越说越激动。他不由自主地从身上掏出手枪，心情沉重地说："不，不行！我不能像好布托和博鲁亚那样，不忠不义。我也暴露了。我必须……"

小云眼明手快，施展白手夺枪的绝技，把那姆警长的手枪夺到手。她温和地说："那姆警长，你何必这样？你任务并没失败，也没有暴露！警方早已下结论，博鲁亚死于自杀！"

那姆警长面带愧色说："可是，我不能欺瞒组织。我们组织成员都要绝对忠诚！"

凌林亲切地拍拍那姆警长的肩膀说："那姆警长，你是斯支瓦人中真正的精英！你必须留下这有用的身躯，继续为斯支瓦人谋福利。这才是真正的忠诚!”

那姆警长的脸色缓和了许多，没有再吭声。凌林亲热地说：“我的好朋友，现在，我们就像朋友一样研究研究。你们组织命令你和博鲁亚，我们可以理解！至于好布托，我们就想不明白了，他接到了什么命令？莫非是对付中国人辜梁先生?”

听到这些话，倪信风吃惊地瞪大双眼。看那姆警长点点头，他眼里闪出怀疑的目光问：“你说，辜家灭门惨案也是你们组织的命令?”

那姆警长低声回答：“是!”

那姆警长的声音虽然很小，可传到倪信风耳内却犹如惊雷。自辜老板被害，他生活的目标就是复仇。没想到，这案件居然发展到这种地步。他不由地怒吼：“为什么?”

看倪信风似乎有些失控，凌林用眼光暗示小云把他带走。看到那姆警长又在犹豫，他态度和蔼可亲地发问：“那姆警长，现在就我们俩人。你如果相信我，就请你说明白。辜老板是中国人，跟你们组织并没有什么关系，怎么会也受到这样的处罚?”

那姆警长沉思着说：“具体情况，我也不清楚。我只是听传闻……”

凌林说：“你就说说传闻!”

那姆说：“听说，多年前，组织内有一特殊的秘密任务，需要一个外国人来执行。具体是什么样的行动，我也不知道。我只知道，组织选中辜先生。辜先生也发誓保密，而且任务也完成得不错。可是在多年以后，他为了打赢一场官司，却用这事去威胁组织内有权势的人。这就给自己招祸了……”

那姆警长没有再吭声。凌林知道，那姆警长所说的有权势的人，一定是指穆瓦先生。已经得到所需的信息，凌林没有再问什么。他吩咐说：“那姆警长，你放心地回去工作，对谁都不要提起我们今天的见面。”

成鑫入狱，本来就疑点重重，那姆警长的话又让凌林心中增添许多问号。他独自走一趟监狱，跟成鑫作一次长谈。成鑫完全认罪。成鑫还一一回答了他的所有问题，回答得相当肯定。看来，调查也只好这样结案了。他通知小倪、小云还有米小庄到辜家大院集合。

第八章　不是结局

·1·

宰家大院静悄悄的。吉姆独自守在门口。他边侧耳倾听，边用警惕的目光四处张望。有这样一位尽心尽责的仆人，完全抵得过一个班的哨兵。

小云和倪信风分坐两侧。米小庄像平时一样，独自坐在角落的一张茶几前，用手指在桌面上指指画画。

凌林从外面匆匆进来说："对不起，诸位，我来晚了！我从警局回来。我的顾问身份被解除了。请大家来，我就是要告诉你们，我想我们可以结案了。当然只能在这内部小范围内。结案，虽然十分勉强，却无可奈何！"

这几个人中，小云头脑最灵。本来还疑点重重，却说要结案，她问："凌，你单独外出，见到什么特别人物？"

凌林笑着说："云姑娘，你真聪明！我确实去见了一个特别人物。听完那姆的陈述，我头脑里疑点重重，就独自跑了一趟监狱，向成鑫先生落实几个问题。他一一回答了我的提问。他回答得那么肯定，以至于使我们不得不做这结案讨论！现在，就由我先开个头，你们可以自由发言。"

倪信风心中一直把成鑫当仇人，凌林的话让他担心成鑫又会再一次脱罪。他担忧地问："凌……凌，该不会又……又是成鑫要脱……脱罪……"

小云打断倪信风的话："小倪，你先听凌说下去！"

凌林接着说："公元2000年1月，在B国'中国镇'发生了一起灭门惨案，宰老板夫妇死于非命！通过现场分析，警方判断是从外国来的匪帮作案。他们还估计很可能有人雇凶杀人，而且还怀疑是本地区的中国人所为！小倪，你是现场唯一的目击证人，却成为警方怀疑的对象。鲍比局长请我当顾问。经调查，我洗清了你的嫌疑。你又指出幕后真凶可能是成鑫大哥！小倪，开始是这样吗?”

凌林用带询问的目光望着倪信风。

那姆的话曾让倪信风感到震惊。回家后，他仔细想想，心情又平静下来。但他还是坚持，成鑫是真凶！他回答说：“我……我还是认为成鑫是幕……幕后真凶!”

小云插话说：“小倪这样说并非毫无道理！成鑫确实有很强烈的杀人动机！他是小镇最大的中国人帮派的大哥。他对手下向来心狠手辣。辜老板原就是他的手下，又跟他最宠爱的情人私奔，更要在官司上打败他。他怎能放过辜老板?”凌林点点头说：“对！成鑫先生确实有杀人的动机。可是，要证实他是幕后真凶，这不容易！他这人向来蛮横无理，目空一切。要想从他嘴里得到什么，几乎不可能！我们只能从他帮派内部入手。小云原来就生活在帮派内，她提供一条重要线索。这段时间内，作为成鑫帮派‘外交家’的朱兵先生，在辜老板遇害前，曾跟南非黑帮有过联系。她和小倪密切配合制服朱兵。”

小云轻轻地叹了一口气，插话说：“唉！我们把朱兵骗得好苦！至今，每当我想起这行动，心里都会充满愧疚感!”

凌林同情说：“是啊！对朱兵的死，我也深感同情！他向我们提供了非常有用的线索！果然，在辜老板被害前夕，成鑫曾派他去南非雇佣匪徒来对付辜梁先生。他联系的中间人是拉姆先生。于是，小倪和小云再次合作，智斗拉姆先生。这是一场智慧的较量……”

倪信风有些兴奋地插话：“拉……拉姆可真……真是老狐狸!”

小云说：“要打败他也真不容易！我费尽心机才逼他服输！他终于供出那两个凶手所在的南非黑帮。南非警方捣毁了那黑帮，偏偏又让那两位杀害辜老板的凶手逃脱。后来，还是从拉姆的嘴里得知，这两个匪徒逃到津国布市去，投靠了好布托先生。”

凌林紧接着说：“经调查得知，这两人和好布托都是斯支瓦人。他们原先都是这‘中国镇’帮派成员。那个小镇不可一世的帮派被警方消灭了。那两人投靠南非黑帮，而好布托却到津国布市重新创建组织。现在，这两人走投无路，投奔好布托。于是，我们又追踪到布市。”

小云接着说：“我跟小倪在布市的珠宝店发现了辜太太戴的钻戒，又追踪到好布托身上。到此，可以说案件出现重大突破！”

凌林点头说：“对！于是，我们秘密逮捕了好布托和一位亲信。好布托的态度十分恶劣，一言不发。倒是那位亲信提供了新的线索。那位亲信证实，辜案发生前夕，好布托曾独自到B国‘中国镇’，回来时手上戴着辜太太临终时戴在手上的钻戒。这证明好布托是凶手。可是，他态度依然十分强硬，死也不肯供出幕后真凶！”

小云说：“第二天，好布托招供了！他承认，他和另外那两名匪徒是制造辜案的凶手！”

凌林说：“是！好布托详细叙述作案经过，和现场相符合。他是凶手，这确信无疑了！”

倪信风说：“好……好布托，招……”

小云接着说：“好布托又招供，他们受雇于成鑫。他还出示最有力的证物，即成鑫先生给他的报酬支票的存根。到这里，辜案总算水落石出，警方落案起诉成鑫！”

凌林说：“好布托招供第二天就被谋杀，这使案件又复杂化。有一个疑问，我一直想不通：好布托如此强悍的匪徒，怎么可能一夜之间完全变了，招供出这一切？”

倪信风插嘴说：“这……这不奇怪！经……经历过一晚上激烈的思想斗争，他……他想通了。”

凌林对倪信风说：“你说的并非毫无道理。可是，好布托又突然死于狱中，使案件又变得扑朔迷离……”

凌林突然停住口，没有继续说下去。他望着米小庄。他看到米小庄在纸上画两短一长又两短。他知道这是坎卦。他没有继续说下去，静静地等米先生开口。画完后，米小庄抬头望着凌林问：“凌医生，在你的分析中似乎漏了什么。你还记得吗？我曾告诉你，成鑫大哥确实有想过要对付辜老板。经我劝说，他及时取消了行动！”

凌林笑着说：“我当然没有忘！今天，我们讨论分析案情，每一个参与者都有权利说出自己的见解。关于这方面，当然应由你亲自介绍。”

米小庄承认说："是的，成鑫大哥确曾派朱兵到南非去雇佣杀手，要对付辜老板。可是临行动前，他请我算一卦。我替他算一卦，是坎卦，阳陷阴中，险陷之意。我告诉他此事绝不可行！经我反复解释，他最终相信了我的话。他和我一起到边界去迎接那两位从南非来的客人，也就是准备刺杀辜老板的匪徒。在临近南非边境的村庄，我们总算遇到了那两人。成鑫先生当面向他们宣布取消这次行动。"

倪信风反驳说："我……我就不信，成……成鑫绝……绝不会轻易取消行动！"

米小庄坚持说："我说的是事实！"

倪信风还在坚持说："可……可是，好……好布托已经招供，成鑫大哥是幕后黑手！"

米小庄说："其实，我当时就怀疑，好布托原来态度那么强硬，只隔一晚，他怎么会有如此大变化？后来，经过调查，我发现那一晚有一位人秘密访问他。可惜，他死了。这件事恐怕成为永远的谜！刚才，我又算一卦，还是坎卦。"

倪信风问："这……这是什么意思？"

米小庄解释说："坎卦，险阳失道，渊深不测。这说明，案件绝非如此简单，继续调查下去，一定更曲折坎坷！事实也是如此，成鑫大哥被警方控制后，还发生了那么多事，又涉及斯支瓦的秘密组织。博鲁亚的死，这不正是说明案情比我们想象得更复杂得多吗？"

凌林接着说："先生说得对！我也感到这案件或许比我们预先设想的要复杂得多。好布托死了，杀害好布托的凶手博鲁亚成了重要线索。博鲁亚又死了，凶手是那姆警长。幸好，对那姆警长成功的工作，使他为我们提供了许多有用的线索！据他说，好布托杀害辜梁也是在执行斯支瓦组织的密杀令。问题是，谁给好布托发密令？为什么要杀害辜老板？"

小云疑惑不解地插话说："按理，辜梁不可能跟斯支瓦有什么关系！我记得，只有那一次，他被穆瓦借用去执行一项秘密任务。"

凌林肯定说："对！我就怀疑给好布托的密杀令很可能就来自穆瓦先生。你们走后，我又问了那姆警长。他承认，为了打赢官司，辜老板想要得到穆瓦的支持，就用这次行动的秘密来威胁。这才是辜梁真正的死因。"

小云忧郁地说："按理，成鑫大哥不可能跟斯支瓦人有什么关系，莫非他真的是被冤枉？"

倪信风固执地说："这……这不可能！我……我也曾参加法庭辩论。警方起诉成鑫，证据很充足，逼使辩护律师无言以对！成……成，认罪了！"

凌林说："我就是感到情况复杂，特地独自到狱中去探望成鑫先生……"

凌林望着米小庄说："先生，你知道，向来很少有什么事会让我吃惊。这次跟成鑫见面，他一开口就让我大吃一惊……"

米小庄心里还很想念成鑫大哥。他紧张地打断凌林的话问："成鑫大哥说了什么？"

凌林接着对米小庄说："一看到我，成鑫就先开了口。他说，他知道我的来意。他知道是米先生你请求我继续查。他说，你跟他算卦后，他确实害怕了，同意终止暗杀辜梁行动。可是，事后，他越想越不甘心。他想到借刀杀人。他想到那姆警长。那姆警长是穆瓦先生的秘密亲信，还指挥着一支斯支瓦的秘密组织。那姆早被他收买了，对他唯命是从。他告诉那姆，辜梁会威胁那姆的这支斯支瓦秘密组织。他要求那姆以秘密组织的名义处决辜梁。秘密组织派好布托亲自带那两个来自南非的匪徒对辜梁灭门……"

米小庄边画八卦图，边插嘴问："我不明白，成鑫大哥为什么要这么说？我相信，这背后一定还有隐情！"

凌林接着说："成鑫先生还说，其实，当我们查到津国布市时，那姆警长已经预先告诉他了。他对那姆说，如果好布托真的暴露，也必须以组织名义把好布托灭口。成鑫入狱后，那姆警长还经常跟他联系。当知道杀好布托的凶手博鲁亚也暴露后，还是成鑫让那姆警长把博鲁亚灭口……"

米小庄沉思着说："凌，我想见那姆警长……"

凌林说："离开成鑫后，走出监狱，我到警局去找那姆警长。我才知道，那姆警长失踪了。警局正在到处找他……"

米小庄坚决地说："我会把他找出来！"

凌林说："米先生，成鑫先生还让我告诉你……"

米小庄着急地问："他说什么？"

凌林说："他说，在监狱的这些日子里，他感慨万端。以前，他在帮内前呼后拥，可现在只剩下你一个人还忠于他。他很感谢你为他所做的一切。他还说，取消行动后，他越想越不甘心。他得知，那两个凶手顺道去找了好布托。他跟好布托也有联系。他又去找好布托，继续对辜老板采取行动。他还特别交代，不要伤了辜太太。现在的结果非他所愿！”

凌林又对米小庄说：“成鑫还让我转告你，不要再做什么！他说，如果你不听话，就让我安排你去探望他，他要亲口对你说！”

米小庄摇摇头说：“没查出什么结果，我暂时还不想见成大哥！”

凌林说：“你可以继续查，但再也无法得到警局的帮助！”

米小庄说：“为什么？”

凌林说：“还有一个消息，我现在向大家宣布！在警局，我还得到一个不好的消息，鲍比局长被撤职了，被调到警察总署。同时，我这顾问身份也被撤销了。”

倪信风性急地问：“为……为什么？”

凌林说：“听说，因为总署很不满鲍比局长没有认真执行命令。总署再次重申，不准任何人再查辜家灭门案！”

倪信风问：“凌，你……你有什么打算？”

凌林说：“我只好暂时先回家管理我的诊所。”

小云说：“我也该回镇上工作了。”

·2·

米小庄又继续算卦。过了一会儿，他深深地叹了一口气说：“唉！我又为成鑫大哥算一卦。他还要受漫长的苦难！不过，我相信，他不会永远在狱中。为了成大哥，我绝不会放弃调查！‘辜家灭门案’还有这么多疑点，你们难道就不想知道真相吗？”

凌林说：“米先生，你不是已加入通通侦探社了吗？你们先查，如果发现什么新的线索，请通知我！”

米小庄恳求说：“可是，我也有难处！我真的很希望能够得到你们的帮助！”

小云问：“我们能帮你做些什么？”

米小庄：“通通侦探社因为经营不善，很快就要破产。我希望你们能收购它。”

倪信风用带着询问的目光望着小云。小云鼓励说："小倪，这就靠你自己做决定。你如果对侦探工作感兴趣，我不会反对！"

倪信风对米小庄说："先生，我可以考虑收购！"

米小庄反复表示谢意："真的太感谢你了！"

凌林说："临离开前，我还可以帮你们的忙。鲍比局长还没有正式离任，我可以让他帮你们操作侦探社的收购工作！"

下　部

第一章　小云的心事

·1·

圣母教堂是全镇最大的天主教教堂，规模虽然无法跟大城市的相比，但那哥特式的建筑在小镇倒也别具一格，是镇标志性建筑。尖屋顶上那高耸入云的十字架，在全镇的大部分的地方都可以看见，让人不由地肃然起敬。最耀眼的还是在教堂门旁有一个圣母玛利亚神龛。闪闪发亮的圣母像四周摆满鲜花，彩灯昼夜不熄。

犹占里跪在大堂正中，低着头祷告着。小云以前经常陪犹占里来到这里。今天，她感觉跟以前大不相同。这一天，教堂特别安静，除他们两人，再没有其他人。偌大的厅内，只有犹占里的声音在回响。犹占里没完没了地祷告着，催得小云昏昏欲睡。祷告声把她带到国内闽北山区小庙……

那黄仙姑神庙很小，而且破烂不堪，香火却很旺。小云跟辜太太一起跪在神像前。辜太太祈祷着，那态度比周围所有人都虔诚。听说，辜太太小时候有一次病得快死，母亲在神像前跪了三天三夜。辜太太的命就是这黄仙姑向阎罗王求下来的。母亲许愿把辜太太献给黄仙姑当女儿。又听说，也是在这小小的庙里，辜太太开了天眼，能看清天上地下、过去未来。辜太太真是黄仙姑的信女，每年都要好几次不远千里专程到这里来。小云自幼跟三教九流混在一起，对形形色色的神灵也懂得不少。辜太太说她很有慧根，将来必有成就。辜太太还说她跟黄仙姑同样也有缘，也一样会被点化。可是，她感到很惭愧，虽然一次又一次跟辜太太一样跪在那里，却依然心猿意马，结果总是一无所获，毫无感觉。只有那一次……

临出国前一天，那是辜太太生前最后一次拜黄仙姑神庙。或许因为即将奔走异国他乡的缘故，那一天小云的心情特别沉重。跪在黄仙姑神像前，她心中前所未有的虔诚。默默祷告，越说越投入，她渐渐地忘却了自己肉体的存在。飘飘然在空中，她看到一束神光从神像降下罩住辜太太。白茫茫一片中，她居然能看到过去辜太太跟她一起经历过的事。远处，她还看到，辜太太带着自己管理着海外的店面。她知道，那是她们的未来。蒙眬中，她突然看到自己最不愿看到的事。她看到辜太太被几个持枪的人绑起来，身上还流着血……

小云当时就相信，跟辜太太一样，她也开了天眼。因为，她看到了自己不愿看到的事。她当时不敢告诉辜太太。不幸的是，她的预见成了现实，辜太太不在了，死得很冤。她一定要为辜太太讨回公道。在内部讨论会上，疑点都聚焦在穆瓦先生身上。看来，跟穆瓦来一场正面交锋，已是在所难免。她需要犹占里帮忙！

这些日子，小镇流传着许多关于穆瓦的流言蜚语，几乎家喻户晓，犹占里当然不会没有听到。传言辜家灭门惨案跟叔叔有关系，他绝不相信！他很清楚，在这国家，像叔叔这样的大人物，受污蔑攻击不足为奇。他比所有的人都了解叔叔。叔叔是他做人的楷模。他坚信，叔叔绝不可能是疑凶！可是，他不敢向叔叔取证！他害怕伤了叔叔的心！这些日子，他心里一直担心，小云会提出这要求！

担心的事终于还是发生了。当小云提出请求时，他没有立即回答。他十分为难，真不知该如何是好！小云很明白犹占里对穆瓦的情感，自然也理解他此时的心情。她没有催促，只是静静地等待他的回答。沉思了好久，犹占里才抬起头牵着小云的手说："云，你先跟我去个地方。"

就这样，他们来到教堂。

犹占里身材本来就特别修长，就是低头跪着，依然显得比较魁梧。望着他的背影，听他没完没了地祷告，她心中一阵阵感动。小云心想，平时还真看不出来，他原来如此虔诚！她还没有固定的信仰，但也不是无神论者。她向来相信，天地间确有一位真神，无论国内还是国外，神只有一位，无论是庙宇还是教堂都一样神圣。可能因为这几天，对辜太太的事想得太多，这一天，她心情特别沉重。在教堂里，她心潮翻滚，感觉要透不过气来。她不由自主地走出大厅。在门口，她却又被圣母玛利亚神龛吸引过去。她走向前，不由自主在光彩照人的圣母像前跪下，虔诚地祈求着……

渐渐地，小云似乎忘却了自己身体的存在。她飘到高高的天上。她看到过去所发生的一切。她抬起头向远处看。她看到，辽阔的天空被犹占里的一张大脸占满。她不明白，犹占里的眼神为什么会是这样忧郁，脸上为什么会如此痛苦不堪……

小云心中万分焦急！她还要继续往后看下去。她很想看看以后发生的事，偏偏又被犹占里的声音打断了。

犹占里对她说："云，走，我们一起见叔叔去！"

·2·

叔叔的家就是自己的家，犹占里自然随时随刻都可以回来，自由进出。晚上，当小云跟犹占里走进大院时，院内出人意料的灯火辉煌。她想，不知今天来的是哪一位贵客！

犹占里对小云说："云，今天来得真巧！一定又有什么大人物来访。叔叔一定会把他介绍给我们。他总希望我们多结识些大人物。"

果然不出所料，一听说他们回来，穆瓦很高兴。他急忙迎向前，一手牵着小云，另一手牵着犹占里说："云小姐，占里，你们回来得真巧。快来见过祖鲁拉纳叔叔。"

在大厅上，一位身材高大的黑人站起向小云伸出胖乎乎的黑手，笑着说："我想，这位就是犹占里的既漂亮又聪明的女朋友云小姐，是吗？"

真巧！这陌生黑大个就是闻名的祖鲁拉纳。小云早就想见见这位大人物。她知道，他可是穆瓦的致交。当年，辜老板被成鑫大哥派到穆瓦身边帮忙时，他就跟穆瓦交往甚密。对辜老板当时的工作情况，他或许有所了解，说不定会从他嘴里得到什么有用的信息。今日一见，小云不由地心中暗暗称奇。这人肤色特别黑，而相貌奇特，甚至还有点像传说中的朱元璋，马脸猪嘴，厚嘴唇，下巴特别长，还微微有些往前凸！其实，她早就听说过这个人。他是议会议长，执政党的领袖。据说，他原是现任总统最坚定的支持者，后来意见出现分歧。近来，他们的矛盾开始公开化，而且越来越激烈。

传说，他还是个大野心家！第一眼，他给小云也是这样的印象。从外表上来看，他似乎比她脑子里想象得更野心勃勃，威武中还带几分狡猾。他的个子跟犹占里差不多高，但块头大得多，可并不臃肿，动作一点也不显得笨拙。他虽脸带笑，却依然显得十分威严，那一双眼眶深深凹陷的小眼睛里闪着让人捉摸不透、狡黠的目光。最特别的是，他那厚厚嘴唇下面的下巴，向下延伸很长，而且向前翘。他举手投足之间，无不充满傲气。看起来，这绝非甘居人下之人。

她笑了笑，说："祖鲁拉纳先生！久闻大名，如雷贯耳！今有幸相见，不胜荣幸！"

穆瓦笑着说："云小姐，或许你还不知道，在这个国家，连总统都要让他三分。"

小云相信穆瓦这话，却故作不明白地问："我不明白，总统还会怕谁？"

犹占里接着解释说："云小姐，你对这个国家的情况还没完全明白。祖鲁拉纳是执政党的领袖。在这个国家议会中，执政党人数超过三分之二以上，随时都可以对总统弹劾。上一届总统就是这样下台的！"

祖鲁拉纳朝穆瓦点点头说："过奖了。我还不是全靠你们这些商人支持。"

穆瓦对祖鲁拉纳笑了笑便紧接着说："因为你人优秀，我们这些商人才会支持你。"

穆瓦的话似乎触动了祖鲁拉纳的心事。他轻轻地叹一口气，不由自主地脱口而出："唉！或许当年我根本就不该支持这人当总统！"

看祖鲁拉纳这副表情，小云不由地想起有关祖鲁拉纳的传说。上一届大选时，执政党中有实权的人物要推举他当候选人。他却自愿让贤，支持现在这总统。她相信，此时祖鲁拉纳一定后悔了。她仔细端详祖鲁拉纳后，故弄玄虚地说："论相面，你本应该就是首脑！"

见小云说到了自己的心上，祖鲁拉纳疑惑地问："相面，什么相面？"

接触这么长时间，犹占里对小云的本事有所了解，也十分敬佩。可对这错综复杂的中国相术，他始终一知半解。他抢先解释说："祖鲁拉纳叔叔，你或许还不知道，云小姐精通紫微斗数！"

小云急忙纠正说："不，不是！紫微斗数太复杂，我刚才说的是相面术。中国术士能从人的相貌预测人的未来，这就是看相，看清这人的未来。"

祖鲁拉纳惊讶地问："真的能从相貌看出人的前途？"

要不露痕迹地从祖鲁拉纳嘴里套出信息，小云要渐渐地把话题引到辜太太身上。她说："你知道，我这一身本事，都是从我老师那里学来的。她家住在中国东南方的农村小镇。历史上，那个小小的地方居然出了好几位名人。很有意思的是，当这些名人还在少年之时，术士们就能通过他们的相貌正确地预测出他们的未来，说得很准！"

这确实是在辜太太老家流传很广的故事。记得，以前辜太太讲得津津有味，在小云的脑里留下了深刻难忘的记忆。现在，她用英语生动地复述出来。一开始，祖鲁拉纳就听得有些入迷。他问："真有那么神？"

小云笑着说："当然！中国历史上有一位很著名的帝王。他原本只是一位乞丐，加入起义军，一步步高升变成这支队伍的首脑。后来，他打败了所有的敌人，建立了新的帝国，成为历史上著名的帝王。当他还在沿街乞讨时，有一位术士看到他，主动为他相面，说他有帝王之相。"

祖鲁拉纳好奇地问："那个人长什么样？"

小云说："祖鲁拉纳先生，说出来，也真奇了！传说中，那位中国帝王长得跟你还真有些相像。他的下巴特别长，而且还往前翘，中国术士称之为地包天，为帝王之相！这可是数百年难得一见的面相！"

虽然还是似懂非懂，祖鲁拉纳却十分感兴趣！他向佣人要一面镜子，仔细自我端详起来。他用左手摸一摸自己下巴的突出部位，脸上不由地流露出得意的神情问："确实，还从未见过有像我这样下巴的人！"

小云双眼紧盯住祖鲁拉纳的下巴，叹息说："可惜……"

祖鲁拉纳神情紧张地问："怎么啦？"

小云指着祖鲁拉纳下巴正中一伤疤，故弄玄虚地说："可惜，这里增一疙瘩。而且，疤痕很不规则，这使你的前程变得错综复杂！"

穆瓦又插话说："云小姐说得真准！上一届总统大选，党内就有实权派提名祖鲁拉纳先生，他自己推辞了……"

祖鲁拉纳打断穆瓦的话，脸色一沉，叹一口气说："唉！现在，我开始有些后悔了……"

祖鲁拉纳感到话说多了，急忙转换话题发问："云小姐，对我的未来，你有什么建议？"

·3·

眼看已经取得祖鲁拉纳信任，小云心中暗喜。要神不知鬼不觉地让他说出他所知道的有关辜老板的往事，她还需再费一番口舌。她故作神秘地观察祖鲁拉纳下巴上的伤疤，小声说："祖鲁拉纳先生，能告诉我这伤疤是怎么来的吗？"

看祖鲁拉纳还在犹豫，小云知道他一定有难言之隐，便靠近他耳语道："祖鲁拉纳先生，如果不方便，你可以不说。如果说，就一定要说实话！否则，我预测一定不准！"

祖鲁拉纳低头小声说："云小姐，这确实是我个人隐私。跟你一个人说说，倒也无妨！我小时候家里很穷，而且很调皮。我到富人家偷瓜，被恶犬咬伤。"

小云点点头，微笑着放声说："我们中国人有一句古话——'爱出者爱返，福往者福来'，意思是说，只有你乐于助人，当你需要帮助时，才会有人主动帮你！"

话虽简单，却语带禅机，在中国人听起来一点也不难。可由于文化差距，尽管小云怎么努力，翻来覆去解释，祖鲁拉纳总是听得似懂非懂。犹占里自以为明白小云的意思，补充解释说："《圣经》上说，帮助别人，就是积财富在天上，也是这意思！"

祖鲁拉纳也常在天主教堂做礼拜，当然听到过这段语录。他笑着说："占里，你说得对！"

小云接着说："对，做好事自然会有好报！多年前，我老师曾给我讲过一个故事，很有趣，留给我难忘的记忆！"

祖鲁拉纳说："你说！"

小云说："古代中国人，穷人要想当官，就要勤奋学习。时期到，所有的读书人都到首都参加考试。考及格就当官，考不好就回家，三年后可以再考。有一位读书人，在去参加考试的路途中，过一小水池，看见一树叶漂在水中，上附有一群蚂蚁。他天生很富有爱心，实在不忍心这群蚂蚁就这样被淹死，就出手救了它们。他取一根树枝搭在叶子上，让蚂蚁爬到自己身上。他就带着这群蚂蚁参加考试。在他的考卷中，有一关键词写错了，漏写了笔画，成了错别字。考官原要判他不及格。在复查时，却发现这些字又变成正确的了。祖鲁拉纳先生，你知道这是为什么吗?”

看祖鲁拉纳摇摇头，小云接着说：“在我们中国人看来，天地间所有的生物都是有灵性的。这一群蚂蚁也很有灵性，居然爬到考卷上，把漏的笔画给填上了。那考官就把那考卷题上及格。那位读书人当上官，后来官越当越大!”

小云的话，让祖鲁拉纳感叹不已。他说：“这故事说得真好！你们中国人真不简单！像你，一个姑娘，竟然如此有智慧!”

小云又一次有意把话题转向辜太太。她说：“我算不了什么，我老师才真正有本事。”

祖鲁拉纳问：“云小姐，你的老师是什么人?”

小云反问：“祖鲁拉纳先生，你听说过我们镇被灭门的那个中国人，辜梁先生吗?”

祖鲁拉纳回答：“记得当年，我曾跟穆瓦先生合伙做买卖。我们生意中需要一个外国人帮忙，就向成鑫先生求助。成鑫先生派来辜梁先生。我跟辜梁先生也算有一面之缘。我很欣赏他的智勇!”

总算把话题转到辜梁夫妇身上，小云心中暗喜。她也很清楚，此时千万不能操之过急。她要让穆瓦先生自愿开口说出来。她笑着对穆瓦先生说：“辜梁先生的太太就是我的老师！穆瓦先生，你也认识辜太太。你说说辜太太这人怎么样?”

辜太太本来就在穆瓦脑里留下了很深的印象，他接着小云说：“云小姐说得对！这辜太太，我认识，可真是世间罕有的智慧超群的女子!”

祖鲁拉纳疑惑地问：“世上真有这样的女子？听说，辜太太也跟辜先生一起死去，是吗?”

小云叹气说：“唉！其实，她本可以不要死。她是为了保护辜老板而死的。”

祖鲁拉纳先生问：“辜太太能掐会算，她有没有算到她和辜梁先生会遭此厄运?”

小云说：“祖鲁拉纳先生，你问得好。见面第一天，辜太太就为辜梁先生卜了一卦，算定他有一大难。她一直在努力为他消灾避难。”

祖鲁拉纳先生问："怎样消灾避难？"

小云说："辜太太说，最好的办法就是破财消灾，还要选择最佳的时机！祖鲁拉纳先生，你听说过我们小镇那场CHINA NO.1商店的官司吗？"

祖鲁拉纳回答："我听说过。"

小云接着说下去："当即将败诉之际，辜太太卜了一卦，算好这是一次大好机会，只要放弃这店，就可以避免灾祸。她极力劝辜梁先生放弃这店。辜先生总算同意了。可万万没想到，辜梁先生后来又改变了主意，背着她暗中活动，逼使成鑫先生撤诉。官司赢后，辜太太又为辜老板卜了一卦，大凶！她心中十分恐惧，采取了很多办法，终究回天乏术，真是天意不可违……"

对这几个非洲当地人，小云说这些显得太深奥，他们只能静静地听着。小云沉默片刻，望着穆瓦说："有一个问题我们一直想不通：辜梁先生到底请谁帮忙？谁有这么大权力能令成鑫先生撤诉？穆瓦先生，最近我才听到传说，是你帮辜梁先生的忙，是吗？"

穆瓦点点头，笑着说："云小姐，我也听了许多传闻。我相信你迟早总要提出这问题。今天，你提得正是时候！那一天，辜梁先生确实来求过我，正巧祖鲁拉纳先生也在场。他可以作证！"

祖鲁拉纳说："是的，辜梁先生求穆瓦先生时，我也在场。"

小云继续问："穆瓦先生，我记得，你是成鑫先生的好友，怎么会帮辜梁先生？"

祖鲁拉纳这时插话说："我可以作证！当时，辜梁先生确实在苦苦哀求！我想起当年，辜梁先生在穆瓦先生和我身边当保镖。有一次，我们受敌人围攻，凶险异常，辜梁先生拼死保护我们！他留给我很深的印象，回想起来，往事还历历在目！所以，我也帮忙替他向穆瓦先生说了几句好话！"

穆瓦叹一口气说："是啊！辜梁先生不停地求我，大有不达目的誓不罢休的架势。再加上有祖鲁拉纳先生帮忙求情，我最终只好答应帮他的忙。我向成鑫施压撤诉，想不到……"

看来穆瓦和祖鲁拉纳只可能说这些，因此小云没有继续追问。在这之后，她秘密约见了凌林和倪信风，她要靠自己人继续追查下去。

第二章　通天侦探社

·1·

倪信风在“通通侦探社”投入重金收购，自己却从不插手其中具体事务，只留下米小庄协助前老板琼斯先生管理。侦探社里的具体工作还是由琼斯负责，只有遇到重大问题时，才会向倪信风请示。倪信风天生胆大，敢作敢为！他一接手，就把侦探社改名为“通天侦探社”。

对倪信风而言，几乎还没有什么案不敢接。他让琼斯大胆工作，一切后果由他负责！琼斯虽不是好老板，却是个地地道道的好侦探！他的工作能力相当强，就是有些胆小怕事。他干过十几年刑警。也正因为胆小，受不了那担惊受怕的日子，他才自动辞职，向亲朋借钱成立了这侦探社。由于稍有麻烦的案都不敢接，使侦探社声名一落千丈，很快出现了严重的经济危机，最终越陷越深、负债累累，他只好卖了侦探社。不当这老板，主要工作还是由自己干，这正是他所希望的。责任由倪信风老板担当，他胆子就壮了许多。由于他努力破了几桩奇案，在全国声名大振，自然钱财也滚滚而来！

倪信风收购侦探社，目的就是要查辜老板一案。正苦于无从下手，从小云那里得到有关穆瓦和祖鲁拉纳的信息后，他心中很兴奋！他让琼斯先生秘密调查两个问题。他还要求琼斯，所有行动只能由琼斯亲自进行，不能让任何第三人知道！他让琼斯了解当年穆瓦和祖鲁拉纳合作做什么生意、他们为什么要向成鑫先生借用辜梁。琼斯在政府内部有人，他相信了解这些问题易如反掌。琼斯承诺，下午五点整听他的好消息。

还差几分钟五点，倪信风就坐在大厅正中等待着。丽娜站在旁边，亲热地靠在他身上，在他的耳边嘀嘀咕咕。像平时一样，米小庄坐在角落，在那一张属于他的茶几上写写画画。长时间的侦探工作养成守时的习惯，琼斯准时回来了。

不等琼斯先生开口，倪信风焦急地问："琼斯先生，怎么样？"

琼斯先生深深地叹了一口气说："唉，没想到，这事会这么难！"

丽娜插嘴问："怎么啦？"

琼斯说："奇怪！通过熟人，很快就找到几个知情者的名字，结果是死的死、失踪的失踪。至此，我唯一只掌握一个线索：穆瓦是从没触底村开始发迹的……"

倪信风转身问丽娜："或许，我们要再走一趟没触底村。丽娜，你有什么想法？"

琼斯的叙述让丽娜回想起往事。她谨慎地回答："老板，我们不能再冒这么大的险！"

倪信风当然也不会忘记上一次的没触底村之行。沉思片刻，他咬一咬牙说："我也这么想。没触底村恐怕没那么好进。而且，这一次再不会有'护身符'。可是，我们似乎又不得不进没触底村……"

倪信风停住口。他望着米小庄问："米先生，你怎么看？"

米小庄指着手上的纸说："老板，我算了一卦。结果是，你们如果进村一定凶险异常！"

对于一位有经验的侦探，化装进没触底村调查，这并非难事！可是，琼斯天生胆小，听了米小庄的话，他心里产生无法抗拒的恐惧感！跟米小庄合作的这些日子，每每在大行动之前，米小庄都习惯为他算一卦，几乎百算百中，让他敬佩不已！他很了解没触底村，本就不想去。现在，米小庄这么说，他已下定决心无论如何都不去。

倪信风了解琼斯的心理。他对琼斯客气地说："琼斯先生，你再想想，有没办法做到既安全而且不虚此行？"

琼斯犹豫着说："老板，让我想一想！"

相处这些日子，丽娜对倪信风的印象不错。她真不希望老板再冒险。她劝说："老板，其实我们并非非进村不可！"

受丽娜的启发，琼斯说："对，不进没触底村，我们照样可以查到你所需要的！”

听琼斯这么说，倪信风有些不高兴：“琼斯先生，你害怕，你可以不进去。我们自己去！”

琼斯问：“老板，你先别急。你不就是想知道穆瓦先生的过去吗？”

倪信风回答：“是！”

琼斯说：“要了解这些也未必一定要进入没触底村。”

倪信风恍然大悟说：“除非能找到了解没触底村的人，但又不要忘记保密！”

琼斯笑着说：“老板聪明！你知道我们侦探社之花吗？”

倪信风反问：“你指尤佳小姐？”

琼斯说：“是！”

作为老板，倪信风当然知道尤佳。他对她的印象不怎么样：她是个典型的当地黑妞，相貌奇丑，头脑简单。他不希望让她参与自己的调查！他有些不高兴地问：“琼斯先生，你该不会把我们的事告诉她了吧？”

琼斯说：“当然没有！我并没有忘记保密誓言。我一直在想，我们只是私家侦探，不是警察，没有权威，也没有保护伞。我们当然要用我们的办法。我不能随便冒险。我想到尤佳小姐，尤佳小姐是斯支瓦人，我曾问过她对没触底村是否了解。”

倪信风问：“她如何回答？”

琼斯说：“她回答，当她很幼小时，曾跟姑婆一起生活在没触底村。”

丽娜不服气地插话说：“我也是斯支瓦人，我也十分了解没触底村。可是，现在我们想知道的，可不是普通人所能知道的！”

琼斯说：“丽娜小姐，你说的对。我也是这样对尤佳姑娘说的。我还对她说，我们想知道的事，估计有相当难度，可能只有极少数人才知道。她向我保证，无论想了解什么事，她都会有办法的。”

倪信风问：“真的？”

丽娜说：“我还是不信！”

琼斯紧接着说：“尤佳姑娘是我的学生。她跟我多年，我很了解她。她不是能干的侦探员，但绝不喜欢吹牛。她工作能力一般，却非常可靠，而且完全能保守秘密。我建议也吸收她参加调查小组，老板你说呢？”

倪信风带着询问的目光望向丽娜。看丽娜点点头，他说："好，你让尤佳来见我们！"

·2·

侦探社是男人的世界，唯有尤佳一位姑娘，大家开玩笑地称她为"侦探社之花"。其实，她远远谈不上美女，典型的当地黑妞长相，凸出的前额，扁平的鼻子，厚厚的嘴唇，只有那双又大又明亮的眼睛还有几分动人之处。她个子不高，却正是刚刚成熟的年纪，那凹凸有致的身材倒也诱人。像没触底村许多小孩一样，她也是无父无母的孤儿，从小就被姑婆收养，带到这"中国镇"。她天生不是读书的料，中学还没毕业，她就失学在家。

尤佳很想念家乡那些小朋友。在没触底村，有很多像她这样的野孩子，在村长的庇护下，生活得自由自在。虽然这段时间很短，记忆却很深！她很想回去看看。姑婆告诉她，这个家恐怕这辈子也回不去了。姑婆还警告她，千万别让人知道，她们来自没触底村。侦探社招工，她抱着试一试的想法去报名。一口流利的斯支瓦语暴露出她也是斯支瓦人，这正是侦探社需要的，就被录取了。当时的老板琼斯先生很看重她，亲自精心培养。可她天生蠢钝，已经好几年，进步不大，还远无法独立办案，只能跟在琼斯身后跑跑腿。尽管如此，她自我感觉却很好。她很喜欢这份工作！侦探社出现经济危机，尤佳心里比琼斯老板更着急。她不想失去这份工作！倪信风出资收购，使侦探社得到新生，她从心里感激这位中国人新老板。第一次见面，倪信风就在她脑海里留下了深刻的印象。她很想跟老板套近乎，却苦于没有机会。现在，机会来了，她自然很兴奋！

琼斯师傅问话时透露，是老板希望知道这些信息。尤佳太想为老板服务，一时性急，来不及思索，不由自主地应承！话一说出口，她的心里立即就后悔了。她没有忘记姑婆的嘱咐！琼斯师傅离开后，她在家里苦苦思索，这该如何是好？不要进村，就能详细了解二十多年前的往事，唯一的办法就是去找二十多年前的老村长。老村长为了避祸才独自一人躲在密林中。这是姑婆的机密。她姑婆是老村长的多年好友。多年来，老村长一切生活所需品都是由姑婆秘密送去的，几十年如一日！近来，姑婆老了，感觉自己身体大不如前，担心万一有一天自己走不动怎么办。姑婆希望有人接自己的班，于是带着她去见过老村长。姑婆警告她，这可是死也不能说的秘密！姑婆还要求她发誓。她想，姑婆如果知道自己违背誓言，会怎么责罚自己？她是在姑婆的严格教育下长大的，她向来十分畏惧姑婆，当然不能让姑婆知道这件事。这该如何是好？急中生智，她想起干脆直接去求老村长。虽然认识不久，老村长一直对自己关爱有加。

老村长已经八十好几了，头脑依然很敏锐。一听说有人想了解没触底村二十多年前的往事，他严厉地警告说："二十多年前，发生在我们村的那件事，可是我们斯支瓦人的重大机密！对谁都不能说！"

尤佳没有再吭声。她心里很后悔！明知道会出现这样的结果，她真的不该来求老村长。看尤佳一脸惭愧，老村长脸色又缓和了许多，问："这是些什么人，为什么要知道这些事？"

尤佳向老村长详细介绍了自己的新老板。她提到，倪信风还是中国医生凌林的学生。一听说凌林医生，老村长眼里发光，问："凌林医生，是不是那位帮助布塔里部落独立自治的中国医生？"

尤佳回答说："是！很多人都知道他在布塔里部落的事迹！"

老村长感慨道："我也听说过凌林的事迹！我现在很老了，不知未来还有多长时间。我可不能让秘密跟我一起埋到地底。凌林医生这些人，或许是诉说秘密的最佳人选……"

尤佳跟着琼斯走进辜家大院。看到倪信风坐在正中，看到丽娜站在老板身后，靠得那么近，她心中虽然不舒服，但却没有吭声。作为老板，倪信风毫不客气，单刀直入地问："尤佳小姐，琼斯先生说，你有办法帮我。可以不要进村，就能了解没触底村二十多年前的往事，是吗？"

尤佳肯定地说："当然！"

一开始，丽娜就不相信尤佳。她忍不住插话："尤佳小姐，你要知道，我们想要的信息，恐怕仅极少数人知道！"

尤佳心里对丽娜本来就不服，自然不会理睬这话。她看也不看丽娜一眼，只是面对倪信风说："老板，请相信我！我自有办法！只是，这事关重大，我只能跟老板你一个人说！"

倪信风没有开口，只把双眼盯着丽娜。丽娜很想了解这一切。她笑着说：

“要知道，这侦探社也有我的股份，我也算老板！”

倪信风点点头表示赞同：“丽娜小姐说得对，她也算是老板！”

看不惯丽娜这副神气样子，尤佳赌气说：“如果这样，我可什么都不想说。”

丽娜冷冷一笑，对倪信风说：“老板，人家不说，我们何必勉强！我早就对你说，要不进没触底村，又要了解二十多年前的机密，根本不可能！”

尤佳实在忍不住对倪信风说：“老板，有的人自以为是，自己没办法，却认为别人一定也不行！老板，我如果能带你去见隐居二十多年的老村长，你说这办法，行吗？”

这正是自己所希望的，倪信风笑着说：“那当然行！”

丽娜头脑灵活。此时，她才相信尤佳不是吹牛。她脸上顿时出现亲切的笑容，拍拍尤佳的肩膀说：“我的好妹妹，在侦察方面，我还是门外汉，你才是专家。对我说的话，你也别太介意。我向你道歉！你带我们去见老村长！”

尤佳本来很嫉妒丽娜，现在丽娜居然能这样求自己，她心里自然得意扬扬！见老村长一事，她原只想让老板一人知道，可经不住丽娜的激将法，不由地脱口而出，她又有些后悔了。她想，既已被这几人听到，她只好让他们发誓保密。她不由地用带询问的目光望了自己的师傅琼斯先生一眼。

琼斯做事为人一向都特别谨小慎微。不到需要时，他绝不多说一句废话，所以一直默默无语！现在，尤佳问到自己头上，他当然义不容辞！他笑着对尤佳说：“尤佳，我知道你已作了保密的保证。不过，你请放心！丽娜小姐也是自己人，她一定会保证！况且，老板调查的这些事也都是绝密的，所有参者都要发誓保密！”

倪信风和丽娜异口同声发誓说：“我发誓保密！”

尤佳无可奈何地说：“老板，为了避祸，老村长才躲在密林中。经我反复劝说，他才答应见你。现在，我什么都不能说。我带你们去，有什么事的话，到时候你们自己问他。”

·3·

这一天，尤佳心里特别高兴，她终于有机会在老板面前露一手！因为要再进丛林，像往常一样，她到发廊整理头发，一身打扮很是简朴精干。她带着倪信风进入丛林，走在最前面，丽娜紧随其后，琼斯走在最后。她是侦探，又是在熟悉的地方，虽然林深树密，依然健步如飞。她牵着老板的手，显得特别兴奋，一刻不停地向西北方向前行。在离老村长秘密住地不远的地方，背后突然传来琼斯的叫声。

琼斯追向前来，小声对尤佳说："尤佳，别往前走啦！"

尤佳停住脚步问："师傅，怎么啦？"

琼斯提醒说："尤佳，作为侦探，要耳听八方。你仔细听听！"

尤佳站着不动，侧耳听，没有听到什么声响。琼斯用手势提醒倪信风和丽娜站在原地不要动。他牵着尤佳的手，小心翼翼地分开正北面的密林，轻手轻脚往里走，边走边听。走了几步，尤佳低声说："师傅，我听见了脚步声，果然有人跟踪我们！"

师傅启发问："是的！他们远远地跟踪我们，已有一段时间。这脚步声从东面传来，这么小声，估计距离我们起码五十米。这里的林木这么密，他们显然不可能看见我们。现在我们走得这么轻，估计他们也不会听到我们的脚步声。现在，我们停止，他们也停住脚步。尤佳，你想想他们凭什么跟踪？"

尤佳吃惊地叫道："跟踪器？"

琼斯说："对！"

琼斯回头对倪信风和丽娜说："老板，你和丽娜站着，别动！"

琼斯又带尤佳向前走了几步。他侧耳听一听，那嘈杂的脚也跟着移动。他对尤佳耳语说："尤佳，你在自己身上找找！"

尤佳在自己全身上下仔细摸了摸，没有任何发现。像许多当地姑娘一样，她头上梳着许多辫子，但因为担心在林中行走不方便，所以盘到了头顶上。琼斯眼尖，在她头上搜索，很快就发现辫子上绑着一小块闪闪发光的东西。他小心地取出这像纽扣大小的物体，疑惑不解地说："这可是美国产的先进的跟踪器。在我们国家连普通警局都没有这玩意儿。这些到底是些什么人？"

琼斯用尽全身的力气把跟踪器摔向北方。他又带着尤佳还有倪信风和丽娜穿进南面的密林中，快步向南走，一口气走了好几百米，四人都累得气喘吁吁。琼斯仔细倾听，再也听不到一丝的脚步声，才让大家停下来。

找个草地大家都坐下休息之后，琼斯才得空向倪信风汇报情况。听说在尤佳的头发中发现跟踪器，倪信风问："尤佳，你最近一次做头发是什么时候？

在什么地方？”

尤佳回答：“前天，我独自去见老村长，征求他是否同意见你们。然后，我再去见你们，准备这场行动。通常要进丛林前，我都要把头发整理一番，就在我家附近！”

倪信风继续问尤佳：“在梳头时，有没有什么异常情况？”

尤佳苦苦思索，又摇摇头：“我实在想不出来！”

丽娜插话说：“那个理发师一定有问题！”

本来就憋了一肚子气，听丽娜这么说，尤佳忍不住发火了：“胡说！那店是我经常做头发的地方。只是……”

倪信风焦急地问：“只是什么？”

尤佳忧虑着说：“只有这一次，那师傅却是新手……”

琼斯说：“好啦！这些情况，我们回去后再调查！现在我更担心老村长的安危！”

听师傅这么说，尤佳焦急不安地对倪信风说：“对！老板，我们要赶快找老村长去。”

倪信风：“好，尤佳，你带我们去！”

从刚刚来时的路，尤佳向北倒退，众人都跟在她身后。边四周看看边走，早已超越原来的距离，依然没有发现去老村长住地的记号，她只好停止脚步。她惶恐不安地对琼斯说：“师傅，我已经晕头转向，我再也找不到熟悉的路！”

琼斯虽不是丛林中人，但毕竟是有经验的老侦探。他看看手表，再看看太阳，以及四周草木的疏密状况，指着手上的指北针问：“尤佳，你不要急。你想清楚，老村长住地大约在哪一个方向？”

尤佳四处看看，又沉思片刻，说：“应该在东北部。”

琼斯说：“好，我们只要一直朝东北方向走，总会找到熟悉的地方的！”

琼斯持着指北针领头，尤佳紧随其后，倪信风和丽娜走在后面。他们时而向北，又时而向东，没有走多久，就有一道东西走向的深沟横在前面，下面长满青草树木，深不见底，也望不到边。琼斯仔细观察一会儿，看来这沟肯定下不去，而沟的边沿树林同样又密不透风。他只好往南退一点，从东方找树比较稀的地方钻进去，继续前行。没走几步，就听见从正前方传来轻轻的说话声。他吓了一大跳，转身对尤佳惊恐地叫道：“前面有人！快快，我们赶快往回走!”

倪信风听出是凌林和吉姆的声音。他兴奋地说:“琼斯先生,尤佳小姐,别跑啦,是凌林医生!”

尤佳肯定地说:“这绝对不可能!”

看到凌林从两棵树间钻出来,后面还跟着身材矮小的吉姆,尤佳吃惊地问:“凌医生,你们怎么可能跟我们走到这里?”

凌林笑笑,没有吭声。倪信风指着吉姆对琼斯和尤佳说:“琼斯、尤佳,你们可都是侦探方向的专业人士,但要说跟踪本领,却没法跟这位吉姆先生比,你们信不信?”

琼斯老成持重。他心中虽然也不相信,脸上却不动声色,只微微一笑。

侦探跟踪不是自己的专业,也不特别感兴趣,丽娜只是喜欢看到尤佳出丑。她笑着说:“老板,这回好啦!我们再也不要跟在人家后面瞎转了!”

尤佳天性心直口快。她早就听说有关凌林的许多传说,已是满肚子不服。听丽娜这么说,她心里更是一肚子火。她满脸不屑地说:“我就不相信,他会带我们去目的地!”

倪信风笑着说:“尤佳,我知道你不服气。不要紧,你很快就会明白。我是你们的老板,而凌医生是我的老师。从现在开始,你们一切听凌医生的。走,我们跟着凌林!”

琼斯倒没有什么表示,唯尤佳心中不服。她边走边发问:“老板,你说,他会知道我们想去的地方吗?”

没走多久,凌林转身问尤佳:“尤佳小姐,你看看前面是不是你们想去的地方?”

表面看,这里的密林跟其他地方没什么区别,尤佳却从中找到了秘密记号。她兴奋地说:“对,这就是去老村长住地的路!现在,我带你们去见他……”

凌林提醒说:“尤佳小姐,你千万要小心,吉姆听到前面有人在说话!”

琼斯仔细聆听片刻说:“老板,我可什么也听不见!”

倪信风说:“琼斯先生,尤佳小姐,你们不知道,吉姆先生能听见普通人听不到的声音!你们千万要小心!”

听到老板这么说,尤佳只好小心翼翼地带领大家前行!她边找记号边走,很快就靠近了目的地。她刚要开口，却被身边的凌林打断。凌林的右手轻轻拨开密密的树丛，对尤佳耳语："尤佳，你不要再吭声，朝这里看看！"

尤佳伸头一看，不由地倒吸一口凉气。

·4·

前面有一大片空地，两三百米外有一间茅草屋。那里正是老村长住地。此刻，十几个全副武装的黑大汉正守在那里。

躲在密林中，从树缝中往外看，看到老村长的住房前站着这么多武装人员，尤佳心里万分焦急！

老村长在这里避难，除了姑婆和她，其他什么人都不想见。姑婆说，这可是比自己性命更重要的秘密！若不是为了老板，她绝不会做这样的傻事！她瞒着姑婆，费了不少口舌，又作了保密保证，才让老村长勉强点头。在这样荒无人烟的地方，老板和师傅又是自己最信得过的人，原以为只要自己小心谨慎，应该不会有什么麻烦。谁知，居然会在自己身上发现跟踪器。现在，她后悔了。老村长和姑婆那么信任自己，而她却给老村长带来这么大的麻烦！她焦急不安地对琼斯说："师傅，我们要赶快进去救老村长！"

琼斯摇摇头说："不行！"

倪信风问："琼斯先生，你说这些武装分子是什么人？"

琼斯沉思着说："我也想不通这些到底是什么人，不可能是便衣警察，也不可能是军人！我在尤佳身上发现的跟踪器，是美国最新产品，只有国家安全局才可能有这先进东西！"

倪信风用带询问的目光望着凌林。凌林开口说："这些人恐怕还是斯支瓦人内部的武装组织！"

琼斯问："凌医生，你为什么这样说？"

凌林说："吉姆听到，这些人几乎全都讲斯支瓦语。"

琼斯是老侦探，听力也相当好。他侧耳听一听，什么也听不清楚。他疑惑地问："距离这么远，怎么可能听到说话？"

凌林问吉姆说："吉姆，你是不是听他们在讲斯支瓦语？"

吉姆毕恭毕敬地回答："是，医生！我还能闻到他们身上都是斯支瓦人特有的体味!”

听到这些，尤佳惊慌失色。她问倪信风：“老板，老村长在这里，就是要躲开斯支瓦内部的仇人。现在，我们该怎么办?”

倪信风安慰说：“尤佳，别太担心！这凌医生是我的老师，他会有办法!”

凌林摇摇头说：“现在，我们什么也做不了，只能等待!”

尤佳焦急不安地叫道：“可是，老村长有危险，我们必须赶快进去救人!”

琼斯急忙制止说：“尤佳，千万别暴露！否则，非但救不了老村长，连我们这群人也要搭上!”

倪信风也接着劝阻说：“尤佳，再耐心等待一会儿！他们这么大一群人，在这种地方不会待太久!”

如倪信风所说，没过多长时间，那些武装人员便渐渐撤退了。尤佳正要冲向前，却被琼斯拖住。琼斯对尤佳耳语：“作为合格的侦探要多几个心眼。现在表面上确实看不见那些人，可是你注意到没有，那树丛中似乎还有金属在闪光!”

不久，这些闪光也消失了。尤佳又一次企图站立起来。倪信风制止说：“尤佳，先别急！大家都听凌医生的!”

就在此时，凌林说：“我们现在可以过去啦!”

琼斯胆小，小心翼翼地问：“凌医生，你确信，那些人都走光啦?”

凌林笑着说：“放心吧，琼斯先生！吉姆已经仔细听过，方圆数里内没有喘气的。”

听了这话，尤佳迫不及待地冲向茅草屋，倪信风和丽娜紧随其后，琼斯和凌林也跟着过去。

仅十几平方米的小屋到处一片狼藉，所有的衣橱、碗柜都被打开，衣服破碗撒满地。一位年已古稀的老人横在房中央，浑身上下都是伤痕，胸前一处致命伤，血还在往外冒。尤佳顿时慌了手脚，伏在老村长身旁痛哭流涕。

跟踪器是在自己身上找到的，老村长是被自己害死的，尤佳越想越伤心，泣不成声。丽娜虽对尤佳没有什么好印象，但她天生很富有同情心，看尤佳实在可怜，她赶紧在旁边照顾。再看到老村长浑身上下都是伤痕，她愤愤不平地说：“这到底是些什么人，为什么这么残忍?”

倪信风发誓说：“尤佳，我发誓，我一定会找出凶手，为老村长复仇!”

尤佳最听老板的话，听倪信风这么说，她心情平静了许多。琼斯问：“尤佳，你想想，这些人到底是些什么人？他们想从老村长身上知道什么？”

尤佳本不是爱动脑的人，现在更是一脑子糨糊。她摇摇头，什么话也没说。琼斯曾经是刑警，喜欢循规蹈矩。他焦急地对倪信风说：“老板，这可是刑事大案！我想，我们要赶快回镇，报告警局，让他们来处理。”

倪信风问凌林：“凌，你怎么看？”

凌林沉思着说：“老村长能在这种地方隐居二十多年，而且能忍受这么大的痛苦折磨才死去，看来这人些绝对非同一般。这一群人到处都翻遍，还对老人家逼供，我估计他们可能还没找到所要的。大家再分头仔细找找，或许老村长还为我们留下些什么。”

这是一幢用土筑成的小茅草屋，前前后后加起来也仅十来平方米，所有该翻的地方都摊开，连墙上的小洞也都被挖开了。琼斯也算搜查方面的专家。他搜遍所有地方，一无所获，叹息说：“唉！看来这些人中也不乏搜查方面行家，搜得够彻底！”

凌林指着墙上的神龛说：“琼斯先生，你注意到这里没有？”

在房正中墙上有一小小神龛，里面摆着一张画像。四周积满灰尘，同样也留下许多清晰的手印，琼斯说：“这里也被搜查过，应该不会有什么遗漏吧？”

凌林说：“可是，这照片为什么还整整齐齐地在原位？”

听凌林这么说，倪信风就要伸手去拿照片，却被丽娜制止：“老板，这是斯支瓦部落祖宗的画像，在斯支瓦俱乐部里，我们也曾见过！这是斯支瓦人心中最神圣的，不要随便去碰！”

琼斯对凌林说：“凌医生，这些人什么地方都搜过，就对这神像，看后还放回原位。看来，你刚才的推断没错，这些武装人员应该是斯支瓦人。”

倪信风说：“琼斯先生，据我所知，你不是斯支瓦人。你去小心翼翼地把神像拿下来，看看里面会有什么。”

此时，尤佳已经平静了许多！她急忙阻止说：“老板，不行！你们外地人不知道，这神像非常灵验，谁对它不敬一定会倒霉。不是斯支瓦人千万别碰！”

倪信风问：“尤佳，你们斯支瓦人是怎样移动它的？”

尤佳回答：“万不得已，非请不可时，我们斯支瓦人必须先念动斯支瓦特别的咒语，再按法定的步骤渐渐把它请下来。我看到老村长动过，可惜我没记住这咒语。”

丽娜在旁边插话说：“我会这咒语！说起来也真巧，这咒语还是云姐教我的。”

尤佳疑惑地问：“你是说那个中国姑娘？她怎么可能懂得这咒语？”

丽娜说：“开始我真的难以置信。后来才知道，她虽是中国人，却也是我们斯支瓦大巫师的高徒！尤佳，现在，我就开始念咒语，你按部就班地把神像请下来！”

丽娜面对神像跪下，用斯支瓦语念动咒语。尤佳恭恭敬敬地朝神像拜一拜，然后举起双手缓缓向神像靠近，毕恭毕敬地捧在手中。倪信风在相片背后看到一个单词：“PIDI”（匹底）。他问：“丽娜，你看看，上面写着什么？”

丽娜说：“从形态上看，这好像是斯支瓦语，可我怎么也看不明白那到底是什么意思。”

倪信风又问尤佳：“尤佳，你看看，这是什么意思？”

尤佳摇摇头说：“老板，我看到了。这确实是斯支瓦语，可我也看不懂！或许是斯支瓦咒语！”

丽娜说：“老板，我想，我们回去问云姐，她或许知道这些。”

不知为什么，一听到“小云”这个名字，倪信风的心跳不由地加快了许多。他努力控制自己的情绪，极力平静地说：“看来也只好如此！回去后，再请小云小姐来一起研究……”

早就听说许多有关小云的传说，尤佳心里很不服气。听老板这么说，她心里更不舒服。她对倪信风说：“老板，那中国姑娘懂什么！我们还是赶快回去问我的姑婆，她一定知道这单词的意义！”

·5·

一想起姑婆，尤佳心急如焚，归心似箭！她不顾一切地在林中穿梭，琼斯紧紧地跟着，并不时地提醒她小心。可是她一点也听不进去，而且越走越快！

凌林带着吉姆紧随其后。他安慰琼斯说：“琼斯先生，别担心！吉姆可以保证方圆百米内没有其他人!”

倪信风和丽娜走在最后。丽娜虽也是斯支瓦人，可从小在国外长大，自然不习惯这样的路。老村长之死让她也很伤心。她焦急地问：“老板，为什么要走得这么快？尤佳姑婆也会有危险吗?”

倪信风拖着丽娜的手往前走。他说：“尤佳姑婆有没有危险，现在还不好说！你如果在这种地方落下，一定会有大麻烦的!”

……

尤佳姑婆的小屋坐落在“中国镇”的南郊，也是包围在绿树丛中。看看四周似乎没有什么异常，尤佳的心情稍稍放宽了些。她冲进屋内，内部的一切都整整齐齐，没有外人涉足的痕迹！可是，姑婆却直挺挺地躺在床上，双眼睁得大大的，一动也不动，任凭尤佳如何喊叫姑婆就是醒不过来。想到姑婆辛苦一生把自己拉扯大，就这样走了，她不由地伤心欲绝，伏在姑婆身上大声痛哭……

倪信风安慰说：“尤佳，你别这样。还是先让凌医生看看，你姑婆到底怎么啦。”

凌林向前一查说：“姑婆刚死不久!”

琼斯也跟着检查后发问：“姑婆身上没有一点伤痕，也没有中毒迹象。凌医生，你看她到底死于什么原因?”

凌林说：“她可能死于心脏骤停。具体原因必须等待尸解结果!”

倪信风问：“尤佳，你姑婆有什么慢性病?”

尤佳止住哭声，说：“她有心脏病史，没想到就这样突然走了!”

丽娜说：“这么看来，姑婆一定是突然心脏病发……”

凌林说：“那也不见得。你们看她，双眼睁这么大，还闪着恐怖的目光……”

琼斯惶恐不安地说：“这么说，我们要赶快报警!”

听了这话，琼斯点点头，按部就班地在房内仔细搜索。姑婆以当佣人为生，小小的房内收拾得干干净净、井井有条，没有任何外人动过的痕迹！他最后查到茶几上，上面只摆着一只茶杯，还残留一点点水。他用放大镜仔细观察，吃惊地叫道：“奇怪！这杯上没有指纹！看来还是有人到访，可惜痕迹被清理得太干净了!”

丽娜问："尤佳，你仔细看看房内是否少了些什么。"

尤佳说："没有！姑婆家境贫困，没有什么东西可偷。据我所知，她也没有在这里藏什么秘密！"

倪信风接着问："尤佳，你想想，以前有什么人来过这里？"

尤佳肯定地说："这不可能！为了保密，除了我，姑婆不让任何人知道这地方！"

丽娜是学经济的，对侦探不感兴趣。她不由地想起经济方面的问题，问："尤佳，你姑婆有没有立过遗嘱？"

看尤佳摇摇头，凌林又提醒道："尤佳，你再仔细想想，姑婆有没有说过什么类似于临终遗言的话？"

听了凌林的话，尤佳深深地陷入沉思之中。以前，姑婆靠打工赚钱把她抚养成人。那一点微薄的工资勉强糊口，没有一点积蓄，自然也不会有什么遗嘱。她也不记得姑婆说过什么遗言，只有那一次……那一天，姑婆突发心脏病，卧病在床，把她叫到床边说："尤佳，我不是你的亲人！你的身世涉及斯支瓦的最高机密。万一我有什么三长两短，你立即去找隐居在林中的老村长。他会告诉你一切。"

看来，这就是姑婆唯一的临终遗言。现在，老村长也不在了，自己的身世恐怕将是永远的谜。想到这些，尤佳不由地又开始号啕大哭。倪信风安慰说："尤佳，你不要太伤心！"

听到这些，尤佳心情激动地靠到倪信风身上小声说："老板！我在这世上无依无靠，现在连唯一的亲人也不在了，只有这侦探社才是我的依靠！"

丽娜也跟着安慰说："尤佳，你放心吧！我们侦探社里的人都是你的兄弟姐妹！"

尤佳对丽娜说："谢谢你，丽娜姐！"

琼斯将小屋里里外外仔仔细细搜了一遍，没有任何发现。他心中充满疑惑。他相信一定有外人入侵，却能这样不留任何痕迹，一定是高手。再想想曾装在尤佳头上的窃听器，是现代高科技产品，看来这些人的来头非同寻常。他天性胆小，向来相信，秘密知道越多越危险！他对倪信风说："老板，我到处都看仔细了，没有什么有价值的发现。我们还是赶快报警去吧！"

自从收购侦探社后，倪信风对刑侦方面越来越感兴趣，也比以前更爱动脑筋。就这样离开，他实在心中不甘，可又没有什么发现。他只好再次问尤佳："尤佳，你再想想你姑婆说过的话，说不定其中会有一些有价值的发现。"

说出姑婆的遗言，尤佳灰心丧气地叹息说："唉！看来，我的身世将成为永远的谜了！"

凌林一直在默默地观察着周围的一切。听尤佳这么说，他插嘴说："尤佳小姐，你也不要这么悲观。我总有预感，随着调查进一步深入，总有一天，你身世之谜会自然破解！"

尤佳知道老板特别尊敬凌林。她也恭恭敬敬地发问："凌医生，你这么想，有什么根据吗？"

凌林指着丽娜手上的神像说："尤佳小姐，除你姑婆外，只有老村长知道你的身世。老村长虽然不在，却还是留下了线索！"

尤佳忧愁地说："可是，这神像的秘密，这背后'匹底'两字恐怕没有那么容易破解！"

倪信风最近看了不少侦探小说。他对尤佳说："尤佳，你是侦探！你是否记得大侦探说过，世上没有破不了的案？"

琼斯想得更多！他相信这神像背后可能藏着重大秘密，探索这些一定危险重重。他忧愁地说："老板，我们还是把这些留给警方吧！"

倪信风说："不，对警方，我信不过！"

丽娜接着说："老板，我建议，还是去问问云小姐。或许，她会有很有价值的发现。"

倪信风心里本就很想念小云。他急忙接着说："小云是大巫师的徒弟，一定会发现什么！"

凌林也点点头说："好，我让吉姆去通知云小姐！"

第三章　斯支瓦人的抗议

·1·

依小云的愿望，犹占里为她安排了一座独立的小院，离穆瓦大院有一段距离，又在大院卫士观察得到的地方。她理解他的良苦用心，这样既给她留下私人自由的空间，又能利用穆瓦叔叔的卫士保护她。她跟倪信风目的相同，就是要查清辜案的真相。当倪信风收购侦探社开始调查的同时，她正继续利用犹占里的关系，靠近穆瓦暗访。

这些日子，犹占里带小云去见证了穆瓦的所言所行。她看到的都是穆瓦所行的善事，听到的都是一片赞美声。当然，这一切未能消除她心中的疑惑。她还要更进一步了解。可是，一时间，她还没想出下一步的计划！这一天，她正独自坐在小厅里沉思着，犹占里来了。

自从与小云第一次见面以后，犹占里的心就一直紧紧地系在小云身上。相处时间越长，他对小云的情意也越来越浓，越来越感到离不开她。可是他想不通，为什么她对自己总是那样若即若离。知道她怀疑穆瓦叔叔是辜案的幕后真凶，这让他很伤心。他了解叔叔，也完全相信叔叔绝不可能干这样的事。为了要让小云更了解叔叔的为人，他特地放下手中的工作，陪她一起去参加各种活动。他首先带她去参加小镇慈善募捐大会。大会是由几个基督教和天主教教派联合发起的，穆瓦虽然哪一派也不是，却捐得最多。他还带她去参观一家老人院。在那里，许多斯支瓦鳏寡孤独老人向她叙述穆瓦的善行。她几乎参观了穆瓦活动过的所有地方，听到的都是一片对穆瓦的赞美声。他努力让她加入当地籍，还编入在册的公务员，还介绍她加入执政党。她刚完成执政党组织登记不久，正巧执政党在首都召开总统竞选募捐大会。现在，他就是要带她一起去参加这大会。

大会由祖鲁拉纳先生主持，总统也参加了。全国资产排列前几位的大富豪几乎都到齐了。穆瓦也坐在前排。穆瓦的捐款又是第一，这当然也在情理之中。会开得很热烈。所有在台上发言的人都在预祝总统成功连任……

在台下，小云悄悄问犹占里："占里，祖鲁拉纳先生不是跟总统意见不合，为什么还要组织召开这大会？"

犹占里无可奈何地说："这就是政治！为了统一的目标，你心里再不高兴，也不得不违心地去做一些事……"

小云接着说："我明白了！为了执政党，你叔叔尽管也不喜欢这总统，也照样还是捐得最多……"

犹占里紧接着说："这当然也是同一个道理！叔叔捐款绝不仅是为了总统，也不单单是为了一个党，说到底，最终还是为了国民，特别是斯支瓦人民！"

小云边说话，边紧盯着台上，细细观察主席台上所有人的一举一动。她看到有一个黑人小伙子走到台中央，低头在总统耳边似乎耳语了什么。总统脸色大变，急忙站起来，对身边的副总统说了什么，就匆匆离开。

小云问身边的犹占里："占里，那位走到总统身边的年轻人是什么人？"

犹占里小声说："这是总统的秘书！这时候到来，恐怕有什么紧急要事！"

此时，小云还看到那个年轻人着急地走到台下，到第一排穆瓦身旁低声说了什么。穆瓦摇摇头，又挥一挥手，那年轻人才无可奈何地离开了。小云突然产生一种预感，或许这其中有自己需要的信息。她对犹占里说："占里，你是不是跟总统一起去看看，到底发生了什么事？"

犹占里说："不必去！只要大会一结束，我们就会知道到底发生了什么事。"

小云沉思着说："占里，我想你如果能亲临现场，说不定会看到与道听途说不一样的东西！"

犹占里向来对小云言听计从，站起来就走了。

果然，如犹占里所说，大会一结束，人们就议论纷纷。事件原来是这样：一群斯支瓦人闹事。对事变的因由，各人说法均不相同：有的说是警察枪杀无辜的斯支瓦人激起民变，也有的说是警察抓了斯支瓦人的骨干……

对这些道听途说，小云不想听太多，只有等犹占里回来，就能得到可靠的消息。虽然在家里等了一整天，还不见犹占里的身影，可她还是耐心等着。细想这些日子的所见所闻，再想想在大会上的一些人，祖鲁拉纳、穆瓦、总统以及总统秘书，看来一定发生了大事件……

犹占里终于回来了。他心存愧疚地说："云，对不起，让你久等了。"

小云笑着说："没关系！你说说，发生什么事了？"

犹占里沉思着问："云，我记得你和你的朋友曾从没触底村坐驴车到匹愧镇，是吗？"

小云笑着说："我当然记得！我还没有忘记你们斯支瓦美女好布鲁娜。"

犹占里紧接着问："你还记得好布鲁娜大院对面的那一片森林吗？"

小云说："对啦！我记得那一片望不到边的密林，一直通到没触底村。我们就是坐着驴车穿越那里才到达匹愧镇的！"

犹占里说："就是在那一片密林中发现了三位被枪杀的死者。"

小云问："这些死者是什么人？"

犹占里说："这三位死者的身份尚待进一步确认。报案的是一位住在附近的斯支瓦人。警察怀疑这人就是凶手，就把他拘押。偏偏这疑犯又死在拘留所，这就激起斯支瓦人示威抗议，而且闹到首都警察总署来。署长感到十分棘手，才紧急向总统汇报。总统要亲临现场……"

小云问："总统似乎想请穆瓦先生同行，是吗？"

犹占里点头说："是！总统想利用叔叔在斯支瓦人中的威信帮忙做工作。可是，我叔叔不想去。总统跟我也很熟。由于我跟叔叔的关系，也有助于解决问题，他就把我带上……"

小云问："后来？"

犹占里叹一口气说："唉！当我们到那里时，一切都晚了……"

小云又问："怎么啦？"

犹占里说："我们到那里时，事件已经结束，地上血迹斑斑。原来，大批警察的到来把那里的斯支瓦人给激怒了。赤手空拳的斯支瓦人首先用石块攻击警察，伤了不少人。开始，警察都还很克制。后来，人群中射出子弹打伤了警员，警察才反击，斯支瓦人死伤惨重，还被逮捕了不少……"

小云感叹说："看来，这下子事情越闹越大了！"

犹占里说："是的！据消息灵通人士从斯支瓦人内部得到的消息，很快将会出现全国性的大规模抗议示威！"

小云问："斯支瓦人有这么大能量？"

犹占里说："当然不止斯支瓦人！反对党也会从中煽风点火。"

小云："反对党？"

犹占里说："小云，你知道，这国家反对党力量很小，而且是一盘散沙。他们显然想借这次机会发展壮大自己……"

小云："难道执政党就这样束手无策吗？"

犹占里笑着说："当然不是！我估计执政党骨干一定会开会研究对策！"

对这一类活动，小云当然很感兴趣。她问："不知我有没有机会旁听？"

犹占里得意地说："当然！云，你知道，执政党内也分为好几个派别的。"

小云接着说："我当然知道！我还知道，其中人数最多、实力最强的就是祖鲁拉纳派。"

犹占里说："为了保密，这一派的骨干会在我叔叔家聚会！"

·2·

这一天，穆瓦的大院戒备森严，三步一岗，五步一哨。当然，这一切并不阻碍犹占里和小云通行。看到他们，那些武装卫士不但没有阻拦，一个个还向他们敬礼。犹占里把小云带到大厅旁边的小房内，那里有一扇小门，通过缝隙可以看到厅内的情况。

厅里已坐满人。祖鲁拉纳坐在正中央，穆瓦坐在右边，人声嘈杂。犹占里说："云，我们就在这里，不要吭声！"

小云疑惑地问："我们为什么不能进去，只能在这里？"

犹占里解释说："在里面的都是执政党议员。我们不是议员，进去不方便。当然，因为这里是我们家，都是自己人，在这里听听还是可以的。"

小云问："执政党议员都在这里？"

犹占里说："当然不是全部！执政党内也分许多派，祖鲁拉纳先生领导其中最大的一派。今天，这一派的议员都来齐了。别小看这里！这里研究的结果，将决定整个国家的方向！"

小云又问："他们为什么从那么远的首都跑到这里来？"

犹占里说："这是秘密会议！在这里最方便！"

小云小声说："看来，他们争吵得十分激烈！"

犹占里说："像这样的聚会，每个人都可以自由地提议……"

穆瓦那洪亮的声音压倒了其他人："我是斯支瓦人，自然绝不会允许别人欺侮我的族人。我支持弹劾总统！"

祖鲁拉纳紧接着反对说："这不行！反对党提出弹劾总统，意在打击我们执政党，我们不能让他们的阴谋得逞……"

小云小声问："祖鲁拉纳先生不是跟总统有矛盾吗？现在怎么却要保总统？"

犹占里叹一口气说："唉，这就是政治！他虽然跟总统意见不合，毕竟在同一条船上，保总统也就是为了保自己。"

下面是一个陌生的声音："我来说说！来之前，我已经在我选区做民意调查，百分之七十以上的人支持弹劾。虽是反对党的提议，我也不能不支持……"

祖鲁拉纳打断这人的话说："这也不行！你别忘了，在你的选区，你代表着我们执政党。作为执政党成员，应以党的利益为重……"

那人反驳说："不，我是选民选出来的，我当然要服从我的选民的意愿……"

犹占里接着对小云解释说："作为选区的议员要靠选民的支持才能保住自己的地位。"

祖鲁拉纳气势汹汹地打断这人的话："你如果这样干，就必受党纪处理。而且，你也会失去执政党候选人的资格……"

穆瓦急忙出面打圆场，声音很洪亮，态度却很温和："祖鲁拉纳先生，别这样！这里只是非正式聚会，让大家自由发表意见，别说什么党纪国法！"

下面是七嘴八舌的声音，内容听不清楚。小云突然心生一计，她在犹占里耳边说："占里，你先过去，想办法把我引荐给他们。"

犹占里摇摇头说："不行！我们只是党内普通成员，又不是议员，不能参加这种会！"

小云笑着说："放心吧！请相信我，我保证，你只要露一露脸，他们自然会请你过去！你过去后，你只要提起我，祖鲁拉纳先生自然会同意请我的。"

讨论还在轰轰烈烈地进行着！

犹占里小心翼翼地推开会议室的门，静静地站在门口。果然如小云所说，他一现身，就听到祖鲁拉纳的叫声："大家静一静！我跟大家介绍，这位是犹占里先生！他跟随总统到现场。我建议大家先听听他的见闻！"

其实会上所有人都很熟悉犹占里，当然没有反对意见。穆瓦紧接着说："占里，你过来向大家介绍所见所闻！"

犹占里说："我跟随总统到出事地点，事情已经结束，警察正在清理现场。警察总督汇报说，他一接到命令，就带领警察到动乱地带，并没有采取行动。那些示威人群先开始围攻警察，还响起枪声，打伤了一名警察。警察开枪自卫反击，打死打伤多名民众，又逮捕了数十名带头闹事者……"

场中有一位议员发问："有没有证据证明示威群众首先开枪？"

犹占里回答："没有！警方没有找到首先开枪的人！"

听了这些，穆瓦义愤填膺地说："真该死！警察凭什么镇压斯支瓦人！这严重地破坏了政府在人民中的形象，大大损害了执政党的威信！这警察总督应该就地免职！"

犹占里说："是！由于指挥失当，总统已经暂停警察总督的职务，进行进一步调查！"

穆瓦紧接着说："不！总统本人也要对这事件负全责！想要丢卒保车，这可不行！"

又是那位议员开口说："对，正因为如此，我们才支持弹劾总统！"

祖鲁拉纳说："占里，你说说你的看法！"

犹占里谦逊地说："祖鲁拉纳先生，可我不是议员。"

祖鲁拉纳说："你是我们执政党的明日之星，这次又亲临现场，一定深有体会，提一提建议也无妨。"

犹占里说："祖鲁拉纳先生，刚才我跟云小姐私下讨论此事。她说了一些看法，我觉得很有道理……"

自从第一次见面，小云在祖鲁拉纳头脑里留下了很深的印象。一听到犹占里提到云小姐，他兴奋地说："占里，云小姐也在这里？快请她出来！"

小云走进会议室向祖鲁拉纳先生问好："祖鲁拉纳先生，再次见到你，我很高兴！"

祖鲁拉纳亲热地牵着小云的手介绍说："诸位，我向大家介绍，这位云小姐是犹占里先生的女朋友，也是我们党内的自己人。请相信，她一定会有很有益的建议！"

由于犹占里的关系，穆瓦对小云向来十分客气。再看看场上没有人反对，他说："云小姐，你就说说你的看法！"

小云说："好吧！在这里，我就说说我个人的看法。这两天，全国各家新闻机构，无论是官方的，还是私家的，都在头版头条报道这事件。我都一一仔细看过了。其中内容充满矛盾：有的说是暴徒闹事，也有的说是原住民据理抗争；有的抨击总统，也有的在为总统辩护……"

犹占里解释说："这不奇怪！许多事，目前警察还在调查！"

小云说："问题就在这里！这事件的始末实在扑朔迷离，恐怕一时间也很难查清楚。我想，在这种情况下，无论怎么表态，都是盲目的，都毫无道理。"

祖鲁拉纳说："云小姐，你有什么建议？"

小云笑着说："本来，我们应该等待警察调查的结果。可是现在，警察总督自己也成了被调查对象，警察调查结果的客观性、公正性也容易受到质疑。我建议，国会应自己成立独立的调查组调查！"

小云又在祖鲁拉纳耳边小声补充几句："祖鲁拉纳先生，你知道我能掐会算。请相信，调查一定会得出令你满意的结果！"

祖鲁拉纳大声说："诸位议员先生，你们对云小姐的建议有什么看法？"

穆瓦紧接着附和说："云小姐建议得好！我们议会真要成立自己的调查组。"

全场一片赞扬声，没有任何不同意！

祖鲁拉纳说："好！大家都没有不同意见，就这么定了。明天，我就决定召开全体议员大会，会上提出这建议，并建议由我亲自负责！云小姐，我还希望你能当特别顾问。"

小云笑着说："祖鲁拉纳先生，谢谢你的信任！我害怕很难胜任！"

祖鲁拉纳肯定地说："云小姐，我相信你！"

小云沉思着说："给我两天时间思考，好吗？"

·3·

尽管参不参加议会调查组，小云已经心中有数。不过，她还是很希望能跟凌林还有倪信风他们商量。自从把穆瓦定为心中的调查重点后，小云和凌林以及倪信风见面都是秘密进行，连犹占里也瞒着。吉姆是他们之间的联络人。离开穆瓦大院，她心中一直想要尽快见到这两人。如她所愿，一回到自己的住宅，就看到吉姆给自己留下的纸条。

还是那一片密林中，那一间辜老板打猎时用的小木屋，倪信风已经把这里扩建得更宽敞、更舒适。由米小庄设计，自然也显得更神秘、隐蔽。小云在密林中小心翼翼地行走，离木屋还有近百米左右距离，不知吉姆从什么地方钻出来说："云小姐，你去吧！我保证没有人跟踪你。医生已经等候在那里！"

像往日一样，凌林坐在小屋正中。倪信风旁开一定距离坐着，丽娜紧靠着他左侧站着。和以前有所不同，他右边还多了个黑妞。米小庄还是习惯坐在角落一小茶几前，旁边也多了一位成熟的黑人。虽许久不见，她早已经从信中知道，倪信风收购了琼斯的侦探社，这人显然就是琼斯先生。她还知道，其中还有一位女侦探，名叫尤佳。可是，眼前这位比小云想象的相差甚远，尤佳她完全像当地那种没有文化的黑妞，一点也不像侦探！虽然心中很不舒服，小云脸上却依然不动声色地跟大家打招呼："你们好！"

尤佳双眼恶狠狠地望了小云一眼，嘴巴一撇，在倪信风耳边说："老板，这就是云小姐？我以为她有三头六臂！"

小云耳尖，已经听清楚尤佳的话。她心胸广阔，不计较这话，笑嘻嘻地向尤佳伸出右手问："这位一定是尤佳小姐，是吗？初次见面，我很高兴！"

尤佳勉强地笑笑说："云小姐，你好！"

小云正想谈谈见闻，凌林却先开口说："小云，你来得正好！倪信风在侦探社调查中遇到一些问题，想听听你的意见！"

丽娜笑着说："云姐，你是我们斯支瓦大巫师的徒弟，这问题或许只有你能解决！"

看尤佳一脸不屑，倪信风讨好说："尤佳，你是侦探，向云小姐介绍我们的调查过程吧！"

尤佳的英语带着浓浓的斯支瓦口音，条理也不十分清晰，小云却听得很认真。听到老村长被害，在神像背后发现那单词，她就发问：“尤佳小姐，那张神像有没有在这里?”

丽娜指着墙上，插嘴说：“云姐，我按你教我的斯支瓦咒语把神像请到这里来了!”

小云念动斯支瓦咒语，边跪拜着边恭恭敬敬地把神像请下来放在桌面。她又转身到神像背面，看着“匹底”那单词，沉思着。

尤佳不相信，这中国姑娘会有什么新的发现，便在倪信风耳边嘀嘀咕咕了一些闲话。以往的经历，让丽娜很佩服小云的智慧。她谦逊地说：“云姐，你也精通斯支瓦语，你知道这种语言并不复杂，常见词也仅上千，并没‘匹底’这词。你说这会不会是什么咒语?”

小云沉思着说：“这不但是斯支瓦咒语，还有些像是某种斯支瓦诅咒……”

小云记得，从没触底村到匹愧镇之行后，她头脑中产生很多疑问，就去找大巫师谈谈，希望从中得到什么启示。当着大巫师的面，她无意中用斯支瓦语将“匹愧”和“没触底”联在一起快速念。她发现大巫师脸色大变。大巫师警告说，千万别这样念。她问大巫师为什么。大巫师告诉她，这样念很可能会拼成斯支瓦诅咒。任何人念出这诅咒，会受到斯支瓦神重惩。大巫师当然不愿告诉她这诅咒之词。现在看到在斯支瓦神像背面，她恍然大悟，就是“匹底”!

小云取出一张纸写下两行字，上一行是“匹愧”，下一行是“没触底”。她出示给大家说：“你们看这两个村庄的名字!”

丽娜的头脑反应快，看着小云手上的纸忍不住笑着说：“我明白了。”

尤佳自然没有丽娜那么灵光。她双眼盯着小云手上的纸，满脸不服地问：“丽娜，你说这是什么意思?”

看着，看着，倪信风也想明白了。他用一只手掌盖住纸上“匹愧”的后半段，另一只手掩了“没触底”的前面部分，提醒说：“尤佳，你再把剩下的念一遍!”

尤佳刚要念，却被小云制止住。她说：“尤佳，千万别念出来! 据大巫师说，这是斯支瓦诅咒，谁大声念这词，必受斯支瓦神重惩!”

作为中国姑娘怎么会知道这么多斯支瓦的秘密? 尤佳心里还是有些不服。

她问："云姐，依你看，这斯支瓦诅咒到底是什么意思？"

小云说："听大巫师说，那是一座小镇的名字！传说，那里受到神的诅咒，完全在地上消失。丽娜小姐，尤佳小姐，这里只有你们两位是斯支瓦人，你们有没有听说过斯支瓦传说中有一个'失落了的城镇'？"

丽娜紧接着回答："我自幼到国外读书，对斯支瓦传说所知不多，从没听说过什么'失落了的城镇'。"

看尤佳没有回答，小云启示说："尤佳，你仔细想想，你姑婆有没有跟你提起过斯支瓦人曾拥有过一座小城镇？后来，受神的诅咒，完全从地上消失，没有留下一点痕迹。"

尤佳蒙蒙眬眬想起，姑婆好像曾跟她提过这类传说，但姑婆不愿说太多。姑婆还说，所有斯支瓦人都不愿提这事。此时，她心里不得不佩服小云，但依然无法克制嫉妒之情。她酸酸地说："云姐，我听姑婆说过，可她无论如何不想多说。或许你知道什么，那你就跟大家说说吧！"

小云说："这是在你们斯支瓦人中流行的传说。传说，很久很久以前，有一座小镇，那里遍地黄金，那里人过着相当富裕的生活。可是，那里的人自私、贪婪，而且挥霍无度。传说，神化成一乞丐到那里乞讨，却被那里人拒绝。神对那里发出这个诅咒，那里就从地球上消失得无影无踪！传说中还警告，斯支瓦人无论是谁，只要跟那里沾上边，都一定会大难临头！以至于后来的人连这两个字都不愿提起，渐渐地就很少提到这个诅咒了。"

尤佳恍然大悟说："对啦！记得，有一次，我也曾念过相类似的单词，姑婆警告我，以后不许再念这一类的词！"她说："姑婆好像提示过，那时候，我还小，所以留下的印象不深！"

倪信风沉思着自言自语："老村长把这写在神像背后，这到底有什么意义？"

通过这些日子的接触，琼斯对占卜术很感兴趣，一直跟在米小庄身边学习。众人在谈话时，米小庄又为老村长卜了一卦。看看大家都沉默了，琼斯问："老师，这是什么卦象？"

米小庄开口说："对大家所说的，我又为老村长算了一卦。是乾卦：初九，潜龙，勿用。"

琼斯问："这是什么意思？"

米小庄说："这意思说，老村长并非单纯避难隐居。他像龙一样潜伏地水中，养精蓄锐，等待适合自己的时期。”

倪信风说：“老村长这样无声无息地走了。他到底在等待什么？”

·4·

所有人都默默地看着小云。小云望了望神像背面那单词，再看看米小庄手中的卦，嘴上不由地低声自言自语，还是不断重复着倪信风的问题：“老村长在等待什么？”

小云反复思索，想得很多，始终没有说出。她抬起头凝视着凌林。一直默默无言的凌林终于开口。他对小云小声说：“小云，别想太多了！老村长在等待什么？要回答这问题，绝非一时一刻的事！我预感，所有相关的问题，甚至包括议会要调查的事，似乎都有一定联系。我们要想办法解答所有的问题。小云，你还是安心去做你该做的事……”

凌林又转身对倪信风说：“小倪，你是侦探社的老板！其他问题都要靠你们侦探社去调查！我有事先走了。”

倪信风问：“凌，你帮不帮我们？”

小云理解地点点头，笑着说：“凌已经帮了我们了！”

凌林说：“小倪，你们继续调查，当你们需要时，我自然就会出现！”

尤佳只相信自己的侦探社，也只对自己的老板有绝对的信心：“老板，我们自己调查，侦探社里所有的人都会帮你！”

丽娜担心地问：“老板，有调查的必要吗？”

倪信风肯定说：“要调查，只能由在座的人参与，不能让其他人知道！”

凌林对倪信风点点头，就离开了。小云很了解凌林为什么离开。她更了解倪信风的为人。只要凌林和她在场，倪信风就会产生依赖思想，就不会发挥他的潜力。凌林有更多的事要办。而她自己将加入议会调查组，相当长时间内不可能再跟倪信风见面，以后的调查就要靠倪信风自己。她对倪信风小声说：“小倪，你是侦探社的老板，侦察工作当然应由你主持。一定要保密！”

说完这些，小云也走了。剩下的都是侦探社内部的成员。琼斯首先发问：“老板，眼前所有的案件，包括老村长和尤佳姑婆之死都交给警方处理。现在，我们侦探社还有什么要干？”

只要有凌林或者小云在场，倪信风永远只是配角。现在，他们都走了。倪信风了解他们的良苦用心。凌林一直是这样神出鬼没，小云不久就要进入议会调查组，要有好长时间不能再见面，看来以后一切都只能靠自己！想到这一切，更激发了他心中的斗志。他头脑中顿时清醒了许多。他没有忘记自己是老板，更没忘记收购侦探社的目的：他要为辜老板复仇。现在，辜家灭门惨案变得越来越复杂，一切似乎都有一定的关联，又似乎都是孤立的……

倪信风坐在正中位置，摆出一副老板的架子。他对琼斯说："琼斯先生，你以前是警察，现在是私人侦探。你应该最清楚，警察有警察的职责，而且还有足够的人力、物力做他们的工作。而我们侦探社自有侦探社的目标。侦探社完全可借助警察调查的结果来达到自己的目的！现在所有的结果都是我们想要知道的。你继续通过警局内线了解一切动态！"

跟倪信风第一次见面以前，琼斯已经从米小庄嘴里听过很多有关老板的事。开始他也很不服气。他本不相信普通的中国商人会有什么大智慧。由于正确决策使侦探社经济大改观，他也完全改变了对老板的看法。现在，这几句话更让他对老板刮目相看。利用警方调查结果，这是他侦探工作的精髓。所以，他在警方内部建立信息网。他说："是的，老板！我一直注意警方调查结果，关于老村长之死的案件，目前还没有任何突破！尤佳姑婆尸解证实非正常死亡，吃了一种可以引起心脏骤停的药。除此，再没有其他发现！"

倪信风走向黑板，在上面画了一个圈，沉思着说："现在，我们把案件整个过程梳理一遍。案件是由我开始。我希望了解穆瓦先生的历史。我还已经知道，穆瓦先生的发家史是从没触底村开始。这里就是没触底村。琼斯先生，你继续说下去。"

自从侦探社被收购以后，琼斯就下决心做好雇员。对老板的话，他唯命是从！尽管老板有时会让自己干一些不愿做的事，他也尽力去完成。也正因为如此，侦探社经济才会大改观，他也更佩服老板。这一次，老板要求调查穆瓦先生的过去，虽然心里害怕，他只好勉强去做。没想到事件会变得如此复杂，他更有些惊慌失措。然而，事到如今，他已经欲罢不能！听老板这么说，他站起来走到黑板。在老板画圈旁开数厘米又画一圈说："可是，没触底村里情况复杂，要进村调查难度实在太大。我们希望能不要进村了解穆瓦的往事，就想到尤佳。果然，尤佳能解决这道难题。她带我们去见老村长。老村长为了避祸秘密隐居在这个地方……”

尤佳忍不住插嘴说：“在路上，我们遇到武装匪徒……”

琼斯在前两个圈旁边数厘米又画一圈，接着说：“对，就在这地方！在去老村长住处的路上，我们遇到武装分子。在尤佳的身上发现追踪器，我把它摔得远远的，又带领大家躲进丛林中。我们迷路了，后来吉姆带我们到老村长家……”

丽娜插嘴说：“可惜，当我们到达之前，老村长已经遇害，在那里只留下一条线索，就是神像背后的单词！”

琼斯说：“是的！云小姐证实，‘匹底’是斯支瓦诅咒。可是，老村长为什么要把这写在神像背后？这是我们以后要调查的重点之一。”

尤佳带哭泣声地补充说：“此时，我心里为姑婆担忧。我又带大家到姑婆家。可是，姑婆也死了。”

琼斯接着说：“警方证实，尤佳姑婆也死于他杀。至于凶手是谁，警方还在调查中……”

倪信风又站起来，在黑板上又加上两圈，又将这五个圈连成一条线，发问：“这里是匹愧镇，这里是尤佳姑婆的家。加上前面三个圈，现在我把这五个圈连成一条线。不知你们注意到没有，也是在这条线上的某个地方，最近发生一起轰动一时的命案，而且还引发政治动乱。”

琼斯在线上画一大圆圈说：“对，就在这地方！老板，你知道我在警界有很多朋友，从那里得到消息，事件起因是在这里发现三具尸体。报案的是生活在附近的斯支瓦人。后来，警方怀疑这人是凶手，就把他拘押。偏偏，这人又死在拘留所里，引发一群斯支瓦人包围镇警局……”

尤佳抢先对琼斯说：“师傅，我在没触底村土生土长。我知道，在这丛林之间生活着为数不多的神秘的家庭。这些人大多离群索居，一直很少跟外面人有什么关系，世代相传。据我所知，这些人大都很善良，不会随便杀人！我不明白，警察为什么抓了这个人，而且还被折磨致死。正因为这原因，斯支瓦人才会冲进警察总署……”

丽娜接着问：“这可是这国家重大事件！这跟我们要调查的有什么关系？”

倪信风说：“听说，这国家议会已成立调查组。我们要跟踪结果！”

琼斯向来胆小。他知道，议会调查的东西是绝密的。他还知道，秘密知道得越多就越危险！他不敢吭声！这些日子跟米小庄学卜卦，越学越感兴趣。他双眼凝视米小庄。米小庄举着卦纸说："算这个大案，还是乾卦，潜龙，勿用。把这案件比作龙，隐藏在深水中，暂时还不会露出真相。等待着时机，终有一日会露出真相，到那时就会云开日出！"

·5·

小云虽然心中早已下定主意当顾问，但还是希望能听听犹占里的意见。他毕竟是自己的男朋友。巧啦！当她到家时，他已经等候在那里。她知道，他本来就是急性子。可是，在这里等候好几小时，他丝毫没有焦急的情绪。她心里十分感动，也有些内疚。他对她如此诚心诚意，自己居然还有很多事瞒着他……

小云脸上带出亲切的笑容解释说："占里，你来这里，为什么不预先通知我。早知你要来，我会早些回来！我跟中国朋友谈天，不知不觉地忘了时间。"

犹占里忧心忡忡地说："一听说你可能当国会调查组顾问，心里很担忧，就急匆匆来了！"

小云承认说："是的！还没最后决定，还要听听你的意见！"

犹占里轻轻地松了一口气，又坚决地说："云，你知道，你以前无论干什么，我都坚决支持！可是，可是，这一次，我，我坚决反对！"

小云问："能说说为什么吗？"

犹占里肯定地说："理由很多很多。首先，你如果接了这差事，可能卷入这国家政治斗争旋涡中心。对于普通人，这实在太危险！"

小云反问："占里，你应该知道，我本并不普通，更不是害怕危险的人。请你相信我的能力！"

犹占里急忙解释说："不不！你知道，对你的能力，我向来十分欣赏！可是，你无论如何也想象不出上层矛盾有多复杂！以前，所有像我们这样的小人物，一旦卷入其中，还没有哪一个能全身而退！"

小云笑着说："如果实在不能从中脱身，我无怨无悔，只能怪自己没本事！看来，你还是对我的能力没有信心！"

犹占里很了解，小云艺高胆大，越艰难险阻，越能激发她的斗志！他要劝她退出，当然不能再在这方面多费口舌。沉思片刻，他又问小云："当然，我知道，你不会怕危险！可是，你想过没有，这个险你值不值得冒？"

小云问："什么意思？"

犹占里问："云，你知道，这顾问是干什么的吗？"

小云说："我正想听你的意见。"

犹占里解释说："国会调查组通常也只是检查警方调查结果，而且站在领导的角度对调查提出各种要求。顾问并不直接参与调查，只是在法律和政策方面提出建议。所以，通常顾问也都是聘律师来担任。据我所知，祖鲁拉纳已经聘我国最著名的律师莫伐特先生当顾问。我还知道，莫伐特先生是出了名的'和稀泥'，他不可能有什么作为，也只是做做样子罢了！"

小云问："那他为什么要聘我？我可不是律师！"

犹占里结结巴巴地说："这……这就是我最担心的！我……我担心他别有用心！"

小云问："什么意思？"

祖鲁拉纳先生是犹占里叔叔的好友，有的事确实很难说出口。犹占里问："云，你对祖鲁拉纳先生了解多少？"

小云让人调查过祖鲁拉纳先生，只是不想让犹占里知道。她知道犹占里担忧什么，故作不知地问："占里，祖鲁拉纳先生是你叔叔的好友，你应当更了解他，是吗？"

犹占里犹豫不决地反问："云，你听说了没有？在祖鲁拉纳身边工作的秘书，都是一等一的美女。可是，没有哪一个的工作时间会超过三个月。"

小云说："对这一点，我也早有耳闻。传说，有几个在祖鲁拉纳身边工作过的秘书曾告过他性骚扰、诱奸，最后都以失败告终！传说，都是因为祖鲁拉纳的权势滔天，没有哪一个法官敢得罪他。"

犹占里气恼地说："那你还自动往他嘴上送？"

小云笑着说："我敢在他身边工作，自然有思想准备！我会让你看看，我怎样制服他！"

犹占里固执地说："我还是坚决反对！"

小云的决心已定。她态度坚决地说："占里，你应该了解我，这么看来，这顾问，我非当不可了！”

犹占里很了解小云。越是危险，越能激发她的斗志，也更难收手。他感到要劝阻她改变主意，很难！他心里还是很不放心，无奈地说：“云，别急着做决定，先跟我去一个地方！”

小云了解犹占里，遇到如此棘手的事，一定要带她去托马斯教堂。像往常一样，她默默地跟着他走进教堂，坐在后面。往事又历历在目，小云没有忘记上一次在这里时的情景。当知道辜案可能牵扯到自己的穆瓦叔叔，他就是这样带她到这里来，也是这样跪在前面不停地祈祷。可是现在，案件变得越来越扑朔迷离，她还要准备涉险，还可能卷入这国家上层政治旋涡，真不知道未来还会发生什么大事。这一次，他在那里跪得时间比上一次更长。她心里很清楚，他正在为她而祈求神的保佑。她当然并不想打扰他。她感到前面灰蒙蒙一片……

此时，犹占里站起来，走到小云的前面问：“云，你是不是一定要当这顾问？”

看小云没有吭声，犹占里牵着小云的手说：“走，到前面去！请你跟我一起去祷告，求主保佑！”

小云没有固定信仰，可对所有的神都有一种天生敬畏。可能是由于犹占里的关系，她对上帝特别有感情。她跟犹占里一起跪在十字架前。她还不是天主教徒。可是，这里的氛围依然使她感到十分震撼。她听见犹占里用英语祷告！对祷告词，她并没有完全听懂，可铿锵有力的声响却深入她脑海里。她感到，灰蒙蒙的前面顿时开朗了许多……

小云跟随犹占里走出托马斯教堂。她口气坚决地说：“占里，我现在可以去见祖鲁拉纳！”

犹占里依然有些担忧地说：“云，你知道，祖鲁拉纳跟我们家是世交。我太了解他这个人。我也很了解，这私人办公室对美少女来说，绝对是禁地！”

小云笑着说：“占里，记得当你给我解释《圣经》时，常常谈到‘信心’。可是，你现在对我还是没有信心。你难道不相信，上帝会保佑我？”

犹占里无言以对。沉思片刻，他又紧接着说：“我跟你一起去！我在外面等你！一个小时后还没出来，我就冲进去！”

第四章　议会调查组

·1·

小云被带进一座豪华别墅内，四周有高高的围墙，门口由武装保安守卫着。显然，预先接到通知，一看到小云，那保安急忙迎向前，毕恭毕敬地说："云小姐，您好！祖鲁拉纳先生在起居室里等您！"

听了这话，她心中有些疑惑不解：为什么在起居室接见自己？她天性胆大心细，小心翼翼地走向前。自从成为这国家公务员，她也曾结识过许多高官，可还从未见过如此豪华的房间。金碧辉煌的装修，高级波斯地毯、沙发、特制办公桌椅，都是从欧洲进口的名牌货。旁边还有一小卧房，小门虚掩着，在柔和的灯光下，房内的陈设若隐若现，格外幽谧。连祖鲁拉纳那张丑陋的脸在这种氛围下，也显出几分亲切。他微笑着从橱内取出一瓶酒，说："云小姐，我这里有珍藏多年的法国XO，你尝尝！"

小云一本正经地往椅子上一坐，脸上没有表情，不怒自威。来之前，她已经调查清楚，祖鲁拉纳确实在这办公室对美女用过迷幻药。她还特地花些时间研究这种迷幻药。今天，她还偷偷带来检验的试剂！现在，她非但不能喝这酒，而且要对祖鲁拉纳造成她已一饮而尽的错觉，同时还要暗中对这酒进行检验。她本就精通魔术表演，要做到这些并不难。她用左手拇指和食指举起高脚杯，手心却夹着内带试剂的试管。她又伸出右手，从祖鲁拉纳手上取出那瓶酒。她装着边欣赏瓶标边把高脚杯一饮而尽。实际上，她使了个障眼法，把杯中酒全都倒进了试管里。她满口称赞："好酒！好酒！"

看着小云喝了酒，祖鲁拉纳的脸上出现得意的笑容："云小姐，感觉怎么样，感觉飘飘欲仙，是吗？”

在桌下偷偷一看，那试管变色，小云不由地怒火从心中升腾起来。她双眼射出一双如利剑般锐利的目光。很快，她脸色又缓和了许多，掐指一算笑着说：“祖鲁拉纳先生，我们可是老相识，你理应知道我的本事，怎么会干这种蠢事！你也不想想，这种东西怎能迷倒我？”

第一次看相时，祖鲁拉纳本来对小云心存一丝敬畏。可是，她的美色让他忘乎所以，才做下药这等丑事。现在，眼见她喝了带迷药的酒还若无其事，他又开始有些惊慌。他毕竟是大人物，这一类事发生多了，自然知道该如何应付，脸上依然不动声色。他勉强地一笑说：“我知道云小姐海量，这一点酒怎能醉倒你！”

小云笑了，笑得很冷，问：“祖鲁拉纳先生，你知道酒醉不了，就加点药，是吗？”

祖鲁拉纳依然故作镇定地反问：“云小姐，你一定听过有关我的谣言！你想想，我是什么人，怎么可能干下药这种傻事？”

小云装模作样地掐指一算，又感叹说：“唉！我原也是这么想。祖鲁拉纳先生，你可是要办大事的人，怎么可能做这种下贱的事！可是，你也知道我能掐会算。你太让我失望了。”

祖鲁拉纳还在抵赖说：“云小姐，我想，你应该也听说，确有女孩子这样告我，可是法庭早已判定她们诬告……”

小云紧接着说：“我知道，那是因为法庭屈服你的压力，努力证明那些女孩子受人指使的证据，而那些女孩子却又没办法提供你下迷药的证据……”

祖鲁拉纳意味深长地一笑说：“云小姐，你显然不了解我们这些本地黑妞。她们哪需要什么迷药！”

听到这些话，小云心中愤愤地想，这个禽兽！她又不得不承认，他说得有一分道理。为了降服他，她已暗中让倪信风的侦探社调查他的私生活，了解到确有不少黑妞对他投怀送抱。她还知道，今天晚上，他还将跟自己的保镖——一个名叫鲁莉的黑妞在这起居室约会。所以，她选择这时候在这里跟他见面。现在，她要先给他加点压力。她笑着说：“对我的看相本领，你早已领教了。今天，我还要再露一手，让你见识见识！”

祖鲁拉纳脸上出现一丝惧怕，却又很快消失了。小云心里很清楚，像这种人可不是那么容易降服的！她决定进一步给他点厉害的！

小云举起那瓶 XO，欣赏片刻赞叹说："真是好酒！"

小云给自己倒了一杯，又把酒瓶递还给祖鲁拉纳。酒瓶挡住了他的视线，她把一种特制中药粉末撒到他的杯中。她举杯笑着说："祖鲁拉纳先生，为我们合作愉快，干！"

祖鲁拉纳举杯说："干！"

小云边喝酒，边说："祖鲁拉纳先生，看来，我到底有多大本领，你还未必完全清楚！"

想不通小云为什么这么说，祖鲁拉纳没有吭声。小云一本正经地说："我会的本事多着呢！你已经知道，我能掐会算，能知道过去、未来。今天，走进办公室前，我就算定你会给我下药。我还知道，你下的是什么药。"

祖鲁拉纳问："你说什么药？"

小云说："那是一种美国产的迷药，英文缩写 DC！"

祖鲁拉纳疑惑地问："那你明知下了药，还喝？"

小云举一举空杯说："这是我的另外一种本事。我的身体是用各种毒药炼成，可以说百毒不侵。你那一点迷药，当然不能对我怎样！我大胆喝光这杯，就是要让你知道我的本事！"

祖鲁拉纳身子颤抖一下，不由自主地把手中的酒一饮而尽。小云声音阴沉沉地问："你还有些不相信，是吗？现在，我再露一手，让你见识一下！你听说过中国的气功吗？"

祖鲁拉纳说："我听说，中国气功能替人治病！"

小云冷冷地说："气功不但能治病，同样也能杀人。厉害的还能隔空置人于死地，我就有这种本事，你信不信？"

看祖鲁拉纳一脸不信地摇摇头，小云摆出发功的架势，说："好，就让你尝尝！"

估计杯中的药开始起作用了，祖鲁拉纳的动作开始有些迟缓。她摆出太极云手，深深地吸一口气，对他发了功。她又带威胁的口气说："祖鲁拉纳先生，现在你动动手脚试试看！"

祖鲁拉纳感到手脚软弱无力，脸上惊恐万分！看到目的已经达到，小云微微一笑说："祖鲁拉纳先生，你别担心！你是我的朋友，我当然不想置你于死地！我刚刚只使二分力，让你体验体验被气功打击的感觉！只要你听话，我会再发功替你解除！但你现在不能再用力，否则可能变成残废！”

祖鲁拉纳吓得一动也不敢动。估计药力已过，小云又开始发一功，祖鲁拉纳感觉好多了。他轻轻地松一口气，敬佩小云说：“云小姐，你真厉害！”

小云从包里取出算八卦的牌子。她将牌子整齐地摆在桌面，继续说：“祖鲁拉纳先生，这样吧，我再替你算一卦。你只要从这里随便取出一张，我就可以算出你心里想干什么。”

在小云的催促下，祖鲁拉纳勉强取出一张牌。小云将牌摊开，上面画着一朵含苞欲放的桃花。小云说：“这是一朵桃花，刚刚开放！从牌上看，你心里想跟年轻的女孩子约会，是吗？”

看祖鲁拉纳不置可否，小云接着说：“我还能算出，过不了多久那女孩子就会到这里来找你。”

又被小云算准，祖鲁拉纳无可奈何地叹一口气说：“是！”

小云双眼紧盯着他的下巴说：“我现在终于明白，你为什么前程阻力重重！”

·2·

可能小云说得太深奥，祖鲁拉纳没有完全听明白，但已经从中感到问题的严重，他沉默了。他苦苦思索，想来想去也没有想出个所以然来，只好发问：“云小姐，你能否再说清楚些？”

看祖鲁拉纳那表情，小云相信他再不敢对自己有非分之想。现在，关键是要如何说服他。她从包里取出镜子递上前说：“祖鲁拉纳先生，你用镜子照照自己的下巴，看看那不规则的疤痕，像不像卦纸上的这朵花？”

祖鲁拉纳说：“确有几分相像！”

小云说：“记得，我以前为你看相时说过，你本来就是帝王相，就是被这疤痕给破坏了。我当时想，这是什么性质的疤痕，为什么这么厉害，完全破坏了你的面相？现在，我明白了。这是桃花印！这说明你面犯桃花！”

祖鲁拉纳问：“什么意思？”

小云解释说：“在中国相书中，桃花指妖艳的姑娘。你再仔细想想自己的行为，就会明白面犯桃花是什么意思……”

祖鲁拉纳沉思片刻，犹豫地说：“我想，我有些明白了。可是，作为男人，如果没有姑娘，这辈子活着还有什么意思？”

小云警告说：“祖鲁拉纳先生，你别怪我实话实说。这辈子你如果不改去风流病，非但没有出头之日，而且还会有血光之灾！”

祖鲁拉纳说：“云小姐，你能不能再说得明白些？”

小云相信，自己已经制服了祖鲁拉纳，不必再在这事上一直纠缠不清。她转换话题说：“祖鲁拉纳先生，关于‘面犯桃花’这道理很浅，就留着你自己去想。我相信，你终会想清楚。现在，我们还是先谈谈眼下这形势。”

祖鲁拉纳疑惑地问：“什么形势？”

小云紧接着说：“祖鲁拉纳先生，你知道，我今天来这里，就是想告诉你，我同意当这顾问。我想知道，我们这调查组的使命！”

祖鲁拉纳点头说：“是的，调查组的目的就是要以议会的立场独立调查这场动乱。我们要通过结果，看看总统及政府在处理中有什么不当之处！”

小云继续追问：“我明白！在那秘密会议中，我就早已经听明白了。你说，总统会不会已经知道那场秘密会议的内容？”

沉思片刻，祖鲁拉纳回答说：“我想，他应该会知道！那聚会虽然秘密，参加的议员那么多，难免有人暗中私通他、巴结他！”

小云接着问：“你再想想，如果你是总统，知道后又会怎么做？”

祖鲁拉纳沉思着说：“这……我想，他当然会想方设法阻止！不过，我不会给他机会。”

小云笑了问：“祖鲁拉纳先生，你就如此有把握吗？”

祖鲁拉纳冷冷一笑说：“你知道，执政党内大部分都是我的人。等这次调查结果出来，如果必要，我会努力促成对总统的弹劾案！”

小云接着说：“你别忘了，他可是总统。警方调查必然在他的影响下进行，怎么可能会有对他不利的结果？”

祖鲁拉纳说：“这就是我同意成立这特别调查组的原因。我已经派人监督警方调查。”

小云问：“据我所知，你又任命莫伐特先生为顾问，监督警方调查，是吗？”

祖鲁拉纳微微一愣说：“云小姐，你的消息真灵！是的！莫伐特先生可是这方面的专家。以前，议会特别调查组大都由他当顾问。”

小云说："据我所知，莫伐特先生是大律师，在法律上是专家。可是，在侦察方面，他未必十分内行。而且，我还知道，他为人处事很圆滑。这次调查跟以前不同，是针对总统的，你想他会有什么作为?"

祖鲁拉纳承认说："云小姐，你说得有道理。你有什么建议?"

小云说："我了解这国家法律。议会的特别调查组完全有权力进行独立调查。我建议，莫伐特先生可以继续他正常的工作，监督警方调查。我们呢，则可以同时进行秘密调查！我可以负责这方面的工作！"

看祖鲁拉纳还在犹豫不决，小云接着说："祖鲁拉纳先生，请你相信，我完全可以胜任这工作。当然，你可派遣你的亲信跟我一起工作。我一定不会让你失望！"

经过反复思考，祖鲁拉纳开口说："云小姐，好吧！你稍等片刻，我出去带个人来介绍给你认识！"

祖鲁拉纳一离开，小云就突然想起犹占里还等候在外面。她看了看手表，就急匆匆地往外走。

犹占里在外面等得十分焦急。看到小云平安出来，他心情激动地扑向前，把她紧紧地抱在怀里。小云跟犹占里认识已有相当一些时间。她心里很清楚他对自己的心意。她对他也很有好感，可怎么也激情不起来。此时，她不能不被他的真情打动。她很快又平静下来，轻轻地推开他，口气温柔地说："占里，这里可是公共场所，别这样！我不是完整无缺地出来了吗?"

犹占里动感情地说："云，你让我担心死了！我太了解这祖鲁拉纳叔叔。他什么都好，就是有一个缺点，一遇上美女就昏了头。所以，我们这里的女孩子都不愿到他身边！"

小云微微一笑说："占里，你应该知道，我可不是普通的女孩子！"

小云简单地叙述了经过。为了不让犹占里担忧，她有意隐去遇险的细节，夸大降服祖鲁拉纳的部分。说完这些，她又笑着说："我相信，他这回可吓坏了。他恐怕再不敢再对我有非分之想了吧！"

犹占里忧愁地说："云，你不知道，祖鲁拉纳先生比你想象得要厉害得多！据我所知，莫伐特大律师已经开始顾问的工作。他已从警署调走所有相关的档案。你在调查组内也就是摆设。我还是希望你不要当这顾问！"

小云说："这恐怕不行！他已接受我的建议，由我负责进一步秘密调查。

占里，你可要帮我！”

犹占里说：“云，你……”

看到从大门走出一位身材高大的黑妞，犹占里把要说的话吞了下去，急忙改口说：“云，你看，从别墅出来的那位女孩子，是祖鲁拉纳先生的贴身保镖，名叫鲁莉，她来找你了！我要先避一避，不要让她看见！这个女孩子功夫非凡，而且对祖鲁拉纳先生绝对忠诚！你自己千万要小心谨慎！你不要告诉她，我在这里！”

那黑妞冲着小云大声喊：“云小姐，祖鲁拉纳先生到处找你，你却跑到外面来啦！快，跟我进去！”

小云回答说：“鲁莉小姐，你好！”

鲁莉微微一愣问：“云小姐，你认识我？”

小云早已通过倪信风侦探社了解到鲁莉这人。她知道，这女子是当地人，曾在国外受训，是跆拳道高手，现在是祖鲁拉纳的私人保镖。她微笑着说：“我早听说祖鲁拉纳先生身边有一位忠诚的保镖，是女子跆拳道高手。今日有幸相识，十分荣幸！”

鲁莉也已经听说过有关小云的故事。看到小云，她不由地手痒，伸出两条粗大的手臂去拥抱小云。表面上，这只是当地最平常的礼节，她却暗中使劲要把小云摔倒。小云早已有思想准备，身子微微一转，双手借力打力，搭在她的肘部穴位向前一送，她顿时站不稳脚步，身体要往前扑。小云心明眼快，又伸出双手抱住她的腰部，热情地一拥说：“鲁莉姐，走，我们见祖鲁拉纳先生去！”

鲁莉虽然心高气傲，可对比自己有本事的女孩子，向来很敬佩。她没有生气，牵着小云的手往里走。祖鲁拉纳迎向前说：“云小姐，你跟鲁莉小姐已经互相认识了，无须我介绍。她是我的私人保镖。现在，我派她协助你。你有什么需要尽管对她说。”

鲁莉客气地说：“云小姐，我听你的吩咐！你有什么指示？”

小云胸有成竹地说：“鲁莉小姐，你安排我跟莫伐特先生见面！我想知道现在调查的结果。”

鲁莉用带询问的目光瞟了祖鲁拉纳一眼。祖鲁拉纳知道鲁莉为人心高气傲，对其他的女孩子向来不服。没想到第一次见面，她居然对小云俯首听命，心中有些疑惑。他点点头说："鲁莉，你一切听云小姐的！"

鲁莉说："好，我马上去安排！"

·3·

在国会大楼内，专设了一个套间作为调查组顾问办公室。外间的大门敞开着，女秘书客客气气地打开里间的小门。

办公室内很宽敞，只有莫伐特先生一人。他是印度人，身材矮胖，坐在写着他名字的大办公桌后。站在门口，只能看到他那圆圆的头顶。看到小云和鲁莉进来，他没有站起来，仅礼貌地点点头说："你们来了，请坐！"

在大房间内另外空置的一张办公桌上，摆着小云的英文名牌。后面有两张椅子，显然是为小云留下的。小云和鲁莉也不客气地坐下。来之前，小云早已有思想准备。她已对莫伐特律师的情况作了全面了解。她知道，他是著名的大律师。他在这国家出生，是第三代印度人。实际上，他并不经常替人打官司，只是为重要机关当法律顾问。他刚过知天命之年，正是野心勃勃的年纪。像许多印度人一样，他办事圆滑，特别擅于交际，国内大多数有权势的人，不管是哪一派别，都是他结交的对象。她很有礼貌地说："莫伐特先生，久闻您的大名，今日有幸有一起共事，十分荣幸！"

莫伐特傲慢地说："云小姐，你好！目前，我们调查组还没有什么太多的事要办。需要时，我会安排你的工作！"

小云很清楚，印度人中男尊女卑的观念比中国人更强。自己这中国姑娘，自然更不在他眼中。她知道，要想达到目的，只有抬出祖鲁拉纳。她笑着对鲁莉说："鲁莉小姐，来之前，祖鲁拉纳先生吩咐我仔细了解这次斯支瓦人动乱调查的全过程，是吗？"

鲁莉硬邦邦地回答说："是！"

果然如小云所料，听到这话，莫伐特的态度改变了许多。他客气地问："云小姐，你有什么要求？"

小云说："莫伐特先生，祖鲁拉纳先生要求我了解所有的调查结果。我知道，你已经从警方那取出相关的案卷，我想看看！"

莫伐特犹豫地望着鲁莉。看到鲁莉点点头，他勉强地打开身后的保险箱，掏出一叠文件放在小云的桌面说："云小姐，这些是警方调查的材料，是保密文件，你只能在这办公室里阅读！"

小云粗略地翻了翻案卷，一共有四份：一份是发生在没触底村和匹愧村之间的命案调查报告，一份是没触底村村民没触尼·吗鲁姆在警署拘留所的死亡报告，一份是没触底村村民到首都警署闹事及处理的经过，还有一份是前任署长的谈话记录。来之前，小云已经让犹占里通过警署内部熟人了解到，警署共送了五份案卷给莫伐特先生。她问："莫伐特先生，这些是你从警署提调案卷的全数吗？"

莫伐特迟疑片刻说："我能提供给你的就只有这些了。"

从犹占里那里听说，莫伐特共取走五份卷宗，还有一份是关于没触底村老村长的死亡调查报告，并没有放在这里。这正是小云特别想看到的。小云强调说："莫伐特先生，我要知道全部材料！"

莫伐特先生说："你手上的就是全部！"

小云笑着问："莫伐特先生，你知道，被任命当这顾问后，按祖鲁拉纳先生的指示，我已经开始调查。我到警署去看资料，还是你快一步。警署告诉我，你调走五份案卷。其中有一份是关于没触底村老村长的死亡调查报告，你说是吗？"

莫伐特尴尬地笑笑说："云小姐消息真灵通！确实还有一份关于没触底村老村长的死亡调查报告。因为这份和我们调查组没有关系，所以我没有拿出来。"

小云跟着笑道："警署既然把这份案卷交给我们，恐怕不会毫无关联吧？"

莫伐特先生接着说："另外，警署还吩咐，这份是加密文件，看得人越少越好。"

小云回头看了鲁莉一眼说："鲁莉小姐，我是否有资格看绝密文件，你是否需要再去向祖鲁拉纳先生问清楚？"

鲁莉紧接着发问："莫伐特先生，这件小事，就无须再惊动祖鲁拉纳先生，是吗？"

莫伐特知道鲁莉是祖鲁拉纳的亲信，她的话就等于指示。他无可奈何地说："好吧！云小姐，我把它给你看。记住，内容万一泄露，你要负责！"

仔细阅读文件，小云不得不承认莫伐特先生所说并非毫无道理。表面上看，这份报告跟其他四份确实没什么关联，只有时间、地点很接近。老村长仅比那三个不明身份的人早几小时死去，案发地点仅相隔数百米。老村长的住所实在太隐蔽！接到倪信风的报案，首先去勘查现场的警察是同一批人。

其实，头三份报告已经完整地描述了事件的全过程。

第一份报告由一份笔录开始。一位没触底村村民，名叫没触尼·吗鲁姆，男，五十一岁。据吗鲁姆叙述：清晨五点半，他离开没触底村，准备到小镇去做些小买卖。在丛林中步行不到半小时，他发现三具尸体，就立即向小镇警局报案。警局到现场勘察，发现这三位不明身份的死者，都是死于枪伤。从弹头看出，这是从一种新型的威力巨大的手枪中发射出来的。局长感到问题严重，就向总署汇报。总署派人接管案件。警方动员大量人力对丛林进行搜索，没有发现太多有用的线索，仅在丛林中发现手枪，枪上有报案人的指纹。吗鲁姆就成了唯一的疑凶，就被暂时拘押在总署的拘留室内，结果他坠楼身亡。

第二份报告就是关于吗鲁姆的死因调查。吗鲁姆从二楼坠下，头部先着地，颅骨破裂，脑浆流出，当场毙命。刑警在他身上没有发现任何其他伤痕，最后结论是自杀！

第三份专门记录动乱过程：吗鲁姆家属和没触底村村民无法接受这种结论，先到匹愧镇警局抗议，后来又转到总署。从和平示威开始，发展成激烈的警民冲突，警方和村民均有重大伤亡。总署署长亲临现场处理！

第四份最厚，是原总署署长向总统的汇报记录。把这列入高度机密，是情理之中。按署长的说法，一接到总统的指示，他就亲自走到第一线。他一直坚持这样一个原则，就是和平解决这场动乱。他严令手下不准轻易开枪。村民中首先有人开枪，一位警察中枪，场面大乱。警方被迫开火还击，还逮捕了十个村民，暴乱总算平息。可是，始终没能发现首先开枪的人。

后面还附加几位在场的警官的谈话记录、被逮捕村民的供词，还有死亡警民的验尸报告。这一切似乎都证实总署署长的说法。

最后一份最薄，只有两张纸：一是老村长的尸检报告，老村长也是死于枪杀；另外是现场勘察情况。虽然有很多疑点，但却没有任何有关嫌疑对象的线索。

小云想不明白，为什么把这一份关于老村长之死的案卷和其他案卷放在一起，而且还特别加密。

看到这里，小云从手提包里取出一本笔记本，用中文在上面写下：

第一：案发第一现场。三位死者身份？为什么到丛林中？凶手？

第二：那报案者死因？自杀？

第三：动乱组织者？谁先开枪？

……

写到这里，小云没有继续再写。是啊，从这复杂的案卷中还会找出许多问题。首先必须弄清楚一个问题——案发第一现场。根据档案，她又画了一张案发第一现场的位置图。她很想亲自到那里去看看。警察已经把那里翻得那么彻底，要有新的发现，恐怕绝非易事。况且有鲁莉跟在身边，还有诸多不便。

小云心中很清楚，鲁莉显然是祖鲁拉纳派来监视自己的。眼看鲁莉十分尽责尽职，几乎寸步不离，她想还是先让倪信风的侦探社到那里看看！她把这一切经过用中文写下来，秘密放到预先约定的地方。

·4·

那三人被杀的现场，距老村长的住地仅数百米。根据小云所画的草图，倪信风等人很快就找到了那个地方。

对南部非洲，倪信风也勉强可算是见多识广，各种各色的密林也见过不少，但没有哪一处像这里这么茂密！随着警方的脚印向东走数百米，那里的丛林密不透风，无论他怎么努力，也无法再进入。他又回到现场，看到琼斯还在地上仔细观察，他发问："琼斯先生，这里就是警方所说的第一现场？"

琼斯指着地上警方留下的标志说："对，那三个人就死在这里。"

倪信风点点头说："对！可是，这三个到底是什么人？为什么要到如此荒无人烟的地方？又为什么会死在这里？谁是凶手？"

琼斯说："从警方内部消息知道，这三人可能是南非人。他们还抓到一个疑凶，就是那个报案人。可是那个人并不认罪，后来又死在拘留所中，线索就断了。还由此引发大动乱！"

倪信风疑惑地问："南非人怎么可能到这种地方？"

琼斯说："现在还说不清楚，还要进一步调查！"

琼斯是刑侦方面的专家。他有条不紊地沿着警方的线索在地上寻找着！自从收购侦探社后，倪信风对刑侦越加感兴趣，心中就不由自主地跟琼斯学习。他模仿琼斯的一举一动。尤佳像跟屁虫似的紧跟在倪信风后面。丽娜对侦探不感兴趣。她不以为然地问："琼斯先生，看来，警方早已仔细搜索过了。我们还有什么好看的？"

琼斯冷冷一笑说："对这国家警察的刑侦能力，我十分了解，他们不可能没有遗漏下什么。"

尤佳指着地上对琼斯说："师傅，从地上脚印看，他们已经搜过好几遍了。"

琼斯紧接着说："单从地上这大大小小的脚印就可看出，这些刑警不够专业。尤佳，记住，无论现场多么复杂，你一定要按部就班地从中心开始一步步向周围搜索，每一片地方都不要漏过。"

倪信风知道，琼斯这番话实际上是对自己说的。他下定决心要学侦探，自然小心翼翼地跟在琼斯背后，用粗大的手指在翻动地皮。有机会跟老板在一起，尤佳心中欢喜。她还有意无意地用身子碰碰倪信风那有力的臂膀。丽娜对搜查没有兴趣，也更不愿看这情景。她本是学经济的，不由自主地把注意力转向大树。她叹一口气说："唉，都是些毫不值钱的杂树，找了半天，也没有发现一棵有价值的……"

警方的白线画到密林边。琼斯指着地上发问："尤佳，你看看，三位死者中有一位就死在这地方。你想，这个人为什么会跟另外两个距离这么远？"

尤佳跟在琼斯旁边也有几年了。她看着地上说："从地上看，本来这人也是在那地方受重伤的，是一直爬到这里的。"

琼斯继续追问："他为什么要这么做？"

尤佳回答说："我猜想，他临死前，想藏什么东西！"

琼斯又问："尤佳，你想想，最可能藏什么地方？"

反复环视四周，这里没有一块石头，地上大大小小的洞穴早都被刨开，尤佳摇摇头回答："师傅，我看不出来！"

琼斯说："尤佳，你看这死者手上沾满泥土。估计这东西应该是埋在土中。"

尤佳望着这些不规则的线条沉思着，这位死者侧卧在地上，右手伸向前方。那地方是密密的树林，一棵棵碗口粗的树紧紧相靠。前几排树已经被警方砍倒。她紧抓一棵棵树干用力摇都没有发现什么。倪信风观察尤佳的一举一动。他头脑当然比她更灵。看到她在摇一棵大树时，旁边五十厘米的地方在震动。他举起铁镐挖开地皮，下面果然有一块长五十厘米的石板。他仔细检查石板边缘，发现有一石块紧塞在下方。他挖出这小石块，把手伸进去，取出几块碎木片。

琼斯问迎面而来的丽娜："丽娜小姐，你是学经济的，对木材也有特别研究，你仔细看看，这是什么木？"

丽娜仔细看过之后说："我知道了，这是产于丛林深处、珍贵稀有的铁木！"

尤佳巴结地对倪信风说："老板，还是你不简单！那么多警察都搜过了，你居然还能发现新证据！"

倪信风谦逊地说："这只是侥幸！"

琼斯不由地跟着赞叹说："老板，你在侦探方面真的很有潜质！我们把这铁木碎片拼拼看。"

倪信风轻而易举把几块铁木碎片拼成一块木牌。

看到这些，尤佳特别兴奋。在她的眼里，老板是最棒的！她敬佩地叫道："老板，你真不简单！终于查出，这死者也是斯支瓦人！"

琼斯问："尤佳，你为什么这样说？"

尤佳从身上掏出一块一样大小的铁木牌说："师傅，你看，这是身份牌，在斯支瓦人有身份的上层人都有一块。这一块，是老村长的！他死了，由我保管！"

看到尤佳对老板那亲热的样子，丽娜心里很不高兴！对死者的身份，她本没太大兴趣，倒是这一片树林引起她的特别注意。这些树的大小、种类都很相近，不像自然天生，很可能是有意种的。什么人会种这么大一片林？为了什么？她向前走了近两百米，再也前进不了，自言自语："这一片树林真密！"

倪信风走向前说："丽娜，我刚才已经试过，怎么也钻不进去。"

尤佳赌气说："我就不信有进不了的丛林，我在旁边再试试看。"

远处突然传来凌林的声音："尤佳小姐，别在这方向白费劲！"

看到凌林，倪信风兴奋地叫道："凌，你来啦！"

凌林笑笑说："小倪，正巧，我跟吉姆就在附近转悠！"

看尤佳似乎还想试，倪信风笑着说："尤佳，凌医生说不要白费劲，你就不要试了。"

尤佳仔细看看这一面，感叹说："这里的树林果然浓密得非同寻常！"

凌林指着身边的吉姆解释说：尤佳小姐，你知道这位吉姆先生是丛林人！丛林是他的老家。他绝不相信有他无法穿越的密林。在这里他尝到了！"

倪信风望着这一片密林感叹："如果连吉姆也无法潜入，这林真不简单！"

琼斯的目光巡视四周发问："凌医生，我想不通，这三人为什么会到这地方？"

凌林指着旁边的密林说："琼斯先生，小倪，尤佳小姐，你们从这个方向钻过去看看。"

按凌林手指的方向，倪信风穿越密林，吃惊地叫道："那里不就是老村长隐居的地方？"

琼斯沉思着继续发问："这两个命案相隔这么近，又在同一时间段先后发生，其中有什么相关联？这三位死者会不会就是冲着老村长来的？在这密不透风的林中到底藏着什么秘密？"

倪信风接着说："看来，这些都要等……"

凌林急忙打断倪信风的话说："看来，这一切都要等警方进一步调查！"

倪信风本想说，这一切要等小云那国会调查组去了解。经凌林这么提醒，他才想起他和小云之间的联系不能让外人知道。他急忙改口，对琼斯说："琼斯先生，你继续通过警方的内线了解新的信息。"

想到这些斯支瓦武装分子，琼斯心中不寒而栗，说："对，老板，还是把这一切留给警方调查！"

倪信风灵机一动，对尤佳说："尤佳，你看清楚了没有，死者身份牌上刻着什么名字？"

尤佳说："杜嘛啦·匹愧。"

倪信风心中已经记住了这名字。晚上夜深人静之时，他把这一天的经过详细记录下来放到预先约定的地方。他相信，吉姆很快就会把这些传给小云。

·5·

刚看完这相关的记录，小云就接到调查组开会的通知。她带着鲁莉到达祖鲁拉纳办公室，里面已坐满人。

调查组由三名议员和两位顾问组成。祖鲁拉纳先生亲自任组长，坐在正中央。穆瓦先生也是组员，就坐在祖鲁拉纳先生左侧。他们俩正在交头接耳，显得特别亲热。印度人莫伐特律师坐在右侧，聚精会神地阅读案卷。小云看到，在莫伐特和祖鲁拉纳之间有一桌子空着，上面摆着自己的名牌，后面空着两张椅子，显然是为自己和鲁莉留下的。

为了以示公正，另外还有一位反对党的议员。小云知道这人名叫马兰里·莫阿巴里。似乎当惯了少数派，他坐在莫伐特旁边，还隔开一段距离，那眼神跟其他人没有任何互动。他是四十来岁的黑人，个子不大，长得也不帅，看起来却很精神。她跟他也有一面之缘。她知道，他是海外名牌大学毕业的律师。十几年前，他开始从政，当过镇议员、镇长、市长，现在是反对派的领袖。这次，反对派让他进入这调查组，看来这里可不会风平浪静！

显然马兰里对小云也有好感，看到她经过自己身边，他急忙站起来，很亲热地伸出右手说："云小姐，很高兴看到你！"

小云没有忘记，自己现在是执政党的身份，而且她还感到祖鲁拉纳正盯着自己。她只能有礼貌地跟马兰里握一握手，就匆匆忙忙坐到自己的座位。面对祖鲁拉纳，她亲热地一笑说："祖鲁拉纳先生，一接到您的通知，我就马不停蹄跑来，还是迟到了，真抱歉！"

祖鲁拉纳亲切地笑着说："云小姐，你来得正是时候！"

鲁莉脸上毫无表情，很忠诚地坐在小云身后。祖鲁拉纳又面对大家宣布："讨论会现在开始！警署送来的案卷，大家都看过了。请诸位发表意见！"

莫伐特首先发言。他用带浓浓印度腔的英语慢吞吞地说："警方调查已经告一段落，但还有几个疑点，需继续追查。当然，查案是警方的责任。我们作为议会调查组，根据现有的材料可以得出几条结论：第一，警署在处理丛林命案中，确有明显失职的地方。特别是让重要疑凶死在拘留所中，又不能及时给家属以合理解释，激起民变。警方应完全负责！第二，警署在处理斯支瓦人民变时，犯严重错误。过度使用暴力，使矛盾激化。第三，总统亲自出现处理，措施得当，总算平息这场风波。”

等莫伐特一住口，马兰里紧接着反驳说：“莫伐特先生，对不起！我无法赞同你的看法！”

莫伐特脸上带着讥讽的笑容，说：“这不足为奇！马兰里先生向来危言耸听，语出惊人！”

马兰里一口纯正的美式英语，语气咄咄逼人：“莫伐特先生说总统亲自出面，这没错！要说措施得当，我可不赞同！至于说风波已平，这结论似乎下得太早了吧！作为调查组，为什么不到民间走走。斯支瓦人怨气冲天，一场更大的暴风雨正在……”

小云从犹占里嘴里知道，这几天，执政党内几个重要人物做了穆瓦的工作。他们要求穆瓦要从大局出发帮总统忙。穆瓦终于勉强同意。他利用自己的影响，出面做斯支瓦人工作，平息了风波。相信不可能再出现什么大麻烦，穆瓦打断马兰里的话，冷冷地对马兰里说：“马兰里先生或许还不知道，我就是从斯支瓦人中来……”

马兰里反驳说：“我当然知道！穆瓦先生，你是大富翁，你可以收买斯支瓦人的上流人物。可是，你应该知道，钱并非万能，封不了所有斯支瓦人的嘴。千万双斯支瓦人的眼盯着政府，处理不好……”

莫伐特拍拍桌上的案卷，笑着说：“马兰里先生，你的嘴巴确实厉害。可惜，你似乎还没有认真看看这些案卷。总署署长已经停职反省，所有相关的人员都被拘押……”

马兰里反驳说：“这远远不够，总统也有责任……”

以一敌二，马兰里跟穆瓦和莫伐特展开激烈争论……

小云不想加入这场争论。穆瓦的表演让她看清政客的嘴脸。她没有忘记，几天前，在执政党议员内部讨论会，这个人还坚持要弹劾总统，现在却跟反对党议员唇枪舌剑，为总统辩护。这就是政治，她提不起兴趣来……

祖鲁拉纳也没有开口，没有这必要！他带着轻蔑的目光望了马兰里一眼，在小云耳边小声说：“这个狗屎实在令人讨厌！可惜，我们还避不开他！”

小云问：“为什么？”

祖鲁拉纳无可奈何地解释说：“你知道，要是没有反对党的人参加，这调查组的可信度就会受质疑!”

小云知道反对党力量虽小，倒是制约这些权势最有力的武器。她故意小声说:“这个人嘴巴还真厉害!”

祖鲁拉纳带轻蔑的口气说:“云姑娘，我们也只是借他摆摆门面，做给选民看。你不要太介意!”

小云说:“话虽如此，可他毕竟也是领导人之一。他如果向我提出什么要求，恐怕不能不听吧?”

祖鲁拉纳说:“那倒是! 云姑娘，所以你要尽量避着他!”

小云宽慰说:“祖鲁拉纳先生，你放心吧! 我不会忘记，我是执政党成员。我不会做不利执政党的事! 我绝不会跟他打交道!”

祖鲁拉纳说:“云姑娘，我相信你!”

小云笑笑说:“祖鲁拉纳先生，谢谢你的信任!”

祖鲁拉纳轻轻地叹一口气说:“哎，或许将来，我还要长时间面对这张嘴! 这张嘴还真有些令人讨厌!”

小云知道，自从那次看相之后，祖鲁拉纳已经暗中准备竞选下一届总统。马兰里作为反对党的领袖，将来论争的机会多得是。她也知道，反对党的力量还很小，一时还难成气候。然而，在马兰里领导下，力量已经壮大了不少，现在已成了祖鲁拉纳的心病。她笑着小声安慰祖鲁拉纳说:“祖鲁拉纳先生，你也别太担心。他这棵树虽然枝繁叶茂，可惜缺乏根基。”

祖鲁拉纳问:“怎么说?”

小云说:“你看他夸夸其谈，却空话连篇，没有提出什么有力证据。”

祖鲁拉纳恍然大悟说:“对，云小姐，你善于看相。你先为这人相一面!”

小云说:“祖鲁拉纳先生，你看他，虽然长相还过得去，只是前额低，耳朵短小，一看就成不了大气候。”

这正是自己所希望的，祖鲁拉纳兴奋地说:“这太好啦! 我也不认为这人有多大出息!”

小云又提醒说:“不过，你也不能麻痹大意!”

祖鲁拉纳疑惑地问:“云小组，你这是什么意思?”

小云指着马兰里说:“你看那鼻子，尖尖高高的。”

祖鲁拉纳说:“这不奇怪! 他母亲是这里的当地人，父亲是美国流浪汉，自小他父亲把他带到美国接受教育。”

小云说：“我们中国还有句俗语，鼻如老鹰嘴，啄人心髓。这种人战斗力很强，成不了大器，却有很大的破坏力！遇上他，可千万要小心！”

祖鲁拉纳说：“你说得对！”

小云微微一笑说：“看来，这场争论不会有结果！”

祖鲁拉纳问：“为什么？”

小云解释说：“从案卷中看，警方还有许多问题没有弄清楚。比如，那三位丛林中死者的真实身份、疑凶在拘留所的死因，等等。马兰里就是抓住这几点发起进攻。可是，他们谁手上都没有有力证据，都不可能占上风！”

祖鲁拉纳小声问：“云小姐，你有什么建议？”

小云沉思片刻，又小声说：“我建议，我代表调查组出面，直接跟警方联系，抓紧时间继续调查。待结论出来后，再重新讨论，就有十分把握！”

祖鲁拉纳沉思片刻，点点头说：“好，就这么办！现在，该是结束这场论争的时候！”

这三人声音越来越大，争论越来越激烈。好不容易等到马兰里机关枪一暂停，祖鲁拉纳急忙开口说：“诸位，讨论会暂时到这里。我们必须等待警方进一步报告，再重新开会！”

·6·

带着鲁莉小姐，打着祖鲁拉纳的旗号，警察总署对小云当然唯命是从。小云点名要用鲍比先生。另外，她还提出以总署名义借调犹占里先生帮忙。这样，她带着鲍比、鲁莉还有犹占里一起去南非。一路上思索着这次南非之行，她心中实在没底！

又有机会跟小云一起办案，犹占里显得特别兴奋。他在南非学习工作过，非常熟悉那里的警界，有很多朋友。看小云忧心忡忡，他安慰小云说：“云，你放心，我调动南非警界所有关系，一定会把这三位死者的身份查清楚！”

小云笑着摇摇头说：“占里，我对警方可没那么乐观！”

鲍比当过局长，现在又在总署，眼界又开阔了许多。他补充说：“云小姐，你知道，南非警察比我们国家的可强太多了！”

小云还是习惯称鲍比为局长，说：“局长，我不是说南非警察不行。我只是感觉，这三位死者似乎比我们想象得更神秘。看来，我们还要多费些心思……”

小云这么说，更激起了犹占里的斗志。在她面前，他一定要好好表现一番。他带着那三本南非护照，寻找南非警方所有相关好友。所有人都十分尽力，对护照检查得十分仔细，结果还是如小云所料，所有的回答都是同样的一句话：护照被改过，此三人并非原先所记录的！

鲁莉一直默默无声地跟在小云身后。出现这种意料之外的结果，她敬佩地说：“云小姐，你真不简单！你怎么会预先知道这结果？”

犹占里向来佩服小云。他笑着解释说：“鲁莉小姐，你不知道，云小姐精通紫微斗术，她能掐会算！”

对小云的身手，鲁莉早已领教过。现在知道小云这样料事如神，她心存畏惧。她靠在犹占里耳边小声说：“犹占里先生，你跟这样的女孩子谈情说爱，不感到害怕？”

犹占里没有回答。他心里想，像鲁莉这样头脑简单、四肢发达的当地黑妞，怎么可能理解小云的好处，多说也无益。他不由地哈哈大笑。鲁莉也跟着傻笑着。看这两人有说有笑，小云心里有些不舒服，脸上却不动声色。

鲍比现在是总署的科长。以前，他亲自发信函，甚至派人带这护照复印件到南非核查。南非警所证明，这三人是南非人，是无业游民。现在带着护照直接查询，怎么会说护照作假？他疑惑不解地自言自语：“奇怪！以前，南非警方来信明明说这三个是南非人。现在，对照护照，怎么又变成并非此人？”

小云笑了。她从犹占里手里取过那三本护照，伸到鲍比先生面前。她习惯沿用旧的称呼：“鲍比局长，这并不奇怪！你注意到这护照上的照片没有？显然被调换了。”

鲍比先生仔细看看那照片，又用手指摸一摸，终于恍然大悟。他心中疑惑道：“可是以前，警方那么多专家却没有注意到这一点！”

小云解释说：“这不奇怪！这假造得太逼真！照片换了，而上面重复加盖的印章却是真的！可见有警方内部人帮忙。看来，南非警察也不是那样完美无瑕！”

犹占里靠向前指着护照感叹说："能这么做，还真不容易！以后怎么办？"

鲍比先生摇摇头，没有吭声。犹占里又问小云："云，我相信你一定还有办法，是吗？"

鲁莉心里不相信小云还会有什么办法。她问："云小姐，你真的有办法？"

小云指着远方，平地上有一个大土坡，对犹占里说："占里，你还记得那个地方吗？"

犹占里恍然大悟说："对，我想起来了，那是古堡！"

多日不见，古堡似乎还是老样子，唯周围平地上的杂草长了许多，那一小片风水林还在，而且比以前变得更绿。上一次，鲍比先生和犹占里曾带着几位警官隐蔽其中，这一次小云特地让他们穿上便衣，这样就可以一起大大方方到吊桥旁。只有鲁莉第一次来到这里。她疑惑不解地问："云小姐，这古堡跟我们要调查的有什么关系？"

小云望着犹占里，没有吭声。犹占里抢先解释说："鲁莉小姐，古堡里住着消息灵通人士，他应该知道我们所需要的消息。"

小云接着说："鲍比局长，占里，你知道，拉姆先生十分敏感。他最不喜欢与警察打交道，这就是我让你们穿便衣的原因。当然，他很可能早已经知道你们的身份。"

鲍比局长说："这样的话，还是让云姑娘和鲁莉一起进去，我跟犹占里就留在外面！"

小云笑着说："那倒也没这个必要。到里面到底会出现什么情况，目前尚难预料！我们一起进去，到时候随机应变。"

拉姆的佣人早通过望远镜发现了他们，急忙打开堡门，放下吊桥！他迎向前说："云小姐，主人早就坐在大厅等你！"

来南非之前，小云一直关注拉姆的一举一动。他一直靠出卖消息发财。唯有前一段时间，他突然到南非国中之国"来索托"的深山老林隐居了一段时间。进一步调查才知道，在那里隐居着一位别号"丛林怪人"的斯支瓦巫师。小云听大巫师师傅提过那个"丛林怪人"。大巫师告诉她，这人是他的师弟，天性好强，而且野心勃勃。师弟在巫术上是怪才，虽拜师迟，巫术上却很有成就！师弟并不得大巫师欢心，虽一心想继承大巫师，但根本不可能。最终，师弟乘师傅病重之时，盗走只有大巫师才能拥有的祖宗神牌，不告而别！从此，师弟一直杳无音信！大巫师还提醒她，如果遇上“丛林怪人”，或这人的传人，可千万要小心。这次她来找拉姆，除了要索取信息外，还希望能证实拉姆跟这“丛林怪人”有什么关系。

尽管早有思想准备，走进古堡大厅，小云心中还是暗暗吃惊。整个大厅漆成绿色，在绿色灯光下四壁绿光闪闪。形成强烈反差的是，整个大厅仅在正中央神龛周围有一圈带黄色的灯光，围绕着一张画像。小云知道，这就是曾经在古堡密室中的那一张，现在被移到了这里。黄光时明时暗，照在照片上的那双眼，反射着怪异的光芒。当然，对见多识广的小云，这些都不足为奇，最使她感到震惊的还是那桌上的三块木牌。这牌跟她身上那三块黄色神牌十分相似，只是颜色略深，体积也更大一点点。记得，大巫师把黄牌交给自己时曾说过，这是由丛林中罕见的神木制成，每个斯支瓦巫师各有一副，神牌大小一样。唯有他师弟偷走的那一副，比这个更大点，颜色也更深，那是老祖宗留下的神牌，独一无二。大巫师还告诉她，如果遇上祖宗神牌，千万要尊敬，不可与之战！而且，这神牌是特殊材料构成，具有其他神牌无法抗衡的神力。现在，这祖宗的神牌果然在拉姆手上，该如何是好？

小云头脑在紧张地思索着，脸上却依然不动声色。她笑着说：“拉姆先生，多日不见，你风采依旧！”

拉姆哈哈大笑说：“云小姐，你可是今非昔比！我已经等你很长时间了。”

小云赞赏说：“拉姆先生，你可真是未卜先知！”

拉姆说：“云小姐，你真不简单！你一个中国姑娘，居然成为官员，还成了大巫师的徒弟，又当上B国国会调查组顾问。我知道你来南非调查。我相信，你一定很需要我这消息灵通人士，是吗？”

小云说：“你说得对！我来向你打听消息来了。老规矩，我们赌一场，如果我输了，给你一万兰特。如果有幸赢了，就赢一道问题。这一次你想怎么赌？”

拉姆笑着说：“云小姐，上一回我看走眼，不知道你是斯支瓦大巫师的高徒。我在密室精心布置的神龛被你破了。你知道，我这人向来不服输。这一次，我们不要赌，就来一场巫术大比拼，好不好？”

看来，这场巫术比拼在所难免。小云也不是胆小鬼，已在思想上做好准备，却故意面带难色说：“上一次在密室，我只是多一点运气而已。其实，我跟随大巫师时间很短，在那里只学了一点皮毛，怎敢在这里献丑？拉姆先生，我们还是赌些别的吧！”

最近，拉姆一心扑在斯支瓦巫术上，就是为了这一仗。他当然不会轻易放弃。他心里很清楚，对小云这样的女孩子，硬逼可不行。他只好用激将法说：“云姑娘，你如果害怕，那就不要勉强！”

小云冷冷一笑说：“拉姆先生，本姑娘可从来就不知道什么叫害怕！”

·7·

为了得到信息，小云必须赢这场巫术大战。知己知彼，她了解拉姆的功力，相信这本不是难事，然而这失踪已久的祖宗神牌的出现，使情况变得复杂很多。该如何应对？她头脑中紧张地思索着，脸上却依然不动声色。

小云没有忘记，第一次见师傅时的情景。那时候，大巫师早已不收徒了。看在穆瓦先生的面子上，只愿意见她一面。她告诉他，她对斯支瓦巫术很感兴趣，也略知一二。她模仿拉姆关在密室中时的手印，念动从拉姆那里听到的斯支瓦咒语。大巫师大吃一惊，问：“云小姐，你跟什么人学过斯支瓦巫术？”

小云把经历告诉大巫师。他恍然大悟说：“好，云小姐，我从未发现过有人像你这么有灵性。看来，你跟我们斯支瓦有缘，我可以收你为徒！你记住，将来如有机会再跟拉姆巫术大比拼，你一定要胜！”

当时大巫师并没有说明为什么，直至最近小云才真正明白了。原来，大巫师当时就怀疑拉姆是师弟的传人。对叛逆深恶痛绝的心理，使他同意破例教小云巫术。

传帮带中，小云的机灵深得大巫师欢心。他有过很多徒弟，没有哪一个像她这么有灵性。没有多长时间，她已经尽得他所传，罕见对手。拉姆自然更不在话下。出乎预料，拉姆手上居然有祖宗的神牌，几乎不要动手，她就完全处在下风。当然，小云可不是那种轻易认输之人。

小云本就思维敏捷。一进入大厅，她头脑中就紧张地思索。她想，如果结合中国的气功术，或许还有几分胜算。突然，师傅的话又在他耳边响起：“云小姐，如果真的遇到这祖宗神牌，你千万别与之对抗。因为那是斯支瓦人祖宗留下的，必须尊敬。谁对抗它，必受斯支瓦神严惩！”这该如何是好？她双眼紧紧地盯着这三块小小的木牌，急中生智，产生一条妙计！看来，非用这下三烂的手段不可啦！

小云在国内曾向神偷学了一手，在不得已之时也不妨一试。趁拉姆跟鲁莉打招呼之时，她把拉姆的那三块木牌给调换了。她向来都很谨慎小心。虽然心中有数，她依然小心翼翼地观察拉姆的一举一动。

多日不见，拉姆果然今非昔比！他双眼闪闪发光，两手掌心相对紧握，伸出食指向前。小云的思路不由地又回到小镇特别审讯室外。当时，她和犹占里正在视屏往里面观察。关在里面的拉姆，也是做出这种姿势。犹占里把控制开关调到致命区，拉姆就是靠着这斯支瓦巫术硬扛过去的。现在，她对斯支瓦巫术已有深刻了解，自然知道这巫术的厉害。听说，当年斯支瓦巫术大比拼，拉姆的师傅就是靠着这巫术打败了所有巫师。现在，他的巫术又有了新的发展，她当然不能麻痹大意。他用尖嗓门唱出经过改进了的斯支瓦咒语，威力确实吓人，像无数支无形的利箭直逼向她。她学过气功，而且内功功力深厚。她坐直身子，使出从师傅那里学来的全副本领，加上内功功力才勉勉强强抵御住一波波攻势。

时间一刻刻流失，拉姆的音量开始渐渐减弱，最后变成声嘶力竭的叫喊。眼见小云依然不为所动，他急了，突然伸手，拿起桌面上的一块神牌，在那木桌上重重一拍，发出一声巨响。看小云还是波澜不惊，他心中暗暗称奇，勉强集中精神迎接她的反攻。

小云利用腹部的力量，深深地吸一口气，含着内功功力吐出斯支瓦咒语，音调比拉姆更高，内中包含巨大威力。看到拉姆的身子微微一振，她乘势从身上掏出祖宗神牌，在桌上重重一拍。祖宗的神牌果然非同一般。不知这是什么木材构成，撞在那特制的桌上，发出的声音如雷鸣一般，而且还夹带着金属般的回响。

拉姆惊恐失色，无可奈何地说：“云小姐，我输了！”

跟拉姆多次交手，小云很了解这老狐狸。她知道，他天性胆小，在突然打击下暂时会低头。可是，他又老奸巨猾，终将很快会清醒过来。一旦发现祖宗神牌被换，他一定不会服气。她以前曾吃过这人的亏。她绝不能让往日的失误重演，必须乘他还没发觉时，把这牌换回。她把偷换来的祖宗神牌藏在手心，正在寻找机会。

看到小云制服拉姆，鲁莉小姐大开眼界。她兴奋地走到小云面前说：“云小姐，你真不简单！”

乘鲁莉的身子挡住拉姆视线的这一瞬间，小云迅速将祖宗神牌换回到拉姆前面。果然如小云所料，没有过多长时间，拉姆头脑就清醒过来。他记得师傅“丛林怪人”说过，这是祖宗神牌，在世上独一无二，威力巨大。现在怎么会远不如小云的？他疑惑地拿起桌上的神牌仔细一看，确实还是那副祖宗神牌。看来，这云姑娘的功力绝非自己能敌。他垂头丧气地说：“云小姐，愿赌服输！有什么问题你说吧！”

小云从鲁莉手里接过提包，从中掏出那三本护照。不等小云开口，拉姆笑着问：“凭云小姐的聪明才智，不会看不出这护照是假的吧？”

小云说：“不，这三本护照原是真的，只是照片已被换。由于加盖的铁印章也是真的，所以连警方也被骗了。”

拉姆反问：“我想，你想问这三位的真实身份，是吗？”

小云点头说：“是！”

拉姆说：“我也是刚收到的情报。这三位死者是一个斯支瓦秘密小组，为首的名叫杜嘛啦·匹愧。”

听到“杜嘛啦·匹愧”，小云心里暗暗吃惊，这正和倪信风在案发现场发现的相符。当然单了解这些还不够，她心中想，无论如何要进一步打开拉姆的嘴。她脸上依然不动声色地问：“拉姆先生，我们再公平地赌一场，好不好？”

看拉姆还在犹疑，小云继续说：“如果我有幸再胜一场，你进一步为我们提供更多有关杜嘛啦·匹愧的信息！如果我败了，就输你一万兰特。”

输了巫术战，拉姆耗尽了大部分功力，此时还没有缓过气，而且心有余悸。他的自信心已彻底被摧毁了。他说：“赌就不必了。你知道，我本就是以出卖消息为生的人。这样吧，你给我一万兰特，我把有关杜嘛啦·匹愧的信息卖给你！”

小云让鲁莉给拉姆开一张一万兰特的支票。看到钱，拉姆眉开眼笑地说：“云小姐，你放心吧！我一定会让你觉得物有所值。凭你们那些警察，要想查出这些，根本不可能！”

小云说："拉姆先生，据我所知，斯支瓦人姓'匹愧'的确实很常见，可从未听说过名'杜嘛啦'的。"

拉姆问："云小姐，你知道没触底村和匹愧村之间有一棵大面包树吗?"

小云回答说："听说过！在这一片丛林中唯一的一棵面包树。"

拉姆又问："那你们听说过十五年前，在那里发生的事吗?"

鲍比跟犹占里一直在远远地观望，没有吭声。听到这些，他忍不住抢先回答："十五年前，在面包树下发生一件轰动一时的灭门惨案。面包树下原住着的一家三口被杀害了。"

拉姆说："这一家三口并没有全部被害，逃走了一位十三岁的男孩子，就是杜嘛啦·匹愧。我只能跟你说这些，其他情况只能靠你们自己去调查!"

·8·

有国会调查组公函，加上由总署鲍比先生亲自带队，效率自然快得多，很快就找到当年处理"面包树下血案"的警员柏里先生，是现任"中国镇"警局的局长。因为鲍比先生曾是以前的局长，柏里局长经常来向他请教，两人自然十分熟悉。

柏里局长也听说过小云。不等鲍比先生介绍，他先热情地伸出手说："云小姐，久闻你的大名，今日有幸相见，三生有幸!"

小云迷人地一笑问："柏里局长，我们虽初次相见，倒也一见如故！我相信，你一定会告诉我们你所知道的一切，是吗?"

犹占里同样也十分熟悉柏里局长。他知道柏里局长生性豪爽。他对小云说："云，放心吧！柏里局长一定会知无不言的!"

柏里局长迟疑片刻，紧接着说："云小姐，请相信，只要能说清楚的，我自然会如实说出!"

鲁莉向来十分尽职尽责。自从接受祖鲁拉纳的命令后，她便寸步不离地跟着小云，却很少开口。她也认识柏里。由于祖鲁拉纳的关系，平时柏里对她总是唯命是从。看柏里似乎还有些犹豫，她补充说："柏里先生，我们是代表国会调查组的。对我们而言，不存在任何机密。"

柏里局长笑着说："鲁莉小姐，你误会了。这血案没有什么秘密！当时轰动一时，几乎人人皆知。只是有的情况实在匪夷所思，我至今还没想明白!”

小云紧接着问：“柏里局长，只要你说出你所知道的一切，我就感激不尽了!”

柏里局长说：“当年，我从头到尾参加侦办这血案。可是，我所知道的情况不会比普通人多多少!”

小云说：“你从头说起，尽量详细些。”

柏里局长沉思着叙述往事。

“那时候我刚从警校毕业，分配在匹愧镇警局。当时，这小镇治安不太好，盗窃和抢劫案件时有发生。盗匪们作完案常常躲在丛林中。所以，我们也经常在林中巡逻。

“在丛林深处，有一棵孤立的面包树，在远近数百里独一无二。没有人知道，它是什么人、在什么年代种下的。树下单独住一户人家。连这一家人也讲不清楚，他们先辈从哪一代开始住在这里，已经在这里繁衍了多少代。这一家人丁稀少，除夫妇两人外，还有一个数代单传的小男孩。这小孩不足十岁，能歌善舞，特别可爱。那一家人虽然很穷，却生活得很愉快，欢声笑语不断。而且，那主人还十分好客，每一次我们到那里，他总拿出家里仅存的为数不多的东西来招待我们，有丛林中特有的茶，还有烤面包树果，还有他们自己粗制的牛肉干。东西虽简陋，那一份心意让人感到很温馨。所以，每次经过那里，我们总喜欢进去坐坐。

“那一天，像平时一样，我和另外一位警员跟随一位警长在那里巡逻。

“天上乌云密布，近傍晚时分，天色已经暗淡下来。那面包树高出四周的树木，远远看过去，像粘在天上的剪纸，显得特别孤独、寂寞。我的心莫名地变得沉重起来，一种不祥的预感袭击而来。平常，即使在这里，也能隐隐约约听到这家人的歌声。可此时四周却像死一般的寂静，我不由地加快了脚步。看到那土屋，我的心沉下去了。茅草屋顶已被掀翻，草垛散在圆形的残墙断壁上。

“检查现场，我们在泥土下发现户主的尸体，身体余温尚存，显然刚死去不久。”

小云问：“局长大人，你们认为凶手有什么杀人动机?”

柏里局长回答说：“云小姐，你问到我点子上了。当时警长说，他从警多年，可从来没遇到过这么奇怪的案子。这么多年来，我们不辞辛苦地追寻，挖空心思思索，始终想不通匪徒的动机。如果是谋财，可这一家一无所有。如果说仇杀，几乎也不可能。这一家人世代独居在那里，从未听说跟谁结怨。更令人想不通的是，这些匪徒把那里挖得乱七八糟，似乎在寻找什么。当时，我们把所有的地方都翻遍了，也没有什么有用的发现。尸检中发现，男死者身上多处骨折，似乎在死前受过多番折磨……”

“我刚参加工作不久，第一次遇见尸体，躲到一边呕吐。警长命令另一位警员回警局报案。我只好跟警长一起留在现场。在大队人马到来之前，我们还在附近搜索。在地上，我发现几组深深的脚印，向西而去，一直消失在密林中。那里正是去没触底村的方向。那地方林木特别密，很难穿行。警局派来了很多人，搜索了很长时间，也没有什么有用的发现……”

鲍比发问：“柏里先生，那一家人不是有三口吗？女主人和那小孩哪里去了？”

柏里声音低沉地说：“是的！我也曾久久地找寻这妇女儿童，至今毫无音讯。这正是我想不通的另外一个问题。后来发生的事更加诡异！”

边听柏里局长讲话，小云的脑子边紧张地思索着，所发生的事件，以前的和近来的，都在匹愧镇和没触底村之间，似乎都有着什么关联，又似乎毫不相干！老村长临死前留下“匹底”这两字，正是这两地方的缩写。他想告诉我们什么？看来，要想一时破解这谜，根本不可能！她相信，只要沿着现有的线索追查下去，答案总有一天会浮出水面的……

小云沉思着问：“柏里局长，我想，你们一定会追踪到没触底村，是吗？”

柏里局长回答说：“云小姐真聪明！是啊。可是，当时那没触底村就已经是罪犯的避难所……”

鲍比插话说：“没触底村，我也知道，那里地处J、B两国交界，两国政府谁也管不了。警察也进不去。”

柏里局长：“你说得对！我们当然也知道这些！当时的匹愧镇警局局长就是斯支瓦人。他比我更了解没触底村。听了我们的汇报，他坚决反对我们进没触底村。当年，生活在匹愧镇的大多都是斯支瓦人。警长、警官和我虽然都是外来人，都能精通斯支瓦语。警长不甘心让血案就这样不明不白了结。他暗自决定，我们三人乔装成斯支瓦人进村。清晨，我们从匹愧镇出发，先去面包树……”

小云插话道：“柏里局长，我想，你们一定兜了好大一个圈子才从面包树到达村庄，是吗？”

后面这些事是私自行动，没有写入案卷中，小云居然也能猜到，柏里局长眼里流露出惊讶的目光。他接着说：“是啊！从地图上看，从面包树到没触底村，顶多就二十来公里。可是，我们差不多走了一整天才到达村外。由于那里有许多烂泥，可以看到清晰的脚印，一直把我们引到一座独立的茅草屋。屋内空无一人。后来，我们才知道，那就是村长的房子。我心中疑惑，听说没触底村戒备森严，怎么会如此轻易到达这中心地带？突然，四周响起惊天动地的呐喊声，我们已经被包围了。幸好，临行前，警长命令我们不能带武器，还为我们每人制作了一张假的身份证。这身份证跟真的一样，只有种族这一栏上改成斯支瓦人。检查了我们的证件，知道我们虽然是警察，也都是斯支瓦人，他们没有为难我们，就把我们送出村了。我们就这样回来了，一无所获！”

看柏里的眼中突然出疑惑的目光，小云问：“柏里局长，后来一定发生更出乎意料的事，是吗？”

柏里疑惑地说：“是啊！回家后几天，警长突然死在家中。医生证实他是死于心脏病！可是，他身体向来健壮……”

死于心脏病？小云突然想起尤佳姑婆之死。她发问：“柏里局长，你有没有发现，警长死之前一定有不速之客来访？”

柏里局长微微一愣，回答说：“对！警长没有亲人，我和那位警官是他最亲近的学生。他的后事自然由我们负责。在整理他的茶具时，我们意外发现有外人来过的痕迹！我们曾暗中查访，始终未发现什么人。”

鲁莉不由自主佩服地问：“云小姐，你怎么会知道这些？”

小云心里很清楚，鲁莉是祖鲁拉纳派来监视自己的。她不想说得太多，只微笑着回答：“我只是靠直觉。当然，我的直觉有时很准！”

柏里接着说：“后来，我和另外一位警官还发现在我们家中也有不速之客秘密到访。而且，我们还发现茶水被下药。经化验，这是产自丛林中的一种草药，能导致人心脏病。是谁这么干？这是我一直想不通的又一个问题！”

鲍比发问：“柏里局长，还有一位警官，现在在什么地方？”

柏里摇摇头说："那警官的下落更让我感到莫名其妙。"

犹占里疑惑不解地问："怎么啦？"

柏里说："警长死后不久，我和那警官一起被调到一边境小镇去。那里离这里有好几千公里，要穿越一片荒无人烟的沙漠。我们一起动身。刚走几十公里，我生病走不动了，就在一位朋友家养病。那警官独自先去报到。病愈后，我去边境小镇，镇警所说那警官根本没有去报到。他们向上级汇报，带人四处找寻，都没有他的下落。这又是一个难解之谜！我感到危险很快要降临，就装病藏起来，直至风声过后才又到边境报到……"

小云问："柏里局长，我问最后一个问题。你还记得，面包树血案中的小孩的名字吗？为什么现有的案卷中没有写？"

柏里摇摇头说："我记得那小孩的名字，可实在想不通为什么没有写进案卷中……"

犹占里性急地问："那小孩叫什么？"

柏里肯定地说："他名叫杜嘛啦·匹愧！"

第五章　面包树的往事

·1·

倪信风独自在房内阅读密信。对他来说，这笔迹实在太熟悉、亲切。小云的经历更让他惊叹不已……

暂时没什么行动，丽娜回到店里去了，那里有很多事需要她去做！琼斯先生对米小庄先生的易经术很兴趣，就拜他为师。他们俩在小厅的茶几上嘀嘀咕咕。尤佳一直像跟屁虫似的跟在倪信风身边，倪信风好不容易才抽出时间到秘密地点取了信。倪信风刚读完信，尤佳又悄悄地进来。看到他手上的信，她在他耳边小声说："老板，我一点也看不懂，你翻译给我听！"

倪信风用英语把信中大概内容简单地说了出来，当然隐去必须保密的部分。尤佳听得很入迷，小云的智慧真让她嫉妒。信中的内容让她心中一动，在倪信风旁边耳语："老板，信中内容让我突然想起姑婆以前跟我说过的一件事。"

倪信风问："什么事？"

尤佳说："当时姑婆反复警告我，这可是死也不能说的秘密。"

倪信风说："既然姑婆这样说，那你就什么都不要说。"

尤佳说："可是，这件事或许和这案关系重大！"

一听说案件，倪信风心情就兴奋起来。当然，他早已不是往日的愣头青。他脸上不动声色。他努力引导尤佳："尤佳，你姑婆死得不明不白。如果能为她讨回公道，你还有什么不能说？"

尤佳在倪信风耳边小声说："老板，我只想告诉你一人！这里不行！"

倪信风小声回答：“行！我们先出去跟他们商量！你的秘密以后再说！”

到小厅里，倪信风问琼斯说：“琼斯先生，你负责侦探社日常事务，对社里下一步行动，你有什么高见?”

琼斯犹豫不决。他问米小庄说：“师傅，你说呢?”

米小庄还在茶几上写写画画。他摇摇头说：“我还没算清楚!”

倪信风说：“好！你们继续研究，制订一套工作计划。我到四周走走!”

倪信风走出院子，尤佳稍稍跟在身后。突然发现丽娜从前面走来，她故意亲热地贴近倪信风，把一张小纸条塞到他手中，小声说：“老板，以后再看!”

在店里忙了一整天，心中想起倪信风，丽娜又匆匆赶回辜家大院。看到尤佳这样黏着老板，她心里很不舒服。她忍不住大步走向前对倪信风说：“老板，我把这几间店的情况向你汇报。”

看到丽娜，尤佳脸上出现得意的笑容说：“老板，我先走了。”

想想就这样离开，尤佳又心存不甘。为了气丽娜，她又故意在倪信风脸颊轻轻一吻，耳语：“老板，记住，不要让别人知道!”

尤佳离开后，倪信风头脑中紧张地思索着：“尤佳此时又想起什么?”他听到丽娜一脸不高兴地问：“老板，尤佳小妮子对你说什么悄悄话?”

倪信风动了动嘴唇，想起自己的承诺，又把要说的话吞回去。他把尤佳的纸条藏入口袋，笑着说：“丽娜，你难道还不了解尤佳这人。她故意气气你，何必跟她这小女孩斗气！你别不高兴，说说店里的情况吧。”

丽娜心胸宽广，当然不会为这小事没完没了地生气。她谈了店里的情况。他们又和米小庄、琼斯商量侦探社工作……

当这些人都离开后，倪信风才回到自己房内，关上房门，才展开看手上的那张纸条。

“晚上零点，到我家!”

去，还是不去?

看完尤佳留下的纸条，倪信风心中一直犹豫不决！尤佳是典型的当地黑妞，头脑简单、四肢发达、相貌丑陋，却有着傲人的身材。她身上发出一种浓浓的狐骚味，开始他还真有些受不了。相处久了，他已渐渐开始习惯，但还无法太亲近。斯支瓦黑妞在生活方面比较随便，自从遇到老板后，她表现特别主动。她一次又一次向他暗示约会，都被他很有礼貌地推辞了。为了不让她太尴尬，每一次都找各种不同的借口。作为侦探社老板，他更不想跟自己手下的女员工有暧昧关系。然而，这一次完全不同，既然跟案件有关，他又不能不去。又因为有誓言在先，他不能带其他人同行，这实在有些为难……

直至接近零点，倪信风才作出去的决定！夜深人静，他悄悄地起床，蹑手蹑脚从后门离开。尤佳的家离大院不太远，又是熟悉的小路，没走多久，他就到达那由铁丝网包围的小院落，铁丝编织的门敞开着。他看看手上的夜光手表，正好零点整！

倪信风小心翼翼地走入院子，来到小房子前。这里的小房子间相隔很近，为了不惊动邻居，他轻轻地敲门，虚掩的小门自己开了。他又轻轻地连续叫了几声，没有人回答。

原来，事关机密，尤佳也特别谨慎小心！她是侦探员，当然很清楚该怎么做。她躲藏在隐蔽处，看着倪信风远远而来。看清楚老板后面确实没有人跟踪，她才回到房内。她蹑手蹑脚地走到他身后，忍不住要伸手拥抱说："老板，你终于来了。"

倪信风发现身后有人，转身轻轻地推开尤佳的手，声音温和地说："尤佳，你有什么重要的事要告诉我吗？"

尤佳冷静下来，一本正经地问："老板，你保证没有告诉任何人？"

倪信风郑重其事说："我保证！我没有开车来，就是害怕惊动其他人！"

尤佳深受感动，又突然紧紧地抱住倪信风，心情激动地说："老板，你真好！"

感觉到温暖而富有弹性的肉体，加上特殊的体味催动，倪信风心情激荡，却又很快平静下。他温柔地说："尤佳，我们先谈谈正事！"

尤佳放开倪信风，眼里依然带着犹豫的神色。倪信风发誓说："尤佳，请相信我。我以神的名义发誓，我一定会保密！如违誓言……"

尤佳打断倪信风的话说："老板，不要再说下去，我相信你！"

尤佳沉默片刻，又接着说："老板，在听'面包树下血案'时，我才突然想起一件事！"

倪信风心情紧张地问："什么事？"

尤佳沉思着说："记得以前，姑婆带我去见老村长时，总要绕弯道路过面包树。那附近已没有任何房屋，树四周是一片平整的土地。站在那里，仔细观察树四周后，她才离开。有一次，我实在忍不住问为什么，她告诉我，她和老村长都身负斯支瓦民族的重大秘密。她还说，到适当时候，她会把这秘密告诉我。她还说，万一发生意外，她来不及说什么就死了，一定要记住这棵面包树！她还嘱咐，这是死也不能对人说的秘密。"

倪信风恍然大悟说："尤佳，走，我们现在就去看那棵面包树！"

尤佳惊讶地问："现在？在这三更半夜？"

倪信风说："这是最佳时候！"

尤佳问："怎么说？"

这些日子的经历，使本来头脑简单的倪信风早已脱胎换骨，要说服像尤佳这样单纯的女孩子，当然轻而易举！他温和地说："尤佳，你想想，大白天去看面包树，总会被人看见，还怎么保密？"

尤佳敬佩地说："老板，你说得对！"

·2·

这是个没有月亮的夜晚，丛林漆黑一团，那面包树 Y 形顶端像远远粘在灰蒙蒙天边。毕竟受过专门训练，把车停到隐蔽处，仔细看看，确信没有人跟踪，尤佳带着倪信风向面包树靠近。在黑暗中没多长时间，眼睛就已适应，又是轻车熟路，他们很快就到达目的地。

经历这么多年风风雨雨，曾经的土屋已经被清除得干干净净，没有留下一丝一毫的痕迹。那面包树周围是一片平坦的空地。显然有人收拾过，地面比预想的要干净得多。估计在四周不可能会有什么有价值的发现。倪信风失望地自言自语："看来，警方在这里查了不知多少遍。这秘密会藏在什么地方？"

尤佳来到面包树旁边说："记得，姑婆曾经说过，这面包树对我们斯支瓦意义非凡……"

面包树？尤佳的话使倪信风灵光一闪。他也来到面包树旁，仔细观察着，又拍打着那光溜溜的树干，指着上方说："看来，警方一定还没有发现秘密。

如果一定有什么秘密，只能在上面……”

尤佳打断倪信风的话，忧愁地说：“上面起码有二十多米，到哪里找这么长的梯子?”

倪信风启发说：“尤佳，你记得吗？在那警察案卷上说，草屋的主人用新摘下的烤面包树果招待他们!”

尤佳反问：“这说明什么?”

倪信风说：“这说明那人经常爬到树上。”

尤佳说：“那是二十年前的事了，可能当时树并没有这么高。”

倪信风笑着说：“其实，要爬上去也并不难!”

尤佳怀疑说：“我不信……”

尤佳的话还没说完，倪信风已经脱去外衣，往树上爬，没费多大工夫就到达顶端。他仔细地摸了摸每一段树干，到处都是光溜溜的，没任何缝隙，只有在树杈处表面上微微有些凸起。他用小刀轻轻地伸进去一撬，果然翻开一块直径十来厘米的圆形树皮，露出一小洞。洞口不大，他勉强把手伸出去，里面深不见底，四周滑溜溜，唯有内侧可感到一块长方形隆起，他费一番努力才撕下来。这黑乎乎、软绵绵的东西，长十厘米、宽五厘米，一面毛糙，另一面却很光滑。他把它往怀里一塞，抱着树干滑下来，轻轻地落在地上。

倪信风体格那么高大威武，身手居然如此矫健，这一连贯的动作简直是优美的杂技表演。尤佳看呆了。她赞叹说：“老板，对中国功夫，我早有耳闻，今天才算大开眼界。”

倪信风谦逊地说：“我这一手可不是什么功夫，只是从小锻炼所成。其实很多身强体壮的人都能做到!”

尤佳问：“老板，我相信你才是最棒的！你上去一定有所收获，是吗?”

倪信风笑着反问：“尤佳，你对我就这么信任?”

尤佳：“是的！我坚信，没有发现，你绝不会轻易下来!”

听了这话，倪信风心中微微一动，却很快又平静下来。他把那块东西递向前说：“尤佳，我猜，这就是面包树上的秘密。”

尤佳把那东西在手上捏一捏，又摸一摸说：“老板，这是一块牛皮，上面还刻着图案。”

倪信风问：“这纹理弯弯曲曲，好像是地图！尤佳，你能识别是哪里的地图吗?”

看尤佳摇摇头，倪信风劝说：“尤佳，我们还是把它带回去，大家一起研究吧!”

尤佳沉默了片刻，摇摇头说：“不！其实，我并非不相信他们。可是，多一个人知道秘密，毕竟多一分危险！老村长和我姑婆的死去，让我感到心寒。我不能不特别小心！老板，我只相信你一人。我相信，凭你的智慧，加上有我相助，我们一定会找出其中的秘密！我要你发誓，一定替我保密!”

眼看尤佳心意已决，倪信风不便再坚持：“好吧！尤佳，我发誓！我们找个地方再仔细研究这图案!”

尤佳牵着倪信风的手钻进密林。作为在丛林村庄中成长的姑娘，这也是她的专长。许多地方表面上看来密不透风的丛林，她轻而易举就能进去，而且健步如飞。在一隐蔽处，她拖着倪信风坐在草地上，又打开手电照着那牛皮。倪信风仔细观察着。在牛皮的光面上，还隐约可以看到一粗一细两条不规则的纹理，他看不出这是什么。他心里不由地又想起小云、琼斯、米小庄，当然还有凌林。他真希望跟这些人一起商量商量。他动了动嘴唇，正想如何再一次说服尤佳，却听到她兴奋的声音：“老板，就是这个。其中一定包含着斯支瓦最高机密!”

倪信风问：“尤佳，你为什么这么说?”

尤佳手指着牛皮说：“这可是这丛林中最高级的牛皮。听姑婆说，斯支瓦人就是用这来保存重大机密。老板，你千万别告诉外人!”

倪信风说：“可是，你已经让我这外人知道了。”

尤佳动感情地说：“老板，在我心中，你早已是自己人。”

看尤佳那么兴奋，倪信风不想泼冷水，没有再说什么。他心中想，看来一切只能靠自己。这种想法激发了心中内在的潜力，他感到头脑突然清醒了许多。他正要伸手拿那牛皮，却听见她深深地叹一口气，焦急地说：“糟糕！这牛皮正中央被腐蚀了一块!”

此时，倪信风的头脑越来越活跃。他安慰说：“尤佳，别着急！我们再仔细看看，应该会有发现。”

尤佳把牛皮递给倪信风并坚定地说：“老板，我只相信你!”

倪信风从身上掏出手帕，用树叶上的露水弄湿，又小心翼翼地擦那张牛皮。表皮正中央被什么东西破坏了，有一小片像黄豆那么大的缺损。除了这个，整体上已油光发亮。上面那人为刻出的纹理也清晰了许多。实际上，这只是一粗一细两条线。细的那条弯弯曲曲的。他指着细线小心翼翼地说："这好像是一条小道，弯弯曲曲的……"

尤佳把手电靠近照着，双眼盯着那条细线，兴奋地叫了："老板，我说得没错，你才是这世界上最棒的!"

听尤佳这么说，倪信风更加兴奋。仔细看看那细线，共有九个弯曲。除两头外，之间还有几个像针刺的小点。他突然想起，当他跟小云一起乘驴车从没触底村到匹愧镇时，小云说这小道有九个弯曲。他恍然大悟说："对，我明白了。这一条就是从匹愧镇到没触底村的路线图，一共有九个弯曲……"

尤佳指着一空白地方，恍然大悟说："对，这里是没触底村，老村长应该隐居在这个地方……"

回想起从没触底村到匹愧镇之行，倪信风点点头："我也想起来了。这条路我们也走过。"

尤佳忧愁地说："我是这里土生土长，对这一片丛林很熟悉，可就想不通，靠西面这条粗线代表什么。"

沉思片刻，倪信风说："尤佳，我想起来了！听我的老师凌林医生说，他的佣人吉姆在这位置发现了一道长长的深不可测的沟壑！他多次企图穿越，都没成功。听他描述，这粗线应该就是指这深沟。"

听倪信风这样说，尤佳深深地陷入沉思之中。过了一会儿，她才开口说："对，现在我才想起来！姑婆曾跟我提过这条深沟！记得数年前，姑婆带我去匹愧镇。她告诉我，从小镇去没触底村，向东绝对不行，那里有一道沟!"

倪信风指着那弯弯曲曲的细条接着说："尤佳，你知道，吉姆先生是'丛林人'。他穿越能力比普通人强得多！他多次企图穿越，都没成功。我们不必再浪费时间。我们还是再看看这细线。细线两头是匹愧镇和没触底村，中间这几个小点，其他几点我们都已知道了。只有这里有孤立的一点，似乎比其他的更粗些。这一点介于中央磨损片和这细线之间。我们如果能找到这点，或许会有什么发现。"

尤佳指着细线，接着说："我想，我们能找到！这实际上是一条驴道，姑婆曾带着我，坐驴车走过。这驴道弯弯曲曲，一共有九道弯，上面都埋有石碑。我们只要找到石碑的位置，就会找到这点的位置！”

倪信风说：“好！我们先回去休息。明天再探索这条驴道！”

尤佳说：“老板，夜长梦多，我们还是现在就去！”

倪信风问：“现在，夜深人静，我们到哪里去找这驴车？”

尤佳说：“老板，你知道，驴车是‘丛林的士’，雇一辆并不难！”

·3·

没触底村在匹愧镇西北面，一大片密不透风的丛林阻挡在中间，东面有一道天然沟壑，深不见底！驴道只能向西行走。尤佳是赶驴车的好手。在这条道上，她已经走了好几个来回。轻车熟路，她很快就把车驱赶到正道，把缰绳固定在车上，任凭驴自由行走。然后，她把头靠在倪信风那结实的胸膛上，闭着双眼享受这短暂的安宁。

这条道倪信风也曾跟小云还有丽娜一起走过。那时，他们走得很匆忙，并没有发现道上有什么特殊之处。在他的记忆中，这里和丛林中许许多多驴道没有什么不同。已是下半夜，靠在车上，倪信风的头脑开始有些迷糊。尤佳那富有弹性的身体紧紧依偎着自己。他感觉到从她身体发出一种中国姑娘少有的诱惑。他是富有血性的男子汉，内心深处难免有些骚动。正在此时，辜老板的影子又浮现在眼前，使他头脑顿时冷静了许多。他并没有忘记复仇使命。他轻轻地推一推她说：“尤佳，你这样子，会有什么发现？”

尤佳看了看手表，笑着说：“放心吧，老板！你不了解驴。别看那傻乎乎的样子，它实际上比人还要聪明。它最懂得主人心意，在需要的地方，自然就会停下来！”

驴车晃晃荡荡向西、向北、又向西走了好长一会儿，才自动停了。倪信风看了看带夜光的手表，足足走了四十五分钟。尤佳跳下车，指着地上的石碑说：“老板，你看！”

倪信风围绕石碑看了看，又用手摇摇，一动不动，看来埋得很深。露出的地方刻着罗马数字“9”。他再仔细观察周围的环境，这里的丛林似乎比别的地方更密，树干之间紧紧相靠，连小一些的动物都很难钻进去。看看再也不会有什么有用的发现，他们又坐上驴车继续前行！

像来时一样，尤佳把头靠在倪信风的肩膀上闭目养神，任驴自由往前走。此时，倪信风的心情却平静不下来。记得当时他跟小云还有丽娜一起走过这条道去匹愧镇。当时他们也曾边走边观察，为什么这么精明的小云也没发现这石碑？这石碑又有什么意义？这“9”字又代表什么？

听倪信风自言自语，尤佳随口回答：“老板，我也一直想不通，这‘9’字代表什么。”

又走了三十分钟，尤佳拉住缰绳，驴车停了。倪信风跟着尤佳跳下车，看看那里也有一块石碑，上面刻着“6”字，周围环境也跟前面差不多。盯着“6”字沉思着，他头脑中灵光一闪，发问：“尤佳，我听你说过，这驴经过专门培训。别看它仿佛慢吞吞，每小时居然能走十二公里，是吗？”

尤佳说：“是！”

倪信风沉思着继续发问：“尤佳，还要走多长时间才能见到下一块石碑？”

尤佳回答：“十五分钟。”

倪信风恍然大悟：“下一石碑上刻着‘3’，是吗？”

尤佳疑惑地问：“是！老板，你见过那石碑？”

倪信风笑着说：“没有，我从未注意到石碑。”

尤佳问：“那你如何知道下一个刻着‘3’字？”

倪信风笑了：“道理很简单！这驴走一小时，也就是六十分钟走十二公里。走四十五分钟到第一块石碑，刻‘9’，走三十分钟，那里的石碑刻‘6’，再走十五分钟，那石碑上当然刻‘3’。”

和许多当地黑人一样，尤佳数学很差。这简单的数字，就让她听得晕头转向。大概的意思，她倒也听明白了一点。她问：“老板，你说，这石碑上的数字表示距离，是吗？”

倪信风说：“是！”

尤佳恍然大悟说：“老板，你真了不起！”

听尤佳这么说，倪信风突然感到头脑里又灵光一闪。他对尤佳说：“尤佳，你把那牛皮地图再给我看看！”

看了看地图，倪信风又说：“尤佳，你让驴车往回走。”

凌晨四点半，驴车转身往匹愧回去了。尤佳天生不太爱动脑筋。她已经绝对相信倪信风，还是靠在老板的肩膀上打盹。驴车又走了十分钟，倪信风说："尤佳，我们就停在这里！"

尤佳疑惑不解地问："老板，为什么在这里停下？"

经历这一晚折腾，倪信风的大脑变得越来越活跃。他再一次仔细看看这牛皮地图！正是黎明前最黑暗的时刻，牛皮上黑乎乎的什么也看不见，他只好打开手电。他仔细观察着，除正中那块污渍，其他地方都很清晰。东面一条弧形粗线，应该是那深沟。西面那条弯弯曲曲的线条就是这驴道。在驴道和污渍的中间，他终于新发现原先没注意到的一点。这一点特别细，却相当深。他又用指尖轻轻摸一摸，感觉像针一样，几乎快刺穿了牛皮……

倪信风指着牛皮地图说回答说："尤佳，我要找这一点。现在，我们在这地方，距这一点最近！"

尤佳虽然还没有完全明白，依然顺从地停住驴车，跟着下车，在驴道内侧搜索。她说："老板，这里的树林跟其他地方一样密不透风，根本无法进去！"

倪信风指着一个方向说："尤佳，你注意到没有，实际上这里的树木比别的地方更密，但树干也细得多。只要用力拨开，还是可以钻进去的。你试试看。"

听老板这么说，尤佳就努力往里钻，果然可以进去。向前走了几步，她兴奋地叫道："老板，你真棒！这里果然有一条小道！"

倪信风挤到尤佳身边说："尤佳，从这地图上看，我们还要沿着这条小道再走三百米。"

小道依然很窄，只容一人侧身而过，垂直于驴道，笔直向前延伸，倪信风数到三百步，就刚好走到尽头，无论再如何努力，也无法前进一步。那里有一片小空地，也有一块石碑。倪信风指着石碑兴奋地说："尤佳，看来这就是那针点。我们再四周找找！"

尤佳费尽心机，尝试着四处搜索，没有任何发现。倪信风望着石碑沉思着。表面上它跟其他的差不多，只是没有刻上数字。他用尽全身力气摇一摇，石碑微微有些松动。他取出小刀砍下一树枝，再把头部削尖。他用树枝拨开石碑四周的泥土，搬出石碑。他用树枝继续往深处拨动，没有任何发现。他再仔细看看石碑的底部，那里竟然也粘着一块牛皮，大小跟前面一块差不多，也是长方形，长二十厘米，宽十厘米。

尤佳兴奋地重复说："老板，你真棒！"

倪信风用手帕把上面擦干净，上面也有针刺点。从这点开始也有画一条细线，也是弯弯曲曲。与驴道不同，这条却弯曲得很有规则。他问："尤佳，看来这也是一张地图，你能看出是哪里吗?"

尤佳仔细看看这张新的地图，绞尽脑汁也想不出什么，摇摇头说："老板，我实在看不出这是哪里的地图!"

眼看天已经亮了，倪信风突然感到有些疲劳，说："尤佳，一时想不到不要紧！你先把两张地图保管好，我们以后再研究，总会有所发现的!"

尤佳完全相信倪信风。她说："老板，我只相信你一人。我相信你一定会发现所有的秘密。现在，我们赶快回去。明天零点，你再来找我！不过，希望你再次对天发誓，绝不让别人知道今天的秘密!"

倪信风郑重地说："我发誓!"

·4·

倪信风向来很重视誓言！尽管心里十分渴望找人商量，既已向尤佳发誓，他也只好强忍着对谁也没有透露半句。

跟尤佳一起折腾了一晚上，他真想好好睡一觉。可是在大白天，他怎么也无法入眠。两片牛皮一直在他眼前晃荡。这背后的秘密恐怕非同一般，凭他和尤佳两人之力，能破解其中的秘密吗？既然没有别的选择，他只能拼了！看来，还是小云了解自己。小云曾说过，只有被逼到绝路，他身上的潜力才会充分爆发。此时，他感到头脑比平时活跃得多了。两张牛皮的图形变得越来越清晰。特别是第一张，那污渍、那两条线，还有那一点又一点……

现在已经可以肯定，那条弯弯曲曲的细线是连接匹愧和没触底的驴道，其中几个点的地点，都一一被查清了。倪信风预感，其中的秘密一定比这复杂得多。另一条弧形的粗线是不是吉姆所提到的那道深不见底的沟壑，还待进一步查证。那一小块破损的污渍有什么含义?

通过第一张找到另一张地图，似乎比第一张更神秘，也更重要！想到这里，他兴奋地从床上跳起来。他要再去找尤佳。他要向她取出第二张地图，再仔细研究。他相信，一定会在其中发现更多秘密……

好不容易等到天黑，倪信风独自悄悄地去找尤佳。还是铁丝网围栏，看到那铁线织成的小门却敞开着，倪信风感到有什么地方不对，便急匆匆冲进小房。那小小的客厅，卧房没什么异样，却不见尤佳的踪影。想到昨天相见的情景，他又忍不住笑了。她怎么变得这么小心！现在离约定的时间还有这么长，她就到四周警戒？他只好坐在客厅里耐心等候着。已经过了零点，还不见尤佳的影子，他心里突然产生不祥的预感！他开始后悔了！

其实，昨天临分手时，倪信风心里也有些不放心。为了安全，他原想让尤佳搬到辜家大院来，却始终没开口。他不希望跟她纠缠不清。现在不知她会不会有什么危险。再也顾不上什么誓言，他要赶快去找凌林。刚走到门口，他就看见吉姆带着凌林迎面而来。

看到凌林就仿佛看到救星，倪信风迎向前问："凌，你怎么来了？"

凌林问："小倪，你不知道，其实我一直让吉姆注意你们的动向。他昨天跟着你们在林中跑了一晚上。他看到你们从面包树上取出一张牛皮，走上驴道，还发现你们把最后一块石碑挖出来。有什么发现？"

想起对尤佳的誓言，倪信风有些不好意思地说："其实也没有什么发现！凌，我心里真的很想预先找你商量，可是……"

凌林打断倪信风的话说："我理解！我明白，尤佳一定不会同意你这么做！其实，吉姆一直在离你们不远的地方。我吩咐吉姆，没有什么危急情况，不要惊动你们！因为没发现有人跟踪，吉姆并没有暴露。尽管如此，你回去后，我还是让吉姆继续监视尤佳。"

倪信风兴奋地说："凌，这么说，你知道尤佳到哪里去啦？"

凌林说："是的！吉姆看着尤佳被几个人带到'斯支瓦俱乐部'去了，一直没有出来。"

听完凌林的话，倪信风心中更加担忧。他很清楚，"斯支瓦俱乐部"非同一般。他还记得那一次，他化装成黑人跟随小云还有丽娜一起进入"斯支瓦俱乐部"。不听丽娜的劝告，小云坚持独自跟博鲁亚走，很快就身陷其中。幸亏凌林出手，小云才能全身而退！现在尤佳困在其中，会不会有什么危险？他焦急不安地说："凌，尤佳被绑架，我求你赶快去救她。"

凌林说："小倪，你不要太着急！现在看来，尤佳应该不会有什么危险！"

倪信风问："为什么这么说？"

凌林说："从吉姆描述的情况判断，尤佳不像是被绑架。至少在表面上看，俱乐部的那些人似乎对她恭恭敬敬。”

倪信风疑惑不解地问：“为什么？”

凌林说：“现在还不知道为什么。小倪，你别忘了，尤佳本来也是俱乐部的贵宾会员，跟这些人去俱乐部没有什么不正常！”

倪信风依然不安地说：“尤佳去了这么久还杳无音讯，我还是很担心！”

凌林说：“当然，你的担心也并非毫无道理。可是，你也别太着急！这‘斯支瓦俱乐部’或许比我们想象的要复杂得多！现在，情况还不明，我贸然动手的话，恐怕会适得其反！”

倪信风说：“那，我们该怎么办？”

凌林说：“小倪，你立即去请琼斯先生来一起研究！”

倪信风问：“为什么？”

凌林沉思着说：“小倪，我说复杂，也包括琼斯先生！尤佳小姐刚进去不久，吉姆还看到琼斯先生从俱乐部里出来！”

凌林说话的声音不大，但倪信风听起来却像一声惊雷。他吃惊地问：“凌，你说琼斯是内奸？”

凌林说：“现在还不好说。不过，琼斯确实有问题。”

倪信风问：“你为什么这么说？”

凌林说：“你还记得去老村长隐居地时的情景吗？”

倪信风说：“是的！我们在前面走，有武装匪徒在跟踪我们。后来，琼斯在尤佳头上发现跟踪器。”

凌林说：“你记不记得，那跟踪器是琼斯从尤佳的头上取出的？”

倪信风疑惑地问：“凌，莫……莫非，你怀疑是琼斯先生放到尤佳头上的？”

凌林说：“现在还不能下结论！我让吉姆注意琼斯动向，发现经常有人暗中去找他，带他到‘斯支瓦俱乐部’！”

倪信风愤怒地说：“原来如此，难怪人家对我们所有的行动都了如指掌！”

凌林平静地说：“小倪，你不要太急于下结论！你跟琼斯相处也有些日子了，应该了解他的为人。我也感觉，他不应该是这样的人！据吉姆说，每次他似乎并非心甘情愿！我想，他这样做或许会有什么苦衷。”

倪信风问：“凌，你说我该怎么办？”

凌林笑着说：“这可是你们侦探社内部的事，我这外人不好多嘴！”

倪信风着急地说："我现在可是一脑子糨糊，真不知道该如何是好！"

凌林肯定地说："小倪，我相信你，一定会处理好！你一定要沉着镇定。只要使用的好，坏事会变成好事。只要你动之以情，让琼斯说出真话。说不定拯救尤佳，还要靠琼斯帮助。"

倪信风还是有些不安地说："可是，这实在太复杂……"

看倪信风如此焦急，凌林笑着说："好吧！我就给你一条建议。你是否可以去跟米小庄先生商量。现在他可是你侦探社的军师！"

经凌林提醒，倪信风心情平静了许多说："凌，我知道了！"

·5·

米小庄就住在辜家大院内，一间小房间，面积不大，只有一张床、两张椅子和一张圆桌。圆桌面由当地贵重的铁木构成，直径一米，上面刻着八卦图案。倪信风收购了琼斯的侦探社，他派米小庄代表自己参与社内所有具体工作。他已经把米小庄当作自己的军师，事无巨细，都会跟米小庄商量。有的事，他干脆让米小庄全权处理。与凌林一分手，他就来找米小庄。

听完倪信风介绍情况，米小庄摇摇头说："老板，我很难相信琼斯先生会是内奸！"

凌林对倪信风有信心，说出对琼斯的怀疑后，有意不提出任何建议。如凌林所料，失去了依赖，倪信风确实头脑灵活了许多。他曾仔细分析琼斯所言所行，他相信琼斯不应该是内奸。可是，琼斯为什么会为那斯支瓦武装服务？肯定有什么苦衷，是不是受到胁迫？他了解琼斯的过去。在警局当刑警，由于胆小，没有什么突出的成绩，也没有什么弱点。琼斯唯一担心的就是自己的家庭！他了解到琼斯的妻子和两个儿子以前曾受过威胁，或许这正是问题的关键。他详细叙述了自己的看法后，接着又说："米先生，现在关键要靠琼斯先生自己坦白！"

米小庄笑着说："老板，你放心吧！我知道怎么做！琼斯很快就要到这里来。你就在隔壁听听。你认为必要时，就自己进来吧！"

侦探社被收购后，琼斯有事没事总喜欢到这里坐坐。每当侦探社接到棘手的案件，在犹豫不决之时，他就习惯请米小庄算一卦。米小庄算得真准，让他佩服不已。他渐渐喜欢上中国的易经，就拜米小庄为师。这一天，与往常不同，他心事重重地走进房内，一声不响地坐在米小庄的对面，脸色前所未有的凝重。

像以前一样，米小庄脸上毫无表情。他什么也不说，只是凝视琼斯片刻，然后开始一本正经地掷骰子。他在纸上画两短，四长又两短，接着说："大过！"

琼斯心情紧张地问："米先生，这是什么意思？"

米小庄没有立即回答琼斯的问题，故作疑惑不解地反问："琼斯先生，我真的想不明白为什么。我曾为你算过几次卦，都是大吉。这一次为什么会是'大过'？"

琼斯又重复以前的问题："'大过'？什么意思？"

米小庄故作神秘地解释说："'大过'，是《周易》六十四卦中第二十八卦。这个卦是异卦（下巽上兑）相叠。兑为泽、为悦，巽为木、为顺，泽水淹舟，遂成大错。"

琼斯摇摇头说："我听不明白！"

米小庄继续说："琼斯先生，你还记得，我以前为你算过，你属木，像一小船。船本并不怕水，但如果遇上汹涌澎湃的大水，就有可能沉没！"

琼斯问："汹涌澎湃的大水？"

米小庄掐指一算，神色严峻地说："琼斯先生，大事不好，不久你将有灭顶之灾！"

由于米小庄向来算无遗策，听了这话，琼斯神情十分紧张地问："老师，这该如何是好？"

米小庄轻轻地松一口气说："幸好，这还有救！"

琼斯问："什么意思？"

米小庄说："我算定，你虽身陷旋涡，幸好刚靠近危险区，还有办法挽回！"

琼斯苦苦哀求："老师，求求你一定要帮我！"

米小庄诚恳地说："当然！你是我的好朋友，我当然会帮你！我可以为你摆阵解灾。你必须先告诉我，最近你曾涉入什么险区。"

琼斯沉默了。米小庄心里很清楚，要让琼斯说真话，绝非易事。他说的是真心话。他确实把琼斯当作自己的好朋友。他知道，要打动琼斯，最好的办法就是真情感动。他动感情地说："琼斯先生，我跟你合作也有相当时间，我们可以算是好朋友。我很知道，你向来谨慎小心。你绝不会轻易涉入险地。如果实在非去不可，你一定有自己的理由，能告诉我吗？”

琼斯犹豫不决：“这……”

米小庄接着说：“琼斯先生，你如果不说实话，我绝不勉强！我也还会尽力为你摆阵解灾！”

琼斯感激地说：“谢谢！”

米小庄把琼斯的生辰八字放到中央，用木牌摆阵势。他又掐指一算说：“‘大过’后一卦是‘巽’。‘巽’上面二巳，二子也。下面‘共’是联合的意思。‘巳巳’与‘共’联合起来表示‘二子一起辅助大人物’。可是，要使这阵势发挥威力，必须要有这‘大人物’相助……”

琼斯问：“谁是我们的大人物？”

米小庄说：“你仔细猜想，一定会想到谁是我们俩的‘大人物’。”

琼斯沉思着问：“‘大人物’？莫非是老板？”

看米小庄点点头，琼斯又沉默了……

在隔壁听完算卦，倪信风从心里佩服米小庄。看来，米小庄已经打破琼斯的心理防线。他想，是时候进去了。他敲敲门。

米小庄带询问的目光望着琼斯。看琼斯点点头，他大声回答：“请进！”

倪信风走进去打招呼：“米先生，琼斯先生，你们好！”

琼斯说：“老板，你来得正巧！米小庄先生正在为我算卦。”

倪信风客气地问：“能告诉我结果吗？”

这一辈子，琼斯最重视侦探社。在这里，他几乎倾注了自己所有的心血。侦探社面临破产，他十分痛心！老板收购了侦探社，使他变成打工仔。老板很信任自己，让他全权负责，他工作很愉快！由于老板的英明决策，他的收入反而比过去多得多。他很满意自己现在的地位！可是，现在由于自己的软弱，有可能再一次毁了这侦探社，他很不甘心！看来，只有老板才能使侦探社转危为安！他再次对米小庄点点头。米小庄向倪信风讲解“大过”卦后，接着说：“老板，我正在为琼斯先排‘五行阵’解难。”

倪信风疑惑地问：“五行阵？”

米小庄解释说：“‘五行阵’中五支队伍相生、相克，相互配合，十分厉害，一定能排除琼斯先生的难题。只是阵中需要有一位主帅，你愿意挂帅吗?”

倪信风知道,要琼斯先生说真话,一定要以心对心、诚心诚意才能打动他的心。他恳切地说:“琼斯先生,自从收购侦探社,我就一直把这侦探社当作自己的大家庭。你们都是我的亲人!帮助你也是我应尽的义务!”

琼斯感动地说:“谢谢老板!”

米小庄取一张纸交给倪信风说:“老板,你亲手写上自己的生辰八字。”

米小庄把倪信风的生辰八字放入阵正中,继续用小木块演绎阵图!倪信风知道,要让琼斯说出实情,绝非易事。他不想逼得太紧。他对米小庄使一眼色。早已商量好,米小庄自然很清楚如何配合老板。米小庄将好几十块木牌摆到桌上,剩下最后一块迟迟没有放下,脸上现出为难的神色。琼斯疑惑不解地问:“老师,怎么啦?”

米小庄指着桌面上的图案,忧愁地说:“琼斯先生,我摆这‘五行阵’,这五点代表东西南北中所有的方位。手上这一块最关键,代表你的难题,千万不能放错!我反复算来算去,可就是无法确定位置。”

琼斯神情不安地问:“如果放错了,又会怎么样?”

米小庄解释说:“这一块代表你的灾祸,如果没有放准地方,就锁不住,那你就无法消灾解难!”

琼斯越来越惶恐不安:“老师,那该如何是好?”

倪信风安慰说:“琼斯先生,你别担心!我们一定会帮你!我也相信米先生一定会有办法……”

米小庄依然犹豫不决地说:“我不是毫无办法,只是……”

琼斯问:“老师,这么说,我如果没有说出我的难处,你就很难算准方位,是吗?”

米小庄说:“琼斯先生,这是你的隐私,当然也不是非说不可!只是……”

琼斯声音低沉地说:“不但是隐私,这可是天大的秘密,会影响到我全家!我已经发誓不能说出来!”

倪信风坚决地说:“琼斯先生,你放心!我们绝不会让你和你的家人有事!”

琼斯说:“老板,你不知道,那些人势力有多大!”

此时,倪信风的头脑比任何时候都活跃。他坚定地说:“琼斯先生,我坚信,无论面对多么强大的势力,只要采用适当的谋略,都能够对付!”

看看琼斯还在犹豫不决，米小庄又掐指一算说："琼斯先生，你别太担心！其实，我已经算出了大概方位！"

·6·

听米小庄说"大概"，琼斯愣住了。

这些日子，心存着天大的秘密，琼斯的精神都快要崩溃了。他也很想跟老板和米小庄商量，可是一想到后果，始终不敢透露一丝一毫。听完米小庄的话，他心虚了。学习卜卦有些日子，他相信，凭米小庄的能力，迟早会算出他的秘密。倘若传出去，他的家人可就危险了。想到这里，他惊恐万分！

看米小庄还在聚精会神掐指数数点点，琼斯恳求说："老师，你别算啦！"

米小庄停住手，故作惊讶地问："琼斯先生，怎么啦？"

已经达到所预想的效果，现在关键要如何消除琼斯的疑虑。倪信风引导说："琼斯先生，你是个经验丰富的侦探。你应该比我清楚，世上并没有什么难关过不去。再难再险，只要计划周密都会避过！"

米小庄接着对琼斯说："琼斯，老板说得对！我算好了，只有你跟我们密切配合，你这灾难一定会避开！"

心中反复权衡利弊，琼斯最后决定还是和盘托出自己的秘密。与其让人家自己查出来，使他的事完全曝光，倒不如说出一切跟他们商量。当然，他还需要老板和米小庄的承诺。他说："老板，师傅，我可以告诉你们！只是，这事关系到我家人的安危。我希望你们要先发誓保密！"

倪信风坚定地说："琼斯先生，我发誓保密。"

米小庄接着说："琼斯，你要相信老板！老板完全有能力保护你和你的家人！"

琼斯叹息说："我相信你们，我告诉你们一切！唉，师傅，我终于相信，倘若一切真是命里注定，是躲不开的……"

"二十年前，我还是警局刑警。如你们所知，我这人胆子很小。对那些麻烦的案件，我的态度总是能躲的就躲，躲不开的，也常常出工不出力。由于我比队里所有人都更有侦探头脑，他们遇到什么难题都会来请教我……"

"那一次，在靠近匹愧镇镇郊发现一具女尸。一开始，就预感这案件一定很棘手，而且很危险，我不想参与！我自告奋勇去负责另一个别人破不了的小案件。谁知……”

边听琼斯叙说，米小庄还在边掐指算计。眼看琼斯没有再说下去，他插嘴说：“确实，有的事命里注定，想躲也躲不开！”

琼斯深深地叹一口气说：“唉！是啊！对那具女尸，我那些刑警同事查了好几天，毫无头绪，非但案发第一现场也找不到，甚至连死者的身份也没查清。他们就来请教我。谁知，一听他介绍案件调查过程，我就被深深地吸引住了。我这人就是这样，一遇上难题就来精神。我阅读所有案卷。上面写着：死者身上多处伤痕，说明死前备受折磨，而且还被毁容，连指纹也破坏了。死者虽然徐娘半老，却丰韵犹存，却并没受到性侵。他们检查得十分仔细，可一无所知！我相信，他们一定还漏了什么。我重新检查相关证据，果然在背面的衣服上发现小小一片树叶碎片，上面有很特殊的味道。我知道，这是丛林中很罕见的树。案发第一现场一定是在这树下。我暗自带着这碎片到丛林中去寻找。没有走多久，我就发现被人跟踪。一回到家里，我就接到匿名电话。他命令我立即停止调查，否则要对我家人不利。我这人胆小，就没有再继续调查。后来，我还退出刑警……”

倪信风接着问：“琼斯先生，我猜，实际上，后来你已经找到那第一现场，是吗？”

听倪信风这么说，琼斯沉默了。他了解米老师的卜卦能力，更相信老板的智慧。看来，他已没有必要隐瞒什么。沉思片刻，他点点头说：“是的，我发现粘在女死者衣服上的树叶碎片，就是面包树叶。这一片丛林唯一的只有一棵这样的树！看来，那就是面包树下血案的另外一个死者！可是，我不敢把这结果告诉任何人。”

米小庄问：“为什么？”

琼斯羞愧地说：“老板，请原谅我的胆怯！因为，我知道这些人势力有多大！如果我揭穿了他们的秘密，一定会对我全家不利！”

倪信风的头脑豁然开朗，前前后后发生的许多事，都渐渐连起来了。他表示理解说：“琼斯先生，我明白！胆怯不是罪，只是说明你不适合当警察！你现在不是警察，没有理由要让你一家人冒险。我想，我们现在先研究如何保护你家人。”

米小庄建议说："琼斯先生，我们可以让你妻儿出国到安全的地方。"

琼斯摇摇头惊慌地说："不行！他们一发现我妻儿不见，一定以为我已经背叛。这些人神通广大，他们一定会有办法对付我！"

米小庄接着说："我们可以请保安暗中保护你的家人！"

实际上，倪信风已经这样做了。他没有说出来。眼看琼斯没有再反对，他笑着说："琼斯先生，他们无非想让你当内奸。你就服从他们……"

琼斯恐慌地说："不不，我再不会这样做了！老板，我为以前所做的错事，向你道歉！"

倪信风安慰说："过去的事就让它过去吧！我了解你的苦衷，不计较这些。你也不要太内疚！现在，这些人已经对我们的调查了如指掌，也没必要再隐瞒什么！为了你的家人，他们喜欢听什么，你就说什么！"

琼斯说："这样……这样会影响调查过程……"

倪信风说："琼斯先生，我们一定要把侦探社成员的安危摆在第一位！"

琼斯受到感动，动情地说："老板，我只是胆小，绝非不讲义气。只要我家人安全，我会继续帮助你们！"

倪信风说："不，琼斯先生，我决定暂停一切调查！你和米先生回侦探社，做侦探社日常工作！"

琼斯犹豫地说："这……"

倪信风说："你完全可以向他们透露这些信息！"

琼斯问："为什么这么做？"

倪信风深深地叹一口气说："唉！我刚才说，在我的心里，侦探社里每一个人都是我的亲人。现在，为了我的调查，你的家人受到威胁，尤佳小姐还杳无音信，这绝非我所愿意看到的。我只能停止一切调查，集中精力救尤佳！"

琼斯犹豫不决地说："尤佳是我的学生，她失踪，我也担忧！可是……"

倪信风理解说："琼斯先生，有的话，你如果不方便说，可以不要说！"

琼斯老实说："是的，我向他们保证，不要透露这消息。不过，那是被逼的！现在，我相信你们能保证我家人安全，我没有理由坚守这承诺。据我所知，她被带到了'斯支瓦俱乐部'！"

倪信风说："琼斯先生，谢谢你告诉我们这些！"

琼斯接着说："我感觉，他们似乎对尤佳很客气，应该不会有什么危险。只是，我不明白，她为什么现在还不回家。老板，还有什么需要我帮忙?"

琼斯先生说的跟凌林的发现不谋而合，倪信风的心情放松了一些。他肯定地说："琼斯先生，依你现在的处境，什么事都不要做!"

琼斯说："老板，我真的也很担心尤佳会有什么事。"

倪信风说："琼斯先生，你放心吧！相信我，我们一定会有办法营救尤佳小姐。"

琼斯和米小庄走了。倪信风心里想，现在看来，营救尤佳小姐，只有靠小云帮忙。

·7·

尽管，鲁莉形影不离跟在身边，机灵的小云还是轻而易举地取到吉姆送来的密信，一口气读完。

倪信风确实今非昔比，干得不错！琼斯的往事又证实了柏里局长的看法，所有线索都和神秘的斯支瓦武装有关。尤佳的失踪，目标就指向"斯支瓦俱乐部"……

小云知道，倪信风写这封信是希望自己出手。可是，她的一言一行都在鲁莉的监视之中。她所做的一切，都会完完全全传到祖鲁拉纳耳中。要不声不响地动用政府的力量，而又不能让人家了解她真正的目的，这又是一个难题。看来，还是要从柏里局长的经历上入手。想到这里，她突然灵机一动，立即派人去请犹占里他们一起来商量……

犹占里回到家里，心情还是很郁闷！他感到很奇怪，这次南非之行收获颇丰，小云为什么还那么忧愁。他们查到过去警察都没查到的东西。他们已经知道死者的身份，还是二十年前"面包树下血案"的幸存者。他不明白，她为什么不同意立即向祖鲁拉纳汇报。他更不明白，她到底在想什么。他也是经过专业训练的刑警，虽非特别杰出，但起码的警觉还是有的。他当然知道她有很多秘密没有告诉自己。他相信她。他理解，她这样做自有她的道理。他向来尊重她的隐私，从不主动探听。他不想让她感到丝毫不舒服。此时，他什么事也不能做，只能等候适当机会。正想到这里，他就接到小云的通知……

当犹占里急匆匆赶到小云的住处时，鲍比先生和柏里局长已经先到那里。

她很了解犹占里的心情。她脸上出现亲切的笑容，冲向前亲热地牵着他的手说："占里，亲爱的，你来得真快。是这样！我突然想起柏里局长说的一件事，或许还要尽快追查，便急着要见你们！"

小云亲切的态度让犹占里很兴奋。他问："小云，你又想起什么？"

小云问柏里局长："柏里局长，我记得听你说过，你在边境小镇警所工作了二十多年，最近才调到这'中国镇'当局长，心中一直对'面包树下血案'耿耿于怀，是吗？"

柏里局长说："是的！可是，那案发生在没触底村，并非在我的辖区，我当然不能公开调查。"

小云继续问："你还说，你曾暗中派局里一位探员秘密调查，是吗？"

柏里局长深深地叹一口气说："是的！那探员是我在局内的亲信，他叫暮里斯，我让他秘密查访。唉，可他也神秘失踪了。至此，除了我以外，所有知道'面包树下血案'的人都出事了。我再也不敢让别人继续调查。我曾暗地寻找暮里斯，毫无结果！"

小云又问："你曾说，暮里斯也是斯支瓦人，而且还曾在没触底村生活过，是吗？"

鲍比插话说："对了，这些日子，我也帮柏里局长一起查暮里斯的下落。我们了解到，暮里斯参加过'斯支瓦俱乐部'，还是贵宾会员……"

到这里来后，犹占里一直默默地沉思着。他不明白，小云为什么突然又找自己来重新研究。刚才这些对话都是以前说过的，没有什么新的内容。他一直注视她脸上的表情。听到鲍比先生提到"斯支瓦俱乐部"时，她眼睛一亮。他终于明白了她的心理。回想她在"斯支瓦俱乐部"遇险的经历，他想她一定希望警方重新探访俱乐部。他接着说："据我所知，'斯支瓦俱乐部'跟所有会员关系都很密切。何况，暮里斯还是贵宾会员……"

从小云的眼神，犹占里感到自己已经说到点上。他点点头继续说："对，柏里局长，鲍比先生，我建议到'斯支瓦俱乐部'查一查！"

犹占里说出自己所希望的，小云心中暗喜。这样，她可以用寻找暮里斯的名义，既能敲山震虎警告俱乐部，又不暴露自己真实动机，帮助倪信风解救尤佳！她脸上依然不动声色，听柏里局长说话。

柏里局长犹豫着说：“犹占里先生，你是本地人，又是政府官员。我想，你应该很清楚俱乐部的背景，这可不是我这小小局长惹得起的！”

此时，鲍比局长想起当自己还是“中国镇”警局局长时，曾帮助小云化装进入俱乐部调查。事后，他受到上级严厉批评，还被降职调任到总署去。当然，凭他跟凌林的亲密关系，受这一点点委屈，实在算不了什么！他没有把这事告诉任何人。可是，柏里局长是他的好朋友。他真不希望柏里局长步自己的后尘。他急忙附和说：“柏里局长说的对，我们还是不要去惊动俱乐部吧！”

鲍比的态度让小云很惊讶，也很着急。以她的身份，自己不适合说太多，她只能暗中用目光向犹占里求援。这种目光只有她跟犹占里之间才能明白。

犹占里也有些犹豫不决。然而对小云的指示，他只能完全服从。他急忙接着说：“我跟‘斯支瓦俱乐部’也很熟，我可以陪你们一起去。放心吧，不会有事！”

柏里局长犹豫着说：“有一件事，现在我只好老实相告，希望你们一定要替我保密！”

犹占里紧接着说：“柏里局长，我们是好朋友。我们一定会按你说的做！”

柏里忧恐地说：“其实，当得知暮里斯是‘斯支瓦俱乐部’的贵宾会员后，我也暗中通过警局内的会员查他的下落。可是，我很快就接到总署命令，命令我立即停止寻找暮里斯。”

犹占里气恼问：“总署为什么这么做？”

鲍比吞吞吐吐说：“总署要求柏里局长，把暮里斯当作失踪警员上报，由总署自己处理。犹占里先生，请你理解柏里局长，他是警察，不能违抗上级命令！”

小云很了解鲍比。她感到他的言行有些反常。她想，他为什么那么害怕俱乐部？她突然想起，以前他帮她调查俱乐部后不久就被降职调任。她曾怀疑过其间有什么联系。现在，他的态度可以证实这点。她带愧疚的目光望了鲍比一眼。她又恳切地对柏里局长说：“柏里局长，我们是好朋友。我理解，你作为警察，当然要服从上级的命令！”

犹占里问：“云，我们该怎么办？”

小云很快就想出了办法。她接着说："我想，我可以以调查组的名义去俱乐部寻找暮里斯先生！"

鲁莉跟在小云身边，向来不声不响。可是此时，她实在想不通，忍不住发问："云小姐，我不明白，寻找暮里斯跟我们国会调查组到底有什么关系？"

小云解释说："鲁莉小姐，暮里斯为了调查'面包树下血案'而失踪。我想，如果找到他，或许对我们的调查会有帮助。"

犹占里附和说："对，我们自己去俱乐部，只是为了寻找暮里斯。"

柏里犹豫着说："如果这样，我……"

小云打断柏里的话说："柏里局长，你不要参与，只需派两位普通的警员给我们引路！"

柏里说："调查组要求警局帮忙，我们当然要支持！"

小云想起，尤佳失踪后，她曾让倪信风向警局报案。她问："柏里局长，最近警局有没有接到人口失踪报案？"

柏里说："对，警局刚接到通天侦探社报案，一位女探员失踪。据说，她也是俱乐部的贵宾会员。"

小云对犹占里说："好，我们可以去'斯支瓦俱乐部'！"

·8·

经历了这么长时间，重访"斯支瓦俱乐部"，小云心中感慨万端！

想当年，小云化装成黑妞进入俱乐部，还差点吃了鲁亚经理的亏，多亏凌林和鲍比先生及时出手，才转危为安。直至昨天，她才知道，这还连累鲍比先生降职。她向他表示道歉！他让她放心。他告诉她，他们是同一战壕中的战友。他还说，他只是不希望再连累柏里局长。他以总署名义从别的警局调来大量人力，暗自把俱乐部围得严严实实。

显然早已得到消息，鲁亚经理早早就站在门口等候着。小云也早已胸有成竹。她让鲍比先生走在最前面，犹占里在后面。而她自己则躲在警员身后，等待时机……

看到鲍比，鲁亚那丑陋的大脸露出傲慢的笑容，笑得很难看。他向来不把鲍比放在眼里。由于眼前的架势，他不得不客气地打招呼说："鲍比局长，听说总署有人来，没想到原来是你！”

鲍比笑着说：“总署接到镇警局报案，有一位名叫暮里斯的警员失踪。上级领导十分重视，派我负责调查此案。”

鲁亚冷冷地反问：“警局警员失踪跟我们俱乐部又有何干？”

在穆瓦叔叔家里，犹占里常常遇到鲁亚，也算是老相识。上一次在俱乐部，鲁亚对小云的不轨行为，使他心中一直有一疙瘩。现在鲁亚对鲍比的傲慢态度，让他更气恼。他走向前，态度强硬地说：“鲁亚经理，所有公民都有义务帮忙警方，你们俱乐部也不例外！”

犹占里说话声音不大，口气却很严厉。由于穆瓦的关系，鲁亚对犹占里向来尊敬有加。听了这话，他客客气气地问：“犹占里先生，我的朋友，你的要求，我怎敢不服从！你想让我们做什么？”

鲍比解释说：“据我们所知，暮里斯警员是俱乐部贵宾会员。我们还知道，常有些斯支瓦人在这里留宿……”

鲁亚真是变色龙。对鲍比，他脸色又变得很难看，不高兴地说：“鲍比，一个小警局的小警员失踪，有必要这样兴师动众吗？如果有必要，通知一声，我可以让手下去查一查！”

鲁亚的态度，让犹占里很气恼。他态度坚决地说：“不，我们要自己进去查一查！”

对犹占里，鲁亚不敢发脾气。他犹豫着说：“犹占里先生，你也是斯支瓦人，你应该知道，俱乐部可不是普通的地方，绝不能容忍警察在里面搜查。”

只有小云知道，这次来这里真正的目的不是寻找暮里斯，而是为了尤佳。她不想让他们这样无休止地争论下去。她对身边的警员耳语几句。这警员点点头走到鲁亚面前出示证件后说：“鲁亚先生，我是本镇警局的警员。警局的暮里斯警员失踪。除此之外，我们还接到通天侦探社报案，有一位名叫尤佳的女探员失踪。正巧，他们都是俱乐部贵宾会员。”

鲁亚很不高兴地说：“这俱乐部会员有成千上万，有贵宾卡的也有好几千。我们可没有责任保护他们。他们失踪跟俱乐部有什么干系？”

按小云的吩咐，那警员继续说：“据我们调查，有证人发现，尤佳小姐被人带到俱乐部以后就失踪了。”

一个小小的警员，鲁亚当然不会放在自己的眼里，他冷冷地说：“警察先生，你也说尤佳小姐是俱乐部贵宾会员，有人请她到俱乐部，这也不足为奇！我不认为，她的失踪跟俱乐部有什么关系。”

那警员语塞，小云心想该亲自出马。回想往事，不由地又怒火从心中升腾起来，她走上前，脸上不动声色地说：“鲁亚先生，好久不见！”

尽管早有思想准备，小云的突然出现还是让鲁亚大吃一惊。以前，他真的没想到，这位漂亮的黑妞竟然是中国姑娘。他更没想到，没有过多久，她居然成为这国家呼风唤雨的人物。他还知道，她才是这次行动的总指挥！他讨好地说：“云小姐，我知道，你是国会调查组的顾问，有什么需要我帮忙的？”

小云态度坚决地说：“我一定要进去！不过，你也不要太紧张，就我一个人到里面看看。”

犹占里一直在寻找机会帮小云。听小云这么说，他急忙用带威胁的口吻补充说：“当然还有我一起进去！鲁亚先生，你如果一定要搜查证，我们完全可以……”

鲁亚客客气气地接着说：“不，不必！不过，就允许你们两人跟我一起进去！”

多日不见，俱乐部里面一切如故！这里的会员心理素质不错。外面发生这么大事，这一群男男女女照样在大院里唱唱跳跳。小云一直穿过院子走进大厅。这里一切如故，只是里面却空无一人。她又从内侧小门走进小房里，也是空荡荡的。神龛还是像原来那样闪着绿光。而她的身份与当时已大不相同。她已是大巫师的徒弟。她跪在神像前面，用中国气功功力念动咒语。鲁亚当然知道，这是大巫师特有的最高咒语。他没想到从小云嘴里发出，居然会产生如此震撼的力量。他颤巍巍地跟着跪下。

犹占里虽然也是斯支瓦人，由于已经信仰天主教，不能跪拜神像。他只能站在旁边观看。他听不懂小云在念什么。从声音中，他感到一种深不可测的力量。他明白她的意图，就是要震慑鲁亚。他相信，她的目的已经达到，暂时无须自己出手。他只能等待适当的机会！

按斯支瓦仪式，小云边念祷告词，边小心翼翼地把手伸向神像，看一看又放回原位。她心中暗暗称奇，像老村长家那神像一样，背后也写着“匹底”！

犹占里不知道小云看到了什么。但从小云的脸上，他相信她一定有所发现。他在鲁亚的脸上看到了恐惧的表情。他乘势声色俱厉地问："鲁亚经理，我再问一遍，这两个失踪人员是否真的在俱乐部内?"

鲁亚尊敬地说："犹占里先生，我不敢骗你！我向你保证，他们绝对不在这里!"

小云冷冷地说："既然这样，我们只好继续寻找!"

小云不由分说地打开旁边的小门进入密道，鲁亚不敢阻止，只好紧跟着。犹占里也默默地跟在后面。

通道还是原来那样弯弯曲曲，而且有许多分岔，灯光比以前亮了许多。小云记得很清楚以前走过的路，一直走进鲁亚的小房。房内跟以前一样，那小床铺得整整齐齐，不像有人睡过的痕迹，小办公桌上干干净净的，什么东西也没有。眼前这一切让她不由地又回想起曾经在这里遇险的往事，心中火冒三丈，脸上流露出愤怒的目光，狠狠瞪了身边的鲁亚一眼。

鲁亚那张丑陋的脸有些惶恐不安，一声不响，双眼紧盯着小云，注意她的一举一动。看到小云注视办公桌右上角的木雕神像，他显得更加紧张。她是大巫师的徒弟，当然很熟悉这木雕。她又念动斯支瓦祷词，伸手握住木雕，却取不下来。她只好用力转一转。墙上露出一个小门，旁边还有一个按钮。她按了一下按钮，小门跳开了。他想阻止，已经来不及了。他只好解释说："这里也没什么秘密。这里只是俱乐部贵宾会员的花名册和一些贵宾卡!"

小云问："会员的贵宾卡怎么会在这里?"

鲁亚小心翼翼地解释说："按俱乐部规定，会员死去，或者升级换另一种卡，都要把旧的卡交出来。"

小云翻一翻花名册，又一一检查贵宾卡。她发现这其中有一张是属于老村长的，有尤佳姑婆的、暮里斯的，还有尤佳的。看来，尤佳失踪，俱乐部脱不了干系。她愤怒地责问："鲁亚，你对尤佳小姐做了什么?"

鲁亚那本就丑陋的脸变得更难看。他惶恐不安地说："云小姐，我……有的事，我真的不能说。可是我……我怎么敢对尤佳小姐……"

小云知道鲁亚一定还有什么事没有说，但再问也没有用。目的已达到，她也不想太浪费时间。她又通过密道的另一个分岔走到院内。凌林曾通过这条道救她出来。此时，鲍比和鲁莉等候在那里。鲍比来到小云旁边小声说：

“云小姐，每一条秘道我都看过，没有什么发现。要不要去申请一个搜查证?”

小云摇摇头说：“不必啦！”

这一次已经不虚此行！

这里神像背后也写着“匹底”两字，尤佳的俱乐部贵宾卡，还有鲁亚那种紧张的表情……

小云把这些写下来传给倪信风。

·9·

寨家大院突然又变得如此冷清，倪信风一时还真有些适应不了。琼斯出事后，他把所有的保安和佣人都辞退了。他明白了一条道理，这些当地人大都靠不住。他让琼斯和米小庄只管侦探社日常事务，没有特别大事，不要回来。丽娜打点店里生意。近来，店里生意红红火火，她脱不开身，就是有急事来商量，也都来去匆匆……

尤佳失踪已经有好几天了。倪信风心急如焚！此时，他头脑比任何时候都清醒。他想了很多办法：夜探俱乐部，乔装打扮成黑人明察暗访，请斯支瓦人保安等等。可是，没有哪一条有十分把握，他不敢轻举妄动！这种时候，他心中特别想念小云和凌林。由于工作关系，估计在相当长一段时间里，他都见不到小云。凌林的佣人吉姆还真不简单，神不知鬼不觉地把小云的密信送来。来得正是时候，小云算是帮了他大忙！

倪信风真的很佩服小云。她干得真不错！他很想念在小云身边的日子。他也很清楚，小云现在也有她的难处。鲁莉跟在旁边，她许多事都不能明着做，能做到这样已经很不错了。以后的事，还只能靠他自己出手。可是，他现在能干些什么？一时间，他还没想出什么好办法。

看完小云的信，他心中却产生一种强烈的预感：“或许不要多久，尤佳就会自动现身！”

门铃声打断了他的沉思。

往监控门口的屏幕一看，倪信风心中大吃一惊。六位黑妞整整齐齐地在门口分列两边。这到底是些什么人？无论如何，他总要出去看一看。大门一开，一辆黑色的小甲壳虫由远至近，又有一位黑妞扶着尤佳从车上缓缓下来。

多日不见，尤佳可真是今非昔比。其实，她表面打扮跟以前差不了多少，只是那神态和风度却大不相同。她由一位黑妞扶着，昂首挺胸迎面而来，完全像换了一个人似的。倪信风简直无法相信自己的眼睛，疑惑地问："尤佳，真的是你吗?"

尤佳甩开身边黑妞的手，扑向前紧紧地抱着倪信风说："老板，是我!"

倪信风轻轻推开尤佳说："尤佳，你让我仔细看看。这些日子，你到哪里去啦?"

尤佳犹豫着说："有的事，我……我暂时不能说……"

倪信风有些焦急地说："尤佳，你失踪了这么多天，一点消息也没有，我们都向警方报案了。"

尤佳低声说："我知道。你要是不报案，或许，我还不会来见你!"

倪信风有些生气地说："你为什么不来一封信报平安?至少传个口信也好。"

尤佳赌气说："我也想，可人家不许!"

倪信风指着旁边这些黑妞问："尤佳，这么说，这些人都是别人派到你身边监视你的?"

尤佳摇摇头说："那倒不是!这些都是伺候我的。老板，我确实今非昔比了。"

倪信风说："你确实变化不小。这到底是怎么回事?"

尤佳犹豫着说："老板，你记得，我曾对你说过，我一直想知道自己的身世吗?"

眼前的一切，让倪信风猜出几分。他笑着问："我当然记得。这么看来，你的身世已经清楚了，是吗?"

尤佳点点头说："是!这可是秘密!除非……"

倪信风问："除非怎么样?"

尤佳说："除非你愿意变成我们斯支瓦的一员，我才可以告诉你一切!"

倪信风当然很想知道尤佳的身世，却不愿作什么承诺。他不知道尤佳会提出什么要求，没有立即回答。他相信自己对尤佳的影响力，只要稍稍努力，一定会达到目的。他欲擒故纵，又故作深情地说："尤佳，你的身世既然是秘密，不告诉我也罢了!可是，你至少也应来一封信，报个平安。你不知道，你不在的这些日子，我多么想念你！”

尤佳对倪信风本就情深义重，听老板这么说，她心里越来越激动，动情地说：“老板，你不知道，这些日子，我做梦都想见你。好几次，我要偷偷溜出来向你报信，可都被他们阻拦！”

倪信风关切地问：“尤佳，这么说，你已经失去了自由，是吗？”

尤佳说：“那倒也没有！”

倪信风疑惑地问：“这我就想不通了？”

尤佳犹豫不决地说：“他们并没有限制我的自由。他们只是要求我，一定要以大局为重！确实，我身世的秘密关系到斯支瓦人的命运……”

听了尤佳这么说，更激起倪信风的好奇心。他更想知道，却又不想作不应该的承诺。他要让尤佳自动说出来。他没有再吭声。看老板脸上带着不悦的神色，尤佳深情地说：“老板，请相信我！如果不是关系重大，我一定不会听从他们劝诫。其实，无论发生什么变化，我对你的心都不会改变！”

倪信风肯定说：“尤佳，我相信你！”

听了这话，尤佳再也抑制不住内心的情感，再一次紧紧地抱住倪信风，叫道：“谢谢你，老板！”

倪信风用带开玩笑的口气说：“尤佳，看来，你再也不是我侦探社的侦探员了，从此不要再叫我老板！”

看倪信风这样的态度，尤佳牵着他的手，调皮地笑了笑，问：“老板，不叫你老板，那该怎么称呼你？”

倪信风推开尤佳的手说：“那就叫我倪先生。”

尤佳：“这不好，太生分。要不，我也像云小姐那样，称呼你小倪？”

倪信风摇摇头说：“不行！不过，你可以叫我老倪！”

尤佳当然不知道，老倪和小倪有什么区别。她笑容满面说：“好，就叫你老倪！跟你说实话吧，我的身世关系到斯支瓦的光复大业，在斯支瓦人中已经不是秘密。我真的很想让你知道！我来找你，就是要告诉你！但是……”

倪信风心中不明白，尤佳会提出什么要求。看来，要想知道尤佳的身世，躲不过这些。他无可奈何地问：“尤佳，你要我怎么做？”

尤佳笑着说：“我的身世只能让斯支瓦人知道。只要你也加入我们籍，成为斯支瓦人，我就可以告诉你一切！”

倪信风问："这能行吗？"

尤佳说："我说行，就能行！你们那个云姑娘不也已经加入我们籍，还是我们斯支瓦大巫师的徒弟？"

倪信风说："我跟云姑娘不同！云姑娘有穆瓦先生介绍。"

尤佳得意地说："穆瓦先生是我们斯支瓦人的大人物。而今非昔比，我也不是当年的小人物。"

倪信风问："尤佳，你现在是什么人物？"

尤佳说："这就关系到我的身世。老板，不，老倪，你如果想知道，就必须跟我一起去'斯支瓦俱乐部'，先当贵宾会员，然后再去接受大巫师洗礼，你愿意吗？"

进俱乐部，这正是求之不得的事情，但倪信风却装出一副勉强的样子说："OK，我可以跟你去！"

第六章　从林风云

·1·

对尤佳的身份，倪信风头脑里作各种各样的推测，无论如何也无法把她的身世跟斯支瓦部落光复联系上。他相信，在“斯支瓦俱乐部”会找到答案。他只好跟着尤佳向俱乐部走去。

走进俱乐部大门，往事又历历在目，倪信风永远不会忘记第一次到“斯支瓦俱乐部”时的情景。至今，他还非常后悔当时没有跟随小云和丽娜一起进去。小云不听丽娜劝阻，独自冒险，差点遇险，幸好凌林及时相救，才安然无恙。从那时候开始，他从心里痛恨俱乐部，更加厌恶鲁亚经理。没想到会有这一天，他能这样堂而皇之地跟着尤佳到里面去。

尤佳带着他直接来到神龛。鲁亚经理早已等候在那里。看到尤佳，他毕恭毕敬地问：“头，你有什么吩咐？”

尤佳指着倪信风说：“鲁亚经理，我介绍这位倪先生加入俱乐部为贵宾会员。”

鲁亚摇摇头说：“头，这可不行！因为他不是斯支瓦人。”

尤佳说：“我已经请示大巫师，他老人家已经点头了。”

鲁亚很清楚，大巫师向来很排斥外族人，小云是唯一的例外。他根本看不起倪信风。他很难相信，大巫师会同意让这个普通外国男人成为斯支瓦贵族。他疑惑地发问：“头，我们是不是一起再去请示一下大巫师？”

尤佳生气了！她用不容置疑的口气说：“怎么，难道我的话，你还信不过吗？”

鲁亚虽有些惶恐不安，却依然坚持说："你是头，你说的话当然可以算数！只是……"

尤佳发威了。她严厉地命令说："我命令你打开神龛上所有灯光，由我亲自主持仪式！"

鲁亚不敢再吭声，顺从地照办。尤佳的傲慢，以及鲁亚的态度，都让倪信风很震惊！他对鲁亚本没有好感。由于在人家的地盘上，他才没有发作。现在，鲁亚居然对尤佳如此唯唯诺诺，让他深感困惑！他心中产生许多疑问：为什么这些斯支瓦人都那么尊敬尤佳？为什么这些人称她为"头"？她到底是什么样的"头"？他想不通。他只能顺从地按尤佳的吩咐跪到神龛前。他本没有语言天赋，虽在这里生活这么多年，对斯支瓦语依然所知甚少。尤佳的祷告词，他一句也听不懂！他只能按听到的音调，尽力模仿着，含含糊糊地吐出声音。尤佳对他的语音要求本就不高，只要完成仪式就行，管他说得对不对。鲁亚虽听出不对头，却不敢多嘴。

倪信风没有小云那么机灵，更不像凌林足智多谋。他边像机械人按吩咐行动，边反复思考着刚才的那几个疑问。直至烦琐的仪式结束，他还没想出什么所以然来。看来，他也只好随机应变，进一步了解了。

尤佳扶起倪信风说："老倪，现在起来，跟我一起见大巫师去！"

倪信风惊讶地发问："为什么还要去见大巫师？"

尤佳出示一块铁木牌，在倪信风耳边小声说："老板，你知道，还要经过我们族大巫师洗礼，赐一块神牌，你才是斯支瓦贵族。你看，我也有了一块！"

倪信风早就从小云那里听说过这大巫师。他也很想见见这神秘人物。他心中担忧地问："尤佳，你说大巫师会见我吗？"

站在旁边的鲁亚心中早就憋了一肚子火。听倪信风这样直呼尤佳的名字，他大喝一声："倪先生，要懂规矩，不准直接称呼我们'头'的名字！"

尤佳严厉地制止说："鲁亚先生，倪先生是我的贵人，不准用这样的态度跟他说话！"

鲁亚不敢再吭声！尤佳又亲热地对倪信风说："放心吧，老倪，有我在！"

倪信风疑惑地小声发问："尤佳，你真的行吗？"

尤佳笑着说："放心吧，老板！没问题！"

倪信风接着小声问："尤佳，他们为什么都称呼你'头'？你是什么'头'？"

尤佳说："这是我们斯支瓦的秘密！经过大巫师洗礼后，我才能告诉你！"

大巫师是个极其神秘的人物！斯支瓦人无人不知、无人不晓大巫师，却仅极少数人见过他的真面目。倪信风经常听小云提起，却做梦也没想到，有一天自己居然也有机会正式觐见这斯支瓦人梦寐以求的大人物。

这个国家没有深山，所有神秘人物都是隐居在密林中。听小云说，大巫师虽是斯支瓦大人物，却一贫如洗。他在密林中的房子还是穆瓦先生帮助盖的。或许正因为这缘故，小云才会有这机会见到大巫师。边跟着尤佳在密林中穿梭，倪信风边自问："小云能成为大巫师高徒，完全靠自己的能力。我还想在大巫师身上得到更多信息，凭什么？听小云说，大巫师只会讲斯支瓦语，而且还含糊不清，自己到底能听懂多少？无论如何，见到大巫师时，再随机应变。"不久，他们就来到一排木房前……

倪信风在尤佳耳边发问："尤佳，大巫师就住在这里？"

尤佳笑着说："当然不是！这里只是中转站，下面的丛林可不好走，只有大巫师的佣人带路，才能找到。我的手下已经去通知了。"

没有过多久，一位黑妞就回来对尤佳耳语。倪信风听不清这黑妞的话，从表情上可猜出，大巫师的佣人似乎不肯带路。尤佳小声发问："你有没有跟他说，大巫师已经同意？"

看那小黑妞点点头，尤佳脸一沉，却很快又露出笑容对倪信风说："老板，你在这里稍坐片刻，我去去就来！"

尤佳离开，倪信风等得十焦急。他看看手表，过了一个多小时。看来，这场觐见确实不易啊！他正在担心大巫师已改变主意，尤佳终于回来了。看她的脸色，倪信风的心放下了。他没有多问，跟着她走进密林。

大巫师的佣人带着他们在密林中转来转去。没有多久就可以看到一木屋，前面坐着一位五十来岁的黑人。她指着那位老人小声告诉他："大巫师有许多佣人，有的负责带路，有的负责大巫师的生活起居。唯有这个老人不同，他才是大巫师真正的贴身佣人。大巫师的意思都是通过这人的嘴说出来的。老板，你站在这里，我先过去跟他打招呼！"

尤佳走近那贴身佣人说了几句。看看那人进屋，她又回来对倪信风说："老板，你不知道，这大巫师一整天大都躺在床上。刚才，这贴身佣人花了好长时间才把他叫醒。”

倪信风跟随尤佳走进屋，看见贴身佣人扶着一位耄耋老人盘坐在床上，无疑这就是大巫师了。他知道大巫师已经很老，却没想到居然如此老态龙钟，简直已经皮包骨头。他甚至怀疑那佣人扶的是一具木乃伊。他不敢多嘴，只好按尤佳的吩咐跪在大巫师面前，任凭那佣人托起枯干的手按在自己头顶盖。他低着头，听到一股颤巍巍的声音如一盆冷水迎头浇下来，他不由地打了一寒战。他一动不动地倾听，却什么也听不懂！

他当时精神太紧张，没有注意到原来是佣人模仿大巫师简单说了几句祈祷词，然后把一铁木神牌往床边一放，又放倒大巫师。大巫师身子一歪，在床上睡过去。尤佳捡起神牌递给信风说：“老板，成了！我们走吧！”

倪信风接过神牌一看，上面已经刻上了自己的斯支瓦语名字。这一切似乎来得太容易，他的兴奋消退了许多。他原希望能在这里探得一些信息，可大巫师的表现实在令人大失所望！他对尤佳小声发问：“尤佳，大巫师一直都是这样子吗？”

尤佳似乎明白倪信风的言外之意。她小声说：“刚当上大巫师时，他比现在强壮得多，但也经常一歪就睡。老板，你不知道，别看他迷迷糊糊，实际上是在跟神对话。他说出来的话就代表了神的意旨！”

倪信风并不完全相信这话，但也不想深究。他想，或许，尤佳的身世才是重点。他手举神牌在尤佳眼前晃一晃发问：“尤佳，现在是否可以告诉我你的身世？”

·2·

尤佳点点头，却一直没有再开口。倪信风也没有追问。他知道，她说话本就缺乏逻辑，逼急了就颠三倒四瞎说，反而什么也说不清楚。现在看来，只能等她想清楚后，再慢慢引导！

回到辜家大院，在起居室，尤佳支走佣人，兴奋地说：“老板，最近这些日子，我一直在做这样的梦！”

倪信风疑惑地说：“梦？”

尤佳说：“老板，这些日子，一入睡我就梦见自己跟你一起……”

倪信风问："尤佳，那你为什么不派人来告诉我一声？"

尤佳说："他们不让！"

倪信风又问："他们有没有说为什么？"

尤佳说："他们说，我身份特殊，不能见所有的外人！我也曾多次抗争，可他们坚决不许……"

倪信风担心尤佳会越扯越远，急忙打断她的话，发问："尤佳，你曾经说，只要我成为你们的族人，就可以说出你的身世。现在，你是不是可以说了？"

尤佳说："他们说，我是斯支瓦部落酋长唯一的后人！"

对尤佳的身世之谜，倪信风曾做过多种假设，听到这里，还是不由地大吃一惊。他性急，忍不住继续追问："尤佳，你仔细说，你怎么会突然成为酋长的后人？"

尤佳一时不知从何说起："说实话，至今我自己还有些稀里糊涂，我怎么就成为斯支瓦部落酋长唯一的后人了！"

倪信风想自己可能逼得太紧，让她又开始犯糊涂。他提醒道："记得，我们最后一次谈话是在你家里。回去后，我心里不放心，夜间又到你家。远远地，我看到你跟着几个人走进'斯支瓦俱乐部'。"

尤佳说："对！他们请我去俱乐部。看看不像有什么恶意，我就跟着去了。老板，你知道，我虽是你的侦探，也是俱乐部的贵宾会员。"

倪信风担心她又要扯远，紧接着问："他们让你到俱乐部干什么？"

尤佳说："对，俱乐部鲁亚经理接见我。你知道，我虽也算是贵宾会员，平时可从没有机会见到这个人。据我所知，他这人不是东西！他平时只见所谓的美女，对我并不感兴趣！其实，我也不想见他。"

倪信风急忙追问："他找你干什么？"

尤佳微微一愣说："他，他没要求我干什么。他对我说……"

倪信风心情紧张地问："他说什么？"

尤佳结结巴巴说："对啊，我当时头脑迷迷糊糊，鲁亚经理对我说什么，我怎么……怎么也想不起来了……"

倪信风是急性子："他对你说了什么，你怎么会想不起来？"

经倪信风这一逼，尤佳的头脑更迷糊，什么也想不起来。她心存愧疚地说："老板，对不起！"

倪信风知道，自己又太性急了。他耐着性子引导说："尤佳，你不要太紧张。你想想，鲁亚经理三更半夜找你，一定有重要的大事。是不是他告诉你，有关你的身世？"

尤佳说："不，他只是俱乐部经理。像我身世这么重大的事，还轮不着他宣布！"

倪信风继续启发问："他是经理，而你是贵宾会员！他要求你干什么？"

尤佳说："对，他要求我跪到神像前，仪式后，交出贵宾卡。我很生气，我又没有犯什么错，凭什么！"

倪信风问："他怎么说？"

尤佳说："他说这是大巫师的命令。具体情况，他让我自己去问大巫师！"

说到这里，尤佳又沉默了。她没有再开口。倪信风只好再耐心地等候着。过了一会儿，他才听见她又开始自言自语："是啊，我怎么就成了酋长的后人，至今想起还像做梦一样……"

见尤佳又在犯糊涂，倪信风耐着性子问："尤佳，你再仔细想，在俱乐部，鲁亚收了你贵宾卡后，又让你干了什么？"

尤佳沉思着说："鲁亚能让我干什么？他没有再理睬我。"

倪信风焦急地问："那，后来，你又到哪里去了？"

尤佳迷迷糊糊地说："后来，又到哪里去了？对了，一位早已守候在外面的黑人一声不吭地带着我在林中瞎转……"

倪信风继续问："你们转到了哪里？"

尤佳说："转来转去转了好长时间，来到一个小屋前，那里坐着另外一个老人。这人你也认识。"

倪信风猜测说："我猜，他就是大巫师的贴身佣人！"

尤佳赞赏说："老板，你真聪明！我后来才知道，他是大巫师的贴身佣人。他把我带入房内，不由分说地让我跪在床前。床上躺着一位骨瘦如柴的老人，正在睡着。我也是后来才知道，那人就是大巫师。那贴身佣人向我示意不要吭声。虽然心里着急，我只能静静地跪着。"

倪信风性急地问："后来怎样？"

尤佳出示神牌说："不知跪了多长时间，大巫师终于醒了。佣人扶着他坐起来，什么也不问，就托着那干枯的手按在我头上，念起祷告词。我自认为斯支瓦语水平并不低，可那佣人所说的话，却一点也听不清。念完后，他把这牌放在我手上。”

看看倪信风似乎还要发问，尤佳急忙接着说：“后面的事，我至今也还没有想通……”

倪信风性急，忍不住又打断尤佳的话。他问：“尤佳，你为什么这么说？后来，他们又带你到哪里去了？”

尤佳说：“后来，那大巫师的佣人又带着我在林中转来转去，来到一座大房子前，他就离开了。里面有十几位我们族的姑娘。这些人既是来伺候我的，也是监视我的。老板，我真的很想出去见你一面，但她们不许。我想让她们给你送一封信，她们也不同意！就这样，我莫名其妙地在那里关了好几天……”

倪信风又焦急着说：“尤佳，你还没有说你的身世由来！”

尤佳笑着说：“老板，你别急！几天后，大巫师的贴身佣人才出现。他带我到没触底村。全村的村民早已集中在广场。他带着我到台上宣布：部落的乡亲们，通过我们伟大的斯支瓦神向大巫师托梦，我们找到了部落酋长唯一的接班人。他让我高高举起手上的神牌。他又指着我宣布，这位就是我们部落的接班人！紧接着，全场的村民向我欢呼，称呼我‘头’……”

说到这里，尤佳用深情的目光望着倪信风。不等倪信风再发问，她接着说：“老板，你知道这种时刻，我心里最想谁吗？”

倪信风明知故问：“谁？”

尤佳撒娇说：“当然是你！我当时就向那大巫师的贴身佣人提出要见你，他还是不同意！”

倪信风问：“尤佳，你有没有问为什么？”

尤佳说：“我问了为什么，他回答说，我这酋长的接班人，是部落内部秘密，不能让外人知道。不久，还要在村里举行加冕仪式。昨天，那贴身佣人又来了。我原想……”

倪信风害怕尤佳又扯远了。他问：“这贴身佣人又要你做什么？”

尤佳说：“那贴身佣人又来了。没想到，他居然对我说，大巫师同意你加入斯支瓦籍！他同意让我来找你。后面的事你全知道了。”

·3·

与以前一样，倪信风的这段经历很快就传到小云手上。乘鲁莉在洗澡，她去秘密地点拿了倪信风的信，一口气看完，然后烧毁。她还真想不到，小倪也会有这样的奇遇。想当年，他是辜老板手下的打工仔，而她也只是辜太太的贴身佣人，为共同的复仇目标使他们走到一起。没有想到，调查这辜家灭门惨案变得越来越复杂。而她和他却分别走上两条不同的道路，越走越远，心却越靠越近！

从倪信风探听到的信息来看，大巫师对斯支瓦人的影响之大，超过他们的想象。小云是大巫师的弟子，她比倪信风更了解大巫师。大巫师可是“巫术痴”。他一生中除潜心修炼巫术，其他什么事都不管！据她所知，他虽接下大巫师一职，实际上很少过问斯支瓦的事。而今，他已经老态龙钟，头脑比过去更简单得多。她当然不会相信，使尤佳成为接班人，真的是神对他的启示。或许，这贴身佣人才是关键，大巫师所有的话都是由他传达！

小云知道，这贴身佣人长期跟随在大巫师身边，很少人知道他，能知道他名字的，更屈指可数！她跟他自然很熟。她知道他名叫拉嗒·杜嘛嘛。他天生性格很孤僻。第一次见面，那张黑乎乎的脸，就给她留下深刻难忘的记忆。和其他黑人相比，他长相并不算特别丑，只是冷冰冰的、硬邦邦的，让人感觉很不舒服。由于穆瓦先生介绍，他表面上只好客客气气，可那种拒人于千里之外的态度，让她心里很不高兴。她暗下决心，一定要让他知道她的厉害。

这机会很快就来了。

那时，师傅从梦中醒来，精神特别好，就把拉嗒叫到身边说：“拉嗒，我刚才在梦中突然想出新的咒语，你听听看如何！”

一听师傅念完咒语，拉嗒就兴奋地叫道：“好！师傅，将来如果真有那一天，师叔或他门人来找我麻烦，我就更有取胜的把握！”

听了这话，师傅高兴地笑了。他喊小云进去说：“云，我刚琢磨出新的咒语。现在，我有些累，就让师兄传给你。”

师傅躺下，昏睡过去了。小云跟着拉嗒走到外面去。他冷冷地问：“云小姐，师傅让我把新咒语传给你。你想不想现在就听听?”

小云心里想，正是好机会！她笑着问：“师兄，刚才在外面，我听了些。我现在就重复一遍，你看对不对?”

没等拉嗒表态，小云运起中国的气功功力，内含内功念动师傅新发明的咒语，这使巫术的威力又增加好几倍。她看看他的脸，依然毫无表情，只有黑漆漆的目光产生了变化。她知道自己的目的已经达到了。从那以后，他对她表面上虽然还是彬彬有礼，但态度已大不相同了。

其实，小云对拉嗒的了解也不多。她只知道，他跟随大巫师多年。他明里是佣人，实际上是最得意的徒弟，深得大巫师的真传，而且是最可能的接班人。对他的过去，她一无所知。看来，她很有必要再跟他见一次面。在这以前，她希望对他更了解。她想到了通天侦探社。

倪信风的回信很快就来了。

据通天侦探社调查，拉嗒·杜嘛嘛原也只是没触底村普通的流浪儿，只是在巫术方面很有天赋，二十五年前，由老村长推荐给大巫师。从那以后，他就一直跟随在大巫师身边。在他的身后一定还有更大的秘密！小云心中想，看来要知道更多，只能靠自己！

作为徒弟，无须带路，小云可以随时去见大巫师。以贴身保镖的身份，鲁莉也被放行进去。

像平时一样，她们远远就看到拉嗒·杜嘛嘛静静地坐在小屋门口。看到小云，他犹豫地说：“云小姐，你来得真不巧，师傅刚睡下。他老人家近来精神大不如前，如果此时叫他起来……”

小云迷人地一笑说：“师兄，好久不见！师傅刚睡下，不能吵醒他！我们就在外面等候！”

鲁莉虽然不是斯支瓦人，因为跟这些人接触多，这对话倒也听得明白。她焦急地插嘴问：“云小姐，我们要在这里等多长时间?”

小云回答说：“这很难说！少则一小时，多则好几个小时！”

鲁莉不由地脱口而出：“要这么长时间！”

小云很想让师兄多说些自己想知道的。她知道，除了巫术，没有其他什么能引起拉嗒的注意。她只能从这方面开始。她故作无可奈何地说：“没办法，我们好不容易抽空来一趟。这一走，不知以后什么时候才能再来。师兄，你知道，我跟‘丛林怪人’徒弟的巫术斗法，真的很想尽早告知师傅……”

果如小云所料，一提到“丛林怪人”，拉嗒双眼发光地问：“云小姐，你果真跟这人的徒弟巫术大战？”

小云故意迟疑片刻问：“这种事可遇不可求。为了获得消息我去古堡找一位熟人，他名叫拉姆。我也没想到，他居然是‘丛林怪人’的徒弟。他知道我是大巫师的徒弟，就向我挑战！我想把当时的情景讲给师傅听，不知师傅何时会醒，而我又不能在这里等太长时间。师兄，我就先说给你听，你再传达给师傅，好吗？”

这正是心里所希望的，拉嗒当然满口答应。小云介绍与拉姆巫术大战的情景。她把激烈程度大肆渲染，有意隐瞒调换神牌这细节！

拉嗒疑惑地问：“云小姐，你看清楚了，拉姆手上的真是祖宗神牌？”

小云肯定地说：“千真万确！”

拉嗒疑惑地问：“那你竟敢对抗祖宗神牌？”

小云心中早就想好如何应答。她笑着反问：“师兄，你想，我会这么傻吗？当确认拉姆是叛徒师叔的徒弟，我知道，一场巫术斗法不可避免！我还想到，他手上可能有祖宗神牌。我暗中回避神牌的锋芒跟他斗。师傅新创的咒语，又经过你改进，果然威力非凡！拉姆终于服输了。”

果如小云所料，听了这些，拉嗒脸上出现得意的笑容。他问：“云姑娘，你有这样的机遇，真让人羡慕！你怎么会遇上‘丛林怪人’的徒弟的？”

小云说：“师兄，最近我参加国家议会调查组。拉姆还是消息灵通人士。我原只想找他要消息……”

拉嗒吃惊地问：“云小姐，你参加议会调查组？”

小云当调查组顾问，这早已不是秘密。本来，拉嗒整天待在大巫师身边，从不过问世俗的事，不知道这事，也在情理之中。得到倪信风提供的信息后，她不由地在心中产生疑惑，他这样问是不是故意在掩饰什么？看人本是她的专长，可拉嗒那脸上表情一点也没有变化，她实在看不透！她不是那种轻易放弃的人。她相信总会弄清拉嗒身后的秘密。突然在她脑中出现一丝闪光。她故作犹豫地说：“拉嗒，你知道，我们在调查斯支瓦人的事件，我们遇到很多麻烦。我不知道，我们现在所做的对不对，我害怕我的调查会给斯支瓦带来不良影响。我希望能得到神的启示，看要不要继续调查。这也是我今天找师傅的目的!”

拉嗒说:“好，我可以替你向师傅传达。我想，师傅会帮你从神那里得到启示!”

·4·

以斯支瓦头人的身份，尤佳任命倪信风当自己的贴身保镖。她要求他寸步不离地守在自己身边。倪信风的头脑比她灵。他轻而易举就找一个借口回一趟家，把自己的经历写下来传给小云。当然，他自然也能在她毫无觉察的情况下取到小云的回信。

看了小云的信，倪信风心情很激动。突然间，他感到自己跟小云越来越心灵相通。她所说的每一句话似乎都说到他心上，他似乎也完全明白她心中的想法。他也知道，此时最重要就是要监视拉嗒。他感到有些为难。在尤佳身边，他根本无法分身。而且跟踪也不是他强项。正在犹豫不决之时，他不自觉地翻转纸条，在背面发现凌林留下的一句:“跟踪拉嗒这件事就留给我!”

凌林带着吉姆潜伏在大巫师住所附近。

果然不出所料，在凌晨天最黑的时刻，拉嗒蹑手蹑脚地从小房出来。一走进丛林，他完全像换了个人似的，脚步突然灵活了许多。幸好是吉姆带路，普通人恐怕没法跟得上。来到一棵大树前面，他停住脚步。那是一棵有些特别的树，跟周围所有的都不一样，要高出许多，好像是白杨树。

拉嗒围绕大树转一圈，又警惕地四处张望了一会儿，才像猴子似的爬上去。在第二个分杈处，他没有继续上行。他先腾出右手在分杈处摸一摸，又从身上掏出小东西，往那里一塞，就迅速下来。

凌林在吉姆耳边小声说:“吉姆，你继续跟踪，我上去看看!”

虽已过不惑之年，由于坚持锻炼，凌林的身手依然很敏捷。他迅速爬到第二个分杈处，伸手一摸，那里有一个小洞。他在洞里取出一张小纸条，在遮蔽的手电光照下看了看。那是用斯支瓦语写的，字迹相当潦草。幸好，他对斯支瓦语有所研究，总算还能看明白。上面写着一句话:“议会调查组云小姐问神，要不要继续调查?”

将纸条塞回原位，凌林迅速从树上下来。刚藏好就听到吉姆的耳语声：“医生，拉嗒已回到大巫师的住地。你下来得正好！我听见，从匹愧镇方向有脚步声。我正要发信号，你已经从树上下来了。”

话音刚落，有一个身穿迷彩服的男人已鬼鬼祟祟来到白杨树下。这个小伙子，动作相当利索，四处张望后才上树取了那小纸条，又迅速离开！凌林让吉姆跟踪这穿迷彩服的黑人，自己继续在原地观察……

对于久经锻炼的人，凌林做这事，并没有困难！一动不动地卧在树丛中，他的思维却变得更清晰。他把这几天发生的事仔细思索一遍。倪信风和小云秘密通信都是通过吉姆的手转交，全都由他先看后再发向双方。倪信风的经历让凌林很高兴，便回想起第一次见倪信风的情景。那时候，倪信风只是辜老板手下的雇员，傻乎乎的，和现在完全判若两人。当时，他无论如何也不会想到倪信风会变成现在这个样子。复仇的力量真伟大！

作为旁观者，凌林的头脑比倪信风和小云都清醒、冷静。他想了好几个问题。尤佳是否真的是斯支瓦头人的后代？她为什么这时候才被人推出来？在她的背后似乎有一双无形的手在操控，这到底是什么人？又有什么样的动机？有一点可以肯定，这个人一定非同一般。他预感到危险笼罩着倪信风。

跟踪拉嗒是解答这些问题的关键。凌林不想倪信风冒险，决定亲自出马。现在，拉嗒把这纸条传到这陌生的穿迷彩服的男人手中。这到底是什么人？只要吉姆回来，就会有答案……

`正在思想中，那个穿迷彩服的男人又回来了。像上次一样，那人又爬上树，把一张纸条塞到树杈处，又匆匆离开。凌林向来谨慎。担心四周还有人，他没有轻易暴露自己。过了一会儿，他对身边的吉姆低声问：“吉姆，我可以上树看看吗？”

看吉姆点点头，凌林又迅速上树，取了那纸条一看，也是用斯支瓦语：“神说，停止调查！”

凌林一下树，吉姆就来到身旁。吉姆用带开玩笑的口气问：“医生，我知道你能掐会算。你能不能算出我跟踪到什么地方？”

凌林有很强的分析能力。他早就发现吉姆从匹愧镇方向来，按行走的速度和所花的时间计算，估计吉姆大概到镇东郊附近。再从吉姆的脸上，他还可以看出，这一定是自己的很熟悉的地方。他很快就想到了。他问：“吉姆，你看清了好布鲁娜大院情况?”

吉姆惊讶地叫道:“医生,真神!我跟到好布鲁娜大院。那里灯火通明,我没敢进去。在外面没等多久,就看到那人又出来了。我又跟到这里来。”

听了这话,凌林沉思着。看来,吉姆并没看到,那张纸条送到了谁的手上,又是谁写下这回话的纸条。从字迹看,第一张潦草,第二张却很工整!

这些是不是经过好布鲁娜的手?他仔细想想,这虽在意料之外,应该也在情理之中。他又进一步想想,能写这张纸条,实在非同小可!他心中又产生怀疑,这难道真的是好布鲁娜写的?

两次见面的情景,在他的脑海里留下如此深刻的记忆,至今回想起,还历历在目。第一次见面时,他还是“中国镇”警局的顾问。为了逮捕博鲁亚,他设计登门访问好布鲁娜。他没有想到会受到她那么热烈的欢迎。她那么崇拜自己,而他却抓走了她的情人。每当想起这些,他内心深处还微微有些内疚。第二次,她独自上门威胁,那恶狠狠的眼神,至今还让他有些不寒而栗。分手时,他头脑里隐隐约约感到,他们之间的瓜葛远未结束。他不由自主地自言自语:“看来,我要再一次拜访这神秘的女人……”

跟在身边这么长时间,吉姆当然很了解凌林的心思。他笑着说:“医生,你如果再去好布鲁娜的大院,一定认不得了。”

凌林问:“吉姆,你为什么这么说?”

吉姆说:“你还记得围绕高墙的那几排单层的佣人房吗?”

凌林说:“我记得,那里住了许多武装人员。”

吉姆说:“原来那一排佣人房都撤除了,又新盖了许多楼房,面积已经向密林扩大了好几倍,那些武装人员增加了不止一倍。”

凌林低声自言自语:“看来,好布鲁娜真不简单!”

吉姆说:“还不止这些!在主楼四周的空地上,还盖了好几座大楼。虽然已经夜深了,每座楼房内还传出争论声。我听得很清楚,那些人说的都是斯支瓦语!”

凌林问:“吉姆,你注意到好布鲁娜住的中心大楼了没有?我还记得,当年等候接待的人挤满大厅。”

吉姆说:“那座大楼还是原样,却装修一新,外面漆成怪怪的绿色,楼内却静悄悄的。我仔细听听,似乎只有好布鲁娜一个人在里面弹钢琴。看来,这一天没有任何重要客人。”

凌林赞扬说：“吉姆，你还真了不起。这么短时间，居然会有这么多发现！”

对吉姆而言，凌林的赞扬才是最高的奖赏！吉姆得意地说：“医生，为了不暴露自己，我能了解的只有这些！”

凌林问：“吉姆，你看到那穿迷彩服的男人进入主楼了没有？”

吉姆不好意思地说：“医生，对不起，我没看到！”

凌林笑着说：“吉姆，你已经做得很好了！看来，也是时候了，我该见一见好布鲁娜了！”

·5·

凌林向来做事很谨慎小心。这一次访问关系重大，去之前他当然不会没有准备！他先对好布鲁娜做足了功课！他调动所有关系，再对好布鲁娜的过去重新调查。

所有认识好布鲁娜的人有一种共同感觉，神秘！二十多年前，她突然出现在没触底村孤儿的队伍中。那时候，她才十二三岁，可看上去却比实际年龄更大、更成熟。没有人知道她的过去，也没有人注意到她如何出现。她的智力似乎比所有当地人都高得多。她天生有一种控制人的能力，无论是男生还是女生，都喜欢听她调遣。像博鲁亚这样的孩子王，对她自然更是唯命是从。

这些信息让凌林不由地又一次回想起往事。他以前曾有两次与好布鲁娜见面。特别是那一次，在似梦非梦中，她恳求他、威胁他，要求他帮忙拯救博鲁亚。老实说，她的态度早让他这颗铁石心肠软化。如果，她的要求不是那么不符合情理，他理应不会拒绝。现在，博鲁亚已经死去，再一次见面，她会怎样对待他？在上门拜访之前，他希望能再一次远远地观察她……

凌林笑着说：“吉姆，听你说，好布鲁娜三更半夜还独自在大楼里弹钢琴，是吗？”

吉姆说：“是！”

凌林笑着说：“吉姆，我突然想再次听听钢琴表演！走，你帮我找个好位置！”

由吉姆找的位置可以说万无一失。凌林坐在树干上，用带红外线的望远镜观察。他甚至可以仔细观察到好布鲁娜脸上的细微表情。她看起来很忧郁，却丝毫也不颓丧。从大楼内传来悠扬的钢琴声，那刚强有力的音响迎面扑来。他知道那是贝多芬的《命运》。他仿佛看到她与苦难在抗争的过程……他正听得入神，却被吉姆的声音打断。

吉姆在凌林的耳边说："医生，一队武装巡逻正向这边走来！"

正听得入迷，凌林不想离开。他说："吉姆，我就在这里！你找个地方躲起来，监视着。必要时，我会发出长啸声求救！"

吉姆离开后，凌林继续倾听钢琴。音乐正一步步走向高潮，却被一声粗鲁的吼叫声打断："站住，举起手来。"

眼看有三只枪口对准自己，凌林举起双手对领头的黑大个说："先生，你去告诉好布鲁娜小姐，我是凌林医生。我要求见她！"

黑大个说："少废话！往前走！不老实，我就杀了你！"

凌林被枪押着走向地下室，越走越深，钢琴声渐远，随着沉重的铁门关闭，一点也听不见了。他被关在这小小的地方，只能通过通气孔听到外面的声音。他听见一种丛林少有的鸟叫声。他知道，这是吉姆的信号。吉姆在问他，要不要进来解救。他向来不喜欢冒险，可又不愿就这样离开。他仔细分析好布鲁娜，相信她应该不会对自己下毒手。他也发出另一种鸟声，让吉姆不要轻举妄动！

仔细听听，凌林又听到小院内卫士的对话：

一个说："头，我们还是赶快向好布鲁娜小姐汇报！"

那个黑大个说："不行！好布鲁娜小姐吩咐，不准任何人打扰她！"

那个人又说："可是，头，我认识这个凌……"

对话声也渐渐消失……

凌林终于明白，这里正是以前博鲁亚躲藏的地方。他相信自己不会在这里待太长时间。看来，不要多长时间，好布鲁娜就会来了。

凌林早就预感自己一定会再次跟好布鲁娜相见。他常常想象再见面时的情景。他做了许多种设想。可是，他无论如何还是没有想到，他们会在博鲁亚躲藏过的地方见面，这无疑有一定危险性！看来，他一定要特别小心……

远处传来脚步声，紧接着响起好布鲁娜富含磁性的声音。

好布鲁娜推着那大个进来说："大个，你怎么把我的贵宾关在这里？还不赶快向凌医生道歉!"

大个子恭恭敬敬地对凌林说："凌医生，对不起!"

好布鲁娜亲切地拍拍凌林的肩膀说："凌医生，这位是我的保安队长。他向来办事鲁莽，你大人有大量，请原谅他!"

凌林笑着说："好布鲁娜，我怎么会怪他。他对你这么忠诚，你应该奖赏他!"

大个依然恭敬地说："凌医生，谢谢!"

好布鲁娜冷冷一笑。她问大个说："大个，如果凌医生不愿进来，你以为，你能押他到这里来吗?"

大个子不敢吭声。凌林客气地说："好布鲁娜小姐，不要这么说。我可没那么大本事!"

大个子依然像木头人似的站着。好布鲁娜继续说："大个，你应该知道，博鲁亚曾藏在这么隐蔽的地方，结果还是被凌林抓走。这里又怎能关得住他!"

此时，凌林最不喜欢听到的就是博鲁亚。由好布鲁娜主动提出，他更要特别谨慎！他很清楚，此时她最喜欢自己做什么。他恳切地说："好布鲁娜，我特地来找你！我要为博鲁亚的事再次向你道歉!"

好布鲁娜冷淡地说："其实，平心静气地想，我也不能怪你！当时，你公务在身!"

好布鲁娜的态度让凌林有些不寒而栗。他说："可是，没有看管好，让他被人灭口，我确实应负责!"

好布鲁娜的脸色变得更阴沉，没有再说话。凌林心里很清楚，此时应更加小心。他小心翼翼地说："好布鲁娜，你可以想象，我同样也很不希望他死。我还有许多问题要问他。我把他关押在最秘密的地点，派最可靠的警察看守。谁知道，最可靠的会这么不可靠……"

眼看好布鲁娜的脸色已缓和了许多，凌林小心翼翼地问："好布鲁娜小姐，在斯支瓦人中，你也算上层人物。你知不知道，指使那位警官的幕后黑手?"

好布鲁娜恳切地说："凌，你知道我是斯支瓦运动的骨干。我知道的事当然比你多！请相信我，实际情况要比你所想象的复杂得多！”

凌林平静地说：“好布鲁娜小姐，我相信你！或许，这就是我到来的目的！”

好布鲁娜微微一笑说：“凌，我相信，我们最终会弄清楚这一切！”

凌林没有吭声，静静地听好布鲁娜继续说下去。她深深地叹一口气说：“唉，算啦，别提他！算起来，他也是罪有应得。你来得正好，我也很想见你。”

凌林问：“什么事？”

好布鲁娜问：“你知道，我们斯支瓦运动正处在关键时刻，有些进退两难。我这里集中了许多斯支瓦骨干，他们正为下一步的行动争论不休。我希望你能听听讨论，发表看法。”

凌林回答说：“这是我的荣幸！”

·6·

来之前，凌林也已经对好布鲁娜的大院做了调查。表面上，这里只是普通的高级宾馆。实际上，这里并不对外开放，是斯支瓦上层人物集聚的地方，也是斯支瓦部落光复大业的基地之一。

凌林住进邻近好布鲁娜主楼旁的小楼内的一间高级套房。宽敞的大厅，装修豪华的卧房。他坐在卧室，把这天的经历简单写了两张同样的纸条，分别给小云和倪信风。他叙述这里的情况，并要求他们暂时不要轻举妄动，等待他进一步了解情况后再说！

跟随凌林后，吉姆不断学习现代科技，特别对各种监控系统很有研究。对他来说，要躲开探头，不知不觉地从凌林手中把这纸条取走，送到这两人手上，并不困难。

凌林早已养成习惯，无论晚上多迟入睡，清晨五点左右，一定会起床。当他还在阳台上健身时，就听好布鲁娜叫道：“凌林，你起得真早！我亲自送早点，希望你会满意！”

桌面上摆着鸡粥，还有精细的粤式糕点。这是“中国镇中国餐馆”出品，也是自己最喜欢的，凌林心中暗暗吃惊。他以为，除了吉姆以外，没有人会知道自己这小小的嗜好。好布鲁娜如何也知道这些？他再一次提醒自己，千万别低估了眼前这位美女！他笑着说："好布鲁娜小姐，你这么热情款待，我总觉得受之有愧！"

好布鲁娜微微一笑，笑得相当迷人，充满诱惑，用带磁性的声音说："凌，我想请你都请不到。现在，你自己上门，我能不热情招待？请品尝！"

凌林向来很冷静，心中还是难免为之一动，却很快又冷静下来。他尝一尝这粤式糕点笑了。好布鲁娜跟着笑着说："我的厨师在'中国镇中国餐馆'学了这一点皮毛。当然瞒不过你的嘴！"

凌林感到好布鲁娜每句话都说到自己心里。他也在努力揣摩她的心思。他发问："好布鲁娜小姐，你似乎在等候我的到来，不知为了什么？"

好布鲁娜问："凌，还记得我们第一次见面时的情景吗？"

凌林感叹说："我没有忘记！没有过多久，你这里变化不小啊！"

好布鲁娜说："记得，当时我说，早耳闻你在布塔里部落的事迹，我十分敬佩！我想，你能帮助布塔里部落自治，希望你也能帮我们斯支瓦人！"

凌林谦逊地说："好布鲁娜小姐，我担心，我会让你大失所望！"

好布鲁娜恳切地说："凌，你知道，我阅人无数，相信绝不会看错人！"

凌林接着说："好布鲁娜小姐，我记得，我也说过，布塔里部落能走向自治，完全是他们自己努力的结果。我仅从中帮了点小忙！"

好布鲁娜说："凌，我对你要求不高，只希望你也像帮布塔里部落一样，帮我们斯支瓦人。"

凌林说："好布鲁娜小姐，你也知道，我只帮那些该帮助的人，只做该做的事。"

好布鲁娜肯定地说："凌，我会让你明白我们斯支瓦人确实值得你帮助！"

听好布鲁娜这么说，凌林心中反而产生更多的疑问。现在，在这斯支瓦人中发生了这么多命案，还发生一场大动乱。这些与好布鲁娜有多大的关联？就是为了解开这些谜，他才登门拜访。他说："我也希望如此！"

好布鲁娜问："凌，你知道没触底村吗？"

凌林说："我听说过。"

好布鲁娜又问："你知道那里生活了多少流浪汉吗？"

不等凌林回答，好布鲁娜继续说："我也曾在那里生活过。我知道那些人过着什么样的生活。现在，没有哪一个国家政府关心这些人。我们相信，要帮助这些人，唯一的办法就是在那里建立自治区，由斯支瓦人自己管理。”

凌林轻轻叹一口气说：“唉，未来的事，谁知道！你们能不能实现这愿望，我不能保证。我想，每一个人都应该凭自己的良心，做自己认为应该做的事。至于未来的事就交给我们的神吧！要相信神是公平正义的！”

好布鲁娜赞赏说：“说得好！现在我们斯支瓦光复运动正处在关键时刻。这一次，由丛林血案开，我们斯支瓦发起一场运动，结果不尽如人意！现在，我们的骨干都集中在这里。对未来的方向，他们意见分歧很大，众说纷纭。凌，我希望你听听这些，并发表看法！”

这正是自己所希望的。凌林说：“这是我的荣幸！”

好布鲁娜说：“好，我可以带你四处看看！”

好布鲁娜带凌林来到一间紧闭的房门前。她熟练地在门边按键盘上按了一个十几位的密码，门自动开了。房间相当大，里面摆着好几十部监视器。她挥一挥手，几个工作人员一起一声不响地走出去。眼看门重新关上，她问：“凌医生，你听说过‘斯支瓦俱乐部’吗？”

凌林点点头说：“听说过。”

好布鲁娜不由地笑着说：“我这一问真是多余。我忘了，你早已详细调查过了。不过，我相信，你一定不知道那里和这里的区别。那里也是集聚地，对所有的斯支瓦人开放。这里则不同，到这里来的都是斯支瓦人中的精英。”

凌林也跟着笑着说：“现在我明白了。”

好布鲁娜说：“凌，我说过，我要让你了解我们斯支瓦人。我相信，你会做出正确的选择，帮助我们！”

凌林说：“谢谢你的信任！”

好布鲁娜指着屏幕说：“这里所有的客厅都有监控录像。只要通过这里，我们就可以了解他们的言行。”

凌林快速浏览着，目光很快就停在一间大客厅上。那里集中了十几个中年人，边喝酒边谈天。他听到好布鲁娜说：“凌，果然不简单！”

凌林问：“为什么这么说？”

好布鲁娜指着屏幕说：“现在在里面谈天的可是我们斯支瓦人中精英中的精英。凌，你看这个穿西装的人，现在正在高谈阔论。他是这场斯支瓦人运动的组织者之一。”

凌林认人的本领几乎过目不忘。表面上，他面朝好布鲁娜手指的方向，内心中却注意旁边那位穿迷彩服的。他看得很清楚，这人就是晚上传接纸条的人。他不愿好布鲁娜知道自己的思想，只暗中用余光跟踪目标。他指着屏幕前的耳机，问：“好布鲁娜小姐，可以吗？”

好布鲁娜笑着说：“凌，我说过，这里的一切，对你不存在秘密。”

凌林戴上耳机，就听到里面传来的声音。那穿西服的侃侃而谈：“……我们现在的大方向是正确的。这场运动本来发展很正常，斯支瓦人的影响力正在扩大。就在这关键时刻，在我们队伍中居然有人向警方开枪，干扰了运动的大方向。我怀疑有犯罪分子混在我们队伍内部……”

那位穿迷彩服的站起来反驳说：“我不同意你的看法！我认为你们运动的大方向错了。”

好布鲁娜边用耳机听，边说：“这位穿迷彩服的是我们这里的主要骨干，也是我最得力的助手，他名叫尼嗒。他原来就是斯支瓦人，曾在南非参加反种族武装斗争。后来，他又到津国受训，教官是某国军事顾问。不久前，他到我大院来。我看他精明，就留在大院里当管理。凌，你听听，他有些看法很独特、新颖……”

那个穿西装的问：“尼嗒先生，你为什么这么说？”

那穿迷彩服的继续说：“要使所有斯支瓦人富裕，关键就要走向独立自治。像你们这样运动下去，永远也达不到目的……”

穿西装的继续问：“依你说，该怎么办？”

那个穿迷彩服的回答：“我只相信枪杆子里出政权。我对斯支瓦已经有所了解，我相信，我们有足够实力……”

好布鲁娜放下耳机，问：“凌，你相信不相信尼嗒说的？”

凌林也放下耳机说：“问题是，不是相信不相信。对这种看法，我很难同意！”

好布鲁娜迷人地一笑说：“凌，你能不能详细地谈谈你的观点！”

凌林说：“我是和平主义者。我反对暴力，也反对犯罪！我向来以为人性本身总有恶的一面。人会变的！有的人在贫困时，本是良善的，一旦大权在握，难免会变……”

好布鲁娜打断凌林的话，指着另一个屏幕说："凌，你再看看这屏幕。"

这是好布鲁娜大院围墙边沿的监控录像，一片大树包围着的空地上，一队武装人员正在操练。这些黑人都在二十至三十岁之间，一个个身材高大，每人手上都是清一色的AK47，动作相当整齐。

好布鲁娜得意地说："像这样的队伍，在我们这里有好几支。这些都是属于合法登记的保安公司，总部也在我的大院内。凌，请相信我，跟你一样，我也反对罪恶！我们对这些人管教很严，这里有铁的纪律，绝不许他们犯罪！"

凌林跟着放下耳机说："好布鲁娜小姐，你这里给我留下了深刻的印象！"

好布鲁娜甜甜地一笑说："凌，我想邀请你在这里多住几天，希望你不会反对！我们还有一个重要行动需要你参与！"

凌林说："我很乐意！"

·7·

凌林有一个预感，许多疑问可能会在好布鲁娜身上得到解开。所以，她提出留下，他就满口答应。认识已有一段时间，可是他怎么也吃不透她到底是怎么样的人。她似乎比他想象的复杂得多。在她背后还有什么人？她留自己在这里干什么？无论如何，他要利用这机会了解到自己所需要的东西。从她口中得知，斯支瓦人将有重大行动，他完全可随机应变！敲门声打断了他的沉思……

这一天，好布鲁娜打扮跟平时大不相同，完全一副普通斯支瓦女人的样子。她穿破旧衣服，脸上没有涂脂抹粉。像普通斯支瓦女人一样，头发也梳成许多小辫子散在头上，这一切都掩饰不住她身上那种特殊气质。凌林见过许许多多斯支瓦女人，没有一个能跟她相比。在当地也有不少美女，替倪信风看店的丽娜就是一位。可她跟这些美女都不相同。她已经并不年轻，也不算特别美，却显得罕见的高贵……

好布鲁娜的声音很有吸引力。她声音低沉地问："凌，你不介意当几天我的男朋友吧？"

凌林客气地说："这是我的荣幸！"

好布鲁娜微微一笑，笑得很迷人。她主动搭着凌林的手臂说：“凌，我们这样出去！你知道，在我身边有许多男朋友，你是最特别的一位！”

好布鲁娜搭着凌林的手走到操场，一队武装人员整齐地站在那里。那个穿迷彩服的从队列中出来向好布鲁娜敬礼说：“好布鲁娜小姐，一切准备好了！”

好布鲁娜宣布：“出发！”

凌林习惯不动声色地注意四周环境。操场上停着四辆大小不一的车，面向大门一字排开。最前面一辆是小吉普，紧跟着是“丰田皇冠”，其后是小货车，最后面是一辆中巴。两个武装卫士上了吉普，剩下的武装人员都坐进中巴。好布鲁娜先上那豪华轿车“皇冠”后座，又伸手把凌林牵进来。那穿迷彩服的坐上副驾驶位，车就发动，那辆小货车就跟在后面，传来阵阵面包香味。他心中想，好布鲁娜要带他到哪里去？

好布鲁娜紧紧靠着凌林，声音温柔地发问：“凌，我听说你们中国很大，也很贫困，是吗？”

凌林回答：“是的，我们中国曾经相当贫困。不过，近来已开始明显好转。”

好布鲁娜继续问：“凌，你经历过几个小孩抢一块面包的日子吗？”

凌林想不明白好布鲁娜为什么这么问。他希望她能继续说下去。他回想童年生活，沉思着回忆说：“我虽然没有抢过面包，但是当我从懂事起，就开始边打工边念书！”

好布鲁娜轻轻地叹一口气说：“唉，你到底还是比我们强，既有工打，还能念书！”

凌林用开玩笑的口气问：“好布鲁娜小姐，你有没有跟他们一起抢过面包？”

好布鲁娜骄傲地说：“我小的时候跟他们一起流浪过，但不需要去讨面包！”

凌林明知故问：“你靠什么填饱肚子？”

好布鲁娜骄傲地说：“我很走运！当然！无论走到哪里，准会有人自动把好东西送上！”

凌林问：“博鲁亚就是其中的一位，是吗？”

凌林的话勾起了好布鲁娜的心事。她感叹说：“想当年，博鲁亚还真恨不得把全村最好的东西送给我。谁知，他会是叛徒……”

凌林好奇地问：“博鲁亚怎么会背叛？”

好布鲁娜心情沉重地说："凌，这种不愉快的事，我们还是别提它了。对，车停了，我们下车吧！"

汽车停在丛林中的空地上，那里早有十几辆空驴车。那个穿迷彩服的打开车门，毕恭毕敬地把好布鲁娜扶下车。好布鲁娜在那人耳边嘀咕了一会儿。那人命令十几位武装人员坐上三辆驴车，消失在丛林中。他又对剩下的喊话："你们把面包和衣物搬到驴车上，向没触底村去！"

好布鲁娜带凌林坐上最后一辆驴车。她笑着说："凌，我跟你一样，只喜欢跟在后面看！"

凌林记得，以前他曾躲在丛林中，眼看着小云和倪信风从这条路秘密潜入村庄，又悄悄到那处破房，然后又被一群村民包围……

此时，凌林站在好布鲁娜身边向村里观望，那里完全是另外一种景象，到处洋溢着节日的气氛。一大群当地人举着各色彩旗守候在村的广场。满载面包和衣物的驴车一进村，响起一阵阵欢呼声。穿迷彩服的站在驴车上用斯支瓦语大声高呼："兄弟姐妹，你们不要争抢，自动排好队，我保证每个人都会得到自己想要的。"

好布鲁娜指着一群流浪儿对凌林说："凌，你知道，我曾经也是其中的一员。"

凌林点点头说："是的，你曾说过！"

好布鲁娜沉思着说："我记得，当时我一直有一个梦想，就是希望有一位救世主，给我们带来幸福……"

凌林说："好布鲁娜小姐，我是现实主义者，从来就没有做过这样的梦！"

好布鲁娜说："凌，你知道，我听过你的故事。你以一个普通医生身份在布塔里部落掀起大风暴，最后走向自治。你就是布塔里部落的救世主，你是我的偶像！"

凌林诚恳地说："不，我从来就不相信什么救世主，我自己更不想当！你记得，我曾经跟你说过，布塔里部落会走向独立，完全是他们自己努力的结果。而我只是凭自己的良心帮一些小忙而已。"

好布鲁娜动情地说："凌，我希望你也能这样帮我们斯支瓦部落。"

好布鲁娜的声音很有影响力，让人很难拒绝。当然，凌林不会毫无原则。他坚定地说："好布鲁娜小姐，你知道，我只帮助那些值得帮助的人！只要我认为确实需要，我会全力帮助！”

好布鲁娜微微一笑，笑得很甜：“凌，这正是我所希望的。”

凌林猜想，今天或许真有什么大行动，如果单为了发救济品，何必要动用这么多人马？他不准备发问，他相信她自己会说出来。他仅微微一笑，没有再说什么。他听见好布鲁娜赞叹说：“凌，你那位好朋友，云小姐还真不简单！”

凌林不知道好布鲁娜为什么突然提到小云。他故作酸酸地说：“其实，小云小姐也不算是我的好朋友！她是我好朋友辜梁先生的女佣。辜老板遇害，我们曾合作调查。当时我们合作愉快！而今，她身份变了，为政府服务，而我又是平民百姓，我们很少联系！”

好布鲁娜感叹说：“她一位普通的中国姑娘，居然能当上我们斯支瓦大巫师的徒弟。现在又当上国会调查组的顾问，还真不可思议！”

凌林平淡地说：“她只是碰巧有这种奇遇罢了！”

好布鲁娜佩服说：“更让人想不到，她居然会追踪到‘面包树下血案’。不过，我们不会让她继续查下去！”

凌林问：“好布鲁娜小姐，能说明理由吗？”

好布鲁娜犹豫片刻，接着说：“这……这‘面包树下血案’涉及我们斯支瓦最高机密，我们绝不会让外人调查！这些日子，我派人去查血案的真凶，果然有所收获……”

那穿迷彩服的出现打断了好布鲁娜的话。他在她耳边嘀咕几句。她笑着对凌林说：“凌，走，我们现在到面包树那里去！”

·8·

对凌林来说，这一片密林实在太熟悉了。他曾跟吉姆一次又一次在这里潜行，这里的每一片树林、每一条驴道、每一道深沟，都印在他脑里。这一天，在这条常人最常走的驴道上，他看到前所未见的景观，十几辆坐满武装人员的驴车排成一字长蛇阵。那个穿迷彩服的到好布鲁娜面前行礼说：“好布鲁娜小姐，队伍准备好啦！”

好布鲁娜命令说：“出发！”

驴车缓缓向前移动。好布鲁娜带着凌林坐上彩车，跟着车队向前行走！直到此时，凌林还没有想通，好布鲁娜到底想干什么。他向来喜欢观察、思索，却并不多问。他等候她自己说出来。她也没有吭声，只是静静地望着他。他本来就城府很深，脸上一点表情也没有。过了一会儿，她忍不住笑着说："传说，凌林先生的心思深不可测，果真不假！"

凌林微微一笑："那是误传！好布鲁娜小姐，你千万别轻信！我的头脑并不复杂，只是天生不喜欢问东问西！"

好布鲁娜问："凌，能告诉我，你现在头脑里在想什么吗？"

凌林老实承认说："我头脑想法很简单！我想，你们现在要干什么。"

好布鲁娜没有解释。沉思片刻，她又发问："凌，你长期生活在这B国。你对这国家成立的历史有多少了解？"

凌林说："据我所知，这是个年轻的国家，成立还不到三十年。以前，这里只有几支部落，从属于南非国。其中最大的部落酋长儿子名叫拉码，在英国留学回国。他并没有继承酋长地位，而是发起共和运动，受大部分民众支持，最终成立了这个民主国家。他当选第一任国家总统。没多久，他积劳成疾逝世，这国家又民主选出第二任、第三任、第四任总统。据我所知，这国家是由八大部落组成，其中并不包括你们斯支瓦部落！"

好布鲁娜继续问："凌，可你知道，当时为什么没有我们这部落吗？"

凌林摇摇头说："老实说，我查阅了许多资料，并没有发现太多斯支瓦部落的历史。"

好布鲁娜说："你不知道，这并不奇怪！有许多事是我们斯支瓦人的最高机密，只有极少数上层人物知道。凌，我相信你！你一定不会做不利于我们斯支瓦的事，你会全力帮助我们的！我现在可以告诉你！"

凌林没有吭声。他静静地听着好布鲁娜叙述斯支瓦的历史。

"其实，我们斯支瓦部落的历史跟八大部落差不多悠久，人数也不少，生活在附近好几千平方公里丛林中，原来也是靠打猎为生。我们的酋长一家生活在秘密的地点，那里名叫'匹底'。族内只有极少数人知道那个地方。"

听到"匹底"一词，凌林心里微微一动，脸上却不动声色。他听着好布鲁娜继续说下去。

"当拉码总统在搞共和运动时，我们部落却发生了内乱。酋长全家全部死于非命！只有一位刚出生不久的女婴，因为寄在外面奶妈家里，才逃过这一劫。此后，这女婴秘密失踪。‘匹底’这地点也仿佛从地上消失了。群龙无首，所以当这国家建国时没有我们部落参加！我们经过千辛万苦，最近总算找到了这个奶妈。奶妈虽已死去，幸好女婴尚在，已长大成人。不久将加冕当部落女酋长。部落可以走向自治！”

凌林想，看来尤佳就是这女婴。他脸上没有表露，装着恍然大悟说：“原来如此！”

好布鲁娜叹一口气说：“唉！可是，我们发现有一支秘密反动武装在这带活动。估计，丛林凶案就是这些人干的……”

远处传来的密集的枪声打断了好布鲁娜的话。她对一位手下说：“你骑快驴赶到出事地点，告诉他们，我要活的！”

那手下走后，好布鲁娜笑着对凌林说：“凌，原来没有十分把握，所以我没有办法告诉你，我们到底要干什么。现在，不需要多说，你很快就会知道结果！”

从没触底村开始，驴车摇摇晃晃向西、向南、又向西，过了第一道石碑，又过了一道石碑……

凌林早已把倪信风和尤佳发现的牛皮地图印在脑中，无疑现在走的就是第一张牛皮地图上的驴道。大队驴车停了，他心中不由地暗暗吃惊。他记得很清楚，从这里拐进去，正是走向发现第二张地图的石碑。他曾数次跟吉姆在这里转悠，没有什么新的发现。他不明白，好布鲁娜的大队人马为什么要停在这里？刚才为什么响起枪声？

好布鲁娜一下车，那穿迷彩服的早已等候在那里。凌林跟着好布鲁娜和穿迷彩服的一起穿进密林中。走了三百米，他看到发现那第二张牛皮图的石碑。石碑旁边躺着一个年近五十的黑人，头部中枪已经死去。好布鲁娜气恼地问：“我不是已经吩咐留活口，为什么？”

那穿迷彩服的回答：“对不起，好布鲁娜！这人实在凶悍，拼命开枪反抗，而且火力相当猛，我们根本无法靠近。所以……”

听了这些，好布鲁娜没有心思再深究，急忙关切地问：“我们的人有无伤亡？”

那穿迷彩服的说：“那倒没有！”

凌林走向前仔细一看，那死者头脑太阳穴处中枪。枪法相当准，显然并非出于普通枪手所为。他心中想，死者为什么要到这地方？这人已被重重包围，只要耐心等候，生擒应并不困难，为什么还要当场击毙？

凌林正在思索，听见好布鲁娜的声音：“凌，你想什么？”

凌林回答：“我在想，这死者是什么人。”

好布鲁娜指着死者说：“凌，我跟你说过，我们比他们官方要强得多！他们发现的，我们也能发现。他们发现不了，我们还能找到。我们找到了丛林凶案的目击证人。就是这人发现，凶手在这一片密林出现。我们派人跟踪，把这人包围在这里。这个人才是丛林凶案中的真凶！”

那穿迷彩服的指着死者手上的枪插话说：“目击者还证实，丛林凶案中那三位受害人就是死于这把枪！”

眼看凌林没有吭声，好布鲁娜发问：“凌，你还有什么要问？”

凌林也指着死者手上的枪说：“好布鲁娜，你知道，要确认丛林凶案受害人是否死于这把枪，这可需要专业技术鉴定！在整个国家，有关这方面的人才，为数不多！”

好布鲁娜得意地说：“凌，你放心！这也难不倒我们！”

凌林问：“你准备把这枪送到哪里检验？”

好布鲁娜回答：“当然在没触底村警署。”

凌林疑惑地问：“没触底村有警署？”

好布鲁娜指着石碑解释说：“凌，你看看这石碑，那一边是属于匹愧镇，这一边就是没触底村。现在，这死者是死在没触底村。你知道，这没触底村不属于这个国家，也不属于北边津国以及南边的南非国。最近，没触底村的治安越来越差。有许多真正的罪犯藏匿在那里。实际上，那丛林凶案也是死在我们的地界！我们向斯支瓦神祈祷。神启示，要求我们成立自己的警署。由于村里一时找不到合适的地方，这警署暂时就设在我人院内，在六号楼。”

凌林见过这六号楼，离他的住地不远，是一座相对比较独立的四层楼，表面上看，没有什么特别之处。从他脸上的表情，好布鲁娜似乎已经猜到他心中的想法。她笑着说：“凌，我相信，现在你对这六号楼一定很感兴趣。没关系，我会带你仔细参观。请你相信，我们警署一点不比这国家总署差！”

·9·

离开那块石碑，登上驴车，好布鲁娜的心情突然显得特别兴奋。她命令所有的人马收队回去，自己却跟凌林在驴道上晃荡。她把头靠在凌林肩上，眯着眼望着窗外的丛林，欣赏着。凌林感到，她似乎还有什么话要对自己说。他不想发问，只是静静地等待她自己开口。

两侧形态各异、大小不等的树林缓缓地闪过，好布鲁娜悠闲自在地感叹说："这驴道可真是一道风景线！"

凌林附和说："这里的景致的确不错！"

好布鲁娜问："今天的任务完成了，没有其他事要办。凌，你愿意陪我在这里逛一逛吗？"

凌林笑着说："我乐意奉陪！"

好布鲁娜问："凌，我看过有关你的书。我记得，在你以前生活过的布塔里部落里也有一大片丛林，跟这里相比如何？"

凌林赞赏说："这里毫不逊色！"

这话说到好布鲁娜心上，她妩媚地一笑，继续追问："凌，你看，我比书中那个年轻漂亮的女酋长又如何？"

凌林老实承认："你比那女酋长漂亮得多！"

这话让好布鲁娜更是心花怒放。她感慨道："那本书写得真好，只是结尾又让我感到有些遗憾！"

凌林不知好布鲁娜的意思。他疑惑地问："怎么说？"

好布鲁娜说："我为你感到不平！你帮布塔里部落那么大的忙，功成身退离开，却一无所获。"

凌林说："好布鲁娜，你不要太相信那本书，那是虚构的！书中那个中国医生心胸坦荡，大公无私，本就心无所求！"

好布鲁娜轻轻地揉着凌林，温柔地说："凌，我相信，现实中的你应该是也有七情六欲的男子汉。请相信我！你帮我们斯支瓦部落，我会让你感到不枉此举！"

凌林无意就这话题继续下去。眼看面包树遥遥在望，那高高突出丛林外的部分，像是用黑墨画在蓝天上，他的手一指，明知故问：“好布鲁娜，你看，那就是面包树，是吗？”

好布鲁娜深深地叹一口气说：“是啊！曾几何时，我们的祖先种下这一棵树。传说，在树上藏着我们斯支瓦的秘密。”

凌林启发问：“好布鲁娜，你说，发生在二十多年前的这‘面包树下血案’是不是跟这秘密有关？”

好布鲁娜欲言又止：“当然……”

从好布鲁娜脸上，凌林可以感到，她身上似乎藏着自己尚不知道的秘密。他叹息说：“唉！这‘面包树下血案’，警方查了二十多年，一无所获。血案中唯一的幸存者，长大后又死在丛林凶案中，可警察依然没查到什么……”

好布鲁娜打断凌林的话：“凌，我早就说过，我们这国家的警察靠不住！”

凌林有意亲热地拍着好布鲁娜的背，赞赏说：“你们确实比警方强得多！今天，你们终于找到了丛林凶案的真凶。可惜……”

好布鲁娜肯定地说：“凌，你放心，凶手虽死，线索并没有完全断，我们可以继续追查……”

凌林相信关于面包树下的故事，好布鲁娜一定还有什么没说出来。看她似乎还不想说，他有意使出激将法：“这二十多年前的旧案太复杂，各方面追查了这么久，都没有什么有用线索。现在再来查，恐怕很难有什么发现……”

好布鲁娜自豪地说：“那也不见得……”

眼看好布鲁娜似乎不想再说下去，凌林又欲擒故纵地说：“好布鲁娜，我知道，有些事确实不方便让外人知道！我们还是说些别的！”

好布鲁娜急忙说：“不不，凌，我并不把你当外人……”

眼看好布鲁娜还没有说，凌林感到有些奇怪。既已表态，却为什么还在犹豫？看来，或许真是什么难得的秘闻。他又一次欲擒故纵地说：“好布鲁娜，你看过那本关于布塔里部落的书。你知道，那完全是虚构的。不过，有一点，我跟书中那位中国医生完全相同。不该说的话，我绝不会说。当然，不该问的，我也绝不打听！”

好布鲁娜犹豫地说：“凌，我相信你！有关面包树下的往事，确实是不许说的机密。你听了，不会外传吧？”

凌林说：“当然！”

好布鲁娜说："凌，你知道，我在没触底村长大，当然比其他人更了解斯支瓦。警署成立后，我亲自进行调查，暗中拜访几位隐居在密林中的老人。从他们那里，我听到了一些有关面包树的往事。很快，我们就接到斯支瓦上层的命令，这事绝不准传开！"

凌林表示理解说："我明白，有些传说一旦传开，影响很不好！"

好布鲁娜点点头说："凌，你说的对！是啊，虽说他们也只是道听途说，很难说多么可靠，可内容确实非同小可……"

凌林静静地听着好布鲁娜继续叙说下去。

"传说，老酋长一家原来也住在没触底村。后来，他发现一个名叫'匹底'的地方。在那里发现金矿，他一直严守这机密。除了极少数亲信，没有人知道。老酋长让亲信淘沙金出去贩卖，为部落筹集资金。后来，部落出现大动乱。一些反叛武装人员杀害了酋长全家，只一位女婴幸存。显然，酋长事先早有准备，临死前，他封藏了那里并对斯支瓦人发出最后一道命令，任何人不准提起酋长的住地。从此就再没有人知道这'匹底'在什么地方。而那些酋长的亲信也全都消失得无影无踪……"

这传说解答了凌林的某些疑问。相信故事才刚刚开始，他接着问："好布鲁娜，我想，那些反叛者绝不会善罢甘休，是吗？"

好布鲁娜说："是啊！传说，那些反叛者把这个地方翻了个遍，始终一无所获。他们还不愿住手。他们相信，老酋长亲信手上一定还存有些沙金，为了生存，必定急需出售。他们聘请一位中国商人暗中出面收购沙金……"

听到"中国商人"，再想事件发生的时间，凌林不由地微微一愣。好布鲁娜边说边暗中用眼睛的余光观察他，显然已经猜到凌林的心思。她先停住口，又笑了笑说："凌，可能你也猜到了。我后来也核实，那个中国商人就是你的好朋友莘梁先生。"

这些传说终于和自己真正要查的事挂上钩，凌林心里一亮，脸上却不动声色，默默地听着好布鲁娜继续说下去。

"传说，那老酋长的亲信果然秘密找那中国商人联系。他办事十分小心谨慎，选择秘密的丛林中进行沙金交易。可是，他没有想到，那些反叛者比他们想象的要狡猾得多。他没有察觉自己被跟踪，暴露了自己的住处，就在面包树下。后来就发生了面包树下的惨案。传说，反叛者对他进行严刑逼供，他始终没有说出这面包树的秘密……”

这传说把以前所发生的事件串了起来。凌林想，已经知道，当时就是穆瓦从成鑫大哥手里雇佣辜先生。辜先生可能就是以这秘密要挟穆瓦，才招来杀身之祸。这可能也是斯支瓦反叛者所为。现在又发现，穆瓦实际上在幕后操控斯支瓦活动。看来，问题比预想的还要复杂，可真要多费些工夫进一步调查……

好布鲁娜紧紧地靠在凌林身上，深情地说：“凌，现在该说的和不该说的都告诉你了。你无论如何都不能背叛我！”

听了好布鲁娜的话，凌林轻轻地拍拍好布鲁娜背部，深情地说：“好布鲁娜，很感谢你对我的信任！我保证不会让你后悔！”

此时密林中传出一声鸟鸣，凌林知道那是吉姆发出的信号。借口要方便，他跳下车钻入林中。吉姆把一张纸条塞到他手上。原来，好布鲁娜手下把现场所有的证据，包括尸体和武器全都运到大院去了。

· 10 ·

凌林急匆匆写下两封相同的信，放在秘密地点，然后回到贵宾房内。他想好好休息一会儿，可心情怎么也平静不下来。他想把这几天的见闻好好梳理一遍，可是他思维怎么也集中不起来。好布鲁娜的形象反复在他眼前出现。

凌林可以说见多识广。他见过数不清的当地黑妞，有丑的，也有美的，有傻的，也有聪明的，可是没有哪一位像好布鲁娜这么特别！三次见面时的情景又历历在目。第一次见面时，她是交际花，却又是疑犯的庇护者。她费尽妩媚手段，结果情人还是被他带走。她那愤愤不平的表情，至今想起来，难免还有些让他不寒而栗。第二次，她像女强盗秘密出现在他的睡梦中，威胁着要他帮忙救人，那态度可真是凶悍至极！这一次，她更像是指挥千军万马的统帅！无论哪一次，她都给他留下了难忘的记忆……

传说中，凌林是不近女色的正人君子。其实，他也是有血有肉的男子汉，只是没有遇上真正让他动心的女人。按理，像好布鲁娜那种风尘女子并不适合他。可是，不知为什么，在他脑海里怎么也摆脱不了她。她长相并不特别美，却无与伦比的动人。她的身材更是罕见的诱人。躺到床上，他头脑天马行空，自由地想象，不知不觉中就沉睡过去……

一觉醒来，凌林又精神焕发。他整装待发，等待好布鲁娜。不出所料，她自动上门来了，尼嗒远远地跟在身后。与往常不同，这一天她一身紧身服，更突出傲人的体形。她本来个子就高，看起来却显得更高了许多，跟他这一米八的个头差不多。不等他开口，她先开口："凌，跟我来！"

凌林一声不吭，跟着好布鲁娜走进大院中心大楼。在一层靠边一间很不起眼的小房前，她按一按密码，打开房门，里面是一电梯入口。她笑着说："凌，这里直通我闺房的。到我这大院的客人无数，除了我的保镖，却没有人能走到这个地方。"

想不出她要干什么，凌林只能微微一笑说："我十分荣幸！"

凌林跟着好布鲁娜走进套间，尼嗒却守在门外。和那豪华的接待厅相比，这闺房更大，也更简朴得多！偌大的厅，只摆一台台式钢琴、一张写字台和两张椅子，显得特别宽敞！好布鲁娜带凌林进去，没有多停留，就推开旁边的小门。这房间很大，地上铺着红地毯，角落孤零零挂一红色练拳袋。她说："凌，我们几次见面。第一次，在接待你时，你领略了我的妩媚。第二次，为了救博鲁亚，我登门拜访，让你感到了我的凶悍。这几天，你又看到了我的精明强干。现在，我想再让你看看我的健壮！这里是我的健身房。在所有运动中，我最喜欢拳击！"

说完，好布鲁娜在拳袋前站稳脚步，连出十几个重拳，响起沉闷的"扑扑"声音，那速度和力道比起男拳击手毫不逊色！凌林忍不住喝彩："好！"

好布鲁娜笑着说："凌，传说中，你是中国功夫的高手，从没人见过真章。你是不是在这里露一手？"

凌林跟着笑道："好吧，那我就献丑了！"

凌林打了一套太极拳，打得很流畅，如行云流水。

好布鲁娜叫道："这拳，我在美国受训时见过。它叫太极，是吗？"

凌林点头说："没错！它叫太极拳！"

好布鲁娜疑惑地问："凌，我记得，学拳时，老师说打拳关键是速度和力量。我就想不通，像这样慢吞吞、软绵绵，怎么跟人搏击？"

凌林笑着说："那是因为你不太理解我们中国人的哲学。"

好布鲁娜接着问："中国哲学？"

凌林解释说："我们中国人讲究以柔克刚。"

好布鲁娜问："什么意思？"

凌林举例说明："比如说，你知道，世上没有什么东西像水那样柔软。你想到没有，水也可以冲垮一切最刚硬的东西……"

好布鲁娜听得似懂非懂。她问："凌，你能不能就用这太极跟我一搏？"

凌林站好马步说："好布鲁娜，那就不妨试试！"

看凌林已经做好准备，好布鲁娜也不客气。她扑向前，左手朝他头部就是一拳。凌林这太极经过名师指点，也曾经历多次实战，躲她这一手当然不在话下。他偏一偏头，就轻而易举地躲了过去。她急忙收回左拳，接着又使出全身之力打出右拳。他早有准备，双手搭上她的右臂，借力打力，一转一推，把她摔出好几步。

好布鲁娜站稳脚，笑着说："凌，你让我长见识了。"

凌林按中国规矩，双手抱拳说："承让！"

正在此时，尼嗒敲门进来，在好布鲁娜耳边嘀咕。她笑着说："凌林，现在我们该干正事了！"

尼嗒又退到门外。好布鲁娜亲热地牵着凌林的手走到客厅。她安排他坐在沙发上。她推开卧房门，毫无顾忌地脱光身上的衣服，走进浴室，紧接着就响起哗啦啦的水声。没有过多长时间，随着声停，她从浴室出来，面向敞开的房门，用大浴巾仔细擦干身上每一部位，又穿上衣服。从内裤到上衣，再披上白袍，她穿得从容不迫，毫不羞涩，也没有诱惑的味道……

作为医生，凌林见多识广。可这油黑发亮的胴体，是他见过最完美无瑕的，完全像一件艺术品。他很赞赏，却没有心动。他平静地坐在那里等候着好布鲁娜从房内走出来。

好鲁娜说："凌，走，我们到六号楼去！"

凌林问："六号楼？"

好布鲁娜问："凌，你不是一直想知道，我们如何处理这案子？"

凌林点点头，好布鲁娜解释说："好，现在，我就让你看看！凌，你知道，没触底村是我们斯支瓦人的核心。那里不属于任何国家，没有人管辖，治安很差，一直混乱不堪。当然，那里是斯支瓦人的希望，我们不允许永远这样下去。于是，我们就成立了斯支瓦村警署。由于村内没有适合的地方，警署就暂时设在六号楼。”

凌林问：“六号是警署？”

好布鲁娜反问：“凌，你信不信，我们的办事效率不会比任何警署差？”

凌林不想说假话。他只能含糊不清地回答：“或许。”

好布鲁娜说：“那丛林血案发生在没触底村，本就应该由我们出面调查。我们发现了血案目击者，又通过目击者找到了真正的凶手。可他又死在村范围内，我们当然应该接着查下去。这些你都知道了。我又接到报告，一切都查清了。我们已证实，那死者就是凶手。我们也查清了这凶手的身份。走，我们一起去听汇报！”

凌林用带怀疑的口气说：“你们办事效率果然不低！”

好布鲁娜笑着说：“凌，你知道，这个国家所有的斯支瓦人警员都是我们的顾问！你曾经也是警局的顾问，其中许多人，你或许也认识！”

·11·

和周围几座小楼一样，六号楼也是新盖的。三层楼，二楼正中是大会议厅。椭圆形办公桌四周已坐满人，只在正中留两个座位。好布鲁娜带着凌林走进去，坐到正中。她牵着他的手示意坐在旁边。他把空椅子轻轻往右移，歪歪地坐下。

凌林这一侧的一排首席是史密博士。他也是斯支瓦人，在美国学过鉴证，还学过法医，是这一带首席鉴证师，也是凌林的好友。他朝凌林微微一笑，凌林也微微一笑地回应。

靠好布鲁娜这一侧首席就是那穿迷彩服的。他用带询问的目光看了好布鲁娜一眼，看好布鲁娜点点头，他就滔滔不绝地说开了。

凌林早就见过这个穿迷彩服的。第一次，在丛林中，凌林见过他身手矫健。这几天，又见识到这人的忠诚和办事干练。现在，他的口才又给凌林留下深刻的印象。凌林听见他从丛林命案说起，说到目击者到匹愧镇警局报案。这目击者被警局当疑犯拘押，结果又死在拘留所，斯支瓦人群起抗议。抗议的队伍到警察总署，在那里警察开枪杀人。国会为此成立了调查组。调查组发现了三位死者中一位也是斯支瓦人，还是二十多年“面包树下惨案”的幸存者！可是，他们终究还没能查出凶手。凌林看到他说到这里时住了口，傲慢地一笑。他双眼望着好布鲁娜，傲慢地冷笑道：“好布鲁娜小姐，你知道，他们的本事也不过如此！”

好布鲁娜说：“尼嗒，你别小看这国会调查组！”

尼嗒说：“我听说，他们查到这里，似乎不想再查了。”

好布鲁娜摇摇头说：“我不信他们会停止调查。”

听好布鲁娜这么说，凌林心中一惊。他看看，她脸色跟平时一样。他心中想，她如果言不由衷，一定是高手。这些日子，他早已注意到好布鲁娜以及尼嗒的笔迹。那第二张纸条是尼嗒自己写的。他想，是不是好布鲁娜口授？他又听见尼嗒接着说：“无论如何，丛林凶案发生在没触底村范围，我们警署当然不应坐视不理！”

好布鲁娜说：“对，尼嗒，你还是继续说说你案件办得情况吧！”

尼嗒又滔滔不绝地说：“丛林中，那三位死者死在我们的地盘。可是，当我们得到消息时，已晚了一步，匹愧镇警局已先接手了。我们也没有闲着。我们发动所有斯支瓦人寻找线索和目击者。真正的目击者来报案，我们才知道，去警局报案的只是从他那里道听途说的。那人被当作疑犯，死在拘留所，实在冤枉！我们当然有理由起来抗议……”

看尼嗒越说越激动，好布鲁娜打断了他的话说：“尼嗒，你还是谈谈案件调查。”

尼嗒心情平静了许多，接着说：“最近，我们接到那目击者报告，在丛林发现凶手。我们让他继续追踪，并派大量人员把这一片丛林包围。我们渐渐缩小包围圈，在一块石碑前，他发现我们，并开火了。他十分凶悍，而且AK47火力相当猛烈，我们只好开枪还击打死了他。现在已证实，丛林血案中三位死者都是死于这把AK47……”

好布鲁娜打断尼嗒的话说：“尼嗒，有关枪支鉴证，还是请专家来说明！”

可以这么说，史密博士是真正的专家。除了鉴证科学，没有其他任何东西使他感兴趣。他在美国学习多年，知识渊博。当凌林还是警局顾问时，他帮了很多忙。对凌林，他也很敬佩。他们两人是好友。他们在一起参加过许多次像这样的会议。他们习惯在写字板上悄悄地交换意见。他在板上写下一句话：“凌，我没想到能在这里遇到你！”

凌林从史密手中接过写字板，按键抹去上面的字，又写上：“好布鲁娜请我来帮忙。史密先生，你怎么也会到这里？”

史密又在板上写下：“这里是斯支瓦人的警署，所有斯支瓦人都有义务帮忙！”

……

同时，凌林也一直在暗中观察这穿迷彩服的尼嗒。看来，这尼嗒似乎特别爱好演讲，正说得兴致勃勃，被好布鲁娜打断，停住口却一脸不服。他心中想，看来尼嗒并不像想象中那么顺服。他听见尼嗒无可奈何地说：“现在，已经证实，丛林血案中那三位死者都是死于这犯人手上的 AK47。具体证据就由史密博士介绍！”

史密博士挥一挥手，会议室顿时暗下来。他打开幻灯机，洁白的墙上出现三颗子弹头的投影。他介绍说：“女士，先生，请看，这三颗子弹头是分别从丛林血案中三位死者身上取出来的。由于打在不同部位，造成形态不相同，可枪管对弹头造成的条纹却相同，显然是出于同一把枪。查阅三国的枪支档案，没有这把枪的登记记录。”

史密博士按一按幻灯机上的开关，墙上除了那三颗外又增加一颗子弹头投影。他解释说：“这一颗是那把 AK47 子弹头。你们看这纹理跟另外三颗一样，显然出于同一把枪……”

尼嗒迫不及待地插话说：“现在，我们可以肯定这个死者就是丛林血案的凶手。我们也已查清这死者身份……”

说到这里，尼嗒不由自主地抬头看了好布鲁娜一眼。看到她脸色很严肃，他停顿片刻，接着说下去：“关于指纹鉴定，请史密博士介绍说。”

史密博士打开幻灯机，墙上出现一双手掌。他解释说：“这是那位死者的掌纹。我查阅了我们国家的指纹档案，只在二十年前‘面包树下血案’中发现相似的指纹。”

史密博士又按幻灯机按钮，墙又增加另外十指指纹。他解释说：“显然这是同一个人。我的鉴证工作就做到这里……”

在整个过程，凌林一直没有面向好布鲁娜，却不时地用眼角的余光瞟她。他感觉到，她也是这样。此时，她的脸色比刚才缓和了许多。他听见，尼嗒接着又滔滔不绝地说了下去：“我们已经查清楚，二十年前‘面包树下血案’

是由斯支瓦人中一伙秘密武装组织所为。当时，由于警方追查得严，这些人已经逃到国外去了。看来，他们跟踪‘面包树下血案’幸存者回来，又制造了丛林血案……”

凌林心中想，看来这位死者可是重要线索，死得真可惜。他拿过写字板，在上面写下：“死者身上的子弹由谁的枪射出？”

史密博士在板上写下“尼嗒”两字，让凌林看清后，又急忙抹去。

· 12 ·

尼嗒一宣布散会，凌林就站起身。向史密道别后，他缓缓走出门外。他隐隐感到有人跟在身后。从那特有的脚步声，他很快就识别出是好布鲁娜。尽管，在整个案件分析会上，他看也没看她一眼，却一直用余光注意她的一举一动。他感觉得出，她也是这样！

像平时一样，凌林默默地走进自己房间，心中依然波澜不惊。好布鲁娜就紧跟在身后。

好布鲁娜微笑着说：“凌，你是我见过的男人中最特别的一位。”

凌林疑惑地问：“好布鲁娜，你为什么这么说？”

好布鲁娜反问：“凌，你应该不会不知道，我就跟在你身后？”

凌林回答说：“当然！这一点敏感性，我还是有的！”

好布鲁娜哈哈大笑说：“在我认识的男人中，还没有哪一位像你这样，跟我靠这么近，还完全无动于衷。”

凌林跟着笑着说：“或许，我比你所认识的那些人多一点点自制力罢了。”

好布鲁娜没有再说什么。像在自己的房内一样，她随便坐下，按下传呼按钮。面对毕恭毕敬的侍者，她客客气气地说：“请你把我珍藏的‘阿玛鲁’拿来！”

好布鲁娜举着这外形像大炮的酒瓶问：“凌，还记得这酒吗？”

凌林毫不犹豫地回答：“当然，我怎么会忘记！在我们第一次见面时，就是喝这个‘阿玛鲁’。还是你珍藏的最后一瓶！”

好布鲁娜感叹说：“那时候，你喝了我珍藏的美酒，却抓走了我最心爱的人。现在，我另外又寻找到一瓶！”

凌林心怀歉意地说："好布鲁娜小姐，如果我没有记错，为博鲁亚的死，我已不止一次表示道歉！"

好布鲁娜深深地叹一口气说："唉，凌，别误会我。我只是对往事感慨万千，并非有意要提起博鲁亚！"

凌林没有再吭声。好布鲁娜先为他倒酒，又把自己的装满，举杯说："凌，干了这一杯，过去的一切就让它过去吧。我们一切从头开始！"

凌林豪爽地举杯一饮而尽说："干杯！"

这个丛林中稀有珍果提炼的"阿玛鲁"可是一种烈酒。好布鲁娜本来酒量不错，可能由于喝得太急，微有醉意。她往凌林身上一靠，这动作既亲热而且自然。她笑着问："凌，在这里也有些时间了，能谈谈你对我的印象吗？"

在好布鲁娜身上非但没有斯支瓦人难闻的体味，而且还发出淡淡的诱人的香味，让凌林有些心神恍惚。还好他的定力很强，很快就让自己的心情平静了下来。为了不冷落好布鲁娜，他轻轻地拍拍她那坚实的肩膀，讨好说："好布鲁娜小姐，老实说，你确实深深打动了我的心！"

好布鲁娜就势把她那富有弹性的身子靠在凌林身上，深情地说："凌，我真的很高兴！我希望……"

好布鲁娜轻轻地搂住凌林。她将柔软的胸脯贴在他身上。凌林知道，绝不能再往前走一步。他又很希望要解开头脑中的疑问。他故作动情地打断她的话说："好布鲁娜，等等！但不是现在！史密博士是我的好友。他说，会来拜访，可能很快就到了。"

好布鲁娜的酒醒了。她放开手，坐直说："史密博士也是我们这里最得力的法证！"

凌林知道，史密博士很快就要回去。他说："好布鲁娜小姐，这几天，你这里的工作给我留下很深印象，特别是刚才的案件分析会。我想到六号楼参观，可以吗？"

好布鲁娜说："当然！"

好布鲁娜带凌林向六号楼走去。为了在手下面前维持自己的形象，她有意跟他保持一定距离。看到史密博士从楼内走出来，凌林急忙迎向前说："史密博士，我的好朋友，好布鲁娜小姐带领我参观六号楼。如果可以，我希望就先从你的领地开始。"

史密博士拍凌林肩膀后，又迎向好布鲁娜恭敬地说："好布鲁娜小姐，很高兴见到你！"

好布鲁娜笑着说："史密博士，我亲手建立这六号楼。特别是你分管的法证科，我可投入了大量资金，可一直还没有仔细参观。"

史密博士带着好布鲁娜和凌林走进宽敞的房内，里面有许多电脑、显微镜和各种化学检测设备以及各种试剂。他对好布鲁娜说："好布鲁娜小姐，别看这里面积不大，警察总署法证科有的这里一应俱全。可惜……"

此时，全房间的人都毕恭毕敬地站在好布鲁娜面前。史密欲说又止，好布鲁娜问："史密博士，可惜什么？"

史密犹豫着说："可惜，法证人才缺乏，每一项检查都要我亲自动手，而我外面的工作又很忙！"

好布鲁娜声色俱厉地对手下说："你们为什么不好好向博士学习？"

史密博士急忙解释说："好布鲁娜小姐，你不要怪他们。法证需要很丰富的知识，并非短时间就能学会！他们全部只有小学文化，能干到现在这样，已经很不错。法证要求很高，差之毫厘，失之千里，我自己不看一看不放心……"

好布鲁娜疑惑着，她曾命令尼嗒要派精英给法证科，怎么会这样？她开始后悔，自己是不是太信任他。当着两位贵客的面，她脸上不动声色。她笑着对史密博士说："史密博士，谢谢！"

凌林能从好布鲁娜脸上看出她心里所想。他脸上不动声色，笑着说："好布鲁娜小姐，史密博士很忙，我们再去参观别的科室。"

一走出法证科，好布鲁娜便命令手下说："去，把尼嗒叫来！"

听手下说，尼嗒外出，好布鲁娜心里很不高兴。尼嗒是她最得意的手下，怎么能没有请示就擅离职守？当着凌林的面，她没有发作。她亲自带他继续参观。六号楼基本上是按这国家警局的模式设计的，各科室的位置结构完全相似。凌林曾是警局顾问，对这一切当然很熟悉。他很快就发现，像法证科一样，所有的设施都很齐全，缺的就是人才。他简单地看看，没有说什么。在一间紧锁的大房门前，他停住脚步。

好布鲁娜当然了解凌林内心想法。她也没说出口，脸色很阴沉。她解释说："这一间是尼嗒的办公室。"

跟随在好布鲁娜身边的手下小声说："尼嗒不允许其他人进这房间……"

好布鲁娜狠狠地瞪了手下一眼。那人急忙改口说："做卫生的还有一把钥匙。"

好布鲁娜声色俱厉地说："打开！"

这是套间，一间宽敞办公室、一间卧房，还有卫生间。办公室正面有一神龛，上面置着斯支瓦神像。好布鲁娜在神像前恭恭敬敬地祈祷。看到办公桌上放着一部带记忆的电话，凌林按一按记忆键，上面现出一个电话号码。他记忆力很强，立即就看出这是穆瓦的私人电话，拨出时间是五分钟前。他灵机一动，该是离开大院的时候了。他就进入卫生间，发出一声丛林中常见的鸟叫声。

好布鲁娜和凌林走出六号楼，门卫走向前说："好布鲁娜小姐，凌医生的佣人有急事求见。"

凌林对好布鲁娜说："好布鲁娜小姐，我私人诊所有急事，需要回去！"

好布鲁娜问："凌，我们什么时候能再见面？"

凌林说："好布鲁娜小姐，你有什么吩咐，就派人到辜家大院通知，我随叫随到！"

第七章　女酋长之死

·1·

一离开好布鲁娜大院，凌林立即带吉姆走进丛林。对凌林的指示，吉姆向来唯命是从，从不问为什么。吉姆的耳朵比普通人灵。听到远处有脚步声，扯了一下凌林的衣服。凌林经常跟吉姆在林中走动，像这样的情况早已司空见惯。他急忙跟吉姆一起藏在树丛中。看到尼嗒从身边匆匆而过，向好布鲁娜大院跑去，凌林对吉姆说："吉姆，我们去白杨树下，要快!"

在离大巫师隐居地附近，那白杨树高出周围丛中许多，孤立在蓝天下。凌林记得，上一次在这里，正是夜深人静的时候。此时，已是黄昏时刻，周围依然静悄悄，听不见任何声响。他迅速爬上树，在分杈处取出一张纸条，上面还是尼嗒的笔迹："神说，女酋长身边不允许有外人在。"

就在丛林中，凌林写下了两张内容相同的纸条，让吉姆分别传给小云和倪信风。

在这个地方才几天，倪信风真有些受不了了。

尤佳从心里早已把倪信风当作自己的丈夫。在自己的大套房内，她把他安排在客房内，亲自为他铺床。夜深人静时，她还悄悄地躺到他的床上……

倪信风自幼在农村长大，头脑简单，四肢发达。现在，虽然当了老板，他依然没有改变长期养成的习惯。他头脑里想着小云，渐渐沉沉入睡。正值年轻力壮的年龄，在睡梦中他感到兴奋异常。醒来后，看到躺在身边的尤佳，他的心凉了半截。他感到对不起小云，很想立刻离开。看到兴致勃勃的尤佳，他又不忍心泼冷水，只是应付，心里说不出得别扭。他想，不能再在这里待下去。可是，他真不知该怎么向尤佳辞行……

收到凌林的纸条，倪信风轻轻松了一口气。果不出他所料，没有过多久，大巫师的佣人拉嗒便上门来了。

拉嗒带着尤佳和倪信风走进丛林，绕过高高的白杨树，来到大巫师隐秘的住地。来到床前，大巫师还在呼呼大睡。拉嗒把巫师轻轻推醒，又轻轻地扶起来。尤佳急忙牵着倪信风跪下。

大巫师高举双手，嘀嘀咕咕说了一通。说了什么，连尤佳也听不懂。拉嗒解释说："大巫师说，斯支瓦神托梦，女酋长身边不允许有外人。"

尤佳问："拉嗒，这不会指我身边这位先生吧！你知道，大巫师亲自主持仪式，让倪先生加入了斯支瓦籍。"

拉嗒问："无论如何，他总不是我们的族人，不能留在你身边。听说，你们关系非同一般，是吗？"

尤佳本就来心系倪信风。经过这些日子，她已感到离不开他。她固执地说："如果不让他在我身边，这个酋长我就不当了。"

拉嗒大喝一声："住嘴！这酋长可是受命于斯支瓦神，岂能想不当就不当！大巫师说，过几天就举行加冕仪式！仪式前，他必须离开这里！"

尤佳似乎还想争辩，倪信风向她示意离开。她最听他的话，只好住口。

此前，倪信风曾通过通天侦探社琼斯先生暗中调查尼嗒，已经有结果了。琼斯先生还真不简单，查到在斯支瓦中鲜为人知的秘密。很少有人知道，尼嗒是拉嗒的亲弟弟。当拉嗒跟随大巫师，在斯支瓦部落中呼风唤雨时，尼嗒年纪尚小，还留在没触底村。当尼嗒十八岁时，由穆瓦先生出资送到津国去军训。简简单单几句话，可传递了重大信息。

倪信风终始没有忘记，自己生命中最主要的目标就是要为辜老板报仇，线索都追到穆瓦身上，就是苦于没有更多的证据。现在，可算有了重大突破。可以肯定，辜老板灭门惨案的凶手是来自津国。而且，穆瓦也难脱干系。那时候，尼嗒正在津国，这难道只是巧合？

倪信风有些沉不住气了。他不愿再窝在这里，要去收集证据。他亲切地对尤佳说："尤佳，这几天在这里我很愉快！是时候，我该离开了。"

听到这话，尤佳紧紧地抱住他说："老板，我无论如何不会让你走！"

倪信风轻轻地拍尤佳背部，温和地说："尤佳，你现在身份不同！拉嗒先生说的对，你是属于所有斯支瓦人的，你要为斯支瓦事业献身……"

尤佳固执地说："我才不管什么斯支瓦事业……"

倪信风急忙打断尤佳的话。他在她耳边小声说："尤佳，千万别这么说！你不要忘记自己的身份，说话做事都要小心些！"

尤佳抱得更紧，动感情地说："老板，你知道，我自懂事开始，唯有姑婆一个亲人。除了老村长外，对其他斯支瓦人，姑婆都避之唯恐不及。现在，姑婆和老村长都不在了。老板，我绝不让你离开！如果他们非要我这么做，我就跟你一起离开。"

倪信风轻轻地推开尤佳的手问："尤佳，你想到这样做的后果了吗？"

尤佳赌气说："我不管！"

在尤佳面前，倪信风的头脑又清醒许多。他苦口婆心道："尤佳，你想想，要求我离开可是斯支瓦神的意旨。同样，让你接班当酋长，也是斯支瓦神的指示。如果我不离开，或者你辞去酋长，都成了斯支瓦的叛逆……"

尤佳坚定地说："只要能跟你在一起，我什么也不怕！"

倪信风心里犯愁。看来，要想从这里离开，可真要费一些工夫！沉思片刻，他头脑里突然灵光一闪。他举着自己的神牌，笑着说："尤佳，你何必要违背神的意旨！他要求我不在你身边，我何不暂时离开一阵。我已经加入斯支瓦籍，没有任何理由不让我再来找你！"

尤佳固执地说："不，我还是不让你走！"

尤佳的话让倪信风心里很感动。他只能接着演戏说："尤佳，请相信我，我无论如何不会真的离开你！我离开后随时都会来找你……"

尤佳不停地摇头。眼看尤佳的态度毫不动摇，倪信风灵光一闪。穆瓦站在幕后，目前最活跃的就数这个拉嗒。一时抓不住穆瓦的尾巴，监视拉嗒应该是好办法。留在这里更方便调查！他笑着说："尤佳，既然这样，我可以不离开。不过，斯支瓦神的意旨，你也不能违背。神不让我在你身边，我可以住在旁边的那座空楼。"

尤佳终于答应了。看尤佳如此坚决，拉嗒也不好再反对。

·2·

倪信风早就看中这座小木屋。单门独户，与周围没有相连，又靠近大巫师的隐居地。坐在背后的窗前，还能隐隐约约看到那白杨树。

按尤佳的吩咐，在小小的厅里摆一桌酒席。她把手下都打发到门外，还关上门。她紧靠着倪信风说："老板，我终于想明白你的意思。你住在这里跟住在我那里没什么不同，又不违背神的意旨！"

倪信风发问："尤佳，让你当女酋长真是神的意旨？你真的相信，你是酋长的遗孤吗？有什么可靠的证据？"

尤佳说："他们说，他们已经证实我姑婆原来是我的奶妈，我的父亲就是酋长。"

有关这方面的传说，倪信风早已听说了。他心想着要如何打发尤佳。他笑着举杯说："尤佳，你干了这一杯，再仔细谈谈你身世的秘密。"

尤佳喜欢喝酒，酒量却不大，才一杯下肚，由于喝得太急，她的头脑就没有那么清醒了。她笑着说："老板，他们说，这是斯支瓦最高机密……"

倪信风又把尤佳的酒杯倒满，欲擒故纵地说："尤佳，既然是最高机密，你可不要多嘴！"

尤佳又干了手上的酒，笑着说："老板，你不是外人！我可以告诉，可你千万别传开……"

倪信风又倒满酒杯，故意说："尤佳，我们不要多说，就喝酒！"

尤佳已经有些醉意说："他们说，我是部落酋长的女儿，一出生就交给姑婆奶妈，生活在一秘密住处。就是在那时候，部落发生内乱，我一家人都死于非命。姑婆带着我去找没触底村老村长。老村长带着我们去避难……"

眼看尤佳也说不出什么新鲜的，已经醉得有些口齿不清，倪信风让手下把她扶回去。栓上正门，他取出带红外线的望远镜，打开后窗，观察那高高的白杨树。

倪信风看见树上处有人头耸动。那人把手往分杈处一伸，又很快缩回去，之后便消失在夜色中。此时，他身上的那股牛劲又上来了，顾不上仔细思考，就跳出后窗。他正要靠近那白杨树时，突然灵机一动，先躲进树丛中观察。

正在此时，前方林中一动，窜出一矫健的黑影，追向前去。他轻轻地松了一口气。正在庆幸自己没有暴露，突然感到有一只手搭到肩上，他不由地吓出一身冷汗……

倪信风努力使自己冷静下来。他回头一看，原来是凌林。好久不见，他心情特别兴奋。他刚要开口打招呼，却被凌林制止。凌林用手势让他不要乱说乱动。

正在此时，白杨树对侧的树木一动，从大巫师住处方向又钻出五六位大汉扑向前。

眼看人影远去，凌林牵着倪信风往相反的方向潜行。到一处隐蔽地方，他轻轻松了一口气说："现在应该安全了。"

倪信风心有余悸地低声问："凌，这是怎么回事？"

凌林说："小倪，从我的纸条，你早应该知道，我一直让吉姆监视这白杨树！"

倪信风有些不好意思地说："是啊！可是……"

凌林严厉地说："小倪，你应该明白，丛林可是比听力、比眼力的地方。你凭什么跟这些人比。"

倪信风哑口无言。凌林继续说："吉姆不同！他眼力比那些人强，听力更是奇异。一开始，他发现这附近好几个方向都有人潜伏，只有这方向安全。他到对侧，有意暴露自己，把那些人引开！"

倪信风不由地叹息说："好险！"

凌林问："小倪，你想干什么？"

倪信风指着白杨树说："我想看看上面的纸条。"

凌林叹一口气说："唉！小倪，你最近进步不小，我们才同意你单独行动！今天，你太让我失望了！"

倪信风疑惑地问："凌，你为什么这么说？"

凌林问："且不说，你这次行动冒多大的险，就算拿到那张纸条，你看得懂斯支瓦文字吗？"

倪信风敲着自己的头说："我怎么没想到这些！"

此时，吉姆从密林钻出来，对凌林作一手势。凌林对倪信风说："小倪，你现在可以上去，把那张纸条取下来。"

倪信风迅整爬上高高的白杨树，取了纸条回到凌林身边展开。原来只是一张白纸。凌林点点头说："果然如此！"

倪信风问："凌，怎么会这样？"

凌林说："看来，你真不该让通天侦探社介入！"

倪信风："侦探社得到得了有价值的信息！"

凌林展开白纸，分析说："小倪，你想到没有，通天侦探社完全在他们监视下。知道侦探社查的内容，他们肯定会想到这白杨树上的秘密已经泄露。这张白纸显然是圈套！"

倪信风后悔说："我差点上当了！"

凌林说："看来，你不能再待在尤佳那里。"

倪信风是了解自己的处境的，固执地说："不，我还是要再住在那里！"

看倪信风听不下劝告，凌林无可奈何说："非要如此！你赶紧回去，千万要小心谨慎！"

·3·

倪信风从后窗爬进自己的房间，刚要躺下休息，外面就传来嘈杂的声响，紧接着响起轻轻的敲门声。门一开，尤佳的贴身女仆进来。他平时对这些女孩子总是以礼相待。他亲热地问："好妹妹，发生什么事啦？"

女仆客客气气报告说："先生，大巫师请你去！"

倪信风问："头要不要跟我一起去？"

女仆忍不住笑着说："你还说！昨天，你把她灌得那么醉，现在就是打雷也唤不醒，只好由你自己独自去！"

倪信风灵机一动，装着醉得走不动，靠在床上说："我的好妹妹，你去跟他们说，我也醉得走不动！"

女仆出去，没有过多久又回来，后面还跟着四位彪形大汉。她道歉说："对不起，先生！大巫师点名要你去。他们说，就是抬也要把你抬去！"

倪信风没招了。他预感不妙，只能任由那些大汉架着走进丛林，绕过白杨树，很快就走进大巫师的房内。大巫师还是像平时那样躺在床上，鼾声如雷。那女仆赶紧跪下。倪信风依然歪歪地靠在大汉身上。

拉嗒威严地坐在床前，大喝一声："倪先生，你现在也算是我们斯支瓦族人，在大巫师前面，还不跪好！"

倪信风不由地吓了一跳，只好跪了下去。以前，他从小云那里听说，拉嗒是她的大师兄，是巫术迷，也是大巫师最可能的接班人。最近，他又跟这人打过几回照面，每次都有尤佳在场。可能因为尤佳已经是女酋长，拉嗒一直客客气气。现在，他似乎才真正看清拉嗒凶悍的真面目。看来遇到强手了。倪信风向来就是遇强越强，此刻更是提起了百倍精神。尤佳不在，一切只能靠自己。他开动脑筋，一时还想不出什么好办法，只能一味地装傻。他故意摆出一副在醉中还未醒的样子，结结巴巴说："拉……拉嗒先……先生，发生了什……什么事？"

没有女酋长在场，拉嗒可以毫无顾忌。他凶神恶煞地问："神说，外人不能留在女酋长身边。你这家伙怎么还不走？"

倪信风故作疑惑不解地反问："就是听神的话，我才从女酋长身边离开，住在一座独立的小楼里。怎么，有什么不对？"

拉嗒气愤地大喝一声："你为什么不滚得远远的！"

倪信风指着女仆，故作无可奈何说："她可以证明，我也想远走！可是，女酋长不许……"

那女仆紧接着说："是啊，头说，倪先生是她的保镖，不能走太远！"

拉嗒挥一挥手，让那女仆和其他保镖通通出去，只有倪信风还继续跪在那里。他又问："你这家伙昨天晚上到哪里去啦？"

倪信风还在装傻："昨……昨天，晚……晚上我……我一直在……在床上做……做梦……尤……头的女仆可以证明……"

拉嗒恶狠狠地说："可是，有人在那高高的树旁边看到你！"

倪信风心中暗笑，这小子还不知道我是什么人。想吓唬我，门都没有！倪信风装聋作哑说："巫……巫师，你……你说什么？"

拉嗒冷冷一笑说："倪先生，算啦，别装啦！有人亲眼看见你从后窗爬出去到那大树下！"

倪信风心中暗暗吃惊，脸上却不动声色。他依然睡意蒙胧地说："这……这绝……绝对不可能！昨……昨晚我……我喝……喝多了，走……走都走不稳，怎……怎么可能……所有女仆都可以证明……"

拉嗒语塞，脸色变得很阴沉，并开始念动斯支瓦咒语。

倪信风早就听小云说过许多有关巫术的故事。每次仅当作故事听听，对她的口才，他佩服得五体投地。她说得很生动，每一次他都听得十分入迷。老实说，他从不相信这巫术有这么大威力。现在，他只好用自己的身体体验这一切！

大巫师依然一动不动地躺着，发出隆隆的鼾声。拉嗒却站起来，微屈双膝，从腹部运气发出巫咒。开始，声音像远远发自天边的雷声。音量不大，却饱含着惊天动地的力量。渐渐地钻入倪信风双耳，直达大脑的深处。很快，他就被震得头昏脑涨。拉嗒的声音越来越大，也越来越尖，像无数利箭射向他浑身上下。此时，他才开始后悔自己没有好好向凌林学习气功，已经晚啦！他现在连深呼吸也不能。他感到自己全身麻木，再也无法动弹。他的意识渐渐开始模糊。拉嗒的声音又小下来，渐渐变得和风细雨。倪信风感到自己仿佛在梦中。他听见小云那温柔的声音："小倪，你去查一查！"

倪信风顺从地说："好，我让通天侦探社琼斯先生去查一查！"

紧接着，拉嗒的声音仿佛从空中飘下来："你们到底查到什么？"

倪信风刚要开口回答。正在这关键时刻，从丛林中传来一声平时罕见的鸟鸣声，中间夹着深厚的内功，使他头脑又一震。他知道，这是凌林在救自己。他的头脑顿时清醒了许多。他按凌林平时教的内功心法，意守丹田，用腹部深深地吸一口气，再吐出来。这样反复几次，他头脑已渐渐恢复正常。

眼见倪信风迟迟没有回答自己的问题，拉嗒急了。他加大巫术咒语力度，大喝一声："老实说，你查到了什么？"

倪信风心情恢复平静，却依然没有更好的应付招数，也只能继续装傻，问："拉……拉嗒先生，你……你让我说什么？"

拉嗒说："你说，你的侦探社到底了解了什么？"

倪信风故作无知说："侦探社了解到的东西太多！我虽然是老板，具体工作由琼斯先生负责。顾客要求什么，他们就查什么。有的事向我汇报，有的事根本无须向我汇报……"

听倪信风这么说，拉嗒疑惑不解，莫非这人已经清醒了？他又使出全身力量念动咒语，然后发问："你说，对我和尼嗒，侦探社了解多少？"

倪信风明知故问："侦探社为什么要了解你们？莫非，你们做了什么对不起斯支瓦的事?”

拉嗒大吃一惊。他感觉有些累了。看来，这咒语再念也没多大用，他又冷冷地说：“不错！看来，我真的太小看你啦！不过，你也不要高兴得太早！对这地方，你恐怕还不太了解吧！现在，你如果不把问题交代清楚，就休想再离开!”

倪信风笑着说：“拉嗒先生，我知道，这里是大巫师的住地。我又不是刚到这里!”

拉嗒可不是很有耐性的人。倪信风的态度让他十分恼火。女酋长不在，这正是机会，他要进一步威逼。他大喝一声说：“别装傻啦！你还是老实交代对我们知道多少。如果不把问题交代清楚，就休想离开!”

看看倪信风没有再吭声，拉嗒又走到桌前用手重重一拍，大巫师床边的地上开了一大洞，下面深不见底！那几个大汉进来，他挥挥手，那几个大汉便押着倪信风走了下去。

·4·

一觉醒来，尤佳睁开眼就看到贴身女仆直挺挺地站在床边。她习惯地伸手一摸，空荡荡的。她惊讶地问：“妮子，倪老板呢?”

妮子毕恭毕敬说：“头，你忘啦，神说，不能让外人留在你身边!”

尤佳终于想起来了。她拍拍脑袋，自言自语：“对啊，我怎么忘啦，他已住到小木屋。妮子，你去把他叫来!”

看看妮子一动不动，尤佳又傻傻一笑继续自言自语：“对啊，我就是正式当上女酋长，他还是我的老板！怎么能这样招他？而且，他还是不要到这里为好。”

尤佳又转身对妮子说：“妮子，你替我梳妆打扮。我们一起见他去。”

妮子忧愁着说：“头，你也不要去!”

尤佳固执地说：“我是头，我高兴去哪里就去哪里，谁管得着!”

妮子接着说：“可是……”

尤佳说：“神说，不能让外人在我身边，又没有说不让我去见什么人!”

妮子说：“可是，倪老板不在小木屋!”

尤佳气恼地说："他怎么能就这样不告而别！"

妮子忍不住"扑哧"一声笑着说："头，昨晚你喝得那么醉，连打雷都唤不醒！跟你告别有用吗？"

尤佳不停地拍自己的头，痛心疾首说："我怎么能睡得这么死？他为什么不等我睡醒……"

妮子就是拉嗒的亲信。她被派到这里来，本是为了监视尤佳。可是，尤佳像对亲妹子一样对自己，让她心里很感激。她一直在暗中保护尤佳。眼看头急成这个样子，她很心痛，犹豫着说："头，你不要这样。倪……倪老板，并非不告而别！"

尤佳问："妮子，那他到哪里去啦？"

妮子的目光犹豫地往门外一瞥，小声说："头，你别多问！我无论如何不能说！"

尤佳性子直，却也不傻，她猜出几分，问："莫非他被……"

妮子急忙用手指制止尤佳继续说下去。看妮子手指窗外，尤佳知道外面有拉嗒的内线在偷听，没有再说下去。妮子走近她，大声说："头，我替你梳头！"

尤佳心里焦急，小声问："妮子，他是不是被拉嗒带走了？"

妮子对尤佳耳语："头，你也不要太紧张！拉嗒身边有我的好朋友。我早已打听，倪老板现在在拉嗒那里很好……"

尤佳性急。听了这话，她站起来打断妮子的话说："不行，我不能再等……"

妮子做手势，让尤佳不要大声说话。她小声安慰说："头，你不要太着急。听我那位朋友说，倪老板暂时不会有危险。你如果这样去，拉嗒一定不会交人……"

尤佳小声问："拉嗒为什么抓倪老板？"

妮子说："我朋友说，拉嗒怀疑倪老板是敌人派来的奸细。他审问了一晚上，可倪老板什么都没有说！"

尤佳耳语说："倪老板是我请来的。他绝不是奸细，当然没什么可说。我去，以我的性命担保！"

妮子摇摇头小声说："这不好！我想，就是因为你跟倪老板靠太近，拉嗒才会怀疑，你如果……”

尤佳打断妮子的话说：“不行！我一定要把他救出来！”

妮子说：“听朋友说，拉嗒囚禁倪老板，还有一个原因，就是不希望让他破坏酋长加冕仪式！”

尤佳说话声音很小，态度却很坚决：“不放倪老板，这酋长，我不当了。”

妮子说：“头，这不好！你如果不当酋长，倪老板恐怕更不可能出来！”

尤佳咬牙切齿地说：“我就是舍去我这条命也要救老板出来！”

妮子苦口婆心地说：“头，你这样去，恐怕……”

尤佳越想越沉不住气。她口气坚决地说：“老板在那里随时都可能有危险！妮子，不要多说！现在准备一下，见大巫师去！”

尤佳本来头脑就不是特别好使，知道倪信风被抓，更是乱了方寸。想到倪信风可能有危险，她心急如焚，越想越害怕。她无论如何都要见他一面，不管妮子怎么劝说，都听不进去。她带着所有的手下风风火火地到达大巫师住地，正要冲进去却被妮子拦住。

妮子在尤佳耳边说：“头，你要注意自己的身份。要按正式手续，我先去通报，让大师兄出来迎接。”

对女酋长，拉嗒不得不客客气气。他恭恭敬敬地把她请到大巫师床前。大巫师还是一动不动地躺在床上，拉嗒坐在床前。尤佳自幼受姑婆教育。她很清楚，大巫师是神的化身，就是酋长也要敬他三分。她恭恭敬敬跪在床前。念完祷告词后，她接着说：“大巫师，我希望……”

拉嗒打断了尤佳的话说：“头，您什么都不要说。神已经知道您想说什么。您想要倪先生出来，是吗?”

尤佳恳求说：“是！大师兄，求你把他交给我！”

拉嗒耐心说服：“头，这个中国人有什么好！部落里比他强得多的男人有的是。您喜欢谁都行，何必……”

尤佳打断拉嗒的话，斩钉截铁地说：“不！如果见不到他，我就在这里……”

看拉嗒脸色变得很阴沉，妮子急忙打断尤佳的话，耳语道：“头，别这样！你如果想见倪先生，就一定要有耐心！”

听了这话，尤佳又苦苦恳求说：“大师兄，求你让我见他一面！”

拉嗒警告说："头，您别忘了，神说，非我族类，其心必异。您很快就是部落酋长，责任重大。让外人留在身边，祸患无穷！"

尤佳坚决地说："大师兄，我可以以生命担保，倪先生绝不是斯支瓦的敌人，绝不会做有害部落的事。况且，我已经安排他住在离我相当距离的地方……"

拉嗒打断尤佳的话说："这不够！只要他还在您附近，就一定会影响酋长加冕仪式。"

听了这话，尤佳焦急不安地说："大师兄，没有见他一面，我实在没心思参加什么加冕仪式！"

拉嗒肯定地说："这绝对不行！在加冕仪式前，您不能见倪先生！"

尤佳焦急不安地说："如果见不到他，这酋长，我就……"

妮子急忙又打断尤佳的话说："头，千万别这样……"

拉嗒接着安慰说："头，不要这样！刚才，神已向大巫师启示。神知道您离不开这中国男人。神要求我们先把倪先生安排在秘密祷告室！神说，神的力量会把他改造成对部落有用的人才！在加冕仪式后，您就可以见到全新的倪先生！"

尤佳又苦苦恳求说："大师兄，求你让我见他一面！"

拉嗒肯定地说："不行！头，您从小在奶妈教育下成长。您应该知道，部落的人违背神的意旨会有什么下场！"

尤佳继续苦苦恳求："大师兄，你应该理解，我的心实在放不下。不见他一面，我没有心思干任何事！大师兄，求你让我远远看他一眼，只要他安全，就是让我做什么，我都愿意！"

拉嗒说："好吧！就让你远远看他一眼，但你必须向神保证一声不吭！"

尤佳说："我保证！"

·5·

拉嗒当然要亲自为女酋长带路。他靠近墙壁，打开地道，毕恭毕敬地向尤佳挥挥手。

尤佳由妮子扶着，紧跟在拉嗒身后，一步步沿着狭小的路往下走。地道很深，似乎永远也走不到尽头。一路上，她回想起跟老板相处的情景，从在侦探社初识，以及后来形影相随的日日夜夜……她心急如焚，越想越渴望能尽快见到老板。

地下室很大，有许多房间，每一间的门都是紧闭着的。尤佳焦急不安地问："大师兄，他在哪里？"

啦嗒急忙转身对尤佳小声说："头，倪先生正在静修，不允许打扰，把他吵乱了，会前功尽弃！"

尤佳还想说什么，拉嗒用手势示意她不要吭声。他带她到一间漆黑的小房内。他伸手在墙上按了一个按钮，墙突然变成一块大玻璃。透过玻璃，她看到倪信风跪在神像前，一声不吭。旁边站着一位中年黑男人。这个人个子很矮，站着比跪着的倪信风还矮半个头。细看，她认得，那是族中众多巫师中的一位。

尤佳隐隐约约听见，从玻璃背后传来低沉的声音，内容既有些熟悉，却又很陌生，音量很微弱，中间隐隐含着威力……

拉嗒做手势要求尤佳离开地道。她虽然依依不舍，却无可奈何地跟着回到大巫师房内。大巫师还在沉沉入睡。尤佳刚要开口发问，却被拉嗒打断。拉嗒问："头，我知道您想问什么。您想知道，那巫师在倪先生旁边念什么，是吗？"

看尤佳点点头，拉嗒继续发问："头，您还记得，自懂事开始，您姑婆教您念的祈祷词吗？"

尤佳沉思着说："我想起来了，那巫师念得确有些像祈祷词，可又不完全一样！"

拉嗒解释说："当然，祈祷词有各种各样的，您以前学的是斯支瓦人中最普通的一种。可是，倪先生是具有异端思想的异邦人。我们要把他改造成地道的斯支瓦人，这需要一种威力更强的。"

尤佳问："那巫师念的是？"

拉嗒继续解释说："这是大巫师专门为改造人设计的忏悔词。只要不停地念上四十九天，就是再顽固不化的人，也会改造成忠诚的斯支瓦人。到那时，您已经正式成为我们的女酋长，他可以跟随在您身边。"

尤佳的头脑本并不特别灵，听拉嗒似乎说得有些道理，便没有再提问。

她看到他突然绷着脸，严肃地说："头，跪下！"

从拉嗒的声音中，尤佳感觉到一种不可抗拒的力量，不由自主地跪在地上。拉嗒从内心深处发出"隆隆"声，仿佛是远处的雷鸣，声音不大，却饱含着摧枯拉朽的威力。过了一会儿，他停下来，声音温和地说："头，这就是斯支瓦酋长专用的祈祷词。本来应该由大巫师传授给您。可是，这些日子，大巫师大部分时间都在跟神交流，只好由我代教。您一句句跟着我学！将来，您要靠这个领导全族的人。"

跟随拉嗒反复背诵，尤佳渐渐记熟了。她自幼在姑婆的教育下成长，也曾学过好几种斯支瓦祈祷词，而这一个似乎和以前所熟悉的有些相像，却大不相同！跪在地上，她双眼凝视着神像，跟着念动祈祷词，感到神的光照到心灵深处……

眼看尤佳已经背熟，拉嗒接着说："头，您要牢记，这酋长专用的祈祷词跟别的完全不一样。它只能为真正的酋长所用。您一定要永记住听神的话，让神在您心中，才能发挥威力。当您靠着神的灵，这祈祷词也就成了威力无比的巫术咒语！可是，您如果对神不忠，擅自动用这咒语，做违背神意旨的事，这咒语反而会伤了您自己！头，您千万要记住！头，您回去多多练习。在加冕仪式前，您要背得滚瓜烂熟！"

回到自己的住地，尤佳反复练习酋长祈祷词，可思想怎么也集中不起来。她想不明白为什么，原以为早就背得滚瓜烂熟，此时却怎么也凑不齐。妮子在旁边提醒说："头，大师兄说过，这是酋长专用的祈祷词，看似简单，其中奥妙无穷。您必须首先心存对我们斯支瓦神的忠诚……"

尤佳面对神，先默默地祈祷，接着又开始背诵酋长的祈祷词。过了一会儿，总算又背熟了。她一停住口，倪信风的形象又出现在她眼前。她忧心忡忡地问身边的妮子："妮子，你不知道，老板性格十分倔强！他真的会被改造吗？"

妮子在尤佳耳边小声说："头，我听说，倪先生开始确实很抗拒，后来经过几个巫师轮番不停地念动忏悔词，终于平静下来。大师兄说，这样经过四十九天，就会脱去倪先生身上外邦人的劣根性。他自然会成为真正的斯支瓦人。"

尤佳心存怀疑："这忏悔词真有那么大威力？"

妮子犹豫不决地说："听说……"

尤佳问："妮子，你听说什么？"

沉思片刻，妮子终于下定决心，继续说下去："听说，那个忏悔词，在巫师嘴里也可以变成十分厉害的巫术咒语……"

尤佳打断妮子的话问："难怪，我刚才在那巫师的声音隐隐感到一种威力。妮子，你说，这威力跟我的祈祷词相比如何？"

妮子肯定地说："您现在练习的是酋长专有的巫术咒语，除了大巫师，当然还有大师兄，还有谁能跟您相比！"

尤佳又忧心忡忡地问："妮子，你刚才说，大师兄命令几个巫师轮番对老板施咒，是吗？"

妮子又犹犹豫豫地说："是啊，我还听说，几位巫师轮流，二十四小时反复不停地……"

听了这话，尤佳又焦急不安地打断妮子说："这样子，他可怎么受得了？"

妮子安慰说："头，您放心吧！您还是专心练好祈祷词！过几天，加冕仪式后，您就是正式的酋长，倪老板自然就解脱了。"

听了这话，尤佳心情平静了许多。她跪到神像前，先苦苦祈求着。然后，她再一次按大师兄教的心法念出酋长祈祷词。反复多次，她感到越来越精神焕发。不知过了多久，她听见妮子拍掌说："头，好！"

尤佳兴奋地叫道："我成功啦！"

妮子高兴地说："头，我听说，这祈祷词，只有身上真正有酋长血统的人才会发挥这样的威力！"

尤佳坚决地说："好！我一定要把老板救出来！妮子，你一定要帮我！"

妮子立即反对说："头，这绝对不行！我听说，大巫师的住屋就是龙潭虎穴，中间暗藏着十分厉害的机关！"

尤佳头脑比较简单，而且有些自信。她笑着说："妮子，你知道，我以前是侦探，数次出入大巫师住地，我早把那里的一切观察清楚了。"

妮子继续反对说："可是……"

尤佳打断妮子的话说："妮子，我去意已决，不要再反对！现在，除了大巫师和大师兄，谁能阻止我！大巫师一直沉沉入睡。妮子，我们一起看看。只要大师兄一外出，我们就立即行动！"

·6·

清晨，尤佳带着妮子潜伏在密林中。她本就是侦探，虽并不出色，却很专业。她侧耳聆听，万籁俱寂，再看看大巫师住地，没有什么发现。这只是座普普通通的大木屋，在丛林中并不罕见，全部加起来有好几百平方米，整个结构却很简单。她记得琼斯师傅说过，所有的机关中，大门是关键。她仔细看看，实在看不出门口有什么异常情况。

看看手表，已经五点整，尤佳小声地问："妮子，不是说，每天清晨五点整，大师兄会到林中晨练，为什么还没有出来？"

妮子耳语："头，不要急，再等等！"

话音刚落，门开了，拉嗒从里面出来。他先习惯地东张西望，然后又关上门，在一圆圆的按键上一压，就走进林中。尤佳相信这圆圆的东西应该就是机关按键。她小声说："妮子，你就待在这里。我过去看看，如发生什么事，你再出来帮我。"

尤佳性急。她忘记，琼斯师傅还吩咐过，当对方启动不明的按键，没有弄清，千万别轻举妄动。一说完这话，她就冲向木屋。她的手刚一碰到那圆圆的按键，脚下的地就开始动摇。她吓呆了。千钧一发之际，从左侧丛林窜出一个小个子把她撞向右侧。地面从左至右打开，出现一个深不见底的大洞。

尤佳吓出一身冷汗。看清楚这个小个子原是凌医生的佣人吉姆。她感激地说："谢谢，吉姆先生！"

吉姆的动作相当神速。他又跳到门边在另一个按键上一压，机关很快复位，地面又恢复成原来模样。他又回到尤佳身边小声说："尤佳小姐，跟我来，医生在林中等你！"

到隐蔽处，尤佳惊魂未定。看到凌林坐在一块大石头上，她问："凌，这到底是怎么回事？"

凌林解释说："尤佳小姐，其实，前天我已经救了倪信风一次。知道有危险，我本不让他回去，他坚决不肯！他想跟你道别。没办法，我只好跟吉姆暗中跟踪。我们看着他被抓走，当时事出突然，对方人很多，我也无可奈何。这几天，我一直在这里观察，对这里的机关已了如指掌。我也听清楚你要去冒险。我本可以阻止你去。后来想想，不让你自己亲手试试，你不会甘心。只好等你快要遇险时，才让吉姆出手！尤佳，你相信不，这里的机关比你想象的要厉害得多？”

尤佳固执地说：“我相信！不过，我不信，他们敢对我怎样！”

凌林微笑着说：“当然，你是头，他们不会对你怎么样。可是，你想到没有，如果他知道你这次行动，倪信风的处境会怎样？”

尤佳固执地说：“我不管！我只知道，我们如果不马上动手，可就太晚了。凌，你知道他们现在正如何对老板……”

凌林打断尤佳的话说：“我当然知道！拉嗒命几位巫师轮流对倪信风施咒。”

尤佳心情激动地反问：“凌，你想，这样，老板会坚持多久？”

凌林反问：“尤佳，你相信我吗？”

以前，尤佳向来认为只有老板才是全世界上最棒的。尽管倪信风经常在她面前赞美凌林，她心里总是不服。今天的经历，使她对凌林心服口服。她老实承认：“凌，我相信你！”

凌林说：“尤佳，你知道，倪信风是我的好友，我岂能让他陷于危险之中。”

尤佳忧愁地说：“可是……”

凌林知道，尤佳对自己所知有限。他如果不再露一手，她不会服气。他问：“尤佳，你刚刚学了酋长的祈祷词，这威力比那些巫术咒语更强得多，是吗？”

尤佳：“是！”

凌林说：“尤佳，你现在心想着你们的神念动祈祷词，让它发挥最大威力。”

尤佳也正想再看看凌林的本事到底多大。她努力把祈祷词的威力发挥到极致！

尤佳的祈祷词到高潮时，凌林运动内力，发出林中一种常见的鸟鸣。她感到被一种无形的力量震得心神大乱。她只好重新开始，在关键时刻，他又重复一次。这样反复多次，结果都是一样。她终于对他佩服得五体投地，说：“凌，我相信了。”

凌林说：“尤佳，我就是用这方法打破那些巫师的咒语，你老板暂时不会有什么危险！”

尤佳问：“凌，我现在该怎么办？”

凌林说："尤佳，你现在什么事都不要做！你赶快带妮子回去！看来，拉嗒回来了。他一定会发现机关被动过，可能会怀疑到你头上。你要镇静，不要让他看出什么破绽。当然，你是女酋长，拉嗒虽是大巫师可能的接班人，目前还只是普通的巫师，你不要害怕他！你如果想顺利救出倪信风，就必须当好这女酋长！"

尤佳又点头说："OK！"

果不出凌林所料，尤佳一回到家里，拉嗒就带大队人马来了。虽有思想准备，她还是有些紧张，急忙命令手下列队迎接。

一见到尤佳，拉嗒就气势汹汹地责问："头，您是否去了大巫师住地？"

尤佳微微一愣。她的心跳又加快了许多。想到这会给老板带来多严重后果，她更加惶恐不安，一时不知该如何回答。突然又想到凌林的吩咐，她的心又平静了许多。对，我是酋长，大师兄敢对我怎么样？她气恼地反问："我突然想见大巫师！大师兄，这有什么问题？"

想不到尤佳的态度居然会如此强硬，拉嗒也微微一愣。他用带着惊讶的目光望着她。在尤佳身上，他似乎感觉不出有什么变化。无论如何，她是酋长，而他还没有接班当大巫师！他急忙道歉说："对不起，头！我为您的安全担忧！因为要面对凶恶的敌人，我们不得不在那里做一些适当的防卫措施。到来之前，如果不事先通知，这会给您造成麻烦！"

尤佳冷冷地回答："我确实在那里遇到些麻烦，这实在算不上什么！"

拉嗒又声色俱厉地责问尤佳身边的妮子："妮子，我不是让你一定要保护好头。这么晚了，你怎么能让她外出？"

妮子道歉说："大师兄，对不起！"

尤佳急忙解释说："不能怪妮子，是我坚持要外出！"

拉嗒客客气气地说："头，我希望您明白，您的安全多么重要！这关系到整个斯支瓦的命运。现在，我决定撤换这里所有的佣人和护卫！"

没想到拉嗒会这样，尤佳又想不出该如何应对。她想提出让妮子留下，又担心会引起拉嗒的怀疑。随着拉嗒一声令下，大厅里立即挤满了陌生人，她又一次想起凌林的话。对，我是酋长，有什么不能？她急中生智指着身边的人说："大师兄，我已经习惯了这些人，旧的这些全都留下。"

拉嗒犹豫不决地问："这样的话，这里的人会不会太多些？"

尤佳口气强硬地说:“我是酋长,有什么不可以!”

尤佳如此坚决,拉嗒一时不知该如何是好。抬头看大厅正中央斯支瓦神像,他一本正经地说:“头,让我们一起在神像前面,倾听神的启示!”

尤佳跪在神像前,念动酋长专用的祈祷词,并暗中使用内力。从她的声音中,拉嗒能感觉出一种威力。他心中愤愤不平地想,好啊,用我教的来对付师傅!虽还没有接班,他实际上已开始行使大巫师的权力。他使出大巫师专有的巫术咒语,并渐渐加大威力。尤佳很快体力不支,渐渐迷糊过去。正在危急时刻,从林中传来一种特殊的鸟鸣,其中含着中国气功的内力,她顿时清醒过来。面对神像,她恳求:“神啊,求你让我身边的人全部留下……”

过了片刻,尤佳对拉嗒说:“大师兄,我感觉到,神已经答应了我的要求!”

拉嗒心中想,看来以前一直小看了这位姑娘。他无可奈何地说:“好吧,我同意!但这里的保安一定要加强!”

拉嗒把带来的人全部留下,并吩咐手下说,以后如果没有经过他同意,头离开这里半步,全部都要受严惩!安排好这一切,他就离开了。

看着拉嗒的背影,尤佳心里很焦急不安。她知道,从此她失去了自由。她呆呆地站在厅里。妮子从外面进来说:“头,您看起来很累,我伺候您休息去!”

刚刚躺到床上,尤佳感觉到妮子在自己手心塞了一张小纸条。她打开一看,这是凌林的笔迹。上面写着:“尤佳,你的情况,我都知道了。我希望你一定要沉住气,千万不要再轻举妄动!”

·7·

一直潜伏在林中,靠吉姆的特异功能,凌林知道了尤佳房内发生的一切。为了稳住尤佳,他写下这条子。另外他又写了一份,把这里的详细情况传给小云。此时,她正在津国布市。

小云有足够的智慧。她到大巫师那里启求神的启示,目的只是为了摸对方的底牌!她知道,要求停止调查,既非神的意旨,也不是大巫师的主张。她只是一时还没想明白,穆瓦为什么害怕继续查下去!他到底害怕什么?她还知道，调查组的一举一动完全在穆瓦监督下，继续调查，一定会受到阻拦。她并不害怕挑战，只是希望在采取下一步行动之前，了解到更多信息。她想，与其在这里瞎猜想，倒不如干脆直接找穆瓦面对面谈谈。她相信自己的能力，一定能从他那里探出些有用的东西。

小云跟犹占里交往有一些日子了。以前，她每一次跟穆瓦会面都由犹占里陪同。由于犹占里的关系，他们之间说话总是客客气气，这一次不行！她感觉，犹占里似乎不喜欢她跟穆瓦单独见面。看来，要通过犹占里这一关，她要动一点心思。想好了理由，她才找犹占里提出请求。

自从初次相见，犹占里所有的心思都放在了小云身上。随着时间流逝，他对她的感情越来越深。每一段时间，她都会带给他惊喜，这一次南非之行也一样。当警方也一筹莫展之时，她带大家去古堡，巫术大战，赢拉姆一道答案，调查组柳暗花明……这一切都让他又一次耳目一新。

对小云所有的要求，犹占里向来有求必应，除了这件事。他由叔叔亲手养大，他把叔叔当自己的亲生父亲，他很了解叔叔。虽然在人前人后，叔叔对小云总是赞不绝口，但他隐隐约约感到叔叔内心深处并不喜欢小云。他相信，只要他坚持，叔叔不会反对！但他更希望，让叔叔从心里真正喜欢小云。他本是警察，虽并不出色，起码的敏感性还是有的。他也感觉到，小云在暗中调查叔叔。他对叔叔的为人很有信心。他也相信，总有一天，小云会发现叔叔是最好的亲人。一个是至亲，一个是至爱，他真不希望两人正面冲突。现在还不是他们俩单独见面的最佳时期。所以，小云一提出请求，他立即就摇头。他态度温柔地说："云，我知道，有些话，你不希望让我听到。我可以远远地等着，保证不听你们讲话！"

小云笑笑说："占里，你误会我的意思了！我只是以调查组顾问的身份正式向穆瓦先生汇报工作。你也是调查组成员，没有什么东西要对你隐瞒！"

犹占里高兴地问："云，这么说，你同意让我陪你一起去见叔叔？"

小云胸有成竹地说："占里，对下一步工作，我只想听穆瓦先生真实的想法。我很了解你叔叔。他太爱你，只要你在附近，他一定会受感情影响，很难说出真正的想法。"

犹占里说不过小云，可还是很不放心。他说："我想，我还跟你一起去，就守在外面！"

小云笑着说："占里，我很了解你在担心什么！我向你保证，我绝不会让叔叔为这一次会面产生任何不愉快的感觉。你对我应该有信心！"

犹占里向来对小云绝对信任。听她这么说，他终于放心下来，没有什么需要继续说。

小云让鲁莉按正常手续到议会办公室约见穆瓦先生。她还特别吩咐，不必加急！

小云很有心机，为国会工作没有多长时间，就已经结交了许多好友。鲁莉一去预约，她就暗中让好友观察穆瓦的反应。果不出所料，穆瓦似乎不急于给出明确的时间。他在等待着什么？收到凌林的来信后，她终于想明白了。她估计，穆瓦很快就会约见自己，结果又在预料之中。

小云带着秘书鲁莉走进穆瓦那宽敞的办公室。此前，她又把凌林提供的内容在脑海里重新温习了一遍。她从不低估穆瓦的势力。她相信，穆瓦一定也能想到，她已经知道了这些。凌林办事那么机灵！她还相信，穆瓦一定想不到，她还知道，杀死那凶手的就是大师兄的亲弟弟尼嗒。大师兄兄弟俩都秘密受命于穆瓦……

看见小云，穆瓦急忙站起来客气地说："云姑娘，真的非常抱歉！我事先不知道是你约见！"

明知穆瓦言不由衷，小云依然宽容地说："穆瓦先生，您不要介意。这事本就不急！"

鲁莉急忙接着说："是啊，云小姐要求我不要提她的名字。"

穆瓦问："云小姐，有什么需要我帮助？"

小云说："穆瓦先生，您知道，调查组已工作了一些日子，我只是想听听，您对下一步工作有什么指示。"

穆瓦问："云小姐，你先说说，你们有什么打算？"

小云故作忧愁地说："我们很想就这样结束调查，可是……"

鲁莉接着说："我们想，就这样结束，似乎还差些什么！"

穆瓦表示理解地说："我明白这些！云小姐，我相信，你一定也听说过没触底警局吧！"

小云不想让穆瓦知道自己有意隐瞒什么。她说："我曾经去过没触底村，没见过警局在那里。最近，我才知道，村警局暂时设在好布鲁娜大院内。"

穆瓦微微一笑说："云小姐的消息真灵！你一定也听说了，村警局在丛林击毙一位强匪。警局已证实，这匪徒就是丛林血案的凶手。"

小云故意深深地叹了一口气说："是啊，我有所耳闻！唉，真是太可惜了，如果能留活口多好！"

穆瓦笑笑解释说："没办法，听说，这凶手实在太凶。警局尽最大力量，终究没能留下活口。我想你也一定知道，村警局还通过指纹查清这凶手原是旧案的幸存者，逃到国外。已经查清这丛林血案死者正是那旧案的罪犯。凶手回来复仇，这是丛林血案的动机。这样的解释应该说得通！对不起，云小姐，我说得太多！我相信，你早已想到了这些，是吗？"

明明知道穆瓦可能有意隐瞒什么人杀死那凶手，小云还是赞叹说："是啊，这村警局办事效率真高！"

穆瓦说："当然！这警局是属于整个斯支瓦人的，可以调动所有的斯支瓦人力、物力。云小姐，你也是斯支瓦人，我已经让警局为你们调查组准备一份材料。"

尽管心中另有打算，小云还是故作兴奋地说："谢谢，叔叔！这样，调查组就可能画上完美的句号了！"

小云又对鲁莉说："鲁莉小姐，你先到车上等我。现在公事已经谈完，我还有些私事要跟穆瓦先生谈谈。"

·8·

看着鲁莉在门口消失。小云客气地笑笑问穆瓦："叔叔，公事谈完了。我想，你或许私下里还有什么吩咐？"

穆瓦早就希望能私下吩咐她做些事，一直没机会。小云说到自己心上。他当然并不想立即就说出自己的想法。他完全像一位慈祥的长者笑笑说："云小姐，我真的很想跟你单独谈谈！没有别的目的，只是希望你能对我有更多的了解。你知道，我虽是斯支瓦人，可我的祖先很早就离开丛林，在这一带创建大家族。由于天生的爱好，我不顾家人反对，自幼就喜欢在丛林中游荡。后来，我父亲和几个兄长都不幸相继去世，唯留下幼小的侄子，就是占里。我只好走出丛林接家族的班。你知道，为了保住这家族在这一带的地位，我可算费尽心思!”

小云说:“这一切我早听犹占里说过。”

穆瓦说:“可是，到现在，有一个想法，我还一直没有告诉占里!”

小云问:“什么想法?”

穆瓦犹豫着说:“其实，我一直很后悔!”

小云疑惑地问:“为了什么后悔?”

穆瓦叹一口气说:“唉!我知道，在占里的心里，我就是超人，无所不能。可是，只有我自己心里很清楚，我只是普通的斯支瓦人。我理应安分守己，安心守住自己的家业。我后悔，真不该听从祖鲁拉纳的劝说，去参加什么政治。当年，为了竞选，我散去了大量资产，自己也在政界越陷越深。现在，我更加后悔!”

小云问:“这又是为什么?”

穆瓦动感情地说:“云姑娘，你也知道，我非常爱占里。他长得高大英俊，到处都特别受人欢迎!其实，我比谁都更了解他。我知道，他资质平平，根本不是干政治的料。当年，他要到国外考警校，我明知他不是干警察的料，经不住他反复恳求，只好答应。现在，我后悔了。幸好，他在政治的泥潭还陷得不深。我不能再让他继续下去。他是这家族的接班人，我不能让他再重蹈我的老路。我最后决定，让他到津国布市去。那里有家族的主流业务，完全交给他打理，从此再不要理这国家的事!至于，像你如此能干的女孩子，留在占里身边，实在太可惜。你如果能从此离开占里，我一定很高兴!我不希望占里身边的女人比他更强!”

虽有些意外，小云还是很清楚该如何回答:“穆瓦先生，我想你也应该很清楚，在我和占里的关系中，主动权向来并不在我手中!”

穆瓦有些伤心地说:“我知道!这么说，云小姐，你从来就没有爱过占里，是吗?”

小云动感情地回答:“当然并非如此。确实，刚刚认识占里时，我对他的印象很一般。可是后来，他做了很多事，让我很感动!现在，他如果坚决要求，我不会拒绝!”

尽管心中不喜欢，想到占里的态度，穆瓦还是无可奈何地说:“我同样也希望这样!我相信，有云小姐帮助，占里一定会把家族事业发扬光大。不过，如果你跟占里到津国去，我希望您一定要发誓，绝不再管这国家的事！”

小云胸有成竹地说：“我可以发誓！不过不是现在，要等调查组完美结束后。现在，我希望您能先回答一个问题。”

穆瓦说：“云小姐，好吧！有什么问题你尽管问，我会尽量满足你的希望！”

小云说：“我只想知道您内心真实的想法。”

穆瓦疑惑地问：“对什么的想法？”

小云说：“当然是对我们调查组的工作。我记得，当时您坚决支持成立国会调查组，您个人最希望有什么样的调查结果？”

毫无疑问，对小云的问题，穆瓦很满意！他笑笑说：“云小姐，我可以说出我私人的希望，我希望不要对外声张，只有你知、我知，还有神知道。”

小云说：“我保证！”

穆瓦接着说：“我告诉你，我个人的希望。我想通过调查组打击现任的总统。提前大选，祖鲁拉纳获胜的概率很大。这样，我们斯支瓦人就有希望！可惜，现在我们要想得到这结果，恐怕不容易！”

小云问：“为什么这么说？”

穆瓦忧愁地说：“关键在前任警察总督。他是总统的死党，甚至肯为总统去死！尽管当时在场的有好几位证人，他还是一口否定总统下令镇压！无论警察如何追问，他绝不肯改口！”

小云笑笑说：“要前任警察总督改口，这并不难！叔叔，你看我的！”

其实，在预约穆瓦之前，小云已先给凌林写封信，提出自己的猜想。凌林立即去找史密博士。结果又被小云猜中了。

小云想，这场动乱最主要的现场在警察总署前面。由于一位警员首先中枪，警察总督才下令镇压。谁向警察开枪，跟那凶手有没有关系？史密博士终于证实，射向警员的子弹也是来自那位死去凶手的枪。现场重演，弹道测定，子弹是从远处一座高楼上射出。警员还在那里找到相应的弹壳。没触底村警局还调查发现，凶手就是二十年“面包树下惨案”的幸存者。惨案发生后，当时还不到十岁的小孩逃出丛林，被人送到津国布市。长大后，他在那里参加一个黑社会组织，这次回来显然是为了复仇！这黑社会组织已被津国取缔。

从没触底村警局取到详细的资料后，小云想，现在可以见这位前警察总督了。她把这想法告诉穆瓦，穆瓦表示想一起去。他本也是调查组成员，这当然不成问题。

虽然已经成了阶下囚，这位前警察总督查理外表看来依然十分威严。看到穆瓦和小云走进审讯室，查理威严地说："穆瓦先生，云小姐，我知道你们的来意。我不希望浪费你们太多的时间，我可以把以前跟警察说的话重复一遍！"

穆瓦也是大人物，他严厉地说："查理先生，我们现在是代表国会调查组。我希望你想清楚再回答我们的问题。"

查理冷笑说："对我来说，谁来问我都一样！"

小云笑着问："查理先生，你有没有听说过有关我卜卦的故事？"

查理反问："我早有耳闻，这又怎么样？"

小云又接着说："查理先生，我这次来找你，只想用斯支瓦牌为你占卜，希望你合作！"

查理冷冷地说："对不起，我向来不相信占卜。而且，我也不是斯支瓦人。"

小云很有信心地说："没关系，我会让你相信！"

查理耸一耸肩，没有吭声。小云取出十四块小木牌，叠整齐之后放在他前面说："查理先生，请取一块。"

按小云的吩咐，查理取出一块，翻开一看是魔鬼。他见多识广，像这样的小把戏，见得多了。他无所谓地笑笑，交还她。她重新洗牌，让他再取一块。他照样取一块，还是魔鬼。他脸上的笑容消失了，但依然没有恐怖的表现。她收回小木牌，又重新洗乱，叠好放到他前面说："查理先生，你还有最后一次机会。"

查理又取一块，还是魔鬼。他微微一愣，很快又平静下来。他想，现在唯一的解释是，这十四块都是魔鬼。小云显然猜出他的想法，把十三块底牌全部翻开说："查理先生，你看，这十二块代表斯支瓦十二位神的信使，这一块就代表斯支瓦神，还有一块就是魔鬼，在你的手上。你三次都抽到魔鬼……"

查理脸上傲慢的表情完全消失，他恐惧地问："云小姐，这说明什么？"

小云说："这说明，你的灵魂已被魔鬼控制。你所做的一切都代表魔鬼的意愿！你镇压斯支瓦人的示威游行，你还做了假证……”

听了这话，查理的精神又振奋起来：“云小姐，我明白了。你这样做的目的还是要我改口供。这绝对不可能！我不会损害总统！”

穆瓦接着说：“我们明白这些。我们有旁证，还有总统跟你谈话的录音证明，是总统命令你镇压！”

查理固执地说：“我才不管什么旁证、什么录音！我绝不可能更改我的口供！”

小云微笑着问：“查理先生，我知道，你会誓死保卫总统。如果，你以前给的假口供会害了总统，你还会这样坚持吗？”

查理问：“什么意思？”

小云解释说：“查理先生，你想想，人群中有人开枪射伤警员，这说明已经变成暴乱。总统命令你严厉处理，是对是错，还可以商量。可是，如果他威胁证人，强迫别人做假口供，妨碍司法公正，人民还会信任这样的总统吗？”

查理愤怒地说：“可是总统并没有这么做！”

小云做一手势，投影机在墙上放出一段录像。她说：“这是总统府附近监视摄像头录下的。请你注意上面的时间，这是在警察讯问你前的十几分钟，总统跟你单独见面。我们有理由相信，总统正在命令你做假口供。”

查理气愤地说：“胡说！那一天，我独自散步，偶然遇到总统，什么话也没说！”

小云问：“把所有的证据都公布出来，你想想，人民会相信你，还是相信我们？”

查理无话可说。小云接着说：“当然，你如果说出真相，更改了现有口供，我们就没有必要公布这录像。现在是你最后的机会！”

沉思了片刻，查理无可奈何地说：“好，我同意更改口供！”

·9·

或许，这将是调查组最后一次会议，小云早早就来到国会调查组的办公室。照例，鲁莉不声不响地坐在她旁边。早已将调查报告分给组内人手一份，在会上她只要简单说要点。乘同组人还没来，她把发言稿一遍遍翻阅、一字字推敲……

一句纯粹的美式英语问候打断了小云的沉思。这个反对党领袖真积极！离上班时间还早，马兰里就来了。她亲切地打招呼：“哈罗，云小姐！”

小云很有礼貌地回答：“马兰里先生，你来得真早！”

马兰里直爽地说：“我特地提早到来，有话我想跟你单独谈谈！”

小云不置可否地耸耸肩：“我不知道，我们有什么需要单独谈！”

马兰里赞美说：“云小姐，你真不简单！”

小云客气地说：“谢谢，马兰里先生！”

马兰里幸灾乐祸地说：“云小姐，你们调查组干得漂亮！现在，我就真想看看，总统如何躲过这一劫！”

小云没有忘记自己是执政党的代表。况且，有鲁莉在旁，她更不能说什么。她冷冷地说：“马兰里先生，你有什么看法，待大会正式开始后，再随意发表！”

马兰里紧接着说：“我明白！云小姐，因为你身份特殊，我想跟你多说几句会外的话。”

小云疑惑地问：“我想不明白，我们有什么东西可以在会外说？”

马兰里又一次赞美说：“云小姐，我真没想到，你原来只是中国姑娘，居然会成为斯支瓦大巫师的高徒！”

小云冷冷地说：“这只是偶遇，没有什么可大惊小怪！”

马兰里诚恳地说：“我相信，这份报告公布后，斯支瓦人一定会有大行动！请你转告他们，我希望他们能提早告诉我们，我们一定全力支持……”

眼看祖鲁拉纳和穆瓦快要到来，小云急忙打断马兰里的话说：“马兰里先生，我希望你明白，我跟斯支瓦关系并不密切，不能帮你转达什么！”

小云的冷淡并没有减弱马兰里的勃勃兴致。他掏出一张名片放在她面前，滔滔不绝地说；“云小姐，我知道，以你现在的身份不适合说太多。不过，这不要紧！我相信总有一天，你们一定会有用得着我的地方。到时候，你千万别客气！”

小云心中想，或许将来还真用得着这个人。乘鲁莉不注意，她暗自把名片藏在身上，脸上却不动声色地说：“马兰里先生，你应该明白，我们斯支瓦人自己有足够的力量!”

马兰里依然滔滔不绝地说:“我知道,在国会中有很多你们斯支瓦人,有的权力还相当大。我奉劝你,千万别太轻信这些政客。这些人个个高谈阔论,表示要为最贫困的人服务。其实,他们个个心中都有小算盘,都在为自己的私人利益打算。而我们不同!你别小看我们这些议员。我们虽然人数不多,在国会内还属于少数派。我们每位议员身后站着上百万人民,而且大多是社会精英,我们才是真正为广大人民服务的!有我们的帮忙,你们斯支瓦……”

看到祖鲁拉纳和穆瓦还有律师出现在门口,马兰里立即住口,坐回自己的位置。

祖鲁拉纳和穆瓦谈笑风生地走进来。他们理都不理马兰里,只亲热地对小云笑笑,各自坐到自己的位置。紧随他们身后的老律师莫伐特带浓浓的印度腔,慢吞吞地问马兰里:“马兰里先生,我们大老远就听到你的声音。说什么,兴致这么高?”

话匣子一打开,马兰里就滔滔不绝地说:“是啊,我正在赞扬云小姐干得漂亮!现在总算已证实是总统下令镇压。这也证明我们党提出弹劾总统的主张是正确的。你们党向来标榜以民众的利益为重。我相信,你们应该不会公私不分……”

祖鲁拉纳急忙打断马兰里的话说:“好,我们言归正传,会议开始。首先请云小姐介绍调查情况。”

小云举着调查报告说:“大家好!我相信,调查报告大家都已看过。这里我只说说要点。我还相信,这份报告已经回答了我们想知道的大部分问题。大家知道,这场动乱从丛林血案开始。调查证实了血案的死者的身份,还有凶手,以及动机!那三位死者是二十年前‘面包树下血案’的凶手。惨案中唯一的幸存者,是当时还不到十岁的小孩,被人救了送到津国去,在那里参加黑社组织,又回来复仇,是杀死了这三个人的凶手。动机就是复仇……”

小云稍稍停顿片刻,又接着说:“一位生活在丛林中的斯支瓦中年男子发现尸体,并报案。当地警方把这报案者当作疑犯拘押。这疑犯死于拘留所内。我们调查核实,这报案人确实死于自杀。我们还在这人身上发现一些伤痕。经我们反复追问,相关的警员才老实承认是为了急于破案,曾经使用暴力逼供。这些人已经受到处理。这诱发了斯支瓦人的示威游行。游行开始很和平,警方也很节制。游行的规模越来越大，从数百人到上千人，最后上万人在警察总署前面聚集，大量警察严阵以待。双方对峙的时刻，警察总督就在现场。他直接向总统汇报情况，总统也秘密赶到那里。正在这时候，一声枪响，打破了平衡。总督下令清场……”

小云吸一口气，抬头瞟了穆瓦一眼，又接着说下去：“我们调查组进一步调查证实，枪响后，总督曾请示总统，总统指示要严厉对待……”

早有思想准备，小云的话音刚落，马兰里就紧接着发言：“首先，我们应该感谢云小姐！她做了如此精密的调查，也证实了我们的观点。总统在处理这场动乱中的确犯了严重错误，我们将对他提出弹劾。我们希望其他政党也会支持……”

莫伐特反驳说：“马兰里先生，你恐怕没有仔细阅读调查稿！”

马兰里气势汹汹地问：“莫伐特先生，你什么意思？”

莫伐特慢吞吞地说：“报告写得很清楚！从前警察总督给的口供中，总统当时指示说，现场有人开枪打伤警员，这说明抗议已变成暴乱。为了维护国家的稳定，警察必须果断地采取严厉的措施！调查组向总统核实，这确是当场命令的原话。游行队伍中确实有人开枪打伤警员，已经严重威胁到国家的稳定，总统发这样的命令有什么错？”

马兰里冷冷地打断莫伐特的话说：“莫伐特生生，我想，是你没有看清楚报告的内容。报告写得很明白，枪并非发自示威现场，而是从附近的一座大楼楼顶上射出。开枪的也正是丛林血案的凶手。这个二十年前‘面包树下血案’的幸存者，现在是津国黑社会组织的杀手……”

穆瓦打断马兰里的话说：“有关这段报告，我们几个人不但看得清清楚楚，而且还仔细研究过。我们还设身处地为总统想了一想，当时情况那么混乱，当然不可能发现什么人开这一枪。既然有人开枪打伤执法人员，挑战我们的政权，为维护国家的稳定，防止事态扩大，总统命令严厉对待，可以理解！”

在小云看来，穆瓦说的不是真心话。她用带着询问的目光望了穆瓦一眼。一说完话，他就到她旁边耳语道：“云小姐，凡是反对党支持的，我们只能反对！”

小云没有吭声。她听见马兰里又发挥那雄辩的口才，滔滔不绝地说下去：

“其实，这报告写得最精彩的就是这一段。云小姐文笔真美，这像一篇散文。这一段借一证人的嘴描述当时的情况。我念一念给大家听……上万人坐在警察总署前面，井然有序，时而高喊口号，时而唱唱斯支瓦歌曲……随着一声清脆的枪声响起，场上一阵骚乱，有的哭喊，有的急着往外跑，还有的要往里冲……在这关键时刻，大会的组织者尼嗒先生高举斯支瓦小神像拦在前面大喝一声，大家请安静，让我们共同祈祷，神会保佑大家！大家又跪在一起祷告……”

莫伐特问：“这说明什么？”

马兰里接着说：“总统当时就在现场。他如果头脑更冷静些……”

祖鲁拉纳打断马兰里的话说：“好了，我们不要扯远了。今天，我们讨论这份报告本身。现在看来，没有人对这份报告有异议。我宣布这调查组解散。我会把这份报告提交国会宪政委员会。什么时候公布，由委员会决定。”

看马兰里似乎还想说什么，祖鲁拉纳摇摇手说：“马兰里先生，你也是这委员会成员，有什么意见留在委员会上说吧！在这里，我要警告你，这份可是绝密文件。国会没有正式公开前，谁如果泄露其中内容，要负法律责任。”

·10·

当祖鲁拉纳宣布调查组解散的那一瞬间，小云心中产生一点点失落感。如果不是为了回应大巫师的要求，她真不想这么快交出这份调查报告。她很留恋调查组顾问这身份。她原希望可以利用这个为自己做得更多。现在，她只能跟犹占里一起到津国布市去。

小云之所以喜欢犹占里，就是因为他够善解人意。他理解地说：“云，你如果实在不喜欢离开这里，我可以跟你一起留下。你知道，叔叔最听我的！如果我苦苦哀求，他不会坚持……”

想到对穆瓦的承诺，小云打断了犹占里的话，坚定地说：“不，占里，我还是跟你一起到布市去。”

犹占里恳切地说：“云，我希望你明白，我绝不会勉强你做任何的事！”

之所以同意去布市，小云心中还有小算盘。查辜家灭门惨案时，她曾经跟倪信风一起去过布市，也曾收获不小。她跟犹占里也是在那里相识的。重上布市，没有倪信风在身边，真不知还会发生什么新的故事。她更希望，在那里会发现什么新的线索。她笑着说："占里，你不要想太多了。我跟你到布市去完全出于自愿。别忘了，我们可就是在那里相识的!"

犹占里动感情地说："云，我已经向叔叔作了保证，从此我再不涉足政治，专心管理好家族生意。我有自知之明。我知道凭我的能力，根本不适合政界这大风大浪。其实，做生意，我也并不内行。毕竟是家族使命，我只能勉为其难。如果也能得到你的帮忙，我实在太高兴"

小云坚定地说："我会!"

犹占里接着说："云，我请你明白，我绝不会勉强你做你不喜欢的事！跟过去一样，你永远是自由的!"

犹占里的态度让小云很感动。她信誓旦旦地说："占里，我也向你保证，除非发生特大突发事件，不然我绝不离开你!"

这话说出后，小云微微有些后悔，但也无可奈何。她虽不是男子汉，可也是一诺千金。穆瓦家族在布市的业务比预想的要庞大得多！到达布市不久，她和犹占里很快就成为那里商界的名流。津国虽还不是成熟的民主国家，但由于反对党相对比较强大，再加上新闻舆论监督，所有的商人大都很避嫌，尽量不跟政界关系太密切。看来，她想利用自己的身份地位重新查辜家灭门惨案，实在困难！尽管如此，她不是那么容易被难住。她想，现在许多疑点都已经浮出水面。已经知道，丛林血案的死者是二十年前面包树下灭门惨案的凶手，而丛林血案的凶手正是面包树下灭门惨案的幸存者。这幸存者又被尼嗒灭口。尼嗒又受到穆瓦的指示。而且可以肯定，当年这幸存者投靠的就是津国布市黑帮好布托这伙人。好布托跟穆瓦的关系又非同寻常。所有的线索都指向穆瓦。她心中已有预感，如果能找到当年救走这幸存者的人，或许一切都会水落石出!

小云想到通天侦探社的琼斯先生。可他完全在穆瓦的监视之中。况且，凭他那胆小怕事的性格也做不了什么。而那些警局中的朋友更不可能做这种事。最后，她想到消息灵通人士拉姆先生，她秘密给南非古堡去了一封信……

从 B 国国会好友传来消息说，在国会宪政委员会中辩论相当激烈！马兰里虽然神勇，终于不敌执政党委员人多势众，调查报告始终无法公开！又有内部秘闻，原来总统和祖鲁拉纳已经达成秘密协议！祖鲁拉纳不支持反对党弹劾总统！下一次选举，总统不再争取连任，而是支持祖鲁拉纳出来选举！

小云知道，这些都是B国政坛的事，她管不了！她专心帮犹占里打理生意，很快就做得有声有色！犹占里很兴奋。他感到自己再也离不开她。他在自己公司旗下，一间布市最大的饭店，包了豪华餐厅。她和他坐在大厅中央。

随着小提琴声响起，99朵玫瑰缓缓进入，上面夹着一颗硕大的钻戒。犹占里突然站起来，取起钻戒跪在小云前面，深情地说："云，嫁给我！"

在五彩缤纷的光照下，钻石和犹占里那英俊的脸庞相映发光。小云心里从未这样感动，如果不是刚收到拉姆的回信，或许她会答应嫁给他。犹豫片刻，她笑着说："占里，我很感动，真的！"

犹占里动感情地说："云，我们交往有相当时间了。你知道，经历了这么多风风雨雨，我越来越离不开你！"

小云拍拍犹占里的肩膀说："占里，我明白！我只是希望能再给我点时间，也再给你自己一点点时间！"

听了这话，犹占里心里非常失望，却依然不失风度地恳求说："云，我已经作了最后决定。当然，你如果坚持，我尊重你的意见！"

小云很理解犹占里此时此刻的感受。她安慰说："占里，请相信我，我不会再让你等待太久！我再次向你保证，如果没有发生特大的事故，我绝不会离开这里！"

小云天生胆大心细。尽管，她相信犹占里绝不会监视自己，每一次外出还是特别小心。毫无疑问，穆瓦一定在布市安排了许多眼线。肯定没有人跟踪后，她才独自驾车到布市北郊的丛林。密林中，在一个极其隐蔽的地方，拉姆早已等候在那里。小云问："拉姆先生，请原谅我过度小心。你确定没有人跟踪？"

拉姆先生表示理解说："云小姐，我明白！如今，你可是布市的名人。如果有什么风吹草动，很快就会成为晚报的头版！不过，放心吧！我办事，你应当放心！我们不是初次打交道，你应当相信我的能力。"

小云说："拉姆先生，我当然相信你！"

拉姆问："云小姐，这一次，你想知道什么？"

小云反问："拉姆先生，先说说，你对我们的事已经知道多少？"

拉姆说："可以这么说，我已知道了一切！你的调查工作已经结束。调查报告目前还是绝对机密，可我照样能看到副本。我已知道，丛林凶案的凶手是二十年前'面包树下血案'的幸存者，而且已经被击毙在丛林中……"

小云佩服说："拉姆先生，真不简单，果然是消息灵通人士。我想找二十多年前，在面包树下解救那位小孩的人。"

拉姆笑回答："云小姐，你找我算找对人了！除了我，恐怕不会有第二个人能找到他！"

小云问："那你要多少钱？"

拉姆说："这次我不要钱！"

小云问："那你要什么？"

拉姆笑着说："我知道你要找的这人对你们多重要！你也必须用重要的东西来交换。"

小云又问："什么东西？"

拉姆说："我要你教我大巫师最新的巫术咒语！"

小云是大巫师的徒弟，她当然清楚，大巫师的咒语绝不能外传！可她又很想见到二十多年前救小孩的人。突然灵机一动，她又追问："拉姆先生，你是不是指上一次在古堡斗法时，我用的那咒语？"

听拉姆回答"是"，小云心中一块石头落地了。她脸上依然不动声色地说："好，我可以教你，但你以后在任何情况下都不能说是我教的。"

拉姆郑重地说："好，我以我们斯支瓦神的名义发誓！"

原来，大师兄代师傅教她最新咒语后，为了能利用中国气功发挥咒语的威力，她以结合中国气功心法把咒语改造得面目全非。把这个教给拉姆，当然不违反斯支瓦神规！在巫术上，拉姆也算是奇才。没花多长时间，他已把小云教的咒语背得滚瓜烂熟！他调动全身的精力念动咒语，一点威力也没有。他用惊讶的目光望着小云。小云笑着说："拉姆先生，在巫术方面，你也算是奇才，你应不会怀疑这咒语是假的吧！"

拉姆自言自语道："回想上一次古堡一战，确实是这咒语，可为什么一点威力也没有？"

小云笑着说："拉姆先生，请你听清楚，我现在马上念动这咒语。"

小云深深地吸一口气，意守丹田，发动中国气功的内力念动咒语。拉姆仔细聆听。他大吃一惊，确实是同样的咒语，居然会发出如此巨大的威力，四周的树林被震得纷纷落叶。感到全身被震得发麻，他急忙摇摇双手！小云停止念咒。为了让拉姆相信，她只好编一套说法："拉姆先生，你是我师叔的高徒，我们也是同门。你应该也知道，我们斯支瓦中有一种咒语完全只适合某个人。"

拉姆说："我当然知道！"

小云只好解释说："大巫师，也就是我师傅最近发明的咒语完全是为我编的，当然不适合你。"

拉姆说："原来如此！"

多次交手，小云很了解拉姆，他最喜欢的还是钱。她还知道，他这人很讲信用，只要收到大报酬，一定会给相应的回报。现在她身上有用不完的钱。她有意带来了百万元的支票，呈上给拉姆后，她说："既然这咒语不适合你，我希望你还是帮我找到那人，这就是报酬！"

看到这么大一笔钱，拉姆果然双眼发光。他信誓旦旦地说："云小姐，我保证会尽快帮你找到你要的人。你这么有诚意，我格外送你一份礼物。我相信你很快就会用上。"

小云问："什么礼物？"

拉姆说："云小姐，我教你我们最厉害的巫术咒语。"

现在小云已经成了巫术迷，自然很喜欢学。无须拉姆费多大工夫教，她很快就学会了。他感叹说："云小姐，你才真正是巫术方面的奇才，这么快就学会了。你赶快回去，我相信，你很快就会用上这个咒语。"

小云疑惑地问："很快就会用上这个咒语？"

拉姆说："云小姐，你别问了。你还是赶快回去。估计，此时凌先生给你的信已经到了，有一条惊天动地的消息！"

·11·

果然是惊天动地的消息！一回到家中，小云就看到凌医生的来信。

小云总以为，跟随犹占里在一起这么久，自己对倪信风的感情已经淡薄了。谁知，一听说倪信风被囚在大巫师住地，向来十分冷静的她心神大乱！

她更没想到，他在她心灵深处占有那么重要的地位！沉降在大脑深处的记忆碎片一一浮现出来……当年，她还是辜太太的贴身女佣时，他是辜先生的助手。她和他第一次相遇，她早把他放在内心深处。后来，为辜梁夫妇报仇这个共同目标把他们的心紧紧相连。经历了许多生生死死的磨难，使他们变得越来越难分难舍。犹占里的出现根本不可能改变这一切，只是暂时被掩盖。现在，他处于生死关头，往事又历历在眼前……

往事的回忆使小云心意已决。她无论如何必须出手救倪信风！只有一个难题，该如何向犹占里交代？经反复思量，她觉得还是坦诚相告，相信犹占里会理解的，或许还能得到他的帮助！小云刚要走出闺房，他却找上门来！

小云勉强地一笑说："占里，我正要去找你！"

犹占里的脸色很难看，立即说："我知道！"

小云疑惑地问："你知道？"

犹占里老实承认说："我刚刚接到穆瓦叔叔的电话，已经知道，你的好朋友倪先生被软禁在大巫师的住地。我相信，你一定也接到你朋友的通知了！"

小云焦急地说："占里，你应该也知道，倪先生对我来说，就像亲兄长一样。他遇险，我不可能无动于衷。"

犹占里表示理解说："云，我知道！我早已替你求我叔叔帮助拯救倪先生。"

小云兴奋地说："穆瓦叔叔如果出面，一定会恢复倪信风先生自由的。"

犹占里愧疚地说："对不起，云！叔叔说，对倪先生采取行动是斯支瓦高层的决定，是为了捍卫斯支瓦人的最高利益！"

小云问："什么意思？"

犹占里说："叔叔说了，斯支瓦领导已经仁至义尽，给予倪先生足够的警告。可他一意孤行。"

小云接着问："什么事？"

犹占里反问："云，你知道斯支瓦新的女酋长尤佳跟倪先生的关系。他对她的影响多大！"

小云说："我当然知道！"

犹占里说："斯支瓦人害怕倪先生会妨碍酋长加冕仪式！"

小云问："为什么这么说？"

犹占里说："叔叔说，倪先生一直对女酋长产生坏的影响。为了让酋长加冕仪式顺利进行，斯支瓦高层才决定对倪先生采取行动。"

小云焦急不安地说："这如何是好？"

犹占里安慰说："小云，你别着急！穆瓦叔叔向你保证倪先生的安全，仪式一结束立即恢复他的自由！不过……"

小云问："不过什么？"

犹占里说："不过，你必须也保证绝不离开这里！"

小云犹豫不决，没有吭声。犹占里继续说："而且叔叔还说，斯支瓦上层知道你的能力，已做好最严格的准备，希望你不要轻举妄动！"

小云恳求说："占里，我刚才说了，倪先生就像我唯一的亲兄长。他有难，我不可能坐视不理！"

犹占里的脸色突然变得更严峻，斩钉截铁地说："云，你知道，我从没有强求你干什么。这一次不同！我坚决不许你离开这里！"

犹占里从来没有这样对自己说话，小云知道形势严峻，没有再说什么。直到犹占里离开后，她还在沉思着。

倪信风还在危险之中，小云的心情怎么能平静下来！尽管穆瓦叔叔作了保证，她还是放心不下。从凌医生来信中知道，大师兄想用巫术咒语改造他。如果没有凌林用气功内力震醒，真不知他现在会变成什么样子！

从凌医生信中看到的信息还表明，囚禁倪信风可能是穆瓦的指示，应该跟师傅无关。小云想，去求师傅，或许是解救倪信风的最佳办法！她预料，大师兄应该不会轻易让自己见到师傅！她不想走正规渠道，而是要独自闯大巫师住地！看来，这场同门相斗在所难免！

作为大巫师的关门弟子，她比谁都清楚大师兄的巫术能力。他非但得到师傅的真传，而且青出于蓝胜于蓝。他还对各家斯支瓦咒语都很有研究，自创了一套咒语，恐怕无人能敌！她天性很好胜，喜欢挑战。她也自创了好几套咒语，还暗自加上中国气功，依然无法取胜。她将从拉姆那里学到的巫术咒语重新修改，再加入中国的气功，才感到有八九分胜算。她打起精神去迎接新的挑战！

小云曾经在那里住过。那里的一切，对她而言，实在太熟悉。她不相信那里还有什么东西能难倒自己。在寂静的夜，乘着月色，她独自闯入密林。她生性胆大心细，当然不会轻易冒险。她带着望远镜，躲藏在一个隐蔽的地方。对那里的机关和密码，她本就十分熟悉。她相信，为了对付自己，大师兄一定会改动密码。看到他几次来回出入，在望远镜中反复核对。果不出所料，他把密码改得面目全非，这当然难不倒她！

小云小心翼翼地靠近安装密码的木柱，站在大师兄曾站过的位置，按大师兄相同的手法按密码，可惜手臂不够长。她右脚向前迈半步，感到仿佛踩到一弹簧，一张大网突然从天而降。

幸好，当网还没落地，侧面跳出一个人把小云撞飞。那人跟在她身后，不由分说地牵着她的手向林中跑去。她看清楚，原来是吉姆。她跟着吉姆跑了数百米，在一隐蔽处，看到凌林正坐在那里。她有些不好意思地说："凌，谢谢你救了我！"

凌林表示理解说："云，本来，你办事，我完全可以放心！因为我担心，小倪遇难，而且情况那么危急，你未必还能那么冷静。为了预防万一，我特地派吉姆暗中跟踪你，果然……"

小云摇摇头说："不，凌！听说小倪出事，我确实心神有些乱。尽管如此，但吉姆可以证明，我还是十分小心！"

凌林紧接着说："我也知道，你一直很小心！可惜在最关键的地方，疏忽大意了！"

小云疑惑不解："关键地方？"

凌林说："云，你有没有注意到，你大师兄在按密码时，从没有靠近那柱子，而是伸长着手……"

小云说："我也注意到了，就是不知道大师兄为什么。我也是准备伸长手去按。可是，我的手没有大师兄的长，只好更靠近一小步，刚好脚踩到了地上的机关。"

凌林说："这些日子，我一直和吉姆监视这地方。这大网是前不久才布的，看来是专门用来对付你的！"

小云愧疚地说："我确实疏忽了。"

凌林问："小云，你曾在这里住过。你有没有发现这里有什么重大变化？"

小云说："我发现这附近增加了不少房子。"

凌林说："是啊！现在在关押小倪的地方，至少数百人轮流守卫在那里！"

小云焦急不安地问："据我所知，这里属于没触底村，这国家的警察都管不着！而我们自己又没什么人手。凌，现在我们该如何是好？"

凌林安慰说："云，你也别太担心！我想出一个办法，逼你大师兄自己放了小倪。当然，还需要你亲自出马！"

小云疑惑地问："逼大师兄自己放人，这可能吗？"

凌林反问："云，你很了解大师兄。你说，他最害怕什么？"

小云说："大师兄是大巫师的接班人。他当然最怕有人打击他在斯支瓦人中的威信！"

凌林从身上掏出一张纸条递给小云说："云，从我给你的信中，你也知道，这些日子我截获了大量穆瓦和你大师兄的密信。这一张就是其中一封的复印件。这是我的秘密武器，小倪出事，我们不得不抛出……"

小云冰雪聪明。看了这纸条，她冷冷一笑说："凌，我知道该怎么做了。我按平时的规矩见师傅和大师兄去。"

·12·

跟凌林见面后，小云的头脑冷静了许多。她后悔了。她真不该如此鲁莽！她自信自己的头脑向来冷静，怎么会犯如此低级的错误？当然完全是因为倪信风！其实，知道他遇险后，她的头脑就无法完全清醒。为什么会如此？看来，她真的放不下他！她鼓励自己，为了他，她无论如何要冷静，发挥最大智慧去实现凌林精心布置的计划！

小云精神焕发地向丛林边缘走去。她是大巫师的徒弟，要见师傅，何必要冒险？有一个联络地点，那里自然有人会带她去见大巫师！可她没想到，拉嗒已经在那里等自己！

小云天性特别敏感！从拉嗒的脸上，她看到从未有过的敌意。拉嗒冷冷一笑说："小师妹，你应该明白我们斯支瓦的规矩，找师傅，可以到这里，何必要冒险？"

小云跟着笑笑说："作为徒弟，要找师傅何必一定要经过这里？况且，我又不是第一次直接去找师傅！"

拉嗒很清楚，论嘴上的功夫，自己绝非小师妹的对手！他没有多说，只是绷着脸说："好吧！小师妹，我亲自带你去见师傅。不过，我希望你不要后悔！"

多日不见，师傅还是这样静静地躺着。记得上一次在这里，她没能等到师傅醒来，后来还是由拉嗒传达神的启示。这一次，她一定要等到师傅醒来！时间一分又一分流逝，师傅一直是这样躺着，一动也不动！好几个小时过去了。

拉嗒动员地说："小师妹，你知道，师傅什么时候醒过来完全由神决定。过了这么久，师傅还没醒，这说明神不会帮你。你还是先回去吧！我知道，你很关心倪先生。我向你保证，我们绝不会伤害倪先生。酋长加冕仪式过后，我们就会恢复他的自由！"

小云固执地说："不，我不信师傅一句话也不肯跟我说！"

佣人进来替师傅喂饭。师傅睁大眼睛，可看也不看小云一眼。吃完饭，他又沉沉入睡。她低声叫几声师傅，他没有理睬！看起来，师傅已经好久没有清醒过。她心中感慨万千！她想，说出来很难让人相信，就是眼前这个行尸走肉，居然控制着数十万斯支瓦人的命运！由于犹占里的关系，使她这中国姑娘变成斯支瓦的贵族。这次，她不听犹占里的一再警告，坚决离开布市，得罪了叔叔穆瓦，恐怕要变成斯支瓦的罪人！从拉嗒的态度转变中，她可以感到这一切。这些日子，她内心深处已经对斯支瓦产生感情。她不相信穆瓦这些人真能一手遮天，把数十万民众当作玩偶！她面向师傅床上方的斯支瓦神像，用斯支瓦语祷告着。

拉嗒也跟着跪下祷告。小云知道，他念的是大巫师专用的祷告词，这也是斯支瓦最强的咒语。他的声音变得尖锐无比，像一阵阵狂风暴雨，有节奏地把无数小针刺入她的大脑。她记得，师傅大巫师的咒语向来以高音调见长，普通人很难承受这种异常的高音，不要多久就会失去理智。此时，拉嗒的音调比师傅又高出好几度。她早就料到，跟师兄见面将有一场巫术大战。没想到，他一开始就下此重手。她感到有些昏昏沉沉，几乎要失去知觉。她急忙深呼吸，意守丹田，用中国的气功对抗，才渐渐平静下来。

小云重新揣度拉嗒巫术咒语的优势还有弱点。她终于发现拉姆咒语的妙处，是完全针对像拉嗒这样的咒语的！它像低音重锤，打在拉嗒的软肋。她带着中国气功内力发动这咒语！他的声音像狂风暴雨，一阵又一阵。她的声音像雷霆万钧。当他正要发挥威力时，被她的重锤当头一棒打退了。不知过了多少时间，他的声音渐渐减弱，她却越战越勇……

拉嗒停止念咒语，深深地叹一口气说："唉，小师妹，你的巫术真是突飞猛进！"

小云笑着说："谢谢师兄夸赞！"

拉嗒冷笑说："不过，你不要高兴得太早。巫术上胜我，并不能改变你的命运！"

小云气恼地责问："大师兄，你什么意思？"

拉嗒脸色又缓和下来说："小师妹，看在你能在巫术上胜我的分上，我愿意再给你一次机会！我可以代你再向穆瓦求情。只要你愿意，我派人送你回津国布市，但你要发誓，酋长加冕仪式前绝不离开那里……"

小云口气坚决地打断大师兄的话说："不，倪先生没有恢复自由，我绝不会走！"

拉嗒恶狠狠地说："如果这样，你也将和倪先生一起被关在这里！"

听拉嗒这么说，小云神情依然很淡定。眼前发生的这一切都在她的意料之中。来之前，她早已跟凌林一起设计好对策。她明知故问："大师兄，你真想连我也扣押？"

沉思片刻，拉嗒语气缓和地说："小师妹，你应该明白，你现在的一切都是大人物穆瓦先生给予的。因为你是穆瓦的亲人，斯支瓦人才会这么尊敬你。也是这原因，师傅才可能破例收你为徒，你才会有现在这些权力。你离开了穆瓦，在我们斯支瓦人眼中，已经什么都不是了。我奉劝你，还是赶快回到布市去。这样，你还是我的好师妹。"

小云笑着说："大师兄，你只知其一，不知其二。确实，如你所说，因为有穆瓦先生的关系，我才会在斯支瓦中有现在的地位。而穆瓦先生之所以会是斯支瓦的大人物，是因为他为斯支瓦做了很多好事。一旦有一天，斯支瓦人发现，他所做的一切别有用心，斯支瓦人还会像现在这样敬仰他吗？我们都知道，斯支瓦祖先是游牧民族，生性豪爽，最崇拜英雄，最痛恨背叛！他们酷爱民主、自由。他们岂能容忍被别人玩弄于股掌之中？而我们则不同！我和我的朋友可是真心实意为斯支瓦人服务。我们有能力，而且正在努力帮他们得到所希望的一切！”

拉嗒说：“我听不明白。”

小云胸有成竹地说：“告诉你，现在的一切都在我们的意料之中。如果没有十分把握，我不会来！大师兄，你真的以为，你能留得住我？”

拉嗒笑着说：“小师妹，那你也应该知道，在这附近有上百人守卫，都是顶尖的高手。我想不出，你还会有什么办法离开这里！”

小云笑着说：“大师兄，我还知道，斯支瓦的酋长是世袭的，而大巫师则是从巫师中选出来的。看师傅现在这样子，应该不会等太久，你就是斯支瓦的大巫师了！”

拉嗒骄傲地说：“当然！除了我，谁还能当此重任！”

小云说：“据我所知，还要经过七区七大长老共同决定！”

拉嗒说：“这也没什么难的！七大长老可都是我的师弟，也是你的师兄！他们向来以我马首是瞻！”

小云接着说：“大师兄，你知道，每一位长老都是由他所在的区内选举出来的，他必须代表区内大部分选民的意愿！我知道，所有斯支瓦人都希望有一位能全心全意为他们服务的人当大巫师，而不是傀儡！”

拉嗒吃惊地说：“傀儡？”

小云从身上取出凌林交给自己的那张纸条问：“大师兄，你看看这个，这是不是你的笔迹？”

拉嗒愣住了，没有再开口。小云继续说：“我们手上还有很多，这只是其中一部分的复印件。如果这些东西传开了，大师兄，你想，斯支瓦人还会信任你吗？”

拉嗒沉思着问：“你们为什么要这样做？你知道，这会在斯支瓦人中产生多坏的影响吗？”

小云说：“我知道，这将在斯支瓦人中引发大地震！请相信，我们也不想这样做！这一切都是你逼的！如果倪先生还有我不能准时出去，我的朋友凌医生就会把这一切在斯支瓦人中公开！”

沉思片刻，拉嗒恶狠狠地说：“你倒提醒我啦！只要把凌林也擒拿了，我就安全了！”

小云笑着说：“大师兄，看来你对我们的实力还是估计不足。你们绝不可能抓住凌医生！”

拉嗒很有把握地说：“我知道，凌林最近一直在丛林。他身边有一位有特异功能的丛林人。可是，我已经在这一片林中布下天罗地网，要抓住他，又有何难！”

小云看看手表，下午四点半，正是凌医生跟她约好的时间。她说：“大师兄，你还是先派一位亲信到外面看看再说！”

被派出去的人回来在拉嗒耳边小声汇报外面的情况。拉嗒听完愣住了……

·13·

听完亲信汇报，知道门外来了一大群没触底村警局的警员，带队的就是好布鲁娜，拉嗒愣住了……

原来，小云离开后，凌林急匆匆去找好布鲁娜。他告诉她，小云有事到林中走走，失踪在这一片丛林中。他还说，他担心小云会发生什么意外，希望好布鲁娜派一队警员帮助找寻。对他的请求，好布鲁娜向来有求必应。她还亲自带队跟凌林在林中搜索。凌林计算好，在跟小云约定的时间，带大队人马到大巫师的住地附近。

作为大巫师的接班人，拉嗒当然有足够的智慧。他很清楚自己目前的处境。看来，自己还真不是凌林的对手。他的靠山是穆瓦。穆瓦在斯支瓦人中权势滔天。如果在斯支瓦人中，还有一位让穆瓦顾忌的，这就是好布鲁娜。穆瓦命令他和弟弟尼嗒干这么多事，都是绕过好布鲁娜。穆瓦还吩咐他要小心，千万别跟她正面冲突！凌林偏偏搭上好布鲁娜！现在，他还真拿凌林毫无办法。凌林如果把他跟穆瓦之间的秘密通信公开，他在斯支瓦人中恐怕会没有立足之地，更别想接大巫师的班！他态度软了下来说："小师妹，你们到底想干什么?"

小云心中很清楚，此时不能逼得太紧！她退一步，表示理解地说："大师兄，我知道，凌林如果把这些信件公开，斯支瓦就会发生地震!"

拉嗒紧接着说："对，小师妹，你们千万别这么干!"

小云动感情地说："大师兄，请相信我，我也是斯支瓦人，我对斯支瓦的感情绝不比其他人浅。不到万不得已，我们绝不会这么干！我们只关心倪先生的安危!"

听小云这么说，拉嗒轻轻松了一口气说："对！你们千万别这么干！算我欠你们一份人情，我再次向你发誓，我一定保证倪先生的安全！你也可以自由离开!"

小云坚决地说："不，我无论如何必须带倪先生走!"

拉嗒恳求说："小师妹，你知道，我做不了主!"

小云理解地说："这我能理解。所以，我并不要求你亲手放了倪先生。你知道，凌医生带没触底村警员正在外面找我。你只要把他们放进来，到时候，我自己带倪先生走。因为是自己的警察把人带走的，你幕后的人没有理由责怪你!"

拉嗒固执地说："不，不行！倪信风绝不能离开这里半步!"

眼看大师兄还不肯松口，小云只好进一步紧逼说："不带走倪信风，我们绝不会罢休！我们不但会公开那些信件，而且还会把师傅的现状向其他长老公开。我们还会告诉他们师傅已经好久没有清醒过了。到时候，七大长老一定会到这里来要求见大巫师。我知道，这些人通通都在做着大巫师梦！如果师傅真的没有清醒过来，他们一定会争论不休……"

大巫师好久没有清醒，除了大师兄自己和穆瓦两人外，没有其他任何人知道。现在，小云居然这样说，大师兄心情很恐慌，他恳求说："你们千万别这么做！我当不上大巫师还是其次，如果七大长老各自利用自己的权力争吵不休，那斯支瓦就永无宁日了!"

小云接着说："大师兄，我们也不希望这样。请相信我，非到万不得已，我们绝不会这样做！我向你保证，除了希望倪先生自由外，我们没有别的要求。到时候，我和倪先生，还有凌医生全都远离斯支瓦，绝不影响你们的酋长加冕仪式。如果……”

大师兄继续沉思着，没有开口。小云已经从他的脸上看出，他的意志已经动摇了。她还想再说些什么，却被从外面进来的大师兄的亲信打断。

那人对大师兄说：“巫师，没触底村警员在外面。”

大师兄问：“他们到这里来干什么？”

那亲信说：“他们说，他们正在寻找云姑娘。”

小云用带威胁的眼神望了大师兄一眼。大师兄无可奈何地说：“好，让他们进来！”

那亲信出去不久，就带着几个穿警服的一起进来了。那警服跟这国家的警察没什么不同，只有帽徽是两只丛林小斑马，这是斯支瓦部落标志，显示这是属于没触底村警局的。这些人当然认识小云，领头的恭恭敬敬地说：“云姑娘，凌医生让我们来找你！”

小云对那穿警服的说：“正巧，凌医生还有一位好朋友倪信风先生也正在这里做客，你们跟我一起去带他走！”

眼看大师兄想阻止，小云面对警员，明知故问道：“先生，对了，凌医生有没有跟你们一起来？”

那警员回答说：“凌医生和好布鲁娜小姐还在不远处，我们赶快出去吧！”

小云笑道说：“好，我们带倪信风先生一起出去！”

眼看大师兄没有吭声，小云走向房间角落，熟练地用密码打开了地下室的大门。对这些地方，她本就很熟悉。她料定，倪信风一定被关在最隐蔽的那一间。果然，他昏昏沉沉地靠在一张小床上，一位巫师还在小声念咒语。那巫师当然也认得小云，便问：“云姑娘，什么事？”

为了避免麻烦，小云只好抓鸡毛当令箭：“巫师，我奉大巫师师傅口令带这位先生上去！”

听到小云的声音，倪信风惊喜地睁大眼睛。看到他清醒着，小云心里很高兴，急忙用中文小声说：“小倪，继续装傻！”

看那小巫师没有阻拦，小云让穿警服的扶着迷迷糊糊的倪信风上去了。

看小云带着穿警服的走进地下室，大师兄的心情特别复杂。他想阻拦，又担心那些纸条会被曝光，况且这些穿警服的未必会听自己的！他从小被穆瓦收养，安排在大巫师身边。二十多年来，他一心一意按穆瓦的意志办事。这次，囚禁倪信风，并对倪信风施咒自然也是穆瓦的意旨，目的是要通过倪信风控制女酋长！如果真的让他们带走倪信风，该如何向穆瓦先生交代？眼看穿警服的扶着倪信风从地下室走上来，他正要开口命令手下拦阻，却被小云阻止。

小云当然很理解此时大师兄心中所想。她让警员扶倪信风先出去，自己对大师兄耳语说："大师兄，我知道，你担心无法向穆瓦交代！你别忘了，我可是穆瓦的亲人，一切由我负责！请相信，我们所做的一切都是为了斯支瓦人。"

眼看着穿警服的带倪信风走出屋，估计已经安全了，小云作斯支瓦人再见的手势说："大师兄，后会有期！这一次，你帮了我的忙，将来我会支持你当大巫师！"

穿警服的扶着倪信风走出大巫师住地大门。倪信风故作迷迷糊糊地靠在警员身上走着。刚刚走几步，突然，一声枪响，把他震惊。从林中窜出一位姑娘扑在自己身上。子弹打中她胸口，血流如注。原来是尤佳，他愣住了……

·14·

倪信风不在，对尤佳而言，这住地跟监狱没什么区别！一闭上眼，她头脑里就产生不祥预感，老板会出事。她怎么也坐不住了……

其实，尤佳对自由也没有什么奢求。本来，关在这里，也没什么不好。她心里只是特别想念老板！初次相见，她就对他一见钟情，久而久之，感情越来越深。在被软禁的这些日子里，她的思念之情又增添了好几倍。她从来就不想要当什么酋长。她知道，自己也不是当酋长的料。她也没有要为斯支瓦献身的思想。除了老板，她谁也不想！想到他正在受巫术咒语之苦，她也备受煎熬，饭吃不好，觉睡不香。躺在床上，一闭上眼，他就站在她眼前，醒来周围还是空荡荡的，只有贴身女仆妮子一人孤零零地站在床边……

凌林让吉姆传一封密信给尤佳，目的是要让她放心，告诉她今天就要采取行动解救倪信风。可是接到信后，尤佳更坐不住了。她头脑简单，想出去帮忙，可想不出脱身之计，急得像热锅上的蚂蚁。她只好虔诚地跪在斯支瓦神像前，默默地祈祷。她向神发誓，只要能拯救老板，让她干什么她都愿意，就是牺牲自己，她也在所不惜……

妮子的头脑要比尤佳灵光多了。看女酋长如此焦急，她心生一计，便对着尤佳耳语一番。尤佳笑了。

这一天，尤佳按斯支瓦女酋长打扮，把发式梳得高高的，身披绿色长袍，脸上还披着绿纱巾。她带着妮子到林中走走。十几位保镖跟随着她们。她知道，这里有一个极隐蔽的地方，就跟妮子一起进去。那些保镖以为女酋长要方便，不敢跟进，只好把四周团团围住。由于事先准备好，没过多久，妮子的发式变得高高的，跟女酋长一模一样，身上也换上酋长的绿袍，脸还披着绿纱巾，走出去。那些保镖们急忙把妮子团团围住。她模仿尤佳，昂首挺胸地走向酋长住地，那些保镖就紧紧地跟着。妮子走进女酋长卧室之后就没有再出来。

眼看保镖们全都跟着妮子一起离开，尤佳心中一块石头落地。此时，她身上本就不多的机灵劲又回来了。她从时间上估计，老板还没有被救出。她就急匆匆向大巫师住地走去。她知道附近机关厉害，不敢靠得太近。在离门口不远处，看到有两个斯支瓦警员正站在那里，她确信自己的估计是对的。她潜伏在树丛中焦急不安地等候着。想到不要多久老板就会出来了，她的心都要从胸中跳出来。她双眼死死地盯住大巫师住屋的门口……

尤佳静静地观察，看那警员一动不动地站着，一声不响，四周静悄悄的。突然，她发现地上有一个红点在不停地抖动着。她在丛林中长大，又曾当过侦探，知道那是从枪支上的红外线瞄准器中发出的。她正要发出警告，可是已经来不及了。原来，另外两名警员已经扶着倪信风出来，红点正照在他的胸口。情况紧急，她来不及思考，不顾一切地扑到他身上，枪响了……

倪信风的头脑本就不特别精明，大师兄的巫术又非常厉害，没费多大工夫，他就开始有些迷糊。要不是凌林从林中发出鸟鸣声，用内功震醒，他现在早就变成行尸走肉了。为了巩固效果，拉嗒让小巫师轮流不停地施巫术。

倪信风一面装迷糊，一面暗中用凌林以前教的气功对抗。好几个昼夜下来，他已筋疲力尽了。突然看到小云，他心中兴奋，暂时忘却了疲劳。幸好小云及时提醒，他才没有暴露，继续装糊涂。

倪信风不知道，自己这戏还要演多久。反正习惯成自然，他什么也不管，闭着双眼，软绵绵地靠在警员身上盲目地跟着走。刚出大巫师住地，一声枪响把他震醒。猝不及防，一位黑妞扑到自己身上。一看原来是尤佳，这对他的震惊比枪声要大得多……

倪信风愣住了。刹那间，往日尤佳对自己情深义重的一言一行一一闪现眼前，他忍不住泪如雨下，心如刀割。小云就在旁边，焦急地说："小倪，快把她放下，让我来急救包扎。"

尤佳急忙握住倪信风的手压住伤口说："老板，不要放开我！这一次，我可是在劫难逃，这也是斯支瓦神的意旨！"

倪信风疑惑不解地问："神的意旨，什么意思？"

尤佳用微弱的声音说："老板，我向斯支瓦神发誓，只要能保你平安，就是牺牲我自己也在所不惜！想不到却应验了。"

倪信风哭泣着说："尤佳，你一定要坚持住，我们马上送你去抢救……"

人的大脑真奇怪，在紧急情况下，短短的一眨眼间会想得很多！倪信风记得第一次跟尤佳见面是在侦探社里。她第一次向自己献媚的神态，记忆犹新。当时，他千方百计躲着。后来，为了为辜老板复仇，他不得不接近她。他跟她共同找到那两张牛皮。当时她兴奋地扑到他身上。他感到她有一种令人无法抗拒的诱惑。他心中总感到很内疚。他不爱她，却跟她越来越亲密……

凌林跟好布鲁娜正在不远处。他向来办事谨慎小心，特地让吉姆注意四周情况。吉姆告诉他，除警员外，没有发现陌生人。他的心稍微放宽了些，可没想到枪声还是响了。他让吉姆去追踪凶手，自己急匆匆冲向大门口。他可是医学行家，看到躺在倪信风身上的尤佳，伤口四周衣服都湿透，看来伤了动脉，估计救不活了。见小云还想抢救，他小声说："云，还是让尤佳说吧！"

尤佳断断续续地说："老……老板，别……别费心，我坚持不了多久了，你听清楚。我们斯支瓦人并不怕死，能死在自己喜欢的人怀里是幸福！我们相信，只有死后才能真正进斯支瓦天国。在上面，能把下面一切都看得清清楚楚。我……我希你……不要忘记我。这样，我的魂才能安心……”

倪信风感动地说：“尤佳，我永远不忘记你……”

尤佳的脸上出现笑容，手伸进胸口，掏出那两块牛皮说：“老板，这是我们一起找到的牛皮。真怀念那日子……”

尤佳喘一口气继续说：“这……这上面记录着斯支瓦的最高机密，只能靠你们去破解……”

话没说完，尤佳就闭上了双眼。看到凌林，倪信惊恐地叫道：“凌，快救尤佳！”

凌林摸着尤佳的脉搏说：“尤佳已经去斯支瓦天国了！”

好布鲁娜就在凌林身后，问：“凌，不是来找云小姐，怎么会出现这等事？”

凌林说：“好布鲁娜，情况太复杂，一下子说不清楚，以后我会一一跟你解释。这里发生突发事件，死的是你们斯支瓦女酋长。你赶紧让警员过来进行调查！”

第八章　水落石出

·1·

女酋长的死讯很快就传开，整个斯支瓦地区炸锅了。尸体停在没触底村警局，也就是好布鲁娜大院。那么大的院子，很快被斯支瓦人挤满了。

好布鲁娜只是交际花出身，几曾见过这么大阵势，顿时慌了手脚。她心急如焚，一时不知如何是好。她想到凌林。刚才他还跟自己在一起，现在……

凌林本来跟好布鲁娜在一起。眼看警察抬着尤佳的尸体去了好布鲁娜大院，他让一位警察送倪信风回去，又让小云去找拉嗒，自己又到丛林中去等候吉姆。没过多久，吉姆就回来了。吉姆告诉他，枪杀尤佳的凶手是尼嗒，躲在穆瓦大院里。他让吉姆继续跟踪尼嗒，自己来到好布鲁娜大院的解剖室。在尤佳身上发现子弹头！他暗自取下子弹头暗地请史密博士查验。果不出所料，证实是从尼嗒的枪射出的。看来离真相不远了。他求史密博士暂时保密。他要在适当时候，让没触底村警局自己得出结论。随后他就匆匆去见好布鲁娜！

好布鲁娜不知道自己的父母是什么人。自从有记忆开始，她就在美国洛杉矶街上流浪。她天性野心勃勃，或许正是因为这一点，祖鲁拉纳才会看上她。祖鲁拉纳观察了一段时间，发现无论在什么地方，那些小乞丐们总是围着她、巴结她、奉承她！他收养了她。那时候，她还不到十三岁！他让人教她斯支瓦语，然后把她放到没触底村，跟博鲁亚在一起流浪。她没有辜负他的期望，很快就让这里所有的男孩都成了她的俘虏！她的势力越来越大，她的野心越来越膨胀。她最终的目标就是要当斯支瓦领袖。女酋长之死是极好的机会。出乎她的意料，这些普通的斯支瓦人根本不听她的话。费尽心机也说服不了这些愤怒的群众，对她打击很大。她终于明白或许自己不是当领袖的料。偏在这时候，她最得力的助手尼嗒不知所踪。她又想到凌林。可是在这种情况下，她最想见和最不想见到的就是凌林。她只希望让他看到自己美好的一面，不愿让他看到自己惊慌失措的样子。斯支瓦人斥责自己的场面，如果让凌林看到，她宁愿死！现在，斯支瓦人占领了她的大院，她只好躲到自己的密室内……

偏偏在这个时候，凌林却自己来了。她有些不知所措，却装着若无其事，勉强一笑说："凌，你好！刚才你到哪里去了？"

凌林很了解好布鲁娜，她向来只听恭维的话。他只能拣好听的说："好布鲁娜，女酋长之死是斯支瓦人心中之痛。他们如此气愤，理所应当。现在，他们都对你寄托厚望，要你这警局为女酋长讨回公道。为了这，我当然应尽心帮你。我刚从鉴证科回来！"

好布鲁娜问："有什么发现？"

凌林赞扬说："好布鲁娜，你这警局的设备真不错。现在看来，不要太久，一定会揭开事实真相！"

好布鲁娜兴奋地叫道："真的？"

凌林说："当然！关键还是要靠你这英明的领导！"

好布鲁娜不由自主地叹一口气说："唉，我从来没想到这里会出现像这样乱七八糟的情况。这样子，如何展开工作……"

凌林安慰说："好布鲁娜，你放心！凭你在斯支瓦人中的威信，很快就会有人来帮忙。相信我，这里很快就会恢复正常！"

好布鲁娜疑惑地问："谁会来帮我的忙？"

凌林说："我想，应该是拉嗒！"

·2·

从凌林那里得到信息后，小云就匆匆往大巫师住地赶去。

大巫师的住地戒备森严，三步一岗，五步一哨，谁都不允许靠近！

小云身份特殊，她是大巫师的徒弟。她告诉哨兵，有紧急事务需要见大师兄。小巫师当然不敢怠慢，赶紧带她进去！

小云很了解大师兄。他智商平平，只沉迷巫术，并不善于决策。当大巫师还清醒时，他一切行动听师傅的指挥。大巫师昏睡后，穆瓦的指示，是他行动的准则，弟弟尼嗒是中间联系人。囚禁倪信风、控制女酋长，一定都是穆瓦的意思。尼嗒想除去倪信风，却误杀了女酋长，现在正躲在穆瓦处。穆瓦暂时发不了什么指示。拉嗒肯定也完全失去了主意！

果不出小云所料，此时拉嗒正在房内生闷气。对他而言，女酋长之死无疑就是天塌地陷的大事。他不知该如何是好！他又不想让手下看到自己心慌意乱的样，只好独自一人躲在房内。看到小云，他焦急不安地问："小师妹，闹出这么大的事，该如何是好？"

小云安慰说："在斯支瓦，谁都可以惊慌失措，就是你不行！"

拉嗒问："怎么说？"

小云反问："大师兄，你想想，斯支瓦人已经近三十年没有酋长，为什么还会团结如初？"

拉嗒又问："为什么？"

小云侃侃而谈："因为他们有共同的信仰，有一个共同的神。斯支瓦神一直在保佑他们！"

拉嗒说："说得好！"

小云用带威胁的口气说："大巫师肩负着沟通斯支瓦神和人的神圣使命。可这些日子，你都干了些什么！用穆瓦的话来代替神的指示！"

拉嗒无可奈何地说："现在，师傅这样子，我有什么办法！"

小云鼓励说："可你不要忘了，斯支瓦神绝没有放弃它的臣民！师傅这样子，何尝不是神的意愿。"

拉嗒疑惑地说："小师妹，这……"

小云口气缓和说："大师兄，这何尝不是神在考验你，你可千万别做神不悦的事！至于过去的事，事出有因，我可以替你保守机密！你必须……"

拉嗒问："以后，我该怎么做？"

小云说："神要你接任大巫师一职之前，就会先给你许多考验。现在是关键时刻，你要勇敢地站出来，解决斯支瓦的困境！”

拉嗒犹豫不决地说：“可是我……”

小云说：“现在你应该向斯支瓦神祈祷。请相信，神会给我们启示。”

拉嗒忧愁地说：“可我现在还不是大巫师！”

小云说：“那我们一起在师傅床前祷告。”

拉嗒说：“可师傅他好久没有说过什么有用的话了！”

小云说：“大师兄，你对我们的斯支瓦神要有信心。请相信，神会创造奇迹！走，我们一起到师傅房内去！”

数日不见，师傅还是老样子，似睡非睡、似醒非醒地躺在床上。小云知道师傅得了老年痴呆症，已经记不起往事。拉嗒在正中跪下，开始念动祷告词。她也顺势靠近师傅头部跪下。他在师傅耳边小声说：“杜嘛啦（你好）！”

师傅紧接着大声说：“杜嘛啦！”

眼看拉嗒还在念念有词，小云说：“大师兄，斯支瓦神已经启示了。”

拉嗒疑惑不解地问：“怎么说？”

小云反问：“大师兄，你听清师傅了说什么吗？”

拉嗒说：“师傅向你问好说，杜嘛啦（你好）！”

小云说：“不！师傅并非向我问好。现在，斯支瓦人代表正聚集在好布鲁娜大院，神要你去向他们问好！”

拉嗒说：“小师妹，我早就想去，可就不知道该向这些斯支瓦代表说什么！”

小云说：“大师兄，你知道，这‘杜嘛啦’的本意是‘神保佑你们平安’。你赶快代表师傅去向斯支瓦代表问好。告诉他们，神会保佑斯支瓦人平安，时候到了，所有祸害斯支瓦的害群之马都会受到惩罚！”

拉嗒问：“真的？”

小云说：“大师兄，你要相信神！”

拉嗒说：“好，小师妹，你跟我一起去没触底村警局！”

·3·

以神的名义，拉嗒没有费多大口舌就平复了斯支瓦人的愤怒情绪。在他的劝说下，那些粗暴的村民纷纷顺服地离开大院。

看到这一切，好布鲁娜心情很复杂。大院平静下来之后，她的心稍安，却又很不服气。她是斯支瓦骨干，对斯支瓦上层了如指掌，这拉嗒根本就不在她眼里。她从小在国外，是被祖鲁拉纳先生带到没触底村，一直没有信仰斯支瓦神。这是她第一次真正体验到斯支瓦神的力量。她的自信心受到重大打击。拉嗒临行前又留下一句话，要求她三天内破案，找出杀害女酋长的凶手。这又让她凭空增添了许多忧愁！她不明白，他只是大巫师的徒弟，为什么会有那么大权力？又凭什么命令自己？她为什么又非服从不可？可是，如果她没有完成，又会有什么恶果？她感到很为难，又自然而然地想起凌林。她不明白，凌林为什么猜到拉嗒会自动现身？而且又能平息这场风波？过去，她只是佩服凌林，现在简直是崇拜！她想，只有凌林能解答自己的疑问，会帮助自己完成这使命！

凌林正住在大院的客房内。他算定好布鲁娜一定会登门拜访。看到她，他笑着问："好布鲁娜小姐，我说得不错吧，那些斯支瓦人都撤走了！"

好布鲁娜靠近凌林，撒娇说："凌，你真是料事如神！"

对拉嗒留下的话，凌林早有耳闻。他明知故问："大院又恢复平静了，你为什么还满面愁容？"

好布鲁娜说："我只是想不明白，大师兄算什么，他为什么会有那么大的权力？"

凌林说："你身在斯支瓦地区，不信斯支瓦神，可是重大损失！所以，你无法理解这神对斯支瓦人的影响有多大。神是他们的精神支柱。你想想，斯支瓦人近三十年没有酋长，不但没有崩溃，而且越来越壮大，为什么？"

好布鲁娜问："为什么？"

凌林说："因为他们有共同的信仰，共同的神把他们团结在一起。拉嗒代表大巫师，传达神的意旨，当然有大权力！"

好布鲁娜深深叹一口气说："唉，或许我早该信仰斯支瓦神。"

凌林笑着说："当然也并非完全如此。你现在不是掌握着斯支瓦最高权力机构，没触底村警局嘛！"

凌林的话触动好布鲁娜的心事。她感叹说："现在警局又遇上大麻烦。拉嗒限令我们要在三天内破案，抓到凶手，这又该如何是好？"

凌林故意反问："拉嗒要求三天破案？为什么？"

好布鲁娜说："拉嗒说，本来三天后是女酋长加冕大日子，现在要在那一天为她举办部落大葬。那时，我们要对斯支瓦人有所交代！"

凌林说："拉嗒说得有理！这么说，我们真得如期破案不可！"

好布鲁娜焦急地说："可这三天期限实在太短了！"

凌林说："这也并非办不到！"

好布鲁娜娇媚地一笑问："我就想你一定有办法，是吗？"

凌林说："好布鲁娜小姐，那时我正带着你的手下寻找小云姑娘。方圆数百里都是你的人。按理说，要查出凶手并不难！"

好布鲁娜忧愁地说："凌，那天，除了几个人跟你一起到大巫师住处外，其他人都是各自为政分布在林中。对那些人，除了尼嗒外，我都已经一一追问过了。他们都对着斯支瓦神发誓说没有发现凶手！这该如何是好？"

凌林安慰说："没关系，我们警局有的是办法！你去把法医、法证史密博士，还有所有当时参加行动的警员全部都请来。按尤佳中枪之时的位置，各就各位，我们来一次现场重演！"

在尤佳被枪杀现场，史密博士让当时所有在场的警员各就各位。他又让一位警员扮演倪信风，另一位扮演尤佳，按当时中枪那一刻摆好姿势。法医指示尤佳身上的弹道走向，史密博士打开激光，光点从假尸体发出，射到在一百多米外的树上。史密博士带着好布鲁娜和凌林走到那树下，追问附近的警员，当时谁在这棵树上。警员异口同声说是尼嗒！史密博士对好布鲁娜说："好布鲁娜，其实，此前法医从尤佳身上取出弹头交给我，我已经查出是发自尼嗒的枪！现在，案件重演证实这点，我才向你汇报！"

好布鲁娜松了一口气说："好啦！我们总算确认凶手了！凌，下一步该怎么办？"

凌林说："我们可以在斯支瓦范围内通缉尼嗒！"

好布鲁娜说："那需要大巫师同意！然而……"

凌林说："我想，只要我们的证据充足，大巫师会同意的！"

·4·

尼嗒是穆瓦忠实的走卒，他没有任何东西要对穆瓦隐瞒。

听完尼嗒的叙述，穆瓦的心沉下去了。

穆瓦祖上是斯支瓦人，很早就离开丛林，创一番事业，是这一带最大的富翁。他继承了祖业，还是这国家议会元老，可以说权势滔天。在斯支瓦人中，他简直就像酋长一样，呼风唤雨。他相信，这一切并非完全靠祖宗庇佑。只有他一个人心中清楚，祖业传到哥哥，也就是犹占里的父亲，实际上只剩一空壳了。他接班后，通过三十年艰苦努力才有今天的成就！回想这一生，他干过许多失策的事，但最大的莫过于这两点：首先，他没有一开始就下狠手把凌林这几个人赶走。他真没想到这三个人会有这么大的能量！其次，他真的很后悔，他当年昏了头，怎么会同意让没触底村警局设在好布鲁娜大院内。在所有斯支瓦人中，有一个人让他感到顾忌，这就是好布鲁娜。好布鲁娜是祖鲁拉纳的人，他当然指挥不动。为了弥补这一切，他派自己的亲信尼嗒掌控警局。没想尼嗒这么鲁莽，闹出这么大的乱子……

在意料之中，穆瓦很快收到没触底村警局对尼嗒的通缉令。犹豫了好长一会儿，他才下定决心丢卒保车，可是该如何说服尼嗒？

逃到穆瓦大院，尼嗒一直跪在斯支瓦神像前忏悔。他知道，这一次，自己犯下了滔天大罪……

看到尼嗒，穆瓦威严地说："尼嗒，起来回话！我还有些事要弄清楚！"

尼嗒受过专门训练，可以说是亡命之徒。如果说还有什么让他感到害怕，除了斯支瓦神外，就是穆瓦。听到穆瓦的话，他全身颤抖地说："穆瓦先生，你要我说什么？"

穆瓦大声说："我怎么也想不明白，你怎么能枪杀酋长？"

尼嗒颤巍巍地说："穆……穆瓦先生，我已经说……说过，我一时冲动只想解决倪先生，谁……谁知酋长会冲出来……"

穆瓦继续责问说："可我也没有命令你枪杀倪先生！"

尼嗒恶狠狠地说："眼看倪先生就要逃脱，我知道这会给我们斯支瓦人造成多可怕的恶果，所以自作主张……"

穆瓦问："现在你闯下这么大的祸，该如何收场？"

尼嗒垂头丧气地说："我知道，我难逃一死！我以斯支瓦独立事业为己任，早就做好随时去死的准备！"

穆瓦赞赏地说："好！我们斯支瓦事业就需要许许多多像你这样的死士！"

尼嗒惶恐不安地说："可……可是，我……我就这样走了，还能进斯支瓦天国吗？"

穆瓦肯定地说："当然！你的血不能这样白流。临死前，你再为斯支瓦办件大事，我保证你一定会上天国！"

尼嗒问："办什么事？"

穆瓦问："尼嗒，现在斯支瓦事业正处在生死存亡之秋！你知道，我们最大的敌人是谁？"

看到尼嗒摇摇头，穆瓦微微一笑说："尼嗒，看来你的政治敏锐性还不足！"

尼嗒疑惑不解地说："我不明白！"

穆瓦启发问："你想想，谁在破坏女酋长加冕仪式？"

尼嗒说："是那中国人倪信风，所以我才会想杀他……"

穆瓦又问："倪信风已经被大巫师囚禁，又是谁把他解救出来的？"

尼嗒说："是云姑娘！"

穆瓦又问："谁站在倪信风和云姑娘的背后？"

尼嗒说："凌林！"

穆瓦说："这就对了！这个中国人才是斯支瓦最危险的敌人。你要招认，受凌林指使你谋杀女酋长。"

尼嗒忧愁地说："可是，谁都知道，凌林跟我从来没有过什么关系！"

穆瓦："凌林借用你的上级好布鲁娜女士向你下命令枪杀女酋长。你的错是盲目执行上级命令！"

尼嗒说："可是，大家都知道，好布鲁娜女士是斯支瓦忠诚的领导人，怎么……"

穆瓦说："很好解释！好布鲁娜女士受凌林的蛊惑，已经成了斯支瓦的叛徒！除去了这些人，你就算为斯支瓦立了一大功！你就可以直接进入斯支瓦天国！"

尼嗒本就是死士，知道自己有机会进天国，他昂首挺胸地说："只要为斯支瓦，我干！"

穆瓦取出一小瓶药水说："尼嗒，你知道，我们斯支瓦没有死刑。死囚自己喝这神赐'归天水'。喝后，还有十分钟时间。到时候，你千万要记住把凌林、小云、倪信风还有好布鲁娜，把这些杀害酋长的主谋供出。你一定要把握好时间!”

尼嗒接过瓶子说:“好!”

穆瓦严厉地说:“好!你现在先跪在神像前祷告并发誓!”

·5·

小云心里突然产生不祥的预感，这当然是由尤佳被枪杀引起的！现在已经知道，是尼嗒枪杀了这女酋长，躲在穆瓦住地。她跟随吉姆监视大院，寸步不离！

眼见尼嗒从穆瓦大院缓缓而出，小云的心猛地一紧。这家伙如此昂首挺胸，颇有慷慨赴死的气概！她估计，尼嗒一定是去对斯支瓦神忏悔认罪！尼嗒由两位武装卫士押送着。她认得，其中一位可是穆瓦最信任的亲信。她太了解穆瓦，这人老奸巨猾。从追查莘老板夫妇灭门惨案一开始，他们每次快要接近真相，结果都被穆瓦溜了！穆瓦还把成鑫大哥拖进来当替死鬼。这一次，穆瓦当然也绝不会轻易束手就擒。尼嗒是重要人证！如果没有十分把握，穆瓦也绝不会放尼嗒出来。看来，尼嗒要向斯支瓦神忏悔认罪，或许其中掺杂着穆瓦的阴谋！再仔细看，她发现后面还尾随着一个人。她微微一惊，那是斯支瓦德高望重的长老，地位仅次于拉嗒。她心中一动。穆瓦显然想让这人来见证！她想，无论如何，尼嗒忏悔的内容不能让这长老知道！

确认这一行人的目标确实是大巫师的住地后，小云让吉姆继续监视，自己抄近路匆匆找拉嗒去！

女酋长死后，拉嗒到好布鲁娜大院安抚民心，把那样愤怒的群众安抚回家。此后，又得知凶手是自己的亲弟弟尼嗒，他方寸大乱。他一直躲在自己房内，面对神像跪着，不停地祷告！弟弟犯下如此重罪，他痛心疾首。小云蹑手蹑脚走进去，来到他身边柔声问:“大师兄，你在为你弟弟祈祷，是吗?”

拉嗒深深地叹一口气说:“唉！尼嗒犯下如此重罪，罪责难逃！他到哪里去啦?”

小云问:“大师兄，你相信，我能掐会算，是吗?”

拉嗒说:“我领教过了!”

小云说:“我算定，他很快就要来啦!”

拉嗒怀疑说："真的？"

小云肯定地说："我保证一刻钟之后，尼嗒一定会到！大师兄，你是大巫师的接班人，该振作起来了！"

拉嗒叹一口气说："他早就该来向斯支瓦神忏悔认罪了！"

小云悄声问："大师兄，你说，尼嗒忏悔一定会说出很多机密，是吗？"

拉嗒头脑冷静了许多："对，除了师傅和我谁都不准听！"

小云说："好！到时候，我会守在门口，绝不让任何人偷听！"

小云声音刚结束，尼嗒一行人就到了。大师兄亲自带尼嗒到大巫师床边跪下。那长老刚要跟进去却被小云阻拦："大巫师吩咐，不许外人跟进！"

那个长老还要坚持往前走，里面传出拉嗒严厉的声音："尼嗒在向斯支瓦神忏悔认罪！除了大巫师和我，谁都不准旁听！"

看那长老无可奈何地站在门口，小云乘机把门关上。表面上，大巫师房间设备简陋，实际上都是用高级木料制作，隔音效果不错。小云隐隐听见里面传来尼嗒那低沉的声音。她自信很少有人会有自己这么好的听力。她只听见如苍蝇的"嗡嗡"声。她相信，那长老也不可能听清内容！尽管如此，她还是尽心尽职地守在门口。差不多过了十分钟，里面突然传出拉嗒凄惨的叫声："来人啊！"

小云和长老急忙冲进去。尼嗒直挺挺地躺在地上，大师兄跪在地上痛哭流涕。小云上前检查，尼嗒早已经停止心跳呼吸，黑脸变得铁青，嘴唇青紫，显然是中毒身亡！她头脑冷静。她指令一位小巫师送拉嗒回房休息，又令另一位小巫师去好布鲁娜大院通知！

长老问："小师妹，尼嗒喝了我们部落'归天水'自尽，为什么要通知警局？"

小云说："警局是我们唯一的执法机构，死因要由他们认定！"

看长老无话可说，小云说："长老，让我们一起跪在斯支瓦神像前祷告！我们知道，所有发生的一切都是神的安排。我们凡人不理解神的意图。我们只能共同恳求神保佑我们斯支瓦民族！"

大巫师的住地又安静了下来。

没触底村警局把尼嗒的尸体运到好布鲁娜大院去，长老和武装卫士回去向穆瓦回报。小云眼尖，发现那位穆瓦的亲信临走前去了拉嗒的住房。她相信穆瓦又暗中向拉嗒下了什么指示！她没有吭声，待所有人都走后，才悄悄去找拉嗒。

弟弟的死让拉嗒悲痛欲绝。他独自躲在房内，跪在神像前哭诉。小云蹑手蹑脚走进去，跪在旁边一起祈祷：“伟大的斯支瓦神，我知道，我们都是罪人。罪的代价就是死！尼嗒犯下重罪自裁，这就是沉痛的教训！我们活着的人一定要遵守您的教导，坚决舍弃自己身上的罪……”

拉嗒恶狠狠地说：“不，我不会让尼嗒的血白流！我会让指使他犯罪的人付出代价。”

听了这话，小云心中一动说：“我可以算到，尼嗒在忏悔中一定供出，他受凌林的指使，枪杀酋长，是吗？”

拉嗒没有吭声！从他的神色中，她猜想自己猜对了。她问：“大师兄，你相信这样的说法吗？”

拉嗒反问：“为什么不？”

小云又问：“大师兄，你想想，倪先生是女酋长尤佳的男朋友，凌林是倪先生的好友、导师，他为什么对尤佳下毒手？”

拉嗒肯定地说：“我怎么知道为什么！但是我相信，尼嗒临死前向斯支瓦神忏悔，不会说假话！”

小云继续问：“那也不见得！如果这是主人的命令，你说他会服从吗？”

拉嗒无话可说！小云又说：“我相信，也是这主人，刚刚也对你下了指示！”

看拉嗒没有否认，小云相信自己又猜对了。她说：“他命令你以斯支瓦神的名义处理凌林！”

拉嗒声色俱厉地说：“是！从现在开始，凌林就是所有斯支瓦人的共同敌人！”

小云说：“大师兄，你想清楚了没有，如果这样，将会造成什么样的恶果！”

拉嗒冷冷地问：“怎样？”

小云说：“这样，你就逼得凌先生公布手上那些穆瓦给你的指令。到头来，长老和斯支瓦人到底会相信谁，还很难说。况且，凌林现在在没触底村警局，你要处理他，恐非易事！”

拉嗒咬牙切齿地说："再难，我也要为尼嗒报仇！"

小云肯定地说："尼嗒是你唯一的亲弟弟，你确实应该为他报仇！可是，你首先必须要弄清楚，谁才是害死他的幕后凶手！我可以向我们的神发誓，凌林绝不可能指使尼嗒杀害酋长。不管你信不信，我告诉你一个事实，尼嗒原要杀倪信风。为保护倪信风，酋长才会死。你想想，凌林会命令尼嗒杀倪信风吗？"

看拉嗒无言以对，小云接着说："大师兄，你知道，尼嗒只听穆瓦的指令！这么说，忏悔中，尼嗒肯定说了谎言。你如果听信谎言，采取任何行动，就干犯了斯支瓦神的公义，一定会遭恶报！"

看拉嗒还默默无语，小云又说："大师兄，你很快将是大巫师！请你记住，你唯一的主人就是斯支瓦神。除了神，你不能再听其他人命令！好，让我们一起到大巫师房内，再次向神祷告！请相信，神会给我们启示！"

经过这么大的动荡，大巫师却还是那样静静地躺在床上。小云让小巫师守在门外，不能让任何人闯进来。她带着拉嗒进去，跪在床前祷告。想到自己的处境，拉嗒跪下用带颤抖的声音祷告着。小云边祷告，边靠近大巫师耳边小声用斯支瓦语说："造谣可耻，信谣可悲！"

这是斯支瓦诫命。以前，大巫师在祷告中经常提到。现在，他不由自主地跟着说："造谣可耻，信谣可悲！"

小云问："大师兄，你听清师傅的话没有？"

拉嗒说："听得很清楚！造谣可耻，信谣可悲！"

小云又问："这难道不是神的启示？"

拉嗒说："是！小师妹，你说，我该怎么做？"

小云说："你派人通知没触底村警局，尼嗒已忏悔认罪自裁，其他的不要多说！请相信，有斯支瓦神保佑，警方一定会查出真相。到那时，你可以以大巫师的名义处置。"

听了小云的话，拉嗒的头脑冷静了许多。他把小巫师叫进来说："你书面通知警局说，尼嗒已向神忏悔认罪！他自知杀害酋长，罪孽深重，已服药自裁！"

·6·

这是什么地方，为什么这么幽暗？除了神像上方的绿灯，没有其他的光源。四周站着如幽灵似的武装卫士。好布鲁娜坐在神像下面，那正中央的大椅子上。那是跟平时完全不一样的好布鲁娜！她脸色铁青，双眼放射出凶光。凌林记得只有那一次，博鲁亚刚死之时，在似梦非梦中看见好布鲁娜就是这副样子。不，此时似乎比当时更可怕！他见多识广，自然能控制自己的情绪，想开口发问，这里什么地方，为什么到这里来，可是，他怎么也发不出声！

好布鲁娜那双眼像两把利箭随时会射穿凌林的心。她恶狠狠地说："凌，告诉你，这是斯支瓦地狱，现在要对你审判！"

审判我？我有什么罪？凌林心中疑惑不解。好布鲁娜马上又声色俱厉地说："你指使尼嗒杀害酋长，罪大恶极！"

尼嗒是你的手下，怎么会听我的指使？凌林在内心反驳着，却依然无法说出口来。好布鲁娜继续严厉地责问："尼嗒已经招认了，他是受了你的蛊惑才犯下如此滔天大罪。凌，你对他施了妖术，是吗？"

凌林冷冷一笑："如此不明事理，这算什么神？"

他听见好布鲁娜大喝一声："你大胆！竟敢亵渎斯支瓦神灵，罪该万死！"

凌林吓出一身冷汗，从梦中醒来。他急忙穿整齐衣服到客厅去……

好布鲁娜正坐在客厅里，已经等候一会。像平时一样，她露出妩媚的笑容，紧紧地抱住凌林说："凌，你真是我的幸运之星！"

短短几分钟内，一梦一醒，同一个人，却完全判若两人，任凭凌林见多识广，也难免大吃一惊。他轻轻推开好布鲁娜问："好布鲁娜小姐，怎么啦？"

好布鲁娜递给凌林一张纸说："凌，大巫师把尼嗒的尸体送来，还带来这通知！"

凌林已经接到小云的通知，早已经知道这纸上的内容。他还是用斯支瓦语念出："杀害酋长，罪孽深重，尼嗒已经向斯支瓦神忏悔自裁！"

好布鲁娜兴奋地说："凌，我听你的话，按兵不动，什么也没做，这天大的疑案就这样自动破了。你说，你难道不是我的幸运之星吗？现在，尼嗒死了。我想聘你当没触底村警局顾问，帮我主持这里的日常工作！”

长期留在这里绝非凌林所愿。他又仔细回想刚才的梦。这梦似乎预示，未来好布鲁娜或许会成为他的敌人，他不能留在她手下。可是，如何让她放自己离开？头脑中灵光一闪，他谦逊地说：“好布鲁娜小姐，你知道，我只是医生，对刑侦所知有限！”

好布鲁娜说：“据我所知，你办过不少案！”

凌林说：“那都是靠运气！”

好布鲁娜说：“我们就需要这样的运气！”

凌林知道，史密博士心中一直很仰慕好布鲁娜。现在，他要想办法让好布鲁娜亲自请史密博士留在警局。他说：“现在警局最需要严格管理，科学鉴证！”

好布鲁娜问：“凌，你能否再说明白些？”

凌林提醒道：“好布鲁娜小姐，你想想，尼嗒为什么会自首？”

好布鲁娜反问：“为什么？”

凌林说：“那完全靠史密博士的周密安排。他把尼嗒犯罪现场重演，利用科学鉴定，确定尼嗒是凶手。尼嗒觉得无法躲藏，才不得不自首！”

好布鲁娜点点头说：“有道理！”

凌林接着说：“好布鲁娜，你小时在美国生活过，一定很了解美国。史密博士长时间在美国各部门受训，经过严格训练。这里的警局就需要这样的人来主持！”

好布鲁娜说：“凌，你说的对！好，我同意请史密博士来主持工作！不过，你也必须留在我身边！”

凌林说：“好布鲁娜小姐，我认为尼嗒犯罪背后一定还有更深层的因素！我知道，尼嗒曾在津国受训。我在津国有很多好朋友，想去那里看看，或许会有意外收获！”

好布鲁娜说：“好，我希望你能尽快回来。这里需要你！”

·7·

离辜家大院还有近百米，凌林不由地停住小“奔驰”。才离开不久，这里大变样了。根据女酋长的临终遗嘱，倪信风把尤佳的遗体接到这里供斯支瓦人拜祭。

辜家大院那长长的围墙全部贴成绿色。男男女女、老老少少身穿白衣整整齐齐排好队，缓缓向门口移动。凌林记得，调查就是从辜家的丧事开始。看样子，这里似乎又在举行另一场丧事。两场丧事相比之下还真是天壤之别！当年，倪信风已被警局传唤，整个大院空无一人，四周破败不堪。现在，四周还是那样静默，却到处挤满人。

穿过人群，凌林走向大厅。他对斯支瓦风俗颇有研究。他知道这里完全是斯支瓦丧事布置。四周全是绿色，正中央挂着斯支瓦神像，棺木摆在正前方的百花丛中。当地人一一向遗体告别！氛围庄严、肃穆，却并不悲伤。倪信风的雇员丽娜主持仪式，店里其他员工帮忙维持序。小云只是在四处走走。看到凌林，她急忙迎上来，开玩笑地说："凌，你那个交际花终于肯放你出来了？"

凌林笑笑说："云，你也说她是交际花。她最不缺各种目标，怎么会不让我离开！"

小云似乎还想继续开玩笑，却被凌林打断："云，这里怎么回事？"

小云说："拉嗒说，在酋长住地，尤佳和倪信风已经正式成婚。尤佳的身后事由小倪主办！"

凌林说："原来如此！"

小云说："可是，小倪回家后，一直一个人关在佣人房内，什么也不管。我只好让他的店暂停营业，把所有的员工招来主持丧礼！"

听到这些，凌林不由地又回想起这几天的经历。望着小云，他沉思着说："云，你做得很好！"

小云犹豫着说："我也是不得已而为之！其实，我……"

凌林理解小云心中在想自己的事。他笑着说："我明白！"

小云明知故问："凌，你明白什么？"

凌林说："你知道，所有的故事都应该有个结局。无论我们如何不愿看到，小倪和尤佳也只能这样收场。倒是你们的故事恐怕要复杂得多！你还是把这里的事全部交给丽娜处理吧，你应该回到犹占里身边去！"

小云不好意思地笑笑，问："为什么？"

凌林说："云，你是聪明人，不应该问为什么！"

小云沉默不语。凌林说的对，她不应该问为什么！尤佳的死让她想得很多很多，但想得最多的还是犹占里。或许，这真是孽缘！一开始，他们就假定穆瓦是主要敌人。她早就知道，穆瓦跟犹占里不是父子，却胜似父子。她真不应该跟犹占里的关系发展到现在这样！现在，越来越多的证据指向穆瓦，离最后摊牌已经为期不远了。在大决战前，她也要多做犹占里的工作！她真不希望和犹占里反目成仇！她沉思着说："凌，你说的对，出来这么久，我也很想回去看看！只是这小倪真让人放心不下！"

凌林问："对啦，小倪怎么样了？"

小云说："小倪一个人躲在佣人房内，连饭也不肯吃。只有我的话，他还能听进一点点！"

凌林笑着问："你看，我的话，他能不能也听进一点点？"

小云说："凌，好！我回去，就把小倪交给你！"

眼看着尤佳在自己怀里断气，倪信风的头脑里一片空白。任凭着别人把尤佳的尸体抬走，他一声也不吭。一回到宰家大院，他就躲进佣人房，没有再出来！他跪在一幅简单的斯支瓦神像前面……

从小云嘴里得知这些，凌林心中很为倪信风担忧。站在佣人房门口，首先吸引他注意的是倪信风头顶上那张神像。在斯支瓦区域，他见过各种不同的神像，这是最奇特的一张。只有简单的几笔，把神画得栩栩如生。特别是那只右眼，那眼珠漆黑漆黑的，深不见底，紧紧地吸引着他。他看见倪信风双眼呆呆地盯住这右眼，嘴上不停地祷告，就这么两三句简单的斯支瓦语，翻来覆去……

凌林心中大吃一惊。想当年，倪信风连文话都说不流利，现在把斯支瓦语居然说得如此流利。看来这尤佳对他影响很深。他身子跪在这里，似乎魂已经跟尤佳走了。如何让他清醒过来？

凌林蹑手蹑脚走进去。凌林已经到身边，倪信风依然不理不睬。凌林微微一笑，说："小倪，士别三日当刮目相看。你的斯支瓦语说得不错！"

在酋长住地，倪信风听见尤佳这样不停地祷告。这些言语不知不觉地深植到他的脑海。现在，他有口无心地吐出来。听凌林这么说，他抬起头，又像以前那样用中文结结巴巴地说："凌，凌……你……你来啦！我……我不懂什……什么斯……斯支瓦语。尤……尤佳不在，我……我只能照她……她说的，为……为她祷……祷告……”

凌林灵机一动，打断倪信风的话说：“小倪，你知道，尤佳就在上面。听你这么说，她一定很高兴！”

凌林说的对，尤佳一定就在上面听着。倪信风高举双手，抬头望向上方说：“尤……尤佳，我……我对不起你……”

凌林说：“小倪，你听，尤佳说，她并不怪你！她自愿为你牺牲。”

倪信风心情沉重地说：“可……可是，我不能原谅我自己！”

凌林问：“小倪，你可知道，谁要杀你？”

倪信风摇摇头，又迷糊了。他又开始用斯支瓦语祷告。凌林很了解倪信风，他这个人头脑本就不特别灵光，尤佳的死让他受到沉重打击。为了让他清醒，凌林使用气功心法，深深地吸一口气，气沉丹田，大喝一声说：“小倪，你快清醒过来！我告诉你，是尼嗒向你开枪！”

倪信风吓了一跳，头脑清醒了一些。他疑惑地问：“尼嗒跟我有什么关系？为什么要杀我？”

看倪信风已不像刚才那么糊涂，凌林心中暗喜。他提醒说：“小倪，你问得好！尼嗒为什么要杀你？他受谁指使？”

倪信风又问：“谁？”

凌林说：“我们早已查清，尼嗒自小被穆瓦收养。他一切行动都是听穆瓦指挥！”

倪信风咬牙切齿说：“穆瓦！”

凌林说：“小倪，为了替辜老板报仇，你查穆瓦已经有些日子。现在看来已经触动了他的痛处，才会下此毒手。”

由这话触动了心上，倪信风沉默了。过了一会儿，他深深地叹一口气说：“唉，或许，我真不应该报什么仇……”

凌林疑惑不解。他记得，倪信风向来以报仇为人生的目标，怎么会这么说？他听见倪信风继续唠叨说：“如果不是为了报仇，尤佳也不会死。现在，我欠尤佳的，该怎么还？”

凌林沉思着。他想，为了唤醒倪信风，就暂时不要再提报仇。他知道，此时只有尤佳才能使倪信风清醒。他说：“小倪，你应该知道，世上并没有什么后悔药。不过，你至少应该完成尤佳的遗愿！”

倪信风问：“什么遗愿？”

凌林反问：“尤佳临死前有什么吩咐？”

看倪信风摇摇头，凌林想起一件事，问：“小倪，尤佳临死前不是留下两张牛皮地图吗？”

倪信风回答：“是！这是尤佳留下的唯一的纪念！我已经把它珍藏起来！”

凌林继续问：“小倪，你还记得你跟尤佳一起发现这两张地图的经过吗？”

回想往事，倪信风沉思着说：“驴道上，真是令人难忘的经历！”

凌林启发问：“小倪，你想想，如果其中没有藏着惊天的秘密，为什么要费如此大心思藏这牛皮地图？”

倪信风说：“我跟尤佳已经研究了千万遍，没有什么发现。”

凌林说：“你拿出来，让我们再仔细看看！”

·8·

两条曲线，一头平行分开，一头相交，中央有一块污渍……其中隐藏着什么秘密？凌林把牛皮翻来覆去看了好几遍，怎么也看不出来！解铃还须系铃人！或许，这秘密还只能在尤佳的身世上。看到倪信风依然一动不动地坐在那里，双眼呆呆地望着神像，凌林焦急不安地想，现在需要先恢复他的心智！

倪信风说：“凌，我跟尤佳已经检查了千万遍……”

凌林说：“不，你们一定漏了什么。小倪，你再仔细想想！”

倪信风迷迷糊糊地说：“可……可是，我……我现在一脑子糨糊！”

凌林启发问：“小倪，放松些，坐直，深深地吸一口气，闭上眼睛，你想象，在一个漆黑的夜晚，你跟尤佳……”

凌林记得，倪信风说过，第一张牛皮是在面包树上发现的。当时，为了查“面包树下血案”，大家早已把树四周翻遍。他为什么会想到树上？看他已进入被催眠状态，凌林问：“小倪，你们为什么会到面包树上面去？”

倪信风呆呆地反问：“对，我们为什么会想到树上？”

凌林继续问：“小倪，你想想，是不是尤佳告诉你的？”

倪信风迷迷糊糊地说：“好像是尤佳说的，是她姑婆的临终遗言……”

凌林又问：“尤佳姑婆说了什么？”

倪信风渐渐又回到当时的情景，开始说：“对，尤佳说，姑婆告诉她，不能对任何人说秘密在面包树上！所以，她只能带我一人去面包树上寻找，发现第一张地图……”

看到倪信风的变化，凌林心中很高兴。他深深吸一口气，意守丹田，边对倪信风发功，边问：“小倪，后来你们又是如何发现第二张牛皮的？”

倪信风艰难地沉思着：“从第一张牛皮上，我们发现弯弯小道。通过牛皮上的针眼，我们找到了第二张地图……”

看倪信风心情又有些焦急不安，凌林安慰说：“小倪，你不要太紧张。走，我们现在到发现牛皮的地方，或许你会想起什么！”

按倪信风吩咐，吉姆驾驶驴车离开面包树，进入驴道。像当时一样，倪信风要求任驴车自主向前行走，进入弯弯小道，进入密密的丛林中。他回忆起当时的情景，尤佳靠在自己身上。他第一次对尤佳产生了感觉。现在，物是人非……

倪信风没有忘记看着手表。走了四十五分钟，他叫吉姆让车停下来。他跳下车看看地上的石碑上写着“9”字。凌林仔细检查四周没有被动过的迹象，让驴车继续向前走。

驴车很快通过了三块石碑。吉姆停住车，手着指左侧丛林说：“医生，不能再走啦！前面有一大群人。”

顺吉姆手指的方向，倪信风焦急地说：“凌，糟啦！那里就是发现第二块牛皮的地方！看来，地图上的秘密可能泄露了。”

倪信风要跳下车，却被凌林制止：“小倪，不可鲁莽！你放心，他们可以知道地图的内容，但不可能知道其中的秘密！”

倪信风问：“那我们怎么办？”

凌林笑着说：“等待！等他们走后，我们再去看看他们有什么发现！”

这里是尤佳和倪信风发现第二张地图的地方。四周的树又被人砍去一大片。那一块石碑被扔到一边。曾经埋石碑的地方已经被挖成一个圆形大洞，有好几米深。黄褐色的土堆在四周，这显然是从洞里挖出来的。凌林仔细看看，都是新土，没有什么特别的地方。他又让倪信风用绳索把他吊入洞中。

他在手电光照下，仔细检查每一地方。可以看得出来，那些人挖得特别小心，似乎并非在挖洞，而是在寻找什么。他相信，他们并没有发现什么！要解开牛皮上的秘密，其中一定还缺少什么！这只能在尤佳身上寻找。看来，只能让倪信风继续回忆。他动动绳子，让倪信风拉自己上去……

望着这被遗弃的石碑，倪信风又想到以前。想当初，他跟尤佳千辛万苦找到这石碑，在石碑下面发现第二张牛皮。拿走牛皮后，他又把这里恢复成原样！现在，一切变得面目全非！他的头脑也跟着全乱了。吊绳动了几下，他都没有发觉。看到凌林自己从洞里爬上来，他不好意思地笑笑："对不起，凌，我又走神了。"

凌林表示理解说："没关系！触景生情，这很正常！看到这一切，你一定又想到与尤佳在一起的那些日子，是吗？"

看倪信风点点头，凌林问："小倪，你想到了什么？"

倪信风声音低沉地说："我想到，在这里发现第二张牛皮……"

凌林说："好，小倪，我们沿着你跟尤佳一起走过的路再走一遍，你继续想！我希望你能想出最重要的……"

如梦如幻，倪信风迷迷糊糊地靠在驴车上，想象着与尤佳在一起的情景。他隐隐感到尤佳就在身边，甚至可以感觉出她的体温！如痴如醉，如梦如幻，他任凭着驴车行走，一直到辜家大院。他缓缓走进佣人房，又跪在神像前开始用斯支瓦语祈祷……

对倪信风的这一切举动，凌林一直没阻止。他反复不停地观察牛皮，依然希望倪信风自由地回忆，或许会想出什么新的线索。倪信风跪在神像前不停地祷告。过了好长一段时间，倪信风突然停止祷告，双眼紧紧地盯住神像上的右眼，用中文念道："黄金，黄金……"

凌林问："小倪，你什么意思？"

倪信风说："凌，你也跪下，把头摆到这位置，再盯着神像右眼。"

照倪信风说的跪在地上，把头移到相应位置，凌林发现神像的右眼发出金黄色光芒。这新的发现让他很兴奋。他问："小倪，你说说，这张神像从哪里来的？"

倪信风沉思着说："尤佳死后，我头脑一直昏昏沉沉。我只记得她的律师告诉我，她生前立了遗嘱，把这张神像和其他一切全都留给我。律师带我到她住处检查所有的遗产。那些并没有给我留下什么印象，除了这张神像。第一眼，我就被这张神像吸引住了。于是，我就把它请到这里来……”

凌林说：“小倪，你上去，把神像请下来，让我们再仔细研究研究。”

倪信风站上椅子，小心翼翼地把神像请下来，递给凌林。凌林把牛皮放到桌面，又从倪信风手上接过神像。他反反复复看了几遍，心中沉思着。作为画像，这似乎也太简单！背后还隐含着什么？实在想不出来。他只好把神像放在桌面上，就放在牛皮地图旁边。他面对神像跪下……

·9·

倪信风面对神像跪下，叩三个响头，念动斯支瓦咒语小心翼翼地捧着神像，感觉似乎有一股灵力灌注自己的脑海里，大脑突然清醒了许多。他又想起跟尤佳在一起的日子。那些曾经被淹没在深处的记忆又突然被翻出来。记得第一次在尤佳房间，首先引起自己注意的就是这张神像。画像结构相当简单，虽只有简单几笔，却画得栩栩栩如生。特别是那右眼珠子，漆黑漆黑的，深深地吸引着他。尤佳当时讲的话，并没有在他脑海里留下多深的印象。现在，这些话又突然在耳边响起。

尤佳很兴奋：“老板，我真高兴！你也被神像吸引！”

倪信风问：“为什么？”

尤佳说：“老板，听姑婆说，神像很有灵性，只吸引它喜欢的人。据我所知，还有一张真正的神像，除了村长、姑婆和我，没有人见过……”

接着，尤佳叙述这神像的来历：“老板，你知道，我自小就跟姑婆相依为命。我们生活在十分隐蔽的地方。姑婆定期从外面取回足够的食物和生活用品。我们生活还算富裕。当我六岁那年，有一次姑婆像往常一样外出，可回来时什么也没带回来，只有这张神像。姑婆让我跟她一起跪下，叩三个响头，祷告后，就开始了亡命生涯。姑婆说，这神像是斯支瓦部落最宝贵的，比我们的生命更重要。”

姑婆和尤佳都不在了。倪信风记得，当律师带他到尤佳的房子清点财产时，尤佳的家早已被翻得底朝天，连地板都被挖开了……

倪信风说：“看……看来，尤佳说的就是这神像……”

凌林看着，那神像和牛皮地图大小一模一样，这难道只是巧合？再看看神像左右两脸颊，再看牛皮上那两条粗细不等的线，他灵机一动……

此时，倪信风又俯伏在地上，眯着眼不停地变换角度，到一个位置，他喃喃自语道："我又看到右眼的金色闪光……"

倪信风又伸出双手去捧神像。他感觉到，神的灵力完全控制了自己。突然，神像活了，从他的手上挣脱，飞出去，整整齐齐地覆盖到牛皮上。

奇迹出现了。神像右眼珠中央闪出金黄色的光芒！凌林心中灵机一动。他取出一把细细的针在牛皮上与眼珠重叠的地方做了个记号，兴奋地对倪信风说："小倪，你可真是福将！"

眼见神像从自己手上滑走，倪信风愣住了。他的头脑又开始迷糊了，问："什么秘密？"

凌林指着牛皮上的新针眼说："现在看来，秘密很可能就在这一点。"

倪信风兴奋地说："真的？这太好啦！我们现在就去寻找！"

凌林摇摇头，对门外大声叫道："吉姆，你进来！"

吉姆从外面进来，对凌林使了个眼色。凌林点点头表示理解，指着牛皮上的针眼问："吉姆，你看看这地方，可以去吗？"

吉姆说："不容易，但绝非不可能！"

凌林说："说具体些。"

吉姆指着牛皮解释说："这地方是匹愧镇的郊外。从这里到这深沟，深不见底。如果说这深沟难以逾越，这地方更是难上加难……"

倪信风忧愁地说："这么难？"

吉姆骄傲地说："难是难，但还不是过不去！"

倪信风说："凌，我们还等什么？"

凌林说："我们只能等待，耐心地等待！"

倪信风问："为什么？"

凌林说："小倪，你应该知道，这恐怕是斯支瓦的最高机密！现在，穆瓦派人全天候地监视我们。此时，我们采取任何行动，都有可能暴露！"

看倪信风没有再吭声，凌林继续说："为了安全，我们还必须把神像和牛皮分开保管。小倪，神像还是由你保存。我保管一块牛皮！"

凌林把刺着新的针眼的另一块交给吉姆说："吉姆，我只相信你一个人。

你可以独自去探索秘密，而不被人发现，是吗？”

吉姆骄傲地说：“当然！”

凌林说：“好，吉姆，我等你的消息！”

倪信风问：“凌，我要干什么？”

凌林说：“小倪，你跟我一样，暂时什么都不要做”

·10·

在B国和津国边界犹豫片刻，小云还是下定决心把车开向布市。尤佳的死，让她感慨万千！她真没想到，尤佳和倪信风的关系会以这样的方式结束！她不由自主地又联想到犹占里。感情的事，并不是人所能控制的！明知道，跟犹占里认识一开始就是错误，不知怎么会这样越陷越深。已经到这地步，就这样转身离开，这绝不是她的办事风格。她认为，凡事都要有个交代！尤佳的死预示着，离最后决战已经不远了。对手就是穆瓦，最为难的要数犹占里，他夹在亲情和爱情之间。她相信，他是有正义感的。或许她还有机会再尽一次努力，让他大义灭亲……

到目的地，已经是深夜，小云单独住的那座楼房依然灯火通明。车刚到门口，电动门自动开了。犹占里从里面冲出来接她进去！他兴奋地说：“云，我在这里等了一天一夜。”

老实说，犹占里的表现让小云很感动！她动情地说：“谢谢！”

犹占里说：“叔叔来电话说，你不会回来，可我不信！看来，还是我比他更了解你！”

小云半开玩笑地说：“占里，你猜，此时我在想什么？”

犹占里狡黠地一笑：“云，我猜，你一定最想对我说，我爱你！”

小云无法否认，也不想肯定。她转换主题问：“占里，叔叔有没有说在B国发生的惊天大事？”

听小云这样问，犹占里的脸色阴沉下来说：“叔叔说，女酋长被枪杀了。真是太遗憾了！”

小云继续追问：“叔叔有没有告诉你谁是凶手？”

犹占里声音低沉地说：“叔叔说是尼嗒！”

小云紧接着问："占里，你认识尼嗒吗？"

犹占里心情沉重地说："尼嗒是叔叔一手培养的，真没想到他会干出这样的事！"

小云又问："占里，你想，尼嗒为什么会犯如此滔天大罪？"

犹占里说："叔叔还说，尼嗒已经向斯支瓦神忏悔认罪。"

小云说："忏悔认罪！"

犹占里说："尼嗒忏悔说，他被人催眠，才会犯下这重罪……"

小云当然知道，尼嗒有意嫁祸凌林，幕后指使者可能就是穆瓦。她相信，犹占里也不会相信凌林会这样干。想到事情一时很难说清楚，她说："占里，你曾经也是警察。我相信，你一定会辨明是非！"

犹占里摇摇头深深地叹一口气说："唉！这一切太可怕！无论是政界还是警界实在太复杂，都不适合我！我想，我现在完全摆脱出来是正确的。云，我希望你也不要深陷其中！"

小云疑惑不解地说："我？"

犹占里滔滔不绝地说下去："云，这一天一夜，我想得很多很多！我想起我们在一起所经历的风风雨雨。我真的离不开你！我发誓，这一次你如果能回来，我无论如何不能让你再离开！云，叔叔已经把这里的财产过户到我名下。也就是说，我完全独立出来了。我决定，向董事会提名让你当总经理……"

没等小云回答，犹占里从身上取出钻戒，打开盖子，双手捧着，跪在地上深情地说："云，嫁给我！"

小云愣住了，这一切来得太突然！再仔细想想，她真不应该感到突然。她和犹占里认识就是在这布市。当时，他奋不顾身地为自己挡子弹，她很感动！从那时候起，她跟他就没有分开过。经历了许多风风雨雨，他们的关系越来越密切。按理，求婚迟早会发生，可是不知为什么，她却始终没有做好思想准备……

犹占里恳切地说："云，这一天一夜，我想得很多，才最后下定决心。我真无法想象，如果没有你，我该怎么生活。"

小云本就是多情的姑娘！犹占里如此无微不至的关怀，她怎能不动心？她跟他在一起这么长时间，经历了那么多的考验，他对她的爱始终不渝。现在，她真的很难拒绝他的求婚。她再想想，不要多久，就会跟穆瓦展开大决战，这绝不是接下这钻戒的适当时候。然而，她又不想伤他的心。她的智力比他强得多，要做到这点并不难。她双眼盯住闪闪发光的钻石，动情地说："占里，我真的很感动！对这钻石，我非常喜欢！我记得，这跟辜老板的那一对差不多……"

犹占里笑着说："云，你真识货！这钻石和辜老板的那一双钻戒一样，都是南部非洲最著名的鉴定专家精心挑选的，论等级，还更高一级……"

小云打断犹占里的话说："这么说，这钻戒也是一对，是吗？"

犹占里从身上取出另外一颗钻戒说："对，另外一颗在这里！"

机会来了，小云让犹占里先坐下。她把两颗钻戒放在桌面，又从抽屉里取出二十倍放大镜，仔细观察。她赞赏说："占里，你说的对！这钻戒和辜老板的大小差不多，成色确实还高出一个等级。另外，这金戒指也很特别。"

果然，一提到戒指，犹占里的话匣子就打开了。他滔滔不绝地说："云，你说的对，这戒指在世上是独一无二的。我让南部非洲最著名的师傅专门设计。你看这里刻着 Y＋Y。"

小云明知故问："什么意思？"

犹占里解释说："这个 Y 代表你，这个 Y 代表我。"

小云真的很感动，说："我真是非常喜欢！可我绝不想步辜老板的后尘……"

看犹占里似乎还要辩解，小云急忙阻止他。她知道犹占里头脑简单，又有些死心眼，此时最好还是把话挑明了。她引导性地说："占里，我们就是为调查辜家灭门惨案相识的。"

回想往事，犹占里兴奋地说："我当然永远都不会忘记……"

小云动情地说："是啊，就是在这城里，你替我挡子弹。我们还一起抓到好布托……"

犹占里惭愧地说："想想也真惭愧！当时，我才是负责这案件的警官，你们都是业余的！可是，我却什么都不懂，所有工作都是靠你们做的……"

小云说："后来，我们知道好布托只是辜案的凶手之一，他是受人指使的……"

犹占里说："这也早已经弄清楚了。指使他的是成鑫，已经被判刑……"

小云追问："占里，你想想，如果成鑫大哥背后还有幕后真凶，最可能是谁？"

犹占里坚决地说："这不可能！"

小云说："可是，我们并不这么认为！我们还在继续追查。占里，你知道，辜老板夫妇是我的救命恩人。辜家灭门惨案水落石出之前，我绝不嫁人。现在，总算有重大突破了！"

犹占里问："你们又有了什么新发现？"

小云不想对犹占里说得太多。她问："占里，你知道，尼嗒是你叔叔一手培养起来的，是斯支瓦的精英。你想想，尤佳是未来斯支瓦酋长，是振兴斯支瓦的希望。可是，尼嗒为什么要杀死尤佳？"

犹占里说："尼嗒是受人指使！"

小云又问："谁最可能是幕后指使者？"

犹占里说："叔叔说，尼嗒已经向神忏悔认罪！他受凌林先生催眠，才犯下如此滔天大罪！"

小云继续追问："占里，你应该也很了解凌林先生。你真的相信，会是他干的？"

犹占里摇摇头叹息说："我也不相信！唉！这政界，实在太复杂！所以，我发誓再不涉足！"

小云问："占里，还有一件事你或许还不知道，尼嗒本来的目标应该是倪信风先生。尤佳是为了保护倪信风而死……"

犹占里接着说："凌林先生更不可能想杀倪先生！"

小云郑重地问："对！占里，我知道，你很有正义感！你想想，如果穆瓦叔叔才是一切罪恶的幕后真凶，你会不会大义灭亲？"

犹占里固执地说："不，这绝对不可能！我比所有的人都更了解叔叔，他绝不可能干这样的事！"

小云问："如果我们有证据……"

犹占里打断小的话说："不，我绝不相信！就算你们有铁的证据，甚至，连叔叔自己也认罪，我也不相信叔叔有罪！"

小云知道犹占里对叔叔的感情太深，一时恐怕很难说服。她急忙转换话题说："占里，好，我们不说这些！我答应在布市帮你做生意。如没有特殊情况，我绝不离开你！”

犹占里深情地说：“云，这也是我的希望！我一切都听你的！”

·11·

犹占里真不简单，或许应该说穆瓦很有本事。这么短的时间，他已成为布市首富，有上亿资产。小云当上总经理，原来的总经理变成她的副手，而且对她很忠诚。她大展身手，很快把这跨国公司搞得井井有条！她常常想，或许这才是自己心中最希望的生活。可是，宰家惨案没有真正水落石出，她绝不甘心！她同意凌林的观点。对手神通广大，现在是关键时刻，如果不小心一定会造成大麻烦！现在，大家一切都必须秘密进行。她想起拉姆还欠自己一道消息。二十年的前面包树下惨案，是谁救走了那个幸存的小孩？国会调查组被迫解散了，还留下许多疑问，她相信这是关键问题！

乘没有人注意，小云给拉姆电话，秘密约见！晚上12点，离约定时间还有一个多小时，她试探性地走出院子。没走几步，她就发现有人跟踪。她急忙又回去。休息一会儿，她又起床，蹑手蹑脚走近后院。在一个隐蔽处，她趴在墙上仔细观察。确定外面没有人，她翻墙而出。她走近密林中。昨天，她秘密租赁一部小车放在那里。之后，她便开车驶向B国和津国的边界。

看到拉姆已经守候在那里，小云道歉说：“对不起，拉姆先生，我迟到了！”

拉姆宽容地笑笑说：“没关系。你能在那么多人的监视下，神不知鬼不觉地到这里，已经很不容易了！”

小云说：“拉姆先生，我们多次打交道，也算是相互了解了。我相信，你不会失信！你说，二十年前在面包树下惨案中，谁救了那小孩？”

拉姆说：“云小姐，你的推测是正确的，找到二十年前救那孩子的人是你们调查的关键。你如果不嫌我啰唆，就让我从头说起。”

小云鼓励说：“拉姆先生，你说，说得越详细越好！”

拉姆接着说：“小云，你知道，当时的大巫师，也就是我们的师公，只有两个徒弟：一个是你的师傅，现任的大巫师；另一个是我师傅，人们都称他‘丛林怪人’！我师傅是怪人，也是学巫术的奇才。巫术方面，我师傅还真胜过你师傅一筹。可是，我师傅一直很不讨师公欢心。一开始，师公就想把大巫师一职传给你师傅。师公担心在巫术大比拼中你师傅会输给我师傅，便常常暗中教你师傅巫术，我师傅也暗暗躲在隐蔽处偷学。有一天，我师傅像往常一样跟踪你师傅，发现你师傅带着三个陌生人面对神像发誓，氛围相当庄严肃穆。我师傅很好奇，暗中跟随那三人，一直跟到面包树下。看到那三人开始杀人放火，我师傅想制止，可惜已经来不及了。正在此时，有一个小孩冲过来。我师傅急忙带着小孩逃走……"

看拉姆突然停止说话，小云问："后来……"

拉姆心情沉重地说："每当回忆往事，我师傅心很沉重。他说，此后他做出了一个错误的决定，就是把小孩交给了穆瓦先生。当时，穆瓦先生，在斯支瓦人中做了很多善事，是公认的大善人。没想到，穆瓦先生居然把那小孩送到津国黑社会组织受训。更没想到二十年后那小孩又回来复仇。我本来早就该把这信息告诉你……"

小云问："你为什么当时没说？"

拉姆说："我知道，你师傅跟我师傅一样，都是巫术痴。除了巫术，他什么都不懂。我不相信，他会跟二十年前面包树下血案有牵连。他毕竟是大巫师，事情没弄清楚前，消息一旦传开，会在斯支瓦中造成恶劣影响！于是，我继续暗中调查。现在我终于弄清楚了：二十年前，你师傅早已被穆瓦先生收买，一切行动都听穆瓦的。那三个杀手原来也是津国黑社会，后来暗中投靠穆瓦先生。穆瓦先生让他们在大巫师那接受斯支瓦神的灵，然后行动！这样，面包树下血案的凶手和二十年后找凶手复仇的杀手，都和穆瓦先生脱不了干系。"

拉姆的信息既在预料之中，又让小云很惊讶。联想到最近所发现的，她不由地自言自语道："这穆瓦到底是什么样的人？"

拉姆接着说："现在，我才知道穆瓦先生是野心家。当年，他就是通过收买大巫师，联系老酋长，控制整个斯支瓦，后来又毁了斯支瓦部落。现在，他已经派人进驻大巫师住地。斯支瓦八大长老也聚集在那里，正在商量要另立斯支瓦酋长。据说，倪信风先生是女酋长的丈夫，是他们最大的障碍。他们一定会对倪信风先生采取行动！你通知你的朋友要多加小心！"

小云说："谢谢！"

·12·

斯支瓦部落生活在南部非洲丛林中心地带。部落消失后，斯支瓦人却一直保持着自己的信仰和习俗。他们渴望着光复部落，渴望有自己的酋长。而女酋长之死，却使他们更加团结起来！斯支瓦人源源不断地来到辜家大院瞻仰她的遗容。尤佳按斯支瓦风俗被火化后，灵堂就设在这里，到来的人丝毫没有减少……

其实一开始，凌林就感到倪信风身处险境。他请求好布鲁娜调警员保护辜家大院。像其他斯支瓦人一样，好布鲁娜也到辜家大院吊唁尤佳。看到斯支瓦人来往不绝，她也感到这里的重要性，临行前留下大量警察。

凌林正在思考下一步计划时，收到了小云的信。小云详细叙述了与拉姆相见的经过。凌林突然感到，或许“丛林怪人”才是最后定案的关键，非同一般。他急忙去见倪信风。

倪信风正面对着半张牛皮发呆。两个半张牛皮地图，吉姆带走了一半，倪信风留下另一半。驴道就在这半张牛皮上，带给他无穷无尽的思念。看到凌林进来，他悲伤地说：“凌，我真的很怀念那日子！我跟尤佳一起躺在驴车上，漫游在弯弯曲曲的驴道上。我很后悔……”

凌林问：“你后悔？”

倪信风说：“是啊！我后悔，当时为什么不能对她更热情些。可惜，现在已经没有机会了！”

凌林说：“小倪，你知道，人生就是由许许多多经历组成。有这样一段难忘的记忆，也算不虚此行。旧的记忆就珍藏在脑海深处吧！未来，你还有很漫长的路要走！”

倪信风问：“凌，下一步我要怎么办？”

凌林说：“小倪，你是女酋长在这世上唯一的亲人。保护好你自己，就是最重要的。我有事要外出，你自己千万要小心！”

凌林离开后，倪信风的头脑反而清醒了许多。有凌林或者小云在，他懒得动脑，只要听从指挥就行。现在，他一切只能靠自己。他跪在神像前祷告，但这一次感觉跟以前完全不同，没有灵的感觉。当然，这神像已经不是原来那一张。那张已由凌林收藏。这一张是凌林依样画葫芦临摹的一张，只是在关键部位作了简单修改……

丽娜进来打断了倪信风的祷告。她说："老板，告诉你，在没触底村发生大事了。我们要赶快过去！"

倪信风问："丽娜，什么事？"

丽娜说："从没触底村传来消息，斯支瓦神又向大巫师托梦说，时候到了，斯支瓦要在没触底村重新建立落部。首先，斯支瓦人要在那里推选出新的酋长。"

倪信风沉思着问："听尤佳说，斯支瓦酋长是世袭。这么说，他们找到了尤佳的亲人？"

丽娜说："他们找到一个十五的岁小女孩，长相跟尤佳十分相像，传说是尤佳的堂妹，明天将在没触底村选她为新酋长。老板，我们必须立即赶去那里！"

倪信风问："这小姑娘会不会真的是尤佳的堂妹？"

丽娜说："这绝对不可能！我已经让好布鲁娜小姐调查这小姑娘！据我们所知，酋长一家早在二十年前就已被灭门，只留下尤佳一个人，当然不可能还有一个十五岁左右的后代。明天，我们必须在大会上揭露他们的阴谋！"

倪信风又问："这跟我有什么关系？"

丽娜说："在这世上，你是尤佳唯一的亲人。根据斯支瓦部落的风俗，酋长是世袭的。妻子可以传丈夫！你要做好思想准备，我们要推举你当新一任酋长。这些日子我已经跟部落八大长老打过招呼，他们全都同意！"

倪信风感到十分震惊："我当酋长，这怎么可能？"

丽娜肯定地说："为什么不能？酋长是部落的旗帜，要干的事并不多！最重要的是，你必须要当着所有斯支瓦人的面向我们的神发誓永远忠诚！"

倪信风说："我可以发誓！"

倪信风记得，为了继续调查莘案，他购买"通通侦探社"，尤佳只是社里普普通通的职员，一位没有什么作为的女侦探。他对她并没有什么特别印象。他没有想到，她会恋上自己。他更没想到，她会成为女酋长。为了保护自己，她牺牲了自己的生命，这更使他心中愧疚难当。现在，居然要自己接班当酋长，这更是他做梦也想不到的。他有一万个不愿意！经不住丽娜的苦苦劝说，他才勉强同意跟丽娜走一趟没触底村。

没触底村中央广场聚满人群。台上正中挂着斯支瓦神的画像，两侧坐着八大长老、拉嗒，还有一位十五六岁的当地的小女孩子，长相跟尤佳极为相似。拉嗒走到台中央，用斯支瓦语说："斯支瓦的兄弟姐妹们，昨天，我们的斯支瓦神向大巫师托梦说，恢复斯支瓦落部的时候到了。今天，我们必须在这里推选出我们的新酋长……"

丽娜对倪信风说："老板，我们来得正是时候！走，我们赶快到台上去！"

丽娜急匆匆冲上台，指着那个小女孩，打断拉嗒的话问："大师兄，你是不是要推举她当酋长？"

拉嗒低声回答说："是！"

丽娜从身上取出一张纸递给拉嗒说："我们已经让没触底村警局调查这女孩子。她绝非是尤佳的堂妹，她只是普普通通的丛林猎人的女儿，这是她的出身证明！"

眼看拉嗒无言以对，丽娜指着倪信风用斯支瓦语高声说："兄弟姐妹们，这位倪先生是女酋长留在世上唯一的亲人。女酋长生前已经立下遗嘱，把一切传给他。根据我们斯支瓦祖训，酋长可以从妻子传给丈夫……"

倪信风记得，第一次见到丽娜，是在为商店招员工时。后来，他知道，她从英国留学回来，说一口标准的英语。她还是学经济的，他把商店交给她管理，被管理得井井有条。此时，他才第一次领略到她的真正实力。她斯支瓦语说得很标准，她那洪亮而又富有磁性的声音很有感染力。他原只是带着旁观者的心态来这里看看，现在，他那颗本已冰冷的心却一下子被鼓动起来。顿时，尤佳扑到自己身上那一幕，又浮现在眼前。他甚至可以感觉出尤佳那热乎乎的鲜血洒在自己的身上。他热血沸腾起来，不由自主地走向台前。他听见，台下有人开始高喊："普拉（斯支瓦语：万岁）！"

丽娜的声音变得更加高昂："兄弟姐妹们，请相信，这位倪先生一定会带领我们斯支瓦部落走向繁荣、富强……"

拉嗒急忙打断丽娜的话说："丽娜，你别忘了，酋长必须是我们斯支瓦人！"

丽娜继续大声说："倪先生，早已经加入斯支瓦藉，是我们斯支瓦自己人！现在，请倪先生向斯支瓦神发誓！"

丽娜双眼逼视倪信风。从她的眼里，他感到一种不可抗拒的力量！他不由自主地跪到斯支瓦神前，高举双手，用斯支瓦语大声发誓："我发誓，永远忠于斯支瓦！"

人群中发出雷鸣般的喊声，在丛林中回响："普拉！普拉！普拉！"

·13·

倪信风就这样当上了斯支瓦酋长。在一片欢呼声中，他被拥进酋长府邸。

酋长府邸是新建的，就在没触底村北郊，三面是密不透风的丛林，别说人，就是像兔子一类的小动物也无法通过。朝南的大道两侧各建一哨所，由卫士把守。

如梦如幻，仿佛在腾云驾雾，飘到这里，倪信风感觉一点也不真实，仿佛是天方夜谭。像他这样，原只是一个中国南方小村落的无业青年，怎么会变成酋长？这一切似乎来得太轻而易举！他想到凌林和小云，他们知道这一切吗？他们怎么看？他大声喊："丽娜！"

穆瓦大摇大摆地走进来，笑容可掬地说："倪先生，没有想到吧，我们在这里见面！"

倪信风大吃一惊："穆瓦先生，你怎么在这里？"

穆瓦反问："这房子是我盖的，这里所有的卫士，都是我的人，我为什么不能在这里？"

知道自己上当，倪信风心中很着急，头脑却清醒了许多。他想，无论如何，自己现在已经是酋长，是部落的领袖。他严厉地说："我以酋长的名义命令你，走！"

看到倪信风脸色大变，穆瓦心中暗暗吃惊，脸上却不动声色："小倪，请你记住，你可以命令所有的斯支瓦人，除了我！"

倪信风愤愤不平地问："凭什么？"

穆瓦耐心解说："因为我是斯支瓦金主。在没触底村这里的开支，十有八九都出于我……"

倪信风没有再理睬穆瓦说什么，不由自主地叫喊："丽娜，丽娜！"

穆瓦得意地一笑，滔滔不绝地说："小倪，别喊啦！你应该想明白了，丽娜本就是我的人。她是我暗中培养出来的。派她到你身边，原只想图你的财产。说起来也真有意思！盖这房子有一部分钱就是你的！她干得比我希望的更好！我本就没想让那女孩子当酋长，目的就是引你到这里来。现在，她完成这里的任务，我让她去干另一件事了。而这里的一切都必须听我的，包括你。我希望你对我不要有敌意。不管你信不信，我本就没想杀辜老板，我只是让人去吓吓他们。我也没想到结果会那样……”

如凌林和小云所说，只有在危急关头才会激发起倪信风的潜力。感觉到形势危险，他头脑中本不太多的智慧恢复了。他知道，此时最重要的是自我保护。他还相信，穆瓦费这么大工夫让他到这里来，不可能轻易让自己死去。他故意说：“如果想让我当你的傀儡，不如杀了我吧！”

穆瓦摇摇头说：“不，我不会杀你！此时，我要告诉你：我们交手这么长时间，你应该了解我。我要干什么，就一定要干下去，不允许有人阻挡！”

在对尤佳的悼念活动中，倪信风认识了许许多多斯支瓦人。这些人纯朴的情感让他很感动。他在这些人身上看到了力量，也看到了希望。他相信，只要唤醒人民，穆瓦的末日就到了。现在，他要转守为攻，扰乱他的心智。他用带威胁的口气说：“穆瓦先生，你虽然是斯支瓦人，可你并不了解斯支瓦人。他们绝不像你想象的那么愚昧无知，他们不会一直这样被你欺骗下去。你难道没有发觉吗？他们已经开始觉醒了！你现在坐在火山口，随时都会粉身碎骨！”

穆瓦冷冷一笑说：“小倪，还是想想你自己吧！我了解你们这些中国人。你最讲义气。你为你的老板守这些财产，为了把辜老板的后代培养成人。所以，我让丽娜定期寄足够的钱给他的儿子。只要你听话，我会保证你的安全，也会继续这样做……”

倪信风心里不得不承认，穆瓦确实打到自己的痛处。他知道，此时最好的办法就是服软，拖延时间。他相信小云和凌林会有办法解救自己。他低下头，用低沉的声音无可奈何地说：“穆瓦先生，你赢了，我服输！我希望你无论如何要遵守自己的诺言！”

目的已经达到，穆瓦没有再说什么。他挥一挥手，两个巫师立即进来，站在倪信风前面。穆瓦接着说：“这两个大巫师的徒弟会教你如何当好酋长！”

两位巫师念动巫术咒语。倪信风感到有两阵强风从两侧扑来。他知道，在大巫师住地那一幕又要重演了。他坐下来面对斯支瓦神像，口中用斯支瓦语不停地重复着那句祷告词，体内运起凌林最近教他的中国气功……

身在布市，心系斯支瓦，小云有意安排好友及时通报斯支瓦方面的消息！所以，倪信风一当上酋长，她很快就知道了！她并不感到特别吃惊！中国人在非洲小部落当上酋长，他并非第一位。几天前，听说辜家大院对尤佳悼念活动的情况，她感觉他在斯支瓦人心中的地位已今非昔比！她心中突然产生不幸的预感，他当上酋长，整个过程似乎来得太简单……

随着丽娜的到来，疑惑解开了，倪信风果然被囚禁在酋长府！小云头脑里又产生另外一个疑点，他们怎么能如此轻易让丽娜到这里来？丽娜也很聪明。她似乎也看出小云心中的疑问，解释说："我和没触底村警员一起送老板到酋长府。穆瓦先生和他的卫队等候在那里。他们把老板接走，却让我和警员离开。我没有马上离开，就潜伏在附近。我听到两个巫师的对话，他们要用最厉害的巫术对付老板，想让老板变成傀儡。心里着急，我就到你这里来了。我相信你会有办法对付……"

虽然在内心深处并没有完全解除怀疑，小云脸上依然现出感激的笑容："丽娜妹妹，感谢你告诉我这一切！"

丽娜焦急不安地说："云姐姐，老板现在很危险，恐怕坚持不了多久。请你立即想办法去救他！"

小云头脑紧张地思索着！她不得不佩服凌林有远见。从大巫师住地脱难后，凌林逼倪信风努力练中国气功，现在终于用上了。她相信，在短时间内，倪信风不会有危险。她知道，此时如果不格外小心，说不定会出现更大的麻烦！她仔细聆听，能感觉出有许多人就潜伏在屋外。她想知道，这些人是跟踪丽娜而来，还是丽娜带来的。丽娜是倪信风的亲信，她掌管着辜老板的产业。如果她是内奸，麻烦就大了。她要立即弄清楚这点。想到这里，她心中也很焦急，脸上却不动声色。她柔和地说："丽娜妹妹，你是倪老板最信任的人！你的心情，我可以理解……"

丽娜叹息说："是啊，我没有忘记老板的信任。现在老板有难，我心中焦急，却无能为力……"

小云单刀直入地问："丽娜妹妹，你来时有没有发现后面有人跟踪？"

丽娜反问："跟踪？"

小云边说，边观察丽娜的脸色："是啊，我感觉得到这座楼已经被包围了。"

丽娜故作惊讶地说："云姐姐，你真不简单！果然周围有许多脚步声。我相信，这些一定是穆瓦先生的卫士！云姐姐，凭你跟犹占里先生的关系，这些人还不敢对你怎样！"

从丽娜的脸上，小云猜出几分。她决定使用非常手段！她笑着说："丽娜妹妹，你听说过有关我卜卦的故事没有？"

丽娜疑惑不解地说："我听过有关你的传说。听说，你就是用卜卦取得B国大人物祖鲁拉纳的信任！他对你佩服得很。正因为这，你才能当上议会调查组顾问。"

小云取出一叠卦纸，整整齐齐地放在桌上说："你说的对。每遇到难题，我总要卜卦。请你从中随便取一张。"

丽娜抽出一张递给小云。小云打开纸张一看，是一幅画，有一个身穿中国传统服装的男人站在窗前，远望蓝天。小云故作为难，深深地叹一口气说："唉！我真希望这一卦算得不准！"

丽娜指着图画惊讶地问："云姐，你为什么这么说？画上这个是什么人？"

小云声音低沉地说："这是中国的历史故事。画上这人是潜伏在敌营中的奸细。"

丽娜的脸色大变。丽娜的表现证实了自己的想法，小云缓缓地说："丽娜妹妹，你应该明白，倪老板心中最喜欢的终究还有你，而我也是把你当作自己的亲妹妹。"

丽娜心情沉重地说："这一切我都能感受到！所以我对自己所做的，内心感到惭愧。可我又不能不这么干！"

一直以来，在小云内心都有个一疑问：丽娜自小在英国留学，这需要多大的花费？对于一位斯支瓦普通的孤女，哪里来的这笔钱？现在，她想明白了：除了穆瓦，谁能付得起这些？她用同情的口吻说："丽娜妹妹，我理解你的处境！各为其主吧！你是穆瓦一手培养的，当然应为他服务！"

丽娜感激地说："云姐，谢谢你的理解！"

小云接着说："丽娜妹妹，你别忘啦，你是斯支瓦人，你心中应该以斯支瓦的利益为重！你想过没有，如果穆瓦的阴谋得逞，对斯支瓦会产生什么样的恶果？"

沉思了一会儿，丽娜问："我明白了！云姐，我该怎么办？"

小云肯定地说："丽娜妹妹，你可以照样干你的卧底！只是，有些事你如果能秘密相告，我万分感激。这将是我们俩之间永远的秘密！"

丽娜点点头说："这一次，他们的目的就是要将你和老板一起软禁。"

小云笑着说："好吧。我就满足他们的要求！我跟你一起去！"

·14·

犹占里本并没有太多经济头脑，幸好有小云这得力的助手，才能在如此短的时间内，一跃成为布市首富。这些日子，他心情特别好，晚上也睡得特别香，连梦也没有！这一天，在夜深人静时刻，电话罕见地响起。这是内部单线，没有重大事件，叔叔不会轻易使用！

电话里是穆瓦的声音："占里，我亲爱的，告诉你，斯支瓦出大事啦。"

犹占里疑惑不解地问："叔叔，你不是让我再也不要管B国和斯支瓦的事了吗？"

穆瓦叔叔说："可是这事不同！它对你影响极大，我不得不告诉你！"

犹占里又问："什么事？跟我有什么关系？"

穆瓦说："最新消息，斯支瓦推出了新酋长，就是倪信风先生！"

犹占里接着问："这怎么可能？倪信风可是中国人！"

穆瓦说："这不足为奇！斯支瓦人太需要自己的酋长！按斯支瓦的传统，酋长是世袭的。尤佳小姐是唯一的接班人。"

犹占里说："这我已经听说了。"

穆瓦说："尤佳和倪信风已经在斯支瓦神的面前正式结为夫妻，有巫师祝福，还有律师公证文件。我的手下尼嗒非常嫉妒倪信风。他自作主张去刺杀倪信风，结果却误杀了女酋长。女酋长的死，让倪信风在斯支瓦人中威信大增。倪信风是女酋长唯一的亲人，理所当然地被推为酋长！"

犹占里问："这跟我有什么关系？"

穆瓦说："占里，你知道，我在斯支瓦中的地位。这斯支瓦的兴衰又对我们穆瓦家族至关重大。我当然有责任，也有义务保护酋长。酋长府也是由我建的，就在没触底村，也是由我的卫队守卫。另外，我还派了两位巫师帮助新酋长，把他改造成真正的斯支瓦人。”

犹占里又问：“叔叔，我还是不明白，这跟我有什么关系？”

穆瓦安慰说：“占里，你别着急，听我仔细说！我已经让丽娜小姐把这一切通知云小姐！”

犹占里疑惑不解地说：“您是指倪信风先生的雇员，丽娜小姐？”

穆瓦说：“对了，现在，我可以告诉你，丽娜小姐本来就是我的人。当她才十岁时，我从没触底村收养了她，送她到英国去学习，主要学经济。原希望她会帮你管理公司！后来，为特别需要，我才秘密派她到倪信风店里工作！她很忠诚！将来，如果需要，你完全可以大胆使用她！当然，你现在有云小姐帮忙管理公司！可是……”

听叔叔提到小云，犹占里急忙说：“叔叔，云小姐帮我管理公司尽忠尽职。公司能在短短时间里发展这么快，她功不可没！”

穆瓦打断犹占里的话说：“占里，我亲爱的，我知道，你多么需要云小姐。所以，对你和她的事，我一直没有干涉，尽管我对她一直心存芥蒂。我担心，非我族类，其心必异……”

犹占里心情焦急地说：“叔叔，我担保，云小姐绝不会有异心！”

穆瓦说：“现在是考验她的关键时刻！”

犹占里问：“怎么说？”

穆瓦说：“你应该明白，倪信风和云小姐的关系！云小姐已经知道斯支瓦的情况。如果她内心里想的只有倪信风先生，在这关键时刻，就一定会去帮他的忙。你现在立即去阻止她离开！”

犹占里犹豫不决地说：“叔叔，你知道，我跟云小姐私下有协议，互不干涉对方的自由！”

穆瓦坚决地说：“不，占里，这一次你一定要阻止她离开，而且态度一定要坚决。当然，你可以向她保证，我们绝对保证倪信风先生的安全。她如果还是坚决离开，这说明她内心想的根本还是自己。那我绝不允许她留在你身边！你不要忘记，你对家族的使命！”

犹占里知道，叔叔向来说一不二。他急忙说：“好，我去制止云小姐离开这里！”

小云作了最后决定，无论如何都要去拯救倪信风。她没有马上离开。她不是那种不负责任的人。她要对犹占里有所交代，可这又是一难题！她正在思索中，犹占里进来了。

看着犹占里，小云说："占里，我正要去找你！我想跟你商量件事！"

犹占里忧愁地问："我叔叔已经打电话告诉我！听说，倪信风当上了斯支瓦的酋长。你是想过去帮他，是吗？"

小云纠正说："不，不是帮他，而是去救他！占里，你知道，他对我有多重要。他相当于我的兄长、父亲……"

犹占里说："叔叔说，他绝对会保证倪信风先生的安全！你知道，实际上就是叔叔助他当上酋长的！"

小云冷冷一笑说："他让倪信风当酋长，目的还是要控制他。你完全相信叔叔！可我不同！我一点也不会信任他。或许这就是我们之间一道无法逾越的鸿沟！占里，你知道吗？现在有两个巫师正在对倪信风施展斯支瓦最厉害的巫术，我如果去迟了，倪信风就会变成行尸走肉！"

犹占里说："确实有两位巫师在倪信风身边，目的是要教他巫术！云，你知道，斯支瓦酋长必须懂得巫术！"

小云问："这也是叔叔告诉你的，是吗？"

犹占里承认说："是的！云，请你一定要相信叔叔！他所做的一切都是为了倪信风先生，也是为了斯支瓦！"

小云说："我不会相信你叔叔！"

犹占里恳求说："云，这一次，你无论如何不要离开这里，我求你！"

想起犹占里对自己所做的一切，小云犹豫了。再想想倪信风身处险境，她非去不可！可是，她要如何过犹占里这一关？她恳求说："占里，我求你！我去看看。只要倪信风真的安全，我就回来！"

犹占里摇摇头说："云，你知道，我从来不干涉你的行动！可是这次不行！不过，我向你保证，我会派人去看着倪信风先生。只要他有危险，我可以跟你一起去！"

在小云的记忆中，犹占里从来没有这样坚持过。她相信，一定是穆瓦对他下了死命令！或许正因为如此，她更感到倪信风处境危险，自然也更需要坚持！她笑笑说："占里，我知道，对我的要求，你从来没有这样坚持过。这绝非你自己的决定，是你叔叔的决定，是吗？"

犹占里天生不爱撒谎，只好老实承认："是的！我叔叔说，你如果坚持要去，说明你心中只有倪信风，根本没有我！叔叔说，你只要一走，他就绝不允许你再回来！"

小云逼问："占里，这么说你一定会听叔叔的话？"

犹占里痛苦地说："云，我请求你，千万别逼我在你和叔叔之间做选择，那实在太残酷！"

小云沉思着。为了工作需要，有许多事，她曾瞒着犹占里。她从来没有对他耍过手段。她不希望在他们这纯洁的爱情中，掺杂着不应有的东西！可是现在，分歧已经到了不可调和的地步，她不得不采用些小小的技巧。她从身上取出硬币，对犹占里翻了翻说："占里，我们都身不由己。我们各自有不同的信仰，我信斯支瓦神。我向我的神祷告，你也可以向你的神祈祷。然后，你亲自扔这硬币，人头，我走，字，我留！"

小云用魔术手法把手上的硬币换了，把特制成两面都是人头的硬币放在犹占里前面，开始祷告！犹占里用右手在身上画个十字，取起硬币往上一抛，然后压在左手背上。他心情紧张地翻开右手掌，一看愣住了："是人头！

想到小云这一走，再也不会回来，犹占里忍不住热泪纵横。他再无话可说，心情沉重地走出去，对守卫在外面的卫士大声说："你们大家听着，不准为难云小姐！"

·15·

整理行李时，小云才发现，这个家里真正完全属于自己个人的东西并不多。她走出房门，丽娜和那些卫士们正等候在那里。

丽娜愧疚地说："云姐，对不起！我接到穆瓦先生的命令，必须仔细地搜查！"

小云谅解地说："丽娜，我明白！"

小云的东西很简单，搜查并没有费太多的时间！丽娜收走了小云贴身带的手枪以及那些赌具。她说："云姐，再次对不起！穆瓦先生特别吩咐，这些通通要收走！"

小云无可奈何地问："这些都是我贴身使用的东西，让我交出来确实有些舍不得！既然穆瓦非拿走不可，我也无可奈何！现在，我是不是可以走了？”

丽娜说：“不！穆瓦先生命令我们护送你安全到达酋长府！”

小云很理智！她知道，此时她只有顺从！她跟随丽娜还有那些护卫到了没触底村酋长官邸旁边的一座独立的小房。夜已经深了。

小云问丽娜：“丽娜妹妹，你知道为什么我办事都那么顺利？”

丽娜反问：“为什么？”

小云笑着说：“因为我向来运气总是那么好！这一次，能遇上你也算我的运气！我相信你会让我立即见你老板一面！”

丽娜声音低沉地说：“云姐，你知道，倪信风先生已经不再是我的老板。我已经把他的店交给别人管理了。我接到穆瓦先生的指示，在这里等他！没有他的指示，任何人都不许见倪信风先生！”

小云心情焦急地问：“可是，我一定要立即见倪信风先生！”

丽娜坚决地说：“不，云姐，你知道，我一定不能违背穆瓦先生的命令。”

小云说：“我明白，丽娜妹妹！可是，我非要立即见倪信风先生不可！此时，他一定特别需要我！”

丽娜没有吭声。小云走向房内的神像。这一次，她不准备做小动作。她相信自己的运气，她也相信斯支瓦神会支持自己！她向神像高举双手说：“丽娜妹妹，我们都信仰斯支瓦神。现在，我在这里向神祷告！你取两张纸，一张写‘YES’，一张写‘NO’，把它们折好弄乱。你也向神祈祷后，任取一张。一切让神来决定！”

小云举起双手向斯支瓦神祷告。丽娜对小云的印象向来不错，她更相信斯支瓦神会帮自己作正确的抉择。她照小云说的话做，折好纸，撒在桌上，然后望着神像，虔诚地祈祷。之后，她从桌面任选出纸，上面写着“YES”！

丽娜愣住了。她抬头望着神像。神的目光闪烁，这使她相信这是神让自己做出的选择！她对小云说：“云姐，好吧！我带你去！”

因为丽娜是穆瓦先生的特使，所有的卫士都没有阻拦，她们很快就到了倪信风的房门口。丽娜说：“云姐，对不起！你只能站在这里看看！”

一切都在小云的预料之中。她对所有的斯支瓦咒语都很熟悉。她知道，巫师会用什么咒语对付倪信风。她也早就想好，用什么咒语对抗。她知道，倪信风天生不是学中国气功的料。临时抱佛脚，他内功一定很有限！果然，倪信风有些坚持不住了。她先声夺人，意守丹田，用中国气功大喝一声。果然，那两个巫师的巫术被打乱了。她立即念动预先准备好的巫术咒语……

门外响起穆瓦那洪亮的声音："丽娜，你真让我失望！"

小云向来遇事不慌。听到穆瓦的声音，她依然坚持把咒语念完。两个身材高大的卫士已经到身边，她顺从地跟卫士走。

回到那座独立的小楼，穆瓦早已等候在那里。他脸上皮笑肉不笑地说："云姑娘，我早就料到丽娜小姐不是你的对手，有意提早到来。没想到，我还是来迟了。"

小云爽朗一笑说："这不足为奇！穆瓦先生，你早就认识我。你应该知道，我向来总是这么走运！"

穆瓦冷笑说："云姑娘，这一次，你恐怕没那么走运了！时间过得真快！想起我第一次看到你时的情景，那时候，我是成鑫先生的好朋友，而你只是成先生女朋友的贴身女佣！现在的你，可真是今非昔比！"

小云说："穆瓦先生，你有没有听说这样一句话，仇恨会使人成长！"

穆瓦问："怎么说？"

小云反问："穆瓦先生，你还记得辜太太吗？"

穆瓦声音低沉地说："我怎么会忘记！她那么漂亮，那么有智慧！真可惜，她没有选择老板，却跟一位手下私奔！当然，对她和他先生的死，我更加心痛！"

现在所有证据都证明，穆瓦才是杀害辜家夫妇的幕后真凶！听完刚才这话，小云冷冷一笑说："穆瓦先生，你知道，辜太太的灵附在我身上！她把她所有的优良品质都留给了我，目的就是让我为她夫妇报仇！"

穆瓦坦白地说："云姑娘，你信也好，不信也罢！我从没有想过要杀害辜太太！我确实派人去威胁辜先生，希望他不要再跟我打官司。我给那些人的命令是不要伤害辜先生、辜太太！我也没想到后来会变成灭门！"

小云问："穆瓦先生，你想，我会相信你吗？"

穆瓦冷笑说："云小姐，我知道你不信。现在，你既然选择与我为敌，我们穆瓦家也容不下你！为了斯支瓦人的利益，你必须永远留在这里！"

此时，从林中传来一种鸟鸣声，小云知道这是由凌林的佣人吉姆发出的。她内心振奋起来，脸上却不动声色。为了激怒穆瓦，她讥讽地一笑："穆瓦先生，你就这么自信这里能关得住我？”

穆瓦说：“对，为了斯支瓦部落的未来，我本应该杀了你！可是，我许诺占里，如果你不反抗，我不杀你！为了安排你，我可真是费尽心机！你跟我来！”

小云很聪明。她知道，此时不能正面对抗。她顺从地跟着穆瓦走进地下室。他笑着说：“云姑娘，这里有足够的水和干粮，你在里面照样可以生活得很舒适！我想，我走后，你一定会想念我的声音。”

小云问：“怎么说？”

穆瓦反问：“云姑娘，你还记得警局那间特别审讯室吗？”

小云说：“那个隔音室？”

穆瓦说：“这地下室完全按隔音室建造。我走后，你就再也听不到其他声音！”

小云见过那审讯室，知道其中厉害。她天生胆大，面无惧色！况且，她也相信，自己不可能在这里待太长时间！眼看审讯室并没有吓住小云，穆瓦补充说：“云姑娘，这大铁门的钥匙仅此一把，就放在我身上。另外，我还要告诉你一件事，这密室下面埋着炸药，引线就连在门上。如果谁用暴力砸门，就会被炸得粉身碎骨！”

小云相信这一切难不倒凌林。为了了解穆瓦下一步计划，她故意在脸上露出惊恐的神色，声音低沉地说：“穆瓦先生，看来，我对你的能力低估了。我服输了！”

穆瓦得意地笑笑说：“现在可以这么说，倪信风和你被关押在这里，就剩下凌林一人。他可没有你们这么幸运。”

小云问：“什么意思？”

穆瓦说：“倪信风，我需要他当酋长。对你，我也不想失信于占里！所以，我要留住你们！至于对凌林，我已经给我所有的手下下了死命令，谁杀了他，必得重赏！我相信，重赏之下必有勇夫！”

小云问：“穆瓦先生，你就这么自信，一定能杀得了他？”

穆瓦胸有成竹地说：“我知道，凌林身边有一位奇人，吉姆先生。我还知道，为了营救你和倪先生，吉姆到附近侦察。此时再对付凌林，应该不难！”

穆瓦不想再多说，关上铁门，就扬长而去了！

·16·

吉姆平时只听凌林一个人的。他心里最关心的还是凌林的安危。他接到凌林的指令是要注意倪信风和小云的一切动态，有什么情况立即用电话通知。他的听力非同寻常！他找到特殊位置，虽然在深深的地下室，依然能听见穆瓦和小云的对话。一听说凌林有危险，他方寸大乱。他要不顾一切地去见凌林。他知道，此时凌林正在拉姆的古堡！

凌林把辜家灭门调查全过程从头到尾分析一遍。他心中有一种预感，很快就可以结案，关键就在这“丛林怪人”！他匆匆赶到古堡，对拉姆提出请求！

听凌林说要见自己的师傅，拉姆笑着说：“对不起，凌医生，我师傅已经好久不见外人了。除非……”

凌林问：“除非什么？”

拉姆说：“除非有人向他挑战巫术。”

对斯支瓦巫术，凌林也略知一二。他内功深厚，再加上随机应变能力，应该可以一拼。他说：“好，我向他挑战！”

拉姆说：“师傅让我在附近的丛林中为他安排了一个住处。除了我，没有人知道那里。他要在那里安心潜修斯支瓦巫术。他告诉我，从此他不想见任何外人，除非有巫术高手挑战。不过，这些人首先必须战胜我。斯支瓦确有两个巫师听到过这传说，向他挑战。可这两人都没能过我这一关！至今，除了云姑娘，还没有人在巫术上胜过我！”

凌林深深地吸一口气，意守丹田，用洪亮的声音说：“拉姆先生，我想试试！”

听凌林的声音，拉姆微微一震。他知道凌林是小云的导师，也不敢怠慢。他小心翼翼地把三块黄色神牌一字摆在桌上，做出斯支瓦拜神的手势。他双手紧握，右手食指直直向上竖立，用高八度的声调念动斯支瓦咒语。

凌林记得，在特别审讯室里，见过拉姆也是这样子。他相信，拉姆一定是在使用最厉害的巫术。他集中精力，运功！果然，似乎有无数无形的小刀迎面扑来，他的内功勉强可以抵抗。可是，他对斯支瓦咒语所知有限，想不起该用什么反击。一阵风过后，拉姆停止念咒，笑着说："凌医生，你们中国功夫不简单，要打败你确实不容易！不过，你的斯支瓦巫术水平根本不可能挑战我师傅！"

凌林心里不得不承认拉姆的说法。他没有再吭声，不由想起小云……

拉姆的佣人从外面进来，打断了凌林的沉思。他说："凌医生，您的佣人吉姆先生在吊桥那边叫你！"

凌林感到很奇怪。他命令吉姆密切注意倪信风和小云，有什么事吉姆可以打电话到古堡来。按理，这时候吉姆不该到这里来！他问拉姆："拉姆先生，你是消息灵通人士，最近斯支瓦有什么新闻？"

拉姆说："最近，斯支瓦最大的新闻就是中国人倪先生当上酋长！"

凌林说："这我已经知道了。"

拉姆说："还有一点，你一定没想到。倪先生已经被困在酋长府。穆瓦先生还命令两个巫师改造他！"

这对凌林来说，也不算新闻。而且，他早已经考虑到这一点，还特地逼倪信风加强中国气功。拉姆会察言观色。看看凌林脸上的表情，拉姆笑着说："凌医生，我知道，这对你也不算新闻！不过，有一条最新消息，我保证你不知道！"

凌林问："什么事？"

拉姆说："凌医生，我之所以会消息这么灵通，就因为广布眼线。穆瓦先生手下中就有我的内线。我刚刚得到消息，云姑娘被困在酋长府边上的地下室里。我还得到消息，那里还是模仿特别审讯室结构建造。而且，地下室下面还埋有炸弹，引擎连在铁门上，如果要砸门救人，就会爆炸。"

对凌林而言，这果然是惊天动地的消息。他再也坐不住了，说："拉姆先生，看来我真该走啦！"

刚刚走出古堡，凌林就看见吉姆匆匆而来。

靠近吊桥，吉姆心情紧张地说："医生，出大事啦！"

凌林问："你是不是要说，云姑娘也被关进地下室了？"

吉姆声音低沉地说："是的！还有一件事更可怕！穆瓦重赏暗杀你！"

凌林从包里取出望远镜递给吉姆，笑笑说："有你在我身边，再加上这红外线望远镜，相信我会很安全。吉姆，你对自己有信心，是吗？"

吉姆自尊心很强。他勉强点点头说："是！医生，我们去哪里？"

凌林说："现在，我们去大巫师住地！"

·17·

凌林向来办事小心谨慎，绝不干没有把握的事。他跟好布鲁娜打了一个电话后，才走出古堡，跟随吉姆小心翼翼地走进丛林。距大巫师住地还有两百多米，吉姆停住脚步说："医生，我们不能再往前走。大巫师的住地布满了卫士。"

凌林说："好，我们就等候在这里！"

吉姆边看望远镜，边说："医生，西北方向有大批武装人员向我们靠近。"

凌林说："吉姆，你看仔细，这些人是不是穿警服的！"

吉姆说："对，他们都穿着警服。"

凌林说："这就对啦！好布鲁娜带警员来这里接我了！"

吉姆还对着望远镜警惕地说："我还是不放心！在警员中也可能会有穆瓦的内线……"

吉姆紧张地注意着四周的每一个人。只要有人枪口指向凌林，他就把身子挡在前面。好布鲁娜已经到了眼前。她指着吉姆说："凌，我真羡慕，你有一位这样忠诚的保镖！"

凌林说："吉姆是我的保镖，也是我最好的朋友！"

吉姆得意地笑笑，却丝毫没有放松警惕。好布鲁娜问："凌，你风风火火让我带这么多人到这里来，有什么事？"

凌林问："我在外面出差，刚得知好友倪信风当上了酋长。你一定早就知道了，是吗？"

好布鲁娜说："当然！还是我派警员跟丽娜一起去送倪信风先生去的没触底村。我给警员的命令，一定要严密保护他！没有想到，他居然会当上酋长。警员们还送他到酋长府……"

凌林又问："可是，那些警员为什么不留在酋长府保护倪信风先生？"

好布鲁娜说："警员们回来后，我也是这样责问他们的。他们说，是穆瓦先生把他们赶走的！"

凌林继续问："你们的警员也听穆瓦先生的命令？"

好布鲁娜说："当然不是！主要是穆瓦先生说得在理，警员们不得不听从。他们说，穆瓦先生告诉他们，这酋长府是他盖的，所有的护卫早就安排好了！"

凌林说："这里有一条原则，你们一定要弄清楚。你们才是斯支瓦唯一的武装，保护酋长府可是你们的责任，而他们只是穆瓦的私人武装！"

好布鲁娜无可奈何地问："凌，现在你让我怎么办？难道你要我去攻打酋长府？"

凌林笑着说："当然不是！你忘啦，斯支瓦还有一位精神领袖！"

好布鲁娜说："你是指大巫师？"

凌林说："除了大巫师，还有大巫师的代表，就是拉嗒！"

好布鲁娜说："可据我所知，拉嗒也是穆瓦的人！"

凌林说："你应该了解拉嗒。他想要接大巫师之职，就必须一切以斯支瓦利益为重！"

好布鲁娜说："我太了解拉嗒了。他是由穆瓦一手培养的，绝不可能跟穆瓦正面对抗！"

凌林又意味深长地一笑说："可是至少在现在，我们也不想跟穆瓦正面对抗！你让人去请拉嗒出来，我们一起去酋长府！别忘了，保护酋长的安全，这也是他拉嗒的职责！好布鲁娜小姐，你别忘啦，你可是社交界的名人。请你给自己一点信心，相信自己一定有能力说服他！"

好布鲁娜没有想到会那么容易说服拉嗒！她当然不知道，凌林暗中用目光威胁拉嗒。拉嗒有把柄在凌林手上，他不得不接受好布鲁娜的请求。从另外一角度看，好布鲁娜说得也在理。他作为大巫师的代表，确实有责任帮助保护酋长。没触底村警局，作为斯支瓦唯一的武装，也有义务保护酋长的安全！他理应带好布鲁娜一起去酋长府，心里却下定决心绝不跟穆瓦冲突！

拉嗒代表着大巫师，也是代表着神的意旨，而且又是自己人，那些卫士自然不敢阻拦。凌林跟着拉嗒很快就到了倪信风的房间。看到拉嗒，那两个巫师急忙停止念动咒语。

中国气功让倪信风内力大增。他轻而易举地战胜了那两个巫师的第一波攻击。可是，这两个巫师咒语的力量比想象的要强得多。两个不同频率的超高音发起一波又一波攻击，昼夜不停。他的内力毕竟有限。经历一天一夜，他感到疲惫不堪。铁窗外传来熟悉的声音。虽然也是在念斯支瓦咒语，他却听得很清楚，那就是小云的。他也没有想到，小云对他的影响会这么大。他从内心深处感受到一阵鼓励，精神振奋！也就在此时，那两个巫师的攻击力量减弱了。他感到自己无所畏惧了！小云很快就离开了。那两道超高音又恢复攻击，终究再没能打败他。他心里清楚，此时如果暴露，可能会得到更激烈的反弹。他装疯卖傻，故作软弱无力地靠在椅子上，暗中却继续运用内功对抗，直至凌林的到来！听到凌林的声音，他兴奋地睁开眼睛，刚巧与凌林那锐利的目光对接。从凌林的眼里，他明确感到自己还要继续装傻！那两个巫师停止念咒，他却软瘫在椅子上。

那些卫士并没有离开，一直等候着穆瓦到来。穆瓦走进来，看到倪信风那副痴痴呆呆的样子，心中暗喜。他在倪信风耳边小声说："倪信风先生，云姑娘在我手上，你老老实实，她才会安全……"

看倪信风痴痴呆呆地躺在那里，穆瓦又转身对好布鲁娜客气地说："好布鲁娜小姐，我们找个地方单独谈谈。"

好布鲁娜亲热地拖着凌林的手跟随穆瓦到了另一个房间。看到凌林，穆瓦脸色一沉。好布鲁娜解释说："穆瓦先生，凌先生是我的挚友，我的一切事都不瞒他！"

穆瓦无可奈何地说："好布鲁娜小姐，你还记得那一天，祖鲁拉纳先生带我一起去找你时的情景吗？"

好布鲁娜笑着说："记得，当时祖鲁拉纳先生提出，由他出资，要我出面组建没触底村警局，真让我大吃一惊！"

穆瓦说："好布鲁娜小姐，你应该知道，祖鲁拉纳先生原来是美国人。而且，他也不可能有那么多钱！"

好布鲁娜问："穆瓦先生，你到底想说什么？"

沉思片刻，穆瓦咬一咬牙说："好吧，我老实告诉你，祖鲁拉纳先生的那些钱也是我的！也就是说，我们的目标是一致的。祖鲁拉纳先生出这主意，是希望斯支瓦人有自己的武装，保护自己……"

好布鲁娜打断穆瓦的话反问："穆瓦先生，保护酋长，难道不是我们警局的职责?”

穆瓦说:“是!不过,我的卫队成立在你们警局之前。当年,我这样做也是为了保护斯支瓦人!现在,我可以把这里的安保交给你。我希望,我的卫士也能留下来帮你们!”

好布鲁娜点头说:“OK!”

穆瓦手指窗外,接着说:“另外,那一座楼是我的私人财产,我不希望受到你们警员骚扰!”

好布鲁娜肯定地说:“这也不是问题!”

凌林一直在倾听着,一声不吭!他在紧张地思索着。他在想,该如何救出小云!现在,许多事终于水落石出,原来把好布鲁娜从美国带到斯支瓦的是祖鲁拉纳!而且,祖鲁拉纳还是穆瓦的靠山!看来,拯救小云,还要靠他!

·18·

听完穆瓦与好布鲁娜的对话,凌林心中产生一种想法,看来解救小云就落实在祖鲁拉纳身上。凌林想,约见祖鲁拉纳,还有另外一个重大任务,就是挑拨他们之间的关系,以此斩断穆瓦在这个国家最大的靠山。凌林知道,要约见他绝非易事!祖鲁拉纳作为这国家的第二号人物,架子大得很!

凌林回想起小云与祖鲁拉纳初次相会时的情景。一次见面使她一跃成为调查组的顾问,这可算是交际场上的经典!她有穆瓦介绍,又是祖鲁拉纳喜欢的那种类型!这些条件他都没有,该如何是好?他想起好布鲁娜。好布鲁娜的身份很神秘。他曾经猜测把她从美国带到这里来的人是祖鲁拉纳。听完她和穆瓦的对话,他心中的想法得到进一步证实!对,他为什么不请她帮助联系祖鲁拉纳?

想到这些,凌林心中产生一种预感,或许整个事情比预想的还要复杂得多!他千万要谨慎小心。他直接到好布鲁娜的办公室,却没有说出心中的真实想法。他故作忧愁地问:“好布鲁娜小姐,你知道,我的好朋友云姑娘在哪里?”

好布鲁娜说:“我知道!我相信你心里也很清楚!”

凌林接着说:“你一定也知道,凭我和云姑娘的关系,我绝不会袖手旁观！”

好布鲁娜说：“凌，我奉劝你，千万别轻举妄动！那里比你想象的要危险得多！”

凌林说：“我知道！所以我才会来求你帮忙！”

好布鲁娜安慰说：“对不起！这一次，我真的帮不了你！云姑娘关押在穆瓦私人的地方，警察也不能干预！不过，你也不要太担心。凭云姑娘跟犹占里先生的关系，穆瓦先生应该不会太为难她！”

凌林坚决地说：“不！好布鲁娜，你应该了解我！我下决心要干的事，绝不会退却，就是牺牲自己也在所不惜！”

好布鲁娜担忧地劝说：“凌，你不要急，让我再想想！”

凌林沉思着说：“当然，我也不是那种爱冒险的鲁莽之人。我只是希望能找到一位这样的人，这人有能力说服穆瓦主动释放小云，大家不伤和气！”

好布鲁娜说：“这实在太难！除非……”

凌林问：“除非什么？”

好布鲁娜说：“除非祖鲁拉纳先生能出面。可是，他绝不可能帮你！”

凌林说：“如果我有机会见到祖鲁拉纳先生，我想我会有办法说服他的！”

好布鲁娜说：“凌，你如果知道祖鲁拉纳和穆瓦的关系，你就不会这么说！”

凌林不想露出自己的底牌。他故作惊讶地说：“我知道，他们是执行党内部的好战友！”

好布鲁娜说：“他们之间的关系比外表上更亲密得多。早在这国家执政党成立之前，他们就开始合作，甚至可以说同生死、共患难……”

凌林打断好布鲁娜的话说：“即使如此又如何？我可以让祖鲁拉纳先生明白，囚禁小云对他和穆瓦先生都没好处。而且时间越久，可能还会有大麻烦！”

沉思片刻，好布鲁娜说：“凌，我相信你的能力！我真的很想帮你。可是祖鲁拉纳先生的架子实在太大，我实在无能为力！而且，我跟祖鲁拉纳的关系也是秘密。我不能直接介绍你去！我想，我可以给你一条建议。你知道，祖鲁拉纳先生年轻时在美国是个赌徒。他跟穆瓦就是在美国赌城认识的。现在，他们俩都成为大人物。穆瓦先生已经完全戒赌了。祖鲁拉纳先生却保留这一习惯，每月底的周末，都会秘密到南非赌城赌二十一点。除了两个保镖，没有其他人跟随。”

凌林说：“谢谢！”

好布鲁娜说：“凌，我能帮的只能这样，到时候能不能攀上他，就看你自己！”

凌林笑着说：“好，好布鲁娜，你就看我的本事吧！”

南非赌城，这宫殿式的建筑里，有好几个地方赌二十一点。按好布鲁娜的提示，凌林来到祖鲁拉纳常去的地方。晚上七点半，他就占了一个最显眼的位置！这一天，他的手气特别旺。他本就很精通二十一点，没有多久面前的筹码已经堆得高高的了！

祖鲁拉纳跟凌林曾有一面之缘。小云曾介绍他跟凌林认识。他是个大人物，又天生狂妄自大，凌林这普普通通的中国人当然不足以在他脑里留下印象。这一天不同，凌林占据了他平时最常坐的位置，面前又有罕见的高高的筹码，他不由自主地在凌林旁边坐下。或许受凌林的影响，祖鲁拉纳这一天的运气也很不错！

感觉到祖鲁拉纳到来，凌林依然低着头，双眼紧盯住牌和庄家的手。知道祖鲁拉纳手气也是赢多输少，但比自己还差很多！他用余光瞟祖鲁拉纳一眼，看到了希望！祖鲁拉纳果然注意到了自己！

九点整，祖鲁拉纳停止了下注。他对凌林说：“先生，你赢得够多了。你愿不愿意跟我一起去喝一杯庆祝庆祝？”

凌林说：“这是我的荣幸！”

凌林跟随祖鲁拉纳来到一间预先准备好的小房间。

在这秘密的房内，祖鲁拉纳示意保镖取出珍藏的红葡萄酒和两只杯子。他先为自己的杯子满上，又倒一杯递给凌林说：“先生，为我们的好运干杯！”

凌林跟着举杯说：“干杯！”

一杯酒下肚，祖鲁拉纳的话渐渐多了：“我赌钱不是为了赢钱。对我而言，这一点点输赢算不了什么！我只想测试自己的运气。今天，我的运气不错，但还是不如你！先生，你贵姓？从哪里来？”

凌林笑着说：“祖鲁拉纳先生，您可真是贵人多忘事！我们早已见过面了。”

祖鲁拉纳凝视凌林片刻，沉思着问：“似乎有些面熟，我们在哪里见过吗？”

凌林提示说：“祖鲁拉纳先生，还记得半年前，在B国俱乐部，云姑娘把我介绍给您？”

祖鲁拉纳恍然大悟说：“我想起来啦！你是凌医生！”

凌林说：“是，能在这里见到您，是我的荣幸！”

祖鲁拉纳笑着说：“你是云姑娘的老师，难怪赌术如此精湛！”

凌林客气地说：“哪里，哪里！其实，在这赌城里，我向来也是输多赢少。今天如此走运，可是沾了您这大人物的光！”

听到这话，祖鲁拉纳心里特别高兴：“以前云姑娘经常提起你，只是我一直没有跟本人对上号。今天，我才有幸见识你的本领！”

凌林知道这次约会时间有限，要尽快切入主题！当然，从谈论小云，并继续下去最简便！他用带夸张的口吻说：“云姑娘也经常向我提到您。您才是她心中的偶像！她说，纵观整个南部非洲，在所有的政治人物中，数您最具领袖风范！”

虽然很夸张，却刚刚好说到祖鲁拉纳心里！他高兴地问：“云姑娘也真不简单！她曾帮了我大忙！可惜，我留不住她。她近况如何？好久不见，我心里还挺想她的！”

凌林故作欲言又止地说：“云姑娘，她……”

祖鲁拉纳紧接着说：“我听说她在布市帮犹占里先生打理生意，干得很不错。”

凌林心情沉重地打断祖鲁拉纳的话说：“云姑娘已经不在布市……”

祖鲁拉纳惊讶地问：“她到哪里去了？我怎么没有得到消息？”

凌林说：“这是刚刚发生的事，您的手下还来不及汇报！”

祖鲁拉纳又问：“她到哪里去了？”

凌林没有直接回答问题。他反问：“祖鲁拉纳先生，对斯支瓦部落，您知道多少？”

祖鲁拉纳说：“该我知道的，应该都不会遗漏。我听说，部落女酋长被暗杀，倪先生被选为新酋长！”

凌林接着问："您知道，是谁杀害了女酋长吗？"

祖鲁拉纳接着说："我听说，凶手是一位名叫尼嗒的当地人。这人已被警员击毙！"

凌林没有再吭声，脸上现出很为难的神色。祖鲁拉纳疑惑地问："凌先生，怎么啦？"

凌林犹豫不决地说："有一件重大事件，我不知该不该说！"

祖鲁拉纳又问："什么事？跟我有没有关系？"

凌林说："这事还在调查中，如果证实，那可真是惊天动地的大新闻。无论对斯支瓦部落，对B国，还是对您本人都关系重大……"

祖鲁拉纳接着说："倘若如此，你非立即告诉我不可！"

凌林说："祖鲁拉纳先生，您知道，好布鲁娜小姐请我在斯支瓦村警局帮忙！"

祖鲁拉纳说："这我也曾听说了！"

凌林接着说："对女酋长的死，我特别重视！我曾独自检查那杀手尼嗒的尸体，发现一件其他人都不知道的东西！"

祖鲁拉纳问："什么东西？"

凌林说："一片小小的纸条！我认得上面的笔迹是穆瓦先生的。因为事关重大，我一直严守这秘密！我请云姑娘暗中协助调查！"

祖鲁拉纳又问："有什么结果？"

凌林说："还没有！偏在这关键时刻，云姑娘失踪了。我发现她被穆瓦先生非法囚禁……"

祖鲁拉纳表示怀疑地问："凌先生，你能确定吗？"

凌林紧接着说："千真万确！她就关在酋长府邸旁边的小屋，由穆瓦先生的卫士把守！祖鲁拉纳先生，我知道，您跟穆瓦关系非同一般！您跟他合作多年。听他说，您赞助斯支瓦筹建警局的钱还是他出的！"

祖鲁拉纳脸色一变问："他告诉你的？"

凌林说："他对好布鲁娜说这话时，我也在场！因为事关重大，而且疑点重重，我跟小云才特别小心！我真不明白，他为什么要囚禁小云……"

祖鲁拉纳沉思片刻，说："我可以让穆瓦先生释放云姑娘。不过有一个条件，对你正在进行的调查必须绝对保密，有任何发现，必须首先向我汇报！"

凌林坚决地说："我保证！"

·19·

寂静，从未有过的静谧！

小云的神经变得特别敏感。她依然能清晰地听见自己的心跳。没有过多长时间，她感觉心脏仿佛要从胸膛跳出。她急忙双脚盘坐在地上，深深地吸一口气，意守丹田，运起气功！她学习中国气功已经好多年了，还从未体验到如此强烈的感觉。她甚至可以感到外界的新鲜空气，通过消音管道进入房内，从鼻孔入身，灌注全身。她顿时觉得自己功力倍增。她带着强大的内力再念动巫术咒语，威力更是非同一般！

小云记得，大巫师师傅曾说过，斯支瓦巫术以高音见长，音越高越强。师傅还说，要想练就上乘巫术，一定要在寂静的地方，越静越好，只有在没有外界声音的阻力下，才能练就出异于寻常的超高音。这隔音的地下室，真是练习巫术的最佳地方……

当凌林来接自己时，小云已经创出一套最上乘巫术，并已复习得滚瓜烂熟。

看到凌林，小云感激地说："凌，谢谢你！"

凌林说："你这次能解脱，应该感谢祖鲁拉纳先生。"

听凌林介绍约见祖鲁拉纳的过程，小云敬佩地说："凌，你做得真棒！你还解决了我心中的一道难题！"

凌林问："怎么讲？"

小云说："祖鲁拉纳的实力实在太强！只要有他在幕后支持，要打败穆瓦谈何容易？我正发愁无法挑拨祖鲁拉纳跟穆瓦的关系。你一次约见就达到目的了！"

凌林说："祖鲁拉纳对你的印象非同一般！你可趁跟祖鲁拉纳先生道谢的机会，再进一步吹吹风！"

小云笑着说："对，我知道怎么做！"

凌林说："还有一个关键人物，那就是拉姆先生的师傅——'丛林怪人'！"

小云说："对！二十多年前，就是他救下面包树下血案中那个幸存的小孩！"

凌林说："还不止这些！现在看来，要彻底揭露穆瓦的罪恶，首先要知道二十多年前斯支瓦部落发生了什么惊天动地的事变！而今这些知情者，老酋长一家人、村长、尤佳的姑婆以及其他人都已不在了，而大巫师又傻了，就剩下'丛林怪人'一人！"

小云说："对！我们现在就去找他！"

凌林说："拉姆说，'丛林怪人'不想见任何人，除非向他挑战巫术！"

小云笑着说："我可以试一试！"

凌林担心说："你刚从地下室脱困，是否先休息几天？"

小云刚练就最上乘巫术，正渴望立即一试身手！她说："不！我们现在去！"

凌林说："好，我现在就跟拉姆打电话！"

早已接到凌林的通知，拉姆亲自到古堡门口迎接。看到拉姆，小云兴奋地说："拉姆先生，很高兴有机会再次与你交手！"

拉姆说："不是我，而是我的师傅！"

小云问："怎么说？"

拉姆说："我师傅跟你师傅一起在师公手下学巫术！本来，你师傅是大师兄，又深得师公喜欢，当然将来会接大巫师的班。我师傅本也没有非分之想。直至有一天，他发现你师傅心术不正。他想，万一你师傅当上大巫师，必然危害到斯支瓦。他下决心要在巫术上打败你师傅。他是巫术怪才，在巫术上高过你师傅一筹！谁知在大决战前三天，师公带你师傅到秘密的地方练功。你师傅功力大增，居然打败了他。他只好偷走祖师神牌，隐居在南非丛林，天天苦练巫术。他心中也一直渴望着一场世纪巫术大战。他欢迎高手向他挑战，条件是必须先要战胜我。这些年，我到处寻找高手。我参加过许许多多场巫术之战，始终无人战胜我……"

小云笑着问："真的没人战胜你？"

拉姆急忙说："除了你！我师傅早就期待要跟你一战。一接到凌林的电话，我就去把师傅接到古堡来了。希望你不要让师傅失望！"

小云说："我会尽力！"

·20·

古堡大厅昏昏暗暗，正中挂着斯支瓦神像，前面供桌上排着三块黄色的木牌，小云认得那是部落的神牌！厅中为数不多的几扇窗口都覆盖着绿布，只有神龛四周那几盏绿灯忽明忽暗……

神像的左侧坐着一位古稀老人，一动不动，像一尊塑像。

拉姆在小云耳边小声说："云姑娘，那就是我的师傅。他一生中大部分时间都处在迎战状态。你走过去，这场世纪之战就可以开始了。"

小云走到那老人对面，行了一个斯支瓦晚辈的大礼。然后，她盘腿席地而坐。她深深地吸一口气，意守丹田，运起中国气功！没有过多久，那"丛林怪人"的嘴里发出声响，音量不大，音频却高得出奇。渐渐地，音量越来越强，频率也越来越高……

凌林见识过拉姆的巫术！他感觉到巫术跟中国气功有许多异曲同工之处。不同的是，巫术要用内功发出异于寻常的高音。上一次在古堡，拉姆表现出精湛的内力，发出的声调也够高。现在，这"丛林怪人"才让他真正领略到了巫术的威力。他感觉从这怪人嘴里发出的超高音，像无形的巨浪迎面扑来，一浪高过一浪，源源不断。她了解小云的内力略逊于自己。他心中不由地为她担忧。他暗中运起内功相助……

小云一动不动地坐着，抵抗迎面扑来的一波又一波进攻。她早就听师傅说过这位师叔。听说，这怪人是巫术奇才。师傅提醒她，如有机会与他交手，千万别麻痹大意！师傅还说，他这人勇猛过人，性情急躁，喜欢先声夺人，一开始就音调超高，而且语速超快！这是优点，也是弱点。太凶猛不会持续太久。当年，师公就是针对怪人这弱点为师傅量身定做了一套巫术。师傅就是靠这巫术打败他，坐上大巫师的宝座的。而今跨越了一个世纪，经历了二十多年卧薪尝胆，他一定今非昔比。她丝毫不敢大意，一开始就运起全身内力对抗。果然，他一开口就发出最强音，而且一波强过一波……

小云又想起师傅描述的那场大决战，师叔先发制人，师傅的策略是后发制人。三波巨浪过后，怪人的力量就开始减弱，师傅用师公新创的最高巫术反击，并取得最后胜利。可是现在，第五波过去，音浪还在增强。要是在以前，她早就要支持不住了。经过这隔音室奇遇，她内力大增，再加上凌林相助，所以才能从容不迫地应付着。她又想起，巫术的最高境界超不过第九层。第八波音浪过后，她调动全身内力，念出那套由师公创的最高巫术反击。她从师傅那里学到这咒语后，经过改造，又在隔音室内把其中的威力发挥到极致，再加上中国气功的内力，小云发出的音浪和怪人的声浪短兵相接，胜负立辨。那怪人巫术的威力渐渐弱了下来……

“丛林怪人”停止念咒，深深地叹一口气说：“唉！我经过二十多年苦练，终究还是未能战胜这套巫术咒语！看来，我再留在这世上，已经没有什么意义了。”

小云急忙安慰说：“师叔，你没有必要灰心丧气。在巫术上，你并没有输！”

“丛人怪人”问：“怎么说？”

小云说：“师叔，祝贺你，已经练就巫术最高境界，第九层！”

“丛人怪人”垂头丧气地说：“可我还是输给你了，更别说你师傅！”

小云笑着说：“对不起，师叔！如果没有动用中国气功，再加上我老师凌先生相助，我早失败了！”

“丛林怪人”面对凌林说：“我还是不明白！”

听凌林简单介绍中国气功，“丛林怪人”佩服地说：“看来还是你们中国气功神奇！”

小云接着说：“我师傅——你的师兄早已经不是你的对手了！”

“丛林怪人”问：“云姑娘，你师傅近况如何？”

小云说：“他已经完全傻了。”

拉姆说：“这不可能！我可是消息灵通人士，为什么不知道？”

小云说：“这事只有我跟拉嗒两人知道，绝对保密！”

“丛林怪人”又疑惑地问：“云姑娘，师兄真的傻了吗？”

小云肯定地说：“千真万确！”

“丛人怪人”又深深地叹一口气说：“唉！看来，这是斯支瓦神的惩罚！谁背叛斯支瓦，绝不会有好下场！”

·21·

与小云商量好下一步行动计划后，凌林先匆匆离开。

小云在古堡里跟祖鲁拉纳打了一个电话表示感谢。然后，她带着拉姆和“丛林怪人”一起出发。在大巫师住地外面，被一群武装人员包围，这早在她预料之中。她想，看来大决战终于拉开了序幕。

原来，当小云一行人离开古堡，穆瓦就接到密报。他带来自己绝大多数人马，早早地守候在这里。他很清楚自己的处境，已经毫无退路。他下决心要在此一战一举解除后患！

此前，穆瓦早已把酋长府的守卫警员通通收买了。今天，他也把倪信风酋长带在身边。他还命令那两位巫师押着倪信风。眼见小云和“丛林怪人”进入包围圈，他心中暗喜。他从卫士中走向前，恶狠狠地说：“云姑娘，看在祖鲁拉纳先生的面上，我饶过你一回！谁知你依然不思悔改！现在，神仙也救不了你了！”

小云早已看穿穆瓦的心思。她冷静地问：“穆瓦先生，我带贵宾去见大巫师师傅，有什么问题吗？”

穆瓦显然无意纠缠。他不耐烦地命令手下：“这三人企图在部落内制造暴乱，把他们通通抓起来关入地下室！”

小云冷冷一笑，指着“丛林怪人”对卫士大声喝道：“我是大巫师的徒弟，这位是大巫师的师弟，也就是我的师叔，你们不得无礼！”

见手下还在犹豫不决，穆瓦严厉地对卫士说：“你们谁敢不服从命令！”

那些卫士刚要动手，凌林从林中冲出大喝一声：“住手！”

好布鲁娜带着大量警员对那些武装人员形成反包围之势。

穆瓦对好布鲁娜说：“好布鲁娜，请借一步说话！”

好布鲁娜指着凌林说：“穆瓦先生，这一位是我的顾问，有什么话，请当面讲！”

穆瓦走近好布鲁娜小声说：“走，我们进去跟祖鲁拉纳先生打电话！”

好布鲁娜问：“你想跟他说什么？”

穆瓦继续小声说：“祖鲁拉纳先生曾向我保证，他绝不会允许你的警员妨碍我……”

凌林耳尖，对这话，听得清清楚楚。他笑着说：“穆瓦先生，别白费心机。我和好布鲁娜刚刚跟祖鲁拉纳先生通过电话！”

看到凌林，穆瓦不由地怒火从心中升腾起来。记得，控制倪信风后，又囚禁了小云，他原以为大功告成。没想到，这个人居然会动员祖鲁拉纳来逼迫他释放小云。现在，又是这人让好布鲁娜带警员来阻止他。看来，最可怕的对手还是这个人！他对身边的保镖耳语，那保镖便把枪口对准凌林。那保镖刚要击发，突然从林中飞出一支小箭正中他手腕，枪也掉落在地上。

凌林知道那是吉姆所为。看到穆瓦的卫士面面相觑，他指着受伤的保镖乘机大声威喝："管好你们的枪，谁乱动，这就是下场！"

穆瓦审时度势，论人数，自己的卫士跟警员差不多；论火力，自己要弱许多，火拼起来自然占不到便宜，而且还会陷自己于险境！当然，他可不是那种轻易认输的人！看来，他只好摔出手上的王牌！他对身边的一位巫师小声说了一句话。这巫师急忙冲进屋内。没有多久，这巫师便带着拉嗒出来了。穆瓦对拉嗒严肃地说："拉嗒，这里是神的圣地，请你以神的名义命令所有穿警服的离开这里！"

小云急忙警告说："大师兄，你不可亵渎神灵！"

拉嗒感到左右为难。他既不敢正视穆瓦，也害怕看到小云那锐利的目光。他双眼盯着倪信风，急中生智说："神说，所有斯支瓦人都要听酋长命令。"

这句话当然正确！虽然并不满意，穆瓦也无可奈何。他看看身边的倪信风。倪信风由巫师扶着，眯着眼迷迷糊糊站着。他心中想，经历这么长时间的巫术咒语攻击，这个人应该被改造得差不多了吧！他暗暗对倪信风发命令："酋长，请命令所有穿警服的离开这圣地！"

凌林耳尖，对穆瓦这些话都听得一清二楚。他用中文对倪信风说："小倪，按我说的发命令！"

虽然装着迷迷糊糊，实际上倪信风头脑一直很清醒。经这一段时间努力，他的斯支瓦语进步不小。他把凌林的话翻译成斯支瓦语庄严地发命令："我以酋长的名义命令：除了穿警服的，其他所有的人都放下武器！"

倪信风的话威力不小，有许多穆瓦的卫士不由自主地放下手中的武器，只有少数铁杆分子还拿着枪紧跟着穆瓦。眼看大势已去，好汉不吃眼前亏，穆瓦无可奈何地命令手下："我们走！"

所有穆瓦的守卫都离开了。好布鲁娜留下足够的警员守卫这里，然后也走了。

小云带着"丛林怪人"、拉姆、倪信风还有凌林走进屋内。

·22·

像平时一样，大巫师静静地躺在床上，鼾声如雷。

“丛林怪人”跪在床前大声叫喊：“师兄！师兄！”

大巫师睁眼“嗯”了一声，又昏睡过去。“丛林怪人”咬一咬牙念动催人清醒的咒语。渐渐地，大巫师终于清醒过来。他坐起来看到身边的“丛林怪人”和拉嗒，疑惑地问：“你们是什么人？为什么在这里？”

“丛林怪人”指着拉嗒说：“他是你的大徒弟，我是你唯一的师弟！”

大巫师望着“丛林怪人”，又看了看拉嗒，痴痴呆呆地反复发问：“大徒弟？师弟？谁是大徒弟，师弟？……”

“丛林怪人”无可奈何地走出大巫师的房间。他心中感慨万千，自言自语：“真是恶有恶报！斯支瓦神真灵！”

大师兄问：“师叔，什么意思？”

看看“丛林怪人”欲言又止，拉嗒似乎很理解。他带着“丛林怪人”走进一间秘密小房间，拉姆、小云、倪信风还有凌林紧随其后。他说：“师叔，这房间很秘密，这里也没有外人！你是否可以告诉我们？”

“丛林怪人”点点头，沉思着对拉嗒和小云说：“师侄，你们知道，你们的师公，也就是前任大巫师，只有你们的师傅和我两个徒弟。大巫师的接班人就在我们俩中选择一位。我对大巫师职位没有野心。而且，我又是师弟，本也没什么希望。我只沉迷巫术……”

说到这里，“丛林怪人”对小云笑笑：“云姑娘，你一定体会到了，要练就上乘巫术，必须要有一种特别的环境。我一直在丛林中转悠，寻找这样的感觉。有一天，在一个十分僻静的地方，正练巫术的时候，意外发现师兄跟一位蒙面的男人秘密会见。我隐隐约约听见那蒙面男人对师兄发指令，师兄唯唯诺诺地应承着。我心里突然产生一种想法……你们知道，我世世代代是斯支瓦人。我很清楚，大巫师一职对部落多么重要，那是部落跟神沟通的桥梁。大巫师所发的指令都代表着神的意旨。谁如果操控大巫师，就掌握了整个部落的命运。作为斯支瓦人，我不愿看到这种事发生！我突然想要阻止师兄当大巫师，本来这也没有难度。当上大巫师，必须在所有部落长老见证下，在巫术上打败所有的对手！在我跟师兄的巫术比拼中，向来都是我技高一筹。我没想到，在大比拼前三天，师傅带师兄秘密离开住地三天。回来后，师兄巫术突飞猛进，在关键一战中打败了我。我不服气，带着部落神牌离开。我相信师兄一定跟师傅在一个我没见过的特别的地方练习巫术，这地方离住地不会太远！我四处探索，努力寻找这地方……

“在偶然情况下，我目击了‘面包树下血案’的全过程，还救下那位幸存的小孩。当然，我不可能带着小孩四处流浪。我想起了穆瓦，把小孩送到那里去！我想，他是大慈善家，是斯支瓦的大恩人，把小孩放在他那里，再合适不过！他收下那小孩，还对我千叮咛万嘱咐，一定要对面包树下的见闻绝对保密！他还警告我，如果说出半句，会有杀身之祸！

“我没有马上远离穆瓦住地。因为，我感觉四周丛林有可能是要找的地方，就在四处游荡。我居然看到那‘面包树下血案’的凶手。我看见那三人秘密找穆瓦，索取报酬。穆瓦是斯支瓦的保卫者。‘面包树下血案’发生后，我曾亲耳听到他命令手下追查凶手。谁知道，他自己才是幕后真凶！想想，这实在太可怕！我继续观察，发现了更可怕的事！

“我听见，那三个凶手开始跟穆瓦发生争执。那三人中的一位抱怨穆瓦给的钱太少。穆瓦不高兴地反驳，不是都按约定的价格吗？那人说，他指的是上一案，报酬显然太少！他们说，现在他们成了所有斯支瓦人的公敌，这斯支瓦人的势力范围，南部非洲，他们显然待不住了……

“我听明白了！这个人指的是发生在部落中惊天动地的大案……

“所有斯支瓦人都不会忘记，我们部落酋长一家被灭门的日子！

“我没想到……”

凌林耳朵很灵。他听见隔壁有呼吸声。他断定一定是穆瓦的内线在偷听谈话！他担心，“丛林怪人”的声音太小，那偷听者听不清楚。乘“丛林怪人”在犹豫之时，他用斯支瓦语大声发问：“你没想，穆瓦居然是杀害酋长一家的幕后真凶，是吗？”

“丛林怪人”对凌林说：“凌先生，你说的对！你们知道，穆瓦的势力有多大！知道这惊天动地的秘密，我惶惶不可终日，总觉得有人跟踪。我四处躲藏，最后逃到国外的南非密林中。我破例收拉姆为徒，也是因为他是消息灵通人士，有利于我的安全！现在，你把我带到这里，可要保证我的安全！”

小云插话说：“师叔，你放心吧！住在这里，我们绝对保证你的安全！我们斯支瓦新成立的警局，跟穆瓦毫无关系。我已经让他们派足够可靠的警员保护这里！”

拉嗒紧接着说：“师叔，师傅这副样子，你也看到了。我也希望你在这里主持大局!”

“丛林怪人”急忙对拉嗒说：“师侄，你也知道，我本就无意当大巫师！现在，我老了，更不想了！我可以在这里支持你！不过，你必须对斯支瓦神发誓，一切按神的意旨办，绝不能被任何人操控!”

拉嗒面对神像发誓：“我保证一切服从神的意旨，绝不听从任何人！如违背誓言，必受神的严惩!”

小云说：“师叔，我们就先告辞了!”

走出大巫师住地，倪信风领小云和凌林去酋长府。按凌林的吩咐，好布鲁娜把酋长府的守卫都换上了自己最信任的人。在倪信风的房间，小云兴奋地对凌林说：“凌，案件总算水落石出了！是不是去请穆瓦来这里，我们作结案陈述?”

凌林笑着说：“是可以结案了。至于穆瓦，我相信不出一两天，或许他还会带给我们新的惊人的消息!”

·23·

一直担忧的问题终于发生了，穆瓦感到似乎天要塌了。他在斯支瓦辛辛苦苦建立的大厦，一夜之间倒塌了。他生无可恋!

如凌林所料，穆瓦的内线，把“丛林怪人”所说的话传给他，他才真正感到大势已去！数十年来，他一直派人追杀“丛林怪人”。因为他害怕“丛林怪人”知道了一些秘密。他没想到，“丛林怪人”所知的比他所担忧的还多得多！一夜之间，他从斯支瓦的恩人变成了大罪人。此时，除了忏悔，他已没什么可干！他跪在神像前，一次次忏悔。过了很长时间，他看到那神的目光变得越来越严厉，毫无原谅的意思。他知道，他的生命再也没意义了。他心里最放不下的还是侄子犹占里。犹占里是他心中唯一的希望，也是唯一可以倾诉衷肠的人。他正在沉思中，门外响起敲门声……

正是犹占里回来了。看到穆瓦，他焦急地说：“叔叔，我听说你这里发生了大事，急忙就回来了。”

穆瓦问：“占里，你听说什么啦?”

犹占里说：“你派来的手下，颠三倒四说不清楚。我想，还是听你亲自说！”

穆瓦心情激动地说：“占里，我就想亲口告诉你一切。现在，我已经走投无路。无论谁误解，我都无所谓！在这世上，我只在意你！我要让你知道真相！”

犹占里坚决地说：“世界上谁都可以不相信你，只我有绝不会！”

穆瓦心情沉重地说：“占里，如果有一天，你发现我有许多事瞒着你，你会怎么想？”

犹占里毫不犹豫地说：“即使如此，我还是坚决相信你！我相信，你一定有苦衷！你自有你不得已的理由！”

看犹占里能这么理解自己，穆瓦激动得泪如雨下，双手紧紧地抱着犹占里说：“在这世上，只有你才会这么了解我！”

在印象中，叔叔永远是那么骄傲，从来没有这样，犹占里感到问题严重！向来都是叔叔帮自己，现在该是回报的时候！他安慰说：“叔叔，我永远不会忘记，我是在你的保护下长大。现在，也该是回报的时候了。我已经足够强壮。我向你保证，就是天塌下来，也由我帮你顶着！”

穆瓦止住哭，深情地说：“占里，你知道，我这辈子干的最让自己痛心的事是什么吗？”

犹占里问：“什么？”

穆瓦说：“我真的非常痛心！我亲手拆散了你和云姑娘！我知道，你那么爱她！”

犹占里说：“叔叔，是的！我爱云，甚至可以说，我用整个生命来爱她。我曾经对她说过，如果一定要在你和她之间做选择，我会毫不犹豫选择你！因为，你比我的生命更重要！”

穆瓦又问：“占里，你知道，我为什么反对你跟她在一起？”

犹占里说：“我知道，因为她一直在调查你！我曾告诉她，我叔叔绝对问心无愧，他绝不是她想象的那种人！”

穆瓦紧接着问：“如果我问心有愧，真的如她所调查的那样，你会怎么看？”

犹占里坚决地说：“叔叔，我刚才已经表态！即使如此，我也坚信，你有你的苦衷！我还是坚决站在你这一边！”

犹占里的话让穆瓦心情变得更激动！他说："占里，对你，我没有什么好隐瞒的。云姑娘和凌医生一直在调查辜家灭门惨案。确实，为了让辜先生在官司上让步，我去请道上的朋友到他们家去。我给朋友们的要求是威胁他们，绝不要伤人！可是，我万万没想到，那些人会灭门。我原以为，那些人是因为怕暴露身份，失手杀人。事后，我曾去找那些人责问。可那些人消失得无影无踪！现在，我重新调查才知道，那些人收了别人更多钱，干了这一案，远走高飞。"

犹占里问："叔叔，那些人收了谁的钱？"

穆瓦心情沉重地说："是祖鲁拉纳先生！"

犹占里大吃一惊："怎么会是他？"

穆瓦心怀愧疚地说："有的事，我一直没完全告诉你。早在三十多年前，在美国流浪时，我就认识祖鲁拉纳了。我沉迷赌博，输得精光。当我走投无路时，他收留了我。他也曾是赌鬼，但手气一直比我好得多。我把他当作自己的救命恩人。我带他到B国来。我们发现，酋长在暗中出卖沙金。就是听他的蛊惑，我才收买大巫师，暗中替老酋长出卖沙金，才发家致富。我们在B国的财富，他有过半的股份。我所有的手下，同样可以听他调遣。可他还不满足，妄图占有整个金矿。他让我通过中国帮派成鑫借调辜先生，跟踪老酋长。他还暗中调人灭了老酋长一家。谁知，老酋长做事谨慎小心，他始终没有发现金矿所在地。后来，辜先生为了要打赢官司，威胁说要说出这秘密。我一面帮辜先生说服成鑫先生撤诉，另外又到津国请黑帮威胁辜先生，要求他严守机密。我要求那黑帮不要伤人。谁知，他又暗中让这些黑帮灭了辜先生夫妇。"

犹占里很清楚这件事的严重性。他问："叔叔，你确定吗？"

穆瓦肯定地说："千真万确！其实，我早就怀疑这些。因为祖鲁拉纳先生是我的靠山，不敢查！可现在，我走投无路了。就是死，我也要死得明明白白。我下决心调查！我发现了比这更可怕千万倍的事！"

犹占里惊恐地问："什么事？"

穆瓦深叹一口气说："原来，早在二十年前，祖鲁拉纳便用了同样的手法在部落干了一个惊天大案，灭了老酋长一家，同样又嫁祸给我！现在，事情败露，脏水还是泼在我身上。他又彻底抛弃我。我走投无路了。当然，我也有罪，我要忏悔！”

犹占里指着斯支瓦神像说：“叔叔，你信仰斯支瓦神，你就向他忏悔吧！”

穆瓦绝望地低声说：“我向斯支瓦神忏悔过了。可是，我的神不肯原谅我。我想起你说过，你所信的上帝可以接受所有罪人的忏悔，是吗？”

犹占里说：“是！”

穆瓦把一个绿色的小瓶放在身上，对犹占里说：“占里，走，我们到天主教堂去！”

天主教堂在“中国镇”的西北郊。夜深了，那雄伟的建筑物外面灯光辉煌。犹占里推开虚掩的院门进去，穆瓦紧随其后。他们刚刚走进院子，神父立即过来锁上院门！犹占里轻声说：“叔叔，在教堂忏悔，通常由神父见证。现在，神父就在身后。”

穆瓦固执地打断犹占里的话说：“不，我不需要神父！我向你的神忏悔，就由你见证！也只有你有资格见证！”

犹占里没有马上就进入教堂。他对穆瓦说：“叔叔，忏悔之前，我们先到另外一个地方。”

犹占里带着穆瓦来到旁边的圣母神龛前。穿着洁白圣衣的圣母神像，在灯光照耀下放射出光芒。他解释说：“叔叔，我们的神爱世人，派他的独生子到世上。这圣母玛利亚是神在世上的母亲。她又是慈祥的母亲。世上的人如果有什么愿望也可以先来求她。她会帮人们向神祈求！”

穆瓦跪在神像前虔诚地说：“我最最敬爱的圣母玛利亚，求你保佑我的侄子永远平安，帮他守住我们家族在津国布市的产业，并发扬光大！”

祈祷结束，穆瓦站起来对犹占里说：“占里，走，我们现在去向你的神忏悔！”

教堂里面也是灯火通明，却没有一个人。台上正中央是个巨大的十字架。这里的一切，对穆瓦来说并不陌生。像这个国家的许多上层人物一样，他常常参加这里的弥撒。这一天，他心里的感觉跟以前完全不同。他从没有像现在这样感到这里原来如此庄严、肃穆！站在这里，他感觉自己仿佛变成了透明的人，他一生中所犯的过错都历历在眼前。他为自己所做的错事后悔了。他不由自主地走到第一排跪下，用颤抖的声音说：“仁慈的上帝啊，求您宽恕我的罪！”

“我出生在南部非洲的大家族。我父亲只有我哥哥和我两个儿子。父亲死后，家族的产业由我哥哥继承。我也是斯支瓦人，大部分时间都喜欢在斯支瓦部落里游荡。我对这时候所做的一切问心无愧。我做各种善事。我偶尔也到国外旅游。就是在美国的赌城，我认识了祖鲁拉纳，这个美国黑人。我没有想到这正是我噩梦的开始。”

说到这里，穆瓦沉思片刻继续说：“我哥哥和嫂子突然一起过世，留下家族产业和年幼的侄子。我回到B国接管这些。我在美国认识祖鲁拉纳，我带着他一起来了。我没有想到，他才是真正的野心家。他犯下滔天大罪，却嫁祸于我！

“他和我很快就加入了B国执政党活动。他告诉我，要保住家族产业长久不衰，就要让自己成为有权有势的人。我听从他的话，动用家族的财产支持他和我自己竞选议员。我们成功了。他越来越辉煌，可我家族的产业却越来越少了。此时，我意外得到一个消息，听说斯支瓦部落酋长手中有自己提炼的金子，正在寻找可靠的买主。我是部落的慈善家，酋长当然信任我，同意由我代办！祖鲁拉纳也参与买卖。在贩卖黄金中，我们也赚了不少！他还很不满足！他告诉我，看来酋长一定掌握一个巨大的金矿。只要能得到这金矿的开采权，一定会富可敌国。可能是心中的魔鬼作怪，我心动了。可是，酋长办事十分小心。酋长一家的住地也十分保密。每一次买卖，酋长只跟我一人单独联系。我想派人跟踪，但我又不能让斯支瓦人怀疑到我。所以，这个人必须是局外人。我想到成鑫先生。成鑫先生派中国人辜梁先生帮我，辜梁先生果然不辱使命，终于找到了酋长的住地。我到津国秘密请几位黑道上的朋友。我的目的只是让他们威胁酋长及其家人，以此得到金矿的秘密。没想到，他们却把酋长一家灭门，又没能达到目的。这绝非我的原意！想想，老酋长的死虽非完全由我造成的，我终究难逃干系。我有罪！这几十年，我不停地暗中忏悔，大做善事，只求能赎罪。可是我的罪孽深重，无论我做什么都无法挽回……”

穆瓦心情沉重得无法再说下去。他喘息了一会儿，又接着说：“我万万没想到，辜梁先生会跟成鑫先生打起官司。为打赢官司，他还居然用跟踪酋长一事威胁成鑫先生。得到这消息，我慌恐万分。我让成鑫先生再去找津国黑道朋友。但我绝不愿再伤人！我只想让这些人威胁宰梁先生，让他闭嘴！没想到，这些人又把他灭门！于是，凌林先生和云姑娘开始调查。他们比我想象的要精明得多！他们的调查渐渐地逼近了真相……”

穆瓦深深吸了一口气，继续说：“本来，有祖鲁拉纳这大靠山，我什么都不害怕。可是我没有想到，当真相要大白于天下之时，他把我抛弃了。我进一步调查才知道，两大灭门惨案，他才是真正的幕后真凶。他却又要让我承担一切罪责！我不服，可我却根本无法跟他抗衡！无论如何，真相就要大白于天下，我在斯支瓦再无立足之地，我再没有什么理由活在这世上！”

说到这里，穆瓦从身上掏出那个绿色小瓶，一饮而尽。他对犹占里说：“占里，我的忏悔结束了。我现在要执行斯支瓦的法律自裁！办完我的后事之后，你就回津国布市，在那里把我们家族产业发扬光大。至于其他的事，你都不要再插手！”

尾　声

·1·

没过多久，穆瓦死亡的消息已经传遍整个斯支瓦。

凌林早就让吉姆跟踪穆瓦。凭特异功能，吉姆自然有能力听清楚穆瓦忏悔的内容。听了这些，倪信风愤愤不平地对凌林和小云说："就这么轻易地让穆瓦死去，这太便宜他了！"

小云轻轻地叹一口气说："唉，既然他已受到应有的惩罚，算啦！"

倪信风看看小云，又看看凌林。凌林说："小云说的对！你刚刚当上部落酋长，最重要的任务就是要重建部落。而这些事继续追究下去，不利于部落稳定！"

倪信风问："辜家灭门惨案是不是就这样结案了？"

凌林问："我想，我们还需要再探访一个人不可，你们猜是谁？"

倪信风摇摇头。小云说："成鑫大哥！"

凌林笑了，点点头说："是！小倪，你比云姑娘还差很多！这次就由你和小云一起去看望成鑫大哥，你可要学着！"

倪信风问："凌，你不跟我们一起去？"

凌林说："我还要接着去干一件还没有完成的事。你们都曾经是成鑫大哥组织内的人，又是你们把成鑫送进监狱的。现在真相大白了，你们总要对他有个交代！"

倪信风说："我不明白，成鑫大哥当年为什么要认罪。"

小云："我们可以去问他！"

这是B国中最高等级的监狱，这里关押的大多是曾有一定地位的罪人。成鑫大哥关押在一间最大的单元房内。他坐在宽敞的大厅中央。厅内大多是黑人，也杂着几位白人和中国人。这些人都恭恭敬敬地围绕着成鑫大哥，叫成鑫“头”。

看到狱警带倪信风和小云进来，成鑫挥一挥手，其他人都顺从地出去。倪信风和小云异口同声地打招呼：“成鑫大哥，您好！”

成鑫冷冷地说：“我早猜到你们该来了。你们不要称我大哥，你们早已经不是我的手下。你们也真不简单！在短短数年里，你们都在斯支瓦中混出了名堂。云姑娘当上了大巫师的徒弟，还曾当过国会调查组的顾问。小倪，更不简单，居然当上酋长。你们回去吧，不要管我！”

倪信风一时语塞。小云笑着说：“你过去是我们的大哥，永远都是我们的大哥！你才真不简单！在这种地方，你消息依然这么灵！”

成鑫得意地说：“只要能让兄弟们看得起我，我到哪里都是大哥！”

小云问：“大哥，斯支瓦刚刚发生了一件惊天动地的大事，你听说了没有？”

成鑫绷着脸反问：“你是说，穆瓦自杀，是吗？”

小云紧接着问：“大哥，你知道，穆瓦为什么自杀吗？”

成鑫说：“这事知道的人不多！不过，我可以猜到！”

站在旁边，倪信风忍不住插嘴问：“大哥，我老板一家被灭门，明明不是你干的，你为什么认罪？”

成鑫笑着说：“小倪，你看看我现在这样子，也应该可以猜到为什么！”

小云恳切地说：“现在，真相已大白了。我们没有理由再让你在这里待下去！我们准备跟你的律师商量为你翻案！”

成鑫坚决地说：“我坚决不出去。就是重新审案，我还是一样会像过去那样认罪！”

小云耐心说服：“大哥，你要明白，你之所以能这样风光，是因为有穆瓦罩着。可现在，穆瓦已不在了……”

成鑫意味深长地一笑，打断小云的话说：“算啦！你们走吧！不要再管我！”

小云试探地问：“大哥，你是不是还有比穆瓦更大的人物罩着？”

成鑫没有吭声，可他脸上的表情，分明是默认了。看成鑫大哥不想再说什么，小云无可奈何地对倪信风说：“小倪，我们走！”

·2·

在酋长住地，凌林迎接倪信风和小云回来。

倪信风对凌林说："凌，成鑫在那个地方生活得不错，怎么也不想出去。他说，即使重新审判，他也一定像以前那样认罪！"

凌林说："让他去吧！反正我们已经尽力了。"

倪信风沉默了。小云沉思着问："凌，你是否一开始就猜到，穆瓦会自杀？"

凌林点点头说："是！"

小云又问："凭什么？"

凌林问倪信风："小倪，你想，如果你身处穆瓦的处境，会怎样？"

倪信风说："如果我是穆瓦，除了死，没有什么别的选择！"

小云疑惑地说："为什么？"

凌林说："小云，你的智慧比倪信风强得多！可你终究不是男人，不明白男人的思维！男人把尊严看得比生命更重！"

倪信风愤愤不平地说："不过，还有祖鲁拉纳这恶棍！难道我们就这样放过他？"

凌林说："随着穆瓦的死去，一切罪都由他承担了！目前，除了他的陈述，没有任何证据指向祖鲁拉纳！我们一时也没什么好做的！"

小云不服气地问："凌，你不是说，世上没有破不了的案吗？"

凌林说："理论上是如此！但不是现在。我们需要等待！我也需要休息。我要回去管理自己的诊所，而你们也需要更多的时间重振部落！我该走了！走之前，我还要帮你们做最后一件事。如果我没有猜错，这事比其他所有的都重要！"

倪信风和小云异口同声地问："什么事？"

凌林从身上取出那张牛皮地图摊在桌上。他又取出那张简易神像，盖在牛皮地图上。他指着神像的右眼说："小倪，小云，我跟吉姆已经找到这右眼的位置。走，我们一起看看去！"

深夜，吉姆背着粗绳子在密林中穿行，凌林、小云和倪信风紧随其后。

来到深沟边沿，凌林指着那简易神像说：“我们现在在这位置，距右眼最近。”吉姆将绳子一头绑到一棵树上，爬下深沟。到了对岸，他又把这绳子的另一头绑在树上。凌林、小云和倪信风依次攀绳越过深沟。他们又在丛林中走了数米，停在一块空地前。

倪信风性急地发问：“凌，这里就是右眼位置？”

凌林点点头，伸手在地上摸索一会，用手指一按，那空地裂开一个大洞，还有一排台阶。他打开应急灯沿着台阶往下走，倪信风和小云也尾随其后，灯光把里面照得通明。

这是三四十平方米的小洞穴，四周涂着光滑坚硬的水泥。正中挂着巨大的神像。和其他所有的神像都不同，这是一幅站立的全身画像，双脚脚底整齐向前，相距近十厘米。倪信风虽是酋长，对斯支瓦的事所知有限。小云是大巫师的徒弟，对斯支瓦深有研究。她对倪信风说：“小倪，恭喜你！见到这神像，你才是真正的酋长。”

倪信风疑惑地问：“怎么说？”

小云说：“小倪，你知道，这是酋长专用的神像，只供酋长一个人顶礼膜拜。”

见倪信风还没有完全听明白，小云又指着地上有两点微微凹陷的地方说：“酋长拜神，有一套专门的仪式。你看那地方，这可能是老酋长跪地膜拜时用膝盖留下的痕迹。你跪在这里，叩三个响头，两个叩在地上，最后一叩要同时触及神像的两脚尖。”

凌林正疑惑，只为了这神像，需要这么神秘吗？奇迹出现了。神像后面裂开了，两道石门自动打开。他恍然大悟说：“我终于明白了！”

小云：“明白什么？”

凌林指着神像背后的洞口，对小云和倪信风说：“你们知道，之前我把这里所有的地方都检查过了，没有任何发现。现在看来，还真只有酋长才能打开这门！你们两个一起下去，一定不虚此行！”

没过多长时间，倪信风从洞穴上来，兴奋地说：“凌，我们发现金矿了！”

凌林微微一笑，没有吭声。小云问：“凌，你是否早就猜到这样的结果？”

凌林点点头说：“是！现在开始，你们俩共同合作开发它，用这资金重建部落，为所有斯支瓦人服务！”

倪信风愤愤地说：“可是，就这样放过祖鲁拉纳，我还是不甘心！”

凌林说：“恶有恶报，他绝不会有好下场！小倪，请相信说我的！我肯定，自然会有人在我们前面先收拾他！”